마음은 외로운 사냥꾼

The Heart is a Lonely Hunter

by Carson McCullers

세계문학의 숲 040

The Heart is a Lonely Hunter

마음은 외로운 사냥꾼

카슨 매컬러스 지음
서숙 옮김

시공사

일러두기

1. 이 책은 1940년 카슨 매컬러스가 발표한 장편소설《마음은 외로운 사냥꾼(The Heart is a Lonely Hunter)》을 우리말로 옮긴 것이다.
2. 번역 대본은 미국 마리너 북스에서 출판된 2000년 판을 사용했다.
3. 본문의 주는 옮긴이 주이다.

리브스 매컬러스와
마거릿, 라마 스미스에게

차례

1부

1

그 소도시에는 벙어리 두 사람이 살고 있었다. 그들은 늘 같이
있었고 아침이면 일찍 집을 나와 팔짱을 끼고 일터로 걸어갔
다. 두 친구는 서로 매우 달랐다. 언제나 앞장서는 이는 꿈꾸는
듯한 표정의 뚱뚱한 그리스인이었다. 그는 여름이면 노란색이
나 초록색 폴로셔츠를 입었는데, 앞자락은 바지 속에 아무렇게
나 넣고 뒷부분은 밖으로 늘어뜨렸다. 날씨가 더 추워지면 헐
렁한 회색 스웨터를 그 위에 껴입었다. 둥근 얼굴에는 기름기
가 흘렀고 눈은 반쯤 감겨 있었으며, 입술은 부드러운 곡선을
그린 채 멍청한 미소를 띠고 있었다. 또 다른 벙어리 한 명은
키가 컸다. 두 눈은 예민하고 지적이었고, 항상 빈틈없이 단정
하고 차분한 옷차림을 하고 있었다.

매일 아침 두 친구는 말없이 함께 소도시의 중앙로까지 걸
어갔다. 과일과 사탕을 파는 가게에 도착하면 그들은 잠시 길
위에 서 있었다. 그리스인 스피로스 안토나풀로스는 이곳에서
일했는데, 그의 사촌이 가게 주인이었다. 사탕과 과자를 굽고

과일을 상자에서 꺼내고 가게를 정돈하는 것이 그의 일이었다. 호리호리한 벙어리 존 싱어는 그들이 헤어지기 전에 늘 친구의 팔을 잡고 잠깐 얼굴을 들여다보았다. 이렇게 작별 인사를 하고는 혼자 길을 건너 보석상점으로 걸어갔다. 그는 이곳에서 은제품 세공사로 일했다.

늦은 오후 두 친구는 다시 만났다. 싱어는 과일 가게로 와서 친구가 퇴근할 때까지 기다렸다. 그리스인은 느릿느릿 복숭아나 멜론 상자를 풀거나, 과자를 굽는 가게 뒤 주방에서 신문에 실린 만화를 보고 있었다. 그들이 떠나기 전, 안토나풀로스는 낮에 주방 선반에 숨겨둔 종이 봉지를 열었다. 과일 조각, 사탕, 약간의 간(肝) 소시지 등 여러 가지 먹을거리들이 들어 있었다. 대개 그는 가게에서 나오기 전에 고기와 치즈가 놓여 있는 유리 진열장으로 소리 없이 뒤뚱거리며 갔다. 통통한 손으로 진열장을 열고 특별히 맛있는 것들을 쓰다듬듯 집어 들었는데, 그의 사촌인 가게 주인은 이를 모를 때도 있었다. 그러나 알아차리더라도 그저 창백하고 긴장된 얼굴로 경고하듯 바라보기만 했다. 그러면 안토나풀로스는 시무룩해져서 맛있는 것들을 진열장의 다른 쪽으로 옮겨놓았다. 그사이 싱어는 주머니에 손을 넣은 채 똑바로 서서 다른 곳을 봤다. 두 그리스인들 사이에 벌어지는 이 사소한 장면을 보고 싶지 않았던 것이다. 안토나풀로스는 술 마시는 것과 자기만의 은밀한 쾌락을 제외하면 이 세상에서 먹는 것을 제일 좋아했다.

벙어리 두 사람은 황혼 속을 천천히 걸어 함께 집으로 왔다. 집에서 싱어는 언제나 안토나풀로스에게 말을 하고 있었다. 쉬지 않고 두 손으로 빠른 동작들을 만들어 하고 싶은 말들을 표현했다. 그의 얼굴은 진지했고 잿빛 연두색 두 눈은 환하게 반짝였다. 그는 갸름하고 튼튼한 손으로 그날 일어났던 모든 일들을 안토나풀로스에게 말했다.

안토나풀로스는 나른하게 기대앉아 싱어를 바라봤다. 그는 수화를 거의 하지 않았다. 먹고 자고 마시고 싶을 때에만 손을 사용했다. 늘 이 세 가지를 똑같이 모호하고 더듬는 손짓으로 말했다. 그는 너무 취하지 않은 밤이면 침대 앞에 꿇어앉아 기도했다. 통통한 손으로 '성스러운 예수님' '하느님' '사랑하는 성모님'을 표현했다. 그가 말하는 유일한 단어들이었다. 싱어는 자신의 말을 친구가 얼마나 이해하는지 몰랐다. 그러나 개의치 않았다.

두 사람은 소도시 상업지역 부근의 작은 집 2층을 함께 썼다. 방이 두 개였다. 안토나풀로스는 부엌의 석유스토브에서 식사를 준비했다. 싱어는 등받이가 곧은 단순한 부엌 의자에, 그리고 안토나풀로스는 쿠션이 크고 푹신한 소파에 앉았다. 침실에는 덩치가 큰 그리스인을 위한 오리털 이불이 덮인 커다란 더블베드와, 싱어가 쓰는 좁은 철제 간이침대가 있었다.

저녁 식사는 언제나 오래 계속되었다. 안토나풀로스가 음식을 좋아했고 천천히 먹었기 때문이었다. 식사가 끝나 싱어가 그릇을 씻는 동안 덩치 큰 그리스인은 소파에 누워 혀로 천천히 이를 하나씩 훑었다. 이 사이에 낀 것을 섬세하게 빼내거나, 음식의 특별한 맛을 잃고 싶지 않았기 때문이었다.

저녁이면 이따금 그들은 체스를 두었다. 싱어는 항상 게임을 매우 즐겼고 몇 년 전에는 친구에게도 가르치려 노력했었다. 처음 친구는 다양한 말들을 체스 판에서 옮기는 이유에 흥미를 느끼지 못했다. 그래서 싱어는 맛있는 술병을 탁자 아래 두고 그에게 가르칠 때마다 술을 꺼내주었다. 그리스인은 퀸의 기동성과 변덕스러운 나이트들의 동작을 익히지는 못했지만 두어 개의 이동 방식을 배웠다. 그는 흰 말을 더 좋아해서 검은 말을 주면 게임을 안 하려고 했다. 처음 몇 번 말을 움직인 후에는 싱어 혼자 게임을 진행했고, 그의 친구는 졸면서 지켜보았다. 싱어가 멋지게 자신의 말을 공격해 검은 킹을 죽이면, 안토나풀로스는 늘 으스대며 기뻐했다.

두 사람에게 다른 친구는 없었으며 일하는 시간 외에는 둘이서만 함께 있었다. 매일매일이 똑같았다. 둘이만 있었으므로 아무것도 그들을 방해하지 않았다. 그들은 일주일에 한 번 추리소설을 빌리는 싱어를 위해 도서관에 갔고 금요일 밤에는 영화를 봤다. 월급날이면 안토나풀로스의 사진을 찍으러 육해군 상점 위층에 있는 10센트 사진관에 갔다. 습관적으로 그들이 방문하는 유일한 장소들이었다. 소도시의 많은 곳들을 두 사람은 가본 적이 없었다.

그 소도시는 남부의 오지 한가운데 있었다. 여름은 길었고 겨울 추위는 거의 없었다. 언제나 하늘은 투명하고 눈부시게 파랬고 태양은 뜨겁게 쏟아졌다. 그러다가 11월, 가벼운 찬비가 온 뒤 서리가 내리면서 짧은 추위가 왔다. 겨울 날씨는 변하기도 했지만 여름은 항상 뜨겁게 이글거렸다. 소도시는 상당히 컸다. 중앙로에 있는 몇 개의 블록을 따라 이삼 층짜리 가게들과 사무실들이 있었다. 그러나 그 소도시에서 제일 큰 건물들은 공장이었고, 많은 사람들이 여기서 일했다. 목화 공장들은 크고 번성했지만 노동자들은 가난했다. 길 가는 사람들의 얼굴은 배고픔과 외로움으로 절망적이었다.

그러나 두 벙어리들은 외롭지 않았다. 집에서 먹고 마시며 만족했고, 싱어는 두 손으로 열심히 마음속의 모든 것을 친구에게 말했다. 이렇게 조용히 세월이 흘러 싱어는 서른두 살이 되었고, 안토나풀로스와 함께 이 소도시에서 산 지 10년이 되었다.

그러던 어느 날 그리스인이 병이 났다. 그는 뚱뚱한 배 위에 두 손을 놓은 채 침대에 앉아 있었다. 두 뺨으로는 크고 번들거리는 눈물방울이 흘러내렸다. 싱어는 과일 가게에 가서 친구의 사촌을 만났고 자기 일터에도 휴가를 냈다. 의사는 안토나풀로스에게 식이요법을 처방했고 더 이상 포도주를 마실 수 없다고 했다. 싱어는 친구가 의사의 지시를 그대로 따르게 했다. 그는 종일 친구의 침대 옆에 앉아 시간이 빨리 가도록 애를 썼지만, 안토나풀로스는 화가 나서 그를 흘겨보며 기분을 풀려고 하지 않았다.

그리스인은 대단히 예민해졌고, 싱어가 만들어주는 야채 주스와 음식에 계속 트집을 잡았다. 또 기도하기 위해 싱어의 도움을 받으며 자주 침대에서 내려왔다. 그가 무릎을 꿇고 앉으면 통통하고 작은 두 발 위로 엄청나게 큰 엉덩이가 내려앉곤 했다. 그는 두 손을 더듬거리며 '사랑하는 성모님'을 부른 뒤, 때 묻은 끈으로 엮어 목에 건 작은 황동 십자가를 만졌다. 겁에 질린 큰 눈은 천장을 향했고, 그런 다음에는 부루퉁해져서 싱어에게 말도 못 붙이게 했다.

싱어는 참을성 있게 자신이 할 수 있는 최선을 다했다. 작은 그림도 그려주었다. 친구를 기쁘게 해주려고 그를 스케치했는데, 이것이 덩치 큰 그리스인의 기분을 상하게 했다. 젊고 잘생긴 얼굴로 그림을 고치고 머리는 환한 노란색으로, 두 눈은 연한 푸른색으로 칠할 때까지 그는 화해하려 들지 않았으며, 그런 후에도 좋아하는 기색을 감추려고 했다.

싱어가 정성껏 간호했으므로 안토나풀로스는 일주일 후에 출근할 수 있었다. 그러나 그때부터 두 사람의 삶의 방식은 달라졌다. 두 친구에게 고난이 시작되었다.

안토나풀로스는 아프지 않았지만 변했다. 짜증을 냈고 더 이상 집에서 조용히 저녁을 보내는 것에 만족하지 않았다. 친구가 외출을 원하면 싱어는 뒤에서 바짝 따라갔다. 안토나풀로스는 레스토랑에 들어갔고 두 사람이 자리에 앉아 있는 동안 각설탕, 후추 통, 은 집기를 주머니에 몰래 넣었다. 그가 집어넣은 물건 값들을 늘 싱어가 지불했으므로 소동은 일어나지 않았다. 집에 와서 안토나풀로스를 나무랐지만 덩치 큰 그리스인은 그저 느긋한 미소로 그를 바라볼 뿐이었다.

몇 달이 지났고 안토나풀로스의 이런 습관은 더욱 심해졌다. 어느 날 정오, 그는 차분하게 사촌의 과일 가게에서 나와 맞은편 퍼스트 내셔널 은행 건물 벽에 태연히 오줌을 누었다. 길에서 마주친 사람들의 얼굴이 맘에 들지 않으면 일부러 그와 부딪치며 팔꿈치와 배로 밀쳤다. 어떤 날은 가게 안으로 들어가 돈도 내지 않고 전기스탠드를 들고 나왔고, 눈여겨두었던 진열장 속의 전기 기차를 꺼내려고도 했다.

싱어에게 이 시기는 깊은 상심의 시간이었다. 그는 이런 위법적인 사건들을 해결하기 위해 점심시간이면 친구를 데리고 법원으로 갔다. 싱어는 법원 절차에 익숙해졌고 계속 초조한 상태에 있었다. 그가 은행에 저금했던 돈은 보석금과 벌금으로 다 나갔다. 친구가 절도, 공공질서 훼손, 폭행 등으로 감옥에 가지 않도록 그는 모든 노력과 돈을 들였다.

안토나풀로스는 그리스인 사촌을 위해 일했지만 사촌은 이 모든 문제에 개입하지 않았다. 찰스 파커(사촌이 선택한 이름이다)는 안토나풀로스가 계속 가게에서 일하도록 놔두었지만 늘 창백하고 긴장된 얼굴로 감시했고 도와주려고 하지 않았다. 싱어는 찰스 파커에게 이상한 감정을 느꼈고 그를 싫어하기 시작했다.

싱어는 끊임없는 불안과 근심 속에 살았다. 그러나 안토나풀로스는 늘 편안했고 무슨 일이 일어나든 부드럽고 멍한 표정으로 미소를 지었다. 그때까지 싱어는 친구의 미소 속에 오묘하고 현명한 무엇이 있다고 생각했다. 또 친구가 무엇을 얼마나 이해하는지, 그리고 무엇을 생각하는지 전혀 몰랐다. 이제 싱어는 이 덩치 큰 그리스인의 표정 속에서 교활하고 조롱하는 듯한 어떤 것을 감지할 수 있다고 생각했다. 그는 지칠 때까지 친구의 어깨를 흔들기도 하면서 두 손으로 상황을 설명했다. 그러나 소용이 없었다.

싱어는 돈이 바닥나서 보석상점 주인에게서 빌려야 했다. 한번은 그가 보석금을 낼 수 없어 안토나풀로스는 구치소에서 하룻밤을 보냈다. 이튿날 싱어가 데리러 갔을 때 안토나풀로스는 매우 심술을 부렸다. 그는 그곳을 떠나고 싶어 하지 않았다. 저녁으로 주는 소금에 절인 돼지고기와 시럽 뿌린 옥수수빵이 좋았고, 새로운 잠자리와 동료들도 마음에 들었다.

그들은 둘이서만 살았으므로 어려움에 처한 싱어가 도움을 청할 수 있는 사람이 없었다. 안토나풀로스는 어떤 간섭도 싫어했고 습관을 고치지도 않았다. 집에서 가끔 그는 구치소에서 먹었던 새로운 음식을 만들었다. 길에 나가면 그가 무슨 일을 저지를지 알 수 없었다.

드디어 싱어에게 마지막 시련이 닥쳤다.

어느 오후 친구를 만나러 과일 가게에 갔을 때 찰스 파커가 편지 한 통을 건넸다. 편지엔 찰스 파커가 그의 사촌을 200마일 떨어진 주립 정신병원에 입원시킬 조치를 취했다고 써 있었다. 이 지역에서의 자신의 영향력을 이용한 것이었다. 세부 절차도 이미 확정되어 있었다. 안토나풀로스는 다음 주에 이곳을 떠나 입원하도록 되어 있었다.

싱어는 편지를 몇 번 읽었고 한동안 아무 생각도 하지 못했다. 찰스 파커는 카운터 너머에서 말하고 있었지만, 싱어는 그의 입술을 읽고 이해하려 하지 않았다. 마침내 싱어는 주머니에서 작은 종이 묶음을 꺼내 썼다.

이러시면 안 돼요. 안토나풀로스는 나와 함께 여기 있어야 해요.

찰스 파커는 맹렬하게 고개를 흔들었다. 그는 미국 말을 잘 몰랐다. "당신이 상관할 일이 아니야." 그는 반복해서 말했다.

싱어는 모든 것이 끝났음을 알았다. 그리스인은 사촌을 책임지게 될까 봐 늘 두려웠다. 찰스 파커는 미국 말은 잘 몰랐지만 미국 달러는 매우 잘 알았고, 사촌을 지체 없이 병원에 입원시키기 위해 돈과 영향력을 썼던 것이다.

싱어가 할 수 있는 일은 아무것도 없었다.

다음 주는 정신없이 바빴다. 그는 말하고 또 말했다. 그의 손은 쉴 새 없이 움직였지만 모든 것을 다 말할 수 없었다. 그는 안토나풀로스에게 자신의 머릿속과 가슴속에 한 번이라도 들어 있었던 생각들을 모두 말하고 싶었지만 시간이 없었다. 그의 회색 눈은 번쩍였고 예민하고 지적인 얼굴은 무섭게 긴장했다. 안토나풀로스는 나른하고 몽롱하게 그를 응시했다. 싱어는 정말로 친구가 무엇을 이해하는지 알 수 없었다.

친구가 떠나야 하는 날이 왔다. 싱어는 트렁크를 꺼내 그들의 공동 소유물 중에서 좋은 것들을 조심스럽게 쌌다. 안토나풀로스는 여행 중 먹을 점심을 준비했다. 늦은 오후 그들은 마지막으로 함께 팔짱을 끼고 거리를 걸었다. 늦은 11월의 추운 오후였고 그들이 내쉬는 숨이 공중에 하얗게 입김을 만들었다.

찰스 파커는 사촌과 동행하면서도 역에서는 떨어져 있었다. 안토나풀로스는 육중한 몸을 이끌고 버스에 탔고 세심하게 준비를 한 뒤 앞자리에 앉았다. 싱어는 창밖에서 그를 응시했고 마지막으로 절박하게 두 손으로 말하기 시작했다. 그러나 도시락 음식들을 확인하느라 분주한 안토나풀로스는 상관도 하지 않았다. 버스가 떠나기 직전에야 그는 싱어 쪽을 보며 대단히 온화하고 희미한 미소를 지었다. 두 사람은 이미 한참이나 서로 멀리 떨어져 있는 듯했다.

그 후 몇 주일은 현실 같지 않았다. 하루 종일 싱어는 보석 상점 뒤편 작업대에서 일했고 밤이면 혼자 집으로 갔다. 무엇보다 잠을 자고 싶었다. 퇴근하자마자 간이침대에 누워 잠들려고 애썼다. 반쯤 잠든 채 누워 있으면 꿈들이 나타났고 그 모든 꿈속에 안토나풀로스가 있었다. 싱어의 두 손이 신경질적으로 꿈틀거렸다. 그는 꿈에서 친구에게 말하고 있었고 친구는 그런 그를 보고 있었다.

싱어는 친구를 알기 이전의 시간들을 생각하려 애썼다. 젊었을 때 일어났던 어떤 일들을 자신에게 다시 설명하려고 했다. 그러나 그가 기억하려 애쓰는 모든 것들이 전혀 진짜 같지 않았다.

그는 한 가지 특별한 일을 기억해냈지만 이것은 그에게 전혀 중요하지 않았다. 싱어는 자신이 비록 아기 때부터 듣지 못했지만, 언제나 농아였던 건 아니었다는 사실을 떠올렸다. 그는 아주 어려서 고아가 되었고 청각장애인 교육시설에 맡겨졌다. 읽는 법과 두 손으로 말하는 법을 배웠다. 아홉 살이 되기 전에 미국식으로 한 손으로 말하는 법을 배웠고, 후에는 유럽식으로 두 손을 사용하는 법도 배웠다. 사람들의 입술 움직임을 따라가는 법과 그들이 말하는 것을 이해하는 법을 배웠다. 그런 다음 끝으로 말하는 방법을 배웠다.

그는 학교에서 총명한 학생으로 인정받았다. 다른 학생들보다 먼저 배웠다. 그러나 입술로 말하는 것에는 익숙해지지 않았다. 그에게 자연스럽지 않았고 혀가 입속에서 고래처럼 느껴졌다. 그런 식으로 그가 말할 때 사람들의 얼굴에 나타나는 무표정을 보면서 자기 목소리가 동물처럼 들리거나, 자기의 말이 혐오스러운 게 분명하다고 느꼈다. 입으로 말하는 것은 고통스러웠지만, 두 손은 하고 싶은 말들을 표현할 준비가 언제나 되어 있었다. 그는 스물두 살 때 시카고에서 여기 남부 소도시로 왔고 곧 안토나풀로스를 만났다. 그 이후 다시는 입으로 말하지 않았다. 친구와는 그럴 필요가 없었다.

안토나풀로스와 살았던 10년을 제외하면 아무것도 현실 같지 않았다. 그는 어렴풋한 꿈속에서 친구를 생생하게 보았고, 깨고 나면 극심한 외로움을 느꼈다. 이따금 친구에게 선물을 보냈지만 답장을 받은 적은 없었다. 이렇게 공허하고 몽롱하게 몇 달이 흘렀다.

봄이 되자 싱어에게 변화가 왔다. 잠을 잘 수 없었고 몸이 가만히 있질 못했다. 저녁이면 새로운 에너지를 감당할 수 없어 단조롭게 방 안을 서성거렸다. 휴식을 취하는 건 새벽이 오기 전 몇 시간뿐이었다. 그때 갑자기 잠들었고, 아침 햇살이 눈꺼풀 아래를 날카롭게 비출 때까지 잤다.

그는 소도시 주변을 걸어 다니며 저녁 시간을 보내기 시작했다. 안토나풀로스가 살았던 방을 견딜 수 없어 중심부에서 멀리 떨어지지 않은 허름한 하숙집에 세를 들었다.

그는 두 블록 떨어진 레스토랑에서 식사를 했다. 긴 중앙로의 끝에 있는 레스토랑의 이름은 '뉴욕 카페'였다. 첫날 그는 메뉴를 한번 훑어보고 짧게 쪽지를 써서 주인에게 건넸다.

매일 아침 식사로 달걀, 토스트, 커피를 주세요. 0.15달러
점심으로는 (어떤 종류든) 수프와 고기 샌드위치, 우유를 주세요. 0.25달러
저녁에는 (양배추를 제외한) 세 가지 야채, 생선 또는 고기, 그리고 맥주 한 잔을 주세요. 0.35달러
고맙습니다.

주인은 쪽지를 읽은 뒤 재빠르고 신중하게 그를 일별했다. 중간 키에 단단해 보이는 인상의 주인 남자는 수염이 너무 짙고 검어 얼굴 아랫부분이 철로 주조된 것 같았다. 그는 늘 금전 등록기 옆에 팔짱을 끼고 서서 주위에서 일어나는 일들을 조용히 지켜보았다. 싱어는 이 남자의 얼굴을 잘 알게 되었다. 이 카페의 같은 탁자에서 하루 세 번 식사를 했기 때문이다.

매일 저녁 벙어리는 혼자 몇 시간씩 시내를 걸었다. 3월의 날카롭고 습기 찬 바람에 밤은 추웠고 비가 주룩주룩 내리기도 했다. 그러나 그에게는 상관없었다. 발걸음은 초조했고 두 손은 언제나 바지 주머니에 넣고 다녔다. 그러다가 몇 주가 지나 날씨는 따뜻하고 나른해졌다. 그의 초조함은 기진맥진함으로 변했고, 깊은 평정이 느껴졌다. 그의 얼굴에는 매우 슬프거나 대단히 현명한 사람들에게서 볼 수 있는, 깊은 평화가 나타났다. 그러나 여전히 그는 소도시의 거리들을 걸어 다녔다. 언제나 말없이, 혼자서.

2

초여름의 음산하고 찌는 듯한 밤, 비프 브래넌은 뉴욕 카페의 금전등록기 뒤에 서 있었다. 자정이었다. 밖의 가로등은 이미 꺼졌고 카페에서 나오는 불빛이 길 위에 노랗고 뾰족한 직사각형을 만들었다. 거리는 적막했지만 실내에는 맥주나 산타루치아 포도주 또는 위스키를 마시는 대여섯 명의 손님들이 있었다. 비프는 카운터에 팔꿈치를 대고 엄지손가락으로 긴 코끝을 문지르며 덤덤하게 기다렸다. 그의 눈은 긴장했다. 특히 취해서 떠들고 있는 작업복 차림의 땅딸막한 남자를 주시했다. 이따금 그의 시선은 중앙 탁자에 혼자 앉아 있는 벙어리에게로, 카운터 앞쪽에 있는 다른 손님들에게로 움직였다. 그러나 늘 작업복 차림의 술꾼에게로 돌아왔다. 밤은 깊어갔고 비프는 계속 소리 없이 카운터에서 기다렸다. 드디어 카페를 마지막으로 훑어본 뒤 2층으로 통하는 계단이 있는 뒷문 쪽으로 갔다.

조용히 그는 계단 맨 위에 있는 방으로 들어갔다. 안은 어두웠으므로 조심해서 걸었다. 몇 걸음 옮겼을 때 발가락에 단단한 것이 채였다. 그는 몸을 굽혀 바닥에 있는 여행 가방 손잡이를 잡았다. 아주 잠깐 방에 머물다 나가려는데 불이 켜졌다.

앨리스가 흐트러진 침대에서 일어나 앉아 그를 보며 말했다. "그 가방 어쩌려고? 그 미친놈 벌써 취했는데 술 더 주지 말고 내쫓을 수 없어요?"

"잠 깨거든 당신이 내려가보든가. 경찰을 불러서, 다른 죄수들과 사슬로 엮어 콩밥을 먹여보란 말이야. 어디 해봐요, 브래넌 여사."

"그자가 내일도 아래층에 있으면 그럴 거예요. 그리고 그 가방은 놔둬요. 그건 이제 그 기생충 게 아니니까."

"내가 기생충들을 좀 아는데, 블런트는 그런 사람 아니야." 비프가 말했다. "나도…… 그런 종류의 도둑은 아니고."

비프는 침착하게 바깥 계단에 여행 가방을 내어놓았다. 방 안은 아래층처럼 탁하고 불쾌하지 않았다. 그는 아래로 다시 내려가기 전에 세수를 하기로 했다.

"난 말했어요, 오늘 밤 당신이 그 작자를 내쫓지 않으면 내가 어쩔 건지. 그잔 낮엔 가게 뒤에서 자고 밤에는 당신이 주는 식사에 맥주까지 마시면서 일주일 동안 한 푼도 안 냈어요. 그자가 지껄이는 헛수작들 때문에 멀쩡한 장사까지 망치게 생겼다고요."

"당신은 사람들도 모르고 진짜 장사가 뭔지도 몰라." 비프가 말했다. "그 문제의 인물은 두 주 전에 여기 처음 왔어. 처음 보는 사람이었지. 그리고 첫 주에 20달러어치를 팔아줬어. 최소한 20달러라고."

"그다음부터는 외상이지." 앨리스가 말했다. "닷새 동안 외상으로 마시면서 저렇게 취해 장사를 망치고 있어요. 게다가 그자는 뜨내기에 기형이잖아."

"난 기형들이 좋아." 비프가 말했다.

"알아! 물론 그렇겠지, 브래넌 씨, 당신도 기형이니까."

그는 푸르스름한 턱을 문질렀고, 앨리스의 말엔 개의치 않았다. 결혼하고서 처음 15년 동안 그들은 서로를 비프와 앨리스라고 불렀다. 그러던 어느 날 싸움을 하면서 브래넌 씨, 브래넌 여사라 부르게 되었고, 그 뒤로는 화해하지 못해 계속 그렇게 부르고 있었다.

"경고하는데 내일 아래층에 내려갔을 때 그자가 안 보이는 게 좋을 거예요."

비프는 욕실로 들어가 얼굴을 씻고 면도를 하기로 했다. 수염이 사흘은 자란 것처럼 검고 덥수룩했다. 그는 거울 앞에 서서 생각에 잠겨 턱을 문질렀다. 앨리스에게 말한 걸 후회했다. 그 여자와는 침묵이 더 나았다. 그녀 옆에 있으면 진정한 자신과는 다른 사람이 되었다. 그녀처럼 거칠고 옹졸하고 진부해졌다. 비프의 눈은 냉소적인 눈꺼풀로 반쯤 가려진 채 냉정하게 앞을 응시했다. 굳은살이 박인 다섯째 손가락에는 여성용 결혼반지가 끼워져 있었다. 그의 뒤로 문이 열려 있었고 침대에 누워 있는 앨리스가 거울 속으로 보였다.

"잘 들어." 그가 말했다. "당신의 문제는 진정으로 친절하지 않다는 거야. 그런 친절함을 가진 여자는 내가 아는 한 없어, 한 사람을 제외하면."

"글쎄, 난 당신이 하는 짓거리들을 알아. 남자라면 아무도 자랑스러워하지 않을 짓거리를 하지. 당신은……."

"호기심 때문인지도 모르지. 당신은 세상에서 중요한 것을 본 적이 없어. 알아차리지도 못하고 바라보고 생각하고 사태를 파악하지도 않아. 결국, 그게 당신과 나의 가장 큰 차이겠지."

앨리스는 다시 잠드는 듯했다. 그는 거울을 통해 그녀를 무심하게 바라보았다. 그가 눈여겨볼 만한 특징은 없었다. 그의 시선은 그녀의 엷은 갈색 머리에서 시트 아래로 나온 뭉툭한 발로 움직였다. 그녀의 부드러운 얼굴 윤곽이 엉덩이와 허벅지의 둥근 선으로 이어졌다. 그녀와 떨어져 있으면 그녀의 어떤 생김새도 그의 마음에 떠오르지 않았다. 그는 그녀를 특징 없는 완전히 둥근 모습으로만 기억했다.

"구경하는 즐거움을 당신이 알 리 없지." 그가 말했다.

그녀의 목소리는 피곤했다. "좋아, 아래층의 저 작자는 구경거리예요. 서커스이기도 하고. 하지만 더 이상은 용납 못 해요."

"빌어먹을. 그자는 나와 아무 상관도 없어. 친척도 아니고 친구도 아냐. 하지만 당신은 몰라. 무수한 작은 것들이 모여서 진실한 어떤 것을 보여주는지." 그는 더운물을 틀고 빠르게 면도하기 시작했다.

그렇다, 제이크 블런트가 카페로 들어온 것은 5월 15일 아침이었다. 비프는 즉시 그를 알아보고 주시했다. 남자는 키가 작았고 어깨는 대들보처럼 단단했다. 듬성듬성한 작은 콧수염에, 그 밑 아랫입술은 벌에 쏘인 것처럼 보였다. 그 남자에게는 서로 상반되는 여러 요소들이 있었다. 머리는 크고 잘생겼지만 목은 아이처럼 여리고 가늘었다. 콧수염은 가장무도회에 나가려고 붙인 것처럼 가짜인 듯했고 빨리 걸으면 떨어질 것 같았다. 그의 얼굴은 높고 부드러운 이마와 큰 눈 때문에 젊어 보였지만, 콧수염 때문에 중년처럼 보이기도 했다. 매우 큰 두 손은 굳은살이 박여 지저분했다. 그는 값싼 흰색 리넨 양복을 입고 있었다. 그에게는 대단히 희극적인 요소가 있었지만 동시에 다른 어떤 느낌 때문에 웃을 수가 없었다.

그는 위스키 한 병을 시키더니 반 시간 안에 물도 타지 않은 채 다 마셔버렸다. 그런 뒤 칸막이 자리에 앉아 저녁으로 커다란 닭 한 마리를 먹어치웠다. 그 후엔 책을 읽고 맥주를 마셨다. 그렇게 시작되었다. 비프는 블런트를 세심하게 살피기는 했지만 그 이후에 일어날 미친 일들에 대해서는 짐작도 하지 못했다. 12일 동안 그렇게 여러 번 변하는 남자를 본 적이 없었다. 그렇게 술을 많이 마시고 오랫동안 취해 있는 자도 본 적이 없었다.

비프는 엄지로 코끝을 밀며 윗입술을 면도했다. 면도를 끝내자 그의 얼굴은 더욱 침착해 보였다. 그가 침실을 지나 아래층으로 내려갈 때 앨리스는 잠들어 있었다.

가방은 무거웠다. 그는 카페 앞쪽, 매일 저녁 그가 서 있는 금전등록기 뒤로 그것을 들고 갔다. 찬찬히 카페를 훑어봤다. 두어 명의 손님들은 떠났고 실내는 붐비지 않았지만 분위기는 여전했다. 벙어리는 아직도 중앙 탁자에 혼자 앉아 커피를 마시고 있었다. 술꾼은 여전히 떠들고 있었다. 딱히 누군가에게 말하는 건 아니었고, 귀 기울이는 사람도 없었다. 그날 저녁 그는 12일 동안 입고 있던 지저분한 리넨 양복 대신 푸른색 작업복을 입고 있었다. 양말은 신지 않았는데, 발목이 온통 긁히고 진흙투성이였다.

비프는 주의를 기울여 그가 혼자 지껄이는 말들을 몇 마디 알아들었다. 또 괴상한 정치 얘기를 떠드는 듯했다. 어젯밤에는 자기가 다녔던 곳들에 관해 말했었다. 텍사스와 오클라호마, 노스캐롤라이나와 사우스캐롤라이나 등. 창녀촌에 대해 말할 때는 너무 노골적이어서 맥주를 주어 중단시켜야 했다. 그러나 대체로 무슨 말을 하는지 알 수 없었다. 말, 말, 말. 말들이 홍수처럼 그의 목에서 쏟아졌다. 사용하는 단어들과 억양도 계속 달라졌다. 때로는 공장 노동자처럼 때로는 교수처럼 말했다. 아주 긴 단어를 쓰기도 했고 문법을 뭉개버리기도 했다. 그가 어떤 부류의 사람인지, 어느 지역 출신인지 말하기 어려웠다. 그는 계속 변하고 있었다. 비프는 생각에 잠겨 코끝을 만지작거렸다. 연결되는 것이 없었다. 그러나 연결은 보통 뇌와 관련이 있었다. 이 남자의 정신은 그만하면 멀쩡했지만, 이 말에서 다음 말로 옮겨 갈 때 그것을 뒷받침하는 근거가 전혀 없었다. 그는 무언가에 의해 궤도 밖으로 던져진 사람 같았다.

비프는 카운터에 몸을 기대고 석간신문을 훑어보기 시작했다. 머리기사는 시의회 위원회가 넉 달 동안 심사숙고 끝에 내린 결정을 다루고 있었다. 위험한 교차로의 교통신호등 교체에 지역 예산을 쓸 수 없다는 것이었다. 왼쪽 칼럼은 동양에서 일어나는 전쟁에 관한 보고였다. 비프는 두 기사를 똑같이 주의 깊게 읽었다. 두 눈이 활자를 따라갈 때 나머지 감각들은 주위의 소음들을 예민하게 느꼈다. 기사를 다 읽은 후에도 그는 여전히 눈을 반쯤 감고 신문을 보았다. 불안했다. 저 작자가 문제였다. 아침이 되기 전에 어떻게든 해결해야 할 것이었다. 이유는 모르겠지만 오늘 밤 중요한 일이 일어날 것 같았다. 이렇게 계속 머물게 할 수는 없었다.

비프는 누군가가 입구에 서 있는 것을 느끼고 얼른 눈을 들었다. 담황색 머리칼에 키가 껑충한 열두 살가량의 소녀가 서 있었다. 카키색 반바지에 푸른 셔츠를 입고 테니스화를 신고 있어 언뜻 사내아이처럼 보였다. 비프는 소녀를 보자 신문을 밀어놓았고, 아이가 다가오자 미소를 지었다.

"어서 와라, 믹. 걸스카우트에 갔다 오니?"

"아뇨. 전 걸스카우트 아니에요." 소녀가 말했다.

그는 곁눈으로 술꾼이 주먹으로 탁자를 내리친 뒤 말을 걸었던 사람들로부터 돌아서는 것을 보았다. 비프는 앞에 있는 소녀에게 말할 때 목소리가 거칠어졌다.

"네가 자정 넘어 밖에 나온 것을 식구들이 아니?"

"괜찮아요. 오늘 밤은 밖에서 노는 애들이 많아요."

그는 소녀가 자기 또래들과 함께 온 것을 본 적이 없었다. 몇 년 전만 해도 늘 오빠를 따라다녔다. 켈리네 집안은 대가족이었다. 나중에는 코 흘리는 아기 둘을 손수레에 태우고 왔다. 그러나 아기들을 돌보지 않거나 큰 아이들과 어울리지 않을 때는 혼자였다. 지금 그 아이는 뭘 원하는지 결정을 못 내리는 것처럼 서서 손바닥으로 땀에 젖은 희끄무레한 머리칼을 계속 쓸어 넘기고 있었다.

"담배 주세요. 제일 싼 걸로."

비프는 무슨 말을 하려다가 망설이며 카운터 안으로 손을 넣었다. 믹은 돈을 싼 손수건을 꺼내 매듭을 풀기 시작했다. 매듭을 잡아당기자 잔돈이 바닥에 떨어져, 혼자 중얼거리고 있는 블런트 쪽으로 굴러갔다. 잠시 그는 홀린 듯 동전을 바라보더

니 믹이 집기 전에 쭈그리고 앉아 열심히 돈을 주웠다. 그러고
는 무겁게 카운터로 걸어가 1센트짜리 두 개, 5센트짜리 한 개,
10센트짜리 한 개를 손에 넣고 흔들었다.

"요즘은 담배 값이 17센트인가?"

비프는 기다렸고, 믹은 두 사람을 번갈아 봤다. 술꾼은 카운
터에 조그마한 동전 탑을 쌓으면서 지저분한 큰 손으로 쓰러지
지 않게 막았다. 그러더니 천천히 1센트짜리를 집어 그것을 무
너뜨렸다.

"담뱃잎을 키우는 가난한 백인 농군에게 5센트를, 담배를
마는 얼간이에게 5센트를." 그가 말했다. "비프에게 1센트를."
그런 뒤 10센트짜리와 5센트짜리 동전에 새겨진 글귀를 읽으
려고 시선을 모았다. 그는 두 동전을 만지작거리며 굴리다가
밀어내며 말했다. "자유를 위해 겸손하게 존경을 표하자. 민주
주의와 독재를 위해. 자유와 약탈을 위해."

비프는 침착하게 돈을 집어 금전등록기 속으로 넣었다. 믹
은 더 머물고 싶은 듯한 눈치였다. 아이는 술꾼을 한참 노려보
다가 벙어리가 혼자 앉아 있는 카페의 중앙 탁자로 눈을 옮겼
다. 잠시 후 블런트 역시 이따금 같은 쪽을 봤다. 벙어리는 맥
주잔을 앞에 놓고 조용히 앉아서 검게 탄 성냥개비로 탁자에
천천히 그림을 그리고 있었다.

제이크 블런트가 먼저 말했다. "재미있어. 지난 사나흘 동안
저 남자를 꿈에서 봤단 말야. 날 가만 놔두려 하지 않았어. 아
는지 모르겠는데, 저 친구는 한 번도 말을 한 적이 없어."

비프가 손님들에게 다른 손님에 대해 말하는 일은 드물었
다. "그는 말을 안 하오." 그는 무심하게 대답했다.

"재미있군."

믹은 양쪽 발로 번갈아 몸의 중심을 잡더니 담배를 반바지 주머니에 넣었다. "그를 조금이라도 안다면 재미있을 거 없어요." 소녀가 말했다. "싱어 씨는 우리하고 살아요. 우리 집에 세 들었어요."

"그러냐?" 비프가 물었다. "그건 몰랐구나."

믹은 문 쪽으로 가더니 돌아보지도 않고 말했다. "그래요. 석 달 됐어요."

비프는 걷어 올렸던 셔츠 소매를 내렸다가 다시 조심스럽게 접었다. 그는 믹이 카페를 떠날 때까지 눈을 떼지 않았다. 아이가 나가고 몇 분이 지나도록 여전히 셔츠 소매를 만지작거리며 아무도 없는 문 쪽을 응시했다. 그런 뒤 팔짱을 끼고 다시 술꾼을 봤다.

블런트는 무겁게 카운터에 기대어 축축한 갈색 눈을 무엇에 홀린 듯 크게 뜨고 있었다. 그에게서는 당장 목욕이 급한 염소처럼 악취가 났다. 땀에 젖은 목에는 때가 엉겨 있고 얼굴에는 기름때가 끼어 있었다. 입술은 두텁고 붉었으며 갈색 머리칼은 이마에 달라붙어 있었다. 작업복은 너무 짧아 그는 계속 가랑이를 끌어내렸다.

"이봐요, 정신 차려요." 드디어 비프가 말했다. "이렇게 다닐 수야 없잖소. 부랑자로 안 잡혀간 게 놀랍구먼. 술을 깨요. 목욕도 하고 머리도 깎고. 세상에! 이 꼴로 어디를 다닐 수 있겠소?"

블런트가 인상을 쓰며 아랫입술을 깨물었다.

"기분 나빠 말고 화내지도 마시오. 내 말대로 해봐요. 부엌 뒤로 가서 흑인 소년에게 뜨거운 물을 좀 많이 달라고 하시오. 윌리에게 수건과 비누를 얻어 깨끗이 씻어요. 그런 다음 밀크 토스트를 먹고 당신 가방에서 깨끗한 셔츠와 맞는 바지를 꺼내 입는 거요. 그렇게 하면 당신은 내일 무슨 일이든, 어디에서든, 제대로 정신 차리고 시작할 수 있소."

"당신 원하는 대로 하쇼." 블런트가 술 취한 소리로 말했다. "당신은 그저……."

"그래요." 비프가 조용히 말했다. "아니, 난 그렇게 할 수는 없소. 당신이 정신을 차리시오."

비프는 카운터 끝으로 가더니 생맥주 두 잔을 가지고 왔다. 술꾼이 잔을 서툴게 들자 맥주가 손 위로 쏟아져 카운터가 엉망이 되었다. 비프는 찬찬히 음미하며 자기 맥주를 조금씩 마셨다. 그는 반쯤 감긴 눈으로 블런트를 계속 보았다. 처음 봤을 때는 그런 인상을 받았지만 블런트는 기형이 아니었다. 불구적인 구석이 있었지만, 자세히 보면 생김새 하나하나는 정상이었다. 다른 것이 있다면 생김 때문이 아니라 마음과 관련된 것일 터였다. 그는 감옥에 갔다 왔거나 하버드 대학에 다녔거나 남아메리카에서 외국인들과 오랫동안 살았던 사람 같았다. 다른 사람들이 가기 싫어하는 곳에 갔다 왔거나 다른 사람들이 할 수 없는 일을 한 사람 같았다.

비프가 고개를 갸우뚱한 채 물었다. "어디 출신이오?"

"그런 거 없소."

"태어난 곳이 있을 거 아니오. 노스캐롤라이나, 테네시, 앨라배마, 어디든."

블런트의 눈은 꿈꾸듯 초점이 없었다. "캐롤라이나." 그가 말했다.

"그 근처라는 건 알겠군." 비프가 조심스레 말했다.

그러나 술꾼은 듣고 있지 않았다. 카운터에서 몸을 돌려 어둡고 텅 빈 거리를 내다보고 있었다. 잠시 후 그는 발 가는 대로, 불안한 걸음으로 문 쪽으로 갔다.

"아디오스."* 그가 비프에게 말했다.

비프는 다시 혼자가 되어 레스토랑을 찬찬히 훑어보았다. 새벽 1시였고 네댓 명의 손님만 있었다. 벙어리는 여전히 중앙 탁자에 혼자 앉아 있었다. 비프는 그를 막연하게 쳐다보고 잔 바닥에 남아 있는 맥주를 흔들어 한 모금에 마신 뒤 다시 카운터에 펼쳐진 신문을 읽기 시작했다.

눈앞의 활자에 마음을 집중할 수 없었다. 그는 믹을 생각했다. 그 애에게 담배를 팔았어야 했는지, 아이들이 담배 피우는 게 정말 해로운지 궁금했다. 믹이 눈을 가늘게 뜨는 모습, 손바닥으로 앞머리를 넘기는 모습을 생각했다. 목이 쉰, 소년 같은 음성과 카키색 반바지를 추어올리는 버릇과 영화에 나오는 카우보이처럼 뽐내며 걷는 것도 생각했다. 정다운 감정을 느꼈다. 그는 불안했다.

초조해진 비프는 관심을 싱어에게로 돌렸다. 벙어리는 주머니에 손을 넣은 채 앉아 있었다. 앞에 놓인 반쯤 마신 맥주는 미지근해졌다. 싱어가 떠나기 전에 위스키 한 잔을 대접하고 싶었다. 그가 앨리스에게 말한 것은 사실이었다. 그는 기형적인 인물들을 좋아했다. 병자와 장애인에게 특별한 감정을 느꼈

*헤어질 때 하는 스페인어 인사말.

다. 언청이나 결핵 환자가 카페에 오면 맥주를 대접하곤 했다. 꼽추나 장애가 심한 손님이면 위스키를 대접했다. 보일러 폭발로 성기와 왼쪽 다리가 날아간 사람이 있었는데 그는 이 소도시에 올 때마다 카페에서 맥주를 대접받았다. 싱어가 술을 잘 마신다면 원할 때마다 반값에 마실 수 있을 터였다. 비프는 고개를 끄덕였다. 그리고 신문을 깔끔하게 접어 카운터 밑에 다른 신문들과 함께 넣어두었다. 주말에 모두 부엌 뒤 창고로 옮길 것이었다. 그가 21년간 빼놓지 않고 모아둔 석간신문들이 전부 거기 보관되어 있었다.

새벽 2시에 블런트는 다시 카페로 들어왔다. 검정 가방을 든 키 큰 흑인 남자와 함께였다. 술꾼이 흑인을 카운터로 데려와 술을 권하려 했지만, 흑인은 자기가 왜 여기 오게 되었는지 알아차리자 곧 나갔다. 비프는 그가 옛날부터 이 소도시에서 개업하고 있는 흑인 의사임을 알아보았다. 그는 주방에서 일하는 윌리와 친척 관계인 듯했다. 비프는 그가 나가기 전 증오에 차서 블런트를 노려보는 것을 보았다.

술꾼은 그냥 거기 서 있었다.

"백인 술 마시는 곳에 깜둥이 못 데리고 오는 거 몰라?" 누군가가 말했다.

비프는 이런 일을 멀찍이서 지켜보았다. 블런트는 몹시 화가 나 있었고 이제 그가 얼마나 취했는지 알 수 있었다.

"나에게도 깜둥이 피가 흐른다고." 그는 대들듯 외쳤다.

비프는 긴장하여 주시했고 실내는 조용해졌다. 두꺼운 콧구멍과 번득거리는 흰자위로 보아 그의 말이 진실인 듯도 했다.

"난 깜둥이에 이탈리아 놈에 동유럽 등신에 중국 새끼야. 다

섞여 있어."

웃음이 터졌다.

"그리고 독일인에 터키인에 일본인이고 미국인이지." 그는 벙어리가 커피를 마시는 탁자 주위를 비틀거리며 돌았다. 그의 목소리는 크고 갈라졌다. "나는 진리를 아는 자요. 낯선 나라의 이방인이지."

"조용히 하쇼." 비프가 그에게 말했다.

블런트는 벙어리 외에는 아무도 개의치 않았다. 그들은 서로 마주 보고 있었다. 벙어리의 눈은 고양이 눈처럼 차고 부드러웠고 온몸으로 귀를 기울이는 것 같았다. 술꾼은 흥분해 있었다.

"당신은 여기서 내 말을 알아듣는 유일한 사람이야." 블런트는 말했다. "이틀 동안 나는 마음으로 당신에게 말하고 있었어. 내 말뜻을 당신이 이해한다는 걸 알았기 때문이지."

칸막이 자리에 앉아 있는 몇 사람이 소리 내어 웃었다. 술꾼은 말 상대로 귀먹은 벙어리를 택했는데 그는 이를 몰랐다. 비프는 날카롭게 두 사람을 쳐다보며 주의 깊게 듣고 있었다.

블런트는 자리에 앉아 싱어에게 몸을 기울였다. "아는 자들도 있고 모르는 자들도 있어. 1만 명의 모르는 사람들 중에서 한 사람만 알고 있지. 그건 모든 시대의 기적이야. 수백만 명은 많은 것들을 알면서도 이 사실은 몰라. 15세기에 사람들은 지구가 편평하다고 믿었는데, 콜럼버스와 몇몇 사람만 진실을 알았던 것과 같은 이치지. 하지만 지구가 둥글다는 것을 알기 위해 재능이 필요했다는 점에서는 달라. 반면 이 진실은 너무도 명백한데 사람들이 모른다는 건 역사의 기적이지. 당신, 알겠어?"

비프는 팔꿈치를 카운터에 대고 호기심에 차서 블런트를 보았다. "뭘 안다는 거요?" 그가 물었다.

"저 인간 말은 듣지 마." 블런트가 말했다. "평발에 수염은 꺼멓고 시끄러운 작자니까. 있잖아, 우리처럼 진리를 아는 사람들이 만나게 되는 건 하나의 사건이야. 그런 일은 절대 일어나지 않아. 어쩌다 서로 만나지만 두 사람 모두 상대가 '아는 사람'인 것을 짐작도 못 하지. 참 안타까운 일이야. 나에게 여러 번 그런 일이 있었어. 하지만 우리 같은 사람들은 극소수야."

"프리메이슨인가?" 비프가 물었다.

"닥쳐, 당신! 안 그러면 당신 팔을 잡아 빼서 두들겨 팰 테니." 블런트가 으르렁댔다. 그는 벙어리 가까이로 몸을 웅크리고 목소리를 낮추어 취한 소리로 속삭였다. "그리고 어째서? 이런 무지의 기적이 계속될까? 한 가지 때문이지. 음모. 거대하고 음흉한 음모. 문맹정책."

칸막이 자리에 앉은 손님들은 벙어리와 말하려고 애쓰는 술꾼을 여전히 비웃고 있었다. 심각한 것은 비프 혼자였다. 그는 벙어리가 사람들의 말을 이해하는지 확인하고 싶었다. 벙어리는 자주 고개를 끄덕이며 생각에 잠기는 듯했다. 그는 단지 느리게 반응할 뿐이었다. 그게 전부였다. 블런트는 아는 것에 대해 말하면서 농담도 하기 시작했다. 벙어리는 우스운 말이 있은 뒤 몇 초가 지나서야 미소를 지었다. 이야기가 다시 우울해졌을 때도 얼굴에 미소는 약간 남아 있었다. 그는 정말 수수께끼였다. 싱어가 그들과 다르다는 것을 알기 전에도 사람들은 그를 쳐다봤다. 싱어의 눈을 보면 남들이 듣지 못하는 것을 들고, 짐작하지 못하는 일을 알고 있다는 생각이 들었다. 그는 전혀 사람처럼 보이지 않았다.

제이크 블런트는 자리에 기대앉았고 댐이 무너진 듯 그에게서 말들이 쏟아졌다. 비프는 더 이상 이해할 수 없었다. 취한 블런트의 혀는 너무 무거웠고 너무 빨라서 말소리들은 뒤섞이며 울렸다. 앨리스가 그를 쫓아내면 그는 어디로 갈 것인지, 비프는 궁금했다. 아침이면 그녀는 말한 대로 그를 쫓아낼 것이었다.

비프는 맥없이 하품을 했다. 턱이 긴장을 풀 때까지 손가락으로 벌린 입을 두드렸다. 새벽 3시, 하루 중에서 가장 지루한 시간이었다.

벙어리는 참을성이 있었다. 거의 한 시간 동안 블런트의 말에 귀를 기울이고 있었다. 이제 그는 이따금 벽시계를 쳐다보기 시작했다. 블런트는 알아차리지 못한 채 계속 말했다. 드디어 그는 말을 멈추고 담배를 말았다. 벙어리는 시계를 향해 고개를 끄덕이고 알 수 없는 미소를 지으며 자리에서 일어났다. 늘 하는 대로 두 손을 주머니에 넣은 채였다. 그는 재빨리 나갔다.

블런트는 너무 취해 무슨 일이 있었는지 몰랐다. 벙어리가 대답하지 않았다는 것도 알아차리지 못했다. 그는 입을 벌리고 눈을 굴리며 주위를 둘러보더니 날뛰기 시작했다. 이마 위에 붉은 힘줄이 솟았고 화가 나서 주먹으로 탁자를 치기 시작했다. 그러나 이제 그의 장광설은 오래 계속되지 못할 터였다.

"이봐요." 비프가 친절하게 말했다. "당신 친구는 갔소."

블런트는 여전히 싱어를 찾고 있었다. 지금처럼 그가 취했던 적은 없었던 것 같았다. 그는 흉측한 표정을 지었다.

"당신에게 줄 게 있소. 그리고 잠깐 얘기합시다." 비프가 그를 달랬다.

블런트는 자리에서 일어서더니 크게 비틀거리는 걸음으로 다시 밖으로 나갔다.

비프는 벽에 기댔다. 들어오고 나가고, 들어오고 나가고. 그러나 그 모두는 그와는 상관이 없었다. 실내는 아무도 없었고 조용했다. 시간이 머뭇거리듯 흘러갔다. 그는 피곤하여 고개를 앞으로 숙였다. 모든 움직임이 천천히 방을 떠나가는 듯했다. 카운터, 얼굴들, 칸막이 자리와 탁자, 구석에 있는 라디오, 천장에서 돌아가는 선풍기. 모든 것들이 흐릿해지며 조용해지는 듯했다.

졸고 있었던 게 분명했다. 누가 그의 팔꿈치를 흔들었다. 정신이 천천히 돌아왔다. 그는 무슨 일인지 알려고 고개를 들었다. 윌리, 부엌에서 일하는 흑인 소년이 모자를 쓰고 긴 흰색 앞치마를 입고 그 앞에 서 있었다. 윌리는 말하려는 내용 때문에 흥분해서 더듬거렸다.

"그가 벼, 벽을 주먹으로 치, 치고 있었어요."

"무슨 소리냐?"

"두 지, 집 아래 골목에서요."

비프는 굽은 어깨를 똑바로 펴고 넥타이를 매만졌다. "뭐라고?"

"사람들이 그를 이리 데려오려고 해요. 금방 몰려올……."

"윌리." 비프는 참을성 있게 말했다. "처음부터 말해봐, 알아들을 수 있게."

"수, 수염 난 여기 있던 작은 백인……."

"블런트 씨. 그래."

"어떻게 시작됐는지는 몰라요. 제가 뒷문에 서 있었는데, 소란스러운 소리가 들렸어요. 다, 달려가봤어요. 여기 있던 백인이 미쳐서 날뛰었어요. 벽돌담에 머리를 찧고 있었어요. 주먹으로 치면서요. 욕을 퍼붓고 싸웠는데 백인이 그렇게 싸우는 건 처음 봤어요. 벽하고 싸우는 거예요. 그러다가는 머리통을 부술 것 같았어요. 소란을 들은 백인 두 사람이 와서 쳐다봤어요."

"그래서 어떻게 됐지?"

"어, 여기 있는 벙어리 신사 있잖아요, 주머니에 손을 넣고 다니는……."

"싱어 씨."

"그가 와서 무슨 일인지 보면서 서 있었어요. 브, 블런트 씨가 그를 보고 말하기 시작하더니 소리를 질렀어요. 그러더니 갑자기 땅에 쓰러졌어요. 머리통이 깨져버렸을지도 몰라요. 겨, 경찰이 왔고 누가 말했어요. 블런트 씨가 여기 머문다고."

비프는 고개를 숙이고 방금 들은 이야기를 분명하게 정리했다. 그는 코를 문지르며 잠시 생각했다.

"이곳으로 몰려올 거예요, 지금." 윌리는 문으로 가더니 길 아래쪽을 내다보았다. "모두 와요. 그를 끌고 와요."

열두어 명의 구경꾼들과 경찰이 카페 안으로 한꺼번에 들어오려고 했다. 밖에 있는 창녀 둘이 안을 들여다보았다. 일상에서 특별한 일이 생기면 어디서 나타나는지, 이렇게 많은 사람들이 몰려오는 게 늘 신기했다.

"더 이상 소란 피울 거 없습니다." 비프가 말했다. 그는 술꾼을 붙들고 있는 경찰을 쳐다봤다. "다른 사람들은 가는 게 좋겠는데요."

경찰은 술꾼을 의자에 앉히고 몰려든 사람들을 다시 거리로 내몰았다. 그리고 비프에게 말했다. "이 사람이 여기 머문다고 누가 그러던데요."

"그렇지 않아요. 아, 그럴 수도 있지요." 비프가 말했다.

"그를 데려갈까요?"

비프는 잠시 생각했다. "오늘 밤은 더 이상 문제 일으키지 않을 겁니다. 물론 내가 책임질 순 없지만, 이제 조용해질 거예요."

"좋습니다. 근무를 끝내기 전에 다시 들르지요."

비프와 싱어, 그리고 제이크 블런트만 남았다. 비프는 술꾼이 끌려 들어온 뒤 그제야 처음으로 그를 보았다. 턱을 심하게 다친 것 같았다. 그는 몸을 앞뒤로 흔들거리며, 큰 손으로 입을 가린 채 탁자 위에 엎어져 있었다. 머리가 찢어졌고 관자놀이에서는 피가 흘렀다. 손마디 살갗은 벗겨져 있었다. 그는 너무 지저분해서 마치 시궁창에서 목덜미를 붙잡아 끌어낸 듯 보였다. 기운이 빠져나가 완전히 무너진 상태였다. 벙어리는 맞은편 자리에 앉아, 모든 것을 회색 눈으로 자세히 보았다.

비프는 블런트가 턱을 다친 게 아니라 입술이 떨려 손으로 입을 가린 것을 알았다. 그의 더러운 얼굴에 눈물이 흐르기 시작했다. 그는 비프와 싱어가 우는 자기를 보는 것에 화가 나서 이따금 그들을 곁눈으로 흘끔댔다. 당혹스러운 순간이었다. 비프는 벙어리에게 어깨를 으쓱하며 어쩌나 하는 표정으로 눈썹을 치켰다. 싱어는 고개를 한쪽으로 갸우뚱했다.

비프는 난감했다. 이 사태를 어떻게 처리할지 곰곰 생각했다. 결정을 내리려고 애쓰는데 벙어리가 메뉴판 뒷면에 쓰기 시작했다.

그를 어디로 보낼지 생각나지 않으시면, 저희 집에 데려갈 수 있어요. 먼저 그에게 수프와 커피를 주면 좋을 것 같습니다.

비프는 안도하며 힘 있게 고개를 끄덕였다.

탁자 위에 세 개의 특별한 음식이 차려졌다. 저녁 식사로 나왔던 수프 두 그릇과 커피와 디저트였다. 그러나 블런트는 먹으려고 하지 않았다. 입술이 비밀 장소인데 노출되고 있다는 듯 입에서 손을 떼려 하지 않았다. 그는 이따금 흐느끼며 숨을 쉬었다. 큰 어깨가 불안하게 흔들렸다. 싱어는 접시를 하나씩 가리켰지만 블런트는 손으로 입을 가린 채 고개를 저었다.

비프는 벙어리가 볼 수 있도록 천천히 발음했다. "대단히 불안한 거요." 그는 대화하듯 말했다.

수프에서 나오는 김이 블런트 쪽으로 갔고 잠시 후 그는 떨리는 손으로 숟가락을 잡았다. 수프를 마시고 디저트를 조금 먹었다. 두껍고 무거운 입술이 여전히 떨리자 그는 접시 깊숙이 고개를 숙였다.

비프는 이 사실에 주목했다. 대부분의 사람들은 몸의 특정 부분을 가리고 싶어 한다는 생각이 들었던 것이다. 벙어리의 경우에는 손이었다. 믹은 봉긋해지기 시작하는 부드러운 젖꼭지가 옷에 닿지 않도록 블라우스를 잡아당겼다. 앨리스의 경우에는 머리카락이었다. 비프가 두피에 기름을 바르면 그녀는 그와 자려고 하지 않았다. 비프 자신은 어디일까?

머뭇거리며 비프는 새끼손가락에 낀 반지를 돌렸다. 어쨌든 그것을 가리고 싶지는 않았다. 아니었다. 더 이상 아니었다. 그의 이마에 날카로운 주름이 잡혔다. 주머니 속의 손이 불안하게 성기 쪽으로 움직였다. 그는 휘파람을 불며 자리에서 일어났다. 어쨌건 다른 사람들이 감추고 싶어 하는 부분을 알아맞히는 건 재미있었다.

그들은 블런트가 일어서도록 부축했다. 그는 기운 없이 비틀거렸다. 더 이상 울지 않았지만 부끄러운 어떤 것을 골똘히 생각하듯 침울했다. 그는 그들이 안내하는 쪽으로 걸었다. 비프는 카운터 뒤에서 가방을 꺼내 와 벙어리에게 설명했다. 싱어는 어떤 일에도 놀라지 않는 듯했다.

비프는 그들과 입구로 갔다. "정신 차리고 싸움에 말려들지 마시오." 그가 블런트에게 말했다.

까만 밤하늘이 밝아오기 시작하더니 새 아침이 오자 깊은 푸른색으로 변했다. 희미한 은빛 별들만 몇 개 보였다. 텅 빈 거리는 조용했고 서늘했다. 싱어는 왼손에 가방을 들고 다른 손으로 블런트를 부축했다. 비프에게 고개를 끄덕여 인사하고 그들은 골목으로 접어들었다. 비프는 서서 그들을 주시했다. 한참을 걸어가자 그들의 검은 모습만, 똑바로 선 벙어리와 그에게 매달린 어깨가 넓고 비틀거리는 블런트의 모습만 푸른 어둠 속에서 보였다. 그들이 더 이상 보이지 않게 되자 비프는 잠시 기다리더니 하늘을 살폈다. 광활한 깊이가 그를 매혹시키며 압도했다. 그는 이마를 문지르고 환한 카페 안으로 다시 들어왔다.

그는 금전등록기 뒤에 섰다. 그날 밤에 일었던 일을 되살리려 하자 얼굴이 굳어지며 긴장되었다. 자신에게 무엇인가 설명하고 싶었다. 장황하고 자세하게 사건들을 되짚어보았으나 여전히 혼란스러웠다.

문이 몇 번씩 열렸다 닫히며 갑자기 손님들이 들어오기 시작했다. 밤은 지나갔다. 윌리는 의자 몇 개를 탁자 위에 올려놓고 바닥을 걸레로 닦았다. 집에 갈 준비를 하며 노래를 부르고 있었다. 윌리는 게을렀다. 주방에서도 늘 일하다 말고 가지고 다니는 하모니카를 불었다. 지금 그는 졸린 듯 천천히 걸레질을 하며 쓸쓸한 흑인 영가를 흥얼거렸다.

카페는 아직 붐비지 않았다. 밤새 일했던 사람들과 잠에서 방금 깨어 새날을 시작할 준비가 된 사람들이 만나는 시간이었다. 졸린 여종업원이 맥주와 커피를 나르고 있었다. 아무 소리도, 대화도 없었다. 사람마다 혼자인 듯했다. 방금 일어난 사람들과 긴 밤을 끝내는 사람들 사이의 상호불신이 모든 이들에게 소외를 느끼게 했다.

길 건너 은행 건물이 새벽 속에서 희미하게 보이더니 차츰 흰 벽돌담이 뚜렷해졌다. 드디어 떠오르는 태양 빛이 거리를 환하게 비추기 시작하자 비프는 마지막으로 카페를 둘러본 뒤 2층으로 올라갔다.

그는 앨리스를 깨울 심산으로 방으로 들어가며 요란하게 손잡이를 돌렸다. "세상에! 굉장한 밤이었네!"

앨리스는 천천히 눈을 떴다. 구겨진 침대 위에 누운 채 심술난 고양이처럼 기지개를 켰다. 신선하고 더운 아침 해가 들자 방은 우중충해 보였다. 실크 스타킹 두 짝이 창 블라인드 끈에 늘어져 있었다.

"그 주정뱅이가 아직도 아래층에서 얼쩡거리는 거예요?" 여자가 다그쳤다.

비프는 셔츠를 벗어 다시 입을 수 있을 만큼 깃이 깨끗한지 살폈다. "내려가서 확인해봐. 당신이 그자를 내쫓는 거, 말리지 않는다고 했는데."

앨리스는 졸린 듯이 손을 뻗어, 침대 옆 바닥에 놓인 성경과 메뉴 뒷면의 백지와 주일학교 책을 집어 들었다. 성경의 얇은 책장을 바스락대며 뒤적이다가 어떤 구절을 찾아내더니, 힘겹게 집중하며 큰 소리로 읽기 시작했다. 일요일이었고, 그녀는 주일학교 유년반 소년들에게 가르칠 수업을 준비하는 중이었다. "갈릴리 해변에 다니시다가 두 형제 곧 베드로라 하는 시몬과 그의 형제 안드레가 바다에 그물 던지는 것을 보시니 그들은 어부라. 말씀하시되 나를 따라오라 내가 너희를 사람 낚는 어부가 되게 하리라 하시니, 그들이 곧 그물을 버려두고 예수를 따르니라."

비프는 씻으러 욕실로 들어갔다. 앨리스가 공부하며 중얼거리는 소리가 계속해서 부드럽게 들렸다. "……새벽이 아직도 밝기 전에 예수께서 일어나 나가 한적한 곳으로 가사 거기서 기도하시더니, 시몬 및 그와 함께 있는 자들이 예수의 뒤를 따라가, 만나서 이르되 모든 사람이 주를 찾나이다."

앨리스는 읽기를 끝냈다. 비프는 성경 구절들을 마음속에서 부드럽게 다시 음미했다. 그는 실제 단어와 그것을 읽은 앨리스의 목소리를 구별하려 했다. 그 구절을 어렸을 때 어머니가 읽어주신 대로 기억하고 싶었다. 그는 그리움을 느끼며 새끼손가락에 낀 결혼반지를 보았다. 어머니의 반지였다. 그가 교회와 신앙을 향한 마음을 접은 것에 대해 어머니가 어떻게 느꼈을지, 다시 궁금했다.

"오늘의 수업은 제자들을 거두는 일에 관한 거예요." 앨리스가 연습 삼아 혼잣말을 했다. "성경 본문은 '모든 사람이 주를 찾나이다'이지요."

비프는 문득 생각에서 깨어나 수도꼭지를 세게 틀었다. 속셔츠를 벗고 씻기 시작했다. 그의 허리 윗부분은 늘 빈틈없이 청결했다. 매일 아침 가슴과 두 팔과 목과 두 발을 비누칠했다. 그리고 한 계절에 두 번 욕조에 들어가 몸 구석구석을 닦았다.

비프는 침대 옆에 서서 앨리스가 일어나기를 조급하게 기다렸다. 창문을 통해 보니 바람 없는 무더운 날이 될 것을 알 수 있었다. 그날 수업할 내용을 다 읽은 앨리스는 비프가 기다리는 걸 알면서도 침대에 누워 늑장을 피웠다. 조용하고 우울한 분노가 그에게 생겼다. 그는 냉소적으로 웃으며 씁쓸하게 말했다. "당신이 원하면 난 잠깐 앉아서 신문을 읽을 수도 있어. 그런데 지금은 좀 자게 해줬으면 좋겠군."

앨리스는 옷을 입기 시작했고 비프는 잠자리를 준비했다. 익숙하게 시트의 위치를 바꾸어 윗부분을 아래로 오게 한 뒤, 뒤집어서 거꾸로 깔았다. 매끈하게 자리가 준비되자 앨리스가 방에서 나가기를 기다렸다 바지를 벗고 이불 속으로 들어갔다. 이불 아래로 두 발이 나왔다. 뻣뻣하게 털이 난 그의 가슴은 베개와 대조되어 대단히 검었다. 술꾼에게 일어난 일을 앨리스에게 말하지 않은 것은 잘한 일이었다. 그는 누군가에게 그 일을 말하고 싶었다. 일어난 모든 일들을 사실 그대로 소리 내어 말하면, 궁금했던 점들을 확실히 알 수 있을지도 모를 일이기 때문이었다. 그 가련한 인간이 말하고 또 말해도 아무도 무슨 뜻인지 이해하지 못했다. 말하는 본인도 모르는 것 같았다. 그리고 귀먹은 벙어리에게 이끌려서 자기 속에 있는 모든 것을 공짜로 갖다 바치려고 했다.

왜 그랬을까?

어떤 사람들의 마음속에는 어느 시기에 개인적인 모든 것들을 포기하게 만드는 무엇인가가 있기 때문이다. 그것들이 썩어서 독이 되기 전에 다른 인간에게, 또는 인간이 만든 어떤 이념에 송두리째 바치는 것이다. 그래야만 한다. 어떤 사람들의 내면에는 그런 것들이 있다. "모든 사람이 주를 찾나이다." 이런 말을 그래서 하는지도 모른다. 그리고 그 남자는 자기 말대로 중국인인지 모른다. 깜둥이이고 이탈리아 놈이고 유대인인지도 모른다. 그가 그렇게 믿는다면, 그럴지도 모른다. 자기 말처럼 그는 모든 사람, 모든 것들인지 모른다.

비프는 두 팔을 뻗고 맨발을 포겠다. 푹 꺼진 감은 눈꺼풀, 뺨과 턱에 난 무성하고 거친 수염. 아침 햇빛 속에서 그의 얼굴은 더 늙어 보였다. 이윽고 그의 입이 부드러워지며 긴장이 풀렸다. 강하고 노란 햇빛이 창으로 들어와 방은 덥고 환했다. 비프는 피곤하게 돌아누워 손으로 눈을 가렸다. 그는 그 누구도 아닌 바솔로뮤, 두 주먹과 성급한 혀를 가진 브래넌 씨 자신일 뿐이었다.

3

간밤에 늦게까지 밖에 있었는데도 해가 뜨자 믹은 일찍 잠에서
깼다. 아침으로 커피를 마시기에는 너무 더워 시럽을 넣은 얼
음물과 차게 한 비스킷을 먹었다. 한동안 부엌에서 서성대다
가 현관 앞 베란다로 나가 만화책을 봤다. 일요일 아침이면 여
느 때처럼 싱어 씨가 베란다에서 신문을 읽고 있을 거라 생각
했다. 그러나 싱어 씨는 없었다. 나중에야 아빠는 싱어 씨가 전
날 밤 늦게 들어왔고 그 방에 손님이 있다고 말해주었다. 믹은
싱어 씨를 한참 기다렸다. 다른 하숙인들은 모두 내려왔다. 끝
으로 믹이 부엌으로 가서 유아용 의자에 앉아 있던 랠프를 안
아 내려 깨끗한 옷을 입히고 얼굴을 닦아주었다. 얼마 후 버버
가 주일학교에서 돌아오자 믹은 아이들을 데리고 밖에 나갈 준
비를 했다. 버버도 랠프와 함께 손수레에 태웠다. 버버가 맨발
로 뜨거운 보도를 걸으면 화상을 입을 것이기 때문이었다. 믹
이 손수레를 여덟 블록쯤 밀고 가자 새로 짓고 있는 큰 집이 나
왔다. 사다리가 여전히 지붕 끝에 걸쳐 있어서 믹은 용기를 내

어 올라가기 시작했다.

"랠프를 잘 봐." 믹이 버버에게 소리쳤다. "모기가 아기 눈꺼풀에 못 앉게 해."

5분 후에 믹은 일어서서 몸을 똑바로 했다. 날개처럼 두 팔을 폈다. 누구든지 여기 서고 싶어 했다. 맨 꼭대기. 그러나 여기 설 수 있는 애들은 많지 않았다. 대부분의 아이들은 겁을 냈다. 중심을 잃고 굴러 떨어지면 죽을 것이었다. 사방으로 다른 집 지붕들과 푸른 나무 끝이 보였다. 소도시의 다른 쪽으로는 교회 탑들과 목화 공장 굴뚝들이 보였다. 하늘은 환한 푸른색이었고 불처럼 뜨거웠다. 태양은 땅 위의 모든 것들을 어지러운 흰색 또는 검은색으로 만들었다.

믹은 노래하고 싶었다. 알고 있는 모든 노래들이 목으로 차올랐지만 소리를 내지는 않았다. 지난주에는 맨 꼭대기까지 올라간 소년이 큰 소리를 지르더니 고등학교에서 배운 연설을 외치기 시작했다. "친구들, 로마인들, 국민들이여, 나에게 귀를 기울이시오!" 가장 높은 곳에 올라가면 흥분하고 소리치게 된다. 노래하며 두 팔을 펼치고 날아가고 싶어진다.

신발 바닥이 미끄럽게 느껴져 믹은 조심조심 천천히 지붕 꼭대기에 걸터앉았다. 집은 거의 완성되었다. 근처에서 가장 큰 건물이 될 것이었다. 천장이 높고 지붕이 가파른 이층집. 작업은 곧 마무리될 것이다. 목수들은 떠날 것이고 아이들은 놀이터를 찾아 다른 곳으로 가야 할 것이다.

믹은 혼자였다. 주위에 아무도 없었고 조용했다. 한동안 생각에 잠길 수 있었다. 반바지 주머니에서 전날 밤에 산 담배를 꺼냈다. 천천히 연기를 들이마셨다. 취한 기분이 들며 어깨 위

머리가 무겁고 나른한 듯했지만 그래도 다 피워야 했다.

M.K. 믹이 열일곱 살이 되고 유명해지면, 자기의 모든 소유물에 그렇게 쓸 것이었다. 차 문에 자기 이니셜을 새긴 빨갛고 하얀 패커드 자동차를 타고 집에 올 것이다. 손수건과 속옷에 붉은색으로 M.K.라고 새길 것이다. 믹은 위대한 발명가가 될 수도 있다. 가지고 다니며 귀에 꽂을 수 있는 완두콩만 한 작은 라디오를 발명할 것이다. 배낭처럼 등에 메고 온 세계를 날아다닐 수 있는 기구들도. 그런 것들을 발명한 후엔 세계 최초로 땅속을 파서 중국까지 연결되는 큰 터널을 만들고, 사람들이 큰 풍선을 타고 내려오게 할 것이다. 믹은 그 모든 것들을 누구보다 먼저 발명할 것이다. 이미 계획들을 다 세워놓았다.

믹은 반쯤 피운 담배를 비벼 끈 뒤 지붕 아래로 던졌다. 그런 다음 몸을 숙여 머리를 두 팔에 얹고 혼자 낮게 콧노래를 부르기 시작했다.

재미있는 일이었다. 언제나 믹의 마음속에는 피아노 곡이나 다른 음악이 울렸다. 무엇을 하건 무슨 생각을 하건 늘 음악이 있었다. 하숙을 했던 브라운 양의 방에 라디오가 있어서 믹은 지난겨울 내내 일요일 오후마다 계단에 앉아 음악에 귀를 기울였다. 아마도 고전음악이었는데, 특히 한 곡을 기억하고 있었다. 어떤 특별한 사람이 쓴 곡으로, 들을 때마다 가슴이 미어지는 듯했다. 그의 음악은 영롱한 작은 수정 사탕 같았고 한없이 부드럽고 슬펐다.

갑자기 울음소리가 들렸다. 믹은 고개를 들고 귀를 기울였다. 바람이 이마의 머리칼을 흩날렸고 환한 해가 얼굴을 희고 축축하게 만들었다. 칭얼거리는 소리가 계속 들려와서 믹은 가파른 지붕 위를 천천히 기어갔다. 끝까지 와서 바닥에 배를 깔고 엎드린 후 지붕 끝으로 고개를 내밀고 저 아래 땅을 보았다.

아이들은 두고 온 그 자리에 있었다. 버버는 웅크리고 앉아 있었고, 그 옆에 작고 뭉툭한 검은 그림자가 있었다. 랠프는 여전히 손수레에 있었다. 겨우 바로 앉을 만큼 자란 아기는 손수레 양쪽을 붙들고 모자를 삐딱하게 쓴 채 울고 있었다.

"버버!" 믹은 소리쳤다. "랠프가 원하는 걸 줘."

버버는 일어나 아기 얼굴을 열심히 들여다봤다. "원하는 거 없는데."

"어, 그럼, 잘 흔들어줘."

믹은 조금 전에 앉았던 곳으로 다시 올라갔다. 얼마 동안 두어 명의 사람들에 대해 생각도 하고 혼자 노래도 하고 계획도 세우고 싶었다. 그러나 랠프가 여전히 울고 있으니 혼자만의 평화는 없을 것이었다.

믹은 용감하게 지붕 끝에 세워놓은 사다리 쪽으로 내려가기 시작했다. 경사가 가팔랐다. 일꾼들이 발을 딛기 위해 박아놓은 나무토막 몇 개가 띄엄띄엄 보였다. 어지러웠고 심장이 너무 뛰어 몸이 떨릴 지경이었다. 믹은 자신 있게 큰 소리로 혼자 말했다. "두 손으로 여기를 바짝 잡아. 오른쪽 발가락이 저기 닿을 때까지 미끄러져 내려가. 그다음 바짝 붙어 왼쪽으로 움직여. 용기를 내, 믹. 용기를 가져."

어디를 올라가더라도 내려오는 것이 제일 어려웠다. 한참 만에 사다리에 도달하자 다시 안전하게 느껴졌다. 드디어 땅에 섰을 때는 키도 줄어들고 몸집도 작아진 것 같았다. 얼마간 두 다리가 주저앉을 것처럼 후들거렸다. 반바지를 추어올리고 벨트를 좀 더 조였다. 랠프는 여전히 울고 있었지만, 믹은 개의치 않고 비어 있는 새 집으로 들어갔다.

집 주인은 "아이들 출입금지"라는 표지판을 지난달에 내걸었다. 어느 날 밤 한 무리의 아이들이 집 안에서 몰려다녔고, 어두워서 앞을 볼 수 없었던 여자아이가 바닥이 깔려 있지 않은 방으로 뛰어들다가 아래로 떨어져 다리가 부러졌다. 그 애는 깁스를 한 채 아직도 병원에 있었다. 또 불량소년들이 벽에 오줌을 누고 욕설을 써놓기도 했다. 그러나 출입금지 표시를 아무리 내걸어도, 집에 페인트칠을 하고 마무리를 해서 이사 들어오기 전까지는 아이들을 몰아낼 수 없었다.

방에서는 새 나무 냄새가 났다. 믹이 걸음을 옮길 때마다 바닥에 닿는 운동화 소리가 집 전체에 울렸다. 무더웠고 조용했다. 소녀는 한동안 앞쪽 방 한가운데 조용히 서 있었다. 갑자기 어떤 생각이 났다. 주머니를 뒤져 분필 두 조각을 꺼냈다. 초록색과 빨간색이었다.

믹은 커다란 대문자를 천천히 썼다. 맨 위에 '에디슨'이라고 쓰고 그 밑에 '딕 트레이시'와 '무솔리니'라고 썼다. 그런 뒤 구석마다 제일 큰 활자로 'M.K.'라고 썼다. 초록색으로 글자를 쓰고 빨간색으로 둘레를 칠했다. 그 일을 끝내고는 맞은편 벽으로 가서 '잠지'라는 상스러운 말을 썼다. 그 밑에도 자기 이니셜을 썼다.

믹은 휑한 방 가운데 서서 자기가 써놓은 것들을 바라봤다. 여전히 분필은 손에 들려 있었다. 믹은 만족스럽지 못했다. 지난겨울 라디오에서 들은 그 음악을 작곡한 사람의 이름을 생각해내려고 했다. 학교에서 아는 여자애에게 물어본 적이 있는

데, 자기 피아노도 있고 그 음악가의 곡도 배우는 아이였다. 그 아이가 선생님에게 물어봐주었다. 그 음악을 만든 사람은 오래 전 유럽 어느 지역에 살던 아이인 듯했다. 어린아이였지만 피아노와 바이올린, 악단이나 오케스트라를 위한 그 모든 아름다운 곡들을 지어낸 거다. 믹은 자기가 들은 그의 곡들 중 대여섯 개 정도를 기억할 수 있었다. 어떤 곡은 경쾌했고 어떤 곡은 비 온 뒤의 봄 냄새 같았다. 그러나 웬일인지 모두 믹을 슬프면서도 흥분되게 만들었다.

믹은 한 곡조를 흥얼거렸다. 얼마간 무더운 빈집에서 혼자 그러고 있자니 눈물이 나왔다. 목구멍이 조이고 뻑뻑해져서 더 이상 노래할 수 없었다. 믹은 그 사람의 이름을 얼른 벽의 목록 맨 위에 적었다. 모차르트.

랠프는 작고 통통한 손을 양옆에 붙이고 얌전하게, 띠로 묶인 그대로 손수레에 앉아 있었다. 가지런한 검은 앞머리와 검은 눈 때문에 랠프는 작은 중국 아기 같았다. 햇볕이 아기 얼굴에 내리쬐었고, 그 때문에 칭얼거렸던 것이다. 버버는 어디에도 보이지 않았다. 믹을 본 랠프는 다시 울려고 했다. 믹은 손수레를 새 집 옆에 드리운 그늘로 밀고 간 뒤 주머니에서 파란색 젤리빈을 꺼냈다. 아기의 따뜻하고 부드러운 입안에 사탕을 넣어주었다.

"네 파이프에 그걸 넣고 피워봐." 믹이 아기에게 말했다. 어쩌면 낭비일 수도 있었다. 랠프는 아직 너무 아기여서 사탕 맛을 알지 못했기 때문이다. 깨끗한 돌멩이를 주어도 똑같이 삼켜버릴 것이었다. 아기는 말을 이해하지 못하듯 맛도 알지 못했다. 손수레에 아기를 태워 밀고 다니다가 지쳐서 강으로 던지고 싶다고 말해도 아기에게는 사랑한다고 말하는 것과 같을 것이었다. 많은 것들이 차이가 없었다. 그래서 아기를 끌고 다니는 것은 지겨웠다.

믹은 양손을 둥글게 오므려 꽉 붙인 뒤 엄지손 사이로 바람을 불었다. 두 뺨이 부풀고 처음에는 공기가 주먹 사이로 빠져나가는 소리만 들렸다. 그러다가 높고 날카로운 휘파람 소리가 났고, 잠시 후 버버가 집 모퉁이에서 나타났다.

믹은 버버의 머리에서 톱밥을 털어내고 랠프의 모자를 바로 씌웠다. 랠프의 모자 중 가장 좋은 것이었다. 레이스로 된 데다 전부 수가 놓여 있었다. 턱 아래 리본은 한쪽은 파란색, 한쪽은 하얀색이었고 양쪽 귀에는 커다란 장미가 달려 있었다. 이제는 머리가 모자에 비해 너무 커졌고 수놓인 장식도 낡았지만, 믹은 아기를 데리고 나올 때면 늘 그 모자를 씌웠다. 랠프에게는 다른 아기들처럼 진짜 유모차도 없었고 여름 신발도 없었다. 3년 전 크리스마스에 산 낡은 싸구려 손수레에 태우고 다닐 수밖에 없었다. 그러나 이 좋은 모자를 쓰면 랠프는 귀여웠다.

길에는 아무도 없었다. 일요일 늦은 아침이었고 매우 더웠다. 손수레는 날카롭게 덜그럭거렸다. 버버는 맨발이었고 보도는 뜨거워서 발을 델 정도였다. 초록색 참나무들이 땅 위에 시원해 보이는 검은 그림자를 만들었지만 충분하지 않았다.

"너도 손수레에 타." 믹은 버버에게 말했다. "랠프를 네 무릎에 앉혀."

"걸을 수 있어."

긴 여름이면 버버는 늘 배앓이를 했다. 윗옷을 입지 않아서 흰 늑골이 앙상하게 드러났다. 태양은 그를 갈색이 아니라 창백하게 만들었다. 아이 가슴의 작은 젖꼭지가 파란 건포도 같았다.

"괜찮아." 믹이 말했다. "손수레에 타."

"알았어."

믹은 서두르지 않고 천천히 집으로 손수레를 끌었다. 그리고 동생들에게 말하기 시작했다. 아니, 동생들에게 말한다기보다 자신에게 말하는 것 같았다.

"재미있는 얘기가 하나 있는데, 얼마 전에 내가 꿈을 꿨거든. 수영을 하고 있는 것 같았어. 그런데 물속이 아니라 사람들 속으로 팔을 펼치며 헤엄치고 있는 거야. 토요일 오후 크레스 상점에 모인 사람들보다 백배나 더 많았어. 세상에서 제일 많은 사람들이 모인 거 같았지. 난 사람들 가운데로 헤엄치면서 그들을 때려눕히고 고함을 질렀어. 그런데 또 어떨 때는 내가 땅 위에 있는데 사람들이 날 마구 짓밟는 거야. 내 창자들이 길바닥으로 삐져나왔어. 그냥 꿈이 아니라 악몽인 것 같아."

일요일이면 집에는 늘 사람들이 붐볐다. 하숙인들을 찾아오는 손님들 때문이었다. 신문지들이 펄럭거렸고 담배 연기가 자욱했고 계단에는 늘 발소리가 났다.

"그냥 비밀로 하고 싶은 것들이 있어. 나쁜 일이어서가 아니라 그냥 비밀로 갖고 싶은 거지. 너희들에게도 말하고 싶지 않은 게 두어 개 있다고."

모퉁이에 이르자 버버는 내려서 믹이 손수레를 인도로 내렸다가 옆 골목으로 옮기는 것을 도왔다.

"하지만 무엇을 주고서라고 얻고 싶은 게 한 가지 있어. 피아노야. 우리 집에 피아노가 있으면 난 매일 밤 연습해서 이 세상 모든 곡을 배울 거야. 내가 제일 하고 싶은 거야."

아이들은 이제 집이 있는 블록에 들어섰다. 두어 집만 지나면 소녀의 집이 나왔다. 이 소도시의 북쪽에 있는 큰 삼층집으로, 식구가 열네 명이었다. 그들 중 혈연으로 맺어진 진짜 켈리 가족은 별로 많지 않았으나, 5달러씩 내고 그 집에서 먹고 자는 하숙인들도 가족이라고 해야 할 것이었다. 싱어 씨는 예외였다. 방 하나에 세 들어서 혼자 쓰기 때문이었다.

집은 좁았고 몇 년 동안 페인트칠도 하지 않았다. 3층 높이에 맞게 튼튼하게 지어진 것 같지도 않았다. 집 한쪽은 기울어져 있었다.

믹은 띠를 풀어 랠프를 손수레에서 들어 올렸다. 그리고 빠르게 복도를 지나가며 곁눈으로 하숙인들이 가득 앉아 있는 거실을 보았다. 아빠도 있었다. 엄마는 부엌에 있을 것이었다. 모두 저녁 식사를 기다리며 모여 있었다.

믹은 가족들이 사용하는 세 개의 방 가운데 첫째 방으로 들어갔다. 아빠 엄마가 자는 침대에 랠프를 내려놓고, 아이가 가지고 놀도록 구슬 목걸이를 주었다. 그런 뒤 문이 닫힌 옆방에서 나는 소리를 듣고 그곳으로 갔다.

헤이즐과 에타는 믹을 보자 하던 이야기를 멈췄다. 에타는 창가 의자에 앉아 빨간 매니큐어를 발톱에 칠하고 있었다. 머리에는 철제 롤러를 말고 턱 밑 여드름에는 흰 크림을 바른 모습이었다. 헤이즐은 언제나 그렇듯 침대에 느긋하게 기대 있었다.

"무슨 얘길 하고 있었어?"

"상관할 바 없어." 에타가 말했다. "입 다물고 나가시지."

"여긴 언니들 방이기도 하지만 내 방이기도 해. 나도 이 방에 권리가 있다고." 믹은 방의 한쪽에서 다른 쪽으로, 구석구석으로 탁탁 걸어 다녔다. "하지만 싸울 마음은 없어. 원하는 건, 내 권리야."

믹은 손바닥으로 덥수룩한 앞머리를 쓸어 넘겼다. 너무 자주 쓸어 넘겨 머리털이 뻣뻣하게 서 있었다. 소녀는 코를 씰룩거리며 거울 속의 제 얼굴을 향해 인상을 썼다. 그런 뒤 다시 방 안을 걷기 시작했다.

헤이즐과 에타는 언니로서는 괜찮았다. 그러나 에타의 머릿속엔 한심한 생각만 가득한 것 같았다. 오로지 영화배우들과 영화에 출연하는 것만 생각했다. 지넷 맥도널드*에게 편지를 쓴 적도 있었는데, 이에 대해 타자로 친 답장을 받기도 했다. 할리우드에 오면 자기 집에 놀러 와 수영할 수 있다는 내용이었다. 그때부터 수영장은 에타의 마음을 좀먹었다. 에타는 버스비만 모으면 할리우드로 가서, 비서 일을 하면서 지넷 맥도널드와 친구가 되고 영화에 출현하겠다고 생각했다.

에타는 하루 종일 멋만 부리고 있었다. 딱했다. 에타는 헤이즐처럼 날 때부터 예쁘지 않았다. 무엇보다 턱이 없었다. 턱을 잡아당기고 영화 잡지에서 읽은 대로 턱 운동을 했다. 늘 거울로 옆모습을 보며 특별한 입 모양을 만들려고 애썼지만 소용없었다. 밤이면 에타는 두 손으로 얼굴을 붙들고 울기도 했다.

헤이즐은 그냥 게을렀다. 예쁘게 생겼지만 둔했다. 열여덟 살로, 빌 오빠 바로 아래 맏딸이었다. 그게 문제인지도 몰랐다.

*미국의 소프라노 가수이자 희극 여배우.

그녀는 뭐든지 제일 먼저 많이 차지했다. 새 옷도 제일 먼저 차지했고 특별 대접도 제일 많이 받았다. 어떤 것도 움켜쥘 필요가 없었고 그래서 성격도 온순했다.

"하루 종일 방을 어슬렁대기만 할 거야? 그 멍청한 사내애 옷 입은 거, 보기 지겹다. 누가 좀 따끔하게 혼을 내줘야 하는데, 믹 켈리. 그래야 얌전해지지."

"듣기 싫어." 믹이 말했다. "내가 반바지 입는 건 언니들이 입던 거 입기 싫어서야. 난 언니들처럼 되기도 싫고 그렇게 보이는 것도 싫어. 그렇게 안 될 거야. 그래서 반바지를 입는 거야. 차라리 남자애가 되는 게 낫지. 그럼 빌 오빠하고 같이 방을 썼을 텐데."

믹은 침대 아래를 뒤적여 큰 모자 상자를 끄집어냈다. 그걸 들고 문 쪽으로 향하자 두 언니가 믹의 등에 대고 소리쳤다. "속이 시원하다!"

빌은 식구 중에서 제일 좋은 방을 썼다. 그 방은 버버를 제외하고는, 밀실처럼 오로지 그 자신만을 위한 것이었다. 빌은 잡지에서 오린 사진들을 벽에 붙여놓았는데, 대부분 예쁜 여자들 얼굴이었다. 다른 구석에는 믹이 작년 무료 미술반에서 그린 그림들이 붙어 있었다. 방에는 침대 하나와 책상 하나뿐이었다.

빌은 책상에 웅크리고 앉아 《파퓰러 머캐닉스》*를 읽고 있었다. 믹은 그 뒤로 가서 두 팔로 오빠의 어깨를 안았다. "안녕, 우리 오빠."

*대중 기술, 과학을 다루는 미국의 유명 잡지.

빌은 전에 그랬던 것처럼 소녀와 레슬링을 하지는 않았다. "안녕." 그는 말하면서 어깨를 약간 흔들었다.

"나, 여기 잠깐 있어도 돼?"

"그럼. 네가 있고 싶다면."

믹은 바닥에 꿇어앉아 큰 모자 상자의 끈을 풀었다. 두 손을 뚜껑 가장자리로 가져갔지만 열어야 할지 마음을 정하지 못했다.

"내가 만드는 것에 대해 생각 중이야." 믹이 말했다. "잘될 수도 있고 아닐 수도 있어."

빌은 계속 잡지를 읽고 있었다. 믹은 여전히 무릎을 꿇고 상자를 보고 있었지만 뚜껑을 열지는 않았다. 믹의 시선이 자신을 등지고 앉은 빌에게로 옮겨 갔다. 빌은 잡지를 읽으면서 큰 발로 다른 발을 자꾸 밟았다. 신발은 심하게 닳아 있었다. 언젠가 아빠가, 빌이 먹는 저녁은 두 발로 가고 아침은 한쪽 귀로, 저녁 간식은 다른 귀로 간다고 말한 적이 있었다. 짓궂은 소리였다. 빌은 한 달 동안이나 부루퉁해 있었지만, 재미있는 농담이었다. 빌은 귀가 나팔 모양으로 솟은 데다 아주 붉었고, 고등학교를 막 졸업했지만 발 크기가 300밀리미터는 되었다. 서 있을 때는 발 하나를 뒤로 감추려고 했지만 오히려 큰 발이 더 눈에 띌 뿐이었다.

믹은 상자를 조금 열었다가 다시 닫았다. 너무 흥분해서 상자 안을 들여다볼 수 없었다. 흥분이 좀 가라앉을 때까지 방 안을 걸어 다녔다. 그러다가 지난겨울 주 정부가 주관했던 무료 미술반에서 그린 그림 앞에 섰다. 바다 위로 폭풍이 불고 갈매기가 바람에 날려 공중으로 질주하는 그림이었다. 제목은 〈폭풍에 날개가 부러진 갈매기〉였다. 미술 선생님은 초반 두세 번째 수업 때 바다에 관해 설명해주었고, 그래서 거의 모든 아이들은 바다를 그리기 시작했다. 그러나 믹과 마찬가지로, 아이들은 바다를 실제로 본 적이 없었다.

믹이 처음 그린 그림이었고, 빌은 그것을 벽에 붙여놓았다. 다른 그림들 속에는 사람들이 잔뜩 있었다. 처음에는 바다 그림을 더 그렸었다. 비행기가 바다 위로 추락하고 사람들이 뛰어나오는 그림, 대서양을 횡단하는 기선이 침몰하고 사람들이 작은 구명보트 안으로 밀치며 들어가는 그림 등이었다.

믹은 빌의 벽장에 들어가 미술 시간에 그린 다른 그림들을 꺼냈다. 연필화 몇 점과 수채화 몇 점, 그리고 유화도 하나 있었다. 그림에는 모두 사람들이 가득 차 있었다. 믹은 브로드 거리에 큰 화재가 나는 상상을 하면서 그렸다. 초록색과 오렌지색 화염이 타올랐고 타지 않고 남은 것은 브래넌 씨의 카페와 퍼스트 내셔널 은행뿐이었다. 사람들은 길에 죽어 누워 있고 어떤 사람들은 필사적으로 달아나고 있었다. 한 남자는 잠옷을 입었고 어떤 여자는 바나나 다발을 들고 가려 애쓰고 있었다. 또 다른 그림의 제목은 〈공장에서 보일러가 터지다〉였는데, 남자들이 창밖으로 뛰어내려 달려가고 작업복을 입은 아이들은 아빠에게 가져온 저녁 도시락 통을 들고 몰려 있었다. 유화는 브로드 거리에서 소도시 사람들 전체가 싸우고 있는 그림이었다. 믹은 왜 이 그림을 그렸는지 몰랐고, 그래서 그림에 맞는 제목을 생각할 수 없었다. 왜 이렇게 싸우고 있나. 그림 안에서는 불이 나지도 않았고 폭풍이 불지도 않았다. 싸울 이유가 없어 보였다. 그러나 다른 그림들에서보다 더 많은 사람들이 더 많이 움직이고 있었다. 이것이 제일 마음에 드는 그림인데 제목을 생각해낼 수 없다니 유감이었다. 그러나 마음 한편에서는 제목을 알고 있었다.

믹은 그림을 다시 벽장 선반에 넣었다. 어떤 그림도 썩 좋지는 않았다. 사람들은 손가락이 없었고 팔이 다리보다 긴 사람도 있었다. 그래도 미술 시간은 재미있었다. 하지만 별다른 이유 없이 머리에 떠오르는 대로 그렸을 뿐이었지만, 마음속에 음악이 주는 느낌을 받지는 못했다. 음악처럼 좋은 것은 없었다.

믹은 무릎을 꿇고 앉아 큰 모자 상자 뚜껑을 열었다. 안에는 바이올린 줄 두 개, 기타 줄 하나, 밴조 줄 하나가 달린 갈라진 우쿨렐레가 들어 있었다. 우쿨렐레 등의 갈라진 부분은 반창고로 말끔하게 처리했고 가운데 둥근 구멍은 나뭇조각으로 가렸다. 바이올린 브리지가 끝에 있는 줄들을 받치고 있었고 양쪽에는 소리 구멍도 있었다. 믹은 바이올린을 만들고 있었다. 악기를 무릎에 세웠다. 처음 보는 것처럼 느껴졌다. 믹은 얼마 전에 버버에게 담배 상자와 고무 밴드로 작은 장난감 만돌린을 만들어주었는데, 그때 바이올린 만들 생각을 했다. 여기저기서 다른 부속품을 구해 매일 조금씩 만들었다. 할 수 있는 일은 다 했고 이제는 머리를 쓰는 일만 남았다.

"오빠, 이건 내가 본 진짜 바이올린처럼 생기지 않았어."

그는 여전히 잡지를 읽고 있었다. "응?"

"제대로 된 것 같지 않아. 아닌 것 같아."

믹은 그날 줄감개를 조여 바이올린 음정을 조율할 예정이었다. 그러나 어떤 결과가 나올지 갑자기 깨닫자 그것을 보고 싶지 않았다. 믹은 천천히 줄을 한 개씩 잡아당겼다. 핑 하는 작고 공허한 소리가 났다.

"활을 어떻게 구해? 꼭 말총으로 만들어야 해?"

"그래." 빌이 짜증스럽게 말했다.

"가느다란 철사나 낭창거리는 막대기 위에 사람 머리칼을 붙이면 안 되는 거야?"

빌은 두 발을 비볐고 대답하지 않았다.

화가 난 믹은 이마에 땀방울이 솟았다. 목소리가 거칠어졌다. "이건 나쁜 바이올린조차도 못 돼. 만돌린과 우쿨렐레의 얼치기라고. 정말 싫어. 싫어."

빌이 돌아보았다.

"다 틀렸어. 안 될 거야. 소용없다고."

"진정해." 빌이 말했다. "네가 가지고 바보짓 하던 그 고물 우쿨렐레 때문에 계속 이러는 거야? 바이올린을 만들 수 있다고 생각하는 건 미친 짓이라는 걸 처음부터 말해줄 걸 그랬네. 그건 앉아서 만들 수 있는 게 아니야, 사야 하는 거라고. 그런 건 누구나 아는 거잖아. 하지만 네가 그걸 직접 깨닫는다 해도 그리 상처 받지는 않을 줄 알았는데."

가끔 믹은 빌이 이 세상에서 제일 미웠다. 빌은 예전과는 아주 딴사람이 되었다. 믹은 바이올린을 집어던지고 발로 밟다가 다시 거칠게 모자 상자 속에 넣었다. 불처럼 뜨거운 눈물이 고였다. 상자를 발로 한 번 차고는, 빌은 쳐다보지도 않고 뛰쳐나왔다.

믹은 복도를 지나 뒤뜰로 달려 나가다 엄마를 만났다.

"왜 그러니? 무슨 일이야?"

믹은 벗어나려 했지만 엄마가 팔을 꽉 잡고 있었다. 시무룩해진 믹은 손등으로 눈물을 닦았다. 부엌에 있던 엄마는 앞치마와 실내화를 신고 있었다. 늘 그렇듯 생각은 많으면서 딸에게 더 많은 질문을 할 시간은 없는 듯했다.

"잭슨 씨가 점심에 누이 두 명을 데리고 와서 의자가 모자라네. 너는 부엌에서 버버하고 먹어야겠다."

"그거 잘됐네요." 믹이 말했다.

엄마가 믹의 팔을 놓고 앞치마를 벗으러 갔다. 식당에서 식사를 알리는 종이 울렸고 기분 좋은 말소리들이 들리기 시작했다. 아빠의 말소리도 들렸다. 상해보험을 유지하지 않아 엉덩이를 다쳤을 때 손해 본 이야기를 하고 있었다. 돈을 벌 수 있었는데 놓쳐버린 것을 아빠는 잊지 못했다. 접시들이 달가닥거리는 소리가 나더니 잠시 후 말소리가 그쳤다.

믹은 층계 난간에 기댔다. 갑자기 울었더니 딸꾹질이 났다. 다시 지난달을 생각해보니 자기도 속으로는 바이올린이 성공할 것이라고 믿지 않았던 것 같았다. 그러나 가슴으로는 계속 믿으려고 했었다. 지금도 전혀 믿지 않기란 어려웠다. 믹은 지쳐버렸다. 빌은 이제 아무 도움이 되지 않았다. 세상에서 빌이 제일 멋진 사람이라고 생각했던 때도 있었다. 믹은 그가 가는 곳이면 어디든지 따라다녔었다. 숲 속에 낚시하러 갈 때도, 빌이 자기 친구들과 만든 로커 룸에도, 브래넌 씨의 카페에 있는 슬롯머신장에도 따라갔었다. 빌은 믹을 이렇게 실망시킬 생각은 없었는지 모른다. 어쨌건 이제 두 사람은 다시는 좋은 단짝이 될 수 없을 터였다.

복도에서는 담배 냄새와 일요일의 오찬 냄새가 났다. 믹은 숨을 깊이 내쉬고 다시 부엌으로 갔다. 음식 냄새가 좋아지기 시작했고 배가 고팠다. 포셔가 버버에게 말하는 소리가 들렸다. 반쯤은 노래를 불러주는 듯, 또는 이야기를 들려주는 듯 했다.

"그래서 내가 다른 흑인 여자애들보다 운이 좋다고 말하는 거야." 믹이 문을 막 열었을 때 포셔가 말했다.

"어째서?" 믹이 물었다.

포셔와 버버는 식탁에 앉아 식사를 하고 있었다. 포셔의 연두색 날염 원피스는 진한 갈색 피부와 대조되어 시원해 보였다. 연두색 귀고리를 달고 있었고 머리를 단정히 착 달라붙게 빗었다.

"넌 항상 말끝에 끼어들고는 처음부터 알려고 하더라." 포셔가 말했다. 포셔는 일어나 뜨거운 스토브 옆에 서서 믹의 쟁반에 음식을 담았다. "버버와 난 올드 사디스 로드에 있는 우리 외할아버지 집 얘기를 하고 있었어. 할아버지와 삼촌들이 어떻게 그 넓은 땅을 갖게 되었는지 버버에게 말했어. 15.5에이커야. 4에이커에는 언제나 목화를 심어. 땅을 기름지게 하려고 어느 해에는 콩을 심지. 언덕 위의 1에이커에는 복숭아만 심고. 또 노새 한 마리, 씨암퇘지 한 마리, 스무 마리에서 스물다섯 마리 정도 되는 알 낳는 암탉이랑 식용 닭들을 키워. 큰 채소밭과 피칸 나무 두 그루도 있지. 무화과와 자두 그리고 작은 열매들도 많이 키워. 정말이야. 할아버지 농장만큼 비옥한 곳은 없을 거야. 백인 농장들도 그렇지는 않아."

믹은 식탁 위에 팔꿈치를 얹고 접시 위로 몸을 구부렸다. 포셔는 남편과 남동생 윌리 얘기를 빼고는, 무엇보다도 농장 얘기를 좋아했다. 그녀의 농장 이야기를 들으면 흑인들 농장이야말로 백악관이라고 생각하게 될 정도였다.

"처음에는 작은 방 하나로 시작했어. 그 뒤 몇 년 동안 계속해서 방을 늘렸지. 할아버지와 네 명의 아들들, 그 아내들과 아이들, 그리고 우리 오빠 해밀턴이 살 수 있는 공간이 생긴 거야. 응접실에는 진짜 풍금이랑 축음기가 있어. 벽에는 수위 제복을 입은 할아버지의 커다란 사진이 걸려 있지. 식구들은 여러 가지 과일과 채소로 통조림으로 만들어. 겨울이 아무리 춥고 비가 와도 늘 먹을 것이 많아."

"그런데 왜 거기 가서 식구들과 살지 않아?" 믹이 물었다.

포셔는 감자를 깎다 말고 긴 갈색 손가락으로 식탁을 두드리며 말했다. "이렇게 된 거야. 모두들 자기 가족을 위한 방을 지었어. 오랫동안 열심히 일했으니까. 그리고 지금은 모두에게 어려운 시기잖아. 난 어렸을 때 외할아버지와 살았어. 하지만 그 이후에는 거기서 한 일이 없어. 그래도 나랑 윌리랑 하이보이는 곤경에 처하게 되면 언제든지 갈 수 있어."

"아버지가 거기에 방을 만들지 않았어?"

포셔는 음식을 씹다가 멈췄다. "누구 아버지? 우리 아버지 말하는 거야?"

"물론이지." 믹이 말했다.

"너도 알 텐데, 우리 아버지가 바로 이곳의 흑인 의사잖아."

믹은 전에도 포셔가 그렇게 말하는 걸 들었지만 허풍이라고 생각했었다. 어떻게 흑인이 의사가 될 수 있단 말인가?

"이렇게 된 거야. 우리 엄마가 아버지와 결혼하기 전에는 참다운 친절, 그것만 알고 살았어. 외할아버지는 친절하신 분, 그 자체였으니까. 그런데 아버지는 외할아버지와 달랐어. 낮과 밤이 다른 것처럼."

"고약했어?" 믹이 물었다.

"아니, 고약한 사람은 아냐." 포셔가 천천히 말했다. "뭔가 좀 문제가 있어서 그래. 아버지는 다른 흑인 남자들과 달라. 설명하기 어려워. 아버지는 늘 혼자 공부하고 있어. 그리고 오래전부터 가족에 대한 자기만의 생각을 가지고 있었지. 그래서 집안의 작은 일에도 다 간섭하고 밤에는 우리들을 가르치려고 했어."

"뭐 나쁜 것 같지 않은데." 믹이 말했다.

"들어봐. 대개 아버지는 아주 조용해. 그런데 어떤 밤에는 발작을 일으키는 거야. 그렇게 화내는 사람은 본 적이 없어. 아버지를 아는 사람들은 아버지가 미쳤다고 해. 걷잡을 수 없는 미친 짓들을 했거든. 그래서 엄마가 떠난 거야. 난 열 살이었어. 엄마가 우리들을 데리고 외할아버지 농장으로 가서 키웠어. 아버지는 계속 우리가 돌아오기를 원했지. 하지만 엄마가 돌아가신 뒤에도 우리들은 집에 가서 살지 않았어. 그래서 지금 아버진 혼자 사시는 거야."

믹은 스토브로 가서 두 번째 접시를 채웠다. 포셔의 음성이 노래처럼 커졌다 작아졌다 했다. 이제는 그녀의 말을 중단시킬 수 없었다.

"난 아버지를 자주 만나지 않아. 일주일에 한 번 정도. 하지만 아버지에 대해 많이 생각해. 그가 불쌍해, 내가 아는 누구보다도. 아버지는 어떤 백인보다 책을 많이 읽어. 누구보다 많은 책을 읽고 많은 걱정을 하지. 책과 걱정으로 꽉 찬 사람이야. 아버지는 신을 잃었고 종교에 등을 돌렸어. 아버지의 모든 문제들이 그렇게 만든 거야."

포셔는 흥분했다. 그녀는 신에 대해, 또 남동생 윌리와 남편 하이보이에 대해 말할 때마다 흥분했다.

"그리고 난 통성기도*는 안 해. 난 장로교회에 다녀. 우리는 교회 바닥에서 뒹굴며 방언을 말하지도 않아. 주일마다 축성을 받고 함께 뒹구는 짓도 하지 않고. 우리 교회에서 교인들은 찬송가를 부르고 목사님의 설교를 들어. 그리고 말해주겠는데, 찬송가도 부르고 설교도 듣는 건 너에게 해롭지 않아, 믹. 너도 어린 동생들을 주일학교에 데리고 가야 해. 교회에 다닐 만큼 다 컸어. 너 요새 이상하게 행동하는 걸 보니, 내 생각인데, 벌써 한 발을 나쁜 구덩이에 넣은 것 같다."

"웃기네." 믹이 말했다

"우리가 결혼하기 전에 하이보이는 '거룩한'** 소년이 되려고 했지. 그는 주일마다 성령을 받고 통성기도를 해서 축성받는 걸 좋아했어. 하지만 결혼한 뒤로는 내가 그를 인도했어, 나와 같이 가도록 말이야. 통성기도를 막는 것이 어렵기는 해도, 그만하면 잘하고 있다니까."

"난 하느님을 안 믿어. 산타클로스를 안 믿는 것처럼." 믹이 말했다.

"잠깐! 바로 그래서 네가 우리 아버지에게 제일 호감을 갖는 거 같아. 내가 아는 사람들 중에서 말이야."

"내가? 포셔의 아버지에게 호감을?"

"얼굴이나 표정에 나타난다는 게 아냐. 네 영혼의 모습과 색

---

*개신교에서 큰 소리를 내며 집단으로 하는 기도.
**신학적으로는 구원받은 후에 윤리적 완성을 위해 노력하는 '성화'의 의미를 가지나, 여기서는 기도하며 성스러운 상태가 되도록 노력하는 것을 뜻한다.

깔에 대해 말하는 거야."

버버는 두 사람을 번갈아 보며 앉아 있었다. 목에는 냅킨이 둘러 있었고 손에는 여전히 빈 숟가락이 들려 있었다. "하느님은 뭘 먹어?" 버버가 물었다.

믹은 식탁에서 일어나 나가려고 문에 섰다. 때로 포셔를 약 올리는 건 재미있었다. 포셔는 같은 어조로 같은 이야기를 반복했다. 그녀가 아는 것은 그게 전부라는 듯.

"너와 우리 아버지처럼 교회에 가지 않는 사람들은 절대 평화를 얻을 수 없어. 날 봐. 나는 믿고 평화를 얻었어. 버버도 평화를 얻었어. 내 남편 하이보이와 윌리도 마찬가지야. 그리고 여기 사는 싱어 씨, 그냥 보기만 해도 평화를 얻은 것 같아. 그를 처음 봤을 때 느꼈거든."

"맘대로 생각해." 믹이 말했다. "포셔는 자기 아버지보다 더 미쳤다고."

"그렇지만 넌 하느님을 사랑한 적도 없어. 사람도 사랑하지 않아. 쇠가죽처럼 거칠고 질기기만 하지. 하여간에 난 너를 알아. 오늘 오후 넌 불만에 가득 차서 사방을 쏘다닐걸. 뭔가 잃어버린 걸 찾아야 하는 것처럼 천지를 헤맬 거라고. 너는 혼자서 흥분할 거야. 네 심장은 죽을 듯이 펄떡거리기 시작할 거야. 넌 사랑도 않고 평화도 없기 때문이지. 언젠가 너는 폭발해버리고 망가지게 될 거야. 그렇게 되면 그 무엇도 널 도울 수 없어."

"뭐야, 포셔?" 버버가 물었다. "하느님은 뭘 먹어?"

믹은 한바탕 웃고는 쿵쾅거리며 나갔다.

믹은 마음을 가라앉힐 수 없어서 오후 내내 집 주위를 쏘다

넜다. 그런 날들이 있었다. 무엇보다 바이올린 생각으로 계속 불편했다. 절대로 진짜 바이올린처럼 만들 수는 없을 것이었다. 지난 몇 주 동안 계획을 세웠는데, 지금 그런 생각을 견디기 어려웠다. 바이올린을 만들 수 있다고 어떻게 그리 확신할 수 있었단 말인가? 멍청했단 말인가? 어떤 것을 간절히 원하면, 그 간절함 때문에 원하는 것을 믿게 되는지도 몰랐다.

믹은 가족들이 있는 방으로 가고 싶지 않았다. 하숙인들과 말하기도 싫었다. 갈 곳은 거리뿐이었다. 그러나 해가 너무 뜨거웠다. 믹은 하릴없이 복도를 서성거렸고 손바닥으로 계속 헝클어진 머리를 쓸어 넘겼다. "젠장." 믹은 큰 소리로 중얼거렸다. "피아노 다음으로 정말 원하는 건 나만의 방이야."

포셔, 흑인들에게서 볼 수 있는 미친 구석이 그녀에게도 있지만 그래도 괜찮은 사람이었다. 그녀는 다른 교활한 흑인 여자들처럼 버버나 랠프에게 못된 짓을 하지 않을 것이었다. 그러나 포셔는 믹이 아무도 사랑할 수 없다고 말했다. 믹은 걸음을 멈추고 주먹으로 머리 꼭대기를 비비며 조용히 서 있었다. 포셔가 사실을 알게 된다면 어떻게 생각할까? 정말이지 어떻게 생각할까?

믹은 언제나 모든 것을 혼자만 간직했다. 그건 분명했다.

믹은 천천히 계단을 올라갔다. 첫 번째 층계참을 지나 두 번째 칸으로 갔다. 바람이 통하도록 어떤 문들은 열려 있었다. 집 안은 시끄러웠다. 믹은 마지막 층의 계단에서 멈춘 뒤 앉았다. 브라운 양이 라디오를 켠다면 음악을 들을 수 있을 것이었다. 좋은 프로그램이 나올 수도 있었다.

믹은 얼굴을 무릎에 대고 운동화 끈을 묶었다. 믹의 마음속에 언제나 한 사람이 들어 있다는 걸 알게 되면 포셔는 뭐라고 할 것인가. 그리고 가슴속의 한 사람이 바뀔 때마다 가슴이 산산조각 난다는 것을 알면 뭐라고 할 것인가.

그러나 믹은 이 사실을 늘 혼자 감추고 있었다. 아무도 몰랐다.

믹은 계단 위에 오랫동안 앉아 있었다. 브라운 양은 라디오를 켜지 않았고 사람들 소리만 들렸다. 믹은 오랫동안 생각했고 계속 주먹으로 허벅지를 때렸다. 얼굴이 부스러지는 것 같았고, 얼굴 표정을 제대로 유지할 수 없었다. 그 감정은 어떤 식사를 기다리는 배고픔보다 더 견디기 힘들었지만, 하여튼 그런 느낌이었다. 난 원해, 난 원해, 난 원해. 생각할 수 있는 것은 이 말뿐이었다. 그러나 이렇게 간절히 원하는 것이 무엇인지는 믹도 몰랐다.

한 시간쯤 후, 위쪽에서 문의 손잡이가 돌아가는 소리가 났다. 믹은 얼른 올려다보았다. 싱어 씨였다. 그는 복도에 잠깐 서 있었다. 슬프고 차분한 얼굴이었다. 잠시 후 그는 욕실로 갔다. 그의 손님은 함께 나오지 않았다. 믹이 앉아 있는 곳에서는 그 방의 일부가 보였다. 손님은 시트를 뒤집어쓴 채 침대에서 자고 있었다. 믹은 싱어 씨가 욕실에서 나오기를 기다렸다. 뺨이 달아올라 두 손으로 만져보았다. 이따금 싱어 씨를 만나러 이 꼭대기 계단에 올라오는 건 사실이었다. 아래층에서 울리는 브라운 양의 음악을 들으면서 말이다. 믹은 궁금했다, 그가 귀로는 들을 수 없는 어떤 음악을 마음으로 듣는지. 아무도 몰랐다. 그가 말할 수 있다면 어떤 말을 할 것인가. 그것 또한 아무도 몰랐다.

믹은 기다렸다. 잠시 후에 그가 다시 복도로 나왔다. 믹은 그가 자기를 내려다보고 미소 짓기를 바랐다. 그는 문으로 가더니 아래를 잠깐 보고 고개를 끄덕였다. 믹의 미소가 환하면서도 떨렸다. 그는 방으로 들어가 문을 닫았다. 자기를 보러 오라고 믹을 초대하는 것인지도 몰랐다. 믹은 갑자기 그의 방으로 들어가고 싶었다. 조만간 그의 방에 손님이 없을 때 정말로 방에 들어가 싱어 씨를 보리라. 정말로 그렇게 할 것이었다.

무더운 오후가 천천히 지나갔고 믹은 여전히 혼자 계단에 앉아 있었다. 모차르트라는 사람의 음악이 다시 마음속에 떠올랐다. 재미있는 일이었다. 싱어 씨는 믹에게 그 음악을 생각나게 했다. 그 음악을 낮게 흥얼거릴 수 있는 다른 장소가 있으면 좋으련만. 어떤 음악은 너무도 내밀한 것이어서 사람들이 북적이는 집에서는 흥얼거릴 수 없었다. 사람들이 북적대는 집에서도 이렇게 외로울 수 있다니, 이것 또한 재미있는 일이었다. 믹은 그 음악에 대해 혼자 연구할 수 있는 자기만의 좋은 장소를 생각하려 애썼다. 오랫동안 생각했다. 그러나 그런 좋은 장소가 없다는 건 처음부터 알고 있었다.

4

늦은 오후 제이크 블런트는 충분히 잤다고 느끼며 잠에서 깼다. 누워 있는 방은 작고 깨끗했다. 옷장, 탁자, 침대 그리고 의자 두어 개를 갖추고 있었다. 옷장 위에 놓인 선풍기가 이쪽 벽에서 저쪽 벽으로 천천히 얼굴을 돌렸고, 부드러운 선풍기 바람이 제이크의 얼굴을 스치자 시원한 물 생각이 났다. 창가 탁자 앞에 한 남자가 앉아 앞에 놓인 체스 판을 내려다보고 있었다. 대낮의 햇빛 속에서 그 방은 낯설었지만, 그는 남자의 얼굴을 곧 알아보았다. 그를 오랫동안 알아온 것 같았다.

많은 기억들이 그의 마음속에서 뒤죽박죽 엉켰다. 그는 눈을 뜨고 손바닥을 위로 한 채 움직이지 않고 누워 있었다. 굉장히 큰 두 손이 흰 홑이불과 대조되어 진한 갈색으로 보였다. 손을 얼굴로 가져갔다. 긁히고 멍들고 오랫동안 무엇을 꽉 쥐고 있었던 것처럼 힘줄이 솟아 있었다. 얼굴은 피곤하고 지저분했다. 갈색 머리는 이마를 덮었고 콧수염은 비뚤어져 있었다. 날개처럼 보이는 눈썹조차 거칠게 헝클어져 있었다. 누워 있는 동안 그의 입술이 한두 번 움직였고 콧수염은 불안하게 움찔거렸다.

잠시 후 그는 일어나 앉아 정신을 차리려고 큰 주먹으로 머리를 툭 쳤다. 그러자 체스를 두고 있던 남자가 얼른 보고 미소를 지었다.

"이런, 목이 마르네." 제이크가 말했다. "러시아군 전체가 양말을 신고 입속으로 진군해 간 것 같군."

그 남자는 여전히 미소 지으며 제이크를 보고 있었다. 그러고는 얼른 탁자 옆으로 손을 뻗어 얼음물이 든 찬 물병과 유리잔을 집었다. 제이크는 방 한가운데 반쯤 벌거벗은 채 서서, 머리를 뒤로 젖히고 한 손은 긴장하여 주먹을 꽉 쥐고서 벌컥벌컥 물을 마셨다. 넉 잔을 마시고서야 심호흡을 하고 긴장을 좀 풀었다.

곧이어 기억들이 떠올랐다. 이 남자와 이곳으로 온 것을 기억할 수는 없었지만, 그 이후의 일들은 분명히 기억났다. 그는 욕조의 찬물에 몸을 담근 채 깨어났고 커피를 마셨고 얘기를 했었다. 가슴에 쌓인 많은 것들을 쏟아냈고 이 남자는 듣고 있었다. 목이 쉬도록 얘기했다. 그러나 자기가 했던 말들보다 이 남자의 표정을 더 잘 기억할 수 있었다. 그들은 아침이 되어서야 빛이 들어오지 못하도록 블라인드를 내리고 자리에 누웠다. 처음에 그는 악몽 때문에 계속 깼고 정신을 차리려고 전등을 켜야 했다. 불 때문에 이 남자도 깼지만 전혀 불평하지 않았다.

"왜 간밤에 날 내쫓지 않았소?"

남자는 다시 미소를 지을 뿐이었다. 제이크는 왜 그가 이렇게 조용한지 궁금했다. 옷을 찾으려고 둘러보다가 침대 옆 바닥에서 자기 가방을 보았다. 외상값이 있는 카페에서 그걸 어떻게 다시 찾았는지 기억할 수 없었다. 책들, 흰 양복, 셔츠 몇 개가 그대로 있었다. 그는 얼른 옷을 입기 시작했다.

옷을 다 입었을 즈음 탁자 위에서는 커피포트가 끓고 있었다. 남자가 의자 등받이에 걸려 있는 조끼 주머니에 손을 넣었다. 그는 명함처럼 생긴 종이를 꺼내 제이크에게 건넸고, 제이크는 의아해하며 그것을 받았다. 존 싱어, 그 남자의 이름이 가운데 적혀 있었고, 그 아래 잉크로 똑같이 정교하게 적힌 짧은 메시지가 있었다.

저는 농아입니다. 그렇지만 입술의 움직임을 보고 말을 이해할 수 있습니다. 그러니 소리 지르지 마세요.

제이크는 충격으로 멍해졌다. 그와 존 싱어는 서로 마주 보았다.

"말해주지 않았으면 몰랐을 거요, 오랫동안." 그가 말했다.

싱어는 말하고 있는 제이크의 입술을 주의 깊게 보았다. 그건 벌써부터 알아차렸다. 그런데 벙어리라니!

그들은 자리에 앉아 푸른 잔에 뜨거운 커피를 마셨다. 방은 서늘했고 반쯤 드리운 블라인드는 창으로 들어오는 맹렬한 빛을 부드럽게 했다. 싱어는 찬장에서 빵과 오렌지와 치즈가 든 양철 상자를 꺼냈다. 그는 많이 먹지 않았고 한 손을 주머니에 넣은 채 의자에 기대앉아 있었다. 제이크는 허겁지겁 먹었다. 어서 여기를 떠나야 했고 사태를 파악해야 했다. 궁지에 처해 있으니 무엇이든 서둘러서 일자리를 찾아야 했다. 이 조용한 방은 걱정을 하기에는 너무 평화롭고 편안했다. 밖에 나가 혼자서 한동안 걸어야 할 것이었다.

"이 근처에 농아들이 또 있소?" 그가 물었다. "친구가 많아요?"

싱어는 여전히 미소 짓고 있었다. 그가 처음에는 알아듣지 못해서 제이크는 반복해서 말해야 했다. 싱어는 예리한 검은 눈썹을 세우더니 고개를 흔들었다.

"외롭나요?"

남자는 고개를 저었는데, 긍정을 뜻할 수도 부정을 뜻할 수도 있었다. 그들은 잠시 말없이 앉아 있었다. 그러다 제이크가 일어났다. 싱어에게 자기의 말이 확실하게 이해될 수 있도록 입술을 조심스럽게 움직이면서, 간밤에 재워준 것에 대해 몇 번이고 감사를 표했다. 벙어리는 여전히 미소만 지으며 어깨를 으쓱했다. 제이크가 가방을 침대 아래에 이삼 일만 둘 수 있겠냐고 묻자, 벙어리는 고개를 끄덕였다.

그런 뒤 싱어는 손을 주머니에서 꺼내더니 은색 연필로 종이 위에 조심스럽게 썼다.

바닥에 매트리스를 깔 수 있고, 당신은 숙소를 구할 때까지 여기 머물 수 있어요. 난 매일 출근해요. 불편하지 않아요.

제이크는 울컥하는 고마움에 입술이 떨렸다. 그러나 받아들일 수 없었다. "고맙소." 그가 말했다. "벌써 갈 곳을 구했어요."

74

제이크가 떠나려는데 벙어리가 둘둘 뭉친 푸른색 작업복과 75센트를 건넸다. 지저분한 작업복을 보자 갑자기 기억이 몰아치며 지난주부터의 일이 생각났다. 돈은 그의 주머니에 있었다고 싱어가 알려주었다.

"아디오스." 제이크가 말했다. "곧 다시 오겠소."

그는 떠났다. 벙어리는 여전히 주머니에 손을 넣고 엷은 미소를 지으며 문에 서 있었다. 층계를 대여섯 개 내려가자 제이크가 뒤돌아서 손을 흔들었다. 벙어리가 다시 손을 흔든 뒤 문을 닫았다.

밖에 나오니 지글거리는 햇빛이 눈을 찔렀다. 눈이 시어 잘 볼 수 없어 처음에는 길에 서 있었다. 여자아이 하나가 베란다 난간 위에 앉아 있었다. 어디선가 본 적이 있었다. 소녀가 입고 있던 남자 반바지와 눈을 가늘게 뜨던 모습이 기억났다.

그는 더러운 작업복 뭉치를 들어 올렸다. "이걸 버리고 싶은데, 쓰레기통이 어디 있지?"

소녀는 난간에서 뛰어내렸다. "뒤뜰에 있어요. 알려드릴게요."

그는 소녀를 따라 좁고 습기 찬 골목을 지나 집 옆으로 갔다. 뒤뜰에 오니 뒷문 계단에 흑인 남자 두 명이 앉아 있었다. 두 사람 모두 흰색 양복에 흰색 구두를 신고 있었다. 한 명은 키가 컸고 환한 초록 넥타이에 양말을 신고 있었다. 또 한 명은 보통 키에 엷은 갈색 피부를 가진 혼혈인이었다. 그는 무릎에 하모니카를 문질렀다. 함께 있는 키 큰 남자와 달리 그의 양말과 넥타이는 빨간색이었다.

소녀는 뒤 울타리 옆에 있는 쓰레기통을 가리키고 부엌 창

쪽으로 돌아섰다. "포셔!" 소녀가 소리쳤다. "하이보이와 윌리가 기다리고 있어."

부드러운 음성이 부엌에서 들렸다. "소리 지를 건 없어. 와 있는지 알아. 지금 모자 쓰고 있어."

제이크는 작업복을 던져버리기 전에 펼쳐보았다. 진흙투성이로 뻣뻣했다. 한쪽 다리는 찢어지고 앞쪽에는 피가 묻어 있었다. 제이크는 옷을 쓰레기통에 던졌다. 젊은 흑인 여자가 안에서 나와 계단에 있는 흰 양복을 입은 젊은 남자들과 합류했다. 제이크는 반바지 입은 소녀가 자기를 자세히 관찰하는 것을 보았다. 소녀는 번갈아가며 한쪽 발에 체중을 실었다. 흥분한 듯했다.

"싱어 씨 친척이세요?" 소녀가 물었다.

"아니."

"좋은 친구예요?"

"하룻밤 함께 지낼 만큼은."

"그냥 궁금해서……."

"중앙로는 어느 쪽으로 가지?"

소녀는 오른쪽을 가리켰다. "이쪽으로 두 블록 내려가세요."

제이크는 손가락으로 콧수염을 다듬고는 걷기 시작했다. 손에 쥔 75센트를 짤랑거리며 아랫입술을 피멍이 맺힐 때까지 깨물었다. 그 앞에서 세 명의 흑인들이 얘기하며 천천히 가고 있었다. 그는 이 낯선 곳에서 외로웠기 때문에 그들 뒤를 바싹 따라가며 귀를 기울였다. 여자가 두 남자의 팔을 잡았다. 여자는 초록색 원피스에 빨간 모자를 쓰고 빨간 구두를 신고 있었다. 남자들은 그녀 옆에 바짝 붙어 걸었다.

"오늘 저녁 우리 뭐 해?" 그녀가 물었다.

"그건 당신이 결정해야지, 여보." 키 큰 남자가 말했다. "윌리하고 나는 특별한 계획이 없어."

여자는 두 사람을 차례로 보았다. "둘이 결정해야지."

"있잖아." 빨간 양말 신은 키 작은 남자가 말했다. "매형이랑 내가 생각했는데, 우리 셋이 교회 가는 게 어떨까?"

여자는 세 가지 다른 어조로 노래하듯 대답했다. "오-케-이. 교회 갔다가 난 아버지한테 잠깐 들를 거야." 그들은 첫 번째 모퉁이에서 돌아섰고, 제이크는 잠시 그들을 바라본 뒤 계속 걸어갔다.

중앙로는 조용하고 무덥고 인적이 거의 없었다. 그는 그제야 일요일인 줄 알게 되어 우울해졌다. 닫힌 가게들의 차양이 걷혀서 건물들은 햇빛 속에서 벌거벗은 듯 보였다. 뉴욕 카페를 지나갔다. 문은 열려 있었지만 텅 비고 어두워 보였다. 양말을 찾을 수 없어 맨발이었고 얇은 구두창으로 뜨거운 아스팔트 열기가 타는 듯 전해졌다. 해는 뜨거운 쇳조각처럼 이마를 짓눌렀다. 이 소도시는 그가 다녔던 어떤 곳보다 더 외로워 보였다. 거리의 적막함이 이상한 느낌을 주었다. 술 취했을 때는 격렬하고 소란스러운 곳 같았는데 지금은 모든 것이 갑자기 정지된 듯했다.

블런트는 과일과 사탕을 파는 가게에 들어가 신문을 한 부 샀다. 구인란은 매우 짧았다. 대여섯 개는 잡화를 위탁 판매할 25세에서 40세까지의, 자동차를 가진 젊은 남자들을 찾고 있었다. 이 부분은 얼른 건너뛰었다. 트럭 운전사를 찾는 광고가 잠깐 그의 관심을 끌었다. 그러나 무엇보다 맨 아래 광고가 눈에 들어왔다.

경험 많은 기술자 구함. 서니 딕시 쇼. 코너 위버스 레인 & 15번
가 교차로로 지원 바람.

자기로 모르게 그는 카페 입구로 다시 걸어갔다. 지난 2주
동안 머물렀던 곳이었다. 카페는 과일 가게와 함께 유일하게
문을 닫지 않았다. 갑자기 제이크는 비프 브래넌을 만나기로
했다.

환한 밖에서 들어오니 카페는 어두웠다. 그가 기억하는 것
보다 더 허름하고 조용했다. 브래넌은 여전히 금전등록기 뒤에
팔짱을 끼고 서 있었다. 통통하고 예쁘장한 그의 아내는 카운
터의 다른 쪽 끝에 앉아 손톱을 다듬고 있었다. 그가 들어서자
두 사람이 시선을 교환하는 것이 보였다.

"어서 오시오." 브래넌이 말했다.

제이크는 공기 속에서 무엇인가를 느꼈다. 그가 취했을 때
일어난 일을 생각하고 비프가 웃는 것 같았다. 제이크는 화가
나서 무뚝뚝하게 서 있었다. "타깃 한 갑 주시오." 브래넌이 담
배를 꺼내러 카운터 아래로 손을 넣는 것을 보고 제이크는 그
가 웃는 게 아니라고 생각했다. 낮에 보는 그의 얼굴은 밤처럼
딱딱해 보이지 않았다. 잠을 자지 못한 듯 창백했고 눈은 지친
독수리 같은 표정을 하고 있었다.

"말해봐요." 제이크가 말했다. "내 외상이 얼맙니까?"

브래넌은 서랍을 열고 공책을 꺼내 카운터 위에 펼쳤다.

그는 천천히 공책을 넘겼다. 제이크는 주시했다. 정식으로

외상값을 적는 장부라기보다는 개인용 공책처럼 보였다. 더하고 나누고 뺀 숫자들이 길게 적혀 있었다. 작은 그림들도 그려져 있었다. 브래넌이 어떤 부분에서 공책 넘기는 것을 멈췄다. 제이크는 공책 구석에 자신의 이름이 적힌 것을 보았다. 숫자는 적혀 있지 않았고 작은 브이 표시와 엑스 표시만 있었다. 여기저기 꼬리를 말고 앉아 있는 작고 동그란 고양이들도 그려져 있었다. 제이크는 자세히 보았다. 고양이의 얼굴은 사람 얼굴이고 여자였다. 브래넌 부인이었다.

"맥주에는 브이 표시를 해놨고." 브래넌이 말했다. "저녁 식사에는 엑스 표시를, 위스키에는 직선을 표시해놨소. 어디 봅시다."

브래넌은 코를 비볐고 눈꺼풀을 내리깔았다. 그가 공책을 닫았다. "대강 20달러군요."

"갚으려면 오래 걸릴 거지만." 제이크가 말했다. "갚겠소."

"서두를 거 없어요."

제이크는 카운터에 기댔다. "이 고장은 어떤 곳이오?"

"평범한 곳." 브래넌이 말했다. "이 정도 크기의 다른 소도시와 비슷해요."

"인구는?"

"3만 명 정도."

제이크는 담뱃갑을 열고 담배를 말았다. 손이 떨렸다. "대부분 공장이오?"

"그렇소. 큰 목화 공장이 네 곳인데, 거기가 제일 중요해요. 양말 공장 하나에, 술 공장과 제재소도 있고."

"임금은 어떻소?"

"대개 일주일에 10달러나 11달러 정도. 물론 이따금 해고도 당하고. 왜 이런 질문들을 하는 거요? 공장에서 일자리를 구하려고?"

제이크는 주먹으로 눈을 누르고 졸린 듯 비볐다. "모르겠소. 그럴 수도 있고 아닐 수도 있고." 그는 신문을 카운터 위에 펴놓고 방금 읽은 광고를 가리켰다. "여기 가서 알아볼 작정인데."

브래넌은 읽고 나서 잠시 생각했다. "맞아, 나도 그 쇼를 봤어요. 별것 아니오. 회전목마와 그네 같은 두어 개의 놀이기구들이 있지. 흑인들과 공장 노동자들과 애들을 상대로 하는 곳이라오. 공터를 찾아 옮겨 다니고."

"가는 길 좀 알려주구려."

브래넌은 그와 문으로 가서 방향을 가르쳐주었다. "오늘 아침 싱어 씨하고 집에 갔소?"

제이크는 고개를 끄덕였다.

"그를 어떻게 생각해요?"

제이크는 입술을 깨물었다. 마음속에 선명하게 벙어리의 얼굴이 떠올랐다. 오랫동안 알아온 친구의 얼굴 같았다. 그의 방을 나온 이래 죽 그 남자를 생각하고 있었다. "벙어리인 것도 몰랐소이다." 마침내 그가 말했다.

제이크는 다시 무덥고 휑한 거리를 걷기 시작했다. 그는 낯선 곳에 처음 온 사람 같지 않았다. 누군가를 찾는 것처럼 보였다. 이윽고 강변 공장지대로 들어섰다. 좁아진 길은 포장되지 않았고 복작거렸다. 지저분하고 배고파 보이는 아이들이 떼를 지어 이름을 불러대며 놀고 있었다. 똑같아 보이는 방 두 개짜리 오두막들은 허물어질 듯했고 페인트칠도 하지 않았다. 공기 속에는 먼지와 뒤섞여 음식 냄새와 시궁창 냄새가 났다. 강 위쪽에서 희미하고 가파르게 물 흐르는 소리가 들렸다. 사람들은 말없이 문 앞에 서 있거나 층계 위에 몰려 있었다. 그들은 노랗고 무표정한 얼굴로 제이크를 보았다. 그는 갈색 눈을 크게 뜨고 그들을 마주 보았다. 비틀거리며 걸었고 털이 난 손등으로 이따금 입을 닦았다.

위버스 레인 끝에 공터가 있었다. 폐차들을 버리는 쓰레기장이던 곳이었다. 녹슨 기계 조각들과 망가진 부속 관들이 아직도 흩어져 있었다. 트레일러가 한쪽 구석에 서 있고, 근처엔 캔버스 천으로 한쪽이 가려진 회전목마가 있었다.

제이크는 천천히 다가갔다. 작업복을 입은 아이 둘이 회전목마 앞에 서 있었다. 그 옆에는 흑인 남자가 상자 위에 앉아 늦은 오후의 햇빛을 받으며 다리를 꼰 채 졸고 있었다. 한 손에는 녹은 초콜릿 봉지가 들려 있었다. 제이크는 그가 녹아내리는 초콜릿에 넣었던 손가락을 천천히 핥는 것을 쳐다봤다.

"여기 지배인이 누구요?"

흑인은 달콤한 두 손가락을 입에 넣고 혀로 핥았다. "붉은 머리 남자예요." 다 먹고 나서 그가 말했다. "제가 아는 건 그게 전붑니다."

"지금 어디 있소?"

"저기 제일 큰 수레 뒤에 있지요."

제이크는 풀밭을 가로지르며 넥타이를 풀어 주머니에 넣었다. 해가 서쪽으로 기울기 시작했다. 검은 지붕들 위로 하늘은 따뜻한 주황색이었다. 쇼 단장은 혼자 담배를 피우며 서 있었다. 정수리에 붉은 머리털이 스펀지처럼 뻗쳐 있었다. 그는 무기력한 회색 눈으로 제이크를 쳐다봤다.

"지배인이십니까?"

"흠. 패터슨이 내 이름이오만."

"아침 신문에 난 일자리 광고를 보고 왔습니다."

"아, 미경험자는 원하지 않소. 경험 있는 기술자를 원하지."

"전 경험이 많습니다." 제이크가 말했다.

"무슨 일을 했소?"

"직조공 일도 하고 직기 수리공으로도 일했습니다. 자동차 정비소와 자동차 조립공장에서도 일했고요. 여러 일들을 했습니다."

패터슨은 그를 반쯤 가려진 회전목마가 있는 쪽으로 데리고 갔다. 정지된 목마들은 늦은 오후의 빛 속에서 환상적으로 보였다. 그것들은 탁하게 도금된 막대에 꿰인 채 튀어 오른 상태에서 정지해 있었다. 제이크 바로 옆에 있는 목마의 지저분한 엉덩이는 깨져 금이 갔고, 두 눈은 멍하면서도 필사적이었다. 동공에서는 페인트 조각들이 떨어져 나갔다. 제이크에게 정지된 회전목마는 흐르는 꿈처럼 보였다.

"이걸 작동시키고 운영할 수 있는 경험 있는 기술자를 원하는 거요."

"제가 잘할 수 있습니다."

"두 가지 일을 해야 하오." 패터슨이 설명했다. "여기 전체를 책임지는 거지. 기계들을 점검하는 것 말고도 입장객들이 질서를 지키도록 해야 하오. 회전목마를 타는 사람들이 모두 표를 갖고 있는지 확인해야 하고, 날짜가 지난 댄스홀 입장표가 아니고 진짜 표인지도 확인해야 하지. 모두 저 말을 타고 싶어 하니까. 돈 없는 검둥이들이 어떻게 속이려 드는지, 그거 알면 놀랄 거요. 항상 눈을 세 개는 뜨고 있어야 한다니까."

패터슨은 그를 회전목마 안쪽에 있는 기계장치로 데려가 여러 부분을 가리키며 설명해주었다. 그가 레버를 작동시키자 희미하게 음악이 울리기 시작했다. 주위에서 돌아가는 목마들은 그들을 나머지 세상으로부터 단절시키는 듯했다. 목마가 멈추자 제이크는 몇 가지 질문을 하며 직접 기계를 작동시켰다.

"일하던 자가 그만두었소." 그들이 다시 공터로 나오자 패터슨이 말했다. "갑자기 새 사람을 고용하는 거, 정말 내키지 않아."

"언제부터 일할까요?"

"내일 오후부터. 일주일에 엿새 낮과 밤을 일하는 거요. 오후 4시에 시작해서 밤 12시에 끝나는데, 당신은 3시경에 와서 준비를 도와요. 그리고 쇼가 끝나고 밤에 뒷마무리를 하는 데 한 시간쯤 걸릴 거요."

"보수는 얼맙니까?"

"12달러."

제이크는 고개를 끄덕였고 패터슨은 창백하고 물렁하고 손톱이 더러운 손을 내밀었다.

그가 공터에서 나올 때는 날이 저물어 있었다. 선명한 푸른 하늘은 흰색으로 변했고 동쪽에는 흰 달이 떴다. 땅거미가 길가에 서 있는 집들의 윤곽을 부드럽게 만들었다. 제이크는 곧바로 위버스 레인을 지나 돌아가지 않고 주변을 배회했다. 어떤 냄새들, 멀리서 들리는 어떤 음성들이 문득 그를 먼지 섞인 길 위에 멈추게 했다. 그는 목적도 없이 이리저리로 비틀거리며 불규칙하게 걸었다. 그의 머리는 얇은 유리로 만들어진 듯 가볍게 느껴졌다. 화학적인 변화가 그의 내부에서 일어나고 있었다. 몸속에 오랫동안 축적되어 있던 맥주와 위스키가 반응을 보이기 시작했다. 취기가 몰려왔다. 좀 전까지 죽은 것 같던 거리에 생동감이 넘쳤다. 길가엔 들쭉날쭉하게 풀밭이 이어졌고, 제이크가 걸음을 옮길 때는 땅이 얼굴로 솟구치는 듯했다. 그는 풀밭 옆에 앉아 전신주에 기댔다. 터키인들처럼 다리를 포개고 편히 앉은 뒤 수염 끝을 쓸어내렸다. 말이 그에게 왔고 그는 꿈꾸듯 큰 소리로 혼자 말했다.

"원한은 가난의 가장 소중한 꽃이다. 그래."

말하는 것은 좋았다. 자기 음성이 만들어내는 소리가 쾌감을 주었다. 소리는 메아리가 되어 공중에 정지한 듯 느껴졌다. 단어마다 두 번씩 소리를 냈다. 그는 다시 말하려고 침을 삼키고 입을 축였다. 갑자기 벙어리의 조용한 방으로 돌아가 마음속 생각들을 말하고 싶었다. 귀먹은 벙어리에게 말하고 싶은 건 괴상한 일이었다. 그러나 그는 외로웠다.

앞에 놓인 거리는 다가오는 저녁 속에 어두워졌다. 이따금 남자들이 단조롭게 얘기하며 좁은 길을 지나갔고 한 걸음씩 옮길 때마다 뿌옇게 먼지가 일었다. 여자아이들이 지나가고 아이 업은 엄마가 지나갔다. 제이크는 한동안 멍하게 앉아 있다가 결국 일어나서 계속 걸어갔다.

위버스 레인은 어두웠다. 집집마다 현관과 창문에 밝힌 석유램프가 노랗게 흔들리는 빛을 만들어냈다. 어떤 집들은 아주 캄캄했고 집 앞 계단에 앉은 가족들의 모습이 이웃집 불빛에 비쳤다. 한 여자가 창밖으로 몸을 내밀고 더러운 양동이 물을 길바닥에 쏟았다. 물방울이 제이크의 얼굴에 튀었다. 어떤 집 뒤쪽에서는 성난 큰 소리들이 들렸다. 또 다른 집에서는 흔들의자가 천천히 움직이는 평화로운 소리가 들렸다.

제이크는 남자 세 명이 계단에 앉아 있는 어느 집 앞에 멈춰 섰다. 집 안에서 나오는 창백한 노란 불빛이 그들을 비추고 있었다. 두 남자는 작업복 바지를 입었으나 셔츠도 입지 않고 맨발이었다. 그중 한 사람은 키가 크고 사지가 느슨해 보였다. 또 한 사람은 작고 입가에 물집이 나 있었다. 세 번째 남자는 셔츠와 바지를 입었고 무릎에는 밀짚모자가 놓여 있었다.

"안녕들 하십니까." 제이크가 말했다.

세 남자는 공장 노동자들의 창백하고 무표정한 얼굴로 그를 봤다. 그들은 웅얼거렸지만 자세를 바꾸지는 않았다. 제이크는 타깃 담뱃갑을 꺼내 돌렸다. 그리고 맨 아래 층계에 앉아 구두를 벗었다. 시원하고 축축한 땅에 발이 닿으니 기분이 좋았다.

"일하십니까?"

"그렇소만. 대부분의 시간은." 밀짚모자 쓴 남자가 말했다.

제이크는 발가락 사이를 헤집었다. "나한테 복음이 있는데, 누군가에게 말하고 싶군요."

남자들이 소리 없이 웃었다. 좁은 길 건너편에서 여자 노랫소리가 들렸다. 그들이 피우는 담배 연기가 조용한 공기 속에서 맴돌았다. 지나가던 작은 어린애가 멈추더니 바지 지퍼를 내리고 오줌을 누었다.

"저 모퉁이를 돌아가면 텐트가 있어요. 그리고 오늘은 일요일이지." 작은 남자가 드디어 말했다. "거기 가서 당신이 원하는 복음을 다 말하시오."

"그런 종류가 아닌데. 더 좋은 겁니다. 이건 진실이지요."

"어떤 종류의?"

제이크는 콧수염을 훑으며 대답하지 않다가 잠시 후 말했다. "여기서 파업한 적 있습니까?"

"한 번 있었지." 키 큰 남자가 말했다. "6년 전에 파업이 한 번 있었소."

"어떻게 됐습니까?"

입에 물집이 난 남자가 발을 뒤척거리더니 담배꽁초를 땅에 떨어뜨렸다. "그러니까, 한 시간에 20센트를 원해서 파업을 했지요. 300여 명이 참가했소. 그들은 하루 종일 거리를 어슬렁거렸지. 그러자 공장은 트럭을 사방으로 보냈고 일주일 안에 이 동네는 일자리를 구하러 온 사람들로 북적였소."

제이크는 몸을 돌려 그들을 마주 보았다. 남자들은 두 계단 위에 있어서 그들의 눈을 보려면 고개를 들어야 했다. "화가 나지 않았습니까?"

"화가 나다니, 무슨 뜻이오?"

제이크 이마의 힘줄이 벌겋게 부풀어 올랐다. "이런 젠장! 화, 화가 안 났냐고요!" 그는 당황해하는 그들의 창백한 얼굴에 인상을 썼다. 그들 뒤로 열린 앞문을 통해 집 안이 보였다. 앞쪽 방에는 침대 세 개가 있고 세면대가 있었다. 뒤쪽 방에는 맨발의 여자가 의자에 앉아 자고 있었다. 근처의 어두운 베란다에서는 기타 소리가 들렸다.

"나도 트럭 타고 여기로 온 사람이오." 키 큰 남자가 말했다.

"그렇다고 다를 건 없어요. 내가 말하려는 건 명백하고 간단한 거요. 저 공장을 소유한 놈들은 백만장자들인데, 기계 뒤에서 실을 짓고 옷감을 짜는 노동자들은 허기를 채울 만큼만 번단 말이오. 알겠소? 그러니 거리를 쏘다니면서 그 생각을 하고, 굶주리고 지친 사람들을 보면, 구루병으로 절름대는 아이들을 보면, 화가 안 나냔 말이오? 안 그래요?"

제이크의 얼굴은 상기된 채 어두웠고 입술은 떨렸다. 세 남자들은 그를 유심히 보았다. 곧 밀짚모자 쓴 남자가 웃기 시작했다.

"계속 그렇게 낄낄 웃어보시오. 거기 앉아 옆구리가 터지도록 웃기나 해봐."

남자들은 천천히 편안하게 소리 내어 웃었다. 세 남자들이 한 사람을 비웃는 소리였다. 제이크는 발바닥에서 흙을 털어내고 신발을 신었다. 주먹을 불끈 쥐었다. 분노와 냉소로 입이 일그러졌다. "웃는 거, 당신들이 할 수 있는 건 그뿐이지. 거기 앉아 죽을 때까지 웃기나 하라고." 경직된 채 걸어가는 그의 뒤를 남자들의 웃음소리와 야유가 따라왔다.

중앙로는 환하게 불이 켜져 있었다. 제이크는 주머니 속 동전을 만지작거리며 모퉁이를 서성거렸다. 머리가 욱신거렸고 밤은 더웠지만 한기가 났다. 벙어리를 생각했다. 돌아가서 잠깐 그와 있고 싶었다, 절박하게. 오후에 신문을 샀던 과일 가게에서 셀로판으로 포장된 과일 바구니를 골랐다. 카운터에 앉은 그리스인이 60센트라고 했다. 돈을 내자 10센트만 남았다. 가게 밖에 나와서 보니 건강한 사람에게 줄 선물로는 이상해 보였다. 포도 알 두어 개가 셀로판 아래로 늘어져 있었다. 허기가 져 따 먹었다.

그가 도착했을 때 싱어는 집에 있었다. 창가에 앉아 탁자에서 체스를 두고 있었다. 방은 제이크가 떠났을 때와 똑같았다. 선풍기가 돌아갔고 탁자 옆에는 얼음물 주전자가 있었다. 침대에는 파나마모자와 신문 뭉치가 놓여 있었다. 벙어리는 방금 들어온 듯했다. 그는 고개를 돌려 앞에 있는 의자를 가리키며 체스 판을 한쪽으로 밀었다. 주머니에 손을 넣고 기대앉으며 제이크에게 이곳에서 나간 이후 무슨 일들이 있었는지 묻는 것 같았다.

제이크는 과일을 탁자 위에 놓았다. "오늘 오후의 모토는 '문어를 잡아 양말을 신겨라'였다오."

벙어리는 미소 지었으나 그의 말을 이해했는지는 알 수 없었다. 벙어리는 놀라서 과일을 보더니 셀로판 포장을 풀었다. 과일을 만질 때 그의 얼굴에는 대단히 특별한 어떤 표정이 떠올랐다. 제이크는 이 표정을 이해하려 했지만 할 수 없었다. 싱어는 환하게 웃었다.

"오늘 오후 쇼 장에서 일자리를 구했소. 회전목마를 돌리는 일이라오."

벙어리는 전혀 놀라는 것 같지 않았다. 찬장에서 포도주 한 병과 잔 두 개를 꺼냈다. 그들은 말없이 마셨다. 제이크에게 이처럼 조용한 방은 처음이었다. 머리 위의 전등 빛을 받아 반짝이는 포도주 잔에 그의 모습이 기묘한 형상으로 비쳤다. 침울하고 둥근 얼굴에 귀까지 수염이 나 있었다. 주전자나 양철 잔의 둥그런 표면에서 여러 번 봤던 우스꽝스러운 꼴이었다. 맞은편에서 벙어리는 두 손으로 잔을 쥐고 있었다. 포도주가 혈관을 지나자 제이크는 다시 만화경 같은 취기 상태로 빠져드는

듯했다. 흥분하여 콧수염이 괴상하게 떨렸다. 무릎에 팔꿈치를
댄 채 몸을 숙이고 큰 눈으로 탐색하듯 싱어를 응시했다.

"이 소도시에서 분노하는 자는 나 혼자일 거요. 정말로 화가
나 있었지, 10년 동안 내내. 조금 전에도 싸울 뻔했소. 때로는
내가 정말로 미친 것 같기도 하고. 모르겠소."

싱어는 포도주 병을 손님 앞으로 밀었다. 제이크는 병째로
마시고 정수리를 문질렀다.

"있잖소, 나는 마치 두 사람인 것 같다오. 하나는 교육받은
사람이라오. 나는 이 나라에서 제일 큰 도서관들을 다녔어요.
책을 읽었지. 언제나 읽었어요. 순수하고 정직한 진실을 말해주
는 책을. 저기 가방 속에 카를 마르크스와 소스타인 베블런* 같
은 사람들의 책이 들어 있다오. 난 그들을 읽고 또 읽고, 그렇
게 공부할수록 점점 더 화가 난다오. 책에 인쇄된 말들은 다 이
해해요. 무엇보다 이런 단어들이 좋지. 변증법적 유물론, 교
의적 기만." 이 말을 할 때 제이크는 경건하게 발음을 굴렸다.
"목적론적 성향."

벙어리는 깨끗하게 접은 손수건으로 이마를 닦았다.

"하지만 내가 말하려는 건 이거요. 우리가 진실을 알게 되었
을 때, 다른 사람들을 이해시키지 못한다면 무슨 소용이란 말
이오?"

싱어는 포도주 잔을 들더니 가득 채워 힘 있게 제이크의 상
처 난 손에 쥐여주었다. "취하라고요, 어?" 제이크가 팔을 흔들
자 흰 바지에 포도주 방울이 떨어졌다. "들어봐요! 사방에 야비

*미국의 사회학자이자 경제학자. 저서로 《유한계급론》 등이 있다.

함과 타락뿐이야. 이 방, 이 포도주 병, 바구니의 과일들은 모두 이윤과 손해의 산물들이라고. 인간은 수동적인 야비함을 수용하지 않고는 살 수가 없어요. 우리가 한 입 먹기 위해, 옷 한 벌을 입기 위해 누군가는 지치도록 일하는데, 아무도 몰라요. 모두가 눈멀고 벙어리이고 멍텅구리야. 우둔하고 야비하다고."

제이크는 주먹으로 관자놀이를 눌렀다. 생각들이 사방으로 흩어져 통제할 수 없었다. 그는 난폭해지고 싶었다. 밖에 나가 사람들이 북적대는 길에서 격렬하게 싸우고 싶었다.

벙어리는 여전히 참을성 있게 관심을 가지고 그를 보다가 은색 연필을 꺼냈다. 종이쪽지 위에 조심스럽게 "당신은 민주당입니까, 공화당입니까?"라고 쓴 뒤 탁자 위로 밀었다. 제이크는 그걸 손에 넣고 구겼다. 방이 다시 빙빙 돌기 시작해서 글씨를 읽을 수조차 없었다.

제이크는 정신을 차리려고 벙어리의 얼굴을 응시했다. 움직이지 않는 것은 싱어의 두 눈뿐인 듯했다. 황갈색과 회색과 연한 갈색이 다양하게 어우러진 눈이었다. 그 눈을 너무 오래 응시하고 있자니 최면에 빠지는 것 같았다. 난폭해지려는 충동이 가라앉으면서 다시 차분해졌다. 싱어의 눈은 제이크가 말하려는 것을 다 이해하는 듯했고, 그를 위한 메시지를 담고 있는 듯했다. 잠시 후 방은 도는 것을 멈추고 다시 안정을 되찾았다.

"당신은 알아들었어요." 제이크는 희미하게 말했다. "당신은 내가 말하려는 걸 이해해."

멀리서 부드럽고 맑은 교회 종소리가 들렸다. 이웃집 지붕에는 흰 달빛이 비쳤고 여름 하늘은 부드러운 푸른색이었다. 서로 말은 안 했지만 제이크는 방을 구할 때까지 며칠간 싱어와 함께 머물 것이었다. 포도주를 다 마시자 벙어리는 매트리스를 침대 옆 바닥에 깔았다. 제이크는 옷도 벗지 않은 채 누워 순식간에 잠들었다.

5

중앙로에서 멀리 떨어진 흑인 거주 지역, 베네딕트 메이디 코플랜드 박사는 어두운 부엌에 혼자 앉아 있었다. 9시가 지났고 교회 종소리도 잠잠해졌다. 더운 밤이었지만 둥그런 장작 스토브에는 작은 불길이 타오르고 있었다. 코플랜드 박사는 불 옆 딱딱한 부엌 의자에 앉아 길고 갸름한 두 손으로 머리를 감싼 채 몸을 숙이고 있었다. 스토브에서 나오는 붉은빛이 그의 얼굴에 반사되었다. 불빛 속에서 그의 두꺼운 입술은 검은 피부색과 대조되어 자주색으로 보였고, 양털 모자처럼 두피에 달라붙은 회색 머리는 푸르스름해 보였다. 그는 오랫동안 앉아 있었다. 은빛 안경 속의 두 눈도 움직이지 않고 엄숙했다. 그러다가 그는 거칠게 목청을 가다듬고 바닥에서 책을 집었다. 방이 어두워서 스토브 가까이 책을 들어야 했다. 오늘 밤 그는 스피노자를 읽었다. 사상의 절묘한 전개와 복잡한 구절들을 다 이해하진 못했지만, 단어들이 의미하는 강하고 진실한 목적을 거의 감지했다고 느꼈다.

밤이면 자주 날카로운 초인종이 그를 정적에서 깨웠다. 그는 앞방에서 뼈가 부러지거나 면도칼에 찔린 환자들을 돌보곤 했다. 그러나 오늘 저녁은 방해받지 않았다. 어두운 부엌에서 고독한 시간을 보내고 난 뒤 그는 천천히 몸을 좌우로 흔들기 시작했다. 목에서는 노래 같은 신음 소리가 났다. 포셔가 왔을 때 그는 이런 소리를 내고 있었다.

코플랜드 박사는 포셔의 도착을 알고 있었다. 바깥에서 하모니카로 연주하는 블루스 곡이 들리자 그는 아들 윌리엄이 부는 것임을 알아챘다. 그는 전등을 켜지 않고 복도를 지나 현관문을 열었다. 밖으로 나가지 않고 방충망 뒤 어둠 속에 섰다. 달빛이 밝아서 뿌연 길 위에 포셔와 윌리엄과 하이보이의 그림자가 검고 확실하게 보였다. 이웃집들은 가난하고 비참했다. 코플랜드 박사의 집은 주위의 다른 집들과 달랐다. 그의 집은 벽돌과 회벽으로 견고하게 지어졌다. 작은 앞뜰 주위로는 말뚝 울타리가 둘러 있었다. 포셔는 입구에서 남편과 동생에게 잘 가라고 한 뒤 방충문을 두드렸다.

"왜 이렇게 어두운 데 앉아 계세요?"

두 사람은 함께 어두운 복도를 지나 부엌으로 갔다.

"전등도 있잖아요. 왜 언제나 어둠 속에 앉아 계시는지 이상하네요."

코플랜드 박사가 식탁 위 전등불을 켜자 방 안은 돌연 밝아졌다. "내겐 어둠이 맞는구나."

방은 깨끗했고 가구도 없었다. 식탁 위에는 한쪽으로 책들과 잉크스탠드, 다른 한쪽으로 포크와 숟가락, 접시가 있었다. 코플랜드 박사는 긴 다리를 포개고 똑바로 앉았다. 처음에는 포셔도 뻣뻣하게 앉았다. 아버지와 딸은 서로 매우 닮았다. 넓고 납작한 코, 입과 이마가 그랬다. 그러나 포셔의 피부색은 아버지보다 훨씬 환했다.

"여기 너무 더워서 익겠어요." 그녀가 말했다. "이 불은 요리할 때 빼고는 꺼도 될 것 같은데요."

"원한다면 내 진찰실로 올라가도 좋다." 코플랜드 박사가 말했다.

"괜찮아요. 여기가 좋아요."

코플랜드 박사는 은색 안경테를 다시 조정하고 두 손을 무릎에 포갰다.

"지난번에 만난 이후 어떻게 지냈냐? 너와 남편 그리고 네 동생은?"

포셔는 편한 자세를 취하며 구두를 벗었다. "하이보이랑 윌리랑 저는 사이좋게 지내요."

"윌리엄은 여전히 너희 집에 사냐?"

"그럼요." 포셔가 말했다. "우리들만의 사는 방식과 계획이 있어요. 하이보이는 집세를 내요. 제 돈은 식비에 쓰고요. 윌리는 교회 헌금, 보험료, 친목회비, 토요일 밤의 비용을 대요. 우리 셋은 우리들만의 계획이 있고 각자 제 역할을 하는 거죠."

코플랜드 박사는 고개를 숙이고 긴 손가락 마디들을 하나씩 소리 나게 꺾었다. 깨끗한 소매 끝이 손목을 덮고 있었다. 여윈 두 손의 색깔은 다른 곳보다 엷었고, 손바닥은 엷은 노란색이었다. 그의 두 손은 솔로 문지른 후 물이 든 냄비에 오래 담가놓은 듯 항상 청결했고 쭈글쭈글해 보였다.

"뭘 가져왔는데 잊어버릴 뻔했네요." 포셔는 말했다. "아직 저녁 식사 안 하셨지요?"

코플랜드 박사는 늘 지나치게 신중하게 말해서 침울하고 무거운 입술 사이로 한 음절씩 말이 걸러져 나오는 듯했다. "아직 안 먹었다."

포셔는 식탁에 올려놓은 종이 봉지를 열었다. "맛있는 콜라드*를 가져왔어요. 같이 저녁 먹으려고요. 베이컨도 있어요. 이걸로 콜라드에 양념을 할 거예요. 콜라드에 베이컨 넣어도 괜찮지요?"

"괜찮다."

"여전히 고기를 안 드세요?"

"그래. 순전히 개인적인 이유로 난 채식주의자다. 하지만 베이컨이랑 같이 요리하고 싶다면 그렇게 하려무나."

포셔는 신발을 벗고 식탁 앞에 서서 조심스럽게 콜라드를 다듬기 시작했다. "부엌 바닥에 발이 닿으니 시원하네요. 구두 안 신고 이렇게 있어도 괜찮아요? 구두가 꽉 조여서 발이 아프거든요."

"괜찮다." 코플랜드 박사가 말했다. "괜찮아."

"그럼 같이 맛있는 콜라드 요리랑 옥수수빵, 커피를 먹어요. 저는 베이컨을 잘라 구워 먹을게요."

코플랜드 박사는 눈으로 포셔를 따라갔다. 그녀는 스타킹 신은 발로 천천히 움직였다. 잘 닦아놓은 팬들을 벽에서 내리고 불을 피우고 콜라드를 씻었다. 그는 무슨 말을 하려다가 입을 다물었다.

---

*케일의 일종인 녹색 채소.

"너와 남편과 동생은 서로 도와가면서 너희들만의 계획을 세우고 있구나." 그가 드디어 말했다.

"네, 그렇죠."

코플랜드 박사는 손가락을 당겨 관절을 꺾으려고 했다. "아이는 가질 계획이냐?"

포셔는 아버지를 쳐다보지 않았다. 화가 나서 콜라드가 든 팬을 휘젓자 팬에서 물이 튀었다. "어떤 일들은 순전히 하느님에게 달려 있는 것 같아요."

그들은 다른 얘기는 하지 않았다. 스토브에서 저녁 식사가 준비되는 동안 포셔는 무릎 사이로 긴 손을 힘없이 늘어뜨리고 말없이 앉아 있었다. 코플랜드 박사는 고개를 숙이고 있어 잠든 것처럼 보였다. 그러나 자고 있지 않았다. 불안한 경련이 그의 얼굴에 스쳤다. 그는 심호흡을 하며 얼굴의 평정을 되찾았다. 음식 냄새가 숨 막히는 방 안에 퍼지기 시작했다. 정적 속에서 찬장 위 벽시계 소리가 크게 들렸다. 단조롭게 똑딱거리는 소리는 조금 전에 그들이 했던 말 때문에 '아이-들, 아이-들'이라고 계속 말하는 듯했다.

코플랜드 박사는 언제나 아이들을 만났다. 발가벗고 바닥을 기는 아이, 구슬치기를 하는 아이, 어두운 길에서 만나 안아주었던 여자아이. 베네딕트 코플랜드, 사내아이들은 모두 그렇게 불렀다. 그러나 여자아이들의 이름은 베니 메, 메이디벤, 또는 베네딘 메이딘이었다. 어느 날 그의 이름을 딴 아이들을 세어보니 열둘도 넘었다.

평생 동안 그는 말하고 설명하고 가르쳤다. 당신들 이렇게 하면 안 된다고 그는 늘 말했다. 왜 여섯 번째, 다섯 번째, 아홉 번째 아이를 가져서는 안 되는지, 모든 이유를 설명했다. 우리 흑인들에게 필요한 것은 더 많은 아이들이 아니라 태어난 아이들을 위한 더 많은 기회라고 설득했다. 그는 흑인 산아제한을 실천하도록 간곡히 호소했다. 언제나 똑같은 단순한 말로 설명했다. 시간이 지나면서 그것은 항상 외우고 다니는 분노의 시처럼 되었다.

코플랜드 박사는 새로운 이론을 공부했고 이해했다. 자비를 들여 피임기구를 나눠주었다. 그는 이곳에서 그런 생각을 하기 시작한 최초의 의사였다. 그는 나누어주고 설명하고 나누어주고 말했다. 그러고는 일주일에 40여 명의 아기들을 받아냈다. 메이디벤과 베니 메를.

그것은 한 가지 문제에 지나지 않았다. 단지 한 가지 문제일 뿐이었다.

그는 자기가 평생 일하는 이유를 알고 있었다. 자기 인종을 교화시키는 것이 그의 의무였다. 하루 종일 진료 가방을 들고 집집마다 방문하면서 이 모든 것들을 설명했다.

긴 하루가 지나면 무거운 피로가 몰려왔다. 그러나 저녁에 현관을 열면 피로감은 사라졌다. 집에는 해밀턴과 카를 마르크스와 포셔와 어린 윌리엄이 있었다. 데이지도 있었다.

포셔는 스토브 위 냄비 뚜껑을 들고 포크로 콜라드 요리를 저었다. "아버지." 그녀가 잠시 후 말했다.

코플랜드 박사는 목의 가래를 끌어모아 손수건에 뱉었다. 그의 음성은 비통했고 거칠었다. "왜 그러냐?"

"우리 그만 싸워요."

"우린 싸우는 게 아니다." 박사가 말했다.

"싸움을 말로만 하는 게 아니잖아요." 포셔가 말했다. "저는 우리가 지금처럼 조용히 앉아 있어도 다투고 있는 것 같아요. 지금도 그래요. 사실대로 말할게요. 저는 아버지를 만나러 올 때마다 기운이 빠져요. 그러니 더 이상 어떤 식으로든 싸우지 않았음 좋겠어요."

"물론 싸울 마음은 없다. 그렇게 느낀다면 미안하구나, 얘야."

그녀는 커피를 따른 뒤 설탕을 타지 않고 아버지에게 한 잔을 건넸다. 자기 잔에는 설탕을 대여섯 스푼 넣었다. "배가 고파요. 저녁이 맛있을 거예요. 커피 드세요. 얼마 전에 우리 동네에서 있었던 일을 말씀드릴게요. 지나고 나니까 우스워 보여요. 하지만 웃기만 해서는 안 돼요. 이유가 있거든요."

"계속해봐라." 코플랜드 박사가 말했다.

"얼마 전에 잘생기고 옷을 잘 차려입은 흑인이 나타났어요. B. F. 메이슨 씨라고 자기소개를 하면서 워싱턴시에서 왔다고 하더라고요. 매일 보행용 지팡이를 짚고 화사한 셔츠를 입고 거리를 활보했어요. 밤이면 소사이어티 카페에 갔고요. 동네에서 최고 고급으로 잘 먹었는데, 매일 밤 식사로 술 한 병과 2인분의 포크찹을 주문했지요. 항상 누구에게나 미소 지었고 여자들에게는 고개 숙여 인사를 했어요. 사람들을 위해 문을 열고 잡아주었고요. 일주일도 안 되어 그는 어디를 가든 상냥한 사람으로 알려졌어요. 사람들은 돈 많은 메이슨 씨에 대해 궁금해하기 시작했어요. 그는 사람들과 사귄 후에 곧바로 사업에 착수했죠."

포셔는 커피를 후후 불었다. "아버지도 신문에서 노인들을 위한 정부 지원 사업에 대해 읽으셨을 거예요."

코플랜드 박사는 고개를 끄덕였다. "연금 말이지."

"그래요, 그거랑 상관이 있었어요. 그는 정부 사람이었어요. 사람들을 정부 연금에 가입시키려고 워싱턴디시의 대통령이 보낸 거죠. 그는 집집마다 다니며 설명했어요. 가입비로 1달러를 내고 그다음부터 일주일에 25센트를 내면, 45세부터 평생 동안 정부가 매달 주는 50달러를 받게 된다고 했어요. 제가 아는 사람들은 모두 큰 관심을 갖게 됐죠. 그는 모든 사람들에게 대통령 사인이 든 대통령 사진을 공짜로 줬어요. 6개월 후에는 회원들에게 무료 유니폼을 준다고 했고요. 단체 이름은 '흑인들을 위한 위대한 연금 협회'였어요. 두 달 뒤에는 모든 회원들이 '흑위연협'이라고 새겨진 노란 리본을 받게 될 거라고 했어요. 왜 정부 관련 이름들은 다 그렇게 표시하잖아요. 그는 작은 책을 들고 집집마다 다녔고, 너도나도 가입하기 시작했죠. 그는 이름을 적고 돈을 받았어요. 매주 토요일 돈을 걸었어요. 3주 만에 메이슨 씨는 가입 회원이 너무 많아서 토요일에 전부 돈을 걸으러 다닐 수가 없게 됐죠. 그래서 서너 구획마다 돈을 걷기 위해 사람을 고용해야 했어요. 전 매주 토요일 일찍 우리 동네 근처에서 돈을 걸었고 25센트를 받았어요. 물론 윌리도 처음부터 가입했고 하이보이와 저도 가입했어요."

"너희 동네의 여러 집에서 그 대통령 사진을 많이 봤지. 메이슨이라는 이름을 들은 것도 생각나는구나." 코플랜드 박사가 말했다. "사기꾼이었니?"

"네." 포셔가 말했다. "어떤 이가 메이슨 씨에 관해 알아내기 시작하자 체포되었어요. 그는 그냥 애틀랜타 출신이고 워싱턴디시나 대통령 근처에는 가본 적도 없다는 걸 알아낸 거예요. 그는 돈을 모두 숨기거나 써버렸어요. 윌리는 고스란히 7달러 50센트를 날렸고요."

코플랜드 박사는 흥분했다. "그게 바로 내가 말하는……."

"이제부터 그 인간은 호되게 뜨거운 맛을 볼 거예요." 포셔가 말했다. "모든 게 끝나고 나니 이제는 좀 우스워요. 물론 너무 웃으면 안 되죠. 그러기에는 이유가 너무 많잖아요."

"검둥이들은 매주 금요일마다 스스로 십자가에 올라가지." 코플랜드 박사가 말했다.

포셔의 손이 흔들려 들고 있던 잔에서 커피가 쏟아졌다. 그녀는 자기 팔에 쏟아진 커피를 핥았다. "무슨 말씀이세요?"

"내가 언제나 찾고 있다는 뜻이다. 다시 말해, 열 명의 검둥이들, 자신을 기꺼이 바치고자 하는, 힘과 두뇌와 용기를 가진, 우리 인종 열 명만 찾을 수 있다면, 하는 뜻이지."

포셔는 커피 잔을 내려놓았다. "우린 전혀 그런 얘기를 하는 게 아니었어요."

"검둥이 네 명만 있어도." 코플랜드 박사가 말했다. "해밀턴과 카를 마르크스와 윌리엄과 너를 합하기만 해도. 진정한 자질과 용기를 가진 검둥이가 네 사람만 있어도……."

"윌리와 하이보이와 전 용기를 가지고 있어요." 포셔가 화가 나서 말했다. "이곳은 힘든 세상이고 우리 세 사람은 그만하면 잘 헤쳐 나가고 있다고요."

한동안 그들은 잠잠했다. 코플랜드 박사는 안경을 식탁 위에 내려놓고 움츠린 손가락으로 눈동자를 눌렀다.

"아버지는 늘 검둥이라고 말해요." 포셔가 말했다. "그 단어

100

는 사람들의 감정을 상하게 한다고요. 늙고 못난 깜둥이라도 그 단어가 의미하는 것보다는 더 좋은 사람이에요. 하지만 예의 바른 사람들은, 피부 색깔이 어떻든 항상 흑인이라는 단어를 써요."

코플랜드 박사는 대답하지 않았다.

"윌리와 저를 보세요. 우리는 완전히 흑인은 아니에요. 엄마는 피부가 아주 하얬고 우리 둘에게는 백인 피가 꽤 섞여 있어요. 그리고 하이보이는 인디언이에요. 인디언 피가 많이 섞여 있어요. 우리 중 완전한 흑인은 아무도 없어요. 아버지가 늘 쓰는 그 단어는 사람들에게 상처를 준다고요."

"난 그런 속임수에는 관심 없다." 코플랜드 박사가 말했다. "오로지 진실에만 관심 있지."

"아, 진실은 이래요. 모두 아버지를 무서워해요. 해밀턴 오빠랑 버디 오빠, 윌리나 제 남편 하이보이가 이 집에 들어와 저처럼 아버지와 앉아 있으려면 한참 실랑이를 해야 한다고요. 윌리는 자기 어렸을 때의 아버지를 기억한대요. 그때도 아버지를 무서워했어요."

코플랜드 박사는 거칠게 기침을 하고 목청을 가다듬었다.

"누구든지 감정이 있어요. 누구든지. 상처 입을 거라 확신하면 그 집에 안 들어가려고 해요. 아버지도 마찬가지예요. 그런 것을 모르는 백인들 때문에 아버지가 상처 입는 것을 저는 너무 많이 봤어요."

"아니다." 코플랜드 박사가 말했다. "넌 내가 상처 입는 것을 본 적이 없어."

"물론 윌리와 하이보이 그리고 저는 학자가 아니에요. 하지만 하이보이랑 윌리는 정말 좋은 사람들이에요. 아버지와 다를 뿐이라고요."

"그래." 코플랜드 박사가 말했다.

"해밀턴, 버디, 윌리 그리고 저는 아버지가 말하는 것처럼 말하고 싶지 않아요. 우리는 엄마와 외갓집 식구들과 그전에 살았던 조상들처럼 말해요. 아버지는 모든 것을 머릿속에서 생각해내요. 하지만 우리는 오랫동안 가슴으로 말해왔어요. 그것도 다른 점이에요."

"그래." 코플랜드 박사가 말했다.

"부모가 원하는 대로 자식들을 몰아갈 순 없어요. 상처를 주든 안 주든, 그게 옳든 아니든요. 아버지는 가차 없이 그렇게 하셨잖아요. 그리고 이제 이 집에 와서 아버지와 같이 있으려는 사람은 우리들 중에서 저 혼자뿐이라고요."

불빛이 코플랜드 박사의 눈 속에서 반짝였고 포셔의 음성은 크고 단호했다. 그가 기침을 하자 그의 얼굴 전체가 흔들렸다. 식은 커피 잔을 집으려 했으나 손이 떨렸다. 눈물이 흘렀고 이를 감추려고 손을 뻗어 안경을 집었다.

이를 본 포셔가 얼른 그에게 다가갔다. 두 팔로 아버지의 머리를 안고 뺨을 그의 이마에 댔다. "제가 아버지의 마음을 상하게 했네요." 그녀가 부드럽게 말했다.

그의 음성이 단호했다. "아니다. 마음을 상하게 하느니 어쩌니 계속 그런 소리를 하는 건 어리석고 유치한 짓이야."

천천히 그의 뺨에 흐르는 눈물은 불빛에 비쳐 푸른색 연두색 붉은색으로 보였다. "정말 죄송해요." 포셔가 말했다.

코플랜드 박사는 면 손수건으로 얼굴을 닦았다. "괜찮다."

"우리 다시는 싸우지 마요. 이렇게 싸우는 거, 견딜 수 없어요. 함께 있을 때마다 정말로 나쁜 기운이 우리 사이에 끼어드는 것 같아요. 다시는 싸우지 마요."

"그래." 코플랜드 박사가 말했다. "우리 싸우지 말자."

포셔는 코를 훌쩍이며 손등으로 코를 닦았다. 잠시 동안 두 팔로 아버지의 머리를 안고 서 있었다. 얼마 뒤 그녀는 다시 얼굴을 닦고 스토브 위에 있는 야채 냄비 쪽으로 갔다.

"거의 다 익었네요." 그녀는 환하게 말했다. "이제 맛있는 옥수수빵을 만들어야지."

포셔는 스타킹 신은 발로 천천히 부엌에서 움직였고 아버지는 눈으로 그녀를 따라갔다. 다시 한동안 그들은 조용했다.

눈물로 젖은 그의 눈에 사물의 윤곽이 흐리게 보였다. 포셔는 정말로 제 엄마를 닮았다. 오래전에 데이지도 저렇게 소리 없이 부엌에서 움직이며 일을 했었다. 데이지는 남편처럼 검은 피부가 아니었다. 진한 꿀처럼 아름다운 색이었다. 그녀는 언제나 조용하고 부드러웠다. 그러나 부드러운 유순함 아래 고집이 있었고, 그가 노력해도 아내의 부드러운 강인함을 이해할 수는 없었다.

그는 때로 아내를 타일렀다. 그리고 가슴속의 모든 것을 말하곤 했다. 그래도 그녀는 여전히 온순했다. 그리고 여전히 그의 말을 듣지 않고 자기 방식을 고수하려 했다.

그 이후 해밀턴과 카를 마르크스와 윌리엄과 포셔가 태어났다. 자녀들을 위한 진정한 목적에 대한 느낌이 너무 강렬해서 그는 아이들 각각을 위한 정확한 계획도 세웠다. 해밀턴은 위대한 과학자가 될 것이고 카를 마르크스는 흑인을 위한 교사가, 윌리엄은 부당함과 싸우기 위한 법률가가, 그리고 포셔는 여성들과 어린이들을 위한 의사가 될 것이었다.

그는 어렸을 때부터 아이들에게 멍에를 벗어던져야 한다고 말했다. 굴종과 나태의 멍에. 아이들이 좀 더 자랐을 때는, 하느님은 없다고, 그러나 그들의 삶은 신성하며 한 사람마다 진실한 목적이 있다고 새겨 넣으려 했다. 그는 이것을 몇 번이고 반복해서 말했다. 아이들은 아버지에게서 멀찍이 떨어져 앉아 흑인 아이 특유의 큰 눈으로 엄마를 쳐다보곤 했다. 데이지는 남편의 말을 듣지 않으면서 온순하고 고집 세게 앉아 있었다.

해밀턴, 카를 마르크스, 윌리엄 그리고 포셔를 위한 진정한 목적이 있었으므로, 그는 작은 일들도 어떻게 해야 하는지 세심하게 알고 있었다. 매년 가을 아이들을 시내로 데리고 가서 고급 검은 구두와 검은 스타킹을 사주었다. 포셔를 위해서는 원피스를 만들 검정 양모 옷감과 칼라와 소매에 달 흰 리넨을 샀다. 남자아이들을 위해서는 바지를 만들 검정 양모 옷감과 셔츠를 만들 고급 흰 리넨을 샀다. 그는 아이들이 흐늘거리는 밝은색 옷을 입는 것을 원하지 않았다. 그러나 아이들은 학교에 갈 때 그런 옷들을 입고 싶어 했다. 데이지는 아이들이 당황해한다면서 그를 매정한 아버지라고 말했다. 그는 집을 어떻게 가꾸어야 하는지도 알고 있었다. 화려하지 않아야 했다. 야한 달력이나 레이스 달린 베개나 자질구레한 장식품은 없어야 했다. 집 안에 있는 것들은 모두 단순하고 차분해야 했으며 진정한 목적과 일을 나타내야 했다.

그러던 어느 날 밤 그는 데이지가 어린 포셔의 귀를 뚫고 귀고리를 달아준 것을 보았다. 또 어느 날은 벽난로 선반 위에 깃털 치마를 입은 큐피 인형이 놓여 있는 것을 봤다. 부드럽고 완강한 데이지는 그것을 치우려고 하지 않았다. 그는 또한 데이지가 아이들에게 온순함에 복종하도록 가르치는 것도 알았다. 그녀는 아이들에게 지옥과 천당에 관해 말했다. 또 유령과 유령이 나오는 곳이 있다고 믿게 했다. 데이지는 일요일마다 교회에 갔고 목사에게 남편에 대해 하소연했다. 그리고 언제나 고집 세게 아이들을 교회에 데리고 갔고, 아이들은 귀를 기울였다.

흑인들 전체가 병들어 있었다. 코플랜드 박사는 하루 종일, 때로는 밤늦도록 바빴다. 긴 하루가 지나면 기진맥진했지만 현관문을 열면 피곤함은 사라졌다. 그러나 집 안으로 들어서면 윌리엄은 휴지로 싼 머리빗을 악기 삼아 노래를 불렀고, 해밀턴과 카를 마르크스는 점심 값을 따려고 주사위를 던지며 내기 시합을 했으며, 포셔는 엄마와 깔깔대고 있었다.

그는 방법을 고쳐서 처음부터 다시 시작했다. 아이들의 과제를 꺼내놓고 같이 얘기했다. 그들은 바싹 붙어 앉아 엄마를 쳐다봤다. 그는 말하고 또 말했지만 아무도 이해하려 들지 않았다.

어둡고 끔찍한, 검둥이 같은 느낌이 그를 휩쌌다. 침착하게 다시 시작하기 위해 진료실에 앉아 책을 읽고 명상하려고 노력했다. 실내에는 환한 불빛과 책들과 명상의 느낌만이 들도록 블라인드를 내리곤 했다. 그러나 이 평온함이 오지 않을 때도 있었다. 그는 젊었고 그 끔찍한 느낌은 공부를 해도 사라지지 않았다.

해밀턴과 카를 마르크스, 윌리엄과 포셔는 그를 무서워하며 엄마를 쳐다보았다. 이를 알아차릴 때면 시커먼 느낌이 그에게 몰아쳤다. 그리고 자신이 무슨 짓을 했는지 알아차리지 못했다.

그는 이 끔찍한 것들을 멈출 수 없었고, 그런 다음에는 이해할 수 없었다.

"맛있는 냄새가 나네요." 포셔가 말했다. "이제 먹는 게 좋겠어요. 하이보이와 윌리가 곧 올 거예요."

코플랜드 박사는 안경을 쓰고 식탁으로 의자를 당겼다. "네 남편과 윌리는 어디서 저녁 시간을 보내고 있냐?"

"편자 던지기 놀이를 하고 있어요. 레이먼드 존스네 뒷마당에서요. 레이먼드와 누이동생 러브 존스는 매일 밤 그걸 하며 놀거든요. 러브는 못생겼어요. 그래서 하이보이와 윌리가 가고 싶을 때 그 집에 가는 거 전 상관 안 해요. 9시 45분에 데리러 온다고 했으니까, 금방 오겠네요."

"잊기 전에 말하는 게 좋겠다." 코플랜드 박사가 말했다. "해밀턴이랑 카를 마르크스한테서 연락은 자주 오겠지?"

"해밀턴 오빠한테서는 자주 와요. 외할아버지 집에서 모든 일들을 다 맡아 하고 있어요. 그런데 모빌*에 있는 공장에서 일하는 버디 오빠는 생전 편지를 쓰는 사람이 아니잖아요. 그래도 사람들과 사이좋게 지내니까 걱정은 안 해요. 늘 잘 지내거든요."

두 사람은 음식을 앞에 두고 말없이 앉아 있었다. 포셔는 찬장 위 벽시계를 계속 쳐다봤다. 하이보이와 윌리가 올 시간이었다. 코플랜드 박사는 접시 위에 고개를 숙였다. 손에 포크를

*미국 앨라배마 주 남서부의 항구.

무거운 듯 들고 있었고 손가락이 떨렸다. 조금씩 먹었고 힘들게 삼켰다. 긴장감이 돌았다. 그래도 그들은 대화를 계속하고 싶어 하는 듯했다.

코플랜드 박사는 어떻게 시작해야 할지 몰랐다. 아이들에게 이미 많은 말을 했고 그들은 이해하지 못했으므로, 때론 이제 할 말이 없다고 느꼈다. 잠시 후 그는 손수건으로 입을 닦고 머뭇거리며 물었다.

"네 얘기는 안 했구나. 네가 하는 일이며, 또 최근에 뭘 하며 지내는지 말해보렴."

"물론 켈리 씨 댁에서 일해요." 포셔가 말했다. "그런데 아버지, 언제까지 거기서 일할지 모르겠어요. 일은 힘들고 늘 오래 걸려요. 그래도 그건 문제가 아니에요. 제가 걱정하는 건 돈이에요. 일주일에 3달러를 받는데, 켈리 부인은 가끔 1달러, 또 어쩔 때는 50센트씩 덜 주는 거예요. 물론 가능하면 곧 나머지 돈을 주기는 해요. 그렇지만 제가 힘들어요."

"그러면 안 되지." 코플랜드 박사가 말했다. "왜 그걸 참니?"

"부인의 잘못이 아니에요. 부인도 어쩔 수가 없어요." 포셔가 말했다. "그 집 하숙인들의 절반은 세를 내지 않아요. 살림을 하려면 돈이 많이 들어요. 사실대로 말하자면 켈리네 가족들은 겨우 버티고 있어요."

"다른 일자리를 찾아야겠구나."

"알아요. 하지만 그 댁 식구들을 위해 일하는 게 좋아요. 좋은 백인들이에요. 난 그들이 좋아요. 그 집의 세 아이들은 우리 식구 같아요. 내가 버버와 아기를 키웠다고 느껴요. 믹과 저는 늘 다투지만 그 애도 좋아요."

"그래도 널 생각해야지." 코플랜드 박사가 말했다.

"믹, 그 애에게는 문제가 있어요." 포셔가 말했다. "그 애를 어떻게 다룰지는 아무도 몰라요. 이상한 고집불통이라니까요. 그 아이 속에서는 늘 무슨 일이 진행되고 있어요. 그 아이에 대해 이상한 생각이 들 때도 있어요. 어느 날 우리를 깜짝 놀라게 할 것 같아요. 좋은 일 때문일지 아닐지는 모르겠지만요. 믹은 절 당황하게 해요. 그래도 그 애가 좋아요."

"너 먹고살 걱정부터 해야지."

"그건 켈리 부인 잘못이 아니에요. 그 오래된 큰 집을 유지하는 건 돈이 너무 들어요. 집세로는 안 돼요. 그 집에서 꽤 비싼 방세를 제때 내는 사람은 한 명뿐이에요. 그 남자는 그 집에 산 지 얼마 안 됐어요. 귀먹은 벙어리래요. 그런 사람을 가까이서 보는 건 처음이지만, 좋은 백인이에요."

"키가 크고 마르고 회색 섞인 연두색 눈을 가진?" 갑자기 코플랜드 박사가 물었다. "누구에게나 항상 공손하고 좋은 옷을 입는? 이곳 출신 같지 않고, 북부에서 왔거나 유대인 같은?"

"그 사람이에요." 포셔가 말했다.

코플랜드 박사의 얼굴에 적극적인 관심이 나타났다. 그는 접시 위의 콜라드 즙에 옥수수빵을 부숴 넣고 새로워진 식욕으로 먹기 시작했다. "내 환자 중에 귀먹고 말 못하는 아이가 있다." 그가 말했다.

"어떻게 싱어 씨와 알게 되신 거예요?" 포셔가 물었다.

코플랜드 박사는 기침을 하고 손수건으로 입을 막았다. "몇 번 보았을 뿐이야."

"이제 치우는 게 좋겠네요." 포셔가 말했다. "윌리와 하이보이가 올 시간이에요. 수돗물도 잘 나오는 이 좋은 싱크대에서 접시 몇 개야 금방 치우죠."

그는 오랫동안 백인들의 은밀한 오만을 자기 마음속에서 없애려고 노력해왔다. 분노를 느끼면 명상하고 공부하려고 했다. 거리에서, 백인들 근처에서 그는 얼굴에 위엄을 유지했고 늘 침묵했다. 그들은 젊었을 때의 그를 '보이'라고 불렀고 지금은 '엉클'이라고 불렀다. "엉클, 모퉁이에 있는 저 주유소로 뛰어가 정비공 좀 보내." 얼마 전에도 백인이 차 안에서 큰 소리로 그렇게 말했었다. "보이, 이 일 좀 거들어." "엉클, 저것 좀 해." 그래도 그는 들은 척 않았고 자부심을 가지고 침묵하며 계속 걸어갔다.

며칠 전 밤에 술 취한 백인이 그를 잡아당기기 시작했다. 그는 진료 가방을 들고 있었으므로 누가 다친 걸로 생각했다. 그러나 술꾼은 그를 백인 레스토랑으로 끌고 갔고 카운터에 있던 남자들이 거칠게 고함을 질렀다. 그는 술꾼이 자기를 희롱하는 걸 알았지만 그런 순간에도 자부심을 유지했다.

그러나 키가 크고 마른, 회색 섞인 연두색 눈을 가진 이 백인과의 사이에 어떤 일이 있었다. 다른 어떤 백인과도 없었던 일이었다.

몇 주 전 어둡고 비 오는 밤이었다. 막 아기를 받고 나온 그는 비 오는 길모퉁이에 서 있었다. 담뱃불을 붙이려 했지만 성냥불은 하나씩 꺼졌다. 불붙지 않은 담배를 입에 물고 섰는데 그 백인이 다가와 성냥불을 내밀었다. 어둠 속에서 성냥불을 가운데 두고 그들은 상대의 얼굴을 볼 수 있었다. 백인은 그에게 미소 지으며 담배에 불을 붙여주었다. 무슨 말을 해야 할지 몰랐다. 그에게 이런 일은 난생처음이었다.

그들은 길모퉁이에 몇 분 동안 서 있었고, 그때 백인은 명함처럼 생긴 종이를 건네주었다. 그는 백인에게 말하고 싶고 질문하고 싶었지만, 그 백인이 제대로 알아들을지 확신할 수 없었다. 모든 백인들의 무례함 때문에 그는 친절을 나타내다가 위엄을 잃게 될까 두려웠다.

그러나 그 백인 남자는 그의 담뱃불에 불을 붙여주고 미소 지었으며 함께 있고 싶어 하는 듯했다. 그 이후 코플랜드 박사는 이 일에 대해 여러 번 생각했다.

"내 환자 중에 귀먹고 말 못하는 애가 있다." 코플랜드 박사가 포셔에게 말했다. "다섯 살 난 소년이지. 그 애의 장애가 내 책임이라는 느낌을 털어버릴 수가 없어. 내가 그 아이를 받았는데, 출산 후 두 번 방문했지. 그러고는 잊어버렸다. 아기의 귀에 문제가 생겨 진물이 나왔지만 아이 엄마는 신경 쓰지 않았고 나에게 데려오지 않았다. 내가 알게 되었을 때는 너무 늦었던 거다. 그 애는 아무것도 들을 수 없고, 그러니까 말도 할 수 없어. 아이를 세심히 지켜봤는데 장애가 없었다면 총명한 아이였을 거다."

"아버지는 늘 어린애들에게 관심이 많잖아요." 포셔가 말했다. "아버지는 어른들보다 아이들에게 훨씬 더 애정을 갖고 있어요, 그렇죠?"

"어린아이들에게 더 희망이 있잖니." 코플랜드 박사가 말했다. "그런데 이 귀먹은 아이, 그 아일 받아줄 기관이 어디 있는지 알아보려고 한다."

"싱어 씨가 아버지에게 말해줄 거예요. 친절한 백인이고 고집쟁이도 아니에요."

"모르겠구나." 코플랜드 박사가 말했다. "그에게 간단한 편지를 쓸 생각을 한두 번 했어. 나에게 정보를 알려줄 수 있나 해서."

"제가 아버지라면 물론 쓸 거예요. 아버지는 편지를 잘 쓰시잖아요. 제가 싱어 씨에게 전달해드릴게요." 포셔가 말했다. "2주인가 3주 전에 그가 셔츠 몇 장을 들고 부엌으로 내려온 적이 있었어요. 빨아달라고요. 그 셔츠들은 세례 요한이 입었던 것처럼 깨끗했어요. 전 셔츠들을 더운물에 담가 깃을 좀 비벼대고 다림질을 했을 뿐이에요. 그날 밤 깨끗한 셔츠 다섯 장을 들고 그의 방에 올라가니, 그가 얼마를 줬는지 아세요?"

"모르지."

"여전히 미소를 지으면서 1달러를 주는 거예요. 셔츠 몇 장에 1달러씩이나. 그는 친절하고 유쾌한 백인이에요. 전 두려워하지 않고 그에게 어떤 질문이든 할 거예요. 마음 놓고 그 친절한 백인에게 편지를 쓸 거예요. 아버지, 원하시면 주저 말고 쓰세요."

"그럴까 보다." 코플랜드 박사가 말했다.

포셔는 갑자기 똑바로 앉더니 바짝 달라붙은 윤기 나는 머리를 매만지기 시작했다. 하모니카 소리가 희미하게 들리다가 점점 커졌다. "윌리와 하이보이가 오네요." 포셔가 말했다. "이제 나가야 해요. 아버지, 몸조심하시고요. 제가 필요하시면 알려주세요. 아버지와 저녁 먹으며 얘기한 것 좋았어요."

이제 음악 소리는 또렷해졌다. 그들이 현관에서 기다리며 윌리가 하모니카를 불고 있는 것을 알 수 있었다.

"잠깐." 코플랜드 박사가 말했다. "난 너와 함께 있는 네 남편을 두 번 보았을 뿐이다. 제대로 인사를 안 한 것 같구나. 그리고 윌리엄이 나를 방문한 지도 3년이 된다. 윌리엄과 남편에게 잠시 들어오라고 하지 않을 테냐?"

포셔는 머리와 귀고리를 매만지며 서 있었다.

"지난번에 윌리가 여기 들어왔을 때, 아버지는 그 애 마음을 상하게 했어요. 아버지는 어떻게 해야 하는지 이해 못……."

"알았다." 코플랜드 박사가 말했다. "그냥 말해본 거다."

"잠깐만요." 포셔가 말했다. "부를게요. 지금 곧 들어오라고 할게요."

코플랜드 박사는 담뱃불을 붙이고 방 안을 서성거렸다. 안경을 제자리에 고정시킬 수 없었고 손가락이 계속 떨렸다. 앞마당에서 낮은 목소리가 들렸다. 무거운 발소리가 복도에서 나더니 포셔와 윌리엄과 하이보이가 부엌으로 들어왔다.

"우리 왔어요." 포셔가 말했다. "하이보이, 당신과 아버지가 정식으로 인사를 못 했지. 서로 알기는 하면서."

코플랜드 박사는 두 사람과 악수했다. 윌리는 벽 쪽으로 수줍게 물러섰지만 하이보이는 앞으로 나와 공손하게 고개 숙여 인사했다. "늘 말씀을 듣고 있습니다." 그가 말했다. "뵙게 돼서 기쁩니다."

포셔와 코플랜드 박사는 복도에서 의자를 들여왔고 네 사람은 스토브 주위에 앉았다. 조용했고 어색했다. 윌리는 불안하게 방 안을, 식탁의 책들과 싱크대와 벽 쪽으로 놓인 간이침대와 아버지를 바라보았다. 하이보이는 싱글거리며 넥타이를 만지작거렸다. 코플랜드 박사는 말하려다가 입술을 적시고는 여전히 조용히 있었다.

"윌리, 너 하모니카 잘 분다." 결국 포셔가 입을 열었다. "너와 하이보이가 한잔한 것 같네."

"그렇지 않아, 여보." 하이보이가 얌전하게 말했다. "지난 토요일 이후 술 마시지 않았어. 그냥 편자 놀이를 즐겼다고."

코플랜드 박사는 여전히 말이 없었다. 그들은 그에게 눈길을 주며 기다리고 있었다. 방 안은 답답했고 너무 조용해서 불안했다.

"난 이 두 남자들 옷 때문에 힘들어요." 포셔가 말했다. "토요일마다 두 사람의 흰 양복을 빨고 일주일에 두 번 다려요. 그런데 지금 두 사람이 입은 옷을 보세요. 물론 일을 끝내고 집에 올 때만 그 옷을 입지만요. 그래도 이틀 지나면 꽤 더러워져요. 어젯밤에 바지들을 다렸는데, 지금은 잡아놓은 주름이 다 사라졌네요."

여전히 코플랜드 박사는 말이 없었다. 눈으로 계속 아들의 얼굴을 쳐다보니, 윌리가 알아차리고 거칠고 뭉툭한 손가락을 깨물며 발을 내려다보았다. 코플랜드 박사는 손목과 관자놀이 맥박이 뛰는 것을 느꼈다. 기침을 했고 주먹을 가슴에 댔다. 아들에게 말하고 싶었으나 아무것도 생각나지 않았다. 오래된 비통함이 솟았다. 차분하게 생각하며 그것들을 가라앉힐 시간이 없었다. 맥박이 펄떡이며 혼란스러웠다. 그러나 모두 그를 쳐다보고 있었고, 침묵이 너무 깊어 말을 해야만 했다.

박사의 목소리가 너무 높아서 그에게서 나오는 소리 같지 않았다. "윌리엄, 어렸을 때 내가 너에게 했던 말들이 얼마나

네 속에 남아 있는지 궁금하구나."

"무, 무, 무슨 말씀이세요?" 윌리가 말했다.

코플랜드 박사는 자신도 모르는 사이에 이렇게 말했다. "나의 모든 것을 너와 해밀턴과 카를 마르크스에게 주었다. 모든 신뢰와 희망을 너희들에게 걸었어. 그런데 내가 받은 것이란 오해와 나태와 무관심뿐이다. 내가 심어놓은 모든 것들이 아무 것도 남아 있지 않아. 난 모든 것들을 빼앗겼다. 노력했던 모든 것이……."

"잠깐이요." 포셔가 말했다. "아버지, 싸우지 않기로 약속했잖아요. 이건 미친 짓이에요. 우린 싸울 수 없어요."

포셔는 일어나 현관 쪽으로 가기 시작했다. 윌리와 하이보이가 재빨리 따라갔다. 코플랜드 박사가 그 뒤를 따랐다.

그들은 현관 앞 어둠 속에 섰다. 코플랜드 박사는 말하려고 했으나 목소리가 깊은 곳으로 사라진 듯했다. 윌리와 포셔와 하이보이는 함께 모여 서 있었다.

포셔는 한 팔로 남편과 동생으로 붙들고 다른 한 팔은 코플랜드 박사에게 내밀었다. "가기 전에 모두 화해해요. 우리끼리 싸우는 건 견딜 수 없어요. 절대로 더 이상 싸우지 마요."

침묵 속에서 코플랜드 박사는 다시 한 사람씩 악수했다. "미안하다." 그가 말했다.

"저는 괜찮습니다." 하이보이가 공손하게 말했다.

"저도 괜찮아요." 윌리도 웅얼거렸다.

포셔는 그들 모두의 손을 함께 잡았다. "우린 싸워서는 안 돼요."

그들은 작별 인사를 했다. 코플랜드 박사는 어두운 현관에서 그들이 함께 걸어가는 것을 응시했다. 멀어지는 발걸음이 외로운 소리를 냈다. 그에게 나약함과 피곤함이 몰려왔다. 한 블록 걸어간 뒤 윌리는 다시 하모니카를 불기 시작했다. 음악은 슬프고 공허했다. 그는 더 이상 그들을 볼 수도, 소리를 들을 수도 없을 때까지 현관 앞에 서 있었다.

코플랜드 박사는 전등을 끄고 스토브 앞 어둠 속에 앉았다. 평화가 오지 않았다. 해밀턴과 카를 마르크스와 윌리엄을 잊고 싶었다. 포셔의 한마디가 크고 강하게 되살아났다. 그는 갑자기 일어나서 전등을 켰다. 스피노자와 윌리엄 셰익스피어와 카를 마르크스의 책들이 놓인 식탁에 자리를 잡고 앉았다. 큰 소리로 스피노자를 읽자 단어들이 풍요하고 어두운 소리를 냈다.

그는 포셔와 얘기했던 백인에 대해 생각했다. 그 백인이 귀먹은 환자, 어거스터스 베네딕트 메이디 루이스를 도와줄 수 있다면 좋을 것이다. 이런 이유가 없어도, 물어볼 질문이 없어도, 그 백인에게 편지를 쓴다면 좋을 것이다. 코플랜드 박사는 머리를 두 손으로 감쌌다. 그의 목에서 노래하는 듯한 이상한 신음 소리가 났다. 그 비 오는 밤 노란 성냥불 뒤에서 미소 짓던 백인의 얼굴을 기억하자 그에게 평화가 왔다.

6

여름이 중순에 이르자 싱어는 하숙인들 중에서 가장 많은 방문객들을 맞이했다. 저녁이면 늘 그의 방에서 말소리들이 들렸다. 그는 뉴욕 카페에서 저녁을 먹은 뒤 목욕을 하고 시원하게 세탁된 양복을 입었으며 대개는 다시 외출하지 않았다. 방은 서늘하고 쾌적했다. 그는 찬장에 있는 아이스박스에 찬 맥주와 야채 주스를 보관했다. 그는 결코 바쁘거나 서두르지 않았고, 언제나 환영의 미소를 띠고 문 앞에서 손님을 맞이했다.

믹은 싱어 씨 방에 올라가는 것을 좋아했다. 싱어 씨는 듣지도 못하고 말도 못했지만 소녀가 하는 말을 다 이해했다. 그와 이야기하는 것은 게임 같았다. 다른 게임보다 더 많은 것들이 있긴 했다. 마치 음악에 관해 새로운 것을 발견하는 일과 같았다. 믹은 누구에게도 말하지 않을 계획들을 싱어 씨에게 말하곤 했다. 싱어 씨는 믹이 작고 귀여운 체스 말들을 가지고 놀게 해주었다. 한번은 허둥거리다가 셔츠 끝이 선풍기에 끼었을 때도 그가 친절하게 대해주어서 무안하지 않았다. 아빠를 제외하

116

면 싱어 씨가 제일 멋진 사람이었다.

코플랜드 박사는 존 싱어에게 어거스터스 베네딕트 메이디 루이스에 관해 짧은 편지를 썼고 정중한 답장을 받았다. 기회 있으면 방문해달라는 초대의 말도 있었다. 코플랜드 박사는 그 집의 뒤편으로 가서 포셔와 함께 잠깐 부엌에 앉아 있었다. 그 런 뒤 계단을 올라가서 그 백인 남자의 방으로 갔다. 이 남자에 게는 음흉하게 숨겨진 무례함이 없었다. 두 사람은 함께 레모 네이드를 마셨다. 벙어리는 그의 질문을 받고 종이에 대답을 적었다. 그는 코플랜드 박사가 만났던 어떤 백인과도 달랐다. 그 후 그는 오랫동안 이 백인에 관해 골똘히 생각했다. 그리고 다시 초대를 받으면 방문하기도 했다.

제이크 블런트는 매주 왔다. 그가 싱어의 방으로 올라갈 때 면 층계 전체가 흔들렸다. 대개 맥주가 든 종이 봉지를 들고 왔 다. 방에서는 크고 성난 그의 음성이 들렸다. 그러나 그의 음성 은 싱어의 방을 떠나기 전에는 천천히 잠잠해졌다. 층계를 내 려올 때 그는 더 이상 맥주가 든 봉지를 들고 있지 않았다. 그 는 어디로 가는지 모르는 듯 생각에 잠겨 걸었다.

비프 브래넌도 어느 날 밤 벙어리의 방에 왔다. 그러나 카페 를 오래 비울 수 없으므로 반 시간 안에 떠났다.

싱어는 언제나, 누구에게나 한결같았다. 손을 주머니 깊이 넣은 채 등받이가 곧은 의자에 앉아 고개를 끄덕이거나 미소를 지으며 자기가 손님들의 말을 이해한다는 것을 보여주었다.

싱어는 방문객이 없는 저녁이면 심야영화를 보러 갔다. 몸 을 뒤로 기대고 앉아 화면 위에서 배우들이 말하고 걸어 다니 는 것을 응시했다. 그는 영화관에 들어가기 전 제목을 보지 않았고, 상영되는 영화의 모든 장면을 똑같은 관심을 가지고 바라보았다.

그러던 7월 어느 날 싱어는 예고도 없이 갑자기 떠나버렸다. 방문을 열어두었고, 켈리 부인에게 전하는 봉투 안에는 지난주 방세 4달러가 들어 있었다. 방에 있던 간소한 소지품들이 사라졌고 깨끗하게 비어 있었다. 방문객들이 와서 주인 없는 방을 보고 놀라 언짢아하며 가버렸다. 왜 그가 이렇게 떠나야 했는지 아무도 상상할 수 없었다.

싱어는 여름휴가 내내 안토나풀로스가 입원해 있는 병원 근처에서 보냈다. 그는 몇 달 동안 이 여행을 계획했으며, 두 사람이 함께 보내게 될 모든 순간들에 대해 상상했다. 2주 전에 호텔을 예약했고 기차표가 든 봉투를 오랫동안 주머니에 넣고 다녔다.

안토나풀로스는 전혀 변하지 않았다. 싱어가 병실로 들어오자 그는 천천히 느긋하게 걸어와 친구를 맞이했다. 전보다 더 뚱뚱했지만 여전히 꿈꾸는 듯한 미소를 짓고 있었다. 싱어는 두 팔에 선물 꾸러미들을 안고 있었고, 덩치 큰 그리스인의 관심은 그 꾸러미에 가 있었다. 선물들은 주홍색 실내복, 부드러운 침실용 슬리퍼, 모노그램 무늬의 잠옷 두 벌이었다. 안토나풀로스는 상자 속 포장지 밑까지 샅샅이 들여다보았다. 맛있는 먹을 것들이 그 안에 숨겨져 있지 않다는 걸 알자 무시하듯 선물들을 침대로 던져버리고 거들떠보지도 않았다.

병실은 크고 볕이 잘 들었다. 대여섯 개의 침대가 일정한 간격으로 놓여 있었다. 노인 세 사람이 구석에서 카드놀이를 하고 있었는데, 싱어와 안토나풀로스에게는 신경 쓰지 않았다.

두 친구는 방 한쪽에 따로 앉았다.

싱어에게는 그들이 함께 지낸 이후 몇 년이 흐른 것 같았다. 그는 하고 싶은 말이 너무 많아 숨 가쁘게 두 손을 움직였지만 할 말을 다 할 수 없었다. 그의 연두색 두 눈은 불탔고 이마에는 땀이 번득였다. 명랑하고 행복했던 옛날의 감정들이 빠르게 되살아나 정신을 차릴 수 없었다.

안토나풀로스는 번들거리는 검은 눈을 친구에게 고정시킨 채 움직이지 않았다. 그의 손은 바지춤을 심드렁하게 만지작거렸다. 싱어는 여러 이야기를 하면서 자기를 찾아오는 방문객들에 대해 말했다. 그들이 자기의 외로움을 잊게 해준다고 했다. 그들은 이상한 사람들이며 쉬지 않고 말을 하지만, 그들이 자기를 방문하는 것이 좋다고 했다. 싱어는 제이크 블런트와 믹과 코플랜드 박사의 모습을 재빨리 스케치했다. 그러나 친구가 관심 없다는 것을 안 순간 종이를 구겨버리고 그들을 잊었다. 하고 싶은 말의 절반도 끝내지 못했는데 간호사가 들어와 면회 시간이 끝났다고 했다. 그러나 싱어는 매우 피곤하고 행복해져서 병실을 나섰다.

환자들의 면회일은 목요일과 일요일뿐이었다. 싱어는 친구를 만날 수 없는 날에는 호텔방에서 서성거렸다.

친구를 두 번째 방문했을 때는 병실 노인들이 멍하게 그들을 바라보았고 카드놀이를 하지 않았다. 그 외에는 첫 번째 방문과 똑같았다.

많은 어려움 끝에 싱어는 친구와 두어 시간을 함께 보낼 수 있는 외출 허가를 받았다. 그는 이 여행 일정을 미리 상세히 짜놓았었다. 택시를 타고 교외로 나가 4시 30분에 호텔 식당으로 갔다. 안토나풀로스는 그의 특별한 식사를 매우 즐겼다. 그는 메뉴의 절반을 주문하고는 게걸스레 먹었다. 그러나 식사를 끝내고도 일어나려 하지 않았다. 탁자에 매달렸다. 싱어는 그를 달랬고 택시 기사는 완력을 쓰려 했다. 안토나풀로스는 육중하게 버티고 앉아 그들이 가까이 오면 음란한 손짓을 했다. 마침내 싱어는 호텔 지배인에게 위스키 한 병을 사서 그를 다시 택시 안으로 유인했다. 싱어가 열지도 않은 술병을 창밖으로 던지자 안토나풀로스는 실망하고 분개하여 울었다. 그들의 작은 여행의 끝은 싱어를 매우 슬프게 했다.

그다음 방문이 마지막 면회였다. 싱어의 2주일 휴가가 끝나기 때문이었다. 안토나풀로스는 이전에 있었던 일들을 잊어버렸다. 그들은 늘 하던 대로 병실 구석 자리에 함께 앉았다. 빠르게 순간들이 지나갔다. 싱어의 두 손은 절박하게 움직였고 갸름한 얼굴은 창백했다. 드디어 떠날 시간이었다. 일하러 가기 전 헤어질 때 그들이 매일 그랬던 것처럼 싱어는 친구의 팔을 붙들고 얼굴을 들여다보았다. 안토나풀로스는 졸린 듯 그를 보며 움직이지 않았다. 싱어는 두 손을 주머니에 푹 찌르고 병실을 나왔다.

싱어가 하숙집에 돌아오자 믹과 제이크 블런트와 코플랜드 박사가 다시 방문하기 시작했다. 그들은 싱어가 어디 갔었는지, 여행 계획을 왜 미리 말하지 않았는지 알고 싶어 했다. 그러나 그는 질문을 알아듣지 못하는 척했다. 그의 미소는 수수께끼 같았다.

그들은 한 사람씩 싱어의 방에 와서 저녁 시간을 보냈다. 벙어리는 언제나 사려 깊고 침착했다. 다양한 색채를 띤 그의 부드러운 두 눈은 마법사의 눈 같았다. 믹 켈리, 제이크 블런트, 그리고 코플랜드 박사는 그 조용한 방에 와서 그에게 말했다. 자기들이 하고 싶은 말이 무엇이든 벙어리는 언제나 이해해준 다고 느꼈기 때문이었다. 어쩌면 그는 더 많이 이해하고 있는 지도 몰랐다.

2부

1

올해 여름은 믹이 기억하고 있는 어느 때와도 달랐다. 자신에게 생각이나 말로 설명할 수 있는 일이 많이 일어난 것은 아니었지만, 변화의 느낌이 있었다. 믹은 계속해서 흥분 상태였다. 아침마다 어서 빨리 일어나 하루를 시작하고 싶어 견딜 수 없었다. 밤이면 다시 자야 하는 것이 지옥처럼 싫었다.

믹은 아침을 먹자마자 동생들을 데리고 나왔으며, 밥 먹는 때를 제외하고는 대부분을 밖에서 보냈다. 믹은 랠프를 태운 손수레를 끌고 버버는 뒤에서 따라왔다. 그들은 오랫동안 무작정 이리저리 쏘다녔다. 믹은 언제나 생각을 하고 계획을 짜느라고 분주했다. 문득 고개를 들면 어느새 멀리 모르는 동네에 와 있곤 했다. 어쩌다가 길에서 빌과 마주쳤을 때도 생각에 빠져 있느라, 그가 팔을 잡았을 때에야 알아차릴 정도였다.

이른 아침은 선선했고 길 위에는 그들의 그림자가 길게 그려져 있었다. 그러나 한낮이면 하늘은 지글거리며 뜨거웠다. 빛이 너무 강렬해서 눈을 뜨고 있으면 아팠다. 믹에게 일어날 일들에 대한 계획은 자주 얼음, 눈 생각과 섞여버렸다. 때론 이런 상상을 하기도 했다. 스위스에 갔는데 산들은 눈으로 덮여 있고, 차고 푸른 얼음 위에서 스케이트를 타는 것이다. 싱어 씨가 함께 스케이트를 타고 있을 것이었다. 캐롤 롬바드*나 라디오에서 음악을 들어본 아르투로 토스카니니**가 함께할 수도 있었다. 그들은 함께 스케이트를 탈 것이고 싱어 씨가 얼음 속으로 빠지면 믹은 위험을 무릅쓰고 얼음 속에 뛰어들어 그의 생명을 구할 것이었다. 믹의 마음속에서 늘 진행되고 있는 계획 중의 하나였다.

대개 믹은 한참 동안 걸어간 뒤 버버와 랠프를 그늘진 곳에 세웠다. 버버는 착한 아이였고 믹은 그런 동생을 잘 훈련시켰다. 버버에게 랠프의 칭얼대는 소리가 들리지 않는 곳으로 가지 말라고 하면, 버버는 두세 블록 떨어진 곳에서 구슬치기를 하고 있는 아이들과도 놀지 않았다. 버버는 손수레 주위에서 혼자 놀았기 때문에 믹은 동생들을 두고 가도 크게 걱정하지 않았다. 믹은 도서관에 가서 《내셔널 지오그래픽》을 보거나 근처를 돌아다니며 더 많은 생각을 했다. 돈이 있으면 브래넌 씨의 카페에서 담배를 사거나 밀키웨이 초콜릿 바를 먹었다. 그는 아이들에게는 값을 깎아, 10센트 대신 3센트를 받았다.

믹이 무슨 일을 하고 있어도 항상 음악이 있었다. 때로는 혼자 걸어가며 낮게 콧노래를 불렀고, 마음속에서 울리는 노랫소리에 조용히 귀를 기울이기도 했다. 믹의 생각 속에는 갖가지 종류의 음악이 들어 있었다. 어떤 노래들은 라디오에서 들은

*미국의 영화배우.
**20세기를 대표하는 세계적인 지휘자.

것이고 어떤 노래는 들어본 적은 없었지만 옛날부터 마음속에 있던 것이었다.

동생들이 잠드는 밤이면 믹은 자유로웠다. 그때가 제일 중요했다. 혼자 있을 때 그리고 어두울 때 많은 일들이 일어났다. 믹은 저녁을 먹자마자 다시 집 밖으로 뛰어나갔다. 혼자 밤에 하는 일들에 대해서는 누구에게도 말할 수 없었다. 엄마가 물으면 그럴듯하게 둘러대곤 했다. 그러나 대개는 누가 부르면 못 들은 척 달아났다. 아빠를 제외한 모든 이들에게 그렇게 했다. 아빠의 음성에는 믹을 달아나지 못하게 하는 어떤 것이 있었다. 믹의 아빠는 동네에서 가장 몸집이 크고 키가 컸다. 그러나 음성은 매우 친절하고 조용해서 그가 말할 때면 사람들은 놀랐다. 믹은 아무리 급해도 아빠가 부르면 멈춰야 했다.

올해 여름 믹은 아빠에 대해 전에는 알지 못했던 것을 알게 되었다. 그때까지는 아빠를 독립된 한 개인으로 생각해본 적이 없었다. 아빠는 자주 믹을 불렀고, 그러면 아빠가 일하는 앞방으로 가 한동안 옆에 서 있곤 했다. 그러나 아빠의 말을 들으면서도 믹의 마음은 다른 곳에 가 있었다. 그러던 어느 날 밤 믹은 갑자기 아빠에 대해 알게 되었다. 그날 밤 특별한 일이 있었던 건 아니었으므로 왜 아빠를 이해하게 되었는지는 몰랐다. 그 이후 믹은 아빠를 더 잘 알게 된 것 같았으며 더 어른스러워진 듯 느꼈다.

8월 말의 어느 밤, 믹은 굉장히 서두르고 있었다. 9시까지 그 집에 가 있어야 했다. 그래도 아무런 소용이 없을지 몰랐지만 꼭 그래야만 했다. 아빠가 불러 앞방으로 갔다. 아빠는 작업대에 웅크리고 앉아 있었다. 웬일인지 그 자리에 있는 아빠의 모습이 자연스럽지 않아 보였다. 작년에 사고가 나기 전까지 아빠는 페인트공이고 목수였다. 매일 아침 동트기 전 작업복을 입고 집을 나섰고 하루 종일 밖에서 일했다. 밤에는 가끔부업으로 벽시계들을 만지작거렸다. 몇 번이나 깨끗한 흰 셔츠에 넥타이를 매고 종일 책상에서 혼자 일할 수 있는 보석상점 일자리를 구하려고 애썼다. 이제 목수 일을 더 할 수 없게 되자 아빠는 집 앞에 이런 간판을 붙였다. "벽시계와 손목시계, 싸게 수리함." 그러나 아빠는 시계 수리공처럼 보이지 않았다. 시내에서 일하는 그들은 피부가 검고 약삭빠르며 키가 작은 유대인들이었다. 아빠는 작업대에 앉기에는 너무 덩치가 컸고, 큰 골격이 느슨하게 이어진 것처럼 보였다.

아빠가 믹을 쳐다봤다. 이유가 있어서 부른 게 아닌 걸 알수 있었다. 그냥 믹에게 몹시 말을 하고 싶었던 거다. 그는 어떤 식으로 말을 시작할지 생각해보려 했다. 그의 길고 여윈 얼굴에 갈색 두 눈은 너무 컸고, 머리칼이 남아 있지 않은 창백한 대머리는 벌거벗은 느낌을 주었다. 그는 여전히 말없이 쳐다봤다. 믹은 급했다. 그 집에 9시 정각까지 가야 했고 낭비할 시간이 없었다. 아빠는 딸이 서두르는 걸 알고 목청을 가다듬었다.

"너한테 줄 게 있다. 얼마 안 되지만 하고 싶은 걸 하렴."

외롭고 말이 하고 싶어서 딸에게 10센트나 20센트를 줄 필요는 없었다. 그는 자기 수입에서 일주일에 두 번 맥주를 마실수 있는 정도의 용돈만 썼다. 지금 맥주 두 병이 의자 옆 바닥에 있었다. 한 병은 비었고 또 한 병은 금방 딴 것이었다. 그는 맥주를 마실 때마다 누군가에게 말하기를 좋아했다. 아빠는 벨트를 만지작거렸고 믹은 눈을 돌렸다. 올 여름 그는 아이처럼 용돈으로 5센트짜리, 10센트짜리를 감추는 습관을 들였다. 때로는 구두 속에, 때로는 벨트에 작은 틈을 내고 감췄다. 믹은 그 10센트를 별로 원하지 않았지만 아빠가 동전을 내밀자 저절로 손을 벌려 받았다.

"일이 너무 많아 어디부터 시작해야 될지 모르겠다." 그가 말했다.

그건 사실이 아니었고 그도 이를 잘 알고 있었다. 한 번도 수리해야 할 시계들이 많았던 적은 없었다. 그래서 일을 끝내면 자잘한 일들을 하며 집 안을 어슬렁거렸다. 밤이면 작업대에 앉아 낡은 스프링과 기계를 청소하며 잘 때까지 붙들고 있으려고 애썼다. 엉덩이를 다친 이후 일을 못 하게 되자 그는 무엇이든 쉬지 않고 해야 했다.

"오늘 밤에는 생각이 좀 많구나." 아빠는 맥주를 따르고 손등에 소금을 조금 뿌렸다. 소금을 핥고 한 모금 마셨다.

믹은 조급해서 가만히 서 있을 수 없었다. 아빠가 알아채고 무슨 말을 하려고 했다. 그러나 특별한 말을 하려고 믹을 불렀던 건 아니었다. 그냥 잠깐 얘기하고 싶었다. 그는 말하기 시작했고 침을 삼켰다. 그들은 서로 마주 보았다. 침묵이 길어졌고 아무도 말 한마디 할 수 없었다.

믹은 그때 아빠에 대해 알게 되었다. 새로운 사실을 안 것은 아니었다. 오래전부터 전부 알고는 있었지만 머리로 인식하지 못했을 뿐이었는데 오늘에야 알게 된 것이다. 별안간 믹은 아빠에 대해 '알게' 되었다는 걸 깨달았다. 그는 외로웠고 늙었다. 자식들은 그에게 도움을 청하지도 않았다. 돈을 많이 벌지 못하므로 가족에게서 단절되었다고 느꼈다. 외로워서 자식 가까이 있고 싶었지만 가족들은 너무 바빠서 이를 몰랐다. 그는 자신을 쓸모없는 사람이라고 느끼고 있었다.

아빠와 마주 앉아 있는 동안 믹은 이런 것들을 이해했다. 이상한 감정이 들었다. 아빠는 시계 스프링을 집어 들고 기름에 적신 붓으로 그것을 청소했다.

"너 급한 거 안다. 그냥 불러본 거야."

"아뇨, 급하지 않아요. 정말이에요."

그날 밤 믹은 아빠 작업대 옆 의자에 앉아 한참 동안 이야기했다. 아빠는 청구서와 생활비에 대해 말했다. 다른 방식으로 집안을 관리했더라면 형편이 어땠을지에 대해서도 말했다. 그는 맥주를 마셨고 눈물이 고여 코를 셔츠 소매로 닦기도 했다. 그날 밤 믹은 오랫동안 아빠와 함께 있었다. 마음은 정말 조급했지만 말이다. 그러나 웬일인지 아빠에게 마음속 생각들, 즉 무덥고 어두운 밤에 대해서는 말할 수 없었다.

이런 밤들은 믹 혼자의 비밀이었고 긴 여름 동안 가장 중요한 시간이었다. 어둠 속을 믹은 혼자 걸었다. 동네에 마치 혼자 있는 것 같았다. 밤이면 사방의 길들이 동네 길처럼 분명해졌다. 어떤 아이들은 어두워지면 낯선 곳을 걸어가는 것을 두려워했다. 여자애들은 어딘가에서 남자가 나타나 부부 사이라도 되는 듯 성기를 갖다 댈까 겁냈다. 대부분의 여자애들은 바보였다. 조 루이스*나 마운틴맨 딘** 같은 남자가 덤빈다면 믹도 달아날 것이었다. 그러나 자기보다 고작 10킬로그램 정도 더 나가는 남자라면 주먹으로 힘껏 친 뒤 계속 걸어갈 것이었다.

*미국의 프로 권투 선수.
**미국의 프로 레슬러.

멋진 밤이었고 무섭다는 것 따위를 생각할 겨를이 없었다. 믹은 어둠 속에 있을 때마다 음악을 생각했다. 걸어가며 혼자 노래를 부르기도 했다. 온 도시가 귀를 기울이는 듯했다. 노래하는 아이가 믹 켈리라는 것을 모르면서 말이다.

믹은 이렇게 자유로운 여름 밤, 음악에 대해 많은 것을 배웠다. 부자 동네를 걸어갈 때는 집집마다 라디오 소리가 났다. 창들은 열려 있었고 놀라운 음악들이 들렸다. 믹은 얼마 가지 않아 자기가 듣고 싶은 프로그램이 어떤 집 라디오에서 나오는지도 알게 되었다. 훌륭한 오케스트라가 흘러나오는 특별한 집도 있었다. 믹은 밤에 이 집의 어두운 마당으로 숨어들어 귀를 기울였다. 집 주위로 아름다운 관목들이 있어서 창가의 덤불 아래 앉아 있곤 했다. 그 음악이 끝나면 주머니에 손을 넣고 어두운 마당에 서서 오랫동안 생각했다. 여름 내내 그건 믹에게 가장 소중한 것이었다. 라디오에서 나오는 음악을 듣고 그것에 대해 곰곰이 생각하는 것.

"세라 푸에르타, 세뇨르."* 믹이 말했다.

"아가 메 우스테드 엘 파보르, 세뇨리타."** 영리한 버버는 즉시 되받았다.

스페인어를 직업학교에서 배우는 것은 멋진 일이었다. 외국어로 말하면 왠지 세상의 여러 곳을 다닌 것처럼 느껴졌다. 개학한 뒤 매일 오후 믹은 새로운 스페인어 단어와 문장을 말하는 재미를 느끼고 있었다. 처음에는 버버가 당황해했으므로 외

---

*스페인어로 "문이 여긴가요?"라는 뜻.
**스페인어로 "좀 도와주시겠어요?"라는 뜻.

국어로 말하면서 동생의 얼굴을 보는 게 재미있었다. 그러자 버버는 곧 알아차렸고 누나가 말하는 것을 모두 흉내 냈다. 배운 단어들을 기억하기도 했다. 물론 그는 문장의 뜻을 몰랐지만, 믹 역시 뜻을 전달하기 위해 문장을 말한 것은 아니었다. 믹이 말하는 스페인어를 버버가 다 배우자 믹은 제멋대로 발음을 만들어냈다. 버버는 곧 알아차렸다. 버버 켈리를 속일 수는 없었다.

"난 이 집에 처음 오는 사람인 척할 거야." 믹이 말했다. "그래야 집을 잘 꾸몄는지 아닌지 알 수 있으니까."

믹은 현관 밖으로 나갔다가 다시 들어와 복도에 섰다. 파티를 열기 위해 하루 종일 믹과 버버와 포셔, 그리고 아빠는 복도와 식당을 장식했다. 낙엽과 덩굴식물과 조화용 빨간 종이를 썼다. 식당 벽난로 선반과 모자걸이 뒤쪽 돌출 부분은 환하고 노란 잎사귀들로 꾸몄다. 벽과 펀치*를 놓을 식탁에는 넝쿨을 길게 늘어뜨렸다. 벽난로에 늘어진 주름진 붉은 종이는 의자 뒤로도 늘어져 있었다. 그만하면 장식은 괜찮았다. 좋았다.

믹은 손으로 이마를 비비며 눈을 가늘게 떴다. 버버도 옆에서 따라했다. "파티가 잘됐으면 좋겠어."

믹이 여는 최초의 파티가 될 것이었다. 믹은 겨우 몇 번 파티에 갔을 뿐이었다. 작년 여름에는 무도회에 갔었다. 그러나 산책이나 춤을 청하는 남자아이가 없었다. 믹은 과자와 음료수가 없어질 때까지 펀치 옆에 서 있다가 집으로 와버렸다. 이번 파티는 그렇게 되지 않을 것이었다. 이제 두어 시간 안에 믹에게

---

*물과 과일즙, 향료에 설탕과 포도주 등을 섞어 만든 음료.

초대받은 아이들이 오면 파티는 떠들썩하게 시작될 것이었다.

어떻게 파티를 열 생각을 했는지 기억하기 어려웠다. 직업학교에 다닌 직후부터 그 생각을 했었다. 고등학교는 멋진 곳이었다. 모든 것이 중학교와 달랐다. 믹도 헤이즐과 에타처럼 속기 과목을 택해야 했다면 사정은 달랐을 것이다. 그러나 믹은 특별 허가를 받아 남학생처럼 기계 제작반을 택했다. 기술과목과 수학과 스페인어는 흥미진진했다. 영어는 상당히 어려웠다. 영어 교사는 미너 선생이었다. 미너 선생은 만 달러를 받고 자기 두뇌를 유명한 의사에게 팔았다는 소문이 돌았다. 그녀가 죽은 뒤 두뇌를 잘라보고 왜 머리가 좋은지 알게 될 거라고 했다. 그 선생은 필기시험에 이런 문제를 냈다. "존슨 박사와 동시대 사람으로 유명한 여덟 명의 이름을 쓰시오." "소설 《웨이크필드의 목사》 중에서 열 줄을 인용하시오." 선생은 알파벳 순서로 출석을 불렀고 성적표를 펴놓고 수업을 했다. 그러나 머리가 좋다 해도 그녀는 꼴불견이었다. 스페인어 선생은 유럽 여행을 다녀온 적이 있었다. 프랑스에서는 사람들이 빵을 포장하지 않은 채 들고 간다고 그는 말했다. 그들은 길에 서서 빵으로 가로등을 치며 말한다고도 했다. 또 프랑스에는 물이 없고 포도주뿐이라고 했다.

직업학교는 모든 면에서 훌륭했다. 아이들은 쉬는 시간이면 복도를 걸어 다녔고 점심시간에는 체육관 주위를 맴돌았다. 오래지 않아 믹이 걱정했던 일이 생겼다. 아이들은 복도에서 함께 다녔는데 모두들 소속된 집단이 있는 듯했다. 믹도 한두 주일 안에 복도와 교실에서 만나는 아이들과 말을 나눴지만 그뿐이었다. 믹은 어떤 집단에도 소속되지 않았다. 중학교에서는 사귀고 싶은 애들과 어울리면 아무 문제가 없었다. 여기서는 달랐다.

첫 주 동안 믹은 혼자 복도를 걸으며 이 일에 대해 생각했다. 음악을 생각하는 것만큼 골똘하게 어떤 집단에 소속되기 위한 계획을 세운 것이었다. 그 두 가지 생각은 늘 머릿속에 있었다. 그러다 드디어 파티를 열 생각을 하게 되었다.

믹은 초대할 사람들을 엄선했다. 중학생과 열두 살 아래는 제외했다. 열세 살과 열다섯 살 사이의 아이들만 초대했다. 초대한 아이들은 복도에서 이야기를 할 정도로 알고 지냈다. 이름을 모르면 물어서 알아냈다. 전화가 있는 아이들에게는 전화를 하고 나머지는 학교에서 초대했다.

믹은 전화로 같은 말을 반복했다. 버버가 옆에서 통화를 듣는 것도 내버려두었다. "나 믹 켈리야." 아이들이 이름을 알아듣지 못하면 알아들을 때까지 계속 말했다. "토요일 밤 8시에 댄스파티를 열려고 해. 너를 초대하는 거야. 난 4가 103번지, 아파트 A에 살아." 아파트 A라는 말은 전화로 그럴듯하게 들렸다. 대부분 좋아하면서 오겠다고 했다. 한두 명의 짓궂은 남자애들은 으스대며 믹의 이름을 몇 번이나 물었다. 어떤 아이는 시치미를 떼며 말했다. "널 모르는데?" 믹은 얼른 되받았다. "됐어, 꺼져!" 그 잘난 척하는 남자애를 제외한 열 명의 남학생과 열 명의 여학생들이 모두 참석할 것이었다. 이건 진짜 파티였다. 뿐만 아니라 그들이 가본 적이 있거나 들어본 적이 있는 그 어떤 파티보다 더 멋지고 특별할 것이었다. 마지막으로 믹은 복도와 식당을 둘러보았다. 모자걸이 옆에는 〈늙고 지저분한 얼굴〉이라는 사진이 걸려 있었다. 믹은 그 앞에 섰다.

엄마의 할아버지 사진이었다. 할아버지는 옛날 남북전쟁 당시 소령이었는데 전사했다. 어떤 아이가 이 사진에 안경과 수염을 그려 넣었는데 연필 자국을 지웠지만 얼굴이 지저분해졌다. 그래서 믹은 그 사진을 '늙고 지저분한 얼굴'이라고 불렀다. 그 사진은 세 개를 넣을 수 있는 액자의 중앙에 있었다. 양옆에는 그의 아들들의 사진이 있었다. 그들은 버버 또래로 보였다. 제복을 입고 놀란 표정을 하고 있었다. 그들도 오래전에 전사했다.

"이 사진, 파티 때는 뗄까 봐. 평범해. 안 그래?"

"몰라." 버버가 말했다. "우리 평범한 거야, 누나?"

"난 아냐."

믹은 사진을 모자걸이 아래 넣었다. 장식들은 근사했다. 싱어 씨가 집에 오면 기뻐할 것이었다. 방마다 비어 있고 조용한 듯했다. 식탁은 저녁 식사를 위해 준비되었다. 식사가 끝나면 파티를 시작할 것이었다. 믹은 과자와 음료를 살피러 부엌으로 갔다.

"다 괜찮을 것 같아?" 포셔에게 물었다.

포셔는 비스킷을 만들고 있었다. 다과는 스토브 위에 있었다. 땅콩버터와 잼 바른 샌드위치와 초콜릿 과자와 과일 주스. 샌드위치는 젖은 행주로 덮여 있었다. 믹은 들여다보기만 하고 건드리지는 않았다.

"마흔 번은 말했겠다, 모든 게 잘될 거라고." 포셔가 말했다. "난 집에 가서 저녁 차려놓고 다시 올 거야. 저 흰 앞치마를 두르고 다과를 멋지게 대접해야지. 그리고 9시 30분에는 여기서 나가야겠어. 토요일 밤이잖아. 하이보이와 윌리와 나는 우리들만의 계획이 있거든."

"물론이지." 믹이 말했다. "파티가 제대로 시작될 때까지만 도와줘."

믹은 참지 못하고 샌드위치 한 개를 집었다. 그런 뒤 버버를 포셔와 남겨두고 가운데 방으로 들어갔다. 믹이 입을 드레스가 침대 위에 펼쳐져 있었다. 헤이즐과 에타는 자기들은 파티에 안 오는 걸로 알고 고맙게도 제일 좋은 드레스를 빌려주었다. 에타의 길고 푸른, 얇은 실크 이브닝드레스와 흰색 구두와 모조 다이아몬드가 박힌 왕관 모양 머리장식도 있었다. 옷들은 화려했다. 그 옷을 입은 믹을 상상하기 어려웠다.

늦은 오후, 길고 노란 햇빛이 창으로 비쳐 들어왔다. 파티를 위해 차려입는 데 두 시간이 걸린다면 지금부터 입어야 했다. 고급 옷을 입을 생각에 앉아 기다릴 수가 없었다. 천천히 욕실로 들어가 낡은 반바지와 셔츠를 벗고 수돗물을 틀었다. 뒤꿈치와 무릎과 특히 팔꿈치의 거친 부분을 문질렀다. 오랫동안 목욕을 했다.

믹은 벗은 채로 가운데 방으로 뛰어가 옷을 입기 시작했다. 실크 속옷을 입고 실크 스타킹을 신었다. 멋을 내려고 에타의 브래지어도 했다. 그리고 조심스럽게 드레스를 입고 구두를 신었다. 이브닝드레스는 처음이었다. 거울 앞에 오랫동안 서 있었다. 키가 너무 커서 드레스는 발목에서 껑충 올라와 있고 구두는 너무 작아 발이 아팠다. 소녀는 거울 앞에 오래 서 있다가 이런 결론을 내렸다. 자기는 얼간이로 보이든가 아름답게 보일 것이라고. 이것 아니면 저것이었다.

머리 모양을 여섯 가지로 바꿔보았다. 뻣뻣하고 짧은 머리가 말썽이어서 앞머리를 적셔 세 갈래로 컬을 말았다. 끝으로 머리에 모조 다이아몬드 왕관을 쓰고 입술연지를 칠하고 화장을 진하게 했다. 그런 뒤 영화배우처럼 턱을 쳐들고 눈을 반쯤 감았다. 얼굴을 천천히 돌려보았다. 믹이 보기에 아름다웠다. 정말 아름다웠다.

자기처럼 느껴지지 않았다. 믹 켈리와는 완전히 다른 사람이었다. 파티가 시작되려면 두 시간이 더 있어야 했다. 너무 일찍 차려입어서 식구들이 볼까 부끄러웠다. 다시 욕실로 들어가 문을 잠갔다. 드레스를 구길까 봐 앉을 수 없어 한가운데 섰다. 주위 벽들이 흥분하여 조여오는 듯했다. 그녀는 예전의 믹 켈리와 자신이 너무 다르게 느껴졌으며, 이 파티가 일생을 통해 가장 멋진 일이 될 것임을 알았다.

"와! 펀치다!"

"드레스, 너무 예쁘다."

"정말! 너, 그 삼각형 46을 풀었다고…….."

"좀 비켜줘, 지나가게!"

아이들이 몰려 들어올 때마다 현관문은 소리를 내며 열리고 닫혔다. 날카로운 음성과 부드러운 음성이 동시에 들리다가 하나가 되어 크게 울렸다. 아름답고 긴 이브닝드레스를 입은 여자애들이 몰려 서 있었고, 남자애들은 꼭 끼는 깨끗한 바지나 학군단 제복, 또는 검정색 새 가을 양복을 입고 서성거렸다. 너무 소란스러워 믹은 아이들 얼굴도 알아보지 못하고 구별하지도 못했다. 믹은 모자걸이 옆에 서서 파티 전체를 살폈다.

"우리 모두 무도회 카드를 집어서 자기가 함께 산책하고 싶은 사람 카드에 이름을 쓰자."

처음에는 너무 시끄러워 아무도 그 말을 신경 쓰지 않았다. 남자애들이 펀치를 담은 그릇 주위에 몰려 있어서 식탁과 넝쿨식물들은 보이지도 않았다. 아빠의 얼굴만 소년들의 머리 위로 보였는데, 그는 작은 종이컵에 주스를 따르며 미소 짓고 있었다. 모자걸이 옆에 사탕 단지와 손수건 두 개가 놓여 있었다. 여자아이 두어 명이 그날이 믹의 생일인 줄 알았던 거다. 믹은 고맙다고 했다. 자기가 열네 살이 되려면 여덟 달을 더 기다려야 한다고 말하지 않고 선물을 풀었다. 모두들 깨끗하고 단정하게 차려입었다. 향긋한 냄새가 났다. 남학생들은 기름 바른 머리를 말끔하게 빗었다. 색깔이 다른 긴 드레스를 입은 여자애들이 함께 모여 있는 모습들이 화려한 꽃다발 같았다. 시작은 훌륭했다. 이 파티의 시작은 좋았다.

"난 스코틀랜드, 아일랜드, 프랑스 혈통이야. 그리고……."

"난 독일 혈통이야."

믹은 다시 한 번 큰 소리로 무도회 카드에 대해 말하고 식당으로 갔다. 모두 복도에서 몰려오기 시작했다. 한 사람씩 카드를 집어 벽에 기댔다. 이제 정식으로 시작되는 것이었다.

갑자기 이상해졌다. 이 조용함. 소년들은 방 한쪽에 함께 서 있고 소녀들은 맞은편에 서 있었다. 무슨 이유인지 갑자기 모두들 말을 하지 않았다. 소년들은 카드를 든 채 여자애들을 보았다. 방 안은 매우 조용했다. 소년들이 무도회 파트너의 이름을 불러야 하는데 아무도 그러지 않았다. 견디기 힘든 침묵은 점점 더 심해졌고, 파티 경험이 없는 믹은 어찌해야 할지 몰랐다. 그러자 소년들이 서로 쿡쿡 찌르며 말하기 시작했다. 소녀들은 키득거렸다. 그들은 소년들을 쳐다보지 않았지만 자기들의 인기에 대해 생각하고 있는 것을 알 수 있었다. 견디기 힘든 침묵은 사라졌지만 초조하고 예민한 분위기가 감돌았다.

잠시 후 한 소년이 들로레스 브라운이라는 소녀에게 다가갔다. 소년이 들로레스의 카드에 자기 이름을 쓰자마자 다른 소년들도 즉시 들로레스에게 몰렸다. 들로레스의 카드가 다 차자 소년들은 메리라는 이름의 소녀에게 갔다. 그러다가 갑작스럽게 모든 것이 중단됐다. 다른 소녀 한두 명이 두어 개의 신청을 더 받았고, 파티를 주관하는 믹에게는 세 명의 소년들이 신청했다. 그게 전부였다.

모두들 식당 주변과 복도에서 서성거렸다. 소년들은 펀치 그릇 주위에 모여 서로 뽐내고 싶어 했다. 소녀들은 몰려서서 즐거운 척 큰 소리로 웃었다. 소년들은 소녀들을, 소녀들은 소년들을 생각했다. 방 안에 미묘한 분위기가 흘렀다.

믹은 그때 해리 미노비츠를 눈여겨보았다. 옆집에 살고 있는 그를 오랫동안 알고 지냈다. 그가 두 살 위였지만 그보다 믹이 더 빨리 자랐다. 둘은 여름이면 길가 풀밭에서 씨름도 하고 끝까지 힘을 겨루기도 했다. 해리는 유대인 소년이었지만 그렇게 보이지는 않았다. 그의 머리칼은 엷은 갈색이었고 빳빳했다. 그는 오늘 저녁 단정한 차림이었고, 집 안에 들어와서는 깃털 달린 파나마모자를 모자걸이에 걸었다.

믹이 그를 눈여겨본 것은 복장 때문이 아니었다. 늘 쓰고 다니는 뿔테 안경을 쓰지 않은 그의 얼굴은 달라 보였다. 그는 한쪽 눈 위에 빨간 다래끼가 나서 앞을 보려면 새처럼 머리를 한쪽으로 기울여야 했다. 다래끼 난 부분이 아픈 듯 길고 마른 손으로 자꾸 눈을 만지고 있었다. 펀치를 달라고 할 때는 종이컵을 믹의 아빠 얼굴에 바짝 내밀었다. 안경이 필요한 것을 알 수 있었다. 그는 불안했고 사람들과 계속 부딪쳤다. 그는 믹에게만 데이트 신청을 했다. 믹이 여는 파티였기 때문이었다.

펀치가 바닥났다. 아빠는 믹이 당황할까 걱정했고 엄마와 다시 부엌으로 가서 레모네이드를 만들었다. 어떤 아이들은 현관 앞과 길에 나와 있었다. 믹은 밖에 나와 서늘한 밤공기 속에 있는 것이 기뻤다. 덥고 환한 집 안에 있다가 어둠 속에서 새로운 가을 냄새를 맡을 수 있었다.

믹은 그때 예상하지 못했던 광경을 보았다. 보도 가장자리와 어두운 길에 이웃 아이들이 모여 있었다. 피트와 서커 웰스, 베이비, 스페어립스, 모두 버버보다 어린 아이들부터 열두 살이 넘는 아이들까지 모여 있었다. 모르는 애들도 있었는데 파티가 열리는 것을 알고 몰려온 것이었다. 믹 또래들도 있었고 나이 든 애들도 있었다. 그들을 초대하지 않은 것은 믹과 그 애들이 서로에게 못된 짓을 한 적이 있었기 때문이었다. 지저분한 아이들은 반바지나 무릎 아래를 졸라매는 바지, 혹은 낡은 평상복을 입고 있었다. 그들은 파티를 구경하려고 어둠 속에서 어슬렁거렸다. 그들을 보며 느낀 것은 두 가지였다. 하나는 슬픔, 또 하나는 경고 같은 것이었다.

"너와 파트너가 되었는데." 해리 미노비츠가 카드를 읽는 것처럼 말했지만 거기에 아무것도 적혀 있지 않은 것을 믹은 알고 있었다. 아빠가 베란다로 나와 휘파람을 불었다. 첫 데이트가 시작되었음을 알리는 소리였다.

"그래." 믹이 말했다. "나가자."

그들은 밖으로 나가 가까운 곳으로 걷기 시작했다. 긴 드레스를 입은 믹은 호사스러운 기분이었다. "믹 켈리 좀 봐라!" 어둠 속에서 누가 소리쳤다. "쟤 봐!" 못 들은 것처럼 계속 걸어갔다. 그러나 소리친 아이는 스페어립스였다. 녀석을 언젠가는 붙잡고야 말리라. 믹과 해리는 어두운 길을 빠르게 걸어 다른 블록으로 돌아섰다.

"몇 살이야, 믹? 열세 살?"

"열네 살이 돼."

그가 무슨 생각을 하는지 알았다. 줄곧 걱정했던 바였다. 167센티미터에 47킬로그램. 그런데 믹은 겨우 열세 살이었다. 해리는 믹보다 약간 작았지만 파티에 온 아이들은 믹에 비하면 꼬마였다. 자기보다 큰 여자와 산책하기를 원하는 남자는 없었다. 담배를 피우면 더 이상 안 크려나.

"작년에만 8, 9센티미터가 자랐어." 믹이 말했다.

"유원지에서 2미터 50은 되는 여자를 본 적이 있어. 넌 그렇게 크지는 않을 거야."

해리는 어두운 관목 덤불 옆에 멈췄다. 아무도 보이지 않았다. 주머니에서 무엇을 꺼내더니 만지작거렸다. 믹이 몸을 숙이고 보았다. 안경이었고 그는 손수건으로 닦고 있었다.

"미안해." 그가 말하더니 안경을 쓰고 깊은 숨을 내쉬었다.

"늘 안경을 써야 하는구나."

"응."

"왜 안경을 안 쓰고 왔어?"

밤은 조용하고 어두웠다. 해리는 길을 건널 때 믹의 팔꿈치를 잡아주었다.

"파티에 어떤 여자애가 왔는데, 안경 쓴 남자는 계집애 같다고 하더라고. 이 여자애는…… 어, 그러니까 난 어쩌면…….”

그는 말을 끝내지 않았다. 갑자기 긴장해서 몇 발 달리더니 머리 위 1미터 높이에 있는 나뭇잎을 향해 뛰어올랐다. 어둠 속에서는 높은 잎사귀만 볼 수 있었다. 그는 훌쩍 뛰어올라 잎사귀를 땄다. 잎사귀를 입에 넣고 어둠 속에서 몇 번 펀치를 날리는 시늉을 했다. 믹이 다가갔다.

언제나처럼 믹의 마음속에서 노래가 들렸다. 믹은 낮게 콧노래를 불렀다.

"무슨 노래야?”

"모차르트라는 사람의 곡이야.”

해리는 상당히 기분이 좋았다. 권투 선수처럼 빠르게 옆으로 빠지는 동작을 했다. "독일 사람 이름처럼 들리네.”

"나도 그렇게 생각해.”

"파시스트?” 그가 물었다.

"뭐라고?”

"모차르트는 파시스트야, 나치야?”

믹은 잠시 생각했다. "아니, 그 사람들은 요즘 사람이고, 이 사람은 죽은 지 오래됐어.”

"잘됐네.” 그는 다시 어둠 속에서 펀치를 날렸다. 그는 믹이 그 이유를 물어봐주기를 바랐다.

"잘됐다고 내가 말했어.” 그가 다시 말했다.

"어째서?”

"난 파시스트를 증오하거든. 길에서 그런 자를 만나면 죽일 거야.”

믹은 해리를 쳐다봤다. 가로등에 비친 나뭇잎들이 그의 얼굴에 얼룩 그림자를 만들었다. 그는 흥분했다.

"어째서냐고?" 믹이 물었다.

"이런! 신문도 안 읽어? 그러니까……."

그들은 그 블록을 다시 돌아왔다. 믹의 집에서 소동이 일어나고 있었다. 사람들은 길에서 소리치며 뛰어다녔다. 믹의 배 속이 역겨움으로 뒤틀렸다.

"설명하려면 다시 한 바퀴 돌아야 돼. 그러면 내가 왜 파시스트를 증오하는지 말할 수 있어. 그걸 얘기하고 싶어."

해리에겐 그 순간이 이런 생각들을 처음으로 다른 사람에게 설명하는 기회였을 것이다. 그러나 시간이 없었다. 믹은 집 앞에서 일어나는 일들을 보느라고 바빴다. "좋아. 나중에 또 보자." 데이트는 끝났고 이제 눈앞의 난장판에 대해 생각할 수 있었다.

믹이 없는 동안 무슨 일이 생겼는가? 믹이 집에서 나갈 때는 옷을 차려입은 아이들이 모여 있는 진짜 파티 같았다. 지금, 겨우 5분이 지났을 뿐인데, 마치 미친 집 같았다. 믹이 없는 사이 동네 아이들이 어둠 속에서 나와 파티장 안으로 곧장 들어왔다. 감히 그럴 수가! 나이 든 피트 웰스가 펀치 잔을 들고 현관문에서 튀어나오고 있었다. 그들은 소리 지르고 날뛰며 낡고 헐렁한 반바지와 평상복을 입은 채 초대받은 사람들과 뒤섞였다.

베이비 윌슨, 네 살도 안 된 아이가 베란다 주변을 어질러놓고 있었다. 누가 봐도 버버처럼 집에서 자고 있어야 할 아이였다. 아이는 펀치를 높이 들고서 계단을 하나씩 내려갔다. 아이가 여기 있을 이유는 없었다. 브래넌 씨가 그 애 이모부여서 원한다면 그의 카페에서 얼마든지 공짜로 사탕과 음료수를 마실 수 있었다. 아이가 걸음을 멈추자마자 믹은 팔을 잡았다. "당장 집에 가, 베이비 윌슨, 빨리." 믹은 사태를 바로잡기 위해 또 무엇을 해야 하는지 둘러보았다. 서커 웰스에게 갔다. 어두운 길 아래 종이컵을 높이 들고 사람들을 멍하게 보며 서 있었다. 반바지만 입은 서커는 일곱 살이었다. 윗도리도 입지 않고 맨발이었다. 서커는 소란을 떨지는 않았지만, 믹은 이 모든 사태에 불같이 화가 나 있었다.

믹은 서커의 어깨를 잡고 흔들었다. 처음에 입을 다물고 있던 아이는 잠시 후 턱을 떨기 시작했다. "집에 가, 서커 웰스. 초대받지도 않았는데 얼쩡거리지 마." 믹이 손을 놓자 아이는 풀이 죽어 천천히 걸어갔다. 그러나 집까지 가지 않고 모퉁이에 오자 믹이 못 볼 거라 생각하며 연석 위에 앉아 파티를 지켜보았다.

믹은 서커를 혼내준 것에 잠깐 기분이 좋아졌지만 곧 언짢아져서 아이가 다시 오도록 놔두었다. 만사를 엉망으로 만든 것은 큰 아이들이었다. 진짜 개구쟁이들, 제일 고약했다. 펀치를 다 마셔버리고 진짜 파티를 망치다니. 그들은 현관을 쾅쾅대며 지나다녔고, 서로 소리치고 부딪쳐댔다. 믹은 제일 고약한 피트 웰스에게 갔다. 미식축구 헬멧을 쓴 그 아이는 사람들을 들이받고 있었다. 피트는 열네 살인데, 여전히 7학년에서 못 올라가고 있었다. 그에게 다가갔지만 서커처럼 흔들기에는 너무 컸다. 집에 가라고 하자 피트가 어깨와 엉덩이를 실룩대며 믹을 조롱했다.

"난 여섯 개의 주에 가봤다고. 플로리다, 앨라배마……."

"잘났다, 그래."

파티는 완전히 엉망이었다. 모두 한꺼번에 떠들었다. 초대받은 직업학교 아이들과 동네 애들이 뒤섞였다. 남자애들과 여자애들은 여전히 따로 서 있었고 아무도 산책하러 가지 않았다. 레모네이드는 거의 남아 있지 않았다. 조금 남은 그릇 밑바닥에 레몬 껍질이 떠 있을 뿐이었다. 아빠는 항상 아이들에게 너무 친절했다. 컵을 내미는 아이들에게 모두 펀치를 주었다. 믹이 식당으로 들어가니 포셔가 샌드위치를 나누어주고 있었다. 5분 안에 다 없어졌다. 겨우 한 개 남았다. 믹은 핑크색 잼이 빵에 배어든 것을 집었다.

포셔는 식당에 남아 파티를 구경했다. "너무 재미있어서 갈 수가 없네." 그녀가 말했다. "하이보이와 윌리에게 둘이서만 토요일 밤을 즐기라고 전했어. 여기 너무 신나잖아. 파티가 끝나는 걸 볼 거야."

흥분 상태, 바로 그랬다. 방에서, 베란다에서, 길 위에서 그것을 느낄 수 있었다. 믹도 흥분했다. 모자걸이 옆 거울 앞을 지날 때마다 보게 되는 자기 드레스와 화장한 얼굴, 머리에 쓴 왕관 때문만은 아니었다. 집 안의 장식들과 직업학교 애들과 동네 애들이 뒤섞였기 때문일 것이다.

"저 애 뛰어가는 것 좀 봐!"

"아야! 됐거든."

"나이답게 굴어!"

여자애들 몇 명이 드레스를 치켜들고 뛰어가고 있었다. 머리칼이 휘날렸다. 사내애들은 덤불에서 길고 뾰족한 스페인 칼날처럼 생긴 풀을 뽑아 들고 여자애들을 쫓아가고 있었다. 직업학교 1학년 남자애들은 파티 복장을 한 채 아이들처럼 행동했다. 반쯤은 놀이 같았고 반쯤은 그렇지 않았다. 한 소년이 막대기를 들고 다가오자 믹도 달리기 시작했다.

파티라는 생각은 완전히 사라졌다. 늘 하는 놀이일 뿐이었다. 그러나 최고로 신나는 밤이었다. 동네 어린 녀석들이 그렇게 만들었다. 그 아이들이 오자 감염된 듯 고등학생인 것도, 다 자란 것도 잊어버렸다. 오후에 목욕탕으로 뛰어들기 전에 뒷마당에서 먼지를 뒤집어쓴 채 뒹굴며 노는 것 같았다. 모두들 토요일 밤을 즐기는 신나는 아이들 같았다. 제일 신난 것은 믹이었다.

믹은 소리 지르고 밀치며 맨 먼저 새로운 장난을 시작했다. 너무 소리 지르고 달려서 다른 사람들이 뭘 하는지도 몰랐다. 신나는 일들을 다 하고 싶어 숨이 빨라졌다.

"길 저 아래 배수로가 있어! 배수로! 배수로!"

믹은 가장 빨리 달렸다. 한 블록 아래 거리 밑에는 새 파이프가 깔려 있었고 깊게 파놓은 배수로가 있었다. 배수로 가장자리에 있는 횃불이 어둠 속에서 붉고 환하게 빛났다. 빨리 내려가고 싶어 견딜 수 없었다. 믹은 일렁이는 작은 불꽃 가까이까지 달려가 아래로 뛰어내렸다.

운동화를 신고 있었다면 고양이처럼 뛰어내렸을 것이다. 그러나 굽 높은 구두 때문에 미끄러져서 배가 파이프에 부딪쳤다. 숨이 멎는 듯했다. 눈을 감고 가만히 누워 있었다.

파티……. 믹은 파티가 어떻게 될까 생각했던 것을 오랫동안 떠올렸다. 직업학교의 새 학생들에 대해 어떤 상상을 했었는지, 또 어떤 아이들과 어울리고 싶어 했는지 등도 생각했다.

다른 아이들 또한 특별하지 않고 똑같다는 걸 알았으니, 이제 복도에서 만나도 전과는 다르게 느낄 것이었다. 파티가 망가진 것은 괜찮았다. 파티는 모두 끝났다. 끝이었다.

믹은 배수로에서 올라왔다. 어떤 애들은 작은 횃불 근처에서 놀고 있었다. 붉은 불이 타면서 긴 그림자들이 생겼다. 한 아이는 집에 가지 않고 핼러윈 축제 때 쓰려고 미리 사둔 가면을 쓰고 있었다. 파티는 아직 계속되고 있었다. 변한 것은 믹뿐이었다.

믹은 천천히 집으로 걸어갔다. 아이들 옆을 지날 때도 말을 걸지도 쳐다보지도 않았다. 복도의 장식들은 찢겨졌고 아이들이 밖으로 나간 집은 휑하게 보였다. 욕실에서 푸른 이브닝드레스를 벗었다. 찢어진 가장자리가 안 보이게 옷을 접었다. 낡은 반바지와 셔츠는 벗어놓은 그대로 있었다. 그것을 입었다. 이제 반바지를 입기에는 너무 자랐다. 오늘 밤 이후로는 입지 않을 것이었다. 더 이상 안 입을 거였다.

믹은 현관 앞에 섰다. 화장이 지워진 얼굴이 창백했다. 두 손을 동그랗게 모아 입에 댄 뒤 깊게 숨을 들이마셨다. "모두들 집에 가! 문 닫는다! 파티는 끝났어!"

조용하고 비밀스러운 밤, 다시 혼자였다. 늦은 시간은 아니었다. 길가의 집들 창으로 네모난 노란 불빛이 비쳤다. 믹은 주머니에 손을 넣고 고개를 한쪽으로 숙인 뒤 천천히 걸었다. 오랫동안 어디로 가는지 모르는 채 걸었다.

집들이 서로 멀찍이 떨어져 있고 정원에 큰 나무들과 검은 관목들이 우거진 곳에 왔다. 믹은 주위를 둘러보고 여름 동안 자주 왔던 집 근처에 온 것을 알았다. 자기도 모르는 사이 이 집으로 온 것이었다. 아무도 보는 사람이 없는지 기다려서 확인했다. 그러고는 옆 마당으로 들어갔다.

늘 그랬듯 라디오가 켜져 있었다. 잠시 창 옆에 서서 안에 있는 사람들을 봤다. 대머리 남자와 회색 머리 여자가 탁자에서 카드놀이를 하고 있었다. 믹은 바닥에 앉았다. 이곳은 아름답고 비밀스러운 곳이었다. 가까이 무성한 삼나무가 있어서 몸을 숨길 수 있었다. 이날 라디오 음악은 시시했다. 누군지 똑같이 끝나는 유행가를 불렀다. 허전했다. 믹은 주머니에 손을 넣고 손가락으로 더듬었다. 건포도와 칠엽수 열매, 구슬이 꿰여 있는 줄, 그리고 성냥과 담배 한 개비가 있었다. 담배에 불을 붙인 뒤 두 팔로 무릎을 안았다. 너무 허전해서 감정도 생각도 없는 듯했다.

프로그램이 하나씩 계속 이어졌는데, 모두 펑크 노래뿐이었다. 상관하지 않았다. 담배를 피우고 풀잎을 몇 개 뽑았다. 잠시 후 새 아나운서가 말하기 시작했다. 베토벤에 관해서였다. 그 음악가에 관해 도서관에서 읽은 적이 있었다. '베'로 발음되는 그의 이름에는 'e'가 두 개 나란히 붙어 있었다. 모차르트처럼 독일 사람이었다. 그는 생전에 외국어로 말하면서 외국에서 살았다. 믹이 원하는 바였다. 아나운서는 그의 3번 교향곡을 들려주겠다고 했다. 좀 더 걷고 싶었고 라디오에서 무슨 곡을 틀어주든 상관이 없었기에 건성으로 들었다. 음악이 시작되었다. 믹은 고개를 들었고 주먹을 목으로 가져갔다.

어떻게 된 일인가? 잠시 도입부가 연주되면서 한쪽에서 다른 쪽으로 균형을 잡았다. 걸을 때처럼 또는 행진할 때처럼. 밤에 활보하는 하느님처럼. 믹은 갑자기 얼어붙었고 음악의 도입부만 심장 안에서 뜨거웠다. 그다음에도 무슨 소리를 들었는지 몰랐지만 계속 기다리며 얼어붙은 채 주먹을 꽉 쥐고 있었다. 잠시 후 음악은 다시 더 힘차고 크게 시작되었다. 하느님과는 아무 상관이 없었다. 이것은 자기 자신, 낮에는 걷고 밤에는 혼자 있는 믹 켈리였다. 갖가지 감정과 계획을 가지고 뜨거운 태양 속을, 그리고 어둠 속을 걷는 아이. 이 음악은 믹이었다. 확실히 믹 자신이었다.

믹은 귀 기울여 끝까지 들을 수 없었다. 음악이 안에서 들끓었다. 어떻게 들을까? 나중에 잊지 않기 위해 한 부분에 집중할까? 아니면 생각도 말고 기억하지도 말고 연주에 자신을 맡긴 채 각 부분마다 귀를 기울일까? 와! 온 세상이 이 음악이었고 아무리 열심히 들어도 다 듣지 못할 것 같았다. 도입부가 다시 울렸고 꽉 쥔 주먹으로 가슴을 치듯 여러 가지 다른 악기들이 각각의 음을 동시에 연주했다. 그리고 1악장이 끝났다.

이 음악은 길지도 짧지도 않았다. 흐르는 시간과는 전혀 상관이 없었다. 믹은 두 팔로 다리를 안은 채 짭짜름한 무릎을 깨물고 앉아 있었다. 귀를 기울인 것은 5분일 수도 있고 밤의 절반일 수도 있었다. 2악장은 검은색이었다. 느린 행진. 슬픈 게 아니라 온 세상이 죽은 듯 시커멨다. 이전에는 어땠는지 생각하는 건 소용없었다. 호른 같은 악기는 은빛이 나는 슬픈 곡조를 연주했다. 그런 뒤 음악은 성이 나서 솟구쳤고 그 밑에는 흥분감이 깔려 있었다. 드디어 검은 행진이 시작되었다.

가장 좋은 것은 교향곡의 마지막 부분이었다. 기쁘게, 세상의 위대한 사람들이 힘차고 자유롭게 달려가고 뛰어오르는 듯했다. 이런 엄청난 음악은 큰 상처를 줄 수도 있었다. 온 세상이 이 교향곡이었고, 아무리 들어도 끝이 없었다.

음악은 끝났고 믹은 두 팔로 무릎을 안고 꼿꼿이 앉아 있었다. 다른 프로그램이 시작되었지만 손가락으로 귀를 막았다. 그 음악은 심한 아픔과 공허감을 남겼다. 교향곡의 어떤 부분도, 마지막 몇 부분조차도 기억할 수 없었다. 기억하려 했지만 아무 소리도 들리지 않았다. 이제 음악은 끝났고 토끼처럼 뛰는 심장과 무서운 아픔만 남았다.

집 안의 라디오와 불빛들이 꺼졌다. 밤은 매우 어두웠다. 갑자기 믹은 주먹으로 허벅지를 치기 시작했다. 눈물이 흐를 때까지 힘을 다해 두들겼다. 그러나 감정을 쏟아내기에는 충분하지 않았다. 덤불 아래 뾰족한 돌멩이들이 있었다. 몇 개를 움켜쥐고 손에서 피가 날 때까지 계속 문질렀다. 그러다가 땅에 누워 하늘을 올려다보았다. 다리 통증이 심해지자 기분이 괜찮아졌다. 믹은 축축한 풀 위에 지쳐 누워 있었고 잠시 후 다시 천천히 편안하게 숨 쉬기 시작했다.

왜 탐험가들은 하늘을 보며 세상이 둥글다는 것을 알아차리지 못했을까? 하늘은 거대한 구슬 같은 곡선이었다. 빛나는 별들이 가득했고 어두운 푸른색이었다. 밤은 조용했다. 따뜻한 삼나무 냄새가 났다. 믹은 음악을 떠올리지 않으려 했다. 그러자 음악의 첫 부분이 방금 전 연주된 것과 똑같이 마음속에 떠올랐다. 조용하고 여유 있게 귀를 기울였다. 음표들을 외울 수 있도록 수학 공식처럼 생각했다. 믹은 소리의 형상을 뚜렷이 그릴 수 있었다. 잊지 않을 것이었다.

믹의 기분이 좋아졌다. 몇 마디 소리 내어 속삭였다. "주님,

용서해주세요. 어쩌야 할지 모르겠어요." 왜 이런 생각을 했을까? 지나간 몇 년 동안 진짜 신은 없다는 것을 모두들 알게 되지 않았나. 신을 상상하면 길고 흰 시트를 덮은 싱어 씨를 볼 수 있을 뿐이었다. 신은 말이 없다. 그래서 그런 생각을 했을 것이다. 믹은 다시 같은 말을 했다. 싱어 씨에게도 그렇게 말했을 것이었다. "주님, 저를 용서해주세요. 어쩌야 할지 모르겠어요."

음악의 이 부분은 아름답고 명료했다. 이제 원할 때마다 노래할 수 있었다. 나중에 어느 날 아침 막 잠에서 깼을 때 더 많은 음악이 되살아날지 모른다. 그 교향곡을 다시 듣게 되면 마음속에 이미 들어 있는 부분에 보태질 것이다. 네 번 더 듣게 되면, 네 번만 더 들으면 외우게 될 것이다. 그럴 것이다.

다시 한 번 음악의 도입부에 귀를 기울였다. 선율은 점점 느려지고 부드러워졌다. 어두운 땅속으로 천천히 가라앉는 것 같았다.

믹은 깜짝 놀라 깼다. 공기는 싸늘했고, 잠에서 깰 때 에타 켈리가 이불을 가져가는 꿈을 꾸었다. "담요 좀 줘." 믹은 말하려고 했었다. 그러다가 눈을 떴다. 하늘은 어둡고 별들은 사라졌다. 풀들은 축축했다. 서둘러 일어났다. 아빠가 걱정할 것이다. 그러자 음악이 기억났다. 자정인지 새벽 3시인지 알 수 없었다. 서둘러 집으로 향했다. 공기 속에서 가을 냄새가 났다. 음악은 마음속에서 크고 빨라졌다. 믹은 집으로 가는 길을 더 빨리 달리기 시작했다.

2

10월이 다가오자 하늘은 푸르고 날씨는 서늘했다. 비프 브래넌
은 얇은 리넨 바지를 진청 모직 바지로 갈아입었다. 카페 카운
터 뒤에 코코아 만드는 기계를 들여놓았다. 코코아를 좋아하는
믹은 일주일에 서너 번 들러 한 잔씩 마셨다. 믹한테는 10센트
대신 5센트를 받았는데, 실은 공짜로 주고 싶었다. 그는 카운터
뒤에 서 있는 믹을 바라보면 당황스러워지고 슬펐다. 손을 내
밀어 햇볕에 탄 헝클어진 그 애의 머리칼을 만지고 싶었다. 그
러나 그건 여자를 쓰다듬는 것과는 전혀 달랐다. 어딘가 불안
한 느낌이 있었다. 믹에게 말할 때 그의 음성은 거칠고 이상한
소리를 냈다.

　마음속에 걱정이 많았다. 그중 하나는 앨리스의 건강이 나
쁜 것이었다. 그녀는 늘 아침 7시부터 밤 10시까지 아래층에
서 일했는데, 느릿느릿 움직였고 눈 아래에는 그늘이 져 있었
다. 그녀의 병세가 확실히 나타나는 것은 일할 때였다. 어느 일
요일, 앨리스가 그날의 메뉴를 타자로 쳤는데, 저녁 특별 메뉴

로 닭 요리 큰 것을 50센트 대신 20센트라 적었고, 몇 명의 손님이 주문을 하고 돈을 낼 때까지 그 실수를 발견하지 못했다. 때로는 10달러를 잔돈으로 바꿔 줄 때 5달러 두 장과 1달러 세 장을 주기도 했다. 비프는 생각에 잠겨 코를 문지르고 눈을 반쯤 감은 채, 오랫동안 그녀를 보며 서 있었다.

이런 일에 대해 두 사람은 서로 얘기하지 않았다. 그는 앨리스가 자는 밤에 아래층에서 일했고 아침나절에는 그녀가 카페를 혼자 맡았다. 함께 일할 때면 습관대로, 그는 금전등록기 뒤에 서서 부엌과 탁자를 살폈다. 그들은 일을 제외하고는 얘기하지 않았지만, 비프는 당혹스러운 얼굴로 서서 그녀를 바라보곤 했다.

그러다가 10월 8일 오후 침실에서 갑자기 고통스러운 비명이 들렸다. 비프가 서둘러 위층으로 갔다. 한 시간 안에 앨리스는 병원으로 옮겨졌고 의사는 막 태어난 아기만 한 혹을 제거했다. 그리고 한 시간 안에 앨리스는 죽었다.

비프는 충격에 빠져 병원 침대 곁에 앉았다. 그녀가 죽을 때 그는 옆에 있었다. 그녀의 두 눈은 마취 때문에 몽롱하고 흐릿했고 곧 유리처럼 굳어졌다. 간호사와 의사가 병실에서 나갔다. 그는 계속 그녀의 얼굴을 들여다보았다. 허옇게 푸르스름한 것을 빼면 별 차이가 없었다. 그는 21년 동안 매일 그녀를 보지 않은 듯, 그녀를 자세히 살폈다. 그러자 그의 마음속에 오랫동안 담겨 있던 장면 하나가 천천히 떠올랐다.

차가운 초록 바다와 뜨거운 황금 모래밭. 어린아이들은 비단 같은 물거품이 일어나는 해변에서 놀고 있었다. 건강한 갈색 피부의 여자아이, 작고 마른 발가벗은 사내아이들, 감미롭고 높은 목소리로 서로를 부르며 달려가는 절반쯤 자란 아이들. 여기 그가 알고 있는 아이들, 믹과 조카 베이비가 있었고, 누구도 전에 본 적 없는 낯선 젊은 얼굴들도 있었다. 비프는 고개를 숙였다.

얼마 후 그는 의자에서 일어나 병실 한가운데 섰다. 처제 루실이 바깥 복도에서 서성거리는 소리를 들을 수 있었다. 통통한 벌이 옷장 위를 기어가자 비프는 얼른 손안에 잡아 열린 창으로 던졌다. 그는 다시 한 번 아내의 죽은 얼굴을 본 뒤 상처한 남자의 침착한 태도로 복도로 나갔다.

다음 날 늦은 아침, 그는 2층 방에서 바느질을 하고 있었다. 진정으로 사랑한다면 왜 뒤에 남은 사람은 사랑하는 사람을 따라 자살하지 않는가? 산 사람들이 죽은 이들을 묻어야 하기 때문인가? 죽음 이후 진행되어야 하는 정교한 절차 때문인가? 남은 자는 잠시 무대 위로 올라가 매 순간을 무한으로 느끼면서 수많은 시선을 받기 때문인가? 수행해야 할 책임 때문인가? 또는 사랑했을 경우, 혼자된 남자는 사랑하는 이의 부활을 위해서 뒤에 남아야 하는가? 죽은 이는 정말로 죽은 것이 아니고, 오히려 산 자의 영혼 속에서 자라면서 두 번째로 살아나기 때문에? 왜인가?

비프는 바느질감에 몸을 굽히고서 많은 것들을 생각했다. 그는 익숙하게 바느질을 했고, 손가락 끝에는 굳은살이 박여 골무 없이도 옷감 속으로 바늘을 밀었다. 회색 양복 소매에 달 상장 두 개를 벌써 만들었고 지금은 마지막 것을 꿰매고 있었다.

날은 밝고 더웠고 새로 오는 가을의 첫 낙엽들이 길옆으로 치워져 있었다. 그는 일찍 밖으로 나갔다. 매 순간이 몹시 길었다. 그의 앞에는 한없는 시간이 놓여 있었다. 카페 문을 잠그고 흰 백합 화환을 걸었다. 먼저 장례식장으로 가서 골라놓은 관을 주의 깊게 살폈다. 내부 자재를 만져보고 튼튼한지 시험했다.

"이 주름진 천의 이름이 뭡니까, 조제트?"

장의사는 알랑거리는 듯한 번지르르한 말투로 대답했다.

"화장하는 사람들은 얼마나 되지요?"

다시 거리로 나와 비프는 의식적으로 점잖게 걸었다. 서쪽에서 따뜻한 바람이 불었고 해는 환했다. 손목시계가 멈춰 얼마 전에 시계 수리 간판을 내건 윌버 켈리의 집으로 향했다. 켈리는 기운 목욕 가운을 입고 작업대에 앉아 있었다. 작업실이 침실이었고, 믹이 손수레에 태우고 다니는 아기는 조용히 바닥 깔개에 앉아 있었다. 한순간 한순간이 무척 길어 명상과 질문을 하기에 충분했다. 그는 켈리에게 시계에 보석이 어떻게 사용되는지 설명해달라고 했다. 그는 시계 수리용 확대경 속에서 일그러진 켈리의 오른쪽 눈을 보았다. 그들은 한동안 체임벌린과 뮌헨*에 대해 얘기했다. 그래도 여전히 시간이 남아 그는 벙어리의 방으로 올라갔다.

싱어는 출근 준비를 하고 있었다. 간밤에 그는 비프에게 조문 편지를 보냈다. 싱어는 장례식에서 관을 운구하기로 되어 있었다. 비프는 침대에 앉았고 그들은 함께 담배를 피웠다. 이따금 싱어는 주의 깊은 연두색 눈으로 비프를 보았다. 그는 비프에게 커피 한 잔을 건넸다. 비프는 말이 없었다. 벙어리는 그의 어깨를 한 번 두드리고 잠깐 그의 얼굴을 들여다보았다. 싱

*체임벌린은 2차 세계대전 직전 독일에 대해 융화정책을 폈던 영국 수상이다. 히틀러와 뮌헨회담에서 평화조약을 맺었으나, 다음 해에 히틀러는 프라하를 침공했다.

어가 옷을 다 입자 그들은 함께 밖으로 나왔다.

비프는 상점에서 검정 리본을 샀고 앨리스가 다니던 교회 목사를 만났다. 모든 것이 준비되자 집으로 왔다. 정리하기 위해서라고 그는 마음속으로 생각했다. 그는 루실에게 주려고 앨리스의 옷들과 소지품들을 쌌다. 옷장 서랍을 말끔히 치우고 정리했다. 아래층 부엌 선반도 다시 정리했고 선풍기에 늘어진 밝은 종이 장식도 걷어냈다. 욕조에 물을 받아 몸을 씻었다. 아침이 지나갔다.

비프는 실밥을 물어뜯고 양복 소매에 달린 검은 상장을 바로 폈다. 처제 루실이 그를 기다리고 있을 것이었다. 그녀가 베이비와 함께 영구차를 탈 것이었다. 반짇고리를 치우고 상장을 양복 어깨에 조심스럽게 맞추었다. 나가기 전 빠르게 다시 실내를 훑어보며 모든 것이 제자리에 있는지 확인했다.

한 시간 후 그는 루실의 작은 부엌에 있었다. 다리를 포개고 앉아 무릎에 냅킨을 펴고 차를 마셨다. 루실과 앨리스는 모든 면에서 너무 달라 자매로 알기란 쉽지 않았다. 루실은 마르고 검은 편이었고 오늘은 완전히 까만색을 입고 있었다. 그녀는 베이비의 머리를 빗기고 있었다. 아이는 엄마가 머리를 빗기는 동안 무릎에 손을 포개고 식탁에서 참을성 있게 기다렸다. 햇빛이 조용하고 부드러웠다.

"바솔로뮤 형부⋯⋯." 루실이 말했다.

"응?"

"옛날 생각을 한 적이 있어요?"

"아니."

"난 잡념이나 옛날 생각은 안 하려고 해요. 그래서 언제나 경주마처럼 눈가리개를 해야 하는 것 같아요. 매일 일하고 끼니를 챙기고 베이비의 앞날만 생각하게요."

"그게 올바른 행동이지."

"저 아래 미용실에서 베이비의 머리에 핑거 웨이브*를 했어요. 그런데 너무 빨리 풀어져서 파마를 시킬까 해요. 내가 해줄 수는 없고, 미용사 총회에 갈 때 애틀랜타에 데리고 가서 해주려고요."

"세상에! 아직 네 살도 안 됐는데. 아이가 놀랄 거야. 머리도 거칠어지고."

루실은 빗을 물컵에 담근 뒤 구불거리는 머리칼을 베이비의 귀 뒤로 바짝 붙였다. "그렇지 않아요. 아이가 원해요. 어려도 나만큼 야심이 많아요. 그러면 된 거죠."

비프는 손바닥 위에 손톱을 문지르며 고개를 저었다.

"우리 둘이 극장에 가서 좋은 배역을 맡은 애들을 볼 때마다 베이비도 나랑 똑같이 느낀다고요. 영화 끝난 후에 애한테 밥도 못 먹일 정도라니까요."

"맙소사." 비프가 말했다.

"얘는 무용과 표현 수업을 잘 받고 있어요. 내년에는 피아노를 가르치려고요. 도움이 될 거예요. 무용 선생님은 발표회 때 베이비에게 독무를 추게 할 거래요. 최선을 다해 밀어줘야죠. 빨리 자기 일을 갖게 되면 우리 둘을 위해 좋은 거니까."

"세상에!"

"형부는 이해 못 해요. 재능 있는 애를 보통으로 키울 수는

*기름 바른 머리를 손가락으로 눌러서 컬을 만드는 것.

없어요. 난 베이비를 이 평범한 이웃들에게서 벗어나게 하고 싶어요. 말썽꾸러기들처럼 상스럽게 말하고 멋대로 날뛰게 할 수는 없어요."

"난 이 동네 아이들을 알아." 비프가 말했다. "괜찮은 애들이야. 길 건너 켈리네 아이들, 크레인네 아들……."

"그 애들이 베이비 수준에 안 맞는 거, 잘 아시잖아요."

루실은 베이비의 머리에 마지막 웨이브를 넣었다. 그리고 작은 뺨을 꼬집어서 발그레하게 만들었다. 그런 뒤 아이를 식탁 아래로 내려놓았다. 장례식을 위해 베이비는 작은 흰 드레스에 흰 구두, 흰 양말을 신고, 작은 흰 장갑까지 끼었다. 사람들이 베이비를 쳐다볼 때면 짓는 특별한 머리 움직임이 있었는데, 지금도 그런 자세였다.

그들은 잠시 아무 말 없이 좁고 무더운 부엌에 앉아 있었다. 루실이 울기 시작했다. "언니랑 나는 가까운 사이는 아니었어요. 서로 달랐고 자주 만나지도 않았어요. 내가 훨씬 어렸기 때문일 수도 있어요. 하지만 혈육이란 특별해서 이런 일이 생기면……."

비프가 위로하듯 작게 혀를 찼다.

"두 사람 사이가 어땠는지 난 알아요." 그녀가 말했다. "형부와 언니는 사이가 안 좋았어요. 그래서 지금 더 힘들 수도 있어요."

비프는 베이비 팔 밑에 손을 넣어 아이를 안아 올렸다. 아이는 조금씩 무거워지고 있었다. 그는 조심스럽게 아이를 안고 거실로 갔다. 비프의 어깨를 꼭 안고 있는 베이비는 따뜻함을 느꼈다. 작은 실크 치마는 그의 검은 코트와 대조되어 하얗게 빛났다. 아이는 작은 손으로 그의 귀를 꽉 잡았다.

"이모부! 내가 스플릿 동작 하는 거 보세요."

가만히 그는 베이비를 내려놓았다. 아이는 두 팔을 머리 위로 올리고 노란 왁스를 칠한 마루에서 두 발을 천천히 반대 방향으로 밀었다. 순식간에 그 애는 다리 하나를 앞으로 쭉 펴고 다른 다리는 뒤로 뻗은 채 앉아 있었다. 두 팔을 멋진 각도로 들고 슬픈 표정으로 옆의 벽을 바라보았다.

아이는 다시 일어섰다. "재주넘기하는 것도 보세요. 제가……."

"우리 아기, 조용히 있어야지." 루실이 말했다. 그녀는 비프 옆 푹신한 소파에 앉았다. "애가 그이를 닮았죠? 눈하고 얼굴이?"

"아니, 전혀. 난 베이비랑 르로이 윌슨이 닮은 구석은 전혀 찾아볼 수 없는데."

루실은 나이에 비해 너무 마르고 지쳐 보였다. 검정 드레스를 입어서, 또는 울고 있어서 그럴 수도 있었다. "그가 베이비의 아빠라는 걸 인정해야 해요." 그녀가 말했다.

"그 인간을 못 잊는 거야?"

"모르겠어요. 난 두 가지에서는 바보가 되나 봐요. 르로이와 베이비요."

비프의 창백한 얼굴에서 새로 자란 수염이 푸르게 보였다. 그의 목소리는 피곤한 듯 들렸다. "처제는 어떤 일을 끝까지 생각해서 무슨 일이 일어났는지 알아내고, 그 일에서 무엇이 생겨야 했는지 생각해본 적 없어? 논리적으로 말이야. 그러니까 여러 가지를 생각할 때 지금 같은 결과가 나올 수밖에 없었다거나 하는."

"그이에 관해서는, 아닌가 봐요."

비프는 지친 태도로 말했고 두 눈은 거의 감겼다. "처젠 열일곱 살 때 그 남자와 결혼했고, 그때부터 끊임없이 문제가 생겼어. 그래서 이혼했지. 그러다가 2년 후에 그와 두 번째로 결혼했어. 그리고 그는 다시 떠났고 지금은 어디 있는지도 몰라. 한 가지는 분명할 것 같은데, 두 사람은 맞지 않아. 개인적인 면을 제쳐놓고라도. 어쨌든 그는 그런 종류의 인간이야."

"그가 망나니인 건 알아요. 다시는 저 문을 두드리지 않기를 바랄 뿐이에요."

"여기 봐라, 베이비야." 비프가 얼른 말했다. 그는 손가락을 깍지 낀 뒤 위로 들었다. "여기가 교회고 뾰족탑이다. 문을 열어봐, 하느님의 백성들이 있어."

루실은 고개를 흔들었다. "베이비 때문에 그러실 것 없어요. 내가 하나부터 열까지 다 말하니까. 저 애는 모든 난장판을 다 알고 있어요."

"그럼 그가 다시 오면, 여기 살면서 맘대로 처제를 이용하게 할 건가? 지난번처럼?"

"네, 그럴 것 같아요. 초인종이나 전화가 울릴 때마다, 현관에 누가 올 때마다, 그이를 생각해요."

비프는 손바닥을 폈다. "거 봐, 그렇다니까."

벽시계가 2시를 쳤다. 방은 매우 답답하고 더웠다. 베이비는 또 한 번 재주넘기를 했고 왁스를 칠한 바닥 위에서 또 한 번 스플릿 동작을 했다. 그런 뒤 비프는 그 애를 무릎에 올려놓았다. 아이의 작은 다리가 그의 정강이에서 달랑거렸다. 아이는 그의 조끼 단추를 열고 얼굴을 파묻었다.

"형부." 루실이 말했다. "나한테 진실을 말하겠다고 약속할 래요?"

"그럼."

"무엇이든지?"

비프는 베이비의 부드러운 금발을 만지고 작은 머리에 손을 부드럽게 댔다. "물론."

"7년 전 일이에요. 우리가 처음 결혼하고 얼마 되지 않았을 때였죠. 그가 어느 날 밤 형부 집에서 돌아왔는데, 머리에 큰 혹들이 나 있어서 물었더니 형부가 목을 잡고 머리를 벽에 박았다고 했어요. 그때 그이는 형부가 왜 그랬는지 둘러댔지만, 진짜 이유를 알고 싶어요."

비프는 손가락의 결혼반지를 돌렸다. "난 르로이를 좋아하지 않았지. 그래서 싸웠어. 그때의 나는 지금과 달랐으니까."

"아뇨. 형부가 그랬을 때는 분명 이유가 있었어요. 나와 형부는 오랫동안 서로 알아왔어요. 내가 이해하는 한 형부가 하는 일에는 반드시 진짜 이유가 있어요. 형부는 하고 싶은 대로 하지 않아요. 이성에 의해 움직여요. 형부, 약속했잖아요. 이유를 알고 싶어요."

"지금 보면 아무 일도 아닌데."

"알아야겠어요."

"좋아." 비프가 말했다. "그날 밤 르로이는 술을 마시기 시작했어. 취하자 처제에 대해 지껄였지. 한 달에 한 번 집에 가는데, 가서는 처제를 죽도록 때린다고 그러더군. 그래도 처제는 그냥 맞는다고 했고, 그런 후에 복도에 나가 큰 소리로 웃는

다고 했어. 그래야 이웃들이 둘이서 장난친다고 알 테니까. 그런 일이 있었어. 이젠 잊어버려."

루실은 똑바로 앉았다. 두 뺨이 붉어졌다. "형부, 그래서 난 언제나 눈가리개를 하고 뒤도 보지 말고 곁눈질도 하지 말아야 해요. 오로지 매일 일하러 가고 집에서 세끼 식사를 만들고 베이비 키우는 일만 생각해야 하는 거죠."

"그래."

"형부도 그렇게 하시기를 바라요. 과거는 생각하지 말고."

비프는 고개를 숙이고 눈을 감았다. 긴긴 하루 동안 그는 앨리스에 대해 생각할 수 없었다. 얼굴을 기억하려고 하면 이상한 공허감이 생겼다. 명료한 것이라고는 그녀의 발, 통통한 발가락에 부드럽고 하얀 뭉툭한 발이었다. 발바닥은 분홍색이었고 왼쪽 발꿈치 근처에는 작은 갈색 사마귀가 있었다. 결혼 첫날밤, 그는 그녀의 구두와 스타킹을 벗기고 발에 키스했다. 생각해보면 잘한 짓이었다. 일본인들은 여성에게 가장 민감한 곳이 발이라고 하지 않는가.

비프는 몸을 뒤척이며 손목시계를 보았다. 그들은 곧 장례식이 있을 교회로 갈 것이었다. 그는 마음속으로 장례식에서 취할 행동들을 정리했다. 교회, 천천히 움직이는 영구차, 그 뒤에 루실과 베이비와 함께 타고 슬퍼할 것이고, 사람들이 10월의 햇살 속에 고개를 숙이고 서 있을 것이다. 흰 묘비들과 시들어가는 꽃들 위에 내리쬐는 햇빛. 그리고 새로 생긴 무덤을 가리는 캔버스 천으로 된 천막. 그리고 다시 집, 그다음은?

"아무리 싸웠어도 혈육인 언니에 대해 특별한 감정이 있어요." 루실이 말했다.

비프는 고개를 들었다. "왜 다시 결혼을 하지 않지? 처제와 베이비를 돌봐줄, 결혼한 적 없는 괜찮은 젊은이도 있을 텐데? 르로이를 잊기만 하면 처제는 좋은 남자의 좋은 아내가 될 거야."

루실은 즉시 대답하지 않았다. 그러더니 드디어 말했다. "우리 두 사람이 어떻게 지냈는지 형부는 잘 알잖아요. 우린 서로에게 설레는 감정은 없지만 서로를 잘 이해해요. 내가 남자에게 바라는 건 그런 거예요."

"나도 마찬가지야." 비프가 말했다.

반 시간 후에 문 두드리는 소리가 났다. 장례식에 갈 차가 문 앞에 서 있었다. 비프와 루실은 천천히 일어났다. 그들은 흰 실크 드레스를 입은 베이비를 앞세우고 엄숙한 정적 속으로 걸어 나갔다.

비프는 다음 날 낮에도 카페 문을 닫았다. 그러다가 이른 저녁 문에서 시든 백합 화환을 떼어내고 다시 장사를 시작했다. 단골들은 식사를 주문하기 전에 슬픈 얼굴로 금전등록기 옆에서 잠시 그와 얘기를 나누었다. 늘 오는 손님들이었다. 싱어, 블런트, 근처 가게와 강변 지역 공장에서 일하는 노동자들. 저녁 식사 후 믹 켈리가 어린 남동생과 들어와 5센트를 슬롯머신에 넣었다. 첫 번째 동전을 기계가 삼켜버리자 믹은 주먹으로 기계를 두들기며 계속 동전 구멍을 열고 나온 것이 없는지 들여다보았다. 그런 뒤 다른 동전을 넣었는데 잭팟이 나왔다. 동전들이 짤랑거리며 쏟아져 바닥으로 굴렀다. 믹과 어린 동생은 다른 손님들이 떨어진 동전을 밟지 못하도록 날카롭게 지키며 동전들을 주웠다. 벙어리는 카페 중앙 탁자에 식사를 앞에 두고 앉아 있었다. 맞은편에서 제이크 블런트가 깨끗한 복장을 하고 맥주를 마시며 얘기하고 있었다. 아무것도 변한 것은 없었다. 실내는 담배 연기로 자욱해졌고 소음은 점점 커졌다. 비프는 빈틈없었다. 소리 하나 동작 하나도 눈여겨보았다.

"난 여러 곳을 돌아다니지." 블런트가 말했다. 그는 열심히 탁자 위로 몸을 기울이고 벙어리의 얼굴에 두 눈을 고정시켰다. "사방을 돌아다니면서 사람들에게 말하려고 애를 써요. 그럼 그들은 웃지. 난 아무것도 이해시킬 수 없다오. 내가 무엇을 말해도 그들은 진실을 알아듣지 못해요."

싱어는 고개를 끄덕이며 냅킨으로 입을 닦았다. 고개를 숙이고 먹을 수가 없어 음식이 식었지만 그는 공손한 태도로 블런트가 계속 말하도록 했다.

슬롯머신에 있는 두 아이들의 말소리가 남자들의 거친 음성들 속에서 높고 맑게 울렸다. 믹은 다시 기계 속으로 동전을 넣고 있었다. 믹은 자주 중앙 탁자 쪽을 봤지만, 벙어리는 등을 돌리고 있어서 보지 못했다.

"싱어 씨가 저녁으로 닭튀김을 시켰는데 아직 한 입도 못 먹었어." 어린 소년이 말했다.

믹은 기계의 레버를 천천히 잡아당겼다. "상관 마."

"누나는 늘 그 방에 올라가잖아. 그가 있을 만한 곳에도 가고."

"입 다물어, 버버 켈리."

"누나나 조용히 해."

믹은 버버의 이가 덜덜거릴 때까지 흔든 뒤 동생을 문 쪽으로 돌려세웠다. "집에 가서 자. 낮에도 너랑 랠프를 지겹도록 보는데, 밤에는 따라다니지 마. 난 자유야."

버버가 지저분한 작은 손을 내밀었다. "좋아, 그럼 5센트만 줘." 아이는 돈을 윗옷 주머니에 넣은 뒤 집으로 갔다.

비프는 재킷을 바로하고 머리를 말끔히 뒤로 넘겼다. 넥타이는 짙은 검정이고 회색 재킷 소매에는 그가 꿰맨 상장이 붙어 있었다. 슬롯머신 쪽으로 가서 믹과 얘기하고 싶었지만 어쩐지 그럴 수 없었다. 그는 빠르게 숨을 들이쉬고 물 한 잔을 마셨다. 댄스 오케스트라 곡이 라디오에서 나왔지만 듣고 싶지 않았다. 지난 10년 동안 모든 곡들이 너무 똑같아서 차이를 말할 수도 없었다. 1928년 이후 음악은 즐길 수 없었다. 그러나 그는 젊어서는 만돌린을 연주했고, 유행하는 노래의 가사와 멜로디를 알고 있었다.

비프는 손가락을 코에 대고 고개를 갸우뚱했다. 믹은 지난 한 해 너무 자라서 곧 키가 그보다 클 것이었다. 빨간 스웨터에 파란 주름치마를 입었는데, 개학 이후 늘 입는 옷이었다. 지금은 치마 주름이 풀어져 있었고, 툭 튀어나온 무릎 주위로 치맛단이 헐렁하게 늘어져 있었다. 믹은 다 자란 소년처럼 보이기도 하는 그런 나이에 와 있었다. 이런 문제에 대해 왜 똑똑한 사람들도 핵심을 놓치는 것일까? 모든 사람들은 태어날 때부터 양성적이다. 그러므로 결혼과 잠자리가 전부는 아니었다. 증거? 진정한 젊음과 노년을 보라. 흔히 늙은 남자들은 목소리가 높고 가늘어지며 종종걸음으로 걷는다. 늙은 여자들은 뚱뚱해지고 목소리는 거칠고 깊어지며 거무스름한 작은 콧수염이 난다. 비프 자신이 이를 증명했다. 이따금 그는 마음 한쪽에서 믹과 베이비의 엄마가 되고 싶기도 했다. 갑자기 그는 금전등록기에서 몸을 돌렸다.

신문들이 멋대로 흩어져 있었다. 2주 동안 한 번도 정리하지 않았다. 그는 카운터 아래서 신문 더미를 꺼냈다. 숙달된 눈으로 발행인란부터 하단까지 훑었다. 내일은 뒷방에 있는 신문 더미들을 점검하고 분류 방식을 바꿔볼 생각이었다. 선반을 설치하고 단단한 통조림 상자를 서랍으로 이용할 수 있을 것이다. 1918년 10월 27일부터 현재까지 연대순으로. 역사적 사건에는 가장자리에 따로 표시를 해서 폴더별로. 세 가지로 분류할 수 있었다. 첫째, 1차 세계대전 휴전부터 뮌헨회담에 이르기까지의 국제 사건들. 둘째, 국내 사건들. 셋째는 지방 뉴스들, 레스터 시장이 컨트리클럽에서 아내에게 총을 쏜 사건부터 허드슨 공장 화재 사건까지. 지난 20년간의 일들이 완벽하게 기록되고 요약될 터였다. 비프는 턱을 문지르며 소리 없이 웃었다. 앨리스는 그 방을 여자 화장실로 고치자며 신문들을 내다 버리려 했었다. 그래서 그에게 잔소리를 해댔는데, 그때 딱 한 번 그는 아내에게 손찌검을 했다.

평화롭게 몰두하며 비프는 앞에 놓인 신문 기사들을 구석구석 읽기 시작했다. 계속 집중하여 읽었지만, 다른 한편으로는 습관적으로 주변에서 일어나는 일들을 예민하게 감지했다. 제이크 블런트는 여전히 떠들며 주먹으로 탁자를 치고 있었다. 벙어리는 맥주를 마시고 있었다. 믹은 라디오 근처를 바쁘게 움직였고 손님들을 쳐다봤다. 비프는 신문 첫 장의 기사들을 다 읽었고 가장자리에 간략하게 메모를 했다.

그러더니 갑자기 놀란 표정으로 고개를 들었다. 하품하려던 입을 꽉 다물었다. 라디오에서 그와 앨리스가 약혼했던 시절에 들었던 옛 노래가 흘러나왔다. 〈황혼녘 애인의 기도〉. 그들은 어느 일요일, 전차를 타고 올드 사디스 호수로 가 보트를 빌려 탔다. 황혼녘, 그녀가 노래하는 동안 그는 만돌린을 켰다. 그녀는 선원 모자를 쓰고 있었다. 그가 팔로 그녀의 허리를 안자 그녀는…… 앨리스는…….

사라진 감정을 끌어올리는 미세한 그물망. 비프는 신문을 접어 다시 카운터 밑에 넣었다. 차례로 발을 바꾸어 움직거렸다. 마침내 저쪽에 서 있는 믹에게 소리쳤다. "라디오 안 듣지, 그렇지?"

믹은 라디오를 껐다. "네. 오늘 밤은 별거 없네요."

그는 이 모든 생각들을 마음에서 몰아내고 다른 것에 집중하고 싶었다. 카운터에 몸을 숙이고 손님들을 한 사람씩 주시했다. 그의 관심은 중앙 탁자에 있는 벙어리에게 머물렀다. 믹이 천천히 그리 가더니 싱어가 권하는 대로 의자에 앉는 것이 보였다. 싱어가 메뉴를 가리키고 여종업원이 코카콜라를 가져왔다. 귀먹고 말 못하는, 사람들에게서 소외된 기이한 인간이 아니라면, 다른 남자와 술 마시는 자리에 멀쩡한 어린 여자애를 앉으라고 하지는 않을 것이다. 블런트와 믹 두 사람 모두 싱어를 응시하고 있었다. 그들은 말했고, 그들을 지켜보는 벙어리의 표정이 바뀌었다. 재미있는 일이었다. 그 이유가 두 사람에게 있을까 아니면 싱어에게 있을까? 싱어는 주머니에 두 손을 넣은 채 조용히 앉아 있었다. 말을 하지 않으므로 더욱 우월해 보였다. 저 남자는 무엇을 생각하고 무엇을 깨닫는가? 그는 무엇을 알고 있는가?

그날 저녁 두 번, 비프는 중앙 탁자로 가려 했지만 그때마다 참았다. 그들이 떠난 뒤에도 그는 벙어리에게 어떤 특별한 것이 있는지 계속 궁금했다. 이른 새벽 자려고 누워서도 마음속으로 그 질문을 하고 대답을 생각했지만 만족할 수 없었다. 그수수께끼가 그의 마음속에 자리 잡았다. 마음 저 속에서 근심이 되어 그를 불안하게 했다. 무엇인가 잘못되고 있었다.

3

코플랜드 박사는 여러 번 싱어 씨에게 말을 했다. 그는 다른 백인들과 전혀 달랐다. 현명했고 다른 백인들은 알지 못하는 진실하고 강한 목적을 이해했다. 그는 귀 기울여 들었다. 얼굴은 부드러웠고 유대인다웠으며 억압받는 사람들에게 나타나는 지혜를 가지고 있었다. 때로 그가 왕진을 다닐 때 싱어 씨와 함께 간적이 있었다. 그는 쓰레기와 토사물과 튀긴 비계 냄새가 나는 춥고 작은 골목으로 그를 안내했다. 심한 화상을 입은 여자 얼굴에 성공적으로 피부 이식한 것을 그에게 보여주었다. 매독에 걸린 아이를 치료하며 그들의 벗어진 손바닥, 멍하고 둔한 눈동자, 부서진 앞니를 보여주었다. 그들은 방 두 개에 열두 명 또는 열네 명이 살고 있는 오두막을 방문했다. 오렌지색 난롯불이 낮게 타는 방 안, 폐렴에 시달리는 노인 앞에서 그들은 속수무책이었다. 싱어 씨는 그의 뒤에서 걸었고 보았고 이해했다. 그는 아이들에게 5센트짜리 동전을 주었고, 다른 방문객들과는 달리 조용하고 예의 있어서 환자들을 방해하지 않았다.

스산하고 변덕스러운 날들이었다. 독감이 퍼졌고 코플랜드 박사는 밤낮으로 바빴다. 그는 9년 동안 타고 다닌 운전석이 높은 닷지를 몰고 흑인 지역을 돌아다녔다. 외풍을 막기 위해 캔버스 천으로 만든 커튼을 창에 붙였고 회색 모직 숄로 목을 단단히 감았다. 이 기간 동안 포셔, 윌리엄, 하이보이를 만나지 않았지만 자주 그들을 생각했다. 그가 외출 중일 때 포셔가 왔다가 쪽지를 남기고 곡식 반 자루를 빌려 간 적도 있었다.

어느 날 밤, 너무 지쳐서 진료가 남아 있었지만 뜨거운 우유를 마시고 잠자리에 들었다. 춥고 열이 나서 처음에는 안정을 취할 수 없었다. 막 잠이 드는데 누가 부르는 듯했다. 기운 없이 일어나 긴 플란넬 잠옷을 입은 채 현관을 열었다. 포셔였다.

"오 하느님, 저희 좀 도와주세요, 아버지." 그녀가 말했다.

코플랜드 박사는 잠옷 끈을 허리에 바짝 조이고 떨면서 서 있었다. 목에 손을 댄 채 딸을 보며 기다렸다.

"윌리가요, 윌리가 나쁜 짓을 해서 위험에 처했어요. 무슨 조치를 취해야 해요."

코플랜드 박사는 뻣뻣하게 복도를 걸었다. 침실에서 목욕 가운과 숄과 슬리퍼를 신은 뒤 다시 부엌으로 갔다. 포셔가 기다리고 있었다. 부엌은 생기 없이 추웠다.

"그래. 무슨 짓을 했니? 무슨 일이냐?"

"잠깐만. 정신 좀 차리고요. 정리해서 잘 말씀드릴게요."

그는 난로 옆의 신문을 구긴 뒤 불쏘시개 몇 개를 집어 들었다.

"제가 불을 피울게요." 포셔가 말했다. "아버지는 식탁에 앉아 계세요. 스토브가 뜨거워지면 우리 커피를 마셔요. 그러면, 일이 너무 나쁘게만 보이지 않을 수도 있어요."

"커피가 없다. 마지막 남은 것을 어제 마셨어."

그가 말하자 포셔는 울기 시작했다. 그녀는 거칠게 신문지와 나뭇조각을 스토브 안에 쑤셔 넣고 떨리는 손으로 불을 지폈다. "그러니까 일이 이렇게 된 거예요." 그녀가 말했다. "윌리와 하이보이가 오늘 밤 가서는 안 될 곳에 가서 얼쩡거렸어요. 아시잖아요, 제가 늘 윌리와 하이보이를 옆에 두려고 애쓰는 걸. 아, 제가 있었더라면 이런 일은 안 생겼을 텐데. 하지만 전 교회 부녀자들 모임에 갔고, 두 남자들은 좀이 쑤셔서 마담 레바의 '달콤한 쾌락의 궁전'으로 간 거죠. 아버지, 거긴 사악한 곳이에요. 남자에게 여자를 살 수 있는 표를 팔아요. 또 뽐내고 타락한, 꼬리 치는 깜둥이 계집애들이 있어요. 빨간 새틴 커튼도……."

"애야." 코플랜드 박사가 짜증스럽게 말했다. 손으로 머리 옆을 눌렀다. "나도 그곳을 안다. 요점을 말해라."

"거기 러브 존스가 있는데, 나쁜 흑인 계집애예요. 윌리가 술 마시고 그 여자애와 붙어서 춤추다가 싸움이 난 거죠. 러브 때문에 준버그라는 남자와 싸운 거예요. 처음에는 주먹으로 싸우다가 준버그가 칼을 꺼냈대요. 우리 윌리는 칼이 없어서 비명을 지르면서 술집 안에서 날뛰었죠. 하이보이가 윌리에게 면도칼을 찾아줬고, 윌리는 덤벼들어 준버그의 목을 거의 따버렸대요."

코플랜드 박사는 숄을 끌어당겼다. "그가 죽었냐?"

"너무 못된 놈이라 죽지도 않았어요. 병원에 있는데, 나오면 다시 문제를 일으키겠죠."

"윌리엄은?"

"경찰이 와서 블랙 마리아에 있는 구치소에 가뒀어요. 아직도 갇혀 있어요."

"안 다쳤냐?"

"아, 눈두덩이 찢어지고 엉덩이 살점이 좀 나갔어요. 하지만 아무것도 아니에요. 이해할 수 없는 건, 왜 러브와 엮였냐는 거죠. 그 계집애는 저보다 열 배나 더 시커멓고 최고로 못생긴 깜둥이라고요. 다리 사이에 달걀을 넣고 깨뜨리지 않으려는 것처럼 웃기게 걸어요. 깔끔하지도 않고요. 윌리는 그런 계집애 때문에 그 망나니를 칼로 찌르고······."

코플랜드 박사는 스토브 가까이 몸을 기대고 신음했다. 기침을 했고 얼굴은 뻣뻣해졌다. 냅킨을 입에 대자 피가 묻어 나왔다. 검은 얼굴이 푸르고 창백해졌다.

"물론 일이 터지자 하이보이가 당장 저한테 말했어요. 남편은 그 나쁜 계집애들과 상관이 없어요. 그냥 윌리랑 같이 있어준 것뿐이에요. 남편은 윌리 때문에 너무 슬퍼서 그때부터 구치소 앞길 연석에 앉아 있어요." 스토브 불빛을 받은 그녀의 얼굴에 눈물이 흘렀다. "아시잖아요, 우리 셋이 어떻게 지내는지. 우리만의 계획이 있고 다 잘되고 있었어요. 돈도 문제가 아니었어요. 하이보이는 집세를 냈고, 저는 식료품을 샀고, 윌리는 토요일 밤에 쓰는 비용을 냈어요. 세쌍둥이 같았어요."

드디어 아침이 되었다. 공장에서 교대 시작을 알리는 호각 소리가 울렸다. 해가 떴고 벽에 걸린 깨끗한 냄비들이 환하게 빛났다. 그들은 오랫동안 앉아 있었다. 포셔는 귓불이 벌겋게 될 때까지 귀고리를 잡아당겼다. 코플랜드 박사는 여전히 두 손으로 머리를 감싸 쥐고 있었다.

"제 생각엔요." 포셔가 드디어 말했다. "윌리에 대해 백인들이 편지를 쓰면 도움이 될 것 같아요. 저 벌써 브래넌 씨에게 다녀왔어요. 그는 제가 말한 대로 편지를 써주었어요. 여느 때처럼 그 사건이 일어난 밤에도 그는 카페에 있었어요. 그래서 전 사정을 설명했어요. 그리고 편지를 집에 가져와 성경 속에 넣었어요. 잃어버리거나 더럽히면 안 되니까."

"편지엔 뭐라고 썼냐?"

"브래넌 씨는 제가 원하는 대로 썼어요. 윌리가 브래넌 씨를 위해 3년 동안 열심히 일했다고요. 윌리가 훌륭한 흑인 소년이며 문제를 일으킨 적이 없다고도 썼어요. 다른 흑인 소년들 같지 않아서 기회가 있어도 카페의 물건들에 손을 대지 않고……."

"휴!" 코플랜드 박사가 말했다. "그거 다 소용없다."

"앉아서 기다릴 수만은 없어요. 윌리가 갇혀 있다고요. 우리 윌리가 오늘 밤은 너무 잘못했지만, 얼마나 착한 아이인데요. 그냥 앉아서 기다릴 수만은 없어요."

"기다려야만 해. 우리가 할 수 있는 건 그것뿐이다."

"전 아니에요."

포셔는 자리에서 일어났다. 두 눈이 무엇을 찾는 듯 주위를 산만하게 두리번거렸다. 그러다가 갑자기 현관 쪽으로 갔다.

"기다려라." 코플랜드 박사가 말했다. "어딜 갈 작정이냐?"

"일하러 가야 해요. 일자리를 지켜야지요. 켈리 부인 집에서 계속 일하면서 급료를 받아야 해요."

"구치소에 가봐야겠구나." 코플랜드 박사가 말했다. "윌리엄을 만날 수 있을지."

"저도 일하러 가는 길에 들를 거예요. 하이보이도 일하러 보내야 하고요. 안 그러면 윌리 때문에 슬퍼서 아침 내내 거기 앉아 있을 거예요."

코플랜드 박사는 서둘러 옷을 입고 복도에서 기다리고 있는 포셔에게 갔다. 그들은 서늘하고 푸른 가을 아침 속으로 나갔다. 구치소의 간수들은 무례했고 아무것도 알아낼 수 없었다. 코플랜드 박사는 거래가 있던 변호사와 의논하러 갔다. 그 이후의 날들은 지루하고 걱정스러웠다. 3주가 끝날 무렵, 윌리엄은 재판을 받았고 치명적인 무기를 사용한 폭행죄로 아홉 달의 중노동형을 선고받고 주의 북쪽에 있는 감옥으로 이송되었다.

강력하고 진실한 목적은 여전히 그의 마음속에 있었지만, 생각할 겨를이 없었다. 코플랜드 박사는 집집마다 왕진을 다니며 끝도 없이 일했다. 이른 새벽에는 자동차를 운전하며 다녔고, 11시에는 환자들이 진료실로 왔다. 날카로운 가을 공기 속을 지나 집 안으로 들어가면 무겁고 텁텁한 냄새가 났고 그는 기침을 했다. 복도의 벤치에는 참을성 있게 그를 기다리는 흑인 환자들로 붐볐다. 현관 앞과 침실까지 가득 찰 때도 있었다. 그는 하루 종일 그리고 밤 깊도록 일해야 했다. 쌓이는 피로감 때문에 바닥에 누워 주먹으로 치며 울고 싶을 때도 있었다. 쉴 수만 있다면 그도 회복될 수 있을 것이었다. 그는 폐병을 앓고 있었다. 하루에 네 번 체온을 쟀고 한 달에 한 번 엑스레이를 찍었다. 그러나 쉴 수 없었다. 피곤보다 더 큰 일들이 있었다. 그 일은 강력하고 진실한 목적이었다.

때로는 종일, 그리고 밤까지 일한 뒤에도 그는 이 목적을 생각하곤 했다. 그러면 마음이 텅 비면서 어느 순간 그 목적이 무엇이었는지를 잊어버렸다. 다시 생각이 나면 조급해져 기꺼이 새로운 과제를 시작하고자 했다. 그러나 자꾸 입안에서 말이 중단되었다. 음성은 거칠어졌고 예전처럼 크지도 않았다. 그는 그 말들을 자기 인종, 흑인들의 병들고 참을성 있는 얼굴들을 향해 쏟아냈다.

그는 자주 싱어 씨에게 말했다. 그와 함께 화학과 우주의 신비에 대해 이야기했다. 극소수의 정자와 성숙한 난자의 분할에 대해, 복잡하고 무수한 세포분열에 대해, 살아 있는 것들의 신비와 죽음의 단순성에 대해, 그리고 인종에 대해서 이야기했다.

"우리 인종은 대평원에서, 어두운 푸른 정글에서 끌려왔습니다." 언젠가 그는 싱어 씨에게 말했다. "사슬에 묶여 해안으로 끌려오는 긴 시간 동안 수천 명이 죽었지요. 강한 자만이 살아남았습니다. 사슬에 묶인 채 이곳으로 끌려오는 더러운 배 안에서 또 사람들이 죽었습니다. 확고한 의지를 가진 강한 흑인들만 살아남았지요. 매를 맞고 사슬에 묶여 경매대 위에서 팔려 가는 자들 중 약한 자들은 또 죽었습니다. 마침내 혹독한 세월을 거치며 가장 강한 자들만 살아남아 이곳에 있습니다. 그들의 아들과 딸, 손자들과 증손자들이."

"뭘 좀 빌리려고 왔어요. 부탁도 드리고요." 포셔가 말했다.

그녀가 복도에 들어와 문 앞에 서서 말했을 때 코플랜드 박사는 혼자 부엌에 있었다. 윌리엄이 호송된 지 2주일이 지났다. 포셔는 변했다. 여느 때처럼 머리에 기름을 발라 빗지도 않았고, 두 눈은 독한 술을 마신 듯 충혈되어 있었다. 두 뺨은 움푹

들어갔고 슬픔에 잠긴 누런 얼굴 때문에 정말 제 엄마와 닮아 보였다.

"흰 고급 접시랑 컵 갖고 계시죠?"

"가져가서 그냥 쓰거라."

"아뇨, 빌려주세요. 그리고 부탁이 있어요."

"뭐든지 말해봐라." 코플랜드 박사가 말했다.

포셔는 식탁 맞은편 아버지 앞에 앉았다. "먼저 설명드릴게요. 어제 외할아버지에게서 연락이 왔어요. 외할아버지 식구들이 내일 와서 우리와 함께 하룻밤 자고 일요일도 잠깐 같이 보내겠다고 했어요. 모두들 무척 윌리 걱정을 해요. 그래서 외할아버지는 우리가 다 함께 있어야 한다고 생각해요. 할아버지가 옳아요. 전 친척들을 다시 보고 싶어요. 윌리가 떠난 뒤 너무 집 생각이 나요."

"접시들과 다른 것들도 필요하면 뭐든지 가져가거라." 코플랜드 박사가 말했다. "어깨를 좀 펴고, 얘야. 자세가 안 좋구나."

"진짜 가족 모임이 될 거예요. 할아버지가 여기로 와 주무시는 건 20년 만에 처음인 거 아시잖아요. 평생 집 밖에서 주무신 게 두 번이에요. 할아버지는 밤이면 불안해하세요. 어둠 속에서 일어나 물을 마시고 아이들이 제대로 이불을 덮고 자는지, 다 괜찮은지 확인해야 해요. 할아버지가 여기서 편안하실지 걱정이 되네요."

"여기서 필요한 건 뭐든지……."

"물론 리 잭슨이 가족들을 태우고 올 거예요." 포셔가 말했다. "리 잭슨을 타고 오니까 아마 하루 종일 걸릴걸요. 저녁 먹을 때까지 도착할 수 있을까 모르겠어요. 물론 할아버지는 리 잭슨에 대해 인내심이 많아요. 다그치지도 않으실 거예요."

"맙소사! 그 늙은 노새가 아직도 살아 있냐? 열여덟 살도 넘었겠구나."

"더 늙었어요. 할아버지는 그 노새와 20년을 함께 일했어요. 그래서 리 잭슨이 가족 같다고 늘 말씀하세요. 리 잭슨을 손자처럼 이해하고 사랑해요. 전 할아버지처럼 동물의 생각을 잘 아는 사람을 본 적이 없어요. 걷고 먹는 모든 것들에 대해서는 다 친밀하게 느끼시죠."

"노새를 20년이나 데리고 일하는 거, 굉장한 세월이다."

"정말 그래요. 이제 리 잭슨은 약해졌어요. 하지만 할아버지가 잘 돌보세요. 뜨거운 햇빛 아래서 밭을 맬 때면 리 잭슨은 머리에 큰 밀짚모자를 써요. 할아버지처럼 말예요. 귀에 닿는 부분에는 모자에 구멍을 뚫었죠. 노새 밀짚모자는 정말 웃겨요. 밭을 갈 때 리 잭슨은 모자를 쓰지 않으면 한 발자국도 안 움직여요."

코플랜드 박사는 선반에서 흰 자기 접시들을 꺼내 신문지에 싸기 시작했다. "필요한 음식을 준비할 냄비와 팬들도 충분하냐?"

"충분해요." 포셔가 말했다. "특별한 준비는 안 할 거예요. 할아버지는 생각이 깊으셔서 가족들이 저녁 식사 하러 올 때는 음식을 준비해 오세요. 저는 곡식이나 넉넉하게 준비하고, 양배추랑 맛있는 숭어 2파운드만 있으면 돼요."

"그게 좋겠구나."

포셔는 불안하게 노란 손가락들을 깍지 꼈다. "아버지께 말씀 안 드린 게 있어요. 놀랄 일이에요. 버디도 해밀턴과 같이 올 거예요. 모빌에서 막 돌아왔거든요. 지금은 농장 일을 돕고 있어요."

"카를 마르크스를 본 지 5년이 지났구나."

"그래서 부탁 좀 드리려고요. 아까 들어오면서 말씀드린 거 기억하시죠."

코플랜드 박사는 손가락 마디를 꺾었다. "그래."

"내일 가족 모임 자리에 아버지도 오셨으면 좋겠어요. 제가 그래서 왔어요. 아버지의 자식들이 윌리 빼고 다 모일 거예요. 아버지도 오셔야 해요. 아버지가 오시면 전 너무 기쁠 거예요."

해밀턴과 카를 마르크스와 포셔, 그리고 윌리엄. 코플랜드 박사는 안경을 벗고 손가락으로 눈꺼풀을 눌렀다. 잠깐 동안 그들 네 자녀의 오래전 모습을 분명하게 볼 수 있었다. 그는 고개를 들고 코 위의 안경을 바로잡았다. "고맙다." 그가 말했다. "가마."

그날 밤 그는 어두운 방 스토브 옆에 혼자 앉아 그의 어린 시절을 회상했다. 그의 어머니는 노예로 태어났고 노예해방 후에는 세탁부로 일했다. 아버지는 목사였고 존 브라운*과 교류하기도 했다. 부모님들은 그를 교육시켰다. 매주 버는 2달러, 3달러를 아껴 모았다. 그가 열아홉 살이 되었을 때 그들은 구두 속에 80달러를 숨겨 그를 북부로 보냈다. 그는 대장간에서 일했고 호텔에서 웨이터로 또 벨보이로 일했다. 계속해서 공부하며 책을 읽었고 학교에 다녔다. 아버지가 돌아가셨고 어

---

*급진적 노예해방 운동가. 백인으로 하퍼스페리의 연방정부 무기고를 급습, 반역죄로 교수형에 처해졌다. 이 사건은 남북전쟁의 도화선이 되었다.

머니는 그 후 오래 살지 못했다. 10년의 노력 끝에 그는 의사가 되었고, 소명을 깨닫자 다시 남부로 왔다.

그는 결혼했고 가정을 이루었다. 쉬지 않고 집집마다 왕진을 다녔고 소명과 진실을 말했다. 그의 인종이 겪는 절망적인 고통이 그의 내부에 광기를, 걷잡을 수 없는 파괴의 사악한 감정을 만들었다. 때로 독한 술을 마셨고 머리를 바닥에 찧었다. 가슴속에 야만적인 폭력이 쌓여 한번은 스토브 부지깽이로 아내를 내리쳤다. 아내는 해밀턴과 카를 마르크스, 윌리엄과 포셔를 데리고 친정으로 갔다. 그는 영혼 속에서 투쟁했고 사악한 어둠을 싸워 눌렀다. 그러나 데이지는 돌아오지 않았다. 8년 뒤 그녀가 죽었을 때 다 큰 아이들은 그에게 돌아오지 않았다. 늙은 그는 빈집에 혼자 남았다.

다음 날 오후 5시 정각, 그는 포셔와 하이보이가 살고 있는 집에 도착했다. 그들은 슈거 힐이라 불리는 지역의 베란다와 방 두 개로 된 좁은 오두막에서 살았다. 안에서 사람들의 목소리가 뒤섞여 들렸다. 코플랜드 박사는 경직된 채 낡은 모자를 손에 들고 입구에 서 있었다.

방에는 사람들이 많았고 처음에는 아무도 그를 알아보지 못했다. 그는 카를 마르크스와 해밀턴의 얼굴을 찾았다. 그들 외에도 할아버지와 함께 바닥에 두 사람이 앉아 있었다. 포셔가 입구에 서 있는 그를 알아보았다. 그는 여전히 아들들의 얼굴을 보고 서 있었다.

"아버지가 오셨어." 그녀가 말했다.

모두 조용해졌다. 할아버지는 의자에서 몸을 돌렸다. 그는 말랐고 허리가 굽었으며 주름투성이였다. 30년 전 딸의 결혼 식에서 입었던 그 초록빛 도는 검정 양복을 입고 있었다. 녹슨 황동 시곗줄도 조끼에 달고 있었다. 카를 마르크스와 해밀턴은 서로 보더니 바닥을 쳐다보고, 드디어 아버지를 보았다.

"베네딕트 메이디……." 노인이 말했다. "오랜만일세. 정말 오랜만이군."

"그렇지요?" 포셔가 말했다. "정말 오랜만에 여기서 처음으 로 가족 모임을 하게 되었네요. 하이보이, 부엌에서 의자 하나 가져다줘요. 아버지, 버디와 해밀턴이에요."

코플랜드 박사는 아들들과 악수했다. 둘 다 키가 크고 건장 했으며, 어색해했다. 파란 셔츠와 작업복 바지를 입은 그들의 피부색은 포셔와 똑같이 진한 갈색이었다. 그들은 아버지의 눈 을 보지 않았다. 그들의 얼굴에는 사랑도 미움도 없었다.

"다른 식구들도 오지 못한 건 유감이에요. 새러 이모와 짐과 나머지 가족들도." 하이보이가 말했다. "하지만 우리가 모였으 니 기쁜 일이지요."

"마차에 너무 많이 탔어요." 한 아이가 말했다. "마차가 꽉 차서 우리도 한참을 걸어야 했어요."

할아버지는 성냥개비로 귀를 파며 말했다. "집에 남아 있는 사람도 있어야지."

포셔는 초조하게 검고 얇은 입술을 핥았다. "전 우리 윌리를 생각해요. 파티나 모임을 즐기는 아이였는데. 윌리 생각이 떠 나질 않아요."

방 안에서는 그 말에 동의하며 중얼거리는 소리가 조용히 퍼졌다. 노인은 의자 뒤로 기대앉아 고개를 위아래로 흔들었다. "포셔, 좀 읽어다오. 어려운 때에는 하느님 말씀이 큰 위로가 되지."

포셔는 방 가운데 있는 탁자에서 성경을 집어 들었다. "할아버지, 어느 부분을 듣고 싶으세요?"

"모두 신성한 하느님의 책이잖니. 네 눈이 가는 대로 읽으려무나."

포셔는 루가 복음을 읽었다. 길고 지친 손가락으로 성경 구절을 짚어가며 천천히 읽었다. 방 안은 조용했다. 코플랜드 박사는 구석에 앉아 손마디를 꺾으며 이곳저곳을 둘러봤다. 방은 작았고 답답하고 후텁지근했다. 사방 벽에는 달력과 잡지에서 오린 싸구려 광고들이 잔뜩 붙어 있었다. 벽난로 선반의 꽃병에는 종이로 만든 붉은 장미들이 꽂혀 있었다. 난롯불이 천천히 탔고 석유램프의 흔들리는 빛이 벽 위에 그림자들을 만들었다. 포셔가 천천히 리듬을 넣어 읽자 코플랜드 박사는 졸음이 몰려왔다. 카를 마르크스는 아이들 옆에 누워 있었다. 해밀턴과 하이보이는 졸았다. 노인만이 성경 말씀의 뜻을 새기는 듯했다.

포셔는 한 장(章)을 다 읽고 성경책을 닫았다.

"이번 일에 대해 여러 번 깊이 생각했다." 할아버지가 말했다.

사람들이 졸음에서 깨어났다. "뭘요?" 포셔가 물었다.

"이렇게 말이다. 예수님이 죽은 사람을 일으키고 아픈 사람을 치료하는 대목 기억하지?"

"그럼요, 할아버님." 하이보이가 공손하게 말했다.

"밭을 갈거나 일을 하면서 나는 예수님이 다시 이 땅에 오는 시간에 대해 생각하고 그 이유를 따져봤단다." 할아버지는 천천히 말했다. "간절히 원하니까 내가 살아 있는 동안 그 일이 일어날 것 같구나. 난 곰곰 생각했지. 그리고 이것이 내 계획이란다. 나는 모든 자손들, 자녀들, 손자들, 증손자들, 친척들, 친구들과 함께 예수님 앞에 설 거다. 그리고 말할 거야. '예수님, 우리는 모두 슬픈 흑인들입니다.' 그러면 그분은 성스러운 손을 우리 머리에 얹을 것이고, 그 즉시 우리는 목화처럼 하얗게 변할 거다. 내 가슴속에 그 계획과 생각이 수백 번 있었다."

침묵이 방 안을 채웠다. 코플랜드 박사는 소매를 잡아당겼고 헛기침을 했다. 맥박이 빨라졌고 목이 조여왔다. 그는 방 한쪽 구석에 홀로 앉아 있었고 화가 났고 외로웠다.

"너희들 중에서 누구 하느님의 계시를 받은 적 있느냐?" 할아버지가 물었다.

"저요." 하이보이가 말했다. "폐렴에 걸렸을 때, 벽난로에서 절 쳐다보는 하느님의 얼굴을 보았어요. 흰 수염과 푸른 눈을 가진 큰 백인의 얼굴이었어요."

"전 유령을 봤어요." 어린 여자아이가 말했다.

"저도 한 번 봤는데……." 작은 소년이 말하기 시작했다.

할아버지는 손을 들었다. "아이들은 조용히 해라. 셀리아, 휘트먼, 너희들은 지금 말하는 대신 다른 사람의 말을 들어야 해. 이 할아버지는 한 번 진실한 계시를 받았다. 작년 여름이었고, 무더운 날이었지. 나는 돼지우리 옆에 있는 큰 참나무 그루터기를 파내려고 애쓰고 있었다. 허리를 구부리는데 갑자기 내 등이 찌르르 아파왔어. 그래서 몸을 일으켰는데 주위가 캄캄해진 거야. 두 손으로 등을 받치고 하늘을 올려다보는데, 갑자기 작은 천사가 보이더구나. 노란 머리에 흰 옷을 입은, 작고 하얀 소녀 천사였다. 완두콩 크기만 했어. 태양 주위를 날아다녔지. 난 집에 와서 기도했다. 그리고 사흘 동안 성경을 공부한 뒤에 다시 들에 나갔단다."

코플랜드 박사는 옛날에 느꼈던 위험한 분노를 감지했다. 말들이 두서없이 목으로 치솟았지만 밖으로 꺼낼 수는 없었다. 그들은 노인의 말을 듣고 이성의 말은 듣지 않을 것이다. 그들은 나와 같은 인종이다. 그는 스스로에게 말하려고 애썼다. 그러나 말을 할 수 없었으므로 이런 생각이 도움이 되지 못했다. 그는 긴장되어 침울하게 앉아 있었다.

"이상한 일이야." 할아버지가 문득 말했다. "베네딕트 메이디, 자네 훌륭한 의사지. 오랫동안 땅을 파고 씨를 뿌리고 나면 내 등이 왜 그리 아픈가? 어째서 고통이 날 괴롭히는가?"

"연세가 어떻게 되십니까?"

"일흔에서 여든 사이일걸세."

노인은 약과 치료를 좋아했다. 전에도 식구들과 데이지를 보러 올 때면 늘 진찰을 받고 식구들을 위해 약과 연고를 가져가곤 했었다. 그러나 데이지가 그를 떠나자 노인은 더 이상 오지 않았고 신문에서 광고하는 설사약과 신장약으로 만족해야만 했다. 지금 노인은 수줍은 듯 기대에 차서 그를 보았다.

"물을 많이 드시지요." 코플랜드 박사가 말했다. "그리고 충분히 쉬십시오."

포셔가 식사를 준비하러 부엌으로 들어갔다. 따뜻한 냄새가 나기 시작했다. 조용하게 이런저런 이야기들을 했다. 그러나 코플랜드 박사는 듣지도 말하지도 않았다. 이따금 카를 마르크스나 해밀턴을 바라보았다. 카를 마르크스는 조 루이스에 대해 말했다. 해밀턴은 주로 우박 때문에 곡식을 망친 것에 대해 말했다. 그들은 아버지와 눈이 마주치면 싱긋 웃고 발을 바닥에 비볐다. 그는 성이 나서 비참한 심정으로 계속 그들을 응시했다.

코플랜드 박사는 이를 꽉 물었다. 해밀턴과 카를 마르크스와 윌리엄과 포셔를 위해 참으로 많은 생각들을 했었다. 그들을 위한 참되고 진실한 목적에 대해 생각했었다. 그래서 지금 그들의 얼굴을 쳐다보니 시커먼 감정들이 끓어올랐다. 단 한 번만이라도 자식들에게 옛날부터 오늘 밤까지의 모든 일을 말할 수만 있다면. 그러면 가슴속의 날카로운 통증이 가라앉을 것이었다. 그러나 그들은 듣지 않을 것이고 이해하지도 않을 것이었다.

그는 점점 더 긴장되어 몸의 모든 근육이 뻣뻣해졌다. 주위의 아무것도 듣지 않았고 보지도 않았다. 눈멀고 귀먹은 것처럼 구석에 앉아 있었다. 곧 그들은 부엌 식탁으로 갔고 노인은 기도했다. 그러나 코플랜드 박사는 먹지 않았다. 하이보이가 술병을 꺼내 왔고 그들은 웃으며 병을 돌려가며 마셨지만, 그것도 거절했다. 그는 경직된 침묵 속에 앉아 있다가 모자를 집어 들고 인사도 없이 집을 떠났다. 길고 온전한 진실을 다 말할 수 없다면 다른 어떤 말도 나오지 않을 것이었다.

그는 긴장된 채 밤새도록 뜬눈으로 누워 있었다. 다음 날은 일요일이었다. 대여섯 집에 왕진을 한 뒤 아침나절에 싱어 씨의 방으로 갔다. 그를 방문하자 외로움이 가라앉았고 인사를 하고 방을 나올 때는 다시 한 번 평화로운 상태가 되었다.

그러나 이 평화는 그 집을 나오기도 전에 사라졌다. 사고가 생겼다. 층계를 내려오다가 큰 종이 봉지를 들고 올라오는 백인을 보았다. 박사는 서로 비껴갈 수 있도록 난간 쪽으로 바싹 붙어 섰지만 백인은 쳐다보지도 않고 층계를 두 계단씩 뛰어올랐다. 두 사람은 세게 부딪쳤고, 코플랜드 박사는 고통스러워 숨이 막힐 듯했다.

"맙소사! 당신을 못 봤소."

코플랜드 박사는 대답하지 않은 채 그를 자세히 봤다. 이 백인을 본 적이 있었다. 발육이 정지된 듯한 사나운 몸과 크고 어색해 보이는 두 손을 기억했다. 그는 돌연 의사로서의 호기심을 가지고 백인의 얼굴을 관찰했다. 그의 눈에서 이상하게 고착된, 움츠러든 광기의 표정을 보았기 때문이었다.

"미안하오." 백인이 말했다.

코플랜드 박사는 난간을 붙든 채 지나갔다.

4

"누구였소?" 제이크 블런트가 물었다. "방금 이 방에서 나온 키 크고 마른 흑인 말이오."

작은 방은 깔끔했다. 탁자 위에 놓인 자주색 포도가 담긴 그릇에 해가 비쳤다. 싱어는 주머니에 손을 넣고 의자 뒤로 기대 앉아 창밖을 보고 있었다.

"계단 위에서 부딪쳤는데 날 쳐다보더군. 그렇게 기분 나쁘게 보는 사람은 처음이었소."

제이크는 술이 든 봉지를 탁자 위에 놓았다. 자기가 방에 들어온 것을 싱어가 모른다는 사실에 깜짝 놀랐다. 그는 창가로 가서 싱어의 어깨를 건드렸다.

"일부러 그와 부딪친 게 아니오. 그런 식으로 쳐다볼 이유는 없었는데."

제이크는 몸을 떨었다. 태양이 밝았지만 방 안에는 한기가 돌았다. 싱어는 집게손가락을 들더니 복도로 나가서 석탄 그릇과 불쏘시개를 들고 왔다. 제이크는 그가 난로 앞에 무릎을 꿇고 앉는 것을 바라보았다. 싱어는 불쏘시개로 쓸 나뭇조각들을 무릎에 대고 부러뜨린 뒤 종이 받침 위에 가지런히 놓았다. 그리고 불붙이는 순서대로 석탄을 얹었다. 처음에는 불이 붙지 않았다. 불길은 약하게 흔들리다가 검은 연기에 가라앉았다. 싱어는 난로 쇠살대에 신문지 두 장을 덮었다. 그러자 바람이 통하며 불씨가 새로 일어났다. 방 안에 불길이 타오르는 소리가 퍼졌다. 종이가 불에 타며 안으로 잦아들었다. 오렌지색 불길이 난로를 가득 채웠다.

아침에 마시는 첫 맥주의 맛은 기분 좋고 부드러웠다. 제이크는 재빨리 맥주를 삼키고 손등으로 입을 닦았다.

"오래전에 알았던 여자가 있소이다." 그가 말했다. "당신을 보면 그 여자가 생각나. 미스 클라라. 텍사스에 작은 농장을 가지고 있었지. 프랄린*을 만들어 도시에 팔았어요. 키가 크고 몸집도 크고 인물도 좋았다오. 길고 헐렁한 스웨터를 입고 투박한 농부 신발을 신고 남자 모자를 썼었지. 그녀를 만났을 때는 남편이 죽은 후였어요. 하지만 내가 말하고 싶은 건 이거요. 그녀가 아니었으면 나는 아무것도 몰랐을 거라는 거. 수많은 다른 사람들처럼 나 역시 아무것도 모른 채 일생을 살았을 거라 이 말이오. 목사나 뜨내기 공장 노동자나 세일즈맨이 되었겠지. 내 인생이 전부 낭비되었을 거요."

제이크는 이상하다는 듯 고개를 저었다.

"사람을 이해하려면 그의 과거를 알아야 하지. 난 어렸을 때 개스토니아**에서 살았다오. 안짱다리에 땅꼬마였는데, 너무 작

*견과류를 설탕에 졸여 만든 과자.
**노스캐롤라이나 주 중남부의 도시.

아서 공장에서 일할 수도 없었다오. 볼링장에서 핀을 정리하면서 끼니를 해결했지. 그러다 거기서 멀지 않은 곳에서 영리하고 민첩한 아이가 담배를 말아 일당 30센트를 번다는 소리를 들었소. 거기 가서 하루에 30센트를 벌었지. 열 살 때였어. 난 무조건 식구들을 떠났소. 편지도 안 썼지. 그들은 내가 없어진 걸 좋아했어. 사정이 어땠는지는 이해할 거요. 게다가 내 누이 말고는 편지를 읽을 수 있는 사람도 없었으니까."

그는 얼굴에서 뭔가를 털어내듯 허공에서 손을 저었다. "내가 말하려는 건 이거요. 내 첫 번째 믿음이 예수였다는 거. 나와 같은 오두막에서 일하는 친구가 있었소. 그는 예배당을 세우고 매일 밤 설교를 했소. 나도 가서 설교를 듣고 신앙을 갖게 되었지. 마음이 종일 예수에게 가 있었소. 틈이 나면 성경을 공부하고 기도했소. 어느 날 밤 나는 망치를 들고 손을 탁자 위에 놓았소. 그때 나는 화가 나 있었는데 못을 끝까지 박아버린 거요. 내 손이 탁자 위에서 못질당한 거지. 쳐다보고 있자니 손가락들이 떨리면서 퍼렇게 변하더군."

제이크는 손바닥을 내밀고 그 가운데 있는 거칠고 허연 흉터를 가리켰다.

"난 복음전도사가 되고 싶었소. 설교하고 부흥회를 열면서 전국을 다니려 했단 말이오. 그러는 동안 이곳저곳을 다니다가 스무 살 무렵 텍사스에 갔지. 피칸 나무 과수원에서 일했는데 근처에 미스 클라라가 살았소. 난 그녀를 알게 되었고 밤이면 그 집에 가기도 했다오. 그녀는 나에게 말을 걸어주었어. 아시겠소? 모든 것을 한꺼번에 알기 시작한 건 아니라오. 누구에게든 어떤 일도 그런 식으로 일어나지는 않지. 점진적으로 일어나는 거라오. 난 읽기 시작했소. 한동안 일 안 하고 공부만 할수 있는 돈을 마련하려고 일을 했다오. 새로 태어나는 것 같았지. 우리같이 아는 사람만이 그게 무슨 뜻인지 이해할 수 있다오. 우리는 눈을 떴고 보았소. 우리는 저기 어딘가에서 온 사람들과 비슷하지."

싱어가 동의했다. 방은 아늑하고 편안했다. 싱어는 찬장에서 크래커와 과일과 치즈가 든 양철 상자를 꺼냈다. 오렌지를 집어 들고 해 속에서 투명해질 때까지 껍질을 천천히 벗겼다. 그리고 몇 조각으로 나눴다. 제이크는 한 번에 두 개씩 먹고 큰소리를 내며 씨를 불 속에 뱉었다. 싱어는 자기 몫을 천천히 먹었고 씨를 손바닥에 깔끔하게 모았다. 그들은 맥주 두 병을 더땄다.

"이 나라에 몇 명이나 사는지 아시오? 1만 명? 2만 명? 훨씬 더 많을걸. 난 여러 곳을 다녀봤지만 우리처럼 진실을 아는 사람들은 몇 명 못 봤소. 그래도 어느 한 사람, 진실을 안다고 칩시다. 그는 세상을 있는 그대로 보고 수천 년을 되돌아보며 모든 것이 어떻게 시작되었는지 본다오. 자본과 권력이 서서히 손잡는 걸 주시하고 오늘날 그 정점을 보게 되는 거요. 미국이라는 정신병원을 본 거지. 인간이 살기 위해 어떻게 형제들을 약탈하는지 보고, 아이들이 굶주리는 것을, 먹고살기 위해 여자들이 일주일에 60시간 일하는 것을 본단 말이오. 일자리 없는 무수한 사람들을, 수억 원의 돈과 수만 마일의 땅이 낭비되는 것을 본단 말이오. 전쟁이 시작되는 것도 보고. 사람들이 고통을 받으면 어떻게 야비하고 추악해지는지, 사람들 속의 무엇이 죽어버리는지 보게 되는 거요. 하지만 가장 중요한 것은 세

상의 모든 시스템이 거짓 위에 세워졌음을 보게 되는 거요. 빛
나는 태양처럼 명백한 이 사실을, 모르는 자들은 알 수가 없어.
거짓말과 너무 오래 살아왔기 때문에."

분노한 제이크의 이마에 붉은 힘줄이 부풀어 올랐다. 그는
석탄 통을 움켜쥐더니 석탄 뭉치를 불 속으로 던졌다. 마비된
발을 너무 세게 굴러 바닥이 흔들렸다.

"난 이 동네를 전부 다녀봤어. 사방으로 걸어 다니지. 그리
고 말을 해. 사람들에게 설명하려고 애를 쓴다고. 하지만 무슨
소용이 있지? 빌어먹을!"

그는 불 속을 응시했다. 술로 흥분된 열기에 얼굴색이 붉어
졌고, 나른하게 발과 다리가 저려왔다. 그는 졸았고 초록과 파
랑, 불타는 노랑 불을 보았다. "당신이 진실을 아는 유일한 사
람이야." 그가 꿈꾸듯 말했다. "오직 한 사람."

그는 더 이상 이곳의 낯선 사람이 아니었다. 이제 거리마다
골목마다, 사방에 들어선 빈민가의 울타리를 알고 있었다. 그
는 여전히 서니 딕시 쇼에서 일했다. 가을 내내 쇼 단은 변두리
공터를 찾아 이동하면서 마침내는 소도시 한 바퀴를 다 돌았
다. 장소는 달라져도 주위 환경은 언제나 같았다. 쓰러져가는
움막집들이 모여 있는 동네의 공터. 근처에는 제재소, 조면(繰
綿) 공장 또는 병에 술을 채우는 공장이 있었다. 구경하는 사람
들도 대부분 공장 노동자들과 검둥이들이었다. 쇼는 저녁이면
색색의 불빛으로 번쩍거렸다. 나무로 만든 회전목마는 기계 음
악에 맞추어 빙빙 돌았다. 그네는 경중거렸고 동전 던지기 놀
이 근처는 늘 붐볐다. 임시 점포 두 개에서는 음료수와 벌건 갈
색 햄버거, 솜사탕을 팔았다.

그는 기술자로 고용되었지만 책임 영역은 점점 넓어졌다. 거칠게 호통을 치는 그의 목소리는 소음 속에서도 들렸다. 쉬지 않고 쇼 장을 누비는 그의 이마에는 땀이 솟았고 콧수염은 대개 맥주에 젖어 있었다. 토요일이면 질서 유지가 그의 임무였다. 그의 땅딸하고 단단한 몸은 거친 에너지를 내뿜으며 사람들을 밀치고 다녔다. 그의 몸 전체가 발산하는 폭력이 오직 눈에서만 보이지 않았다. 잔뜩 찡그린 이마 아래에서 주변을 널리 응시하는 그의 눈은 의기소침하고 산만했다.

그는 자정에서 새벽 1시 사이에 집에 왔다. 방 네 개짜리 집이었고 일인당 방세는 1달러 50센트였다. 집 뒤에는 화장실이 있었고 입구 계단에 수도가 있었다. 그의 방 벽과 마루에서는 습하고 역한 냄새가 났고 지저분한 싸구려 레이스 커튼이 창에 걸려 있었다. 그는 좋은 양복은 가방에 넣고 작업복만 벽의 못에 걸어 두었다. 방에는 온기도 전기도 없었다. 그러나 창밖의 가로등이 방으로 창백하고 푸르스름한 빛을 반사하고 있었다. 그는 독서할 때를 제외하고는 절대로 침대 옆 석유램프를 켜지 않았다. 추운 방에서 타는 역겨운 석유 냄새가 싫었기 때문이다.

집에 있을 때면 그는 쉬지 않고 방 안을 서성거렸다. 흐트러진 침대 옆에 앉아 부러지고 더러운 손톱 끝을 사납게 물어뜯었다. 입안에서는 진하고 역겨운 탁한 냄새가 났다. 외로움이 너무 깊어 그는 공포에 질렸다. 대개 그는 밀주를 한 병씩 마셨다. 물에 타지 않은 독주를 마셨고 새벽이 오면 따뜻해지면서 긴장이 풀렸다. 새벽 5시면 공장에서 첫 근무조의 작업 시간을 알리는 호각 소리가 울렸다. 길 잃은 기괴한 메아리처럼 울리는 그 소리가 들린 후에야 그는 잠들 수 있었다.

그러나 그는 보통 집에 있지 않았다. 좁고 텅 빈 거리로 나갔다. 어두운 첫 새벽 하늘은 검었고 별들은 강렬하게 빛났다. 때로는 공장들이 가동되고 있었다. 노란 불빛이 나오는 건물에서는 기계 돌아가는 소리가 들렸다. 그는 정문에서 교대 시간이 되어 나오는 노동자들을 기다렸다. 스웨터와 날염 원피스를 입은 젊은 여자들이 어두운 거리로 나왔다. 남자들은 저녁 식사 도시락 통을 들고 나왔다. 어떤 이들은 집에 가기 전에 늘 코카콜라나 커피를 마시러 전차 카페로 들어갔다. 제이크도 그들과 함께 갔다. 남자들은 시끄러운 공장 안에서는 말소리들을 잘 들을 수 있었지만 처음 밖에 나와서는 귀먹은 상태가 되었다.

　전차 카페에서 제이크는 위스키를 탄 코카콜라를 마셨다. 그는 말을 했다. 겨울 새벽은 하얗게 자욱했고 추웠다. 술 취한 그는 절박하게 남자들의 경직되고 노란 얼굴들을 들여다보았다. 흔히 그는 조롱당했으며 그럴 때면 땅딸막한 몸을 곧게 펴고 음절이 긴 단어들을 써가며 경멸하듯 말했다. 술잔에 담갔던 새끼손가락을 꺼내 거만하게 콧수염을 꼬았다. 그래도 조롱당하면 싸우기도 했다. 커다란 갈색 주먹을 미친 듯 휘두르며 큰 소리로 흐느꼈다.

　그런 아침을 보내고 나면 그는 긴장이 풀려 쇼 장으로 왔다. 사람들 속을 밀치고 다니는 것은 그를 편안하게 했다. 소음과 고약한 냄새들이, 어깨에 부대끼는 인간의 몸뚱이들이 괴로운 신경을 가라앉혔다.

　소도시의 엄법* 때문에 일요일에는 쇼가 없었다. 그는 일요

*일요일에 오락이나 유흥을 금하는, 18세기에 정해진 청교도적인 법률.

일이면 아침 일찍 일어나 가방에서 저지 양복을 꺼내 입고 중앙로의 뉴욕 카페에서 맥주 한 팩을 사 들고 싱어의 방으로 갔다. 그는 이곳에서 많은 사람들의 얼굴과 이름을 알게 되었지만 벙어리가 유일한 친구였다. 그들은 조용한 방에서 한가하게 맥주를 마셨다. 그는 말을 했다. 그 말들은 길거리나 방 안에서 혼자 보낸 어두운 아침들 속에서 저절로 생겨난 것들이었다. 그런 말들이 편안하게 그의 입에서 흘러나왔다.

난롯불이 사그라졌다. 싱어는 탁자 옆에 혼자 앉아 체스를 두고 있었다. 자고 있던 제이크가 불안하게 떨며 깨어나더니, 머리를 들고 싱어 쪽으로 몸을 돌렸다. "그래요." 돌연한 질문에 대답하듯 그는 말했다. "우리 중에는 공산주의자도 몇 명 있소. 하지만 전부는 아니지. 나로 말하자면, 공산당원은 아니오. 처음부터 아는 공산당원이라고는 한 사람뿐이었소. 몇 년을 돌아다녀도 공산주의자는 만나지 못했지. 공산당에 가입할 사무실도 이 근처에는 없어요. 있는지 모르지만 들어본 적이 없어. 그러니 무작정 뉴욕으로 가서 가입할 수도 없는 노릇이고. 말했듯이, 내가 아는 공산당원은 한 사람뿐이었소. 어딘가 좀 구린 금주론자였는데 숨 쉴 때마다 입 냄새가 났지. 우린 싸웠소. 그래서 내가 공산주의자들에 반대하는 건 아니고. 문제는 내가 스탈린과 러시아를 하찮게 생각한다는 거요. 난 국가와 정부를 증오해요. 그렇다 해도 공산당에 가입부터 해야 할지는 모르겠소. 이도 저도 확신이 없어요. 당신은 어떻게 생각하오?"

싱어는 이마를 찡그리며 생각했다. 은색 연필을 집더니 종이에 모르겠다고 썼다.

"하지만 이런 거라오. 진실을 알고 나면 그것으로 만족할 수 없고, 행동을 해야 하지. 어떤 이들은 미쳐버리기도 한다오. 할 일은 너무 많은데 무엇부터 시작할지 몰라서 미치는 거지. 나도 그랬다오. 돌이켜보면 난 합리적이지 못한 일들을 했어. 한 번은 조직을 만들기 시작했는데, 스무 명의 뜨내기 노동자들을 뽑아서 그들이 드디어 '안다고' 생각될 때까지 그들에게 이야기를 했소. 우리의 좌우명은 단 하나, 행동이었지. 허! 폭동을 일으킬 작정이었으니까. 큰 소요를 일으키는 것 말이오. 궁극적인 목표는 자유, 정의로운 인간 영혼에 의해서만 가능한 진정한 자유, 위대한 자유였지. 우리들의 좌우명 '행동'은 자본주의를 파괴하는 것이었소. 법령에는(내가 직접 만든 것이었소) 과업이 완성되자마자 좌우명을 '행동'에서 '자유'로 바꾼다는 내용이 있었다오."

제이크는 성냥 끝을 뾰족하게 한 뒤 아픈 충치를 쑤셨다. 그러고는 잠시 후 이야기를 계속했다.

"법령이 성문화되고 최초의 동조자들이 확보되자, 나는 지부 단체를 구성하려고 히치하이킹을 해가며 순회에 나섰소. 석 달 만에 돌아왔는데, 내가 뭘 발견했는지 아시오? 최초의 영웅적 행동이 무엇이었을까? 정당한 분노가 계획된 행동을 앞질러서 나 없이도 앞서 나갔을까? 파괴, 살인, 혁명을 저질렀을까?"

제이크는 의자 앞으로 몸을 숙였다. 잠시 후 그는 음울하게 말했다.

"친구여, 그들은 기금에서 57달러 30센트를 빼내 단체로 모자를 사고 토요일의 공짜 저녁 식사를 즐겼소. 회의용 탁자에 둘러앉아, 단체 모자를 쓰고 햄과 술병을 코앞에 두고는 뼈를

뜯고 있었단 말이오."

싱어가 희미하게 미소 짓자 제이크는 웃음을 터뜨렸다. 잠시 후 싱어의 미소가 굳어지더니 사라졌다. 제이크는 여전히 웃어댔다. 이마 힘줄이 부풀어 올랐고 얼굴은 거무스레한 붉은색을 띠었다. 그는 너무 오래 웃었다.

싱어는 벽시계를 올려다보며 시간을 알렸다. 12시 30분이었다. 그는 벽난로 선반에서 손목시계와 은색 연필과 메모지와 담배와 성냥을 집어 주머니 속에 나누어 넣었다. 점심시간이었다.

그러나 제이크는 여전히 웃고 있었다. 웃음소리에는 광기가 있었다. 그는 주머니 속 동전들을 절렁거리며 방 안을 서성거렸다. 길고 힘센 두 팔이 어색하게 흔들렸다. 그는 먹고 싶은 것들을 나열하기 시작했다. 음식 이름을 말할 때 그의 얼굴은 활기에 넘쳤다. 한마디 할 때마다 게걸스러운 짐승처럼 윗입술을 쳐들었다.

"그레이비소스를 끼얹은 로스트비프. 밥. 양배추와 부드러운 빵. 큼직한 애플파이 한 조각. 배고파 죽겠어요. 아, 조니, 양키들이 오는 소리가 들려.* 음식 얘기를 하다 보니 생각났는데, 내가 클라크 패터슨 씨에 대해 말했던가? 서니 딕시 쇼의 주인, 그 신사 말이오. 너무 뚱뚱해서 20년 동안이나 자기 성기를 못 봤대요. 종일 트레일러에 앉아 혼자 하는 카드놀이를 하고 마리화나를 피우지. 근처 싸구려 식당에서 식사를 시켜 먹고 매일 아침……."

싱어가 방을 나갈 때 제이크는 뒤로 물러섰다. 벙어리와 문

---

*1, 2차 세계대전에 참전하는 미군들의 애국정신을 고취하기 위한 노래의 일부.

간을 나설 때는 늘 뒤로 빠졌다. 언제나 싱어가 앞서기를 바랐고 그 뒤를 따랐다. 그들이 층계를 내려갈 때도 제이크는 불안하게 계속 말을 쏟아냈다. 그는 갈색 눈을 크게 뜨고 싱어의 얼굴을 응시했다.

오후는 부드럽고 따뜻했다. 그들은 방에 머물렀다. 제이크는 돌아올 때 위스키 한 병을 들고 왔다. 그는 침대 발치에 말없이 우울하게 앉아, 이따금씩 바닥에 놓인 술병을 들어 잔을 채웠다. 싱어는 창가 탁자에서 체스를 두고 있었다. 제이크의 긴장이 약간 풀어졌다. 그는 친구가 체스를 두는 것을 바라보며 온화하고 조용한 오후가 저녁 어둠과 섞이는 것을 느꼈다. 난롯불이 벽 위에 어둡고 소리 없는 물결 모양을 만들어냈다.

밤이 되자 그는 다시 긴장했다. 싱어는 체스 판을 치웠고 그들은 마주 앉았다. 제이크의 입술은 초조하고 거칠게 떨렸고 그는 진정하려고 술을 마셨다. 불안과 욕망의 후유증이 그를 덮쳤다. 위스키를 마셔대며 다시 싱어에게 말하기 시작했다. 말들이 안에서 흘러넘쳐 입으로 쏟아져 나왔다. 그는 창가에서 침대로, 다시 창가로 계속 서성댔다. 드디어 부풀어 오른 말들이 형태를 갖추자, 취중에도 강조해가며 벙어리에게 말했다.

"그들이 우리에게 한 짓들이란! 그들은 진실을 거짓으로 바꿨어. 이상을 더럽히고 사악하게 만들었지. 예수에게 한 짓을 봐. 예수는 우리와 같았어. 진리를 알았다고. 부자가 하늘나라에 가기란 낙타가 바늘구멍 통과하는 것보다 어렵다고 그가 말했을 때, 그건 진심이었어. 하지만 지난 2천 년 동안 교회가 예수에게 무슨 짓을 했는지 보라고. 그를 어떤 꼴로 만들었는지. 그가 한 말들을 자신들의 사악한 목적을 위해 변질시켰지. 예수가 오늘날 살아 있다면 누명을 쓰고 감옥에 가 있을 거야. 예수는 진정으로 알고 있는 사람이었어. 나와 예수는 탁자에 마주 앉아 서로를 알아볼 테지. 상대방이 진리를 아는 사람인 것을. 나와 예수와 카를 마르크스는 한 탁자에 앉아서…….

우리 자유에 무슨 일이 일어났는지 보라고. 독립전쟁에서 싸운 남자들은 DAR*의 부인네들만도 못하게 되었지. 내가 향수 뿌린 배불뚝이 발바리보다 못한 것처럼 말이야. 그들에게 자유란 말 그대로를 의미했어. 그들은 진정한 혁명을 위해 싸웠지. 누구나 자유롭고 평등한 이 나라를 만들기 위해서. 허! 그건 창조주 앞에서 모든 사람들이 평등하며, 평등한 기회를 갖는다는 것을 뜻해. 20퍼센트의 사람들이 잘살기 위해 80퍼센트의 재산을 강탈하는 것을 뜻하지는 않았어. 한 명의 부자가 더 부자가 되기 위해 만 명의 가난한 사람들을 착취하는 것을 뜻하지 않았다고. 폭군들이 멋대로 이 나라를 곤경에 빠뜨려 무수한 사람들이 입에 풀칠이나 하면서, 싸구려 집에서 자기 위해 속이고 거짓말하고 오른팔이라도 자르게 만드는 걸 뜻하지는 않았다고. 그자들은 자유라는 말을 불경스럽게 만들었어. 당신, 내 말 듣고 있어? 그들은 자유를 스컹크처럼 악취 나게 만들었다고. 자유라는 말을 알고 있는 우리 모든 사람들에게 말이야."

제이크의 이마 위 힘줄이 사납게 펄떡거렸고, 입이 경련을 일으키며 실룩거렸다. 싱어는 놀라 똑바로 앉았다. 제이크는 다시 말하려 했으나 말이 나오지 않았다. 그는 몸서리를 쳤다.

*'미국 혁명의 딸들(Daughters of American Revolution)'의 약자. 독립전쟁 유공자들의 후손으로 이루어진 비영리 여성단체.

의자에 앉아 손가락으로 떨리는 입술을 눌렀다. 그리고 쉰 소리로 말했다.

"이런 거요, 싱어. 미치는 건 안 좋아. 우리가 할 수 있는 건 좋은 게 하나도 없어. 내 보기엔 그런 것 같아. 우리가 할 수 있는 건 사방으로 다니며 진실을 말하는 거요. 무지한 자들이 진실을 알게 되는 순간 더 이상 싸울 필요가 없어질 테니까. 우리가 할 수 있는 일이란 단지 모르는 자들이 알도록 만드는 거라고. 그것만이 필요해. 하지만 어떻게? 허?"

불빛 그림자가 벽 위에서 흔들거렸다. 어두운, 그림자 같은 파도가 점점 높아지며 방 안이 움직이기 시작했다. 방은 떠올랐다가 내려가며 균형을 잃었다. 제이크는 파도 같은 흔들림으로 혼자 천천히 어두운 대양 속으로 가라앉는 것을 느꼈다. 속수무책이었다. 공포에 차서 눈에 힘을 주었지만 눈앞엔 탐욕스럽게 자신을 덮치는 주홍빛 검은 파도뿐이었다. 그러다가 드디어 찾고 있던 것을 알아보았다. 벙어리의 얼굴은 희미했고 매우 멀리 있었다. 제이크는 눈을 감았다.

다음 날 아침 그는 늦게 잠에서 깼다. 싱어는 몇 시간 전에 나가고 없었다. 탁자 위에는 빵, 치즈, 오렌지 한 개, 커피포트가 있었다. 아침을 먹고 나니 일하러 갈 시간이었다. 그는 고개를 숙이고 숙소로 우울하게 걸어갔다. 살고 있는 동네에 왔을 때 연기에 그을린 벽돌 창고와 맞닿은 좁은 골목이 나왔다. 건물 벽에 적혀 있는 어떤 것이 이상하게 그의 신경을 건드렸다. 그는 계속 걷다가 돌연 긴장했다. 벽에는 빨간 분필로 굵고 괴상한 글씨가 적혀 있었다.

너희는 힘 있는 자들의 살을 먹고 지상 왕자들의 피를 마실 지어다.

그는 두 번 읽고 불안하게 골목을 둘러봤다. 아무도 없었다. 잠깐 망설이다가 주머니에서 두꺼운 빨간 색연필을 꺼내 그 아래 조심스럽게 썼다.

이 글을 쓴 사람 내일 정오에 여기서 만납시다. 11월 29일 수요일, 아니면 그다음 날.

다음 날 12시, 제이크는 벽 앞에서 기다렸다. 이따금 초조하게 모퉁이로 가서 주위를 살피기도 했다. 아무도 오지 않았다. 한 시간 후에 그는 쇼 때문에 떠나야 했다.

다음 날도 역시 기다렸다.

그러다가 금요일, 우울한 겨울비가 오랫동안 내렸다. 벽이 비에 젖으면서 글자에 줄이 져 읽을 수 없게 되었다. 회색의 차갑고 쓸쓸한 비가 줄기차게 내렸다.

5

"믹 누나." 버버가 말했다. "우리 모두 물속에 가라앉겠어."

과연 비는 절대로 그칠 것 같지 않았다. 웰스 부인이 아이들을 차로 등하교시켰고 매일 오후 그들은 베란다나 집 안에 있어야 했다. 믹과 버버는 파치지 게임*이나 도둑잡기 카드놀이를 하거나 거실 깔개 위에서 구슬치기를 했다. 크리스마스가 가까워졌고 버버는 아기 예수에 대해, 산타에게 받고 싶은 빨간 자전거에 대해 말하기 시작했다. 유리창에 내리는 비는 은색이었고 하늘은 축축하고 차가운 회색이었다. 강물이 너무 불어나서 어떤 공장 노동자들은 집을 떠나 피신해야 했다. 비는 언제까지고 내릴 것 같더니 갑자기 멈췄다. 어느 날 잠에서 깨니 눈부신 태양이 빛나고 있었다. 오후가 되자 여름처럼 더워졌다. 믹은 학교에서 늦게 왔고 버버와 랠프와 스페어립스는 집 앞 길에 나와 있었다. 아이들은 덥고 지저분해 보였고 입고

*고대 인도에서 유래한 게임을 보드게임으로 만든 것.

있는 겨울옷에서는 쉰내가 났다. 버버는 고무 새총을 메고 있었고, 주머니에는 돌멩이가 잔뜩 들어 있었다. 랠프는 손수레에 앉아 모자를 삐딱하게 쓴 채 칭얼거리고 있었다. 스페어립스는 새 라이플총을 들고 있었다. 하늘은 눈부시게 파랬다.

"오래 기다렸단 말이야." 버버가 말했다. "누나 어디 갔었어?"

믹은 집 앞 계단을 세 개씩 뛰어올라 스웨터를 모자걸이에 던졌다. "체육관에서 피아노 연습했어."

매일 오후 방과 후 한 시간씩 믹은 피아노 연습을 했다. 체육관은 여학생 팀이 농구 시합을 하고 있어서 혼잡하고 시끄러웠다. 오늘은 두 번이나 머리에 공을 맞았다. 그러나 피아노를 칠 수 있으니 어떤 일도 참을 만했다. 믹은 원하는 소리가 나올 때까지 계속 건반을 눌렀다. 생각보다 쉬웠다. 처음 두세 시간이 지난 뒤에는 오른손이 연주하는 곡에 맞추어 반주를 칠 수도 있었다. 그리고 이제 어떤 곡이든 칠 수 있었다. 새 곡을 만들 수도 있었다. 그건 모방만 하는 것보다 좋았다. 손가락이 아름다운 새 곡을 찾아 나설 때의 기분은 최고였다.

믹은 작곡된 악보 읽는 법을 배우고 싶었다. 들로레스 브라운은 5년 동안 음악 레슨을 받고 있었다. 믹은 들로레스에게 레슨을 받기 위해 일주일에 50센트를 냈다. 점심 값이었다. 그래서 믹은 종일 배가 고팠다. 들로레스는 빠르고 매끄러운 곡들을 연주했지만 믹이 알고 싶은 질문에는 대답할 줄 몰랐다. 다른 음계, 장조와 단조, 음표의 길이와 같은 기본적인 규칙들을 가르쳐줄 뿐이었다.

믹은 부엌 스토브 문을 쾅 닫았다. "먹을 게 이게 다야?"

"믹, 내가 할 수 있는 건 그게 다야." 포셔가 말했다.

옥수수빵과 마가린뿐이었다. 믹은 물을 마셔가며 음식을 삼켰다.

"허겁지겁 먹지 마. 아무도 뺏어 먹지 않을 테니까."

아이들은 아직도 집 앞에 모여 있었다. 버버는 고무 새총을 주머니에 넣고 라이플총을 가지고 놀았다. 스페어립스는 열 살이었는데 이 총은 한 달 전에 죽은 그의 아버지 것이었다. 작은 아이들도 모두 라이플총을 만지작거리기를 좋아했다. 버버는 틈만 나면 라이플총을 어깨에 둘러멨다. 겨냥을 하고는 '빵' 하고 큰 소리를 내기도 했다.

"방아쇠 가지고 장난하지 마." 스페어립스가 말했다. "총알이 들어 있단 말이야."

믹은 옥수수빵을 다 먹고 주위를 둘러보았다. 해리 미노비츠가 신문을 들고 자기 집 난간에 앉아 있었다. 반가웠다. 장난을 치려고 팔을 휙 올리며 그에게 외쳤다. "히틀러 만세!"

그러나 해리는 농담으로 듣지 않았다. 현관으로 가더니 문을 닫았다. 그는 쉽게 상처를 받았다. 최근에 믹과 해리는 좋은 친구였는데, 미안했다. 둘은 아이였을 때 늘 같이 놀았지만, 지난 3년 동안 믹이 중학생일 때 그는 직업학교에 다녔다. 또 그는 시간제로 일도 했다. 그는 갑자기 컸고 더 이상 뒷마당에서 애들과 놀지 않았다. 때로 그가 침실에서 신문을 읽거나 늦은 밤 옷을 벗는 것을 볼 수 있었다. 그는 직업학교에서 수학과 역사에 제일 뛰어났다. 이제 믹도 직업학교에 다니므로 그들은 하굣길에 만나면 함께 집으로 왔다. 같은 정비 수업을 들었으며 선생님은 두 사람을 파트너로 정해주기도 했다. 그는 독서를 했고 매일 신문을 빠지지 않고 읽었다. 세계정세는 늘 그의 관심거리였다. 그는 천천히 말했고 심각해지면 이마에 땀이 솟았다. 그런데 지금 믹이 그를 성나게 한 것이다.

"해리가 아직도 금 조각을 가지고 있는지 궁금해." 스페어립스가 말했다.

"무슨 금 조각?"

"유대인들은 남자애가 태어나면 아기를 위해 은행에 금 조각을 저금한대. 유대인들은 그렇게 한다는데?"

"됐네. 너 잘못 알고 있어." 믹이 말했다. "그건 천주교인들이야. 천주교인들은 사내아이가 태어나면 아이를 위해 권총을 사. 그들은 언젠가 전쟁을 일으켜 사람들을 다 죽일 작정이거든."

"수녀들을 보면 난 이상해져." 스페어립스가 말했다. "수녀를 길에서 보면 겁이 나."

믹은 계단에 앉아 머리를 무릎에 얹었다. 그러고는 내면의 방으로 들어갔다. 믹에게는 두 개의 공간이 있는 것 같았다. 내면의 방과 외부의 방. 학교와 가족과 일상적인 일들은 외부의 방에 속했다. 싱어 씨는 양쪽 방에 다 있었다. 외국과 자신의 계획들과 음악은 내면의 방에 있었다. 소녀가 찾고자 하는 음악이 이곳에 있었다. 그리고 그 교향곡도. 내면의 방에 혼자 있으면 파티가 끝난 밤에 들었던 그 음악이 다시 생각났다. 마음속에서 이 교향곡은 커다란 꽃처럼 천천히 자랐다. 한낮의 어느 순간 또는 아침에 막 깨었을 때, 그 교향곡의 새로운 부분이 갑자기 떠오르곤 했다. 믹은 내면의 방으로 들어가 몇 번이고 그 음악에 귀를 기울였고 이것을 원래 기억하고 있던 다른 부분과 연결시키려 애썼다. 내면의 방은 대단히 비밀스러운 장소였다. 사람들이 북적이는 집 안에 있으면서도 혼자 있는 것처럼 느낄 수 있었다.

스페어립스가 지저분한 손을 들어 믹의 눈에 댔다. 믹이 다른 공간을 응시하고 있기 때문이었다. 믹은 그를 때렸다.

"수녀가 뭐야?" 버버가 물었다.

"천주교 여자야." 스페어립스가 말했다. "머리까지 덮는 크고 검은 옷을 입은, 천주교 숙녀."

믹은 아이들과 어울리는 것에 싫증이 났다. 도서관에 가서 《내셔널 지오그래픽》에 실린 그림들을 볼 것이었다. 낯선 세상의 사진들. 파리, 프랑스. 커다란 빙하들. 아프리카에 있는 야생 정글들.

"너희들, 랠프 잘 봐. 길 밖으로 나가지 않게 하고." 믹이 말했다.

버버는 큰 라이플총을 어깨에 멨다. "이야기책 빌려 와."

버버는 마치 태어날 때부터 글자를 아는 것 같았다. 이제 겨우 2학년인데 혼자 책 읽는 것을 좋아했다. 절대로 다른 사람에게 읽어달라고 하지 않았다. "어떤 거 읽고 싶어?"

"먹을 거 나오는 이야기들로 골라 와. 독일 애들이 숲에서 맛있는 과자로 만든 집에 가서 마녀를 만나는, 그런 이야기들. 난 먹을 거 나오는 이야기가 좋아."

"그런 이야기를 찾아볼게." 믹이 말했다.

"그런데 과자는 싫증 나." 버버가 말했다. "바비큐 샌드위치가 나오는 이야기가 있는지 찾아봐. 없으면 카우보이 이야기도 좋아."

믹은 가려다 말고 문득 멈춰서 어딘가를 쳐다보았다. 아이들도 그곳을 보았다. 모두 움직이지 않고 베이비 윌슨이 길 건너 자기 집 계단을 내려오는 것을 보았다.

"베이비 귀엽다!" 버버가 작게 말했다.

몇 주 비가 내린 뒤 갑자기 해가 나면서 덥기 때문이었을 것이다. 이런 날 오후에는 아이들의 칙칙한 겨울옷들이 구질구질해 보이기 때문이었을 것이다. 어쨌건 베이비는 영화에 나오는 요정 같았다. 그 아이는 작년 발표회 때 입었던 옷을 입고 있었다. 짧고 빳빳한 얇은 망사로 된 분홍 치마. 몸에 꼭 맞는 분홍 블라우스, 분홍 무용화, 심지어는 작은 분홍 지갑까지. 머리가 노란 그 아이는 전부 분홍색, 흰색, 황금색이었다. 너무 작고 깨끗해서 바라보는 마음이 아플 지경이었다. 아이는 귀여운 모습으로 길을 건너오고 있었지만, 아이들 쪽을 쳐다보지는 않았다.

"이리 와봐." 버버가 말했다. "분홍 지갑 좀 구경하자."

베이비는 아이들에겐 말하지 않기로 마음먹고서 고개를 한쪽으로 갸우뚱거리며 길가를 따라 지나갔다.

차도와 보도 사이에 풀밭이 있었고 베이비는 거기 잠깐 가만히 서 있더니 땅을 짚고 재주넘기를 했다.

"신경 쓰지 마." 스페어립스가 말했다. "쟤 맨날 뽐내잖아. 지금 과자 얻으러 브래넌 씨의 카페에 가는 길일걸. 쟤 이모부야. 과자를 공짜로 얻어."

버버는 라이플총 끝을 땅 위에 세웠다. 큰 총은 버버에게 너무 무거웠다. 베이비가 걸어가는 것을 보며 그는 자신의 헝클어진 앞머리를 계속 당겼다. "정말로 귀엽네, 작은 분홍 지갑." 버버가 말했다.

"저 애 엄마는 쟤가 재주가 많다고 늘 말해." 스페어립스가 말했다. "베이비를 영화에 출연시킬 생각이거든."

《내셔널 지오그래픽》을 보러 가기에는 너무 늦었다. 저녁 식사는 거의 준비되었다. 랠프가 칭얼거려 손수레에서 내려놓았다. 12월이었고 버버 또래의 아이에게 여름이 지난 것은 오래전 일이었다. 지난여름 내내 베이비는 분홍색 무용복을 입고 길 가운데서 춤을 추었다. 아이들은 처음에는 구경했지만 곧 싫증이 났다. 버버 혼자만 그 애의 춤을 바라보곤 했다. 버버는 길가의 연석에 앉아 자동차가 오면 베이비에게 소리치곤 했다. 버버는 베이비가 춤추는 것을 백 번씩이나 구경했다. 그러나 여름이 석 달 지난 지금, 버버에게 베이비의 춤은 다시 새로워 보였다.

"나도 무용복이 있으면 정말 좋겠어." 버버가 말했다.

"어떤 게 갖고 싶은데?"

"정말로 예쁜 옷. 알록달록 화려하고 예쁜 옷. 나비 같은 옷. 크리스마스에 그걸 받았으면 좋겠어. 무용복과 자전거!"

"계집애 같네." 스페어립스가 말했다.

버버는 다시 큰 라이플총을 어깨에 둘러메고 길 건너 집을 겨냥했다. "무용복이 있으면, 입고 춤출 거야. 매일 입고 학교에 갈 거야."

믹은 집 앞 계단에 앉아 랠프를 지켜보았다. 버버는 스페어립스의 말처럼 계집애 같지는 않았다. 예쁜 것들을 좋아할 뿐이었다. 믹은 스페어립스가 계속 그렇게 생각하도록 놔두지 않을 작정이었다.

"누구든지 원하는 걸 얻기 위해서는 싸워야 하는 거야." 믹은 천천히 말했다. "난 여러 번 봤어. 형제 중에서 늦게 태어난 아이들이 더 좋은 아이들이야. 나이 어린 애들이 제일 강해. 내 위로는 형제들이 많기 때문에 난 아주 강해. 버버는 아파 보이고 예쁜 것을 좋아하지만, 마음속에 뚝심이 있다고. 이 모든 게 사실이면 랠프는 걸어 다닐 만큼 자랐을 땐 아주 강한 아이가 돼 있을 거야. 그 애는 아직 17개월밖에 안 됐지만, 난 벌써 랠프 얼굴에서 강하고 튼튼한 기색을 볼 수 있어."

랠프는 제 이야기를 하고 있다는 것을 알고 두리번거렸다. 스페어립스는 땅에 앉아 랠프의 모자를 벗겨 얼굴에 대고 흔들면서 놀렸다.

"좋아!" 믹이 말했다. "아기를 울리기만 해봐. 내가 널 어떻게 할 건지 알지? 조심하는 게 좋을 거야."

모든 것이 조용했다. 해는 지붕 뒤로 넘어갔고 서쪽 하늘은 자주색과 분홍색이었다. 다음 블록에서 아이들이 스케이트 타는 소리가 들려왔다. 버버는 나무에 기댄 채 꿈꾸고 있는 것 같았다. 저녁 식사 냄새가 집 안에서 났고 곧 밥 먹을 시간이었다.

"저기 봐." 버버가 갑자기 말했다. "베이비가 다시 오네. 분홍 옷 입은 저 애, 정말 예쁘다."

베이비는 아이들 쪽으로 천천히 걸어왔다. 경품이 든 팝콘 상자 속에 손을 넣고 경품을 찾고 있었다. 그 애는 모두들 자기를 쳐다보는 걸 알고 여전히 예쁘게 뽐내며 걸었다.

"부탁이야, 베이비." 버버가 지나가는 아이를 불렀다. "작은 분홍 지갑 좀 보여줘. 분홍 옷도 만져보자."

베이비는 혼자 낮은 소리로 노래하기 시작했고 버버의 말을 듣지 않았다. 자기와 놀고 싶어 하는 버버를 놔둔 채 그냥 지나갔다. 고개를 약간 숙이고 조금 웃어주면서.

버버는 여전히 큰 라이플총을 메고 있었다. '빵' 하는 큰 소리를 내면서 정말로 총을 쏘는 시늉을 했다. 그런 뒤 작은 고양이를 부르는 것처럼 부드럽고 슬픈 소리로 다시 베이비를 불렀다. "부탁이야, 베이비…… 이리 와봐, 베이비……."

버버의 동작이 너무 빨라 믹은 막을 수 없었다. 아이의 손이 방아쇠에 닿는 것을 보는 순간 쾅하는 끔찍한 총소리가 났다. 베이비는 길 위에 쓰러졌다. 믹은 계단에 못 박힌 듯 움직일 수도, 비명을 지를 수도 없었다. 스페어립스는 팔을 번쩍 들었다.

버버 혼자 무슨 일이 났는지 모르고 있었다. "일어나, 베이비." 아이가 외쳤다. "너한테 화 안 났어."

모든 것이 순식간에 일어났다. 세 명이 동시에 베이비에게 다가갔다. 베이비는 더러운 길 위에 엎어져 있었다. 치마가 위로 뒤집혀 머리를 덮고 있어서 분홍 팬티와 작은 흰 다리가 드러났다. 두 손은 펼쳐져 있었다. 한 손에는 팝콘 상자에서 나온 경품이, 또 한 손에는 지갑이 있었다. 머리 리본과 노란 곱슬머리 위쪽이 피투성이였다. 머리에 총을 맞아 얼굴을 바닥 쪽으로 향하고 있었다.

그렇게 많은 일들이 순식간에 일어났다. 버버는 비명을 질렀고 총을 던지고 뛰었다. 믹도 두 손을 치켜든 채 비명을 질렀다. 많은 사람들이 모여들었다. 믹의 아빠가 제일 먼저 왔다. 그는 베이비를 집 안으로 옮겼다.

"그 애 죽었어요." 스페어립스가 말했다. "눈에 총을 맞았어요. 내가 얼굴을 봤어요."

믹은 보도를 오르락내리락했다. 베이비가 죽었는지 물어보려고 했지만 혀가 움직이지 않았다. 윌슨 부인이 미장원에서 한 블록을 달려왔다. 그녀는 집 안으로 들어갔다 다시 나왔다. 길을 위아래로 걸으며 손가락의 반지를 뺐다 꼈다 하며 울었다. 앰뷸런스가 왔고 의사가 베이비를 보러 안으로 들어갔다. 믹도 따라 들어갔다. 베이비는 앞방에 놓인 침대에 누워 있었다. 집은 교회처럼 조용했다.

베이비는 침대에 누워 있는 예쁜 인형 같았다. 피만 없으면 다친 것처럼 보이지 않았다. 의사가 몸을 굽혀 아이의 머리를 보았다. 그런 후 사람들이 베이비를 들것에 싣고 나갔다. 윌슨 부인과 믹의 아빠가 함께 앰뷸런스에 탔다.

집은 여전히 조용했다. 모두 버버를 잊었다. 버버는 어디에도 보이지 않았다. 한 시간이 지났다. 엄마와 헤이즐과 에타와 하숙인들이 앞방에서 기다렸다. 싱어 씨는 입구에 서 있었다.

오랜 시간이 지난 뒤 아빠가 집에 왔다. 베이비는 죽지 않았지만 두개골이 부서졌다고 말했다. 아빠는 버버를 찾았다. 아무도 버버가 어디 있는지 몰랐다. 밖은 어두웠다. 뒤뜰에서 거리에서 버버를 불렀다. 스페어립스와 다른 소년들을 밖으로 보내서 버버를 찾게 했다. 버버는 동네에서 완전히 사라진 듯했다. 해리는 버버가 있을 만한 집 근처를 돌아보았다.

아빠는 현관 앞 베란다에서 계속 서성거렸다. "지금까지 난 회초리로 애들을 때린 적이 없어. 그런 방법을 믿지 않았으니까. 하지만 이번에 녀석을 잡으면 흠씬 때려줘야겠어."

믹은 베란다 난간 위에 앉아 어두운 거리를 내다보았다. "어떻게든 버버를 타이를게요. 돌아오기만 하면 제가 보살필 수 있어요."

"나가서 버버를 찾아봐라. 녀석이 어디 있는지 네가 제일 잘 알 테니."

아빠가 이 말을 하자마자 갑자기 믹은 버버가 어디 있는지 알았다. 뒤뜰에 큰 참나무가 있는데, 여름에 아이들은 나무 위에 오두막을 만들었다. 참나무 안에 큰 상자를 올려놓은 것인데, 버버는 이 오두막에 혼자 앉아 있기를 좋아했다. 믹은 베란다에 있는 가족들과 하숙인들을 떠나, 샛길을 지나 어두운 뒤뜰로 갔다.

믹은 잠깐 참나무 옆에 서 있었다. "버버⋯⋯." 믹이 조용히 말했다. "누나야."

대답은 없었지만 믹은 버버가 거기 있는 것을 알았다. 그의 냄새를 맡을 수 있을 것 같았다. 믹은 낮은 가지를 휘어잡고 천천히 위로 올라갔다. 정말로 이 녀석에게 화가 났다. 단단히 가르쳐야 했다. 오두막 가까이 가 다시 불렀지만 여전히 아무 대답도 들리지 않았다. 큰 상자 안으로 올라가 가장자리를 더듬었다. 버버가 손에 잡혔다. 그는 구석에 웅크리고 앉아 다리를 떨고 있었다. 숨죽이고 있다가 믹이 건드리자 한꺼번에 숨을 내쉬며 흐느끼기 시작했다.

"난, 난 베이비를 넘어뜨리려고 한 게 아냐. 그냥 너무 작고 귀여워서⋯⋯ 그냥 총을 겨눠야 할 거 같았어."

믹은 오두막 바닥에 앉았다. "베이비는 죽었어. 모두 널 찾고 있어."

버버는 울음을 그쳤다. 숨소리도 내지 않았다.

"아빠가 집에서 뭘 하고 계신지 알아?"

믹은 버버가 귀 기울이는 소리를 들을 수 있을 것 같았다.

"너도 알지? 로스 교도소장. 그 사람이 라디오에서 말하는 걸 들었잖아. 너 싱싱 교도소도 알지? 아빠가 교도소장에게 편지를 쓰려고 해. 사람들이 널 잡아 싱싱 교도소로 보내면 잘 좀 봐달라고 말야."

그 말들은 어둠 속에서 너무 무섭게 들려 믹도 몸서리를 쳤다. 버버가 부들부들 떠는 걸 느낄 수 있었다.

"거기 작은 전기의자도 있어. 크기도 딱 너한테 맞아. 전기를 넣으면 넌 타버린 베이컨 조각처럼 되는 거야. 지옥에 가는 거지."

버버는 구석으로 바짝 웅크렸다. 아무 소리도 들리지 않았다. 믹은 아래로 내려가려고 상자 가장자리를 타고 넘었다. "여기 계속 있는 게 좋아. 경찰이 마당에 진을 치고 있으니까. 내가 이삼 일 안에 먹을 걸 가져올 수도 있어."

믹은 참나무에 기댔다. 그만하면 버버는 깨달았을 것이다. 믹은 항상 버버를 잘 가르쳤고 누구보다 동생을 잘 알았다. 1년인가 2년 전에는 이런 일이 있었다. 버버는 늘 덤불 뒤에서 오줌을 누면서 손으로 고추를 만지며 장난을 했다. 믹은 이를 재빨리 알아채고 동생이 그럴 때마다 때렸다. 사흘 안에 버버는 버릇을 고쳤다. 나중에는 다른 애들처럼 정상적으로 오줌을 누려고 하지도 않았다. 두 손을 뒤로했던 것이다. 믹은 항상 버버를 돌봐야 했으며 동생을 잘 다룰 수 있었다. 잠시 후 믹은 다시 오두막에 올라가 동생을 집으로 데려올 것이었다. 버버는 평생 다시는 총을 만지지 않을 것이었다.

집 안은 여전히 죽은 듯한 분위기였다. 하숙인들은 말하지도, 의자를 흔들지도 않고 베란다에 앉아 있었다. 믹의 아빠 엄

마는 앞방에 있었다. 아빠는 맥주를 병째로 마셨고 이리저리
서성댔다. 베이비는 회복될 것이었다. 그가 걱정하는 것은 베
이비가 아니었다. 아무도 버버를 걱정하는 것 같지도 않았다.
그들에겐 다른 걱정이 있었다.

"버버 녀석!" 에타가 말했다.

"이런 일이 생겨서 창피해 밖에도 못 나가겠어." 헤이즐이
말했다.

에타와 헤이즐은 가운데 방으로 들어가 문을 닫았다. 오빠
빌은 뒤쪽 자기 방에 있었다. 믹은 그들과 말하고 싶지 않았다.
혼자 앞 복도를 서성거리며 생각에 잠겼다.

아빠의 발소리가 멈췄다. "일부러 그랬어." 그가 말했다.
"그 녀석이 총 가지고 장난하다가 사고로 발사된 게 아냐. 본
사람들이 다 그러잖아. 일부러 총을 겨냥했다고."

"윌슨 부인에게서 언제 소식을 듣게 될지." 엄마가 말했다.

"곧 오겠지."

"그렇겠죠."

해가 지자 밤은 다시 11월처럼 추워졌다. 사람들은 베란다
에서 들어와 거실에 앉았지만, 아무도 불을 피우지 않았다. 믹
은 모자걸이에 걸려 있는 스웨터를 입고 몸을 덥히려고 어깨를
구부리고 서 있었다. 바깥, 춥고 어두운 오두막에 앉아 있는 버
버를 생각했다. 그 애는 늘 믹의 말을 고스란히 믿었다. 그렇지
만 오늘 버버는 걱정하고 고생 좀 해야 했다. 베이비를 죽일 뻔
했으니까.

"믹, 버버가 있을 만한 곳 생각 안 나니?" 아빠가 물었다.

"근처에 있을 거예요."

아빠는 빈 맥주병을 든 채 서성거렸다. 눈먼 사람처럼 걸었고 얼굴은 땀에 젖어 있었다. "그 불쌍한 것이 집에 오는 게 겁나는 거야. 그 애를 찾기만 하면 기분이 좀 나아질 거다. 난 버버에게 손찌검을 한 적이 없어. 날 겁내지 말아야 하는데."

믹은 한 시간 반이 지날 때까지 기다릴 것이었다. 그때쯤이면 버버는 충분히 후회할 것이었다. 믹은 언제나 그런 아이를 다룰 줄 알았고 가르칠 수 있었다.

잠시 후 집 안에 큰 소동이 났다. 아빠가 베이비의 상태를 알기 위해 병원에 전화했고, 잠시 후 윌슨 부인이 다시 전화를 해 왔다. 부인이 이야기를 하기 위해 집으로 오겠다고 했다.

아빠는 여전히 눈먼 사람처럼 이리저리 방 안을 걸어 다녔다. 그는 맥주를 세 병 더 마셨다. "이 지경이 되었으니, 윌슨 부인은 가차 없이 날 고소할 수도 있어. 얻을 수 있는 건 융자금을 뺀 집뿐이겠지만 말이야. 정황으로 봐도 우린 어쩔 도리가 없어."

갑자기 믹은 어떤 생각이 났다. 그들은 정말로 버버를 재판받게 한 뒤 소년원으로 보낼 수도 있었다. 아니면 윌슨 부인이 그 애를 교화원에 보낼 수도 있었다. 버버에게 정말로 끔찍한 짓을 할지도 몰랐다. 믹은 즉시 오두막으로 올라가 동생 옆에 앉아 걱정하지 말라고 하고 싶었다. 버버는 늘 너무 작고 말랐고 똑똑했다. 그 애를 가족에게서 떼어내려는 자들은 다 죽여버릴 것이었다. 믹은 동생이 사랑스러워 깨물고 입 맞추고 싶었다.

그러나 믹은 아무것도 놓칠 수 없었다. 곧 윌슨 부인이 올 것이니 무슨 일이 일어나는지 봐야 했다. 그런 뒤 버버에게 달려가서 자기가 했던 말을 거짓이라고 얘기할 것이고, 그렇게 되면 동생은 제대로 교훈을 얻게 될 것이었다.

10센트 요금 택시가 나타났다. 모두 두려워하며 조용히 현관 앞에서 기다리고 있었다. 윌슨 부인은 브래넌 씨와 함께 택시에서 내렸다. 그들이 층계를 올라오자 아빠의 이가 초조하게 덜덜거리는 소리를 냈다. 그들은 앞방으로 들어갔고 믹도 따라가 입구에 섰다. 에타와 헤이즐과 빌과 하숙인들은 뒤에 남았다.

"이번 일 때문에 왔어요." 윌슨 부인이 말했다.

앞방은 초라하고 지저분했다. 브래넌 씨가 모든 것을 눈여겨보는 것을 믹은 보았다. 랠프가 가지고 노는 망가진 합성수지 인형과 구슬들과 잡동사니들이 바닥에 흩어져 있었다. 아빠의 작업대 위에는 맥주가 있었고, 아빠 엄마가 자는 침대 위의 베개는 거무스름했다.

윌슨 부인은 계속 결혼반지를 손가락에서 뺐다 꼈다 했다. 옆에 있는 브래넌 씨는 침착했다. 그는 다리를 포개고 앉았다. 턱은 거무스름한 푸른색이었고 영화 속 갱처럼 보였다. 그는 늘 믹에게 반감을 가지고 있었다. 믹에게는 다른 사람들에게 하는 것과는 달리 거친 소리로 말했다. 믹과 버버가 그의 카운터에서 껌 한 통을 몰래 집어 온 걸 알고 있기 때문일까? 믹은 그가 싫었다.

"결론은 이래요." 윌슨 부인이 말했다. "댁의 아이가 우리 베이비에게 일부러 총을 쏜 거예요."

믹은 방 한가운데로 나섰다. "아녜요, 안 그랬어요. 내가 거기 있었어요. 버버는 나와 랠프와 주위에 있는 모든 것들을 향

해 총을 겨누고 있었어요. 어쩌다가 베이비를 겨눴는데 손가락
이 미끄러진 거예요. 내가 바로 거기 있었다고요."

브래넌 씨가 코를 문지르며 슬프게 믹을 쳐다보았다. 믹은
정말 그가 싫었다.

"당신들이 모두 어떻게 느끼는지 알아요. 그래서 이제 본론
을 말할게요."

믹의 엄마는 열쇠 꾸러미를 덜거덕거렸고 아빠는 큰 두 손
을 무릎 위로 떨어뜨린 채 말없이 앉아 있었다.

"버버는 미리 그런 생각을 한 게 아녜요." 믹이 말했다. "걔
는 단지……."

윌슨 부인은 계속 힘주어 반지를 뺐다 꼈다 했다. "잠깐. 사
태가 어떤지 다 알아요. 고소해서 당신들 재산을 몽땅 받아낼
수 있다고요."

아빠 얼굴에 아무 표정이 없었다. "한 가지만 말하겠습니
다." 아빠가 말했다. "부인이 우리를 고소해도 우리가 가진 것
이라고는……."

"내 말을 들으세요." 윌슨 부인이 말했다. "난 당신을 고소
하러 변호사와 함께 온 게 아니에요. 바솔로뮤, 그러니까 브래
넌 씨와 나는 얘기했고 중요한 합의를 봤어요. 먼저, 나는 정직
하고 공정하고 싶어요. 또 베이비가 그 어린 나이에 소송과 얽
이는 걸 원하지도 않고요."

아무 소리도 들리지 않았다. 방 안의 사람들은 경직된 채 앉
아 있었다. 브래넌 씨 혼자 믹에게 희미하게 미소 지었지만 믹
은 그를 노려보았다.

윌슨 부인은 매우 초조해하며 떨리는 손으로 담뱃불을 붙였

다. "당신을 고소하고 싶지는 않아요. 난 그저 공정하고 싶으니까. 베이비가 진정제를 맞고 잠들 때까지 울부짖으며 겪은 고통까지 당신더러 보상하라고는 않겠어요. 어떤 돈으로도 보상할 수 없을 테니까. 또 이번 일이 아이의 미래와 우리 계획에 손해를 끼친 것에 대해서도 보상하라고 하지 않겠어요. 베이비는 대여섯 달 동안 붕대를 감고 있어야 해요. 발표회에서 춤을 출 수도 없어요. 머리 흉터에는 머리칼이 다시 나지 않을 수도 있어요."

월슨 부인과 아빠는 넋이 나간 듯 마주 보았다. 그러더니 월슨 부인이 핸드백에서 종이를 꺼냈다.

"댁에서 내야 하는 비용은 앞으로 우리가 내게 될 실질적인 비용이에요. 베이비가 퇴원할 때까지 있을 개인 전용 병실과 개인 간호사 비용, 수술비와 진료비가 포함돼요. 진료비는 지금 당장 필요해요. 또 병원에서 베이비의 머리를 전부 깎았어요. 그러니까 애틀랜타에서 베이비에게 파마 시킨 비용도 청구할게요. 머리가 자라면 다시 파마해야 하니까. 또 의상비와 기타 비용들도 있어요. 확인되는 대로 적을 거예요. 공정하고 정직하게 적을 테니 청구서를 가져오면 즉시 다 지불해주세요."

엄마는 무릎 위의 옷자락을 펴면서 급하고 짧은 한숨을 쉬었다. "소아 병동이 개인 전용 병실보다 훨씬 좋을 것 같은데요. 믹이 폐렴에 걸렸을 때……."

"개인 전용 병실이라고 말했어요."

브래넌 씨가 희고 뭉툭한 두 손을 양옆으로 내밀더니 마치 저울을 다는 것처럼 가운데서 균형을 잡았다. "하루이틀 안에 베이비를 2인용 병실로 옮길 수도 있을 겁니다."

월슨 부인이 단호하게 말했다. "말했잖아요. 댁의 아이가 베이비를 쏘았어요. 그 애는 회복될 때까지 가능한 특권을 다 누려야 해요."

"옳은 말씀이십니다." 아빠가 말했다. "그런데 문제는 지금 우리가 가진 것이 없어요. 그래도 어떻게 마련해봐야지요. 부인이 지나친 요구를 하지 않는다는 걸 알겠습니다. 고맙습니다. 힘닿는 대로 마련해보지요."

믹은 남아서 그들의 말을 더 듣고 싶었지만 버버가 마음에 걸렸다. 어둡고 추운, 높은 오두막에 앉아 싱싱 교도소를 생각하고 있을 아이를 떠올리니 불안했다. 방에서 나와 복도를 지나 뒷문으로 갔다. 바람이 불었고 마당은 부엌에서 나오는 네모난 노란 불빛을 제외하고는 매우 어두웠다. 돌아보니 포셔는 길고 여윈 두 손을 얼굴에 대고 식탁에 조용히 앉아 있었다. 마당은 쓸쓸했고 바람은 어둠 속에서 빠르고 무서운 그림자를 만들며 슬픈 소리를 냈다.

참나무 아래 섰다. 나뭇가지를 잡으려는 순간 무서운 생각이 갑자기 떠올랐다. 갑자기 버버가 없어졌다는 생각이 스쳤다. 동생을 불렀지만 대답이 없었다. 믹은 고양이처럼 소리 없이 재빨리 나무에 올라갔다.

"대답해! 버버!"

상자 안을 더듬어보지 않고도 버버가 없다는 것을 알았다. 상자 안으로 들어가 구석구석 확인했다. 아이는 사라졌다. 믹이 떠나자 곧 나무 아래로 내려간 게 분명했다. 버버는 도망치고 있었다. 버버처럼 영리한 애를 어디서 찾을지 난감했다.

믹은 급히 나무에서 내려와 베란다로 달려갔다. 월슨 부인이 떠나고 있었고 모두 집 앞 계단에 나와 있었다.

"아빠!" 믹이 말했다. "버버를 찾아야 해요. 도망갔어요. 동네를 벗어난 게 분명해요. 찾아야 해요."

어디를 가야 할지, 어떻게 시작할지 아무도 몰랐다. 아빠는 위아래 골목들을 살폈다. 브래넌 씨는 윌슨 부인을 위해 전화로 10센트 택시를 부른 뒤 남아서 돕기로 했다. 베란다 난간에 앉아 있는 싱어 씨만이 유일하게 침착함을 잃지 않았다. 그들은 모두 버버가 갈 만한 장소를 믹이 생각해내기를 기다렸다. 그러나 소도시는 너무 컸고 그 작은 아이는 영리했다. 믹은 어쩔 줄 몰랐다.

슈거 힐에 있는 포셔의 집으로 갔는지도 몰랐다. 믹은 두 손으로 얼굴을 가린 채 부엌에 앉아 있는 포셔에게 다시 갔다.

"버버가 포셔 집에 갔다는 생각이 갑자기 들어. 도와줘."

"왜 내가 그 생각을 못 했지! 틀림없어. 겁에 질린 버버가 우리 집에 갔을 거야."

브래넌 씨가 자동차를 빌려 왔다. 그와 싱어 씨와 아빠, 믹과 포셔가 차에 탔다. 버버가 무엇을 느끼는지 믹 외에는 아무도 몰랐다. 버버는 살기 위해 필사적으로 도망치고 있었다.

포셔의 집은 달빛만 바닥에 어른거릴 뿐 어두웠다. 집 안으로 들어서자 방 두 개에 아무도 없다는 것을 알 수 있었다. 포셔는 앞쪽 램프를 켰다. 방에서는 흑인들 냄새가 났다. 벽에는 오려낸 그림들이 잔뜩 붙어 있었다. 레이스로 된 식탁보가 덮여 있고, 침대에는 레이스 달린 베개가 있었다. 버버는 없었다.

"여기 왔었네." 갑자기 포셔가 말했다. "누가 왔다 간 걸 알겠어요."

싱어 씨는 부엌 식탁 위에서 연필과 종이를 발견했다. 그가 재빨리 쪽지를 읽은 뒤, 나머지도 모두 그것을 보았다. 둥근 글씨로 들쭉날쭉 쓴 필체였는데, 그 영리한 어린 것이 한 단어 빼고는 모두 맞게 적어놓았다. 쪽지엔 이렇게 쓰여 있었다.

포셔에게
난 플로라다로 가. 모두에게 말해줘.

그럼 이만,
버버 켈리가

그들은 너무 놀라 멍하게 서 있었다. 아빠는 문 쪽을 보며 근심에 차서 엄지손가락으로 코를 후볐다. 모두 차 안으로 들어가 남쪽 고속도로를 향해 출발하려 했다.

"잠깐만요." 믹이 말했다. "버버는 일곱 살이지만 영리해요. 자기가 도망가는 곳을 알리지는 않을 거예요. 플로리다는 속임수예요."

"속임수라고?" 아빠가 말했다.

"네. 버버가 잘 아는 곳은 두 곳뿐이에요. 플로리다와 애틀랜타. 나랑 버버, 랠프는 몇 번 애틀랜타 쪽으로 갔었어요. 그 애는 그쪽으로 가는 길을 알아요. 거기로 간 거예요. 늘 말했거든요. 애틀랜타에 가면 뭘 할지."

그들은 다시 자동차로 갔다. 믹이 뒷좌석에 타려는데 포셔가 팔꿈치로 믹을 찔렀다. "버버가 무슨 짓을 했는지 알아?" 조용하게 그녀가 말했다. "아무에게도 말하지 마. 우리 버버가 옷장에서 내 금 귀고리를 꺼내 갔어. 나한테 그런 짓을 하다니.

생각도 못 했어."

브래넌 씨는 자동차를 출발시켰다. 그들은 버버를 찾아 천천히, 길을 위아래로 훑어보며 애틀랜타를 향해 갔다.

버버에게 거칠고 못된 구석이 있는 건 사실이었다. 그 애는 오늘 밤 딴 아이가 된 것처럼 행동했다. 지금까지는 나쁜 짓을 한 적도 없는 항상 작고 조용한 아이였는데. 다른 사람이 상처 입으면 부끄러워하고 불안해했는데. 그런 아이가 어떻게 오늘 이 모든 일을 저지를 수 있단 말인가.

그들은 천천히 애틀랜타 쪽으로 차를 몰았다. 마지막 집을 지나 어두운 들판과 숲으로 왔다. 계속해서 차를 멈춰가며 사람들에게 버버를 봤는지 물었다. "맨발에 코르덴 바지를 입은 작은 애가 이 길로 갔나요?" 10마일 정도 왔지만 아이를 봤다는 사람은 없었다. 열린 창으로 춥고 센 바람이 들어왔다. 늦은 밤이었다.

그들은 좀 더 멀리 갔다가 다시 도시 쪽으로 돌아섰다. 아빠와 브래넌 씨는 2학년짜리 아이들을 모두 찾아보자고 했다. 그러나 믹은 다시 차를 돌려 애틀랜타 쪽으로 가자고 했다. 그동안 내내 믹은 자기가 버버에게 한 말을 생각하고 있었다. 베이비가 죽었다는 것, 싱싱 교도소, 로스 교도소장. 버버의 몸에 맞는 작은 전기의자, 지옥. 어둠 속에서 그 말들은 끔찍하게 들렸다.

도시를 벗어나 반 마일 정도 천천히 움직이는데, 갑자기 믹이 버버를 보았다. 자동차 불빛이 앞에 있는 그 애를 확실하게 드러냈다. 우스웠다. 버버는 걸어가며 차를 얻어 타려고 엄지손가락을 추켜올리고 있었다. 허리춤엔 포셔의 부엌칼을 차고 있었다. 넓고 어두운 길에서 버버는 너무 작아 일곱 살이 아니라 다섯 살처럼 보였다.

자동차를 세우자 버버가 차를 얻어 타기 위해 뛰어왔다. 버버에겐 그들이 보이지 않았다. 그는 구슬치기에서 목표물을 겨눌 때의 표정으로 가늘게 눈을 뜨고 이쪽을 보았다. 아빠가 아이의 목덜미를 잡았다. 버버는 주먹으로 치고 발길질을 했다. 그러더니 부엌칼을 손에 잡았다. 아빠가 재빨리 쳐서 칼을 떨어뜨렸다. 아이는 덫에 갇힌 작은 호랑이처럼 날뛰었지만 드디어 차 안으로 끌려 들어왔다. 집에 오는 동안 아빠는 버버를 무릎에 앉혔고, 아이는 내내 어느 것에도 기대지 않고 뻣뻣하게 앉아 있었다.

버버를 집 안으로 끌고 들어와야 했다. 이웃 사람들과 하숙인들이 소동을 보러 나와 있었다. 사람들은 버버를 안으로 끌고 갔다. 집으로 들어온 그는 구석으로 가서 사람들과 싸울 태세가 된 것처럼 주먹을 꽉 쥐고 한 사람씩 노려보았다.

집 안으로 들어온 후 버버는 한마디도 하지 않다가 갑자기 비명을 지르기 시작했다. "믹이 그랬어! 난 아냐. 누나가 했어!"

버버가 내지르는 그런 비명 소리는 결코 들어본 적이 없었다. 버버의 목 힘줄이 솟구쳤고 주먹은 바위처럼 단단했다.

"날 잡을 수 없어! 아무도 못 잡아!" 버버는 계속 비명을 질렀다.

믹은 동생의 어깨를 흔들며 자기가 한 말은 꾸며낸 거라고 말했다. 버버는 드디어 알아들었지만 조용해지지 않았다. 그의 비명 소리를 멈출 수 있는 건 아무것도 없는 듯했다.

"다 싫어! 다 싫어!"

사람들은 그냥 서 있었다. 브래넌 씨는 코를 비비며 아래를 보고 있다가 조용히 밖으로 나갔다. 싱어 씨 혼자 이 모든 것이 무슨 일인지 알고 있는 듯했다. 그 끔찍한 비명을 듣지 못하기 때문인지도 몰랐다. 그의 얼굴은 여전히 침착했고, 버버는 그를 쳐다볼 때마다 차츰 조용해지는 듯했다. 싱어 씨는 어떤 사람들과도 달랐으므로 지금 같은 경우에는 그에게 일을 맡기는 게 더 좋을 것이었다. 그는 더 잘 이해했고 보통 사람이 알 수 없는 것들을 알고 있었다. 그는 버버를 바라볼 뿐이었다. 잠시 후 아이는 조용해졌고 아빠가 침대로 데리고 갔다.

버버는 침대에 얼굴을 파묻은 채 울었다. 온몸을 떨며 크고 길게 소리 내어 한 시간 동안 울었다. 방 세 개를 쓰는 켈리 가족들은 누구도 잠들 수 없었다. 빌은 거실 소파로 갔고 믹은 버버와 같은 침대에 누웠다. 아이는 누나가 만지지도, 가까이 오지도 못하게 했다. 그는 한 시간을 더 울고 딸꾹질을 한 뒤 잠들었다.

믹은 오랫동안 깨어 있었다. 어둠 속에서 동생을 꼭 끌어안았다. 믹은 동생의 온몸을 쓰다듬으며 여기저기에 입을 맞추었다. 아이는 너무 부드럽고 작았으며 짭짤한 소년의 냄새가 났다. 동생을 향한 사랑이 너무도 커서 믹은 팔이 아플 때까지 껴안고 있었다. 믹은 마음속에서 버버와 음악을 동시에 생각했다. 동생을 위해서라면 세상의 모든 좋은 일을 다 할 수 있을 것 같았다. 다시는 버버를 때리거나 놀리지도 못할 것 같았다. 믹은 밤새도록 동생의 머리를 안고 잤다. 아침이 되어 눈을 떠보니 버버는 없었다.

그날 밤 이후 믹이 동생을 놀려줄 기회는 많지 않았다. 다른 이들도 마찬가지였다. 베이비를 쏜 이후 버버는 더 이상 예전 의 작은 아이가 아니었다. 언제나 입을 다물고 있었고 누구와 도 어울리지 않았다. 늘 뒤뜰이나 석탄 창고에 혼자 앉아 있었 다. 크리스마스가 점점 가까워지고 있었다. 믹은 피아노를 원 했지만 물론 이 말을 하지 않았다. 그냥 미키 마우스 시계를 원 한다고 했다. 버버에게 산타클로스에게 받고 싶은 게 뭐냐고 물었으나 원하는 게 없다고 했다. 동생은 구슬과 잭나이프를 감췄고 아무도 동화책을 못 만지게 했다.

그날 이후 그를 버버라고 부르는 사람은 없었다. 이웃의 큰 아이들은 버버를 '베이비 킬러 켈리'라고 부르기 시작했다. 그 러나 아이는 누구하고도 말을 많이 하지 않았고, 아무것도 상 관 않는 듯했다. 가족들은 버버를 원래의 이름인 조지라고 불 렀다. 처음에 믹은 조지 대신 버버라고 자꾸 불렀고, 계속 그렇 게 부르고 싶었다. 그러나 일주일 후에는 다른 사람들처럼 조 지라고 불렀다. 그러나 조지는 다른 아이였다. 나이 많은 사람 처럼 늘 혼자 다녔고, 아무도, 믹조차도 동생의 마음속에 무엇 이 들어 있는지 알지 못했다.

믹은 크리스마스 전날 버버와 함께 잤다. 아이는 말도 않고 어둠 속에 누워 있었다. "그렇게 유별나게 구는 거 이제 그만 해." 믹이 말했다. "지혜로운 사람들에 대해서 얘기할까? 네 덜란드에서는 아이들이 양말을 거는 대신 나무 신발을 내놓는 대."

조지는 대답하지 않았다. 잠들어 있었다.

믹은 새벽 4시에 일어나 가족들을 깨웠다. 아빠는 앞방에 불을 피운 뒤 크리스마스트리로 가서 선물을 열어보라고 했다. 조지는 인디언 옷을, 랠프는 고무 인형을 받았다. 나머지 가족들은 옷을 받았다. 믹은 양말을 뒤져 미키 마우스 시계를 찾았지만 없었다. 갈색 옥스퍼드 구두와 체리 사탕 한 상자뿐이었다. 아직 어두웠지만 믹은 조지와 밖에 나가 호두를 깨고 폭죽을 터뜨리고 2단 상자로 된 체리 사탕을 먹어치웠다. 해가 뜰 때쯤, 둘은 배가 아팠고 피곤했다. 믹은 소파에 누웠다. 눈을 감고 내면의 방으로 들어갔다.

6

아침 8시, 코플랜드 박사는 책상에 앉아 창으로 들어오는 차가운 아침 햇빛 속에서 서류를 검토하고 있었다. 그 옆에는 무성하고 푸른 삼나무가 천장까지 어둡게 솟아 있었다. 진료하기 시작한 첫해부터 그는 크리스마스 날 파티를 열어왔으며 지금 모든 것이 준비된 상태였다. 벤치와 의자들이 앞방 벽에 죽 놓여 있었다. 새로 구운 케이크의 달콤하고 향긋한 냄새와 커피 향이 집 안에 넘쳤다. 코플랜드 박사와 함께, 진료실에는 포셔가 벽 앞 벤치에 앉아 있었다. 그녀는 두 손으로 턱을 괸 채 몸을 앞으로 푹 숙이고 있었다.

"아버지, 5시부터 책상에 웅크리고 계시네요. 이렇게 일찍 안 일어나셔도 되는데. 시간이 될 때까지 자리에 누워 계셔야 해요."

코플랜드 박사는 혀로 두꺼운 입술을 축였다. 그는 생각이 너무 많아 포셔에게 관심을 줄 여지가 없었다. 딸이 옆에 있는 것이 그를 초조하게 했다.

결국 그는 포셔 쪽으로 짜증스럽게 몸을 돌렸다. "왜 거기 찡그리고 앉아 있는 거냐?"

"걱정이 있어서요." 그녀가 말했다. "무엇보다 우리 윌리가 걱정이에요."

"윌리엄?"

"그 애가 일요일마다 늘 제게 편지 쓰는 건 아버지도 아실 거예요. 그럼 월요일이나 화요일에 도착하잖아요. 그런데 지난주에는 안 썼어요. 물론 크게 걱정은 안 해요. 윌리는 착하고 친절해서 잘 지낼 거예요. 그 애는 감옥에서 이송되어 체인 갱* 으로 애틀랜타 북쪽 어딘가에서 노동을 하고 있어요. 2주 전에 쓴 편지에서는, 오늘 예배에 참석한다면서 양복과 빨간 넥타이 를 보내달라고 했어요."

"윌리엄이 말한 건 그게 전부냐?"

"그때 그 B. F. 메이슨이란 사람도 감옥에 있고, 버스터 존슨과도 마주쳤다고 썼어요. 존슨은 윌리가 알던 소년이에요. 하모니카도 보내달라고 했어요. 하모니카를 불지 않고는 행복해질 수 없대요. 다 보내줬어요. 체스 세트랑 장식 입힌 케이크 도요."

코플랜드 박사의 눈은 열에 들떠서 번들거렸다. 그는 두 손을 가만히 둘 수 없었다. "얘야, 이 얘기는 나중에 하자. 늦어서 이걸 끝내야 하거든. 부엌으로 다시 가서 다 준비됐는지 봐라."

포셔는 일어서며 밝고 행복한 표정을 지으려고 애를 썼다. "5달러 상은 누구한테 주기로 결정하셨어요?"

*쇠사슬에 함께 발이 묶여 광산이나 도로건설 현장 등에서 강제노역을 하는 죄수들. 주로 흑인 죄수들에게 적용되었는데, 1955년 폐지되었다.

"아직 어떻게 하는 게 현명한 건지 결정을 못 내리겠구나." 그가 조심스럽게 말했다.

그의 친구인 흑인 약제사는 해마다 정해진 주제에 관해 가장 훌륭한 글을 쓴 학생에게 상금 5달러를 주고 있었다. 그 약제사는 항상 코플랜드 박사가 독자적으로 글을 심사한 뒤 크리스마스 파티에서 수상자를 발표하도록 했다. 올해 주제는 '나의 야망: 사회 속에서 흑인의 지위를 어떻게 개선할 수 있는가' 였다. 고려할 만한 글은 하나뿐이었다. 이 글도 너무 유치하고 미숙했다. 상을 주는 것은 신중하지 못한 것 같았다. 코플랜드 박사는 안경을 쓰고 집중하여 다시 글을 읽었다.

이것이 내 야망이다. 나는 터스키기 대학*에 다니고 싶지만 부커 워싱턴**이나 카버 박사처럼 되고 싶지는 않다. 교육을 받은 뒤 나는 스코츠버러 청년들***을 변호했던 이들처럼 훌륭한 변호사로 출발하고 싶다. 나는 백인들에게 저항하는 흑인들의 사건만 맡을 것이다. 매일 우리 흑인들은 모든 방식으로 모든 면에서 열등감을 갖도록 취급당한다. 사실은 그렇지 않다. 우리들은 떠오르는 인종이다. 우리는 더 이상 백인들의 짐을 지고 땀 흘릴 수 없다. 그들은 수확을 하는데 우리는 항상 씨만 뿌릴 수 없다.

나는 이스라엘 백성을 압제자들의 땅에서 구출한 모세 같은

*유명한 흑인 대학교. 터스키기는 앨라배마 주 동부의 도시 이름이다.
**흑인 교육가. 터스키기 대학 총장을 역임했다.
***스코츠버러 사건은 1931년 아홉 명의 흑인 청년들이 두 명의 백인 소녀를 강간했다는 혐의를 받고 앨라배마 주 스코츠버러의 교도소에 투옥되어 전원이 사형 또는 종신형을 받은 사건이다. 피해자의 증언은 후에 거짓으로 밝혀졌으나 청년들은 끝내 석방되지 못했다.

사람이 되고 싶다. 흑인 지도자들과 학자들로 이루어진 비밀 조직을 만들고 싶다. 모든 흑인들은 선출된 지도자들 아래서 단결하여 저항할 준비를 할 것이다. 우리 인종의 고난에 관심이 있고, 미국이 분리되었다고 보는 다른 나라들이 와서 우리들을 도울 것이다. 모든 흑인들은 단결할 것이고 혁명이 일어날 것이다. 결국 흑인들이 미시시피 강 동쪽과 포토맥 강 남부의 모든 영토를 장악할 것이다. 나는 흑인 지도자들과 학자들의 조직 아래 힘 있는 국가를 건설할 것이다. 백인들은 여권을 받지 못할 것이고, 흑인 영토에 들어와도 법적 권리를 갖지 못할 것이다.

나는 백인 전체를 증오하며 흑인들의 고난에 대해 복수할 수 있도록 언제나 일할 것이다. 그것이 내 야망이다.

코플랜드 박사는 혈관이 뜨거워지는 것을 느꼈다. 책상 위의 시계가 큰 소리로 째깍거려 신경을 건드렸다. 이렇게 황당한 생각을 가진 소년에게 어떻게 상을 줄 것인가? 어떻게 결정해야 할 것인가?

다른 글들에는 확실한 내용조차 없었다. 젊은이들은 생각을 하려 들지 않았다. 자신들의 야심에 대해서만 썼고 주제의 나머지 한 부분에 대해서는 완전히 생략했다. 그래도 한 가지 면에서 의미는 있었다. 스물다섯 명 중 열 명이 "나는 종이 되고 싶지 않다"라는 문장으로 글을 시작했기 때문이다. 그런 뒤 비행기를 타고 싶고, 프로 권투 선수, 목사, 댄서가 되고 싶다고 했다. 어떤 여학생의 유일한 야망은 가난한 사람들에게 친절하게 대하는 것이었다.

코플랜드 박사를 염려하게 만드는 이 글을 쓴 학생은 랜시 데이비스였다. 박사는 글의 마지막 장을 넘겨 서명을 보기 전에도 누가 글을 썼는지 알았다. 그는 이미 랜시의 문제로 고민하고 있었다. 랜시의 누나가 열한 살 때 하녀로 갔다가 중년의 백인 주인 남자에게 강간당했다. 그 후 몇 해가 지난 뒤 그는 구급 전화를 받고 랜시를 치료하러 갔었다.

코플랜드 박사는 침실 안에 있는 환자기록부가 담긴 서류함으로 갔다. "댄 데이비스 부인과 가족"이라고 적힌 진료 카드를 꺼내 훑어내려가다가 랜시의 이름을 찾았다. 날짜는 4년 전이었다. 그에 관한 기록은 다른 것보다 더 공들여 잉크로 적혀 있었다. "13세, 사춘기 지남. 스스로 거세하려다 실패. 성욕 과잉과 이상 흥분 상태. 두 번 왕진 시 통증이 없음에도 요란하게 흐느낌. 능변가. 편집증세 있지만 말하기를 좋아함. 한 가지를 제외하면 환경 양호. 세탁부인 모친 루시 데이비스 참조. 똑똑함. 관심 가질 것. 가능한 모든 도움도. 계속 연락할 것. 왕진비 1달러(?)."

"올해는 결정하기 어렵구나." 그는 포셔에게 말했다. "하지만 랜시 데이비스에게 상을 줘야 할 것 같다."

"결정을 하셨다면, 여기 있는 선물들에 대해 설명해주세요."

파티에서 나눠줄 선물들은 부엌에 있었다. 빨간 크리스마스 카드가 달린 식료품과 옷 꾸러미들이었다. 원하는 사람은 모두 초대되었지만, 참석할 사람들은 미리 들러서 책상 위 방명록에 자신의 이름을 적어놓아야 했다(또는 친구들에게 부탁하기도 했다). 꾸러미들은 바닥에 쌓여 있었다. 40개 정도였고 받는 이의 필요에 따라 크기가 달랐다. 어떤 선물들은 호두나 건포도가 든 작은 상자였고, 다른 것들은 남자가 들기에도 무거운 상자들이었다. 부엌은 좋은 물건들로 가득 찼다. 코플랜드 박사는 문 앞에 서 있었고 자부심에 콧구멍을 벌름거렸다.

"아버지는 올해 훌륭한 일을 많이 하신 것 같아요. 사람들은 정말 친절하네요."

"어허!" 그가 말했다. "필요한 것의 백 분의 일도 안 된다."

"이런, 또 이러시네요, 아버지! 기분 좋으신 거 다 알아요. 내색하고 싶지 않으신 거죠. 불평 거리를 찾아야 하니까요. 콩 네 자루, 으깬 곡물 스무 부대, 베이컨 15파운드, 숭어, 열두 개짜리 달걀 여섯 상자, 양이 충분한 옥수수 가루, 토마토랑 복숭아 통조림들, 사과랑 오렌지 스물네 개, 옷가지들, 그리고 매트리스 두 개에 담요 넉 장. 이만하면 굉장한 거예요!"

"양동이에 물 한 방울이지."

포셔는 구석에 있는 큰 상자를 가리켰다. "여기 있는 이것들, 뭐 하실 거예요?"

그 상자에는 잡동사니들밖에 없었다. 머리 없는 인형, 지저분한 레이스, 토끼 가죽. 코플랜드 박사는 하나씩 잘 들여다보았다. "버리지 마라. 다 쓸모 있으니까. 더 좋은 걸 기부할 형편이 못 되는 손님들이 가져다준 선물들이야. 나중에 용도를 찾을 거다."

"그럼 아버지가 이 상자들과 자루를 봐주세요. 제가 정리하기 시작할게요. 부엌에는 빈자리가 없을 거예요. 모두 음식을 먹으러 들어올 거니까요. 이 선물들은 집 뒤편 계단과 뜰로 옮길게요."

아침 해가 솟았다. 환하고 추운 날이 될 것이었다. 부엌에는 풍요롭고 달콤한 냄새가 났다. 커피 주전자가 스토브 위에 있었고 장식을 입힌 케이크가 찬장 선반에 가득했다.

"백인들이 준 건 없네요. 모두 흑인들이 준 건데요."

"아니다." 코플랜드 박사가 말했다. "절대 아니야. 싱어 씨가 12달러짜리 수표를 석탄 사라고 기부했다. 오늘 그를 초대했어."

"세상에! 12달러씩이나!"

"그를 초대하는 것이 옳다고 생각했다. 그는 다른 백인들과 달라."

"아버지가 맞아요." 포셔가 말했다. "하지만 전 계속 우리 윌리가 생각나요. 그 애가 오늘 이 파티를 즐길 수 있다면 얼마나 좋겠어요. 또 그 애 편지를 기다리려고요. 계속 맘에 걸려요. 이런! 우리 이 얘기는 그만하고 준비해야겠어요. 사람들이 올 시간이에요."

시간은 충분했다. 코플랜드 박사는 씻고 세심하게 옷을 입었다. 잠시 그는 사람들이 다 모였을 때 할 말을 미리 연습하려고 했다. 그러나 기대와 흥분 때문에 몰두할 수 없었다. 그러다가 10시에 첫 손님들이 도착했고 30분 안에 모두들 모였다.

"모두에게 즐거운 크리스마스를!" 우체부 존 로버츠가 말했다. 그는 한쪽 어깨를 올린 채 흰 실크 손수건으로 얼굴을 닦으며 사람들로 가득 찬 방 안을 기분 좋게 움직였다.

"오늘처럼 즐거운 날이 계속되기를!"

집 앞에도 사람들로 붐볐다. 손님들은 입구에 서 있어야 했고 베란다와 뜰에도 몰려 있었다. 밀치거나 무례한 행동은 없었다. 소란스러웠지만 질서가 있었다. 친구들은 서로 인사하고, 처음 온 사람들은 서로를 소개하고 악수했다. 아이들과 젊은이들은 끼리끼리 모여 부엌 쪽으로 움직였다.

"크리스마스 선물이다!"

코플랜드 박사는 앞방 한가운데 나무 옆에 서 있었다. 그는 현기증이 났다. 악수를 하고 당황해하면서 인사에 답했다. 개인적으로 주는 선물들, 리본으로 예쁘게 묶은 것들, 신문지에 싼 것들이 그의 손에 쥐어졌다. 그것들을 놓을 장소를 찾을 수 없었다. 공기는 탁해지고 목소리들은 더욱 커졌다. 주위로 사람들의 얼굴이 움직였고 그는 아무도 알아볼 수 없었다. 천천히 평정심이 돌아왔다. 그는 안고 있는 선물들을 내려놓을 장소를 찾았다. 현기증은 가라앉고 방 안이 뚜렷하게 보였다. 안경을 고쳐 쓰고 주위를 둘러보기 시작했다.

"메리 크리스마스! 메리 크리스마스!"

긴 재킷을 입은 약제사 마셜 니콜스가 쓰레기차에서 일하는 사위와 말하고 있었다. '거룩한 승천 교회'의 목사가 왔다. 다른 교회의 집사 두 명도 왔다. 큰 체크무늬 양복을 입은 하이보이가 사람들 사이를 상냥하게 누비고 다녔다. 건장하고 멋진 청년들이 화사한 긴 드레스를 입은 젊은 여성들에게 고개 숙여 인사했다. 아이들을 데리고 온 엄마들도 있었고, 야한 색깔의 손수건에 침을 뱉는 신중한 노인들도 있었다. 방 안은 따뜻하고 소란스러웠다.

싱어 씨는 문간에 서 있었다. 많은 사람들이 그를 쳐다봤다. 코플랜드 박사는 자기가 그를 반갑게 맞았는지 생각나지 않았다. 벙어리는 혼자 서 있었다. 그의 얼굴은 스피노자의 사진과 닮아 있었다. 유대인의 얼굴. 그를 보니 반가웠다.

문과 창들이 다 열려 있었다. 방으로 바람이 들어와 난롯불이 소리를 내며 탔다. 왁자지껄하던 것이 조용해졌다. 자리는 다 찼고 젊은이들은 바닥에 줄지어 앉았다. 복도와 현관과 마당에도 조용한 손님들로 가득 찼다. 그가 말할 시간이었다. 무엇을 말할 것인가? 공포로 목이 조였다. 방 안 사람들은 기다렸다. 존 로버츠의 신호에 모든 소리가 잠잠해졌다.

"여러분." 코플랜드 박사가 멍하게 말을 시작했다. 그는 말을 잠시 멈췄다. 그러다 갑자기 말이 터져 나왔다.

"오늘은 우리가 이곳에서 크리스마스를 찬양하기 위해 함께 모인 지 19년째 되는 날입니다. 우리 민족이 처음 예수 그리스도의 탄생에 대해 들었을 때는 어두운 시기였습니다. 우리 민족은 이 소도시의 법원 광장에서 노예로 팔렸었지요. 그 이후 우리들은 수없이 예수의 생애에 대해 듣고 말해왔습니다. 그래서 오늘은 다른 이야기를 하려고 합니다.

120년 전 대서양 건너 멀리, 독일이라는 나라에서 또 한 사람이 태어났습니다. 이 사람은 세상을 예수처럼 이해했습니다. 하지만 그의 관심은 천당이나 사후에 있지 않았습니다. 그의 소명은 살아 있는 사람들을 위한 것이었지요. 죽을 때까지 일하고 고통 받고 또 일하는 무수한 사람들을 위한 것. 빨래를 하고, 요리사로 일하고, 목화를 따고, 공장의 뜨거운 염색 통 앞에서 일하는 사람들을 위한 것이었습니다. 그의 소명은 우리 자신을 위한 것이었습니다. 그의 이름은 카를 마르크스입니다.

카를 마르크스는 현명한 사람이었습니다. 그는 공부하고 일했고 주위의 세상을 이해했습니다. 세상은 두 계층으로, 부자와 가난한 자들로 나뉜다고 그는 말했지요. 한 명의 부자를 위해, 이 부자를 더 부자로 만들기 위해 천여 명의 가난한 사람들이 일했습니다. 그는 세계를 흑인과 백인 또 중국인들로 나누지 않았습니다. 가난한 수만 명에 속하는가, 또는 부유한 소수에 속하는가, 카를 마르크스에게는 이것이 피부색보다 더 중요했습니다. 카를 마르크스의 인생 소명은 모든 인간들을 평등하게 만들고, 세상의 엄청난 부를 분배하여 가난한 사람과 부자 구분 없이 각자의 몫을 갖도록 하는 것이었습니다. 카를 마르크스가 우리에게 남긴 계명은 이것입니다. '능력에 따른 것에서 필요에 따른 것으로.'"

복도에서 주름진 노란 손 하나가 수줍게 흔들렸다. "그 사람은 성경에 나오는 마르코인가요?"

코플랜드 박사는 설명했다. 그는 두 사람 이름의 철자를 말하고* 연대를 알려주었다. "또 질문 있습니까? 각자 자유롭게 토론하십시오."

"마르크스 씨는 기독교인이겠지요?" 목사가 물었다.

"그는 인간 정신의 성스러움을 믿었습니다."

"백인이었나요?"

"그렇습니다. 하지만 자신을 백인으로 생각하지 않았어요. 그는 말했습니다. '나는 인간적인 모든 것들과 친숙하다.' 그는 자신을 모든 사람들의 형제라고 생각했지요."

코플랜드 박사는 좀 길게 말을 멈추었다. 주위의 얼굴들이 기다리고 있었다.

"재산의 가치는, 우리가 상점에서 사는 물건의 가치는 어디에 있습니까? 그 가치는 오직 한 가지에 달려 있습니다. 그것

---

*영어로 마르코는 Mark, 마르크스는 Marx로 쓴다.

을 만들거나 키우는 데 들어간 노동입니다. 왜 벽돌집이 양배추보다 비쌉니까? 벽돌집 한 채를 짓는 데 많은 사람의 노동이 들어갔기 때문이지요. 벽돌과 회반죽을 만드는 사람들이 있고, 마루를 놓을 두꺼운 판자를 만들기 위해 나무를 베는 사람들이 있습니다. 벽돌집의 건축을 담당하는 사람들도 있지요. 집이 지어질 땅으로 자재들을 옮기는 사람들도 있습니다. 자재들을 운반하는 외바퀴 손수레들과 트럭들을 만드는 사람들도 있고, 마지막으로 집 짓는 일꾼들이 있습니다. 벽돌집 한 채를 짓기 위해 수많은 사람들의 노동이 필요한 것이지요. 반면 양배추는 누구든지 뒤뜰에 키울 수 있어요. 이처럼 벽돌집을 짓기 위해 더 많은 일을 해야 하므로 그것은 양배추보다 비쌉니다. 벽돌집을 사는 사람은 집 짓는 데 들어간 노동에 돈을 지불하는 것입니다. 하지만 누가 그 돈을 갖지요, 그 이익을? 노동을 한 많은 사람들이 아니고 그들을 지배하는 사장이 가져갑니다. 더 공부를 하게 되면 그 사장 위에 또 사장이 있고, 그 위에 더 높은 자들이 있다는 걸 알게 될 것입니다. 그래서 물건 값을 정하고 이 모든 과정을 지배하는 자들은 극소수입니다. 여기까지 이해가 됩니까?"

"이해했습니다!"

과연 이해했을까? 그는 처음부터 다시 반복해서 말했다. 이번에는 질문들이 나왔다.

"그런데 벽돌 만드는 진흙은 돈이 들지 않나요? 땅을 세내고 곡식을 키우는 것도 돈이 들지 않습니까?"

"좋은 지적입니다." 코플랜드 박사가 말했다. "땅, 진흙, 재목, 이런 것들을 천연자원이라고 하지요. 인간은 천연자원을 만들지 않습니다. 개발할 뿐이지요. 일하기 위해 사용할 뿐입니다. 그러니 어느 한 사람이, 또는 한 집단이 이것들을 소유해야 할까요? 어떻게 한 사람이 곡식 키우는 땅과 공간과 햇빛과 비를 소유할 수 있겠습니까? 어떻게 한 사람이 '이건 내 거요'라고 하면서 다른 이들과 공유하기를 거부할 수 있겠습니까? 그래서 마르크스는 이 천연자원들은 모든 사람들에게 속한다고 했습니다. 작은 부분으로 나누지 말고 일할 수 있는 능력에 따라 모든 사람들이 사용할 수 있어야 한다고 했지요. 예를 들자면 어떤 사람이 죽어서 노새 한 마리를 네 아들에게 남겼다고 합시다. 아들들은 노새를 네 토막으로 나눠 자기 몫을 갖기를 원하지 않을 겁니다. 노새를 함께 소유하고 사용할 것입니다. 이것이 마르크스가 말하는 방식, 모든 천연자원들을 소유해야 하는 방식입니다. 몇 사람의 부자들이 아니라 그 전부를 세계의 모든 노동자들이 소유해야 한다는 거지요.

여기 있는 우리는 개인 재산이 없습니다. 한두 명은 살고 있는 집을 소유했을 것이고, 또는 여분으로 1, 2달러를 가지고 있을지 모르지요. 하지만 우리는 사는 데 직접 필요하지 않은 것은 아무것도 갖고 있지 않습니다. 우리가 가지고 있는 것이라고는 우리 몸뿐입니다. 우리는 살아가며 매일 우리 몸을 팝니다. 아침에 일하러 갈 때, 하루 종일 노동할 때 몸을 팔지요. 우리는 어떤 가격에라도, 어느 때든지, 어떤 목적을 위해서도 우리의 몸을 팔도록 강요당합니다. 먹고살기 위해 우리 몸을 팔아야 하는 겁니다. 그리고 우리가 이 대가로 받는 돈은, 다른 자들의 이익을 위해 더 오래 노동할 기운을 얻을 수 있는 만큼만입니다. 오늘날 우리는 법원 광장의 단상에 세워져 팔려 가지는 않습니다. 하지만 살아 있는 매 순간 우리의 기운과 시간과 영혼을 팔도록 강요당하고 있습니다. 우리는 노예제도에서 해방되어 다른 종류의 노예가 된 것뿐입니다. 이것이 자유입니까? 우리는 자유로워진 사람들입니까?"

앞뜰에서 깊은 음성이 들려왔다. "그 말, 진실입니다!"

"그게 현실이지요!"

"그리고 우리만 노예 상태에 있지 않습니다. 온 세상에 있는, 갖가지 피부색과 인종과 신념을 가진 수백만 명의 사람들도 그렇습니다. 이를 기억해야만 합니다. 많은 흑인들이 가난한 백인들을 증오하고, 또 그들은 우리를 증오합니다. 이 동네 강변에 살며 공장에서 일하는 백인, 그들도 우리만큼 가난해요. 이런 증오는 큰 죄악이며 이 증오에서는 어떤 선한 것도 나오지 않습니다. 우리는 카를 마르크스의 말을 기억해야 하고 그의 가르침에 따라 진실을 알아야 합니다. 가난의 부당함에 우리는 단결해야지 서로 갈라져서는 안 됩니다. 우리의 노동으로 지상의 가치 있는 것들을 만들어낸다는 사실을 모두 기억하세요. 카를 마르크스가 가르치는 이 중요한 진실들을 항상 마음속에 기억하고 잊지 마십시오.

그러나 여러분! 여기 모인 우리 흑인들은 우리 자신만을 위한 임무가 또 하나 있습니다. 우리 속에 강력하고 진실한 목적이 있습니다. 이 목적을 이루지 못하면 우리는 영원히 길을 잃을 것입니다. 우리, 이 특별한 소명의 본질이 무엇인지 알아봅시다."

코플랜드 박사는 셔츠 깃을 느슨하게 했다. 질식할 것 같았다. 그가 마음속에서 느끼는 비통한 사랑은 너무도 강렬했다. 그는 숨죽이고 있는 손님들을 둘러보았다. 그들은 기다렸다. 뜰과 현관에 서 있는 사람들도 실내에 있는 사람들과 똑같이 조용하게 관심을 가지고 서 있었다. 늙고 귀먹은 사람은 귀에 손을 대고 몸을 숙이고 있었다. 어떤 엄마는 칭얼거리는 아기에게 가짜 젖꼭지를 물려 달랬다. 싱어 씨는 문 입구에 조심스럽게 서 있었다. 대부분의 젊은이들은 바닥에 앉아 있었다. 랜시 데이비스도 있었다. 그 소년의 입술은 불안정했고 창백했다. 무릎을 두 팔로 꽉 안고 있는 그의 젊은 얼굴은 침울했다. 방 안의 모든 눈들이 응시하고 있었고, 거기에는 진실에 대한 허기가 있었다.

"오늘 우리는 '나의 야망: 사회 속에서 흑인의 지위를 어떻게 개선할 수 있는가'라는 주제에 대해 가장 우수한 글을 쓴 고등학생에게 상금 5달러를 수여하려고 합니다. 올해의 수상자는 랜시 데이비스입니다." 코플랜드 박사는 주머니에서 봉투를 꺼냈다. "이 상의 가치는 돈의 액수에 있지 않고, 상과 함께 수여되는 신성한 신뢰와 믿음에 있다는 것, 말할 필요는 없겠지요."

랜시는 어색하게 일어섰다. 그의 침울한 입술이 떨렸다. 그는 고개 숙여 인사하고 상을 받았다. "제가 쓴 글을 읽을까요?"

"아니다." 코플랜드 박사가 말했다. "이번 주에 언제 나하고 얘기하자."

"알겠습니다." 방 안은 다시 조용해졌다.

"'나는 종이 되고 싶지 않다!' 아이들이 낸 글 속에는 이 욕망이 반복되어 나타나고 있더군요. 종이라고요? 우리들 천 명 중에서 한 사람만 봉사자가 되도록 허용됩니다. 우리들은 일하지 않아요! 우리들은 봉사하지 않아요!"

어색한 웃음소리들이 들렸다.

"잘 들으세요! 우리 다섯 명 중에서 한 사람만 길을 건설하는 노동을 하거나, 도시의 위생을 책임지거나, 제재소에서 또는 농장에서 일합니다. 다섯 명 중 한 명은 전혀 일자리를 구하지 못합니다. 하지만 다섯 명 중 다른 세 명은, 즉 우리들의 대부분은 저 먹을 것도 만들 줄 모르는 자들을 위해 요리합니다. 한두 사람의 쾌락을 위해 평생 정원의 꽃들을 가꿉니다. 멋진 저택의 매끄러운 바닥을 닦습니다. 혹은 너무 게을러서 직접 운전도 못 하는 부자들을 위해 차를 몹니다. 우리들은 아무에게도 소용없는 수천 가지 일을 하면서 평생을 보냅니다. 노동을 하지만 우리의 모든 노동은 낭비됩니다. 그것이 봉사입니까? 아닙니다. 그건 노예 상태입니다.

우리는 노동을 하지만, 우리의 노동은 낭비되고 있습니다. 우리는 봉사하도록 허락되지 않습니다. 오늘 아침 여기 온 학생들은 우리 흑인들 중에서 행운의 소수를 대표하는 사람들입니다. 대부분은 학교에 갈 수조차 없지요. 여러분 한 사람 한 사람과는 달리 이름조차 쓸 수 없는 수십 명의 젊은이들이 있습니다. 배움과 지혜의 긍지를 거부당하고 있는 것이지요.

'능력에 따른 것에서 필요에 따른 것으로.' 여기 있는 우리들은 진정한 필요를 위해 고통을 겪는 게 어떤 것인지 알고 있습니다. 그건 엄청나게 부당한 것이지요. 하지만 이보다 더 가혹한 부당함이 있습니다. 능력에 따라 일할 수 있는 권리를 박탈당하는 것입니다. 평생 쓸모없이 노동하는 것. 봉사할 수 있는 기회를 거부당하는 것. 우리 마음과 영혼의 풍요를 빼앗기는 것보다는 지갑의 이익을 뺏기는 게 훨씬 나은 것입니다.

오늘 아침 여기 모인 젊은이들 중에는 교사나 간호사나 우리 민족의 지도자가 될 필요를 느끼는 이들이 있을 것입니다. 하지만 대부분은 거절당할 것입니다. 여러분들은 살아남기 위해, 쓸모없는 목적을 위해 자신들을 팔아야 할 것입니다. 거부 당하고 패배할 것입니다. 젊은 화학자가 목화를 땁니다. 젊은 작가는 글을 배우지 못합니다. 교사는 다리미판에 쓸모없는 노예 상태로 붙들려 있습니다. 우리를 위한 대변인이 정부에는 없습니다. 우리는 투표권도 없습니다. 이 위대한 나라의 모든 곳에서 우리는 가장 핍박받는 사람들입니다. 우리들은 목소리를 높일 수가 없습니다. 사용되지 못한 우리들의 혀는 입안에서 녹슬고 있습니다. 우리들의 심장은 텅 비고 목적을 위한 힘은 상실되고 있습니다.

흑인 여러분! 우리는 인간 정신과 영혼의 풍요로움을 가져오는 사람들입니다. 우리들은 가장 소중한 재능을 제공합니다. 그런데 우리들이 제공하는 것들은 경멸과 멸시를 받습니다. 우리들의 재능은 진흙 속에서 짓밟히고 버려지지요. 우리들은 짐승의 일보다 더 쓸모없는 노동에 투입되고 있습니다. 흑인 여러분! 우리들은 궐기하여 다시 완벽해져야 합니다! 우리들은 자유로워져야 합니다!"

방에서 웅성거리는 소리가 들렸다. 극도의 흥분 상태가 왔다. 코플랜드 박사는 목이 메어 주먹을 불끈 쥐었다. 그는 거인처럼 부풀어 오른 듯했다. 마음속의 사랑이 그의 가슴을 발전기로 만들었고 그는 온 도시에 들릴 수 있도록 외치고 싶었다. 바닥에 쓰러져 거대한 음성으로 외치고 싶었다. 방 안은 신음과 외침으로 가득 찼다.

"우리를 구원하소서!"

"전능하신 주여! 우리를 이 죽음의 광야에서 인도하소서."

"할렐루야! 주여, 우리를 구원하소서!"

그는 자제하려고 안간힘을 썼다. 그는 몸부림쳤고 드디어 자제력이 돌아왔다. 자기 속의 외침을 눌렀고 강하고 진실한 목소리를 찾았다.

"주목하세요!" 그는 외쳤다. "우리는 우리 자신을 구원할 것입니다. 하지만 슬픔의 기도로는 안 됩니다. 게으름과 독한 술로도 안 됩니다. 육체의 쾌락과 무지, 굴종과 겸손으로도 안 됩니다. 자부심에 의해서, 의지에 의해서만 가능합니다. 단단하고 강해져야 합니다. 우리는 진정하고 참된 우리의 목적을 위해 힘을 키워야 해요."

그는 갑자기 말을 중단하고 똑바로 섰다. "해마다 이맘때면 우리는 작은 방식으로 카를 마르크스의 첫 번째 계명을 실제로 실천했습니다. 여기 모인 여러분들 한 사람 한 사람은 미리 선물을 보내왔습니다. 많은 분들이 다른 이들의 결핍을 줄이기 위해서 자신들의 안락함을 희생한 겁니다. 여러분 각자는 최선을 다해 능력에 따라 선물을 보냈습니다. 그 보답으로 받을 선물의 가치는 생각하지 않고 말입니다. 우리들이 서로 나누는 것은 당연합니다. 오랫동안 우리는 받는 것보다 주는 것이 더 축복임을 깨달아왔습니다. 카를 마르크스의 말은 항상 우리 마음속에 살아 있었던 거지요. '능력에 따른 것에서 필요에 따른 것으로.'"

코플랜드 박사는 할 말을 다한 듯 오랫동안 말이 없었다. 그러다가 다시 말했다.

"우리의 소명은 힘과 긍지를 가지고 굴욕의 날들을 전진하는 겁니다. 우리의 자부심은 분명 강해요. 인간의 마음과 영혼의 가치를 알기 때문이지요. 우리는 자녀들을 가르쳐야 합니다. 우리는 그들이 배움과 지혜의 긍지를 얻을 수 있도록 희생해야 합니다. 때가 올 것이기 때문입니다. 우리 속에 있는 풍요로움이 멸시와 경멸을 받지 않을 날들이 올 것입니다. 우리들이 봉사할 수 있을 때가 올 것입니다. 열심히 일하고 우리의 노동이 낭비되지 않을 때가 올 것입니다. 우리의 소명은 힘과 신념을 가지고 이때를 기다리는 것입니다."

연설은 끝났다. 모두들 박수를 쳤고, 마루와 단단한 겨울 땅위로 발을 굴렀다. 뜨겁고 강한 커피 향이 부엌에서 흘러나왔다. 존 로버츠가 선물들을 담당해 카드 위에 쓰인 이름들을 크게 불렀다. 마셜 니콜스가 케이크 조각을 돌리는 동안 포셔는 스토브 위의 커피 주전자에서 커피를 따랐다. 코플랜드 박사는 사람들에게 둘러싸인 채 손님들 사이를 계속해서 움직였다.

누군가 그의 팔꿈치를 건드렸다. "선생님 아들 버디는 그 사람 이름을 딴 거지요?" 그는 그렇다고 대답했다. 랜시 데이비스가 질문을 하면서 그를 따라다녔다. 그는 모두 그렇다고 대답했다. 그는 기쁨에 취한 사람처럼 느꼈다. 자기 종족을 가르치고 훈계하고 그들을 이해하게 만드는 것. 그것은 최고의 일이었다. 진실을 말하고 사람들은 경청하는 것.

"보람된 시간을 보냈어요, 이 파티에서."

그는 현관에 서서 작별 인사를 했다. 쉬지 않고 악수했다. 그는 무겁게 벽에 기댄 채 눈만 움직였다. 피곤했다.

"정말 감사합니다."

싱어 씨는 맨 나중에 떠났다. 그는 진실로 좋은 사람이었다. 지적이며 참다운 지식을 가진 백인이었다. 그에게 야비한 오만이란 없었다. 모두 떠난 뒤에도 끝까지 남은 사람이었다. 그는 기다렸고 어떤 마지막 말을 기대하는 듯했다.

코플랜드 박사는 후두가 아파 손으로 목을 쥐고 있었다. "교사들." 그는 목쉰 소리로 말했다. "우리에게 가장 필요한 사람들이지요. 지도자들. 우리를 단결시키고 인도해줄 사람."

파티가 끝난 뒤 방들은 썰렁했고 어지러웠다. 집은 추웠다. 포셔는 부엌에서 컵들을 씻고 있었다. 크리스마스트리에 달렸던 은색 눈은 바닥에 떨어져 밟혔고, 장식 두 개가 망가졌다.

그는 피곤했지만 기쁨과 흥분으로 쉴 수 없었다. 침실부터 시작하여 집 정리를 시작했다. 서류함 위에 진료 카드가 놓여 있었다. 랜시 데이비스에 관한 기록이었다. 마음속에서 그에게 할 말들이 생각났는데 그 말들을 할 수 없어 초조해졌다. 소년의 침울한 얼굴이 떠올랐고 떨쳐낼 수 없었다. 랜시의 진료 카드를 다시 넣으려고 서류함의 맨 위 서랍을 열고 알파벳 순으로 정리된 카드를 넘겼다. 그러다가 그의 눈이 자신의 이름에가 멈췄다. 코플랜드, 베네딕트 메이디.

서류철에는 흉부 엑스레이 사진 몇 장과 간단한 병력이 적혀 있었다. 엑스레이 한 장을 불빛에 쳐들었다. 왼쪽 폐 위에 석회화된 별 모양의 환한 구석이 있었다. 조금 아래쪽으로는 오른쪽 폐 위쪽에 있는 것과 같은 흐릿한 큰 점이 있었다. 재빨리 서류철에 엑스레이 사진들을 다시 넣었다. 자신에 관해 썼던 간단한 기록만이 그의 손에 있었다. 크게 흘려 쓴 글자들은 읽기 어려웠다. "1920, 림프선이 석화됨. 두드러지게 비장이 두꺼워짐. 병변 억제됨. 활동 재개. 1937, 병변 재개, 엑스레이에 나타남." 그는 기록들을 읽을 수 없었다. 처음에는 글씨를 알아볼 수 없었고 알아볼 수 있을 때에는 이해할 수 없었다. 끝으로 이렇게 적혀 있었다. "예후: 알 수 없음."

시커멓고 격렬한 오래된 감정이 다시 일어났다. 몸을 구부리고 맨 아래 서랍을 세게 비틀어 열었다. 편지 뭉치들이 뒤섞여 들어 있었다. '흑인 발전 협회'에서 온 편지들. 데이지에게서 온 노란 편지. 1달러 50센트를 달라는 해밀턴의 편지. 그는 무엇을 찾고 있는가? 두 손으로 서랍 속을 뒤지다가 경직된 채 몸을 일으켰다.

시간은 낭비되었다. 과거는 갔다.

포셔는 부엌 식탁에서 감자를 깎고 있었다. 몸을 웅크리고 있었고 슬픈 얼굴이었다.

"어깨를 펴라." 그는 화가 나서 말했다. "기운 빠져 있는 것 좀 그만둬. 침울하게 중얼거리며 서성대니 봐줄 수가 없구나."

"윌리를 생각하고 있었을 뿐이에요." 그녀가 말했다. "물론 편지는 겨우 사흘 안 왔어요. 하지만 그 애는 절 이렇게 걱정하게 만들어서는 안 되죠. 그런 애가 아니에요. 이상한 느낌이 들어요."

"참고 기다려봐라, 애야."

"알아요, 그래야죠."

"몇 군데 왕진 갈 곳이 있다. 곧 돌아오마."

"알겠어요."

"모든 게 잘될 거다." 그가 말했다.

그의 기쁨은 환하고 서늘한 대낮의 햇빛 속으로 모두 사라졌다. 환자들의 병 때문에 그는 마음이 어수선했다. 신장종양. 척수막염. 척추염. 그는 차 뒷부분에 있는 크랭크를 돌렸다. 대개는 지나가는 흑인을 불러 크랭크를 돌리게 해 시동을 걸었다. 그들은 늘 기꺼이 도와주고 봉사했다. 그러나 오늘은 직접 크랭크를 잡고 맹렬하게 돌렸다. 겉옷 소매로 얼굴의 땀을 닦고 서둘러 운전석에 앉아 출발했다.

그가 오늘 말한 것을 사람들은 얼마나 이해했을까? 얼마나 소용이 될 것인가? 그는 자신이 했던 말들을 되살렸다. 그 말들은 희미해지면서 힘을 잃는 듯했다. 말하지 못한 말들은 가슴속에서 더욱 무거워졌다. 그 말들이 입술로 올라와 그를 초조하게 했다. 고통 받는 사람들의 얼굴이 그의 눈앞에 점점 늘어나더니 무리가 되어 움직였다. 자동차를 천천히 몰고 내려갈 때 그의 가슴은 성나고 초조한 사랑으로 가득 찼다.

7

소도시에 몇 년 만의 추위가 왔다. 서리가 유리창에 어리고 지붕들을 하얗게 덮었다. 겨울 오후는 희미한 레몬색으로 빛났고 부드러운 푸른색 그림자들이 졌다. 길 위의 물웅덩이에는 살얼음이 꼈고, 크리스마스 다음 날 소도시 북쪽에서 겨우 10마일 떨어진 곳에 눈발이 날렸다고 했다.

싱어에게 변화가 왔다. 그는 자주 오랫동안 산책을 했다. 안토나풀로스가 떠난 뒤 처음 몇 달 동안도 그랬었다. 몇 마일씩 사방으로 다니다가 소도시 전체를 걸었다. 올해 겨울 공장들은 불황이었고 강가에 빼곡히 들어선 판자촌은 더욱 남루해졌다. 싱어는 여기도 구석구석 돌아다녔다. 사람들의 눈 속에 우울한 외로움이 고여 있었다. 그들은 이제 게을러질 수밖에 없었다. 그들에게서 초조함이 느껴졌다. 새로운 신앙에 대한 광적인 폭발도 있었다. 공장에서 염색 일을 했던 젊은이가 갑자기 위대한 성령이 임했다고 주장했다. 주님의 새로운 계명을 전하는 것이 자신의 의무라고 했다. 젊은이는 예배당을 만들었고 수백 명이 매일 밤 바닥에서 뒹굴며 서로를 흔들어댔다. 자신들은 인간적인 것을 초월하는 어떤 존재 앞에 있다고 믿었다. 살인 도 있었다. 끼니 때울 돈도 벌지 못했던 여자는 작업반장이 자 기 수당을 속인다며 그의 목을 찔렀다. 어느 흑인 가족이 백인 들이 사는 음울한 거리의 맨 끝 집으로 이사 오자 사람들은 분 노했다. 그 집을 불태우고 흑인을 때렸다. 그러나 이런 것은 사 소한 일들일 뿐이었다. 정말로 변한 것은 아무것도 없었다. 파 업에 대한 말들도 있었지만 결코 일어나지 못했다. 사람들이 모일 수 없었기 때문이었다. 모든 것이 이전과 똑같았다. 가장 추운 밤에도 서니 딕시 쇼는 열렸다. 사람들은 어느 때보다 더 많이 꿈꾸고 싸우고 잤다. 습관적으로 생각을 오래하지 않았 다. 내일 이후의 어둠 속으로 방황하고 싶지 않기 때문이었다.

싱어는 도시의 흑인 구역, 산발적으로 흩어져 있는 악취 나 는 동네를 걸어 다녔다. 이곳에는 더 많은 흥겨움과 폭력이 있 었다. 기분 좋은 독한 위스키 냄새도 났다. 따스하고 나른한 난 롯불이 창에 비쳤다. 거의 매일 밤 교회에서는 모임이 있었다. 싱어는 쾌적한 작은 집들이 누런 풀밭 위에 서 있는 지역도 걸 었다. 아이들은 더 건강했고 낯선 사람들에게도 더 친절했다. 그는 부유한 동네도 배회했다. 오래된 웅장한 저택에는 흰 돌 기둥과 정교한 무늬가 새겨진 철제 울타리들이 둘려 있었다. 큰 벽돌집들도 지나갔다. 자동차들이 차고 앞에서 경적을 울렸 고 굴뚝에서는 깃털 같은 연기들이 펑펑 뿜어져 나왔다. 싱어 는 또 시내에서 잡화점들로 이어지는 길이 끝날 때까지 걸었 다. 농부들은 토요일 밤이면 가게에 와서 스토브 주위에 둘러 앉았다. 그는 환하게 불 켜진 네 개의 중심 상업지역들을 걸었

다. 어둡고 인적 없는 뒤편의 작은 골목을 걸었다. 싱어가 모르
는 지역은 없었다. 그는 수많은 창에 비치는 네모난 노란 불빛
들을 응시했다. 겨울밤은 아름다웠다. 하늘은 차가운 담청색이
었고 별들은 또렷하게 빛났다.

이제 사람들은 산책하는 싱어를 붙들고 자주 말을 걸었다.
다양한 사람들이 그를 알게 되었다. 낯선 사람이 말을 걸면 싱
어는 명함처럼 생긴 종이를 건네면서 자기가 말하지 않는 이유
를 이해시켰다. 그는 도시 전체에 알려지게 되었다. 그는 어깨
를 펴고 항상 주머니에 두 손을 깊숙이 넣고 걸었다. 그의 회색
눈은 모든 것들을 받아들이는 듯했다. 얼굴에는 매우 현명하거
나 슬픈 사람들에게서 볼 수 있는 평온함이 있었다. 그와 친구
가 되고 싶어 하는 사람을 만나면 기꺼이 멈추었다. 그는 걷고
있을 뿐, 목적지가 있는 것은 아니기 때문이었다.

도시에는 벙어리에 대한 갖가지 소문들이 생겼다. 안토나풀
로스와 함께 살던 때, 걸어서 출퇴근하던 때를 제외하고는 그
들은 항상 둘이서만 방에서 지냈다. 그때는 아무도 그들을 상
관하지 않았다. 사람들이 그들을 쳐다볼 때도 관심은 덩치 큰
그리스인에게 있었다. 그 시절의 싱어는 잊혀진 사람이었다.

벙어리에 관한 소문은 풍부하고 다양했다. 유대인들은 그를
유대인이라고 불렀다. 중앙로에 늘어선 가게 상인들은 그가 큰
유산을 받은 부자라고 했다. 위협을 받고 있는 섬유노조에서는
벙어리가 CIO*의 조직자라고 수군댔다. 몇 년 전 가족들과 이
소도시로 들어와 작은 리넨 가게를 하며 어렵게 사는 외로운

---

*'산업별 조직 회의(Congress of Industrial Organization)'의 약자. 1938년에 미숙
련 노동자를 중심으로 미국에서 창립된, 진보적 색채를 띤 노동조합.

터키 사람은 아내에게 벙어리가 터키 사람이라고 주장했다. 그가 터키어로 말했을 때 벙어리가 알아들었다는 것이었다. 이렇게 말하는 그의 음성은 따뜻했다. 그는 자식들과 다투는 것도 잊었으며 계획을 세우고 부지런히 일했다. 시골에서 온 한 노인은 벙어리가 고향 사람이라며, 벙어리의 아버지가 군(郡) 전체에서 가장 좋은 담배를 수확했다고 말했다. 이 모든 것들이 벙어리에 관한 말들이었다.

안토나풀로스! 싱어의 마음속에는 늘 친구와의 추억이 있었다. 밤에 눈을 감으면 그리스인의 둥글고 기름진, 부드러운 미소를 띤 현명한 얼굴이 어둠 속에 있었다. 꿈속에서 그들은 항상 함께 있었다.

친구가 떠난 지 1년이 넘었다. 길지도 짧지도 않은 듯한 그 시간은 마치 술 취했을 때나 반쯤 졸고 있을 때처럼, 일상적인 시간에서 제외된 것 같았다. 매 시간마다 그 뒤에는 항상 친구가 있었다. 안토나풀로스와 함께 파묻힌 이 삶도 주변의 다른 일처럼 변하면서 계속 진행되었다. 싱어는 처음 두어 달 동안은 친구가 입원하기 전의 끔찍했던 몇 주일을 생각했다. 친구의 병에 따른 고통, 체포 영장, 그의 변덕을 달래는 어려움들. 그는 또 그들이 불행했던 시간들을 생각했다. 오래전에 있었던 사건이 몇 번이고 다시 생각났다.

그들에게는 친구가 없었다. 이따금 다른 벙어리들을 만났지만 10년 동안 사귄 것은 세 명뿐이었다. 그러나 항상 무슨 일이 일어났다. 한 명은 만난 지 일주일 뒤에 다른 주로 이사 갔다. 다른 한 명은 결혼해서 아이가 여섯이었고 수화를 하지 않았다. 그러나 친구가 떠난 뒤 싱어가 기억한 것은 그들과 세 번째 사람과의 관계였다.

그 벙어리의 이름은 칼이었다. 공장에서 일하는 안색이 나쁜 젊은이였다. 두 눈은 흐릿한 노란색이었고 부서지기 쉬운 투명한 이도 창백하고 노랗게 보였다. 작고 마른 몸에 푸른색 작업복을 후줄근하게 걸치고 있었는데, 마치 퍼렇고 노란 넝마 인형처럼 보였다.

그들은 그를 저녁에 초대했고, 안토나풀로스가 일하는 가게에서 미리 만나기로 했었다. 그들이 도착했을 때 그리스인은 여전히 바빴다. 가게 뒤편 주방에서 캐러멜 퍼지* 한 판을 마무리하고 있었다. 캐러멜 퍼지는 긴 대리석 탁자 위에서 황금색으로 빛났다. 달콤한 냄새로 가득한 공기는 따뜻하고 풍요로웠다. 안토나풀로스는 따끈한 퍼지 위로 칼을 밀며 그것을 네모나게 잘랐다. 친구는 칼이 그 모습을 보는 것을 즐기는 듯했다. 그는 기름진 칼끝에 퍼지를 조금 얹어 새 친구에게 주었고, 호감을 얻고 싶은 사람에게 보여주는 묘기도 선보였다. 먼저 그는 스토브 위에서 끓고 있는 시럽 통을 가리키고 부채질을 하며 얼마나 뜨거운지 보여주려고 눈을 찡그렸다. 그리고 손을 찬물에 담갔다가 끓는 시럽 속에 넣고, 다시 얼른 물속에 담갔다. 고통스러운 듯 눈알이 튀어나오게 했고 혀를 내밀었다. 손을 움켜잡고 한 발로 껑충거리며 뛰니 건물이 흔들렸다. 그러더니 갑자기 미소 짓고 손을 보여주면서 농담이라며 칼의 어깨를 쳤다.

*설탕, 버터, 우유 등으로 만든 말랑말랑한 과자의 일종.

흐릿한 겨울 저녁이었고 숨을 쉬면 공기 속에 하얀 김이 생겼다. 그들은 팔짱을 끼고 걸었다. 싱어가 가운데 섰고, 그가 두어 번 장을 보러 가게에 들어간 사이 두 사람은 골목에 서 있었다. 칼과 안토나풀로스는 식료품 봉지를 들었고 싱어는 그들의 팔을 꼭 잡고 미소 지으며 집으로 왔다. 그들의 방은 아늑했고 싱어는 행복하게 움직이며 칼과 대화했다. 식사 후 안토나풀로스가 희미하게 미소 지으며 바라보는 동안 두 사람은 이야기를 나눴다. 덩치 큰 그리스인은 육중한 몸으로 자주 찬장으로 가서 위스키를 따랐다. 칼은 창가에 앉아 안토나풀로스가 술잔을 내밀 때에만 엄숙하게 한 모금씩 마셨다. 싱어는 친구가 낯선 사람에게 그렇게 친절한 것을 본 적이 없었다. 그는 칼이 자주 방문해주기를 기쁜 마음으로 기대했다.

즐거운 분위기를 깨는 일이 생긴 것은 자정이 지나서였다. 안토나풀로스는 다시 찬장에 갔다 오더니 흥분했다. 침대 위에 앉아 불쾌하고 혐오스러운 표정으로 새 친구를 노려보기 시작했다. 싱어는 그 이상한 행동을 무마하려고 열심히 이야기했지만 그리스인은 집요했다. 얼굴을 찡그린 덩치 큰 그리스인에게 당황하고 홀린 듯, 칼은 의자에 웅크리고 앉아 앙상한 무릎을 만지작거렸다. 그의 얼굴은 상기되어 있었고 겁이 난 모습으로 침을 삼켰다. 싱어는 더 이상 모른 채 할 수 없었고 안토나풀로스에게 배가 아픈지, 기분이 좋지 않아서 자고 싶은지 물었다. 안토나풀로스는 머리를 흔들었다. 그는 칼을 가리키며 온갖 음란한 손짓을 하기 시작했다. 그의 얼굴에 나타난 역겨움은 끔찍했다. 칼은 겁에 질려 움츠러들었다. 드디어 덩치 큰 그리스인은 이를 갈며 일어났다. 칼은 황급히 작은 모자를 집어 들고 방을 떠났다. 싱어는 그를 따라 층계로 내려갔다. 이 낯선 사람에게 어떻게 자기 친구를 설명해야 할지 몰랐다. 칼은 아래층 문간에서 뾰족한 모자를 눌러쓴 채, 풀이 죽어 어깨를 구부리고 서 있었다. 그들은 악수했고 칼은 떠났다.

안토나풀로스는 그들이 보지 않을 때 손님이 찬장의 술을 다 마셔버렸다고 알려주었다. 술병을 비운 건 안토나풀로스라고 아무리 설득해도 소용이 없었다. 침대에 앉아 있는 덩치 큰 그리스인의 둥근 얼굴은 비참했고 비난에 차 있었다. 굵은 눈물이 천천히 속셔츠의 옷깃으로 흘렀다. 그를 위로할 방법은 없었다. 드디어 그는 잠들었지만 싱어는 오랫동안 어둠 속에서 깨어 있었다. 그들은 칼을 다시는 보지 못했다.

그 후 몇 년이 지난 뒤 안토나풀로스가 벽난로 선반 위 꽃병에서 집세를 꺼내 몽땅 슬롯머신에 써버린 일이 있었다. 또 어느 여름 오후엔 벌거벗고 신문을 가지러 아래층에 내려가기도 했다. 그는 더위에 너무 힘들어했다. 그들은 할부로 냉장고를 샀다. 친구는 계속 얼음 조각을 빨았고 심지어 몇 개는 침대 속에 넣고 자 녹아버리기도 했다. 또 술에 취해 마카로니 그릇을 싱어의 얼굴에 내던진 일도 있었다.

그 불쾌한 기억들은 카펫에 섞인 나쁜 실들처럼 처음 몇 달 동안 싱어의 마음속에 있었다. 그런 뒤 사라졌다. 그들이 불행했던 시간들은 잊었다. 시간이 흐르면서 친구에 대한 싱어의 생각들은 더욱 깊어졌고, 그는 친구만을 생각했다. 그만이 안토나풀로스를 알 수 있었다.

싱어는 바로 그 친구에게 가슴속의 모든 것을 다 보여주었다. 싱어만이 현명한 안토나풀로스를 알고 있었다. 시간이 지나면서 싱어의 마음속에서 친구는 점점 자라는 듯했고, 밤이면 어둠 속에서 진지하고 오묘한 표정의 친구 얼굴이 나타났다. 친구에 대한 기억들은 싱어의 마음속에서 변했다. 싱어는 잘못된 것, 어리석은 것들은 기억하지 못했다. 현명하고 좋은 것만 기억했다.

싱어는 큰 의자에 앉아 있는 안토나풀로스를 보았다. 그는 고요히 움직이지 않고 앉아 있었다. 그의 미친 얼굴은 불가사의했다. 큰 입은 미소 짓고 있었다. 두 눈은 심오했다. 그는 말하는 사람을 응시했다. 그리고 지혜로운 그는 이해했다.

이것이 싱어의 생각 속에 늘 자리 잡고 있는 안토나풀로스의 모습이었다. 이 친구에게 싱어는 자기에게 일어나는 일들을 모두 말하고 싶었다. 올해 싱어에게 어떤 일이 일어났기 때문이었다. 그는 낯선 땅에 홀로 남겨졌다. 그는 눈을 떴고 주위에는 이해할 수 없는 일들이 많았다. 그는 혼란스러웠다.

그는 그들의 입술이 만드는 단어의 형태를 주시했다.

우리 흑인들은 마침내 자유로워질 기회를 원합니다. 자유는 우리가 헌신할 수 있는 유일한 권리입니다. 우리들은 봉사하고 나누고 노동하기를 원하며, 그 대가로 얻은 우리들의 몫을 소비하고 싶습니다. 당신은 우리 흑인들의 이 절박한 요구를 이해하는 유일한 백인입니다.

있잖아요, 싱어 씨. 언제나 내 맘속에 이 음악이 있어요. 난 음악가가 되고 싶어요. 지금은 아무것도 모르지만 스무 살이 되면 알게 될 거예요. 아시겠어요, 싱어 씨? 난 눈 내리는 외국으로 여행 갈 거예요.

술병을 마저 비웁시다. 난 작은 것을 원해요. 우리는 자유를 생각했으니까. 그 단어는 내 뇌 속에 들어 있는 벌레 같은 거요. 아시겠소? 아니라고요? 얼마나 많이? 얼마나 조금? 그 단어는 해적질과 절도와 교활함을 나타내는 신호요. 우리는 자유로워질 것이고 그럼 가장 영리한 자들이 타인을 노예로 만들 거요. 하지만! 하지만 그 단어에는 다른 의미가 있소. 모든 단어 중에서 이것이 가장 위험하지. 우리, 진실을 아는 사람들이 조심해야 하오. 그 단어는 우리를 기분 좋게 만들지. 실제로 그 단어는 위대한 이상이오. 하지만 거미들은 바로 이런 이상을 품고 우리를 위해 가장 추악한 거미줄을 짜고 있는 거요.

마지막 인물은 코를 문질렀다. 그는 자주 오지 않았고 말도 많지 않았다. 그는 질문을 했다.

그들 네 사람이 싱어의 방에 오기 시작한 지 일곱 달이 넘었다. 그들은 함께 오지 않았다. 늘 혼자 왔다. 그는 언제나 상냥한 미소로 그들을 맞이했다. 친구가 떠난 후 처음 몇 달 그랬던 것처럼, 그의 가슴속에는 늘 안토나풀로스를 향한 갈망이 있었다. 그래서 그는 혼자 오래 있는 것보다 누구와 함께 있는 것이 더 나았다. 그건 마치 그가 몇 년 전에 친구에게 담배와 맥주와 고기를 한 달 동안 끊겠다고 약속했던 때와 같았다. (종이에 써서 침대 위 벽에 붙여놓기까지 했었다.) 처음 며칠은 아주 힘들었다. 쉴 수도 가만히 있을 수도 없었다. 너무 자주 친구가 일하는 과일 가게에 갔고 찰스 파커는 불쾌해했다. 그는 당장 급한 은 세공 일을 끝내면 상점 앞에서 시계공이나 여점원과 서성거리거나, 음료를 파는 가게에서 코카콜라를 마시기도 했다. 혼자 담배와 맥주와 고기를 생각하는 것보다 낯선 사람이라도 옆에 있는 게 나았다.

처음에 싱어는 네 사람을 전혀 이해하지 못했다. 그들은 말하고 또 말했다. 몇 달이 지나면서 점점 더 말이 많아졌다. 그는 그들의 입술 움직임에 익숙해져서 말하는 것마다 이해했다. 얼마 지난 뒤부터는 그들이 말을 시작하기도 전에 각자 무슨 말을 할 것인지 알게 되었다. 항상 같은 의미였기 때문이다.

그에게는 두 손이 고통이었다. 손은 가만히 있지 않았다. 잠이 들어도 꿈틀거렸고 깨어보면 꿈속의 말들을 자기 얼굴 앞에서 만들고 있었다. 그는 자기 손을 바라보는 것도, 생각하는 것도 좋아하지 않았다. 그의 갈색 두 손은 날렵하고 튼튼했다. 몇 년 전에는 손을 정성껏 관리했다. 겨울이면 손이 트지 않게 기름을 발랐고, 손톱 각피를 밀어냈다. 손톱은 손끝 모양에 맞게 손질했다. 그는 손을 씻고 다듬는 게 좋았다. 그러나 지금은 하루에 두 번 솔로 대강 닦고 주머니에 넣었다.

싱어는 혼자 방에서 서성거릴 때면 손마디를 꺾고 아플 때까지 당겼다. 주먹으로 손바닥을 치기도 했다. 친구를 혼자 생각할 때면 자기도 모르게 두 손으로 말하기 시작했다. 혼자 크게 말하다가 들킨 사람 같다는 생각이 들면, 도덕적인 잘못을 저지른 것처럼 느끼기도 했다. 수치와 슬픔이 뒤섞여 두 손을 포개 뒤로 감추었다. 그러나 손들은 그를 편히 놔두지 않았다.

싱어는 안토나풀로스와 살았던 집 앞에 서 있었다. 자욱한 회색의 늦은 오후였다. 서쪽에는 차가운 주황색 노을이 지고 있었다. 헐벗은 겨울 참새가 흐린 하늘을 줄지어 날아가더니 박공 위에 내려앉았다. 거리는 황량했다.

그의 두 눈은 2층 오른쪽 창문에 고정되어 있었다. 그들이 살던 앞방이었고 뒤쪽은 안토나풀로스가 식사를 준비하던 큰 부엌이었다. 불 켜진 창을 통해 그는 여자가 방에서 왔다 갔다 하는 것을 보았다. 불을 배경으로 크고 흐릿하게 보이는 여자는 앞치마를 두르고 있었다. 남자는 석간신문을 들고 앉아 있었다. 빵을 든 아이가 창으로 오더니 코를 유리창에 바짝 댔다. 안토나풀로스가 쓰던 큰 침대와 자신이 쓰던 철제 간이침대, 솜이 너무 많이 들어간 큰 소파와 야영용 의자, 재떨이로 사용했던 깨진 설탕 그릇, 지붕이 샌 천장의 젖은 부분, 구석에 있는 빨래 상자. 싱어는 자기가 떠날 때와 똑같은 그 방을 보았다. 오늘처럼 늦은 오후에는 부엌에 볕이 들지 않았고 큰 석유 버너 스토브에서 나오는 불빛뿐이었다. 안토나풀로스는 늘 심지를 너무 크게 내서 버너 안쪽에는 가느다란 금색과 푸른색 불길만 보였었다. 방은 따뜻했고 음식이 풍기는 맛있는 냄새로 가득했다. 안토나풀로스는 나무 숟가락으로 음식을 맛보았고 그들은 붉은 포도주를 마셨다. 버너에서 나오는 불꽃은 난로 앞 리놀륨 깔개 위에 다섯 개의 작은 금빛 초롱불 모양 그림자를 환하게 비추었다. 우윳빛 석양이 더 어두워지면 이 작은 초롱불들은 더 환해 보였고, 마침내 밤이 오면 생생하고 깨끗하게 불탔다. 그때쯤이면 늘 식사가 준비되었고, 그들은 전등을 켜고 식탁에 앉곤 했었다.

싱어는 어두운 현관을 보았다. 그들이 함께 아침에 나갔다가 저녁에 돌아오던 생각이 났다. 친구가 넘어져 팔꿈치를 다친 적이 있는 보도의 깨진 곳도 여전히 있었다. 매달 전기요금 청구서가 배달되던 우편함도 있었다. 싱어는 손에 닿는 친구의 따뜻한 팔의 감촉을 느낄 수 있었다.

거리는 어두웠다. 다시 한 번 창문을 올려다보았다. 낯선 여자와 남자와 아이가 함께 모여 있는 것이 보였다. 공허감이 마음속에 퍼졌다. 모든 것은 사라졌다. 안토나풀로스는 멀리 떠났다. 그는 기억하려고 여기 온 것은 아니었다. 그는 다른 곳에 가 있는 친구를 생각했다. 눈을 감고 친구가 오늘 밤 있는 병원과 병실을 생각하려고 했다. 좁은 흰 침대들과 구석에서 카드놀이를 하는 노인들을 기억했다. 두 눈을 꼭 감았지만 마음속에서 그 병실은 뚜렷해지지 않았다. 마음속 공허감은 깊어졌다. 얼마 뒤 그는 다시 창을 올려다본 뒤 두 사람이 함께 많이 걸어 다녔던 그 어두운 골목길로 내려가기 시작했다.

토요일 밤이었다. 중심가는 사람들로 붐볐다. 작업복을 입고 덜덜 떠는 흑인들이 10센트짜리 가게들 앞에서 어슬렁거렸다. 가족들은 영화관 매표소 앞에 줄을 서 있었고 청소년들은 밖에서 포스터를 응시하고 있었다. 차들이 너무 위험하게 달려 길을 건너기 전에 한참을 기다려야 했다.

싱어는 과일 가게 앞을 지나갔다. 진열장의 과일들은 아름다웠다. 바나나, 오렌지, 아보카도, 환하고 작은 금귤들, 파인애플까지 있었다. 찰스 파커는 안에서 주문을 받고 있었다. 찰스 파커의 얼굴은 흉해 보였다. 그는 몇 번 찰스 파커가 없을 때 가게에 들어가 서성거리기도 했다. 친구가 캐러멜 퍼지를 만들던 뒤쪽 주방에도 가 보았다. 그러나 찰스 파커가 있을 때는 절대로 들어가지 않았다. 두 사람은 친구가 버스를 타고 떠난 이후 서로 피하려고 노력했다. 길에서 부딪치면 알은척하지 않고 외면했다. 친구가 좋아하는 니사나무 꿀을 보낼 때는 찰스 파커와 만나지 않도록 우편으로 주문했다.

싱어는 진열장 앞에 서서 고객들을 상대하는 친구의 사촌을 쳐다보았다. 토요일 밤이면 장사는 잘됐다. 안토나풀로스는 때로 밤늦게 10시까지 일해야 했었다. 문 옆에 큰 자동 팝콘 기계가 있었다. 점원이 일정한 분량의 옥수수 알을 넣으면 통 안에서 팝콘이 큰 눈송이들처럼 휘날렸다. 가게에서 새어 나오는 냄새는 따뜻하고 익숙했다. 땅콩 껍데기가 바닥에서 밟혔다.

싱어는 계속 걸었다. 사람들과 부딪치지 않기 위해 조심스럽게 걸어야 했다. 연말이라 거리에는 빨강과 초록 전구들이 매달려 있었다. 사람들은 서로 안고 웃으며 모여 있었다. 젊은 아빠들은 추워서 우는 아기들을 무등 태워 달랬다. 붉고 푸른 모자를 쓴 구세군 여자가 모퉁이에서 종을 울리고 있었다. 그 여자가 싱어를 쳐다보자 옆에 있는 냄비에 동전을 넣지 않을 수 없었다. 더러운 손이나 모자를 내미는 흑인과 백인 거지들도 있었다. 네온 광고들이 사람들의 얼굴에 오렌지색 불빛을 비추었다.

싱어는 8월 어느 날 오후 친구와 함께 미친개를 본 적이 있는 모퉁이에 다다랐다. 그리고 안토나풀로스가 월급날마다 사진을 찍었던 육해군 상점 위층의 사진관을 지나갔다. 싱어는 주머니에 사진을 많이 넣고 다녔다. 그는 강을 향해 서쪽으로 돌아섰다. 언젠가 둘이 점심을 싸 가지고 다리 건너 들판에서 먹은 적도 있었다.

싱어는 한 시간가량 중앙로를 따라 걸었다. 수많은 인파 속에서 자기만 혼자인 듯했다. 마침내 손목시계를 보고는 살고 있는 집 쪽으로 돌아섰다. 네 사람 중 한 명이 이날 저녁 그의 방에 올지도 몰랐다. 그러기를 바랐다.

그는 우편으로 안토나풀로스에게 크리스마스 선물 상자를 보냈다. 그에게 오는 네 사람과 켈리 부인에게도 선물을 했다. 그들 모두를 위해서는 라디오를 사서 창가의 탁자에 놓았다. 코플랜드 박사는 라디오를 알아보지 못했다. 비프 브래넌은 즉시 알아보고 눈썹을 치켜세웠다. 제이크 블런트는 그 방에 있는 동안 늘 같은 채널을 들었으며, 말할 때는 음악 소리보다 더 크게 외치려는 듯 이마에 힘줄을 세웠다. 믹 켈리는 처음 라디오를 보았을 때 이해하지 못했다. 얼굴이 빨개지며 싱어에게 정말로 그의 라디오인지, 들어도 되는지 몇 번이고 물었다. 그리고 원하는 곳을 찾을 때까지 몇 분 동안 다이얼을 돌렸다. 믹은 무릎에 두 손을 놓고 의자에 앉아 입을 벌리고 몸을 수그렸다. 관자놀이가 빠르게 뛰었다. 무엇이든지 귀를 기울이는 듯했다. 오후 내내 거기 앉아 있었고, 한번은 주먹으로 젖은 눈을 닦으며 그를 향해 싱긋 웃기도 했다. 싱어가 일하러 간 사이 와서 라디오를 들어도 되는지 물었고 그는 고개를 끄덕였다. 그 이후 며칠 동안 그가 문을 열 때마다 믹은 라디오 옆에 앉아 있었다. 손으로 헝클어진 짧은 머리칼을 훑고 있었고 싱어가 처음 보는 표정을 짓고 있었다.

크리스마스 직후 어느 날 밤 네 사람이 동시에 그를 방문했다. 처음 있는 일이었다. 싱어는 공손하게 미소 지으며 다과를 대접했고 손님들을 편하게 하려고 최선을 다했다. 그러나 뭔가 잘못되었다.

코플랜드 박사는 앉으려고 하지 않았다. 모자를 손에 든 채 문에 서서 다른 이들에게 차갑게 인사할 뿐이었다. 다른 사람들은 왜 그가 거기 있는지 궁금한 듯 쳐다보았다. 제이크 블런트는 가져온 맥주를 땄는데 거품이 셔츠 앞자락에 쏟아졌다. 믹 켈리는 라디오 음악에 귀를 기울였다. 비프 브래넌은 다리를 포갠 채 침대에 앉아서 앞에 있는 사람들을 살피다가 두 눈을 가늘게 고정시켰다.

싱어는 당황했다. 그들 한 사람 한 사람은 늘 말이 많았다. 그러나 함께 있는 지금은 다들 말이 없었다. 그들이 들어왔을 때 싱어는 어떤 종류의 폭발을 예상했었다. 막연하게 어떤 것의 끝이 될 거라고 예상했었다. 그러나 방에는 긴장감만 있었다. 그의 두 손이 불안하게 움직였다. 마치 공중에서 보이지 않는 것을 잡아당겨 그들을 함께 묶는 것처럼 보였다.

제이크 블런트가 코플랜드 박사 옆에 섰다. "당신 얼굴을 알고 있소. 전에 부딪친 적이 있으니까. 바깥 계단에서."

코플랜드 박사는 말을 가위로 잘라내듯 정확하게 혀를 움직였다. "우리가 아는 사이라고 생각하지 않습니다." 박사의 경직된 몸이 오그라드는 듯했다. 그는 뒤로 물러나 문밖에 섰다.

비프 브래넌은 침착하게 담배를 피웠다. 연기가 엷게 방 안에 퍼졌다. 그는 믹에게 몸을 돌렸다. 믹을 바라볼 때 그의 얼굴이 붉어졌다. 그는 눈을 반쯤 감았고 한순간 다시 얼굴에서 핏기가 사라졌다. "그래 너는 어떻게 지내냐?"

"뭐가요?" 믹이 의심쩍은 듯 물었다.

"그냥 사는 일." 그가 말했다. "학교라든가, 뭐 그런 것."

"괜찮은 것 같아요." 믹이 말했다.

그들 각각은 무엇을 기대하듯 싱어를 보았다. 싱어는 당황했다. 그는 다과를 권하며 미소를 지었다.

제이크는 손바닥으로 입술을 문질렀다. 그는 코플랜드 박사와 대화하려던 것을 그만두고 침대 위 비프 옆에 앉았다. "당신들 아십니까? 공장 주변의 벽과 울타리에 빨간 분필로 그 끔찍한 경고문을 누가 썼는지?"

"모르겠는데." 비프가 말했다. "무슨 끔찍한 경고 말이오?"

"구약에 나오는 말들이잖소. 오랫동안 궁금했어요."

그들은 각자 벙어리를 보고 말했다. 수레바퀴 살들이 중심으로 연결되듯, 그들의 생각은 그에게 모아졌다.

"이번 추위는 유별난 거요." 비프가 드디어 말했다. "며칠 전 옛 기록들을 훑어봤는데 1919년에 기온이 영하 12도까지 내려갔었더군. 오늘 아침은 겨우 영하 8도였는데, 그 이후 제일 추운 날씨요."

"오늘 아침 석탄 창고 지붕에 고드름이 달렸어요." 믹이 말했다.

"우린 지난주에 손님이 안 들어서 직원들 급료도 못 주었다니까." 제이크가 말했다.

그들은 날씨에 대해 좀 더 얘기했다. 각각 다른 사람들이 떠나기를 기다리는 듯했다. 그러다가 충동적으로 모두 동시에 일어섰다. 코플랜드 박사가 제일 먼저 일어났고 다른 이들이 곧 뒤따랐다. 그들이 가버리자 싱어는 혼자 방 안에 남았다. 그는 상황을 이해하지 못했으므로 잊기로 했다. 그날 밤 그는 안토나풀로스에게 편지를 쓰기로 결심했다.

친구는 글을 읽지 못했지만 그래도 싱어는 편지를 썼다. 친구가 종이에 쓰인 글자를 이해 못 하는 것을 싱어는 언제나 알고 있었다. 그러나 몇 달이 지나자 자신이 틀릴 수도 있다는 생각이 들었다. 친구는 글자를 알면서 비밀로 했을 수도 있다고 상상하기 시작했다. 그리고 병원에는 싱어의 편지를 읽고 안토나풀로스에게 말해줄 수 있는 귀먹은 벙어리가 있을지도 몰랐다. 그는 자기가 친구에게 편지를 쓰는 이유를 정당화시켰다. 당황하거나 슬플 때면 언제나 친구에게 간절하게 편지를 쓰고 싶었기 때문이었다. 그러나 그는 쓴 편지들을 절대 보내지 않았다. 조간과 석간신문에서 오려낸 만화를 일요일마다 친구에게 보냈다. 매달 우편환도 보냈다. 그러나 친구에게 쓴 긴 편지들은 주머니에 모아뒀다가 없애버렸다.

네 사람이 떠나자 싱어는 따뜻한 회색 코트에 회색 중절모를 쓰고 방을 나섰다. 그는 늘 보석상점에서 편지를 썼다. 또 다음 날 아침 배달하기로 약속한 물건이 있었는데 늦지 않도록 그 일을 지금 당장 끝내고 싶었다. 밤은 차가웠고 서리가 끼어 있었다. 둥근 달 주위에는 황금빛이 어렸다. 별이 밝은 하늘 아래에서 지붕 꼭대기들은 검게 보였다. 그는 걸어가며 편지를 어떻게 시작할지 생각했지만 첫 문장이 분명해지기 전에 상점에 도착했다. 열쇠로 문을 열고 어두운 상점 안으로 들어가 앞쪽의 전등불을 켰다.

싱어는 상점의 맨 끝에서 일했다. 그의 자리는 직물 커튼으로 분리되어 있어서 작은 개인 방 같았다. 작업대와 의자가 있고, 구석에 무거운 금고와 푸른 거울이 달린 세면대가 있었다. 그리고 선반에는 상자들과 못쓰게 된 시계들이 가득했다. 그는 작업대 윗부분을 치우고 펠트 천으로 된 상자에서 작업을 해야 할 쟁반을 꺼냈다. 상점 안은 추웠지만 코트를 벗고 방해가 되지 않게 파란 줄무늬 셔츠의 소매를 걷었다.

오랫동안 그는 쟁반 한가운데에 모노그램을 새겼다. 정교하고 집중된 솜씨로 은을 파냈다. 일할 때 보이는 날카로운 그의 두 눈에는 기묘하게 허기진 표정이 나타났다. 그는 친구에게 보낼 편지를 생각하고 있었다. 자정이 지나서야 작업이 끝났다. 쟁반을 치웠을 때 그의 이마는 상기된 채 젖어 있었다. 그는 작업대를 치우고 편지를 쓰기 시작했다. 그는 펜으로 종이에 글자를 적어나가는 것을 사랑했다. 마치 종이가 은 쟁반인 듯 집중하여 썼다.

　나의 유일한 친구에게
　잡지에서 보니 협회는 올해의 총회를 메이컨에서 연다고 해. 연사들도 초청하고 네 코스짜리 만찬도 있을 거야. 난 상상하고 있어. 우리는 언제나 총회에 참석할 계획을 세웠지만 간 적은 없었잖아. 참석했더라면 좋았을 텐데. 이번 총회에는 갈 수 있으면 좋겠어. 그러면 어떨까, 난 상상하게 돼. 하지만 물론 너 없이는 절대로 못 가. 여러 주에서 사람들이 오겠지. 가슴에서 우러나는 말들로, 오래된 꿈으로 총회는 가득 차겠지. 교회의 특별 예배가 있을 거고. 금메달을 상으로 주는 대회도 있을 거라고 해. 난 이 모든 것을 그려보면서 지금 편지를 쓰고 있는 거야. 이 모든 것이 상상이 되기도 하고 안 되기도 해. 내 두 손은 너무 오래 조용했기 때문에 그런 게 어떤 건지 생각하기 어려워. 난 총회를 상상할 때면 내 친구인 너와 같은 모든 손님들을 생각하게 돼.

얼마 전에 우리가 살던 집 앞에 가봤어. 다른 사람들이 살고 있어. 집 앞의 큰 참나무를 기억해? 전화선과 엉키지 않도록 가지들을 잘랐는데 나무가 죽은 거야. 가지들은 썩었고 줄기에는 구멍이 뚫렸어. 또 여기 이 가게에 있던(네가 토닥거리고 놀아주던) 고양이는 독이 든 것을 먹고 죽었어. 정말 슬펐어.

싱어는 펜을 든 채 멈췄다. 계속 쓰지 못하고 오랫동안 긴장하여 똑바로 앉아 있었다. 그런 뒤 일어나 담배 한 대를 피워 물었다. 방은 추었고 등유와 은 광택제와 담배 냄새가 뒤섞여 시큼하고 탁한 냄새가 났다. 그는 코트를 입고 머플러를 두른 뒤 마음을 잡고 천천히 다시 쓰기 시작했다.

내가 거기 갔을 때 나를 방문하는 네 사람에 관해 말했던 거, 기억하지? 그림으로 그려서 보여줬었잖아. 흑인 남자, 소녀, 콧수염이 난 사내, 뉴욕 까페의 주인. 이 사람들에 대해 말하고 싶은데 어떻게 표현해야 할지 잘 모르겠어.

그들은 대단히 바빠. 얼마나 바쁜지 너는 상상도 못 할 거야. 하루 종일 밤새도록 일에 매달린다는 소리가 아니야. 그들은 늘 마음속에 너무 많은 관심이 있어서 쉴 수 없는 거야. 그들은 내 방에 와서 말을 해. 난 그들이 어떻게 지치지도, 쉬지도 않고 입을 열었다 닫았다 할 수 있는지 이해할 수 없어. (하지만 뉴욕 카페 주인은 달라. 다른 사람들 같지 않아. 그는 턱수염이 너무 검고 거칠어서 매일 두 번씩 면도를 해. 전기면도기도 가지고 있어. 그는 관찰하지. 다른 사람들은 모두 무엇인가를 증오해. 또는 무엇인가를 사랑하고 있어. 먹고 자는 것보다, 포도주보다,

정다운 친구보다 그 무엇인가를 더 사랑하지. 그래서 그렇게 항상 바쁜 거야.)

콧수염 기른 남자는 미친 사람 같아. 그는 어떤 때는 옛날 우리 학교 선생님처럼 말을 분명하게 해. 다른 때는 그가 하는 말을 이해할 수 없어. 그는 이따금 양복을 입어. 다음 날은 더럽고 먼지투성이고 고약한 냄새가 나는 작업복을 입고. 그가 술에 취해서 주먹을 휘두르며 하는 고약한 말들은 모르는 게 나아. 그 남자는 내가 자기와 비밀을 공유한다고 생각하지만, 난 그게 뭔지 몰라. 그리고 믿기 어렵겠지만, 그는 해피데이즈 위스키를 1.5리터나 마시고도 여전히 말하고 걷고, 잠을 자려고 하지도 않아. 못 믿겠지만 사실이야.

난 소녀의 어머니에게 월세 16달러를 내고 세 들어 지내. 소녀는 사내아이처럼 반바지를 입더니 요새는 파란 치마와 블라우스를 입어. 아직 숙녀는 아니지. 소녀가 나를 보러 오는 게 좋아. 내가 여기 사람들 모두를 위해 라디오를 산 뒤부터 언제나 소녀가 와. 소녀는 음악을 좋아해. 그 애가 듣는 음악이 무엇인지 알았으면 좋겠어. 그 애는 내가 못 듣기는 해도 음악에 대해서는 안다고 생각해.

흑인은 폐병을 앓고 있어. 하지만 흑인이기 때문에 여기서는 그가 갈 수 있는 좋은 병원이 없어. 그는 의사고 누구보다도 일을 열심히 해. 그는 흑인처럼 말하지 않아. 나는 다른 흑인들 말은 이해하기 힘든데, 그들은 혀를 많이 움직이지 않고 말을 하기 때문이야. 때로 나는 이 흑인이 두려워. 그의 두 눈은 번쩍거리면서 열에 떠 있어. 그가 나를 파티에 초대해서 간 적이 있어. 그에게는 책이 많아. 그런데 추리물은 없어. 그는 술을 마시지 않고 고기를 먹지 않고 영화를 보지 않아.

흥, 자유와 해적들. 흥, 자본과 민주주의자들. 콧수염 난 그 보기 흉한 사내는 말하지. 그래놓고는 자기 말을 부정하면서 자유란 가장 위대한 이상이다, 라고 말해. 소녀는 이렇게 말해. 난 마음속에 있는 이 음악을 쓸 기회를 찾아야 해요. 음악가가 되어야 해요. 난 기회를 가져야만 해요. 그 흑인 의사는 이렇게 말해. 우리는 봉사하도록 허용되지 않습니다. 그것이 우리 종족에게 절대적으로 필요한 겁니다. 뉴욕 카페 주인은 '아'라고 말해. 그는 신중한 사람이야.

이런 식으로 그들은 내 방에 와서 말해. 그들 가슴에 있는 말들이 그들을 편안하게 놔두지 않는 거야. 그래서 그들은 늘 바빠. 그들이 함께 있으면 넌, 이번 주에 메이컨 총회에서 만나는 협회 사람들과 함께 있는 것 같다고 생각하겠지. 하지만 그렇지 않아. 오늘 그들이 모두 동시에 내 방에 왔었어. 그런데 마치 다른 도시에서 온 사람들처럼 앉아 있는 거야. 서로 무례하기까지 했어. 내가 항상 말했던 거 알지, 다른 사람에게 무례하고 남의 감정을 무시하는 것은 잘못이라고. 오늘이 그런 경우였어. 난 그들을 이해하지 못했어. 그리고 너는 이해할 거라 생각해서 이 편지를 쓰는 거야. 묘한 기분이야. 그런데 이 일에 대해 너무 자세하게 써서 지겹지? 나도 그래.

너를 마지막으로 본 지 다섯 달하고도 21일이 지났어. 그 모든 시간을 너 없이 혼자 있었어. 난 오로지 다시 너와 함께 있게 되는 날만을 생각하고 있어. 곧 너에게 갈 수 없다면 난 어찌해야 할지 모를 거야.

싱어는 작업대에 머리를 대고 쉬었다. 뺨에 닿는 매끄러운 나무 느낌과 냄새가 학창 시절을 떠올리게 했다. 그는 두 눈을 감았다. 고통스러웠다. 마음에는 안토나풀로스의 얼굴만 있었다. 친구에 대한 갈망이 너무 강해서 숨을 죽였다. 잠시 후 싱어는 똑바로 앉아 펜을 잡았다.

네게 주려고 주문한 크리스마스 선물이 제때에 도착하지 않았어. 곧 오겠지. 네가 좋아하고 재미있어할 거라고 믿어. 나는 항상 우리를 생각하고 모든 것을 기억해. 네가 만든 음식이 생각나. 뉴욕 카페의 음식은 점점 나빠지고 있어. 얼마 전엔 수프에서 죽은 파리를 발견하기도 했어. 검은 글자처럼 채소와 국수 속에 섞여 있더라. 하지만 이런 건 아무것도 아냐. 너를 보고 싶은 외로움을 견딜 수 없어. 곧 다시 갈게. 내 휴가는 여섯 달을 더 기다려야 하지만 그 전에 갈 수 있을 거야. 그래야만 해. 너 없이 혼자 있을 수가 없어. 너는 나를 이해하니까.

언제나처럼,
존 싱어

그가 다시 집에 돌아온 것은 새벽 2시가 넘어서였다. 사람들로 붐비던 큰 집은 어두웠지만 그는 넘어지지 않고 조심스레 더듬거리며 3층 계단을 올라갔다. 주머니에서 명함과 시계와 만년필을 꺼냈다. 의자 등받이에 옷들을 단정하게 접어 걸었다. 회색 플란넬 파자마는 따뜻했고 부드러웠다. 담요를 턱까지 끌어올리자마자 그는 잠들었다.

검은 잠 속에서 꿈이 나타났다. 어두운 돌계단 위로 흐릿한 노란 등불들이 비치고 있었다. 안토나풀로스는 층계 맨 위에 무릎을 꿇고 앉아 있었다. 벌거벗은 채 머리에 무엇인가 들고 있었고, 기도하듯 그것을 응시했다. 싱어는 층계 중간쯤에 무릎을 꿇고 있었다. 벌거벗어서 추웠다. 그는 안토나풀로스와 그 머리 위의 물건에서 눈을 뗄 수 없었다. 땅 위, 그의 뒤쪽에 콧수염 난 사내, 소녀, 흑인 그리고 마지막 남자가 있는 것을 느꼈다. 그들도 벌거벗은 채 무릎을 꿇고 있었고 자기를 바라보는 것을 느꼈다. 그들 뒤에는 어둠 속에 무릎을 꿇고 있는 많은 무리들이 있었다. 싱어의 두 손은 커다란 풍차였고 그는 안토나풀로스가 들고 있는 그 낯선 물건을 홀린 듯 응시했다. 노란 등불들이 어둠 속에서 흔들렸고 다른 것은 움직이지 않았다. 갑자기 소동이 일어났다. 혼란 속에 층계가 무너졌고 그는 아래로 떨어지는 것을 느꼈다. 경련을 일으키며 잠에서 깼다. 새벽빛에 창문이 하얗게 빛났다. 그는 두려웠다.

그렇게 오랜 시간이 지났으니 친구에게 무슨 일이 생겼을 수도 있었다. 안토나풀로스가 편지를 쓰지 않으니 알 도리가 없었다. 친구가 떨어져 다쳤을 수도 있었다. 친구와 함께 있고 싶다는 생각이 너무도 강렬해져서 어떤 대가를 치르더라도 그렇게 해야 할 것 같았다, 지금 당장.

그날 아침 그는 우편함에서 안내문을 발견했다. 그가 주문했지만 제시간에 오지 않았던 크리스마스 선물이 도착했다는 내용이었다. 2년 할부로 구입한, 아주 멋진 선물이었다. 개인용 영사기와 친구가 좋아하는 미키 마우스와 뽀빠이 만화 여섯 개였다.

싱어는 그날 아침 제일 늦게 일터에 나갔다. 주인에게 금요일과 토요일 휴가를 달라고 글로 써서 정식으로 신청했다. 그 주에 네 쌍의 결혼식이 있었지만 주인은 고개를 끄덕였다.

싱어는 아무에게도 여행에 대해 알리지 않았다. 하지만 떠나면서 일 때문에 며칠간 없을 거라는 쪽지를 문에 끼워놓았다. 밤에 떠났고 기차는 붉은 겨울 새벽이 막 시작될 때 목적지에 도착했다.

오후 면회 시간 조금 전에 싱어는 병원으로 갔다. 그의 두 팔엔 영사기와 과일 바구니가 들려 있었다. 그는 즉시 친구를 면회했던 건물로 갔다.

그 복도, 문, 줄지어 놓인 침상들은 그가 기억한 그대로였다. 문 앞에 서서 열심히 친구를 찾았다. 의자마다 사람들이 앉아 있었지만 곧 친구가 없다는 것을 알았다.

싱어는 꾸러미들을 내려놓고 예의 그 명함 같은 종이를 하나 꺼내 아랫부분에 메모를 썼다. "스피로스 안토나풀로스는 어디 있나요?" 방으로 들어온 간호사에게 메모를 건넸다. 그녀는 이해하지 못했다. 고개를 흔들고 어깨를 으쓱했다. 그는 복도로 나가 만나는 사람마다 메모를 건넸다. 아무도 몰랐다. 너무 무서워져서 그는 수화를 하기 시작했다. 마침내 하얀 제복을 입은 인턴을 만났다. 인턴의 팔목을 잡아당기며 메모를 주었다. 인턴은 조심스레 그것을 읽더니 그를 안내하며 복도 여러 개를 지나갔다. 그들은 작은 사무실에 도착했다. 젊은 여자가 서류를 앞에 두고 책상에 앉아 있었다. 그 여자는 메모를 읽더니 서랍 속의 파일들을 훑어보았다.

불안과 두려움으로 싱어의 눈에 눈물이 가득 찼다. 젊은 여자는 찬찬히 종이에 쓰기 시작했고, 싱어는 어떤 말인지 빨리 알고 싶어 조바심을 쳤다.

안토나풀로스 씨는 치료 병동으로 옮겨졌어요. 신장염이에요. 다른 사람이 당신을 안내하도록 하지요.

복도를 지나며 문 앞에 놓았던 선물 꾸러미를 집었다. 과일 바구니는 없어졌지만 다른 것들은 그대로 있었다. 인턴을 따라 건물 밖으로 나간 그는 풀밭을 가로질러 병동으로 갔다.

안토나풀로스! 병동에 도착하자마자 그는 첫눈에 친구를 알아보았다. 그의 침대는 병실 중앙에 있었다. 그는 베개를 받치고 앉아 있었다. 주홍색 실내복과 초록색 실크 파자마를 입고 터키석 반지를 끼고 있었다. 피부는 창백한 노란색이었고 검은 두 눈은 몽롱했다. 검은색 머리는 관자놀이 주변이 희끗희끗했다. 그는 뜨개질을 하고 있었다. 살찐 손가락들이 천천히 긴 상아색 바늘을 움직이고 있었다. 처음에 안토나풀로스는 친구를 보지 못했다. 그러다 싱어가 앞에 서자 놀라지도 않고 온화한 미소를 지으며 보석 반지를 낀 손을 내밀었다.

싱어는 지금까지 몰랐던 수줍음과 긴장감을 느꼈다. 그는 침대 옆에 앉아 침대 커버 가장자리에 두 손을 포갰다. 친구 얼굴에서 두 눈을 떼지 못한 채 죽은 듯 창백해졌다. 친구가 입은 화려한 옷들이 그를 놀라게 했다. 때마다 친구에게 옷을 한 벌씩 보냈지만 한꺼번에 입었을 때 어떻게 보일 것인지는 생각하지 못했다. 안토나풀로스는 그가 기억하고 있는 것보다 더 거대했다. 뚱뚱한 배의 주름이 늘어져서 실크 파자마 아래로 드러났다. 흰 베개를 받치고 있는 그의 머리는 엄청나게 컸다. 친구 얼굴은 참으로 평온했다. 그는 싱어가 와 있는 것을 모르는 것 같았다.

싱어는 수줍게 두 손을 움직이기 시작했다. 단단하고 숙련된 손가락들이 사랑스럽고 정확한 신호를 만들었다. 그는 추위에 대해, 혼자 보낸 오랜 시간들에 대해 말했다. 옛날의 추억들과 죽은 고양이와 가게와 살고 있는 곳에 대해 말했다. 싱어가 손을 멈출 때마다 안토나풀로스는 우아하게 고개를 끄덕였다. 그는 자기를 방문하는 네 사람들에 대해 말했다. 친구의 축축하고 검은 두 눈 속에서 싱어는 네모나고 작은 자신의 모습을 보았다. 수천 번 응시했던 그 모습이었다. 싱어의 얼굴에는 다시 혈색이 돌기 시작했고 두 손은 빨라졌다. 흑인에 대해, 경련을 일으키는 콧수염 사내에 대해, 소녀에 대해 길게 말했다. 그의 손은 점점 더 빠르게 형상을 만들어갔다. 안토나풀로스는 심각하게 천천히 고개를 끄덕였다. 싱어는 더욱 열심히 몸을 기울이며 깊고 긴 숨을 내쉬었다. 그의 두 눈에 빛나는 눈물이 고였다.

갑자기 안토나풀로스는 퉁퉁한 집게손가락으로 공중에 천천히 원을 그렸다. 싱어를 향해 손가락을 빙빙 돌리더니 친구의 배를 쿡 찔렀다. 덩치 큰 그리스인은 환하게 미소 지었고 퉁퉁한 분홍 혓바닥을 내밀었다. 싱어는 웃었고 그의 두 손은 더욱 맹렬하게 움직였다. 그는 어깨를 흔들고 고개를 뒤로 젖힌 채 웃어댔다. 왜 웃는지 몰랐다. 안토나풀로스는 두 눈을 굴렸다. 싱어는 미친 듯 웃어서 숨이 찼고 손가락이 떨렸다. 친구의 팔을 꽉 붙들며 진정하려고 애썼다. 그의 웃음은 딸꾹질처럼 낮고 고통스럽게 변했다.

먼저 안토나풀로스가 진정했다. 그의 살찐 작은 두 발이 침대 커버를 밀어냈다. 미소가 사라졌고 짜증스럽게 침대를 발로 찼다. 싱어가 급히 바로잡으려 했지만 안토나풀로스는 얼굴을 찡그리며 지나가는 간호사에게 점잖게 손가락을 쳐들었다. 그가 원하는 대로 침대를 정돈해주자 덩치 큰 그리스인은 정중하게 고개를 숙였다. 단순한 감사 인사라기보다 축복의 동작처럼 보였다. 그는 다시 엄숙하게 싱어를 보았다.

말하는 동안 싱어는 시간이 지난 것을 알지 못했다. 간호사가 안토나풀로스의 저녁 식사를 들고 왔을 때야 늦은 것을 알았다. 병동의 불이 켜졌고 창밖은 어두웠다. 다른 환자들도 저녁 식사를 앞에 놓고 있었다. 그들은 하던 일을 내려놓고(어떤 이들은 바구니를 짰고 다른 이들은 가죽 공예나 뜨개질을 했다) 맥없이 먹고 있었다. 안토나풀로스와 대조되어 그들은 모두 매우 아프고 창백해 보였다. 대부분 이발이 필요했고, 등이 터진 초라한 회색 잠옷을 입고 있었다. 그들은 호기심 어린 눈으로 벙어리들을 쳐다봤다.

안토나풀로스는 쟁반 뚜껑을 들어 올리고 조심스레 음식을 점검했다. 생선과 야채가 있었다. 생선을 집더니 손바닥에 놓고 불빛에 들어 올려 자세히 봤다. 그런 뒤 맛있게 먹었다. 저녁을 먹으며 그는 병실의 여러 사람들을 지적하기 시작했다. 모퉁이에 있는 사람을 가리키며 지겹다는 표정을 지었다. 그 남자가 그를 향해 으르렁댔다. 젊은 소년을 가리키면서는 미소 짓고 고개를 끄덕이며 통통한 손을 흔들었다. 싱어는 너무 행복해서 당황스럽지도 않았다. 그는 꾸러미를 집어 친구 관심을 끌려고 침대 위에 놓았다. 친구는 포장을 풀었지만 기계에 흥미를 못 느꼈다. 다시 저녁을 먹기 시작했다.

싱어는 만화영화에 대해 설명한 쪽지를 간호사에게 건넸다. 그녀가 인턴을 불렀고 그들은 의사를 데려왔다. 세 사람은 이에 대해 의논하며 흥미롭게 싱어를 바라보았다. 그 소식이 환자들에게 전해졌고, 그들은 흥분하여 팔꿈치를 괴고 앉았다. 안토나풀로스만 동요하지 않았다.

싱어는 미리 상영을 연습했었다. 그는 모든 환자들이 볼 수 있도록 스크린을 설치했다. 그런 뒤 프로젝터를 켜고 필름을 넣었다. 간호사가 식판들을 가지고 나가자 병실의 불이 꺼졌다. 미키 마우스 만화가 화면 위에 번쩍거렸다.

싱어는 친구를 주시했다. 처음에 안토나풀로스는 깜짝 놀랐다. 더 잘 보려고 몸을 세웠고, 간호사가 말리지 않았으면 침대에서 일어났을 것이다. 그다음 환하게 미소 지으며 응시했다. 싱어는 다른 환자들이 서로를 불러대며 웃는 것을 볼 수 있었다. 간호사들과 잡역부들도 복도에서 들어왔고 병동 전체가 흥분 상태였다. 미키 마우스가 끝나자 싱어는 뽀빠이 필름을 돌렸다. 만화가 끝날 무렵, 그는 첫날 오락으로는 그만하면 충분하다고 느꼈다. 그는 불을 켰고 병동은 다시 정돈되었다. 인턴이 기계를 친구의 침대 아래 넣었다. 싱어는 친구가 은밀한 눈으로 병실을 훑어보며 기계가 자기 것이라고 확인하는 것을 보았다.

싱어는 다시 두 손으로 말하기 시작했다. 자기가 곧 나가야 한다는 것을 알았지만, 마음속에 쌓아둔 생각들이 너무 많아 짧은 시간에 다 말할 수 없었다. 그는 미친 듯 빠르게 말했다.

병실에는 중풍으로 머리를 흔들며 힘없이 눈썹을 뽑는 노인이 있었다. 친구와 매일 함께 살고 있는 그가 부러웠다. 싱어는 기쁘게 그와 자리를 바꾸었을 것이다.

친구가 가슴에서 무엇인가를 더듬어 찾았다. 항상 목에 걸고 있는 작은 황동 십자가였다. 때 묻은 줄은 붉은 리본으로 교체되어 있었다. 싱어는 꿈을 기억하고 친구에게 말했다. 급해서 손동작이 흩어졌고 처음부터 다시 시작해야 했다. 안토나풀로스는 어둡고 졸린 눈으로 그를 응시했다. 화려하고 풍성한 옷을 입고 부동의 자세로 앉아 있는 그는 전설 속의 지혜로운 왕처럼 보였다.

병동을 담당하는 인턴이 싱어에게 면회 시간을 한 시간 더 허가해주었다. 얼마 후 인턴은 드디어 가늘고 털이 난 손목을 내밀며 시간을 알려주었다. 환자들은 잘 준비를 마쳤다. 싱어의 두 손이 멈칫거렸다. 그는 친구의 팔을 꽉 잡고 매일 아침 그들이 헤어질 때 그랬던 것처럼 그의 눈을 간절히 들여다보았다. 그리고 병실에서 나왔다. 그는 문에서 두 손으로 작별 인사를 하려다가 주먹을 꽉 쥐었다.

달 밝은 1월의 밤, 싱어는 다른 일이 없으면 매일 저녁 도시의 거리들을 계속 걸어 다녔다. 그에 관한 소문들은 더욱 황당해졌다. 어떤 늙은 흑인 여자는 그가 죽은 이들의 영혼이 돌아오는 길을 알고 있다고 수백 명의 사람들에게 말했다. 어떤 잡역꾼은 자신이 다른 지역의 공장에서 벙어리와 일했다고 주장했으며 그가 말한 얘기는 특이했다. 부자들은 그가 부자라고 했고, 가난한 이들은 그가 자기들처럼 가난하다고 생각했다.

부정할 방법이 없었으므로 소문들은 놀랍고도 대단한 진실이
되었다. 사람마다 자기가 원하는 대로 벙어리를 설명했다.

8

왜?

　그 질문이 자신도 모르는 사이에 비프의 마음속에서 혈관의 피처럼 흘렀다. 그는 사람과 사물과 사상을 생각했고, 그 질문을 늘 마음속에 간직했다. 자정에도 어두운 아침에도 정오에도. 히틀러와 전쟁의 소문들. 돼지 허릿살 가격과 맥주 세금. 특히 그는 벙어리에 대한 수수께끼를 골똘히 생각했다. 가령, 왜 싱어는 기차를 타고 떠났는지, 어디 갔었냐고 물으면 왜 못 알아듣는 척하는지. 왜 사람들은 벙어리가 자기들이 원하는 사람이라고 고집하는지. 실은 모두 이상한 오해일 뿐인데? 싱어는 하루에 세 번 중앙 탁자에 앉았다. 양배추와 굴을 제외하고는 자기 앞에 놓이는 음식을 먹었다. 카페의 소음 속에서 그는 홀로 고요했다. 작고 부드러운 연두색 강낭콩을 좋아해서 포크에 여러 개를 깔끔하게 찍어 먹었다. 그리고 그레이비소스는 비스킷에 적셔 먹었다.

　비프는 죽음에 대해서도 생각했다. 흥미로운 사소한 일이 있었다. 어느 날 욕실 장을 치우다 앨리스가 쓰던 '아구아 플로리다' 향수병을 발견했다. 그녀의 남은 화장품을 루실에게 가져갈 때는 보지 못했던 것이었다. 그는 생각에 잠겨 향수병을 들고 있었다. 아내가 죽은 지 넉 달이 지났다. 한 달이 1년처럼 길고 한가한 듯했다. 그는 그녀를 거의 생각하지 않았다.

비프는 향수병을 열었다. 셔츠를 입지 않은 채 거울 앞에 서 있었고 검은 털이 많이 난 겨드랑이에 향수를 조금 발랐다. 냄새가 그를 긴장시켰다. 그는 거울 속의 자신과 비밀스러운 시선을 교환하며 꼼짝도 않고 서 있었다. 향수가 불러온 추억에 충격을 받았다. 그 기억들이 선명해서가 아니라, 긴 세월의 기억들이 고스란히 다 생각났기 때문이었다. 비프는 코를 문지르며 곁눈으로 자신을 보았다. 죽음의 경계. 아내와 살았던 매 순간을 마음속에서 느꼈다. 이제 그들이 함께했던 삶은 온전해졌다. 과거만이 온전해질 수 있는 것처럼. 갑자기 그는 돌아섰다.

침실 정리는 마무리되었다. 이제는 오로지 그만의 방이었다. 전에는 초라하고 야하고 구질구질했었다. 방에 매어놓은 줄 위에는 스타킹과 구멍 난 분홍 레이온 속옷들이 걸려 있었다. 철제 침대는 페인트가 벗겨져 녹슬었고, 지저분한 침대 위엔 레이스가 달린 여자 베개들이 놓여 있었다. 아래층에서 올라온 앙상한 고양이가 변기에 등을 문지르곤 했었다.

그는 모든 것을 바꾸었다. 철제 침대를 소파 겸용 침대로 바꿨다. 바닥에는 두꺼운 붉은 카펫을 깔고 아름다운 중국산 푸른 천을 사서 벽이 심하게 갈라진 부분 위에 걸었다. 막았던 벽난로를 열고 소나무 장작을 넣어두었다. 선반 위에는 베이비의 작은 사진과 손에 공을 쥐고 벨벳 옷을 입은 작은 소년의 그림

을 걸었다. 모서리에 있는 유리 상자에는 그가 수집한 진기한
것들, 즉 나비 견본들, 희귀한 화살촉, 사람처럼 생긴 돌이 들
어 있었다. 소파 침대 위에는 푸른 실크로 만든 쿠션들을 놓았
고, 루실의 재봉틀을 빌려 빨간 커튼을 만들어 창에 달았다. 그
는 그 방을 사랑했다. 방은 화사하고 차분했다. 탁자 위의 작은
일본 불탑에는 유리 펜던트가 늘어져 있었고 바람에 흔들리면
이상한 소리를 냈다.

　방에서 아내를 상기시키는 것은 아무것도 없었다. 그러나
그는 자주 아구아 플로리다 향수병을 열고 귓불이나 손목에 발
랐다. 향수 냄새와 생각들이 천천히 뒤섞였다. 과거의 느낌이
마음속에서 자랐다. 집을 짓는 순서로 기억들이 살아났다. 그
는 기념품 상자에서 결혼 전에 찍은 그들의 오래된 사진들을
발견했다. 국화가 핀 들판에 앉아 있는 앨리스. 강 위의 카누에
그와 함께 있는 앨리스. 기념품 중에는 그의 어머니가 쓰던 동
물 뼈로 된 머리핀도 있었다. 어렸을 때 그는 어머니가 길고 검
은 머리를 빗어 묶는 것을 보기 좋아했다. 머리핀의 곡선이 여
자를 닮았다고 생각했고 인형처럼 가지고 놀기도 했다. 그 당
시 그는 헝겊 조각이 가득 든 담배 상자를 가지고 있었다. 아름
다운 헝겊의 촉감과 색깔을 사랑했고 이 헝겊 조각들을 가지고
몇 시간이고 부엌 식탁 아래 앉아 있곤 했다. 그러나 그가 여섯
살 때 어머니가 헝겊 조각들을 치워버렸다. 그의 어머니는 남
자처럼 키가 큰, 강하고 책임감 있는 여성이었다. 어머니는 그
를 가장 사랑했다. 지금까지도 가끔 어머니 꿈을 꾸었다. 그는
어머니의 오래된 결혼 금반지를 늘 손가락에 끼고 있었다.

　아구아 플로리다 향수 외에, 그는 벽장에서 앨리스가 늘 사

용하던 레몬 린스를 발견했다. 어느 날 사용해보았다. 레몬은 그의 어둡고 희끗희끗한 머리를 풍성하고 숱이 많게 만들었다. 좋았다. 대머리 예방용 기름 대신 정기적으로 레몬 린스로 헹구었다. 그가 놀렸던 앨리스의 별난 짓들을 이제는 그가 하고 있었다. 왜?

주방에서 일하는 흑인 소년 루이스는 매일 아침 그의 침대로 커피 한 잔을 가져왔다. 종종 그는 일어나서 옷 입기 전에, 한 시간 정도 베개를 받치고 앉아 있었다. 시가를 피우고 햇빛이 벽 위에 만드는 무늬들을 바라보았다. 깊은 명상에 잠긴 채 길게 구부러진 발가락 사이를 집게손가락으로 문질렀다. 그리고 기억했다.

정오부터 새벽 5시까지 그는 아래층에서 일했다. 일요일은 종일 일했다. 장사는 손해 보고 있었다. 손님들이 없는 시간이 많았다. 그래도 식사 시간이면 대부분 자리가 찼다. 그는 금전등록기 뒤에 서서 매일 수백 명의 아는 사람들을 보았다.

"늘 거기 서서 뭘 생각하쇼?" 제이크 블런트가 물었다. "꼭 독일에 사는 유대인 같군."

"난 8분의 1은 유대인이오." 비프가 말했다. "어머니의 할아버지가 암스테르담 출신 유대인이었소. 하지만 우리 친척들은 스코틀랜드와 아일랜드 계통의 피가 섞였지."

일요일 아침이었다. 손님들이 탁자에 편안하게 앉아 있었다. 담배 냄새가 났고 신문 뒤적거리는 소리가 났다. 구석 칸막이 자리에서는 남자 몇 명이 조용히 주사위 놀이를 하고 있었다.

"싱어는 어디 있소?" 비프가 물었다. "오늘 아침엔 그의 방에 안 올라가시오?"

블런트의 얼굴이 검고 침울하게 변했다. 그는 고개를 앞으로 휙 숙였다. 싸웠나? 하지만 어떻게 벙어리와 싸울 수 있나? 아니다. 이런 일은 전에도 있었다. 블런트는 한동안 얼쩡거리며 자기 자신과 논쟁하는 것처럼 행동했었다. 그러나 곧 그는 갈 것이다, 언제나 그랬으니까. 그리고 두 사람은 함께 들어올 것이다. 블런트가 지껄이면서.

"당신, 잘 살고 있군. 편안하게 금전등록기 뒤에 서 있기만 하면서 말이야."

비프는 개의치 않았다. 팔꿈치에 몸을 기대고 눈을 가늘게 떴다. "우리, 진지하게 얘기합시다. 당신이 원하는 게 뭐요?"

블런트는 두 손으로 카운터를 쳤다. 따뜻하고 통통하고 거친 손이었다. "맥주. 그리고 땅콩버터 바른 작은 치즈 크래커 한 봉지."

"내 말은 그게 아니잖소." 비프가 말했다. "나중에 다시 얘기합시다."

블런트는 수수께끼였다. 그는 항상 변했다. 여전히 미친 물고기처럼 마셔댔지만 다른 사람들처럼 술이 그를 망가뜨리지는 않았다. 눈 가장자리는 붉었고 놀라서 어깨너머를 돌아보는 불안한 습관이 있었다. 목은 가늘고 머리는 크고 무거웠다. 아이들은 놀려대고 개들은 물고 싶어 하는 그런 종류의 사내였다. 그러나 조롱당하면 그는 깊은 상처를 받았다. 거칠어지고 광대처럼 시끄러웠다. 늘 누가 자신을 조롱하고 있다고 의심했다.

비프는 생각에 잠겨 고개를 저었다. "이봐요." 그가 말했다. "뭣 때문에 그 쇼 단에 붙어 있는 거요? 더 좋은 일을 찾을 수 있는데. 여기서 시간제로 일할 수도 있소."

"세상에! 당신이 이 빌어먹을 가게, 자물쇠, 주식, 술통 전부를 준다 해도 그 현금 통 뒤에 서 있지는 않을 거요."

그는 그런 식이었다. 짜증 나는 일이었다. 그는 절대로 친구를 사귈 수도, 사람들과 어울릴 수도 없었다.

"말이 되는 소리를 하시오." 비프가 말했다. "진지해져봐요."

손님이 돈을 냈고 그는 잔돈을 내주었다. 여전히 카페는 조용했다. 블런트는 안절부절못했다. 비프는 그가 멀어지는 것을 느꼈고 붙잡고 싶었다. 그는 카운터 뒤 선반에서 시가 두 개를 꺼내 블런트에게 권했다. 그리고 조심스럽게 하나씩 질문을 떠올리더니 드디어 물었다.

"역사 속에서 살아보고 싶은 시대를 고른다면, 당신은 어느 시대를 고르겠소?"

블런트는 넓적한 젖은 혀로 콧수염을 핥았다. "술꾼이 되는 것과 절대 질문을 하지 않는 것 중에서 고르라면 어느 걸 고르겠소?"

"어쨌든, 생각해봐요." 비프는 고집스러웠다.

비프는 고개를 갸우뚱한 채 긴 코를 내려다보았다. 이 주제에 관해 사람들의 의견을 듣고 싶었다. 고대 그리스는 그가 좋아하는 시대였다. 샌들을 신고 푸른 에게 해변을 걸어가는 것. 허리띠를 매는 헐렁한 의상. 아이들. 대리석 욕탕과 신전에서의 명상들.

"잉카인들과 살고 싶은데. 페루에서."

비프의 두 눈이 그를 발가벗기듯 훑었다. 햇볕에 검붉게 그을린 피부, 털 없이 매끄러운 얼굴, 금과 보석으로 된 팔찌를 낀 블런트의 모습이 보였다. 눈을 감으면 블런트는 훌륭한 잉카인이었다. 그러나 다시 그를 바라보면 그 모습은 사라졌다. 어울리지 않는 불안한 콧수염, 어깨를 씰룩이는 모습, 가는 목의 울대뼈, 헐렁한 바지. 그리고 그 이상의 무엇이 있었다.

"아니면 1775년경."

"살기 좋은 때지." 비프가 동의했다.

블런트는 두 발을 어색하게 질질 끌었다. 그의 얼굴은 거칠었고 불행했다. 그는 가려고 했다. 비프는 재빨리 붙잡았다. "말해봐요. 애초에 왜 이 도시에 왔소?" 그는 즉시 질문이 잘못된 것을 알고는 자신에게 실망했다. 그렇긴 해도 이 남자가 어떻게 이런 곳에 오게 됐는지는 기이한 일이었다.

"나도 도저히 모르겠소."

그들은 한동안 카운터에 기댄 채 조용히 서 있었다. 구석에서 하던 주사위 놀이도 끝났다. 첫 번째 저녁 식사 주문인 롱아일랜드 특별 오리 요리는 A&P* 상점 주인이 먹었다. 라디오는 교회 설교와 스윙 밴드 음악 중간쯤에 맞춰져 있었다.

블런트가 갑자기 몸을 숙이더니 비프의 얼굴에서 냄새를 맡았다.

"향수?"

"면도용 로션이오." 비프는 차분하게 말했다.

그는 블런트를 더 붙들 수 없었다. 그 남자는 가려고 했다. 나중에 싱어와 함께 올 것이었다. 언제나 그랬다. 그는 블런트가 속마음을 다 털어놓게 만들고 싶었다. 그러면 이 남자에 대한 어떤 의문들이 풀릴 것이었다. 그러나 블런트는 결코 진실

*미국의 슈퍼마켓 회사.

을 말하지 않았다. 오로지 벙어리에게만 말했다. 참으로 특이한 일이었다.

"시가, 고맙소." 블런트가 말했다. "나중에 봅시다."

"잘 가쇼."

비프는 블런트가 선원 같은 걸음으로 흔들거리며 문으로 가는 것을 보았다. 그런 뒤 일과를 시작했다. 창가에 놓인 음식들을 살폈다. 그날의 메뉴가 유리창에 붙어 있고 고객을 끌기 위한 특별 메뉴가 진열되어 있었다. 흉했다. 고약했다. 오리 고기 국물이 크랜베리 소스와 섞여 있었고, 디저트에는 파리가 붙어 있었다.

"이봐, 루이스!" 그가 소리쳤다. "진열된 것들 다 꺼내. 그리고 붉은 도자기 그릇이랑 과일을 가져와."

그는 디자인과 색에 신경 쓰며 과일들을 배치했다. 장식된 모습을 보니 기뻤다. 주방으로 가서 조리사와 얘기했다. 냄비 뚜껑을 열고 음식 냄새를 맡았지만 건성이었다. 이 부분은 늘 앨리스가 맡았었다. 그는 그 일이 싫었다. 음식 찌꺼기와 기름때가 낀 싱크대를 보자 그의 코는 예민해졌다. 그는 다음 날의 메뉴와 주문을 적었다. 얼른 주방에서 나와 다시 금전등록기 옆 제자리에 섰다.

루실과 베이비가 일요일 점심을 먹으러 왔다. 아이는 상태가 좋지 않았다. 아직도 붕대를 감고 있었고 다음 달까지 풀 수 없다고 했다. 노란 곱슬머리를 붕대로 묶은 것이 대머리처럼 보였다.

"이모부한테 인사해야지, 아가." 루실이 재촉했다.

베이비는 불평스럽게 짜증을 냈다. "아가, 이모부한테 인사

해요." 아이가 엄마 말을 비꼬듯 따라했다.

루실이 외출용 코트를 벗기려 할 때도 버둥거렸다. "말 들어야지." 루실은 계속 말했다. "옷을 벗어야 해. 안 그러면 다시 밖에 나갈 때 폐렴 걸려. 말 들어."

비프가 나섰다. 그는 사탕 모양 껌으로 베이비를 달래고 코트를 벗겼다. 아이의 옷은 루실과 씨름하느라 모양이 흐트러져 있었다. 비프가 아이의 옷매무새를 바로잡았다. 장식 띠를 다시 매고 리본을 손으로 폈다. 그런 뒤 베이비의 작은 궁둥이를 토닥거렸다. "오늘 딸기 아이스크림도 있지." 그가 말했다.

"바솔로뮤 형부, 정말 좋은 엄마가 되겠어요."

"고마워." 비프가 말했다. "그건 칭찬이지."

"방금 주일학교랑 교회에 갔다 왔어요. 오늘 배운 성경 구절을 이모부에게 말씀드려봐."

아이는 쭈뼛거리더니 입을 삐죽댔다. "예수님이 울었다." 마침내 아이는 비웃듯 말했다. 그 때문에 그 말은 끔찍하게 들렸다.

"루이스 보고 싶니?" 비프가 물었다. "주방에 있는데."

"난 윌리가 보고 싶어. 윌리의 하모니카 소리를 듣고 싶어."

"베이비, 말 좀 들어." 루실은 참지 못하고 말했다. "윌리가 없는 거 알잖아. 윌리는 교도소에 갔어."

"그런데 루이스도 하모니카를 불 수 있단다." 비프가 말했다. "가서 아이스크림 주문하고 하모니카 불어달라고 해봐."

베이비는 뒤꿈치를 끌며 주방으로 갔다. 루실은 모자를 카운터에 놓았다. 그녀의 눈에 눈물이 고였다. "아시겠지만 내가 늘 말했잖아요. 아이를 깨끗하게 키우고 사랑해주면 아이는 사

랑스럽고 똑똑해져요. 하지만 아이가 더럽고 못생기면 기대할
것도 없어요. 베이비는 머리도 깎이고 붕대를 감아야 하는 게
너무 창피한 거예요. 그래서 계속 반항하는 거예요. 말도 제대
로 안 하려고 해요. 아무것도 안 하려고 해요. 그 애는 너무 불
행해요. 어째야 할지 모르겠어요."

"처제가 너무 잔소리하지 않으면 아인 괜찮아질 거야."

그는 창가에 그들의 자리를 마련했다. 루실은 특별 메뉴를
먹었고 베이비에게는 잘게 자른 닭 가슴살, 밀로 만든 수프와
당근을 주었다. 아이는 음식을 가지고 장난을 쳤고 작은 코트
에 우유를 쏟았다. 그는 손님들이 몰려오기 시작할 때까지 그
들과 앉아 있었다. 그런 뒤 일어나서 모든 것이 원활하게 돌아
가는지 살폈다.

먹고 있는 사람들. 음식을 가득 넣은 크게 벌린 입들. 무엇
이었더라? 얼마 전에 읽은 문장. 인생이란 숨 쉬고 먹고 번식
하는 것일 뿐이라고. 손님들이 북적거렸다. 라디오에서는 스윙
밴드 음악이 흘렀다.

그가 기다리고 있던 두 사람이 왔다. 정장으로 멋을 낸 싱
어가 자세를 똑바로 하고 앞장서 들어왔다. 블런트가 그의 팔
꿈치 바로 뒤에 바짝 따라 들어왔다. 그들이 들어오는 모습이
강렬하게 어떤 것을 상기시켰다. 그들은 탁자에 앉았고, 싱어
가 예의 있게 쳐다보는 동안 블런트는 말했고 활기차게 먹었
다. 식사를 끝낸 뒤 그들은 잠깐 금전등록기 옆에 멈추었다. 그
들이 나가자 함께 걸어가는 그들의 모습을 보며 그는 다시 알
아차렸다. 그는 하던 일을 멈추고 물었다. 무엇이더라? 갑자기
마음 깊은 곳에서 놀랍게도 어느 기억이 되살아났다. 싱어와

함께 걸어가던 그 덩치 큰 귀먹은 벙어리 저능아. 찰스 파커 가게에서 사탕을 만들던 게으르고 단정치 못한 그리스인. 그리스인은 언제나 앞장서 걸었고 싱어는 뒤를 따랐다. 카페에 들어온 적이 없으므로 그들에 대해 많은 생각을 한 적은 없었다. 그러나 왜 이걸 진작 생각지 못했을까? 벙어리에 대해 계속 의문을 가지면서도 그런 각도에서는 보지 못했다니. 풍경 속의 모든 것을 보면서도 춤추는 세 마리 코끼리를 보지 못했다니. 그러나 결국 그게 상관 있을까?

비프는 눈을 가늘게 떴다. 싱어가 예전에 어땠는지는 중요하지 않았다. 중요한 것은 블런트와 믹이 그를 신으로 만들었다는 점이다. 그가 벙어리이기 때문에 그들이 원하는 모든 특징들을 그에게 부여할 수 있었다. 그렇다. 그러나 어떻게 그런 이상한 일이 일어날 수 있는가? 그리고 왜?

외팔이 남자가 들어왔고 비프는 그에게 위스키를 서비스로 주었다. 그러나 누구하고도 얘기하고 싶은 기분은 아니었다. 일요일 점심에는 주로 가족들이 식사를 했다. 주중에는 밤에 혼자 맥주를 마시던 남자들이 일요일에는 아내와 아이들을 데리고 왔다. 뒤쪽에 놔두는 높은 유아용 의자가 자주 필요했다. 오후 2시 30분이었고, 많은 손님들이 자리를 차지하고 있었지만 식사는 거의 끝났다. 비프는 네 시간 동안 서 있었고 피곤했다. 전에는 열네 시간 또는 열여섯 시간 동안 서 있어도 전혀 피곤을 몰랐다. 그러나 이제 나이가 들었다. 상당히. 그건 분명했다. 아니, 성숙했다는 게 맞는 말일지도 몰랐다. 나이 든 게 아니고. 분명 아직은 아니었다. 그의 귀에 실내의 소음이 파도처럼 일어났다 가라앉았다. 성숙해지는 것. 그의 두 눈이 따

끔거렸다. 속에서 나는 열 때문에 모든 것이 너무 환하고 날카
롭게 보이는 것 같았다.

그는 여종업원 한 사람을 불렀다. "대신 좀 봐주겠어? 나갔
다 올게."

거리는 일요일이어서 한적했다. 태양은 온기 없이 환하고
맑았다. 비프는 코트 깃을 세웠다. 혼자 거리에 서 있으니 막막
해졌다. 찬바람이 강에서 불어왔다. 돌아가서 카페 안에 있어
야 했다. 거기가 그의 자리였다. 지금 가고 있는 곳에 갈 이유
가 없었다. 지난 4주 동안 일요일마다 그는 같은 행동을 하고
있었다. 믹을 볼 수도 있는 동네를 걸어 다녔던 것이다. 그 행
동은 뭔가 옳지 못했다. 그렇다, 잘못된 것이었다.

그는 믹의 집 맞은편 길을 천천히 걸었다. 지난 일요일 믹은
집 앞 계단에서 신문에 실린 만화를 보고 있었다. 그러나 재빨
리 그쪽을 보니 오늘은 그 애가 없었다. 비프는 중절모 끝을 눌
러썼다. 나중에 카페에 올지도 몰랐다. 흔히 일요일 점심 후 뜨
거운 코코아를 마시러 왔고 잠깐 동안 싱어의 탁자에 머물다
갔다. 일요일에는 파란 치마와 스웨터를 입지 않았다. 일요일
에는 목 주위에 칙칙한 레이스가 달린 포도주색 실크 원피스를
입었다. 한번은 줄이 나간 스타킹을 신고 있었다. 그는 늘 그
애에게 무엇인가를 해주고 싶었다. 아이스크림선디나 달콤한
먹을 것이 아니라 현실적인 뭔가를 주고 싶었다. 비프의 입이
굳어졌다. 그는 잘못한 것이 없으면서도 속으로 이상한 죄의식
을 느꼈다. 왜? 인정되지도 않고 이름도 없는, 모든 남자들 속
에 있는 그 어두운 죄.

집에 가는 길에 비프는 배수로 쓰레기 옆에 가려져 있는 1센

트짜리 동전을 발견했다. 알뜰하게 집어 손수건으로 닦은 뒤 작은 검정 지갑 속에 넣었다. 카페에 도착했을 때는 4시였다. 영업은 지지부진했다. 손님이 한 사람도 없었다.

영업은 5시경에 되살아났다. 최근에 시간제로 일하는 소년이 일찍 나타났다. 이름은 해리 미노비츠였다. 믹과 베이비의 이웃에 살았다. 신문 광고를 보고 열한 명이 왔지만 해리가 적임자인 듯했다. 그는 나이에 비해 체격이 좋고 단정했다. 비프는 면접을 보는 동안 소년의 치아를 유심히 살폈다. 치아는 언제나 좋은 징표였다. 그의 치아는 크고 깨끗했다. 해리는 안경을 썼지만 일하는 데는 지장이 없었다. 해리 어머니는 거리 아래쪽에 있는 양복점에서 바느질을 하며 일주일에 10달러를 벌었다. 해리는 외아들이었다.

"자." 비프가 말했다. "여기서 일주일을 일했구나. 이 일이 좋으냐?"

"그럼요. 정말 좋아요."

비프는 손가락의 반지를 돌렸다. "학교 수업이 언제 끝나니?"

"3시에 끝나요."

"그럼 두어 시간은 공부하고 놀 수 있겠구나. 여기서는 6시부터 10시까지 일하고. 잘 시간은 충분하겠니?"

"충분해요. 전 많이 자지 않아요."

"네 나이에는 아홉 시간 반 정도는 자야지. 꿈도 꾸지 않고 푹 말이야."

그는 갑자기 당황했다. 해리가 무슨 상관이냐고 생각할지 몰랐다. 어쨌건 그의 문제는 아니었다. 돌아서다가 그는 다른 생각이 났다.

"너 직업학교에 다니니?"

해리가 고개를 끄덕였고 셔츠 소매로 안경을 닦았다.

"보자. 내가 아는 애들도 거기 많이 다닌단다. 알바 리처드, 그 애 아버지를 알지. 매기 헨리. 그리고 믹 켈리라는 아이." 그는 귀가 벌게지는 것 같았다. 자신이 바보처럼 느껴졌다. 돌아서고 싶었지만 그냥 서서 미소 지으며 엄지로 코를 문질렀다. "너 그 여자애 아니?" 그가 작게 물었다.

"그럼요. 옆집에 살거든요. 그런데 학교에서 그 애는 신입생이고 전 상급생이에요."

비프는 이 작은 정보를 혼자 있을 때 생각하려고 마음속에 고이 간직했다. "한동안은 손님이 없을 거다." 그는 서둘러 말했다. "네게 맡기마. 이제 어떻게 하는지 알잖아. 손님이 맥주를 몇 잔 마셨는지 기억해둬. 그래야 그들이 말하는 대로 계산하지 않지. 거스름돈을 내줄 때는 천천히 생각하고. 계속 무슨 일이 일어나는지 살피면 된다."

비프는 아래층에 있는 그의 공간으로 몸을 숨겼다. 신문을 모아두는 곳이었다. 작은 창문으로 골목이 보였고, 곰팡내가 났고 추웠다. 엄청난 신문 더미가 천장까지 쌓여 있었다. 집에서 만든 서류 상자가 한쪽 벽을 채우고 있었다. 문 가까이에는 구식 흔들의자와 큰 가위와 사전, 그리고 만돌린이 놓인 작은 책상이 있었다. 신문 더미 때문에 어느 방향으로든 두 발자국 이상 움직일 수 없었다. 비프는 의자에 앉아 몸을 흔들었고 나른하게 만돌린의 줄을 튕겼다. 두 눈을 감고 그는 슬프게 노래하기 시작했다.

나는 동물 박람회에 갔네.
새들과 짐승들이 거기 있었네.
그리고 늙은 개코원숭이가
달빛에 황갈색 머리를 빗고 있었네.

화음을 넣으며 연주를 끝냈다. 마지막 소리가 떨리듯 차가운 공기 속으로 사라졌다.

아이 한 쌍을 입양하기. 사내아이와 여자아이. 서너 살 즈음이어야 그를 아버지로 여기겠지. 그들의 아빠. 우리 아버지. 여자애는 그 또래의 믹(혹은 베이비?) 같은 아이. 둥근 뺨과 회색 눈과 담황색 머리. 그 아이를 위해 그가 만들 옷은, 어깨와 소매에 귀여운 주름 장식을 넣은 분홍색 실크 아동복. 실크 양말과 흰 양가죽 구두. 그리고 겨울에는 작은 빨간 벨벳 코트와 모자와 토시. 사내아이는 진한 피부에 검은 머리. 그 작은 사내아이는 그를 따라오며 그의 행동을 흉내 내겠지. 여름이면 그들 세 사람은 걸프 만에 있는 오두막으로 갈 것이고, 그는 아이들에게 수영복을 입혀 조심스럽게 푸르고 얕은 파도 속으로 데리고 가리라. 그리고 시간이 지나 그가 늙어갈 때 아이들은 피어날 것이다. 우리 아버지. 그들은 질문들을 할 것이고 그는 대답해줄 것이다.

왜 안 되겠어?

비프는 다시 만돌린을 들었다. "툼-타이-팀-타이-티, 타이-티, 화장한 인형의 결-혼식."* 그는 만돌린으로 후렴을 연주했

---

*최초의 뮤지컬 영화 〈브로드웨이 멜로디〉의 삽입곡 〈화장한 인형의 결혼식〉 중 일부.

다. 처음부터 끝까지 노래를 전부 부르면서 박자에 맞춰 발을 흔들었다. 다음은 〈케이-케이-케이-케이티〉와 〈사랑의 달콤한 옛 노래〉를 연주했다. 이런 노래들은 아구아 플로리다 향수처럼 추억을 불러왔다. 그 모든 것들을. 그가 행복했고 앨리스도 행복해 보이던 결혼 첫해의 일들을. 그들의 침대가 석 달에 두 번이나 내려앉던 때를. 그러나 그는 몰랐다. 그녀가 한 푼이라도 아끼려고, 10센트라도 더 뽑아내려고 골똘했던 것을. 그리고 그와 리오와 여자들이 모였던 그녀의 집. 지프와 매들린과 루. 그 후 얼마 뒤에 그는 갑자기 그 능력을 상실했다. 더 이상 여자와 잘 수 없었다. 세상에! 처음에는 모든 것이 끝난 듯했다.

루실은 항상 그 모든 상황을 파악하고 있었다. 앨리스가 어떤 여자인지 알고 있었다. 그에 관해서도 알았을 것이다. 루실은 그들의 이혼을 주장했다. 그리고 잘못된 사태를 수습하려고 모든 노력을 다했다.

비프는 갑자기 움찔했다. 만돌린 줄에서 손을 휙 놓으니 음악이 중단됐다. 의자에 긴장한 채 앉아 있었다. 그러다가 문득 소리 없이 웃었다. 무엇이 이런 기억들을 불러오는가? 오, 하느님 하느님 하느님! 그의 스물아홉 번째 생일이었고 루실은 그에게 치과 치료가 끝난 뒤 아파트에 오라고 초대했다. 그는 체리 파이 한 접시나 좋은 셔츠 한 벌 같은 작은 선물을 기대했다. 루실은 집 안으로 들어가기 전에 문에서 그의 두 눈을 가렸다. 곧 오겠다고 했다. 그는 조용한 방에서 그녀의 발소리에 귀를 기울였고 그녀가 부엌으로 갔을 때 방귀를 뀌었다. 두 눈을 가린 채 방에 서서. 그리고 즉시 깜짝 놀랐다. 자기 혼자 방에 있던 게 아니었다. 큰 웃음소리가 터지면서 귀가 멍해졌다. 그때 루실이 눈가리개를 풀어주었다. 그녀는 큰 쟁반 위에 캐러멜 케이크를 들고 있었다. 방에는 사람들이 모여 있었다. 로리와 그 친구들과 앨리스. 그는 벽에라도 기어오르고 싶었다. 온몸이 벌게진 채 고개를 숙이고 서 있었다. 그들은 그를 놀렸다. 그 뒤의 시간은 어머니의 죽음만큼이나 끔찍했다. 그날 밤 그는 폭음했다. 그 이후…… 세상에 맙소사!

비프는 냉랭하게 쿡쿡 웃었다. 만돌린 줄을 몇 개 튕기다가 신나는 카우보이 노래를 시작했다. 부드러운 테너 음성으로 노래를 부르며 눈을 감았다. 방은 어두워졌다. 축축한 냉기가 뼈에 스며들어 관절염이 있는 두 다리가 욱신거렸다.

이윽고 만돌린을 내려놓고 어둠 속에서 천천히 몸을 흔들었다. 죽음. 때로 그는 죽음이 방 안에 함께 있는 것을 느낄 수 있었다. 의자가 흔들거렸다. 그는 무엇을 이해하는가? 아무것도. 어디로 가고 있는가? 아무 곳에도. 무엇을 원하는가? 아는 것. 무엇을? 의미를. 왜? 수수께끼였다.

그의 머릿속에 깨진 그림들이 조각 맞추기 퍼즐처럼 흩어져 있었다. 욕조에서 비누칠하고 있는 앨리스. 무솔리니의 머그잔. 아기를 태운 손수레를 밀고 가는 믹. 진열해놓은 구운 칠면조. 블런트의 입. 싱어의 얼굴. 그는 무엇인가를 기다리고 있다고 느꼈다. 방은 완전히 어두워졌다. 주방에서 루이스의 노랫소리가 들렸다.

비프는 흔들거리는 의자 팔걸이를 붙들고 일어났다. 문을 열었다. 홀은 따뜻하고 환했다. 믹이 올 것이라는 생각이 들었다. 그는 옷차림을 다듬고 머리를 쓸어 넘겼다. 따뜻한 생기가 다시 돌아왔다. 카페는 떠들썩했다. 맥주잔이 돌아가고 일요일 저녁이 시작되었다. 그는 해리에게 친절한 미소를 보낸 뒤 금전등록기 뒤에 섰다. 재빠르게 실내를 훑어보았다. 카페는 붐볐고 왁자지껄했다. 진열장의 과일 그릇은 고상하고 예술적으로 배치되어 있었다. 입구를 응시하며 익숙하게 실내를 둘러보았다. 그는 긴장한 채 열심히 기다렸다. 드디어 싱어가 왔다. 감기에 걸렸으니 수프와 위스키만 달라고 은색 연필로 썼다. 그러나 믹은 오지 않았다.

9

믹에게는 이제 5센트도 없었다. 그들은 그만큼 가난했다. 돈이
문제였다. 언제나 돈, 돈, 돈이었다. 베이비 윌슨의 터무니없는
개인 병실과 간병인 비용을 지불해야 했다. 그러나 그건 한 가
지일 뿐이었다. 하나를 지불하면 또 하나가 생겼다. 당장 갚아
야 할 빚이 200달러였다. 그들은 집도 잃었다. 아빠는 집을 처
분하고 100달러를 손에 넣었고, 저당권은 은행이 가져갔다. 그
는 50달러를 더 빌렸고 싱어 씨가 보증을 섰다. 이후 그들은 세
금 대신 매달 집세 걱정을 해야 했다. 그들은 공장 노동자들만
큼 가난했지만 무시당하지는 않았다.

　빌은 음료수 공장에 일자리를 얻었고 일주일에 10달러를 벌
었다. 헤이즐은 미용 보조사로 일하고 8달러를, 에타는 극장표
를 팔고 5달러를 벌었다. 그들은 각각 수입의 절반을 생활비로
냈다. 집에는 일인당 5달러를 내는 하숙인들이 여섯 명 있었다.
싱어 씨는 방세를 정확하게 냈다. 아버지가 버는 돈과 합하면
한 달 수입은 200달러 정도였다. 그 돈으로 여섯 명의 하숙인

들을 잘 먹이고 식구들도 먹고 집세를 내고 가구 할부금도 내
야 했다.

조지와 믹은 이제 점심 값이 없었다. 믹은 음악 레슨을 중단
해야 했다. 포셔는 믹과 조지가 방과 후에 먹을 수 있게 남은
음식들을 챙겨주었다. 그들은 늘 부엌에서 먹었다. 빌과 헤이
즐과 에타는 음식의 양에 따라 하숙인들과 먹기도 하고 부엌에
서 먹기도 했다. 부엌에서 아침에는 옥수수 죽과 비계, 베이컨
을 먹고 커피를 마셨다. 저녁에는 똑같은 것을 식당에서 남은
음식과 함께 먹었다. 큰 아이들은 부엌에서 먹을 때마다 투덜
거렸다. 믹과 조지는 이삼 일 동안 허기지는 때도 있었다.

그러나 이런 일은 외부의 방에서 일어났다. 음악과 낯선 나
라들과 믹의 계획과는 상관이 없었다. 겨울은 추웠다. 서리가
유리창에 내렸다. 밤이면 거실의 난로가 따뜻한 소리를 내며
탔다. 온 가족이 하숙인들과 난로 주위에 앉아 있었고, 그럴 때
면 믹은 중앙에 있는 침실을 차지했다. 스웨터 두 개와 작아서
못 입는 빌의 코르덴 바지를 껴입었다. 믹은 생기를 느꼈고 따
뜻해졌다. 침대 아래서 자기만의 비밀 상자를 꺼내 바닥에 앉
아 일했다.

큰 상자에는 주 정부에서 주관하는 무료 미술반에서 그렸던
그림들이 들어 있었다. 믹은 그림들을 빌의 방에서 꺼내 왔다.
상자에는 또 아빠가 준 추리소설 세 권, 화장 분갑 하나, 시계
부품 상자, 모조 다이아몬드 목걸이, 망치와 공책 몇 권이 있었
다. 공책 한 권엔 빨간 크레용으로 "개인 소유, 손대지 말 것"
이라고 써 있었고, 끈으로 묶여 있었다.

믹은 겨울 내내 이 공책에 곡을 썼다. 음악에 시간을 더 쏟

기 위해 밤에는 학과 공부를 하지 않았다. 대개는 짧은 곡들을 적어놓았다. 가사도 없었고 낮은음표조차 없는 아주 짧은 곡들이었다. 그러나 반 페이지 분량의 곡이라도 곡명을 붙이고 그 아래 자기 이니셜을 썼다. 공책에 적힌 것들은 제대로 된 작품이나 작곡은 아니었다. 믹이 기억하고 싶은 마음속의 노래들이었다. 그 곡들이 연상시키는 대로 제목을 붙였다. 〈아프리카〉, 〈큰 싸움〉, 〈폭풍〉.

믹은 마음에서 울리는 음악을 옮길 수가 없었다. 몇 개의 음표로 간단하게 줄여야 했다. 그렇지 않으면 뒤엉켜 계속 써나갈 수 없었다. 작곡법에 대해 모르는 것이 너무 많았다. 그러나 간단한 음표들을 빨리 적는 법을 배우게 되면 마음속에 있는 음악 전체를 표현할 수 있을 것이었다.

1월에 믹은 〈원하는 것이 무엇인지 난 몰라〉라는 멋진 곡을 작곡하기 시작했다. 대단히 느리고 부드럽고 아름답고 놀라운 노래였다. 처음에는 그 노래와 함께 시를 쓰기 시작했지만 음악에 맞는 아이디어를 생각해낼 수 없었다. 또한 '무엇인지'와 각운을 맞출 수 있는 셋째 줄에 맞는 단어를 생각하기 어려웠다. 이 새로운 노래는 믹을 슬프고 흥분되고 행복하게 만들었다. 이처럼 아름다운 곡을 계속 쓰기란 어려웠다. 어떤 노래라도 작곡하는 것은 쉽지 않았다. 2분 동안 낮게 흥얼거릴 수 있는 노래를 쓰기 위해서는, 음계와 박자와 각 음표를 생각해야 하는, 꼬박 일주일이 걸리는 작업을 의미했다.

믹은 열심히 몰두하여 몇 번씩 그 노래를 불러봐야 했다. 목소리는 항상 쉬어 있었다. 믹이 아기였을 때 울어댔기 때문이라고 아빠는 말했다. 믹이 랠프만 했을 때 아빠는 매일 밤 일어나 믹과 함께 걸어야 했다. 믹을 울지 않게 하는 법은 부지깽이로 석탄 통을 두드리며 〈딕시〉를 노래하는 것뿐이었다고 아빠는 말했다.

믹은 차가운 바닥에 엎드려 생각했다. 스무 살이 되면 세계적으로 유명한 위대한 작곡가가 될 것이라고. 완벽한 교향악단을 갖게 되고 지휘하게 될 것이라고. 믹은 엄청난 청중을 뒤에 두고 지휘대에 서 있을 것이었다. 오케스트라를 지휘할 때 남성용 야회복이나 모조 다이아몬드가 박힌 붉은 드레스를 입을 것이었다. 무대 커튼은 붉은 벨벳이고 그 위에는 금색으로 M.K.라고 새겨져 있을 것이었다. 싱어 씨가 올 것이고 끝난 뒤에 그들은 밖에 나가 닭튀김을 먹을 것이었다. 그는 믹을 찬미하며 제일 친한 친구라고 생각할 것이었다. 조지가 무대 위로 큰 화환을 가져올 것이었다. 그런 일들이 뉴욕에서 또는 외국에서 일어날 것이었다. 유명인사들이 믹을 주목할 것이었다. 캐롤 롬바드와 아르투로 토스카니니와 버드 제독* 같은 사람들도.

믹은 원할 때마다 베토벤 교향곡을 연주할 수 있었다. 작년 가을에 들었던 이 음악은 묘했다. 언제나 믹의 마음속에 남아서 조금씩 자랐다. 이유는 이랬다. 교향곡 전체가 마음속에 들어 있었던 거다. 그래야만 했다. 믹은 음 하나하나를 모두 들었는데, 그것은 처음 연주된 그대로 믹의 마음속 어딘가에 남아 있었다. 그렇다 해도 곡 전체를 한꺼번에 불러낼 수는 없었다. 어쩌다가 새로운 부분이 생각나기를 기다리며 준비할 뿐이었다. 봄의 참나무 가지에서 천천히 잎들이 자라듯, 믹은 음악이

*미국의 해군 소장, 극지 탐험가.

자라기를 기다렸다.

내면의 방에는 음악과 함께 싱어 씨가 있었다. 믹은 매일 오후 체육관에서 피아노 연습을 끝내면 그가 일하는 상점을 지나 중앙로로 갔다. 앞쪽 창으로는 싱어 씨를 볼 수 없었다. 그는 상점 뒤편, 커튼 뒤에서 일했다. 그래도 믹은 매일 거기로 가 그가 일하는 곳과 그가 아는 사람들을 보았다. 그런 뒤 매일 밤 베란다에서 그가 집에 오기를 기다렸다. 때로는 그를 따라 위층으로 갔다. 침대에 앉아 그가 모자를 벗고 셔츠 단추를 풀고 머리를 빗는 것을 쳐다보았다. 무슨 이유인지 모르지만 그들은 함께 비밀을 공유하는 것 같았다. 또는 아무에게도 말한 적 없는 것들을 서로에게 털어놓길 기다리는 듯도 했다.

싱어는 믹의 내면의 방에 있는 유일한 사람이었다. 오래전에는 다른 사람들도 있었다. 믹은 옛날을 다시 생각하고 싱어가 오기 전에 있었던 사람들을 기억했다. 6학년 때에는 설레스트라는 여자애가 있었다. 뻣뻣한 금발에 코끝이 올라가고 주근깨가 난 아이였다. 흰 블라우스에 빨간색 모직 점퍼를 입고 있었고, 안짱다리 걸음이었다. 매일 쉬는 시간이면 오렌지를 먹고 점심시간에는 파란색 양철통에 담긴 도시락을 먹었다. 다른 애들은 쉬는 시간에 점심을 먹고 나중에 배가 고팠지만, 설레스트는 그렇지 않았다. 그 애는 샌드위치의 딱딱한 부분을 떼어내고 말랑한 것만 먹었다. 항상 속을 채운 삶은 달걀을 가져왔는데, 엄지로 눌러 으깬 노른자에는 지문 자국이 나 있기도 했다.

설레스트는 믹에게 말을 걸지 않았고 믹도 마찬가지였다. 그러나 믹은 정말 그 애와 얘기하고 싶었다. 밤에 누워 그 애를 생각했다. 둘이 제일 친한 친구가 되어 같이 집에 와서 저녁도 먹고 재미있게 노는 것을 상상했다. 그러나 그런 일은 없었다. 그 애를 향한 감정 때문에 다른 애들에게 하듯 다가가서 사귀지 못했다. 1년 뒤 그 애는 다른 지역으로 이사하게 되어 전학을 갔다.

벅이라는 남자애도 있었다. 키가 크고 얼굴에 여드름이 난 아이였다. 그 애 옆에서 8시 30분에 실시하는 행진을 할 때면 고약한 냄새가 났다. 입고 있는 반바지를 벗어 말려야 될 것 같았다. 벅은 교장에게 대들어 정학을 당한 적도 있었다. 웃을 때 윗입술이 올라갔고 몸 전체가 흔들렸다. 믹은 설레스트를 생각하듯 벅도 생각했다. 또 깡통 복권을 팔던 여자도 있었다. 7학년을 가르치던 앵글린 선생님도 있었다. 영화배우 캐롤 롬바드도. 모두 믹의 마음속에 있던 사람들이었다.

그러나 싱어 씨의 경우는 달랐다. 그에 대한 감정은 천천히 깨닫게 되었다. 어떻게 그런 일이 생겼는지 다시 생각해봐도 알 수 없었다. 다른 사람들은 평범했지만 싱어 씨는 그렇지 않았다. 그가 방을 알아보려고 벨을 눌렀던 첫날, 믹은 한참 동안 그의 얼굴을 쳐다봤다. 그런 뒤 문을 열고 그가 건네준 명함을 읽었다. 엄마를 불렀고 다시 부엌으로 가서 포셔와 버버에게 말했다. 믹은 그와 엄마를 따라 계단을 올랐다. 그가 침대 매트리스를 눌러보고 창 블라인드를 시험해보는 것을 쳐다봤다. 그가 이사 오는 날, 믹은 집 앞 계단에 앉아 여행 가방과 체스 판을 들고 10센트 택시에서 내리는 그를 보았다. 그 후로는 그가 방에서 서성거리는 소리를 들으며 그에 관해 이런저런 생각을 했다. 나머지는 천천히 시작되었다. 이제 그들 사이에는 비밀스러운 감정이 있었다. 믹은 누구보다도 그에게 많은 말을 했다. 할 수만 있었다면 그도 믹에게 많은 이야기를 했을 것이었다. 그는 훌륭한 선생님과도 같았다. 벙어리이기 때문에 가르치지 않을 뿐이었다. 믹은 밤에 침대에 누워, 어떻게 자기가 고아가 되어 싱어 씨와 살 수 있을지를 계획했다. 겨울이면 눈오는 낯선 나라에서 함께 살 것이었다. 산으로 둘러싸이고 높은 빙하가 있는 스위스 작은 마을에서. 집 뒤쪽으로는 바위들이 솟아 있고 지붕은 가파르고 뾰족한 곳에서. 사람들이 빵을 포장하지 않고 집으로 들고 가는 프랑스에서. 낯선 노르웨이의 회색 겨울 바닷가에서.

믹은 아침에 눈뜨면 제일 먼저 그를 생각했다. 음악과 함께. 옷을 입으면서 그날 어디서 그를 볼 것인지 궁리했다. 복도에서 그를 스쳐 갈 때 좋은 냄새가 나도록 에타의 향수나 바닐라 기름 한 방울을 발랐다. 그가 층계에서 내려와 일하러 가는 걸 보려고 학교에 늦게 가기도 했다. 그리고 오후와 밤, 그가 집에 있으면 믹은 밖에 나가지 않았다.

그에 관해 새로 알게 되는 것들은 모두 중요했다. 싱어는 칫솔과 치약을 탁자 위 유리컵에 보관했다. 믹도 칫솔을 욕실 선반 위가 아닌 유리컵에 담아두었다. 그는 양배추를 좋아하지 않았다. 브래넌 씨 카페에서 일하는 해리가 알려주었다. 믹도 이제 양배추를 먹을 수 없었다. 그에 관해 새로운 걸 알게 되었을 때, 그에게 말하고 그가 은색 연필로 몇 마디 쓸 때, 믹은 오랫동안 혼자 그것들을 생각했다. 싱어와 함께 있을 때 중요한 것은 나중에 다시 생각하려고 모두 마음에 담아두는 것이었다.

그러나 음악과 싱어 씨가 있는 내면의 방이 전부는 아니었다. 많은 일들이 외부의 방에서 일어났다. 믹은 층계에서 넘어져 앞니 한 개가 부러졌다. 미너 선생님은 믹에게 영어 과목에서 경고 카드 두 장을 주었다. 공터에서 25센트를 잃어버려 사흘 동안 조지와 찾았지만 헛수고였다.

이런 일도 있었다.

어느 날 오후 믹은 집 뒤편 계단에서 영어 시험공부를 하고 있었다. 해리가 자기 집 울타리 관목을 자르기 시작해서 믹이 그에게 소리쳤다. 그가 와서 몇 개의 문장을 자세히 설명해주었다. 뿔테 안경 속에서 그의 두 눈은 민첩하게 움직였다. 그는 영어를 설명해준 뒤 일어나 두 손을 작업복 주머니에 넣었다 뺐다 했다. 그는 에너지가 넘쳐 가만있지 못하고 늘 말을 하거나 무슨 일이든 해야 했다.

"있지, 요즘은 두 가지뿐이야." 그가 말했다.

해리는 사람들을 놀라게 하는 걸 좋아했고 때로 믹은 무슨 대답을 해야 할지 몰랐다.

"정말이야, 요즘 세상에는 앞으로 두 가지만 있을 거야."

"뭐가?"

"전투적 민주주의 아니면 파시즘."

"너는 공화당을 좋아하지 않아?"

"이런." 해리가 말했다. "그런 말이 아니야."

해리는 어느 날 오후 파시스트에 관해 모두 설명해주었다. 그는 나치들이 유대인 아이들을 무릎 꿇린 채 풀을 뜯어먹게 했다고 말했다. 히틀러를 암살할 계획이라는 말도 했다. 철저한 계획을 세웠다고 했다. 파시즘에는 정의도 자유도 없다고 했다. 신문들은 의도적으로 거짓말을 쓰고 사람들은 세상에서 일어나는 일들을 모른다고 했다. 나치들은 끔찍했고, 모두들 그 사실을 알았다. 믹은 그와 함께 히틀러를 죽일 음모를 꾸몄다. 네다섯 명이 가담하는 게 좋았다. 한 명이 그를 놓쳐도 남은 이들이 없앨 수 있기 때문이었다. 또 그들은 죽는다 해도 영웅이 될 것이었다. 영웅이 되는 것은 위대한 음악가가 되는 것과 같았다.

"이거 아니면 저거야. 난 전쟁을 믿지 않지만 옳은 것을 위해 싸울 준비는 되어 있어."

"나도 그래." 믹이 말했다. "파시스트들과 싸우고 싶어. 남자 옷을 입으면 모를 거야. 내 머리도 몽땅 자르지 뭐."

밝은 겨울 오후였다. 하늘은 청록색이었고 이와 대조되어 뒷마당에 서 있는 앙상한 참나무는 검게 보였다. 태양은 따뜻했다. 이런 날이면 믹은 생기가 넘쳤다. 음악이 마음속에 있었다. 무슨 일이든 하고 싶어서 7센티미터짜리 못을 집어 층계에 쾅쾅 박았다. 아빠가 망치 소리를 듣고 목욕 가운을 입은 채 나와 한동안 옆에 서 있었다. 나무 아래에는 목마가 두 개 있었고 어린 랠프는 돌을 이 목마에서 저 목마로 옮기느라 바빴다. 계속 왔다 갔다 했다. 넘어지지 않으려고 두 손을 내밀고 걸었다. 안짱다리였고 기저귀가 무릎 아래로 내려와 끌리고 있었다. 조지는 구슬치기를 하고 있었다. 머리가 길어 얼굴이 야위어 보였다. 몇 개 나온 영구치는 작았고 블랙베리를 먹은 듯 퍼렜다. 조지는 구슬을 던지려고 줄을 긋고 첫 번째 구멍을 겨냥해 바닥에 엎드렸다. 아빠는 시계를 고치러 다시 들어가면서 랠프를 데려갔다. 잠시 후 조지는 혼자 골목으로 사라졌다. 베이비에게 총을 쏜 이후 그는 누구하고도 놀려고 하지 않았다.

"가야 돼." 해리가 말했다. "일하러. 6시 전에 가 있어야 해."

"카페에서 일하는 거 좋아? 맛있는 거 공짜로 먹어?"

"그럼. 또 별별 사람들이 다 오잖아. 지금까지 일한 곳 중에서 제일 좋아. 돈도 더 많이 주고."

"난 브래넌 씨 싫어." 믹이 말했다. 그가 고약한 말을 한 적은 없지만 늘 거칠고 이상하게 말을 걸었다. 믹과 조지가 껌 한 통을 몰래 들고 온 것을 아직도 기억하는 게 분명했다. 그러면서 왜 싱어 씨 방에서 그랬던 것처럼 어떻게 지내느냐고 묻는가? 그는 믹과 조지가 습관적으로 물건을 몰래 집어 간다고 생각하는지도 몰랐다. 그러나 그렇지 않았다. 절대 그런 짓은 하지 않았다. 10센트 상점에서 작은 수채화 물감을 집어 온 것 말고는. 5센트짜리 연필깎이하고.

"난 브래넌 씨가 참을 수 없어."

"그 사람 괜찮아." 해리가 말했다. "괴상하게 보이기도 하지만 까다롭지 않아. 알고 나면 말이야."

"내가 생각한 게 하나 있어." 믹이 말했다. "남자애는 여자애보다 이로운 게 많아. 남자애들은 학교 다니면서도 시간제로 일할 수 있잖아. 다른 일을 할 시간도 있고. 하지만 여자애들은 그럴 수 없어. 여자애가 일하고 싶으면 학교를 그만두고 종일 일을 해야 해. 나도 너처럼 일주일 중에 며칠만 돈을 벌고 싶지만 방법이 없어."

해리는 층계에 앉아 구두끈을 풀었다. 그러고는 한쪽이 끊어질 때까지 당겼다. "블런트 씨라는 사람이 카페에 와. 제이크 블런트 씨. 난 그 사람 말 듣는 걸 좋아해. 그가 맥주를 마시며 말할 때 많은 것을 배우거든. 새로운 아이디어도 주고."

"그 사람 잘 알아. 여기 일요일마다 오거든."

해리는 끊어진 끈을 당겨 양쪽 길이가 같아지도록 한 후 구두끈을 다시 묶었다. "있잖아." 그가 초조해하며 안경을 작업복에 닦았다. "내 얘기, 그 사람한테 할 거 없어. 날 기억하지도 못할 텐데. 나한테 말 안 하거든. 싱어 씨에게만 말해. 웃긴다고 생각할지도 몰라. 무슨 말인지 너 알잖아."

"알았어." 믹은 해리가 블런트 씨에게 호감을 갖고 있는 걸 알았고, 그 감정을 이해했다. "말 안 할 거야."

어둠이 왔다. 우유처럼 흰 달이 푸른 하늘에 떴고 공기는 찼다. 부엌에서 랠프와 조지와 포셔의 소리가 들렸다. 스토브에서 나오는 불빛이 부엌 창을 따뜻한 오렌지색으로 만들었다. 연기와 음식 냄새가 났다.

"누구한테 말한 적 없는 건데." 해리가 말했다. "그걸 내가 알게 된 게 싫어."

"뭘?"

"신문을 처음 읽기 시작하면서, 네가 읽은 기사에 대해 생각했던 때를 기억해?"

"물론이야."

"난 파시스트였어. 그렇다고 생각해왔어. 유럽에서 우리 또래 아이들이 발맞추어 행진하고 노래 부르는 거 난 멋지다고 생각했어. 그들은 서로에게, 그리고 지도자 한 사람에게 맹세하잖아. 같은 이상을 품고 함께 행진하잖아. 난 유대인 소수자들에게 닥치는 일을 걱정하지 않았어. 생각하고 싶지 않았으니까. 그때는 내가 유대인처럼 생각하는 것을 원하지 않았어. 너도 알겠지만, 난 몰랐어. 그냥 사진들을 보고 아래 적힌 글들을 읽었을 뿐이야. 이해하지 못했어. 얼마나 끔찍한 것인지 정말 몰랐어. 난 내가 파시스트라고 생각했으니까. 물론 나중에 난 다르다는 걸 알았지."

그의 음성은 자신에 대해 비통해했고 어른 소리에서 아이 소리로 바뀌고 있었다.

"그때 넌 몰랐으니까." 믹이 말했다.

"그건 무서운 범죄였어. 도덕적인 죄야."

해리는 그런 아이였다. 그에게 모든 것은 절대선 또는 절대 악이었고, 중도가 없었다. 20세 이하면서 맥주와 포도주를 마시거나 담배를 피우는 건 나쁜 일이었다. 시험 볼 때 부정을 저지르는 것은 끔찍한 죄였지만 숙제를 베끼는 것은 죄가 아니었다. 여자애들이 립스틱을 칠하거나 등이 많이 파인 옷을 입는 것은 도덕적인 잘못이었다. 독일이나 일본제 라벨이 붙은 물건을 사는 것은 5센트짜리라 할지라도 끔찍한 죄악이었다.

믹은 그들이 어렸을 때의 해리가 생각났다. 한번은 해리의 두 눈이 사팔뜨기가 되더니 그 상태가 1년 동안 계속됐다. 그는 집 앞 계단에 앉아 두 손을 무릎 사이에 끼운 채 모든 것을 응시했다. 사팔뜨기 눈으로 조용하게. 그는 중학교에서 두 학년을 월반했고 열한 살이 되자 직업학교에 진학할 준비가 되었다. 그러나 직업학교에서 수업 중 《아이반호》*에 나오는 유대인에 대해 읽을 때, 다른 애들이 그를 자꾸 쳐다보자 그는 집에 와서 울었다. 엄마는 그를 학교에 보내지 않았고, 그는 1년을 꼬박 쉬었다. 그는 키가 더 크고 뚱뚱해졌다. 믹이 울타리를 타

*영국 작가 월터 스콧의 역사소설.

고 올라갈 때마다 그가 부엌에서 음식을 만들고 있는 것이 보였다. 둘은 근처에서 놀았고 씨름도 했다. 믹은 어렸을 때 사내애들과 싸우는 걸 좋아했다. 정말로 싸웠지만 재미로 하는 거였다. 믹은 유술과 권투가 합해진 동작을 했다. 어떤 때는 해리가 이겼고 어떤 때는 믹이 이겼다. 해리는 누구에게든 사납게 굴지 않았다. 어린애들은 장난감이 부서지면 그에게 가져왔고 그는 늘 시간을 들여 고쳐주었다. 그는 무엇이든 고칠 수 있었다. 이웃 부인들은 전등이나 재봉틀이 고장 나면 그를 불렀다. 열세 살이 되자 그는 다시 직업학교에 와서 열심히 공부했다. 신문 배달을 하면서 토요일에는 일했고 책을 읽었다. 파티를 열기 전까지 믹은 한동안 그를 별로 보지 못했다. 해리는 많이 변해 있었다.

"있잖아." 해리가 말했다. "난 늘 개인적인 큰 야심을 가지고 있었어. 위대한 엔지니어나 의사, 아니면 변호사가 되고 싶었어. 그런데 지금은 그런 야심이 없어. 지금 생각하는 건 모두 이 세상과 관련된 일들이야. 파시즘에 관해서, 유럽에서 일어나는 무서운 일들에 관해서, 또 민주주의에 관해서. 다시 말해, 내가 인생에서 무엇이 되고 무엇을 할지에 대해서는 생각할 수 없어. 다른 일들에 대해 너무 많이 생각하니까. 난 매일 밤 히틀러를 죽이는 꿈을 꿔. 그리고 어둠 속에서 목이 말라 가위에 눌린 듯 놀라서 잠을 깨. 그게 뭔지 모르겠어."

믹은 해리의 얼굴을 보았다. 깊고 심각한 감정이 믹을 슬프게 했다. 해리의 머리가 이마 위로 흘러내렸다. 그의 얇은 윗입술은 굳어 있었지만 두꺼운 아랫입술은 떨렸다. 해리는 열다섯 살도 안 되는 것 같았다. 어둠과 함께 추위가 왔다. 주변 나무들이 바람에 흔들렸고 블라인드들이 벽에 소리를 내며 부딪쳤다. 길 아래에서 웰스 부인이 집에 오라고 서커를 부르고 있었다. 어두운 늦은 오후, 믹의 마음속에 깊은 슬픔이 왔다. 난 피아노를 갖고 싶어, 음악 레슨도 받고 싶어, 믹은 중얼거렸다. 해리를 바라보았다. 그는 가느다란 손가락으로 여러 가지 모양을 만들고 있었다. 그에게서 따뜻한 소년의 냄새가 났다.

믹은 왜 갑자기 그런 행동을 했을까? 그들의 어린 시절을 기억했기 때문일까. 슬픔 때문에 이상해진 걸까. 믹은 갑자기 해리를 밀었고 그는 층계에서 떨어질 뻔했다. "너네 할머니 개새끼!" 믹은 그에게 소리치며 달아났다. 그건 동네에서 아이들이 싸울 때 하는 말이었다. 해리는 일어났고 놀란 듯했다. 안경을 코 위에 고쳐 쓰고 잠깐 믹을 보더니 골목으로 달려갔다.

차가운 공기가 믹을 삼손처럼 씩씩하게 만들었다. 큰 소리로 웃어대자 짧고 빠르게 메아리가 울렸다. 믹은 어깨로 해리를 밀쳤고 해리는 믹을 붙들었다. 그들은 힘껏 씨름을 했고 큰 소리로 웃었다. 키는 믹이 컸지만 두 손의 힘은 해리가 셌다. 해리가 잘 덤비지 않자 믹이 그를 바닥에 눕혔다. 그가 갑자기 조용해졌고 믹도 멈췄다. 그의 숨결이 믹의 목에 따뜻하게 느껴졌다. 해리는 조용했다. 믹은 해리의 갈비뼈에 닿은 무릎을 통해 그의 거친 숨결을 느낄 수 있었다. 그들은 함께 일어났다. 더 이상 웃지 않았다. 골목은 조용했다. 해리와 어두운 뒷마당을 걸을 때 웬일인지 믹은 기분이 이상해졌다. 그럴 이유가 없었는데, 갑자기 일어난 일이었는데. 믹이 그를 살짝 밀치자 그도 밀었다. 믹이 다시 웃음을 터뜨렸고 모든 것이 괜찮아졌다.

"잘 가." 해리가 말했다. 그는 울타리를 넘기엔 너무 나이가 많았다. 그는 골목을 달려가 자기 집 현관으로 갔다.

"와, 덥다!" 믹이 말했다. "여기 너무 숨 막히네."

포셔가 믹의 저녁을 스토브에 데우고 있었다. 랠프는 아기용 의자에 앉아 접시를 숟가락으로 두들겼다. 조지는 지저분한 작은 손으로 빵 조각을 옥수수 죽에 적시며 먼 곳을 보는 듯 눈을 가늘게 뜨고 있었다. 믹은 닭고기와 그레이비소스, 옥수수 죽과 건포도를 덜어 함께 접시에서 섞었다. 세 입에 다 먹었다. 남은 옥수수 죽까지 다 먹었지만 여전히 배가 고팠다.

믹은 하루 종일 싱어 씨를 생각했고 저녁을 먹자마자 위층으로 올라갔다. 그러나 3층에 도착하니 그의 방문은 열려 있고 어두웠다. 허전했다.

믹은 아래층에 조용히 앉아 시험공부를 할 수가 없었다. 기운이 솟구쳐 다른 사람들처럼 의자에 앉아 있을 수 없는 듯했다. 집 안의 벽을 무너뜨리고 거인처럼 거리를 활보할 수 있을 것 같았다.

결국 믹은 침대 밑에서 비밀 상자를 꺼냈다. 엎드린 채 공책을 훑어보았다. 거기엔 이제 20여 개의 노래들이 있었지만 만족할 수 없었다. 교향곡을 쓸 수만 있다면! 오케스트라 전체가 연주하는 곡을 어떻게 쓸 수 있을까? 때로는 대여섯 개의 악기들이 하나의 음을 연주했으므로 오선지가 커야 했다. 믹은 큰 시험지 위에 줄 다섯 개를 그었다. 줄과 줄 사이의 간격이 2센티미터도 더 됐다. 바이올린이나 첼로나 플루트가 연주하는 곳에는 악기 이름을 적었다. 악기들이 동시에 연주하는 경우에는 둘레에 동그라미를 그렸다. 그 페이지의 맨 위에 크게 〈교향곡〉이라고 썼다. 밑에는 '믹 켈리'라고 적었다. 그런 뒤에는 더 이상 계속할 수 없었다.

음악 레슨을 받을 수만 있다면!

진짜 피아노를 가질 수만 있다면!

한참 지난 뒤에야 믹은 곡을 시작할 수 있었다. 마음속에 곡이 있었지만 적는 방법을 몰랐다. 세상에서 제일 어려운 놀이 같았다. 그러나 계속 노력했다. 에타와 헤이즐이 방에 들어와 자려고 누울 때까지, 밤 11시니까 불을 꺼야 한다고 말할 때까지.

10

6주 동안 포셔는 윌리엄의 소식을 기다렸다. 매일 저녁 집에 와서 코플랜드 박사에게 같은 질문을 했다. "누구 윌리의 편지 받은 사람 있대요?" 매일 밤 그는, 아무 소식도 받지 못했다고 말하지 않을 수 없었다.

마침내 포셔는 더 이상 묻지 않았다. 복도로 들어와 말없이 아버지를 쳐다봤다. 그녀는 술을 마셨다. 블라우스 단추의 절반이 열린 채였고 구두끈은 풀어져 있었다.

2월이 왔다. 따뜻해지는가 했더니 더워졌다. 해는 강렬하게 이글거렸다. 새들은 잎이 돋지 않은 나뭇가지에서 노래했고, 아이들은 윗옷을 다 벗고 맨발로 밖에서 놀았다. 밤은 한여름처럼 무더웠다. 그러더니 이삼 일 후 다시 겨울이 왔다. 부드러운 하늘이 어두워졌다. 차가운 비가 내렸고, 공기는 축축했고 매섭게 추웠다. 흑인들의 고생은 더 심해졌다. 연료 공급이 끊겼고, 사방에서 따뜻한 곳을 찾아 아우성이었다. 습하고 좁은 거리엔 폐렴이 기승을 부렸다. 일주일 동안 코플랜드 박사는 옷을 입은 채 쪽잠을 잤다. 윌리엄에게서는 여전히 소식이 없었다. 포셔는 네 번, 코플랜드 박사는 두 번 편지를 썼다.

하루 종일 그는 생각할 겨를이 없었다. 그러다가 잠시 집에서 쉴 틈을 찾기도 했다. 그는 부엌 스토브 옆에서 커피를 마셨고, 깊은 불안감에 시달렸다. 환자 중 다섯 명이 죽었다. 한 명이 어거스터스 베네딕트 메이디 루이스, 그 어린 귀먹은 벙어리였다. 장례식에서 조사를 맡아달라는 부탁을 받았다. 그러나 장례식에 참석하지 않는 것이 그의 원칙이었으므로 받아들일 수 없었다. 다섯 명의 환자가 죽은 것은 그의 태만 때문이 아니었다. 비난받아야 할 것은 오랜 세월 동안의 가난이었다. 옥수수빵과 베이컨과 시럽으로 된 식사들, 네다섯 명으로 붐비는 방 하나. 가난으로 인한 죽음. 그는 오랫동안 이런 생각에 빠져 있었고, 깨어 있기 위해 커피를 마셨다. 또 자주 손으로 턱을 잡았다. 최근에 피곤할 때면 목 신경에 경련이 와서 고개가 불안하게 흔들렸기 때문이었다.

2월의 넷째 주, 포셔가 집에 왔다. 아직 새벽 6시였고 그는 부엌 불 옆에 앉아 아침을 먹기 위해 팬에 우유를 데우고 있었다. 그녀는 취해 있었다. 그는 독하고 들큼한 진 냄새를 맡았다. 콧구멍이 역겨움으로 벌름거렸다. 그는 포셔를 쳐다보지 않고 부지런히 아침 준비를 했다. 그릇에 빵을 부수고 뜨거운 우유를 부었다. 커피를 준비하고 식탁을 차렸다.

그런 뒤 식사를 앞에 놓고 앉아 단호하게 포셔를 쳐다봤다.
"아침은 먹었냐?"
"안 먹을 거예요." 그녀가 말했다.
"먹어야 한다. 오늘 일하러 가려면."

"일하러 안 가요."

그의 속에서 두려움이 일어났다. 더 이상 묻고 싶지 않았다. 두 눈을 우유 그릇에 고정시키고 숟가락질을 했다. 손이 떨리고 있었다. 식사를 끝내고 그는 포셔의 머리 위쪽 벽을 올려다보았다. "혀가 굳었냐?"

"말할게요. 아시게 될 거예요. 곧 말씀드릴게요."

포셔는 움직이지 않고 의자에 앉아 천천히 이쪽저쪽 벽을 바라보았다. 두 팔은 축 늘어졌고 두 다리는 헐렁하게 포개져 있었다. 그녀로부터 몸을 돌리는 순간, 코플랜드 박사는 위태로운 평안과 자유를 느꼈다. 이제 곧 부서질 것이어서 그 감정은 더욱 강렬했다. 그는 난롯불을 돌보고 두 손을 내밀어 불을 쬐었다. 그런 뒤 담배를 말았다. 부엌은 티 없이 깨끗하고 질서정연했다. 벽에 걸린 냄비들은 스토브에서 나오는 불빛에 반짝거렸고 그 뒤로 둥글고 검은 그림자들을 만들었다.

"윌리 소식이에요."

"안다." 그는 손바닥으로 조심스럽게 담배를 말았다. 두 눈은 마지막 달콤한 쾌락을 탐하며 맥없이 두리번거렸다.

"이 동네에 사는 버스터 존슨이 윌리와 함께 감옥에 있다고, 전에 말씀드렸지요? 우리도 전부터 그를 알았고요. 그가 어제 집으로 왔어요."

"그래서?"

"버스터는 평생 다리를 절뚝거리게 되었어요."

그의 머리가 떨렸다. 안정시키려고 손으로 턱을 눌렀지만 집요한 떨림을 막기는 어려웠다.

"어젯밤 여기 친구들이 우리 집에 와서 말했어요. 버스터가 집에 왔고 윌리 소식을 가져왔다고요. 저는 당장 달려갔고 그가 말해줬어요."

"그래."

"그곳에 세 명이 있었대요. 윌리와 버스터와 또 다른 아이. 셋은 친구였어요. 그러다가 문제가 생겼어요." 포셔는 말을 중단했다. 손가락에 침을 발라 마른 입술을 적셨다. "백인 간수가 애들을 못살게 굴어 일이 터졌대요. 어느 날 밖에서 도로 작업을 하는데 버스터가 말대꾸를 했고, 그때 다른 아이가 숲으로 달아나려고 했대요. 세 명은 모두 붙들렸고, 막사로 끌려가 얼음처럼 추운 감방에 갇혔대요."

그는 다시 "그래"라고 말했다. 그러나 머리가 떨려 그 말은 목에서 나는 그르렁거리는 소리처럼 들렸다.

"6주 전이었어요. 그때 정말 추웠던 것 생각나시죠? 그자들은 윌리와 다른 소년들을 얼음 방에 가뒀어요."

포셔는 낮은 소리로 말했다. 말을 중단하지도 않았고 얼굴의 슬픔이 가라앉지도 않았다. 말소리는 낮은 노랫소리 같았다. 그녀는 말했지만 그는 이해할 수 없었다. 귀로 분명 들었지만 그 말들은 형태도 의미도 없었다. 그의 머리는 마치 뱃머리 같았고, 말소리들은 물처럼 밀려와 그를 치고 다시 흘러가는 물인 듯했다. 흘러간 말들을 되찾기 위해 그는 뒤를 돌아봐야 할 것만 같았다.

"……발이 퉁퉁 부은 채 그들은 바닥에 누워 몸부림치며 비명을 질렀대요. 아무도 안 왔대요. 거기서 사흘 낮과 밤을 비명을 질러댔는데 아무도 안 왔대요."

"안 들린다." 코플랜드가 말했다. "무슨 말인지 모르겠어."

"그자들이 우리 윌리와 친구들을 얼음 같은 방에 처넣었대요. 천장에 밧줄이 매달려 있었는데, 신발 벗긴 맨발을 그 밧줄에 묶었대요. 윌리와 다른 소년들은 공중에 발이 매달린 채, 등을 바닥에 대고 누워 있었대요. 발이 부어올라 바닥에서 몸부림치며 비명을 질러댔대요. 얼음 같은 감방에서 발은 얼었고, 부풀어 올라 사흘 밤낮 동안 비명을 질렀대요. 그런데 아무도 안 왔대요."

코플랜드 박사는 두 손으로 머리를 눌렀지만 떨림은 멈추지 않았다. "뭐라고 하는지 네 말을 들을 수가 없구나."

"드디어 그자들이 와서 아이들을 병동으로 데려갔는데, 아이들의 다리는 모두 퉁퉁 붓고 얼었대요. 썩은 거예요. 그자들은 우리 윌리의 두 발을 잘랐대요. 버스터 존슨은 발 하나를 잃었고, 다른 아이는 좋아졌대요. 하지만 우리 윌리는, 그 애는 이제 평생 절룩거려야 해요. 두 발이 모두 잘려 나갔어요."

포셔는 말을 끝낸 뒤 몸을 앞으로 구부려 식탁에 머리를 박았다. 울지도 않고 신음하지도 않으면서 계속 머리를 깨끗한 식탁에 찧었다. 코플랜드 박사는 덜거덕거리는 그릇과 숟가락들을 싱크대로 치웠다. 마음속에서 말들이 흩어졌지만 주워 담으려 하지 않았다. 그는 그릇과 숟가락을 더운물로 씻고 행주를 빨았다. 바닥에서 무엇인가를 집어 다른 곳에 놓았다.

"불구가 된 거냐?" 그가 물었다. "윌리엄이?"

포셔는 식탁에 머리를 찧었다. 북소리 같은 리듬이 천천히 울렸고 그의 심장도 이 리듬에 맞춰 뛰었다. 조용히 말들이 되살아났고 의미를 찾았다. 그는 이해했다.

"그 애는 언제 집에 온다고 하더냐?"

포셔는 숙인 머리를 팔에 기댔다. "버스터는 그건 몰라요. 그 이후 그들은 뿔뿔이 다른 곳으로 보내졌대요. 버스터는 다른 감옥으로 갔어요. 버스터 생각으로, 윌리는 곧 집에 올 거래요. 형기가 두어 달이면 끝나니까요."

두 사람은 커피를 마셨고 눈을 마주 보며 오랫동안 앉아 있었다. 그의 이가 컵에 부딪쳐 소리를 냈다. 그녀는 커피를 잔 받침에 쏟고 무릎에도 흘렸다.

"윌리엄……." 코플랜드 박사가 말했다. 그 이름을 부르다가 혀를 깨물어 그는 고통스럽게 턱을 움직였다. 그들은 오랫동안 앉아 있었다. 포셔는 그의 손을 잡았다. 음산한 아침 햇빛에 창문이 회색으로 보였다. 밖에는 여전히 비가 내렸다.

"일을 하려면 전 지금 가는 게 좋겠어요." 포셔가 말했다.

코플랜드 박사도 함께 복도로 나가 모자걸이에 걸린 코트를 입고 숄을 둘렀다. 문을 열자 축축한 찬 공기가 밀려들었다. 하이보이가 비를 피해 젖은 신문지를 머리에 쓴 채 연석 위에 앉아 있었다. 포셔는 보도를 따라 세워져 있는 울타리를 붙잡고 걸었다. 코플랜드 박사는 두어 걸음 뒤에서 따라갔다. 몸을 지탱하기 위해 그의 손도 울타리를 붙들었다. 하이보이가 그들 뒤를 따랐다.

그는 밤중에 짐승이 다가오기를 기다리듯 시커멓고 무서운 분노를 기다렸다. 그러나 그것은 오지 않았다. 내장에 납덩이가 든 듯 무거웠다. 그는 천천히 걸어가며 울타리와 건물들의 차갑고 젖은 벽에 몸을 기대며 비틀거렸다. 더 이상 아래로 내려갈 수 없는 심연으로의 추락. 그는 절망의 단단한 바닥을 쳤다. 마음이 편했다.

여기서 그는 어떤 강하고 성스러운 기쁨을 알았다. 박해받은 자들은 웃고, 채찍 아래 매질당하는 흑인 노예는 자신의 분노한 영혼에게 노래한다. 이제 노래가 그의 안에 있었다. 음악이 아니라 노래였다. 물에 젖어 무거운 평화가 사지를 눌렀고, 그는 강하고 진실한 목적만을 가지고 움직였다. 왜 그는 앞으로 나아가는가? 왜 그는 여기 극단적인 굴욕의 밑바닥에서 쉬면서 잠시 만족하지 않는가?

그러나 그는 계속 나아갔다.

"아저씨." 믹이 말했다. "뜨거운 커피를 드시면 기분이 좀 나아지실까요?"

코플랜드 박사는 믹의 얼굴을 보았지만 그 말을 들었다는 내색은 하지 않았다. 좀 전에 그와 포셔는 켈리네 집 골목에 들어섰다. 포셔가 먼저 집에 들어갔고 그가 뒤따랐다. 하이보이는 바깥 층계에 남았다. 믹과 어린 두 남동생들은 벌써 부엌에 있었다. 포셔는 윌리엄에 대해 말했다. 코플랜드 박사는 그 말을 듣지 않았지만 그녀의 음성에서 시작과 중간과 끝의 리듬을 느꼈다. 그녀가 말을 끝냈고 다시 처음부터 반복했다. 다른 사람들도 와서 들었다.

코플랜드 박사는 구석에 있는 스툴에 앉았다. 스토브 옆 의자에 걸쳐놓은 그의 코트와 숄에서는 김이 났다. 그는 길고 검은 두 손으로 무릎에 놓인 모자챙을 불안하게 더듬었다. 노란 손바닥이 너무 축축해 손수건으로 닦았다. 떨리는 머리를 가누려고 애쓰자 근육들이 뻣뻣해졌다.

싱어 씨가 안으로 들어왔다. 코플랜드 박사는 고개를 들고 그를 보았다. "이 일에 대해 들었습니까?" 그가 물었다. 싱어 씨는 고개를 끄덕였다. 그의 두 눈에는 공포도 연민도 증오도 없었다. 이 일에 대해 들은 사람들 중에서 이런 반응을 나타내지 않은 것은 그의 두 눈뿐이었다. 그 혼자만 이해했기 때문이었다.

믹은 포셔에게 소곤거렸다. "포셔 아빠 이름이 뭐야?"

"베네딕트 메이디 코플랜드."

믹은 코플랜드 박사 쪽으로 몸을 굽힌 뒤 그가 못 알아듣는 것처럼 소리를 질렀다. "베네딕트 아저씨, 뜨거운 커피를 마시면 기분이 낫지 않겠어요?"

코플랜드 박사는 깜짝 놀랐다.

"소리 지르지 마." 포셔가 말했다. "너만큼 잘 들으시니까."

"아." 믹이 말했다. 그러고는 다시 커피를 끓이려고 커피 주전자의 찌꺼기를 비운 뒤 스토브 위에 얹었다.

벙어리는 여전히 입구에서 머뭇거렸다. 코플랜드 박사는 여전히 그의 얼굴을 쳐다봤다. "당신, 들었습니까?"

"간수들은 어떤 벌을 받게 돼?" 믹이 물었다.

"나도 몰라." 포셔가 말했다. "나도 모른다고."

"난 가만 안 있을 거야. 무슨 짓이든 하고 말 거야."

"뭘 하든 소용없어. 입 다물고 있는 게 제일 좋아."

"윌리와 다른 아이들처럼 그자들도 당해야 돼. 더 무시무시하게. 사람들을 모아서 그자들을 죽이고 싶어."

"기독교인은 그렇게 말하는 거 아냐." 포셔가 말했다. "가만히 알고만 있으면 되는 거야. 악마들이 그놈들을 토막 내서 기름에 튀길 거니까."

"그래도 윌리는 하모니카를 불 수 있어."

"두 발이 잘렸어도 그건 잘할 수 있어."

집은 불안하고 시끄러웠다. 부엌 위층 방에서 가구 옮기는 소리가 들렸다. 식당은 하숙인들로 붐볐다. 켈리 부인은 아침 식탁과 부엌을 바쁘게 오갔다. 켈리 씨는 헐렁한 바지에 목욕 가운을 입고 두리번거렸다. 켈리네 아이들은 부엌에서 허겁지겁 먹었다. 사방에서 문 닫히는 소리들, 말소리들이 들렸다.

믹은 멀건 우유를 탄 커피 잔을 코플랜드 박사에게 건넸다. 우유 때문에 커피는 허연 푸른빛이었다. 커피가 잔 받침으로 쏟아졌고 그는 손수건으로 잔 받침과 컵 가장자리를 닦았다. 그는 커피를 마시고 싶지 않았다.

"그자들을 죽여버리고 싶어." 믹이 말했다.

집은 조용해졌다. 식당에 있던 사람들은 일하러 갔다. 믹과 조지는 학교로 갔고 아기는 앞방에 데려다놓은 채 문을 닫았다. 켈리 부인은 수건으로 머리를 두르고 빗자루를 들고 위층으로 갔다.

벙어리는 여전히 입구에 서 있었다. 코플랜드 박사는 그의 얼굴을 응시했다. "당신, 이 일에 관해 들었지요?" 그가 다시 물었다. 그 말들은 소리가 나지 않고 그의 목에서 막혔다. 그러나 그의 두 눈은 여전히 이 질문을 던지고 있었다. 얼마 후 벙어리는 갔다. 코플랜드와 포셔 둘만 남았다. 그는 구석에 있는 의자에 한동안 앉아 있었다. 그러다가 가려고 일어섰다.

"아버지, 앉으세요. 오늘 아침 우리는 함께 있어야 해요. 제가 생선을 튀기고 달걀과 빵과 감자를 준비할게요. 아버지는 여기 계세요. 제가 맛있고 따뜻한 식사를 만들 거예요."

"환자들 왕진 가야 하는 거 너도 알잖냐?"

"오늘 하루만 함께 있어요. 제발요, 아버지. 저는 쓰러질 것 같아요. 그리고 아버지 혼자 밖에 다니시면 안 돼요."

그는 망설이며 코트 깃을 만졌다. 축축했다. "미안하다, 애야. 왕진이 있는 거 너도 알잖느냐."

포셔는 아버지의 숄이 따뜻해질 때까지 스토브 위에 들고 있었다. 그는 코트 단추를 채우고 깃을 세웠다. 주머니에 넣고 다니는 네모난 종이를 꺼내 가래를 뱉고 스토브에 종이를 태웠다. 그는 밖으로 나와 층계에 앉아 있는 하이보이에게 일을 쉴 수 있으면 포셔와 함께 있으라고 말했다.

공기는 살을 에듯 찼다. 낮고 어두운 하늘에서 부슬비가 계속 내렸다. 비는 쓰레기통으로 스며들었고 골목에서는 젖은 쓰레기 썩는 냄새가 났다. 그는 걸어가며 울타리를 붙들어 몸을 지탱했고, 어두운 눈으로는 계속 바닥을 봤다.

꼭 필요한 왕진을 끝냈다. 정오부터 오후 2시까지는 진료실 환자들을 진찰했다. 그런 뒤 주먹을 꽉 쥐고 책상에 앉아 있었다. 이 일에 대해 생각해봤으나 소용없었다.

다시는 인간의 얼굴을 보고 싶지 않았다. 그렇다고 혼자 빈방에 앉아 있을 수도 없었다. 다시 코트를 입고 축축하고 추운 거리로 나갔다. 주머니에는 약국에 줄 처방전이 몇 개 있었지만 마셜 니콜스와 말하고 싶지 않았다. 약국으로 들어가 처방전을 카운터에 놓았다. 가루약의 용량을 재고 있던 약제사는 두 손을 내밀었다. 말하기 전에 잠시 두터운 입술을 소리 없이 움직였다.

"박사님." 그는 정색을 하고 말했다. "저와 동료들과 우리

가족들, 그리고 교인들은 진심으로 슬퍼하며 깊은 애도를 표합
니다."

코플랜드 박사는 말없이 곧 돌아서서 나왔다. 그건 너무 약
했다. 그보다 더 많은 것이 필요했다. 강하고 진실한 목적, 정
의를 향한 의지. 그는 두 팔을 양옆에 붙이고 중앙로를 향해 뻣
뻣하게 걸었다. 생각을 해보려 했으나 소용없었다. 이 도시 어
디에서도 용감하고 정의롭고 세력 있는 백인을 찾아낼 수 없
었다. 그가 알고 있는 변호사, 판사, 공무원의 이름을 떠올렸지
만, 이들 백인 한 사람 한 사람에 대한 그의 감정은 비통했다.
결국 상급법원 판사를 만나기로 했다. 법원에 도착하자 그는
그날 바로 판사를 만나기로 결심하고 지체 없이 들어갔다.

넓은 현관 복도는 비어 있었다. 양쪽 사무실로 통하는 입구
에 몇 명이 빈둥거리고 있을 뿐이었다. 판사 사무실을 찾아 문
위의 명패들을 보며 헤맸다. 좁은 복도에 이르자 백인 남자 세
명이 길을 막은 채 서서 말하고 있었다. 벽 쪽으로 붙어서 지나
가려고 했지만 한 남자가 그를 막았다.

"뭘 찾는 거야?"

"죄송하지만 판사님 사무실을 알려주시겠습니까?"

그 백인 남자는 엄지로 복도 끝을 가리켰다. 코플랜드 박사
는 그가 보안관 대리라는 걸 알아보았다. 그들은 수십 번 서로
마주쳤지만 보안관은 그를 기억하지 못했다. 흑인에게 모든 백
인들은 비슷하게 보였지만 흑인들은 그들을 구별하고자 애썼
다. 반면 백인에게 모든 흑인들은 비슷해 보였지만 그들은 흑
인들의 얼굴을 알아보려고 하지 않았다. 그래서 그 백인은 말
했다. "목사, 뭘 원해?"

늘 듣는 소리지만 경멸하는 그 호칭이 그를 화나게 했다. "난 목사가 아닙니다." 그가 말했다. "난 의사, 의학박사입니다. 내 이름은 베네딕트 메이디 코플랜드이고, 급한 용무로 즉시 판사님을 만나고 싶습니다."

다른 백인들처럼 그 보안관 대리도 코플랜드 박사의 정확한 발음에 화가 치밀었다. "그러셔?" 그가 조롱했다. 동료들에게 눈을 찡긋했다. "그럼 난 보안관 대리이고 이름은 윌슨이고, 판사님은 바쁘시지. 다른 날 와."

"급한 일로 판사님을 만나야 합니다." 코플랜드 박사가 말했다. "기다리겠습니다."

복도 입구에 벤치가 있어서 그는 거기 앉았다. 세 명의 백인들은 계속 떠들고 있었지만 그는 보안관이 자기를 주시하고 있다는 걸 알았다. 계속 기다리기로 작정했다. 반 시간 이상이 지났다. 대여섯 명의 백인들은 자유롭게 복도를 지나다녔다. 코플랜드 박사는 보안관이 주시하고 있는 것을 알고 두 손을 무릎 사이에 넣고 긴장하여 앉아 있었다. 그의 분별력은 떠나라고, 그 보안관이 없을 때 오후 늦게 다시 오라고 말했다. 평생 이런 종류의 인간들과 상대할 때 그는 신중하게 행동해왔다. 그러나 지금은 그의 안에 있는 어떤 것이 그를 물러서지 못하게 했다.

"너, 이리 와!" 드디어 보안관 대리가 말했다.

코플랜드는 머리가 떨렸다. 일어서는데 비틀거렸다. "네?"

"무슨 일로 판사님을 만나겠다고 했어?"

"그 말은 안 했습니다." 코플랜드 박사가 천천히 말했다. "판사님을 만나야 할 급한 용무가 있다고만 했습니다."

"똑바로 서지도 못하는군. 술 마셨지? 안 그래? 입에서 술 냄새가 나는데."

"아닙니다." 코플랜드 박사가 말했다. "안 마셨……."

보안관이 그의 얼굴을 쳤다. 그는 벽으로 쓰러졌다. 두 백인이 그의 팔을 움켜잡고서 층계를 내려가 입구로 끌고 갔다. 그는 저항하지 않았다.

"이 나라는 이게 문제라니까." 보안관 대리가 말했다. "저런 빌어먹을 고집 센 깜둥이들."

코플랜드 박사는 아무 말도 하지 않았다. 맘대로 하라고 놔두었다. 그는 무서운 분노를 기다렸고 그것이 솟구치는 걸 느꼈다. 분노가 그를 약하게 했고 그는 비틀거렸다. 그들은 보초 두 명과 함께 그를 수레에 실었다. 그리고 경찰서로 데려가서 구치소에 가두었다. 구치소에 들어서자 그제야 분노가 솟구쳤다. 그는 돌연 그들의 손아귀를 뿌리쳤다. 그들은 그를 구석에서 포위하고 곤봉으로 그의 머리와 어깨를 쳤다. 그에게서 엄청난 힘이 솟구쳤다. 그는 싸우면서 큰 소리로 웃어댔다. 흐느끼면서 웃었다. 그는 맹렬하게 두 발로 찼다. 두 주먹으로 싸웠고 심지어는 머리로 그들을 들이받기도 했다. 그러다 갑자기 꽉 붙들려 움직일 수 없게 되었다. 그들은 복도를 따라 그를 천천히 끌고 갔다. 감방 문이 열렸다. 누군가 뒤에서 그의 사타구니를 걷어찼고 그는 바닥에 주저앉았다.

좁은 감방에는 다른 죄수들이 다섯 명 있었다. 흑인 세 명, 백인 두 명이었다. 백인 한 명은 술 취한 노인이었다. 바닥에 앉아 몸을 긁어댔다. 또 한 명의 백인 죄수는 열다섯 살도 안

된 소년이었다. 세 명의 흑인들은 젊었다. 코플랜드 박사가 좁은 침대에 누워 그들의 얼굴을 들여다보다가 그중 한 명을 알아보았다.

"어떻게 여기 계세요?" 그 젊은이가 물었다. "코플랜드 박사님 아니세요?"

그렇다고 그가 말했다.

"저는 데리 화이트예요. 박사님이 작년에 제 누이의 편도선을 떼어주셨죠."

얼음 같은 감방은 썩는 냄새로 진동했다. 구석의 소변 통은 넘쳤다. 바퀴벌레들이 벽에 기어 다녔다. 그는 눈을 감았고 곧 잠이 든 듯했다. 다시 눈을 뜨고 올려다보니 창살이 쳐진 작은 창문은 어두워졌고 복도에는 환한 불이 타고 있었다. 네 개의 빈 식판이 바닥에 있었다. 양배추와 옥수수빵으로 된 그의 저녁 식사가 옆에 있었다.

그는 좁은 침대에 앉아 대여섯 번 심하게 재채기를 했다. 숨을 쉬면 가슴에서 가래 끓는 소리가 났다. 잠시 후 어린 백인 소년도 재채기를 시작했다. 그는 네모난 종이들을 다 써버려서 주머니의 공책을 찢어 써야 했다. 그 백인 소년은 구석에 있는 소변 통에 몸을 기대는 것도, 콧물이 옷에 흐르는 것도 상관하지 않았다. 그의 두 눈은 부풀었고, 투명한 두 뺨은 충혈되어 있었다. 그는 좁은 침대 끝에 웅크린 채 신음했다.

곧 그들은 화장실에 다녀와야 했고 잘 준비를 했다. 네 개의 좁은 침대에서 여섯 명이 자야 했다. 노인은 바닥에 누워 코를 골았다. 데리와 다른 소년이 침대 하나에 누웠다.

시간은 지루하게 흘렀다. 복도에 켜놓은 불 때문에 눈이 시렸고 감방의 악취 때문에 숨을 쉴 수 없었다. 그는 몸을 따뜻하게 할 수 없었다. 이가 덜덜거렸고 심한 오한 때문에 몸이 떨렸다. 그는 더러운 담요를 감고 앉아 몸을 흔들었다. 두어 번 손을 뻗어 사지를 뻗고 잠꼬대를 하며 자는 백인 소년에게 담요를 덮어주었다. 그는 두 손으로 머리를 잡고 몸을 흔들었다. 목구멍에서는 노래하듯 신음 소리가 났다. 윌리엄을 생각할 수 없었다. 강하고 진실한 목적에 대해서도 생각할 수 없었고 거기서 기운을 얻을 수도 없었다. 자기 속의 비참함만을 느낄 뿐이었다.

다시 열이 나기 시작했다. 몸에 뜨거운 기운이 퍼졌다. 그는 다시 누웠다. 붉고 따뜻한 편안함이 가득 찬 곳으로 가라앉는 것 같았다.

다음 날 아침 해가 떴다. 이상한 남부의 겨울이 끝나고 있었다. 코플랜드 박사는 풀려났다. 사람들이 밖에서 기다리고 있었다. 싱어 씨도 있었다. 포셔와 하이보이와 마셜 니콜스도 있었다. 그들의 얼굴은 혼란스러웠다. 그는 그들을 똑바로 볼 수 없었다. 해는 아주 환했다.

"아버지, 이게 윌리를 돕는 길은 아니잖아요. 백인들 법원에 들락거리다니요. 우린 입 다물고 기다려야 해요. 그게 최상의 길이에요."

그녀의 커다란 목소리가 피곤하게 귀에 울렸다. 그들은 10센트 택시를 타고 집에 왔다. 그는 깨끗한 흰 베개에 얼굴을 묻었다.

11

믹은 밤새도록 잠을 잘 수 없었다. 에타가 아파 거실에서 자야
했기 때문이었다. 소파는 너무 좁고 짧았다. 윌리에 대한 악몽
을 꾸었다. 포셔에게 그의 얘기를 들은 지 한 달이 지났지만 잊
을 수 없었다. 밤에 두 번 악몽을 꾸고 바닥에서 잠이 깼다. 이
마 위에 혹이 생겨 있었다. 6시에 빌이 부엌으로 가서 아침 식
사를 챙기는 소리를 들었다. 블라인드가 드리워져 여전히 어
두웠다. 거실에서 잠을 깨는 것은 이상했다. 싫었다. 몸에 감긴
시트가 반은 소파에, 반은 바닥에 있었다. 베개는 거실 가운데
있었다. 믹은 일어나 복도 문을 열었다. 아무도 층계에 없었다.
잠옷을 입은 채 뒷방으로 달려갔다.

"저리 비켜, 조지."

조지는 침대 한가운데 누워 있었다. 밤은 더웠고 그는 발가
벗은 채 어치새처럼 자고 있었다. 두 주먹을 꼭 쥐고, 자면서도
골똘히 생각하는 듯 실눈을 뜨고 있었다. 입을 벌리고 자서 베
개에는 침 자국이 작게 나 있었다. 믹은 동생을 밀었다.

"기다려⋯⋯." 조지가 꿈속에서 말했다.

"저리 좀 비켜."

"잠깐만⋯⋯ 이 꿈 꿀래, 여기⋯⋯."

믹은 동생을 힘껏 밀어내고 그 옆에 바짝 누웠다. 다시 눈을 떴을 때는 한참 지난 뒤였다. 햇빛이 뒤편 창으로 훤하게 들어오고 있었다. 조지는 없었다. 마당에서 아이들 소리, 물 흐르는 소리가 들렸다. 에타와 헤이즐은 가운데 방에서 이야기를 하고 있었다. 믹은 옷을 입다 문득 생각났다. 문에 귀를 대고 들었지만 듣기 어려웠다. 언니들을 놀래주려고 문을 확 열었다.

그들은 영화 잡지를 읽고 있었다. 에타는 아직 침대에 누워 배우 사진의 중간 부분을 가리키고 있었다. "여기서부터가 데이트하던 남자애와 비슷하지 않⋯⋯?"

"오늘 아침 기분이 어때, 에타 언니?" 믹이 물었다. 침대 밑을 들여다보니 자기 비밀 상자는 제자리에 그대로 있었다.

"신경 쓸 거 없어." 에타가 대꾸했다.

"싸울 거 없잖아."

에타의 얼굴은 수척했다. 위장이 몹시 아팠고 난소는 병들었다. 몸이 안 좋으니 생기는 병들이었다. 의사는 당장 난소를 잘라야 한다고 했고 아빠는 기다려야 한다고 했다. 돈이 없었다.

"내가 어떻게 했으면 좋겠어?" 믹이 말했다. "난 다정하게 묻는데 언니는 짜증을 내잖아. 언니가 아프니까 안쓰러운데, 언니는 날 가만 안 두잖아. 그러니까 화가 난다고." 믹은 이마에 내려온 앞머리를 위로 올리면서 거울 속을 자세히 보았다. "이런! 이마에 혹 난 것 좀 봐! 내 머리가 깨진 거야. 어젯밤에 두 번이나 소파에서 떨어졌어. 옆에 있던 탁자에 부딪친 거야.

거실에서 안 잘래. 소파가 너무 답답해."

"너무 떠들지 마." 헤이즐이 말했다.

믹은 무릎을 꿇고 큰 상자를 꺼냈다. 상자에 묶인 끈을 자세히 살폈다. "언니들, 이거 손 안 댄 거지?"

"야!" 에타가 말했다. "그 잡동사니를 왜 건드리냐?"

"안 그러는 게 좋을 거야. 내 비밀 상자를 만지면 죽여버릴 테니까."

"저 말하는 거 봐라." 헤이즐이 말했다. "믹 켈리, 넌 정말 이기적이야. 너밖에 모르고."

"잘났어!" 믹은 문을 쾅 닫았다. 언니 둘이 다 미웠다. 끔찍하지만 사실이었다.

아빠는 부엌에 포셔와 함께 있었다. 실내복을 입은 채 커피를 마시고 있었다. 눈이 충혈되어 있었고, 커피 잔은 잔 받침 위에서 덜거덕거렸다. 아빠는 식탁 주위를 서성거렸다.

"몇 시야? 싱어 씨는 나갔어?"

"나갔지." 포셔가 말했다. "10시가 가까운데."

"10시! 맙소사! 이렇게 늦잠 잔 적은 없는데."

"네가 끼고 다니는 큰 모자 상자엔 뭐가 들었어?"

믹은 스토브 안에서 비스킷 몇 개를 집었다. "묻지 마. 그래야 내가 거짓말도 안 하지. 남의 일에 대해 알려고 하면 나쁜 일이 생긴다고."

"우유가 있으면 으깬 빵에 부어 먹을 텐데." 아빠가 말했다. "묘지 수프*, 그걸 먹으면 속이 좀 가라앉을 것 같구나."

---

*우유에 적신 토스트를 말하는 '묘지 스튜(graveyard stew)'에서 응용한 말. 주로 아픈 사람에게 이렇게 먹였다.

믹은 비스킷을 반으로 갈라 튀긴 닭고기를 넣고는, 집 뒤편 계단에 앉아 아침을 먹었다. 따뜻하고 환한 아침이었다. 스페 어립스와 서커와 조지가 뒷마당에서 놀고 있었다. 서커는 선 슈트* 차림이었고 다른 두 아이들은 반바지만 입고 있었다. 서 로 호스로 물을 뿌리며 뛰어다녔다. 물줄기가 햇빛 속에서 반 짝거렸다. 바람에 물줄기는 안개처럼 보였고 무지개색이 떠올 랐다. 한 줄로 널어놓은 옷들이 펄럭거렸다. 하얀 시트, 랠프의 파란 옷, 빨간 블라우스와 잠옷은 축축했고 깨끗했고 바람에 멋대로 날렸다. 마치 여름날 같았다. 솜털이 난 작고 노란 벌들 이 골목 울타리 인동 덩굴 위에서 붕붕거렸다.

"내가 호스를 머리 위로 들 테니까 봐!" 조지가 소리 질렀 다. "물이 쏟아지는 걸 보라고."

믹은 기운이 솟구쳐 앉아 있을 수 없었다. 조지가 곡물 부대 에 흙을 채워 만든 샌드백이 나뭇가지에 걸려 있었다. 믹은 그 걸 치기 시작했다. 퍽! 퍽! 잠에서 깼을 때 생각났던 노래에 맞 춰 샌드백을 두들겼다. 조지가 흙에 뾰족한 돌을 섞어놓아서 주먹에 상처가 났다.

"아야! 내 귀에 물 들어가게 했어. 내 고막 터졌어. 들리지도 않아."

"이리 줘봐, 나도 뿌려보자."

물줄기가 믹의 얼굴로 쏟아졌다. 아이들은 믹의 다리에도 물을 뿌렸다. 믹은 비밀 상자가 젖을까 봐 골목을 지나 베란다 로 들고 왔다. 해리가 자기 집 층계에 앉아 신문을 읽고 있었

---

*상의와 하의를 세트로 하는, 일광욕이나 물놀이 등을 위한 복장.

다. 믹은 상자를 열고 공책을 꺼냈다. 그러나 쓰고 싶은 노래에 집중하기 어려웠다. 해리가 보고 있어 생각할 수 없었다.

믹과 해리는 최근에 많은 이야기를 했다. 거의 매일 학교가 끝나면 함께 집으로 왔다. 그들은 신에 대해 얘기했다. 때로 믹은 밤에 깨어 그들이 이야기했던 것을 생각하고 몸을 떨기도 했다. 해리는 범신론자였다. 그것 또한 침례교나 천주교, 유대교 같은 종교였다. 해리는 사람이 죽어 묻힌 뒤 식물과 불, 흙과 구름과 물로 변한다고 믿었다. 수천 년이 지나면서 드디어 세상의 일부가 되는 것이었다. 그는 천사가 되는 것보다는 그게 더 낫다고 생각했다. 아무것도 안 되는 것보다는 어쨌건 그게 더 좋았다.

해리는 신문을 자기 집 복도로 던진 뒤 믹에게 왔다. "여름같이 덥다." 그가 말했다. "3월인데."

"응. 우리 수영 갔으면 좋겠어."

"수영할 곳이 있으면 좋은데."

"할 데가 없어. 컨트리클럽 수영장 외에는."

"뭐든지 하고 싶어. 나가서 어디라도 가고 싶어."

"나도 그래." 믹이 말했다. "잠깐! 한 군데 알아. 15마일쯤 떨어진 교외에 있어. 숲 속에 샛강이 있는데 깊고 넓어. 여름에 걸스카우트들이 캠핑을 하는 곳이야. 웰스 부인이 작년에 나랑 조지, 피트와 서커를 데리고 수영하러 갔었어."

"네가 원하면 자전거로 갈 수 있어, 내일. 난 한 달에 한 번 일요일에 쉬거든."

"자전거 타고 가자. 점심도 준비해서."

"좋아, 내가 자전거를 빌릴게."

해리가 일하러 갈 시간이었다. 믹은 그가 걸어가는 모습을 바라보았다. 그는 두 팔을 흔들었다. 반 블록쯤 가면 가지들이 낮은 월계수가 있었다. 해리는 달려가 나뭇가지 하나를 점프해 붙잡고 매달렸다. 믹은 기분이 좋아졌다. 정말이지 그들 둘은 좋은 친구였다. 그리고 해리는 잘생겼다. 내일 믹은 헤이즐의 파란색 목걸이를 빌리고 실크 원피스를 입을 것이었다. 그리고 도시락으로 잼 바른 샌드위치와 니하이 소다를 먹을 것이었다. 해리는 이상한 음식을 가져올 수도 있었다. 그들은 전통적인 유대 음식을 먹으니까. 믹은 그가 모퉁이를 돌아갈 때까지 바라보았다. 정말이지 그는 아주 잘생긴 젊은이였다.

교외에서 보는 해리는 달랐다. 집 뒤편 계단에 앉아 신문을 읽고 히틀러에 대해 생각하는 소년이 아니었다. 그들은 아침 일찍 출발했다. 그가 빌려 온 자전거는 두 다리 사이에 바가 있는 남자애들이 타는 것이었다. 그들은 자전거 흙받기에 점심 도시락과 수영복을 묶고 9시 전에 출발했다. 아침은 덥고 화창했다. 한 시간 안에 도시를 벗어나 붉은 진흙길로 들어섰다. 들판은 환한 연두색이었고 공기 속에서는 진한 소나무 냄새가 났다. 해리는 신이 나서 얘기했다. 더운 바람이 그들의 얼굴에 불어왔다. 믹은 입이 바싹 말랐고 배가 고팠다.

"저기 언덕 위에 집 보이지? 거기서 물 좀 마시자."

"안 돼, 좀 더 참아보자. 우물물 마시면 장티푸스에 걸리기 쉬워."

"난 벌써 장티푸스 앓았어. 폐렴도 앓았고, 다리도 부러졌고, 발에 염증도 났었어."

"생각나네."

"그래." 믹이 말했다. "빌 오빠하고 나하고 장티푸스 앓을 때 앞방에서 지냈는데, 피트 웰스가 코를 잡고 뛰어다니면 창을 올려다보곤 했었지. 빌 오빠는 아주 난처해했어. 난 머리털이 다 빠져 대머리가 됐었고."

"시내에서 15마일은 온 거 같아. 한 시간 반을 달렸으니까. 빨리 온 거야."

"나 정말 목마르다." 믹이 말했다. "배도 고프고. 점심은 뭘 싸 왔어?"

"차가운 간 푸딩, 치킨 샐러드 샌드위치, 그리고 파이."

"맛있는 도시락이네." 믹은 자기가 가져온 점심이 창피했다. "난 속을 채운 삶은 달걀 두 개, 소금과 후추도 따로 챙겼어. 그리고 블랙베리 잼과 버터 바른 샌드위치야. 기름종이에 싸 왔어. 냅킨도 가져왔고."

"네가 뭘 가져올 거라고는 생각 안 했는데." 해리가 말했다. "우리 엄마가 둘이 먹을 점심을 싸주셨거든. 내가 오자고 했잖아. 곧 가게가 나오면 시원한 음료수를 사자."

그들은 반 시간을 더 달려 주유소 매점에 도착했다. 해리는 자전거를 세웠고 믹은 먼저 안으로 들어갔다. 환한 햇빛 속에 있다 들어오니 가게 안은 어두웠다. 선반은 납작한 닭고기 조각, 기름통, 으깬 곡물 부대 등으로 가득했다. 카운터에 놓인, 뚜껑 없는 끈적거리는 큰 사탕 단지 위로는 파리들이 윙윙거렸다.

"음료수 뭐 있어요?" 해리가 물었다.

점원은 음료수 이름을 이것저것 댔다. 믹은 아이스박스를 열고 들여다보았다. 찬물에 손을 담그니 시원했다. "난 초콜릿

니하이 소다. 그거 있어요?"

"나도." 해리가 말했다. "두 개 사자."

"잠깐. 여기 찬 맥주가 있네. 비싸도 사줄 수 있으면 난 맥주가 좋아."

해리도 맥주를 주문했다. 그는 스무 살이 안 됐는데 맥주를 마시면 죄라고 생각했지만, 갑자기 멋진 남자가 되고 싶었는지 몰랐다. 해리는 처음 한 모금을 마시고 얼굴을 찡그렸다. 두 사람은 매점 앞 계단에 앉았다. 믹은 다리가 너무 피곤해 근육이 움찔거렸다. 손으로 병의 주둥이를 문지른 뒤 차가운 한 모금을 길게 들이켰다. 길 건너에는 텅 빈 넓은 풀밭이 있고 그 뒤로 소나무 숲이었다. 나무들은 노란빛 도는 밝은색에서 거무스름한 진한 색까지 다양한 연두색이었다. 하늘은 새파렸다.

"난 맥주가 좋아." 믹이 말했다. "아빠가 맥주를 조금 남기면 난 빵을 적셔 먹기도 했어. 마시면서 손에 소금을 묻혀 핥아 먹는 것도 좋아해. 병째 마시는 건 이게 두 번째야."

"첫 모금은 시큼했어. 그런데 다음부터는 맛이 좋네."

점원은 그곳이 시내에서 12마일 떨어진 곳이라고 했다. 4마일 더 가야 했다. 해리가 돈을 냈고 그들은 다시 뜨거운 태양 속으로 나왔다. 해리는 큰 소리로 말했고 이유 없이 계속 웃었다.

"세상에, 이렇게 더운 날 맥주를 마셨더니 현기증이 나네. 그래도 기분은 좋아." 그가 말했다.

"빨리 수영하고 싶다."

길은 모래로 덮여 있어 빠지지 않으려면 힘껏 페달을 밟아야 했다. 해리의 셔츠는 땀에 젖어 등에 달라붙었다. 그는 여전히 계속 말을 했다. 모랫길은 끝나고 붉은 진흙길이 나왔다. 믹의 마음속에 천천히 흑인 영가가 떠올랐다. 포셔의 남동생이 하모니카로 불던 노래였다. 노래에 맞춰 페달을 밟았다.

마침내 그들이 찾는 장소에 도착했다. "여기야! '사유지'라는 표시 보이지? 낮은 철조망을 넘어 저 길로 가야 돼. 봐!"

숲은 매우 조용했다. 매끄러운 솔잎들이 깔려 있었다. 그들은 몇 분 안에 작은 강에 도착했다. 갈색 물이 빠르게 흘렀다. 서늘했다. 물소리와 소나무 꼭대기에서 부는 산들바람 소리뿐이었다. 그 깊고 조용한 숲이 그들을 차분하게 만드는 듯했다. 그들은 조용히 강가를 걸었다.

"정말 예쁘다."

해리는 웃었다. "왜 소곤거리니? 이 소리 좀 들어봐!" 그가 입에 손을 대고 길게 인디언 소리를 내자 메아리가 돌아왔다. "자, 어서. 시원하게 물에 뛰어들자."

"배 안 고파?"

"좋아, 점심 먼저 먹자. 절반은 지금 먹고 나머지는 물에서 나와서 먹자."

믹은 잼 샌드위치 싼 것을 풀었다. 해리는 먹고 난 뒤 종이를 깔끔하게 말아 나무 그루터기 빈 구멍에 버렸다. 그런 뒤 반바지를 들고 길을 내려갔다. 믹은 덤불 뒤에서 옷을 벗고 헤이즐의 수영복을 억지로 껴입었다. 옷이 너무 작아 다리 사이가 꽉 끼었다.

"준비 됐어?" 해리가 외쳤다.

믹은 첨벙, 하는 물소리를 들었다. 강가로 가니 해리는 벌써 수영을 하고 있었다. "아직 다이빙하지 마. 혹시 나무 그루터기나 얕은 곳이 있는지 알아볼게." 해리가 말했다. 믹은 그의 머리가 물속에서 들락거리는 것을 쳐다보기만 했다. 믹은 다이빙할 생각은 전혀 없었다. 수영도 할 줄 몰랐다. 평생 겨우 두 번 헤엄치러 갔을 뿐이었다. 그때도 부낭에 의지하거나 물이 머리 위로 잠기는 곳으로는 들어가지 않았다. 그러나 해리에게 그 말을 하는 건 겁쟁이처럼 보일 거였다. 난처했다. 갑자기 믹은 이야기를 지어내기 시작했다.

"난 이제 다이빙 안 해. 늘 높은 곳에서 뛰어내렸는데, 그러다가 한번은 머리가 깨졌거든. 그래서 이제 못하는 거야." 믹은 잠시 생각했다. "잭나이프 다이빙을 했을 때였어. 물 밖으로 나왔는데 물속이 피투성이인 거야. 그래도 아무 생각 없이 계속 여러 종류의 수영을 했어. 사람들이 날 보고 소릴 질렀어. 그때서야 물속의 피가 어디서 나오는지 알았지. 그 후로는 수영을 안 해."

해리가 급히 올라왔다. "저런! 처음 듣는 얘기네."

믹은 더 그럴듯한 얘기를 계속하려다가 그냥 해리를 보았다. 그의 엷은 갈색 피부가 물에 젖어 빛나고 있었다. 가슴과 다리에는 털이 나 있었다. 꽉 끼는 수영복을 입은 그는 벌거벗은 것처럼 보였다. 안경 벗은 얼굴은 더 넓고 잘생긴 듯했다. 두 눈은 젖어 있었고 파랬다. 그는 믹을 쳐다봤다. 갑자기 둘은 부끄러움을 느꼈다.

"물의 깊이는 저쪽 둑 부분만 빼고 대략 3미터 정도야. 거긴 얕아."

"가자. 시원한 물, 기분 좋을 거야."

믹은 겁나지 않았다. 아주 높은 나무 꼭대기에 갇혀서, 이제 최선을 다해 내려가는 것만 남았을 때처럼 침착해졌다. 믹은 얼음 같은 물속으로 들어갔다. 나무뿌리가 부러질 때까지 붙들고 있다가 헤엄치기 시작했다. 숨이 막혀 가라앉았지만 계속 움직였고 체면을 잃지 않았다. 헤엄쳐서 맞은편 강가에 도착해 발을 딛고 설 수 있었다. 믹은 기분이 좋았다. 주먹으로 물을 때리고 괴상한 소리를 질러대며 메아리를 만들었다.

"여기 봐!"

해리는 여리고 키가 큰 나무를 흔들었다. 나무줄기는 유연해서 그가 꼭대기에 올라가자 아래로 휘어졌다. 그는 물속으로 떨어졌다.

"나도! 나를 봐!"

"그건 어린 나무잖아."

믹은 동네에서 나무를 제일 잘 타는 아이였다. 해리처럼 힘차게 물속으로 뛰어들었다. 수영할 수 있었다. 이제 수영을 잘할 수 있었다.

그들은 대장 따르기 놀이를 했고, 강가를 뛰다가 차가운 갈색 물속으로 뛰어들며 놀았다. 소리 지르고 펄쩍거리고 나무에도 올라갔다. 두어 시간을 놀다가 강가에 서서 마주 보았다. 더 이상 새로운 놀이가 없는 듯했다. 갑자기 믹이 말했다.

"발가벗고 헤엄쳐봤어?"

숲은 매우 조용했고 한동안 해리는 대답하지 않았다. 단단해진 그의 젖꼭지가 보라색으로 변했다. 입술도 보라색이었다. 이가 덜덜거렸다. "난, 난 안 해본 것 같아."

믹은 갑자기 흥분하면서 마음에도 없던 말을 했다. "네가 하면 나도 할게. 한번 해봐."

해리는 젖은 검은 머리를 뒤로 쓸어 넘겼다. "좋아."

그들은 수영복을 벗었다. 해리는 등을 돌렸다. 허둥거렸고 귀가 빨개졌다. 그런 뒤 둘은 마주 보았다. 아마 반 시간쯤 서 있었을 것이다. 아니 1분도 서 있지 않았다.

해리는 나무에서 나뭇잎을 뜯더니 조각조각 찢었다. "옷 입는 게 좋겠다."

도시락을 먹는 동안 둘 다 말이 없었다. 바닥에 음식을 펼쳤다. 해리는 음식을 둘로 나눴다. 덥고 졸린 여름 오후였다. 깊은 숲에는 천천히 물 흐르는 소리와 새소리뿐이었다. 해리는 속이 채워진 달걀을 손에 들고 노른자를 엄지로 눌렀다. 그것은 믹에게 어떤 기억을 불러왔을까? 믹은 크게 숨을 내쉬었다.

그러다 해리는 믹을 어깨너머로 올려다보았다. "너 정말 예쁘다. 전에는 몰랐어. 네가 못생겼다고 생각했다는 말은 아니고…… 난 그냥……."

믹은 솔방울을 물속으로 던졌다. "이제 가는 게 좋겠어, 어둡기 전에 집에 도착하려면."

"아니." 그가 말했다. "우리 여기 누워 있자. 잠깐만."

해리는 솔잎과 잎사귀들과 회색 이끼들을 한 움큼 가져왔다. 믹은 웅크리고 앉아 무릎을 빨며 그를 보았다. 주먹을 꽉 쥐었고 온몸이 긴장되었다.

"이제 잘 수 있겠다. 그런 다음 기분 좋게 집에 가는 거야."

그들은 부드러운 바닥에 누워 하늘을 향해 서 있는 초록 소나무 숲을 올려다보았다. 새 한 마리가 처음 들어보는 슬프고 맑은 노래를 했다. 오보에처럼 높은 음, 그런 뒤 다섯 음 낮게 다시 불렀다. 그 노래는 대답 없는 질문처럼 슬펐다.

"저 새 좋다. 때까치 같아." 해리가 말했다.

"우리가 지금 바닷가에 있는 거면 좋겠다. 멀리 떠 있는 배들이 보이고. 언젠가 여름에 바다에 간 적 있지? 어땠어?"

해리의 음성이 낮고 거칠었다. "음…… 파도가 있었어. 파란색이기도 하고 초록색이기도 했는데, 빛나는 태양 속에서 반짝거렸어. 백사장에서 작은 조개껍데기도 주울 수 있을 거야. 시가 상자에 넣어 가져올 수 있는 것들. 그리고 물 위에는 하얀 갈매기들이 날고. 우리는 멕시코 만에 갔었어. 서늘한 실바람이 계속 불어왔고. 여기처럼 이렇게 타는 듯 덥지는 않았는데. 언제나……."

"눈." 믹이 말했다. "나는 눈이 보고 싶어. 그림에서 보는 것처럼 차고 하얗게 날리는 눈. 눈보라. 차갑고 하얀 눈이 한겨울 내내 부드럽게 내리고 내리고 또 내리는 거야. 알래스카의 눈처럼."

그들이 동시에 몸을 돌렸다. 둘은 서로 밀착되었다. 믹은 해리가 떨고 있는 것을 느꼈고, 부서질 것처럼 주먹을 꽉 쥐었다. "하느님, 맙소사." 해리는 계속해서 중얼거렸다. 믹은 머리가 몸에서 떨어져 나와 멀리 던져진 것 같았다. 믹이 마음속으로 무언가를 세는 동안 두 눈은 불타는 태양 속을 응시했다. 그리고 그렇게 되었다.

그렇게 된 것이었다.

그들은 느리게 페달을 밟았다. 해리는 고개를 숙인 채 어깨를 웅크리고 있었다. 먼지 덮인 길 위에 그들의 그림자가 길고 검게 내려앉았다. 늦은 오후였다.

"내 말 들어봐." 그가 말했다.

"그래."

"우린 이걸 이해해야 해. 그래야만 해, 너……."

"모르겠어. 아닌 것 같아."

"잘 들어. 무슨 방법이 있을 거야. 잠깐 앉아보자."

그들은 자전거에서 내려 길옆 냇가에 앉았다. 둘은 멀찍이 떨어져 앉았다. 늦은 해가 머리 위로 타는 듯했고, 사방에 지저 분한 갈색 개미집들이 있었다.

"우리는 이걸 이해해야만 해." 해리가 말했다.

그는 울었다. 조용히 앉아 있었고 눈물이 그의 하얀 얼굴로 흘렀다. 믹은 그가 왜 우는지에 대해서 생각할 수 없었다. 개미 가 발목을 물었고 믹은 개미를 손가락으로 집어서 자세히 봤다.

"이렇게 된 거야." 그가 말했다. "난 여자에게 키스를 해본 적도 없어."

"나도 그래. 남자애한테 키스해본 적 없어. 식구들 빼고는."

"나는 언제나 키스하는 생각만 했어. 어떤 여자애가 있었는 데 학교 다니면서 그 애에게 키스할 계획을 세웠고, 밤에는 꿈 도 꾸었어. 그 여자애가 나한테 데이트를 청했어. 그 애에게 키 스해도 된다는 걸 알았지. 그런데 어둠 속에서 난 그 애를 쳐다 만 봤어. 그 애에게 키스하는 생각을 줄곧 해왔는데, 때가 왔는 데도 할 수 없었어."

믹은 손가락으로 땅에 구멍을 파고 죽은 개미를 묻었다.

"전부 내 잘못이야. 하여간에 간음은 죄악이야. 그리고 넌 나보다 두 살 아래고 아직 어린애야."

"아니, 난 어리지 않아. 하지만 지금은 어린애였으면 좋겠어."

"들어봐. 네가 결혼을 해야 한다고 생각하면, 우린 할 수 있어. 비밀리에, 아님 다른 방식으로."

믹은 고개를 흔들었다. "그건 싫어. 난 결혼 안 할 거야."

"나도 결혼 안 할 거야. 말만 그러는 게 아니고, 정말이야."

믹은 해리의 얼굴을 보고 놀랐다. 그는 코를 벌름거렸고, 아랫입술을 깨물어서 얼룩덜룩 피멍이 들어 있었다. 찡그린 그의 두 눈은 번득였고 젖어 있었다. 해리의 얼굴은 어느 때보다 창백했다. 믹은 고개를 돌렸다. 해리가 말을 중단하기만 해도 사태는 더 나아질 것이었다. 믹은 천천히 주위를 둘러보았다. 냇가의 붉고 흰 흙, 깨진 위스키 병, 군 보안관을 구하는 광고가 걸린 맞은편 소나무. 믹은 생각도 하지 않고, 한마디도 하지 않고 조용히 오랫동안 앉아 있고 싶었다.

"도시를 떠날 거야. 난 좋은 기술자여서 다른 곳에서 일자리를 구할 수 있어. 집에 있으면 엄마가 내 눈을 보고 이 사실을 알아차릴 거야."

"말해봐. 날 쳐다보고 뭔가 달라진 것을 알 수 있어?"

해리는 믹을 오랫동안 응시했고 고개를 끄덕였다. 그리고 말했다.

"한 가지 더 있어. 한두 달 안에 내가 주소를 보낼게. 그럼 나한테 편지를 써서 괜찮은지 알려줘."

"무슨 뜻이야?" 믹이 천천히 물었다.

해리가 설명했다. "괜찮아, 라고 쓰기만 하면 돼. 그럼 내가 알 거니까."

그들은 자전거를 밀면서 다시 집으로 갔다. 그들의 그림자가 길게 늘어졌다. 해리는 늙은 거지처럼 몸을 구부렸고, 소매로 계속 코를 닦았다. 해가 나무 뒤로 가라앉기 직전 환한 금빛

광휘가 사방에서 빛났다. 길 위에 있던 그들의 그림자도 사라졌다. 믹은 늙은이가 된 것 같았고 무거운 어떤 것이 자기 속에 들어 있는 것 같았다. 원하든 원하지 않든, 이제 믹은 어른이었다.

그들은 16마일을 걸어와 집 앞 어두운 골목에 섰다. 믹은 부엌에서 나오는 노란 불빛을 볼 수 있었다. 해리의 집은 어두웠다. 해리의 어머니는 아직 집에 오지 않았다. 그녀는 골목에 있는 상점에서 재단사로 일했다. 때로는 일요일에도 일했다. 창으로 보면 재봉틀에 몸을 숙이고 있거나 두꺼운 천에 긴 바늘을 밀어 넣고 있는 모습을 볼 수 있었다. 그녀는 사람들이 쳐다봐도 고개를 들지 않았다. 그리고 밤이면 해리와 함께 먹을 정통 유대 음식을 만들었다.

"들어봐……." 해리가 말했다.

믹은 어둠 속에서 기다렸지만 그는 말을 끝내지 않았다. 그들은 서로 악수했고 해리는 집들 사이의 어두운 골목으로 걸어갔다. 집 앞에 도착하자 그는 몸을 돌려 어깨너머로 보았다. 불빛에 비친 그의 얼굴은 창백하게 굳어 있었다. 그런 뒤 그는 사라졌다.

"수수께끼가 하나 있어." 조지가 말했다.

"듣고 있어."

"인디언 두 명이 오솔길을 걷고 있어. 앞에 가는 사람은 뒤에 가는 사람의 아들이야. 그런데 뒤에 가는 사람이 그의 아버지는 아니야. 그는 누구일까?"

"음, 의붓아버지."

조지는 작고 네모난 퍼런 이를 보이며 포셔를 향해 웃었다.

"아님, 그의 아저씨."

"짐작도 못 하네. 정답은 그의 어머니야. 인디언을 여자라고 생각하지 않는 게 함정이지."

믹은 문밖에서 그들을 바라보았다. 그곳에서 보니 부엌은 액자 속 그림처럼 보였다. 아늑하고 깨끗했다. 싱크대 근처만 불이 켜져 있었고, 다른 곳은 어두웠다. 빌과 헤이즐은 식탁에서 성냥을 돈으로 삼아 카드놀이를 하고 있었다. 빌은 볼을 오목하게 한 채 심각하게 카드를 만졌고, 헤이즐은 통통한 분홍 손가락으로 땋은 머리를 만지작거리고 있었다. 싱크대에서 포셔는 깨끗한 체크무늬 타월로 젖은 접시를 닦고 있었다. 여윈 그녀의 피부는 금색이 났고 기름 바른 검은 머리는 단정하게 빗겨져 있었다. 랠프는 조용히 바닥에 앉아 있었고, 조지는 낡은 크리스마스 금실로 만든 벨트를 동생에게 매어주려고 했다.

"또 수수께끼를 낼게, 포셔. 시곗바늘이 2시 반을 가리키면……."

믹은 안으로 들어갔다. 식구들이 자기를 보면 뒤로 물러나 빙 둘러서서 쳐다볼 것 같았다. 그러나 그들은 믹을 한 번 쳐다봤을 뿐이었다. 믹은 식탁에 앉아 기다렸다.

"다른 사람들이 밥 다 먹은 뒤에 어슬렁거리고 들어오지! 일이 끝도 없다니까."

아무도 믹의 변화를 알아차리지 못했다. 믹은 양배추와 연어를 한 접시 먹은 뒤 요구르트로 식사를 끝냈다. 믹은 엄마를 생각하고 있었다. 문이 열렸고 엄마가 들어오더니, 브라운 양이 방에서 빈대를 발견했다며 포셔에게 휘발유를 가져오라고 했다.

"그렇게 찡그리지 마라, 믹. 예쁘게 꾸며야 할 나이에. 그리고 잠깐, 엄마가 말할 때는 끼어들지 말고. 랠프 자기 전에 스펀지로 목욕 시켜주렴. 코와 귀를 잘 씻겨."

랠프의 부드러운 머리칼에 오트밀이 묻어 끈적거렸다. 믹은 행주로 그걸 닦아내고 동생의 얼굴과 손을 싱크대에서 씻어주었다. 빌과 헤이즐은 카드놀이를 끝냈다. 빌이 식탁 위의 성냥개비들을 집을 때 손톱 긁히는 소리가 났다. 조지는 랠프를 안고 침대로 갔다. 믹과 포셔 두 사람만 부엌에 남았다.

"잠깐! 날 봐봐. 뭔가 다른 게 보여?"

"물론이지, 우리 믹."

포셔는 빨간 모자를 쓰고 구두를 바꿔 신었다.

"그래서……?"

"그냥 얼굴에 기름을 좀 문지르면 되는 거야. 코가 벌써 껍질이 벗겨졌네. 햇볕에 많이 탄 데에는 기름이 제일 좋다잖아."

믹은 혼자 어두운 뒷마당에 서서 손톱으로 참나무 껍질들을 벗겨냈다. 이런 식이라면 더 힘들었다. 식구들이 믹을 보고 알아차린다면 기분이 더 나을지 몰랐다. 그들이 안다면.

아빠가 집 뒤편 계단에서 불렀다. "믹! 믹!"

"네, 아빠."

"전화 왔다."

조지가 가까이 와서 들으려 했지만 믹은 밀어냈다. 미노비츠 부인이 매우 흥분해서 큰 소리로 말했다.

"우리 해리가 집에 왔을 시간인데 없구나. 어디 있는지 아니?"

"아뇨, 모르는데요."

"너희 둘이 자전거로 놀러 간다고 그랬거든. 해리는 어디 간 거야? 어디 있는지 너 모르니?"

"저는 모르겠어요." 믹은 다시 말했다.

12

날씨는 다시 더워졌고 서니 딕시 쇼는 늘 북적거렸다. 3월의 바람이 부드러워졌다. 나무들은 황톳빛 도는 연두색 잎사귀들로 무성했다. 하늘은 구름 없이 푸르렀고 햇빛은 점점 강렬해졌다. 공기는 덥고 끈적거렸다. 제이크 블런트는 이런 날씨를 증오했다. 그는 현기증을 느끼며 앞으로 다가올 길고 뜨거운 여름을 생각했다. 기분이 좋지 않았다. 최근에는 두통이 계속 그를 괴롭히기 시작했다. 체중이 늘어서 배가 나왔다. 바지 윗 단추를 채울 수 없었다. 술 때문인 줄 알았지만 그래도 계속 마셨다. 술이 두통에 도움이 됐다. 통증을 가라앉히려면 작은 한 잔이면 충분했다. 최근에는 한 잔이 한 병과 같은 역할을 했다. 그를 흥분시키는 것은 그 순간 마시는 술이 아니었다. 첫 번째 한 모금이 여러 달 동안 그의 혈관 속에 배어 있던 모든 술과 합해져서 반응을 일으키는 것이었다. 한 숟가락 정도의 맥주만 먹어도 두통에 도움이 되었지만, 위스키 한 병을 마셔도 그는 취하지 않았다.

블런트는 술을 완전히 끊었다. 며칠 동안 물과 오렌지 주스만 마셨다. 머릿속에 벌레가 기어 다니는 듯 통증이 심했다. 긴 오후와 저녁 내내 기진맥진한 채 일했다. 잠을 잘 수 없었고 책을 읽는 것은 고통이었다. 방에서 나는 축축하고 시큼한 악취가 그를 격분하게 했다. 침대에 누워 안절부절못했고 그러다가 잠들면 날이 밝았다.

꿈이 그를 괴롭혔다. 그 꿈은 넉 달 전에 처음 나타났다. 그는 공포에 질려 깨곤 했다. 이상한 것은 꿈의 내용을 도무지 기억할 수 없다는 점이었다. 눈을 뜨면 꿈의 느낌만 남았다. 잠이 깰 때마다 똑같은 두려움을 느꼈으므로 같은 꿈이라는 걸 의심할 수 없었다. 그는 그 꿈에 익숙해졌다. 술 취한 그를 혼란스러운 광인의 영역으로 몰고 가는 괴상한 악몽들. 그러나 아침 햇살은 언제나 이 악몽의 흔적을 날려버렸고 그는 잊었다.

이 황량하고 비밀스러운 꿈은 근본적으로 종류가 달랐다. 그는 잠에서 깼고 아무것도 기억할 수 없었다. 그러나 한참 동안 위협의 느낌은 남아 있었다. 어느 날 아침 그는 똑같은 두려움을 느끼며 깼다. 그러나 이번에는 희미한 어둠의 기억이 남아 있었다. 그는 군중 속을 걷고 있었고 팔에 무엇을 안고 있었다. 확실한 것은 그것뿐이었다. 도둑질을 했나? 어떤 물건을 꺼내려 했나? 사람들에게 쫓기고 있었나? 그런 것 같지는 않았다. 이 단순한 꿈에 대해 깊이 생각할수록, 더 이해할 수 없었다. 그 이후 한동안 그 꿈은 돌아오지 않았다.

지난 11월, 그는 벽에 분필로 글을 쓴 사람을 만났다. 첫날부터 그 늙은이는 타고난 악귀처럼 달라붙었다. 이름은 심스였고 거리에서 설교를 했다. 추운 겨울엔 실내에만 있었지만, 봄이 되자 종일 길에 나와 있었다. 부드러운 백발이 덥수룩하게 목덜미를 덮었고, 커다란 여성용 실크 가방에 분필과 예수 전단지를 가득 넣고 다녔다. 두 눈은 광기로 번득였다. 심스는 그를 개종시키려 했다.

"고난의 자식아, 너에게서 죄악의 맥주 냄새가 난다. 넌 담배도 피우는구나. 주께서 우리가 담배 피우기를 원하셨다면 성경에 그렇게 말씀하셨을 거다. 사탄의 표시가 너의 이마에 있다. 난 볼 수 있어. 회개하라. 내가 너에게 광명을 보여주마."

제이크는 눈을 위로 굴리며 천천히 공중에 성호를 그었다. 그런 뒤 기름 묻은 손을 벌렸다. "이걸 당신에게만 보여주지요." 그가 낮게 연극하듯 말했다. 심스는 그의 손바닥 흉터를 보았다. 제이크는 더 가까이 몸을 숙이며 속삭였다. "다른 표시도 있어요. 당신이 아는 표시. 내가 가지고 태어난 거니까."

심스는 뒤로 물러서서 담에 기댔다. 여자 같은 손짓으로 이마에 내려온 은발을 부드럽게 뒤로 넘겼다. 불안하게 혀로 입가를 핥았다. 제이크가 웃음을 터뜨렸다.

"신을 모독하는 자!" 심스가 소리 질렀다. "하느님이 널 벌하실 거다, 너와 네 일당들 모두. 하느님은 냉소하는 자들을 기억하신다. 날 지켜주시고 보호하시지. 하느님은 만인을 지켜주시지만 특별히 날 지켜주신다, 모세를 지켜주신 것처럼. 하느님은 밤에 나에게 말씀을 내리시지. 하느님이 널 벌할 거다."

제이크는 모퉁이에 있는 가게에서 심스에게 코카콜라와 땅콩버터 크래커를 사주었다. 심스는 다시 설교하기 시작했다. 그가 일하러 가면 뒤에서 뛰어왔다.

"이 길모퉁이로 오늘 저녁 7시까지 오라. 예수님께서 너에게만 주시는 말씀이 있다."

4월 초엔 바람이 불고 따뜻했다. 흰 구름이 푸른 하늘에 흘러갔다. 바람 속에서는 강 냄새와 싱그러운 들판의 냄새도 났다. 쇼는 매일 오후 4시부터 자정까지 붐볐다. 구경꾼들은 거칠었다. 새 봄과 함께 그는 불안한 예감을 느꼈다.

어느 날 밤 그는 기계를 손보다가 갑자기 들리는 성난 소리에 퍼뜩 정신이 들었다. 재빨리 사람들을 밀치고 갔다. 회전목마 매표소 앞에서 백인 소녀와 흑인 소녀가 싸우고 있었다. 둘을 억지로 떼어놨지만 여전히 서로를 움켜잡으려고 발버둥을 쳤다. 구경꾼들은 두 편으로 갈라섰고 혼란스럽고 시끄러웠다. 백인 소녀는 곱사등이였다. 손에 무엇을 꼭 쥐고 있었다.

"내가 봤다고." 흑인 소녀가 악을 썼다. "그 혹을 잡아뗄까 보다."

"입 다물어, 깜둥이 년아!"

"가난뱅이 공순이 주제에. 난 돈을 냈으니 목마를 타야겠어. 이봐요 백인, 내 표를 찾아줘요."

"더러운 깜둥이 년!"

제이크는 번갈아 둘을 보았다. 구경꾼들이 바싹 밀고 들어왔다. 사방에서 웅성거렸다.

"난 루리가 자기 표를 떨어뜨리는 걸 봤어요. 이 백인 숙녀가 그걸 집었고요. 정말이에요." 흑인 소년이 말했다.

"깜둥이는 절대 백인 여자에게 손댈 수 없어."

"밀지 마. 네 피부색이 하얗다 해도 받아칠 거니까."

거칠게 제이크는 몰려든 구경꾼들 속으로 밀고 들어갔다. "그만들 해요!" 그가 소리쳤다. "저리 가요, 그만 가. 빌어먹을." 그의 두 주먹을 보고 사람들은 슬그머니 흩어졌다. 제이크는 두 소녀를 향해 돌아섰다.

"이렇게 된 거예요." 흑인 소녀가 말했다. "난 금요일 밤까지 50센트 넘게 모았어요. 이번 주에 다림질을 두 배로 했다고요. 저 애가 들고 있는 표 값 5센트는 고스란히 내가 낸 거예요. 그러니 내가 목마를 타야 해요."

제이크는 재빨리 문제를 해결했다. 곱사등이 소녀가 문제의 표를 갖도록 했고 흑인 소녀에게는 새 표를 주었다. 그날 저녁에는 더 이상 싸움은 없었다. 그러나 제이크는 긴장한 채 군중 속을 움직였다. 걱정스러웠고 불안했다.

제이크 외에도 쇼 단에는 고용인들이 다섯 명 더 있었다. 남자 둘은 그네를 작동시키고 표를 받았고, 여자 셋은 임시 점포를 관리했다. 패터슨은 여기 포함되지 않았다. 쇼 단 주인인 그는 대개 트레일러 속에서 혼자 지내며 카드놀이를 했다. 동공이 수축된 그의 두 눈은 흐리멍덩했고, 목에는 누런 주름이 흐늘거렸다. 지난 두어 달 동안 제이크의 급료는 두 번 올랐다. 자정에 패터슨에게 그날 저녁 수입을 건네는 것이 그의 일이었다. 때로는 그가 트레일러에 들어가 한참 동안 있어도 패터슨은 알아차리지 못했다. 무감각 상태에서 카드를 응시하고 있었다. 트레일러의 공기는 음식 냄새와 마리화나 냄새로 탁했다. 패터슨은 배를 보호하려는 듯 손을 그 위에 얹어놓고 있었다. 그는 언제나 철저하게 장부를 확인했다.

제이크와 기술자 두 명이 사소한 언쟁을 했다. 이 남자들은 방적 공장에서 얼레를 교체하던 직공 출신이었다. 처음에 그는 이 남자들에게 이야기를 하며 그들이 진실을 볼 수 있도록 도

우려고 했다. 당구장으로 초대하여 술을 사기도 했다. 그러나 그자들은 너무 어리석어 도와줄 수가 없었다. 이런 일이 있은 직후 그는 두 사람의 대화를 엿듣게 되었고 그것이 문제를 일으켰다. 일요일 이른 새벽 2시경, 패터슨과 장부를 확인한 후였다. 트레일러에서 나오자 아무도 없는 듯했다. 달이 훤했다. 그는 싱어를 생각하고 앞으로의 휴일에 대해 생각하고 있었다. 그네 옆을 지나는데 누가 그의 이름을 말하는 소리가 들렸다. 기술자 둘이 일을 끝내고 담배를 피우고 있었다. 제이크는 귀를 기울였다.

"난 깜둥이보다 빨갱이 놈이 더 싫어."

"그자를 보면 웃겨. 난 신경 안 써. 우쭐대며 걸어 다니는 꼴이라니. 그런 땅딸보는 처음 봐. 키가 얼마나 되려나?"

"150 정도? 그자는 자기가 사람들에게 그렇게 말을 많이 해야 되는 줄 알아. 감옥에 있어야 하는 건데. 거기가 제 집인데. 빨갱이 공산당이잖아."

"그자를 보면 웃음이 터져. 그냥 볼 수가 없다니까."

"나한테 잘난 척하면 안 되는데 말이야."

제이크는 그들이 위버스 레인 쪽으로 걸어가는 것을 보았다. 처음에는 당장 달려가 붙고 싶었지만 왠지 움츠러들어 참았다. 며칠 동안 그는 말없이 씨근덕거렸다. 그러던 어느 날 밤 일이 끝난 후 두 남자 뒤를 대여섯 블록 따라갔다. 그들이 모퉁이로 돌아설 때 그는 막아섰다.

"말하는 거 다 들었어." 그가 숨이 차서 말했다. "우연히 지난 토요일 밤 네놈들이 말하는 걸 다 들었다고. 물론 난 빨갱이야. 그렇게 생각해. 하지만 네놈들은 뭐지?" 그들은 가로등 아래 서 있었다. 두 남자는 그에게서 물러섰다. 주변에는 인적이 없었다. "허연 얼굴에 내장은 오그라든, 구루병 걸린 생쥐 같은 놈들! 내 팔로 새 모가지 같은 네놈들 목을 졸라버릴 수 있어, 한 손에 한 놈씩. 땅딸보든 아니든 네놈들을 이 골목에 파묻을 수도 있어. 사람들이 삽으로 파내야 할걸."

두 남자는 겁을 먹은 채 서로를 보더니 가던 길을 계속 가려고 했다. 제이크는 막아섰다. 얼굴에 사나운 조소를 띠운 채 그들과 마주 보며 계속 뒷걸음으로 걸었다.

"분명히 말하는데, 앞으로 내 키와 몸무게, 말투와 행동, 그리고 이념에 관해 말하고 싶으면 나한테 와. 마지막 항목에 관해서도 예외는 아니라고. 우린 함께 토론할 거니까."

그 이후로 제이크는 분노와 경멸로 두 남자를 대했다. 그들은 뒤에서 그를 비웃었다. 어느 오후 그들이 그네의 엔진을 일부러 고장 낸 것을 발견했다. 고치는 데 세 시간을 더 일해야 했다. 그는 늘 누가 자기를 비웃는다고 느꼈다. 여자들이 서로 이야기하는 소리를 들을 때마다 그는 몸을 똑바로 펴고 혼자 우스갯소리라도 생각한 듯 큰 소리로 웃어넘겼다.

멕시코 만에서 불어오는 따뜻한 남서풍이 진한 봄 냄새를 몰고 왔다. 낮은 더 길어졌고 태양은 눈부셨다. 나른한 더위가 그를 침울하게 했다. 다시 술을 마시기 시작했다. 일이 끝나면 곧바로 집으로 가 침대에 누웠다. 때로는 옷을 다 입은 채로 죽은 듯이 열두 시간 또는 열세 시간을 누워 있기도 했다. 흐느끼며 손톱을 물어뜯던 두어 달 전의 그 초조함은 사라진 듯했다. 그러나 무기력 속에서 여전히 오래된 긴장을 느꼈다. 이곳은 그에게 가장 외로운 도시였다. 싱어가 없으면 그럴 것이었다.

그와 싱어만이 진실을 이해했다. 그는 모르는 자들이 진실을 보게 할 수 없었다. 그걸 알았다. 그것은 마치 어둠이나 열기, 또는 공기 속의 악취와 싸우는 것 같았다. 그는 침울하게 창밖을 응시했다. 모퉁이에 서 있는, 뭉툭하게 잘리고 연기에 그을린 나무가 지저분한 연두 잎들을 내밀고 있었다. 하늘은 늘 깊고 진한 푸른색이었다. 이 지역을 흐르는 악취 나는 개천에서 생긴 모기들이 방 안에서 윙윙거렸다.

그는 가려움증에 시달렸다. 매일 아침 유황과 돼지 비계를 섞어 몸에 발랐다. 살갗이 벗겨지도록 몸을 긁었다. 가려움증은 절대 가라앉지 않을 듯했다. 어느 날 밤, 그는 폭발했다. 몇 시간이고 혼자 앉아 있었다. 진과 위스키를 섞어 마셨고 만취했다. 거의 아침이었다. 창밖으로 몸을 내밀고 어둡고 조용한 거리를 내다보았다. 주위의 모든 사람들을 생각했다. 모두 잠들어 있었다. 아무것도 모르는 자들. 갑자기 그는 고함을 질렀다. "이것이 진실이다! 너희 개새끼들은 아무것도 모른다. 너희들은 모른다. 너희들은 몰라."

거리가 화를 내며 잠에서 깨어났다. 램프 불이 켜지고 졸음에 겨운 욕설들이 들렸다. 그 집에 사는 남자들은 화가 치밀어 그의 방문을 흔들었다. 길 건너 창녀촌 여자들은 창밖으로 머리를 내밀었다.

"너희들, 천하에 빌어먹을 멍청이, 멍청이, 멍청이, 멍청이들. 너희 멍청이, 멍청이, 멍청이, 멍청이……."

"입 닥쳐! 닥치라고!"

복도에서 남자들이 문을 떠밀었다. "술 취한 망나니 새끼! 붙잡기만 해봐라, 병신을 만들어줄 테니."

"밖에 몇 명이나 있나?" 제이크가 으르렁거렸다. 창틀에 빈 병을 깼다. "덤벼, 전부 오라고. 한 번에 세 명씩 처치할 거니까."

"잘한다, 자기." 창녀가 소리쳤다.

문이 열렸다. 제이크는 창에서 뛰어내려 샛길로 달렸다. "히히힝! 히히힝!" 그는 취한 채 소리를 질러댔다. 맨발에 셔츠도 입지 않은 채였다. 한 시간 뒤 그는 싱어의 방으로 비틀거리며 들어왔다. 바닥에 사지를 뻗고 누워 큰 소리로 웃다가 잠들었다.

4월의 어느 아침 그는 살해당한 남자의 시체를 발견했다. 젊은 흑인이었다. 쇼 장에서 30미터 정도 떨어진 시궁창에서였다. 흑인의 목은 난도질을 당해 머리가 괴상하게 뒤틀려 있었다. 번들거리는 뜬 눈 위로 해는 뜨겁게 비쳤고, 가슴에 말라붙은 피 위로는 파리들이 날았다. 죽은 남자는 쇼 장의 햄버거 가게에서 파는 것 같은, 장식 술이 달린 빨강고 노란 지팡이를 쥐고 있었다. 제이크는 잠시 우울하게 시체를 내려다보았다. 그런 뒤 경찰을 불렀다. 아무 단서도 발견되지 않았다. 이틀 후 죽은 남자의 가족들이 안치소에서 시신을 찾아갔다.

서니 딕시 쇼에서는 끊임없이 싸움과 말다툼이 일어났다. 친구 둘이 팔짱을 끼고 웃고 술 마시며 쇼를 보러 왔다가 치고받고 싸우며 떠나기도 했다. 제이크는 항상 긴장했다. 쇼의 번쩍거리는 흥겨움과 환한 불빛과 나른한 웃음 아래 그는 위험하고 침울한 기운을 감지했다.

이렇게 어지럽고 혼란스러운 몇 주일이 계속되었다. 심스는 계속 그를 괴롭혔다. 늙은이는 비누 상자와 성경책을 들고 다니며 사람들 속에서 설교하는 것을 좋아했다. 그는 예수의 재림에 대해 말했다. 심판의 날은 1951년 10월 2일이라고 했다. 술주정뱅이들을 가리키며 생경하고 지친 목소리로 소리를 질렀다. 흥분한 그의 입에는 침이 그득했고, 그가 하는 말들은 꾸르륵거리는 젖은 소리를 냈다. 일단 자리를 잡으면 어떤 말다툼도 그를 움직이게 할 수 없었다. 그는 제이크에게 기드온 협회에서 발행된 성경을 선물하면서 매일 밤 한 시간씩 무릎 꿇고 기도하고 맥주잔이나 담배를 던져버리라고 했다.

두 사람은 벽과 울타리에서 입씨름을 벌이기도 했다. 제이크도 주머니에 분필을 넣고 다니기 시작했던 것이다. 그는 간단한 문장들을 썼다. 길 가던 사람들이 멈춰 서서 심사숙고할 수 있는 글을 쓰려고 했다. 궁금증을 불러일으키면서 생각을 할 수 있게 만드는 글. 또 그는 작은 책자를 만들어 길에서 나누어주었다.

싱어가 없었다면 제이크는 이 도시를 떠났을 것이었다. 그는 일요일에 친구와 함께 있을 때에만 평화를 느꼈다. 그들은 때로 산책을 하고 체스를 두기도 했지만 싱어의 방에서 조용히 하루를 보내는 때가 더 많았다. 그가 말하면 싱어는 항상 귀를 기울였다. 그가 종일 침울하게 앉아 있으면 벙어리는 그의 감정을 이해하고 놀라지 않았다. 싱어만이 그를 도울 수 있는 듯했다.

어느 일요일 제이크가 층계를 올라가자 문이 열려 있었다. 싱어의 방은 비어 있었다. 그는 혼자 두 시간 이상을 앉아 있었다. 이윽고 층계를 올라오는 싱어의 발소리를 들었다.

"당신이 없어서 궁금했소. 어디 갔었소?"

싱어는 미소를 지었다. 손수건으로 모자 먼지를 털고 제자

리에 놓았다. 그러고는 신중하게 주머니에서 은색 연필을 꺼내
벽난로 선반 위로 몸을 숙이고 짧게 썼다.

"무슨 뜻이오?" 제이크는 그가 쓴 글을 읽고 물었다. "누구
다리가 잘렸단 말이오?"

싱어는 쪽지를 받아 두어 문장을 더 썼다.

"허, 참!" 제이크가 말했다. "하긴, 놀랄 일도 아니지."

그는 쪽지에 적힌 글에 대해 생각하더니 그것을 구겨버렸
다. 지난달의 몽롱한 상태가 사라지고 그는 다시 긴장하고 불
안해졌다. "허, 참!" 그는 다시 말했다.

싱어는 커피포트를 올려놓고 체스 판을 꺼냈다. 제이크는
쪽지를 잘게 찢어 땀나는 손바닥으로 비볐다.

"하지만 이 일에 어떤 조치를 취할 수는 있소." 잠시 후 그는
말했다. "그거 알아요?"

싱어는 확신 없이 고개를 끄덕였다.

"그 소년을 만나 자세한 이야기를 듣고 싶군. 언제 날 그 집
으로 데려갈 수 있겠소?"

싱어는 곰곰 생각했다. 그러더니 종이에 썼다. "오늘 밤."

제이크는 손을 입에 대고 방 안을 불안하게 걷기 시작했다.
"우리가 무슨 일이든 할 수 있을 거요."

13

제이크와 싱어는 현관 앞에서 기다렸다. 초인종을 눌렀지만 어두운 집 안에서는 벨이 울리는 소리가 들리지 않았다. 제이크는 성급하게 문을 두드리며 방충문에 코를 들이댔다. 옆에서 싱어가 어색하게 미소 지으며 서 있었다. 그들은 함께 진을 마셨고 그의 두 뺨이 불그레했다. 저녁은 조용하고 어두웠다. 제이크는 노란 불빛이 부드럽게 복도에 비치는 것을 보았다. 그리고 포셔가 문을 열어주었다.

"두 분께서 너무 오래 기다리셨네요. 손님들이 많이 오셔서 초인종을 빼놓았거든요. 모자를 받아드릴게요. 아버지는 매우 편찮으세요."

제이크는 싱어 뒤에서 발끝으로 썰렁한 좁은 복도를 무겁게 걸어갔다. 부엌 문지방에서 그는 갑자기 멈췄다. 안에는 사람들이 가득 차 있었고 더웠다. 장작을 때는 작은 스토브에는 불이 타고 있었고 창문은 꼭 닫혀 있었다. 연기 속에 흑인 특유의 냄새가 섞여 있었다. 방 안에는 스토브에서 나오는 불빛만 있었다. 복도에서 들었던 어두운 음성들이 조용해졌다.

"백인 신사 두 분이 아버지가 걱정되어서 오셨어요." 포셔가 말했다. "아버지가 두 분을 만나실 수 있겠지만, 제가 먼저 들어가서 알려드릴게요."

제이크는 두터운 아랫입술을 만지작거렸다. 코끝에 방충문에서 생긴 격자무늬 자국이 나 있었다. "그게 아니오." 그가 말했다. "난 당신 남동생과 얘기하려고 왔소."

부엌 안에 있던 흑인들이 일어섰다. 싱어는 다시 앉으라는 손짓을 했다. 반백의 노인 두 명이 스토브 옆 벤치에 앉아 있었고, 팔다리 동작이 느릿한 혼혈 흑인이 비스듬히 창에 기대 있었다. 구석에 있는 야전침대에는 두 다리가 없는 소년이 있었다. 뭉툭해진 허벅지 아래, 바지를 접어 핀으로 고정시킨 채였다.

"안녕?" 제이크가 어색하게 말했다. "이름이 코플랜드지?"

청년은 뭉툭해진 다리를 두 손으로 만지며 벽 쪽으로 움츠러들었다. "제 이름은 윌리예요."

"얘야, 걱정 마." 포셔가 말했다. "이분은 싱어 씨야. 아버지가 말씀하시는 걸 너도 들었지? 그리고 이 백인 신사는 블런트 씨야. 싱어 씨의 친한 친구시지. 고맙게도 이분들은 우리의 고통을 알고 위로하러 오신 거야." 그녀는 제이크를 돌아보며 다른 세 사람들을 가리켰다. "창에 기대고 있는 사람은 제 오빠예요. 버디라고 해요. 여기 스토브 옆에 계신 두 분은 아버지의 친한 친구분들이세요. 마셜 니콜스 씨와 존 로버츠 씨. 함께 계신 분들이 누구인지 아시는 게 좋을 것 같아서요."

"고맙소." 제이크가 말했다. 그는 다시 윌리를 보았다. "그

일에 대해 네 얘기를 듣고 싶구나. 확실히 알아야 하니까."

"이렇게 된 거예요." 윌리가 말했다. "내 발이 아직도 아픈 것 같아요. 여기 발가락이 몹시 아파요. 발이 다, 다, 다리에 붙어 있어야 하는 그 부분이 아파요. 지금 발이 있는 곳이 아니고요. 이해하시기 어려울 거예요. 발이 너무 아픈데, 내 발이 어디 있는지도 몰라요. 그들이 돌려주지 않았거든요. 내 발은 여기서 100마, 마일도 더 떨어진 머, 먼 곳에 있을 거예요."

"내 말은, 그 일이 어떻게 일어났는지 말해달라는 거야." 제이크가 말했다.

윌리는 불안하게 누나를 보았다. "기억 못 해요, 잘은."

"물론 기억하지, 우리 윌리. 우리에게 몇 번이나 말했잖니."

"그러니까……." 소년의 음성은 겁에 질리고 침울했다. "우리들은 모두 길에 나가 있었어요. 버스터가 간수에게 뭐라고 했어요. 그 배, 백인이 버스터를 곤봉으로 때렸어요. 다른 아이가 달아났어요. 저도 따라갔어요. 순식간에 모든 게 일어나서 어찌 된 건지 잘 기억 못 하겠어요. 그러다가 다시 막사로 잡혀 왔고 그래서……."

"그다음은 나도 알고 있다." 제이크가 말했다. "다른 두 소년들의 이름과 주소를 알려줘. 간수 이름도."

"저기요, 백인 아저씨. 절 곤경에 처하게 만드실 것 같은데요."

"곤경이라!" 제이크가 거칠게 말했다. "도대체 지금 네가 처한 상황은 뭐라고 생각하나?"

"진정하세요." 포셔가 불안하게 말했다. "이렇게 된 거예요, 블런트 씨. 윌리는 형기가 끝나기 전에 풀려났어요. 하지만 그들은 그에게 조용히 있으라고 분명하게 말했어요. 무슨 뜻인지 아시겠지요. 당연히 윌리는 두려워해요. 우리는 조심해야 하고요. 우리가 할 수 있는 건 그게 전부니까. 지금 처해 있는 곤경만으로도 힘들어요."

"간수는 어떤 처벌을 받았지?"

"그 배, 백인들은 파면되었어요. 나한테 그렇게 말했어요."

"그럼 네 친구들은 어디 있어?"

"어떤 친구들이요?"

"다른 두 청년들."

"그 애들은 친구들이 아, 아녜요." 윌리가 말했다. "뿔뿔이 헤어졌어요."

"무슨 뜻이지?"

포셔가 귀고리를 잡아당겨 귓불이 고무처럼 늘어났다. "윌리의 말은 이래요. 지독히 아프던 그 사흘 동안 그 애들은 싸우기 시작했어요. 윌리는 다시는 그 애들을 보고 싶어 하지 않아요. 그 때문에 아버지와 윌리가 벌써 다투었어요. 버스터라는 아이를……."

"버스터는 목발을 했어요." 창가에 있는 청년이 말했다. "길에서 그 애를 봤어요."

"버스터는 가족이 없어요. 아버지 생각은 그 애를 우리 집으로 데리고 오자는 거예요. 아버지는 소년들을 다 데려오고 싶어 하세요. 어떻게 먹이려는지 전 알 수 없어요."

"그건 좋은 생각이 아니에요. 우리는 어쨌건 좋은 친구들이 아니었어요." 윌리는 검고 튼튼한 손으로 뭉툭해진 다리를 더듬었다. "바, 바, 발들이 어디 있는지 알고 싶어요. 그게 제일 큰 걱정이에요. 의사는 절대로 내 발들을 돌려주지 않았어요. 내 발들이 어디 있는지 정말 알고 싶어요."

제이크는 술 취한 멍한 눈으로 주위를 둘러보았다. 모든 것이 불분명하고 이상해 보였다. 부엌 열기 때문에 어지러워 귀에서는 목소리들이 되울렸다. 연기가 그를 숨 막히게 했다. 천장의 전등은 켜 있었지만, 신문지로 가려져서 불빛은 주로 뜨거운 스토브에서 나오고 있었다. 주위의 모든 검은 얼굴들 위로 붉은 불빛이 비쳤다. 그는 불안하고 외톨이로 느껴졌다. 싱어는 포셔의 아버지를 만나러 가고 없었다. 제이크는 그가 돌아와서 함께 떠날 수 있기를 바랐다. 어색하게 서성거리다가 벤치에 앉아 있는 마셜 니콜스와 존 로버츠 사이에 앉았다.

"포셔의 아버지는 어디 계시오?" 그가 물었다.

"코플랜드 박사는 앞방에 계십니다." 로버츠가 말했다.

"그가 의사요?"

"그렇습니다. 의학박사지요."

밖의 계단이 어수선해지더니 뒷문이 열렸다. 따뜻하고 상쾌한 바람이 들어와 무거운 공기를 가볍게 했다. 리넨 양복을 입고 금색 구두를 신은 큰 청년이 봉지를 안고 들어왔다. 그 뒤로 열일곱 살가량의 소년이 따라왔다.

"안녕, 하이보이. 안녕, 랜시." 윌리가 말했다. "뭘 가져온 거야?"

하이보이는 제이크에게 고개 숙여 인사한 뒤 과실주 두 병을 식탁에 놓았다. 랜시는 깨끗한 흰 냅킨이 덮인 쟁반을 그 옆에 놓았다.

"여기 있는 과실주는 협회에서 보내는 선물이야." 하이보이가 말했다. "랜시의 어머니가 복숭아 파이를 보내셨고."

"박사님은 좀 어떠세요, 미스 포셔?" 랜시가 물었다.

"아주 많이 편찮으셔. 내 걱정은 아버지가 너무 기운이 많으신 거야. 사람이 아플 때 갑자기 기운이 나면 안 좋은 징조야." 포셔가 제이크를 보고 말했다. "블런트 씨, 그건 안 좋은 징조지요?"

제이크가 멍하게 그녀를 쳐다봤다. "모르겠소."

랜시가 언짢은 눈으로 제이크를 보더니 작아진 셔츠 소매를 끌어내렸다. "박사님께 저희 가족이 안부 인사 드린다고 전해 주세요."

"선물 고마워." 포셔가 말했다. "아버지가 너에 대해 어제 말씀하셨어. 너에게 주고 싶은 책을 가지고 계셔. 잠깐 기다려, 책을 가지고 올게. 쟁반도 씻어 올 테니 어머님께 돌려드리고. 정말 친절하시구나."

마셜 니콜스는 제이크 쪽으로 몸을 기울이며 말하려고 했다. 줄무늬 바지에 정장 재킷을 입고 단춧구멍에 꽃을 꽂은 노인은 목소리를 다듬더니 말했다. "실례하겠습니다. 선생님. 윌리가 처한 곤경에 관해 선생님이 아이와 하는 이야기를 피치 못하게 들었습니다. '물론' 저희도 어떻게 하는 것이 최상의 길인지 고려해봤습니다."

"윌리 친척이오? 아니면 윌리가 다니는 교회 목사?"

"아닙니다, 약제사예요. 선생님 왼편에 있는 존 로버츠는 우편물 담당 공무원입니다."

"우체부지요." 존 로버츠가 반복했다.

"실례합니다." 마셜 니콜스는 주머니에서 노란 실크 손수건을 꺼내더니 조심스럽게 코를 풀었다. "물론 저희는 이 문제에 관해 '철저하게' 토론했습니다. 의심의 여지없이, 이 미국이라는 자유국가의 유색인종의 일원으로서 '우호적인' 관계를 확장하는 데 저희 역할을 다하고 싶습니다."

"저흰 언제나 옳은 일을 하기 원하지요." 존 로버츠가 말했다.

"그리고 이미 확보된 이 우호적인 관계를 위태롭게 하지 않도록 조심스럽게 노력하는 것이 저희의 의무지요. 그렇게 되면 점진적인 방식에 의해 보다 나은 '상황'이 오게 될 겁니다."

제이크는 차례로 그들을 보았다. "당신 말 못 알아듣겠소." 열기가 그를 숨 막히게 했다. 밖으로 나가고 싶었다. 눈동자에 막이 씐 것 같고 주위의 모든 얼굴이 흐릿했다.

맞은편에서 윌리가 하모니카를 불었다. 버디와 하이보이가 듣고 있었다. 음악은 어둡고 슬펐다. 연주를 끝내고 윌리는 하모니카를 셔츠 앞자락에 닦았다. "배고프고 목이 말라요. 입안에 침이 고여서 이상한 곡조가 나와요. 그 과실주 마시고 싶어요. 맛 좋은 술을 마시면 이 비참함을 이, 잊을 거 같아요. 바, 발들이 어디 있는지 알기만 한다면, 매일 밤 진 한 잔 마실 수 있다면, 괜찮을 것 같아요."

"애야, 보채지 마. 곧 줄게." 포셔가 말했다. "블런트 씨, 복숭아 파이와 과실주 한 잔 드시겠어요?"

"고맙소." 제이크가 말했다. "그게 좋겠소."

포셔는 얼른 식탁보를 깔고 접시와 포크를 놓았다. 큰 잔 가득 과실주를 따랐다. "편하게 드세요. 저는 이제 다른 분들에게도 음식을 대접할게요."

과실주 병을 모두 돌려가며 마셨다. 하이보이는 윌리에게 술병을 건네기 전, 포셔의 립스틱으로 병에 빨간 금을 그었다. 거기까지만 마시라는 소리였다. 술 마시는 소리와 웃음소리가 들렸다. 제이크는 복숭아 파이를 먹은 뒤 술잔을 들고 두 노인들 사이의 자리로 돌아갔다. 집에서 만든 과실주는 브랜디처럼 진하고 독했다. 윌리는 하모니카로 낮고 슬픈 곡을 불기 시작했다. 포셔는 손가락으로 박자를 맞추며 부엌을 걸어 다녔다.

제이크는 마셜 니콜스 쪽으로 몸을 돌리고 물었다. "포셔의 아버지가 의사라고 했소?"

"그렇습니다. 숙련된 의사지요."

"그에게 무슨 일이 생겼소?"

두 흑인들은 긴장하여 마주 보았다.

"사고를 당했어요." 존 로버츠가 말했다.

"어떤 사고요?"

"나쁜 사고, 통탄할 만한 사고입니다."

마셜 니콜스는 실크 손수건을 접었다 폈다 했다. "조금 전에 말씀드린 것처럼, 우호적인 관계들을 '손상시키지' 않으면서 가능한 모든 방법을 동원해서 진지하게 관계를 향상시키는 것이 중요합니다. 저희 유색인종들은 모든 방식으로 저희 시민들을 고양시키도록 노력해야 합니다. 저기 계신 박사님은 모든 방법으로 노력해왔습니다. 하지만 때로 그분은 다른 인종과 상황이라는 요소를 충분히 깨닫고 있는 것 같지 않습니다."

참을 수 없다는 듯 제이크는 남은 술을 마셨다. "이보쇼, 분명하게 말하쇼. 당신 말, 하나도 못 알아듣겠소."

마셜 니콜스와 존 로버츠는 기분이 상해서 마주 보았다. 저쪽에서 윌리는 여전히 음악을 연주하며 앉아 있었다. 그의 입술이 통통하고 주름진 쐐기벌레처럼 하모니카의 네모난 구멍 위에서 꿈틀거렸다. 그의 어깨는 넓고 튼튼했다. 다리가 잘려나간 뭉툭한 허벅지가 음악에 맞춰 들썩거렸다. 버디와 포셔가 리듬에 맞춰 손뼉을 치는 동안 하이보이는 춤을 추었다.

제이크는 일어섰고 그러자 자기가 취한 것을 알았다. 비틀거리며 적의에 차서 주위를 둘러보았지만 아무도 알아차린 것 같지 않았다. "싱어는 어디 있소?" 그는 포셔에게 탁한 목소리로 물었다.

음악이 멈추었다. "어머, 블런트 씨. 싱어 씨가 간 건 알고 계신 줄 알았는데요. 복숭아 파이 드시며 식탁에 계실 때 싱어 씨가 와서 갈 시간이라고 시계를 보여줬잖아요. 그때 싱어 씨를 똑바로 쳐다보며 고개를 흔드셨어요. 그래서 아신다고 생각했는데."

"딴생각을 했나 보군." 그가 윌리를 돌아보며 화가 나서 말했다. "내가 왜 왔는지 너한테 말하지도 못했구나. 너에게 뭘 부탁하러 온 게 아니야. 내가 원하는 건, 무슨 일이 일어났는지 너와 다른 소년들이 증언하는 거야. 그러면 나는 그 이유를 설명할 거고. '무엇'이 아니라 '왜'가 중요하니까. 난 너희들을 손수레에 태우고 여러 곳으로 다닐 거야. 너희들이 무슨 일이 있었는지 말하면, 그다음은 내가 '왜' 그랬는지 설명할 거야. 그것이 어떤 의미를 가질 수도 있으니까. 아마 그건……."

그는 사람들이 비웃는다고 느꼈다. 혼란스러워 무슨 말을 하려고 했는지 잊어버렸다. 실내는 어둡고 낯선 얼굴이 가득했고, 공기는 너무 탁해 숨을 쉴 수 없었다. 그는 비틀거리며 문쪽으로 갔다. 약 냄새 나는 어두운 골방이었다. 그는 다른 문손잡이를 돌렸다.

그는 작고 하얀 방의 문지방에 서 있었다. 방 안에는 철제 침대와 서류함, 의자 두 개뿐이었다. 침대에는 싱어의 집 계단에서 만났던 그 끔찍한 흑인이 누워 있었다. 빳빳한 흰 베개 위에 누워 있는 그의 얼굴은 매우 검었다. 어두운 두 눈은 증오로 뜨거웠지만 무겁고 푸르스름한 입술은 침착했다. 그의 얼굴은 검은 마스크처럼 움직이지 않았고 숨을 쉴 때마다 콧구멍이 천천히 넓게 퍼덕거릴 뿐이었다.

"나가쇼." 흑인이 말했다.

"잠깐……." 제이크가 난감해져서 말했다. "왜 그런 말을 하시오?"

"여기는 내 집이니까."

제이크는 흑인의 무서운 얼굴에서 눈을 뗄 수가 없었다. "그런데 어째서?"

"당신은 백인이고 낯선 사람이니까."

제이크는 떠나지 않았다. 무겁고 조심스럽게 등받이가 곧은 흰 의자로 걸어가 앉았다. 흑인이 침대 커버 위로 손을 움직였다. 검은 두 눈은 열에 번들거렸다. 제이크는 그를 응시했다. 그들은 기다렸다. 방 안에는 음모와 같은, 폭발 직전의 숨죽인 고요와 긴장이 가득했다.

자정이 넘은 지 한참 지났다. 봄날 새벽의 따뜻하고 어두운 공기가 푸르스름한 방 안 공기 속으로 휘몰리듯 들어왔다. 바닥에는 구겨진 종이들과 반쯤 빈 술병이 놓여 있었다. 침대 커버 위로 회색 재가 흩어져 있었다. 코플랜드 박사는 고개를 베

개에 푹 기댔다. 실내복을 벗고 흰 면 잠옷 소매를 팔목까지 걷
어 올렸다. 제이크는 의자에 앉은 채 몸을 구부렸다. 넥타이는
풀어지고 셔츠 깃은 땀에 젖어 후줄근했다. 몇 시간 동안 그들
은 긴 대화를 나누었고 기진맥진해졌다. 이제 잠시 말을 중단
했다.

"그래서 때가 온……." 제이크가 말을 시작했다.

그러나 코플랜드 박사가 말을 막았다. "이제 우리에게 필요
한 것은……." 그는 목쉰 소리로 중얼거렸다. 그들은 주춤했
다. 서로의 눈을 보며 기다렸다. "실례했소." 코플랜드 박사가
말했다.

"미안하오." 제이크가 말했다. "계속하시오."

"아니, 당신이 계속하지요."

"그러니까……." 제이크가 말했다. "하려던 말은 하지 않겠
소. 대신 남부에 관해 끝으로 한마디 합시다. 목이 졸린 남부.
착취당하는 남부. 노예 같은 남부."

"그리고 흑인들."

제이크는 침착해지려고 바닥에 놓인 술병을 들어 독주를 길
게 한 모금 삼켰다. 그런 뒤 생각에 잠겨 서류함으로 가서 서진
으로 쓰는 작은 싸구려 지구본을 집었다. 천천히 손안에서 지
구본을 돌렸다. "내가 말할 수 있는 건 이것뿐이오. 세상은 야
비함과 악으로 가득 차 있소. 허! 이 지구의 4분의 3은 전쟁이
나 억압 상태에 있소. 거짓말쟁이들과 악마들이 담합하고, 진
실을 '아는' 사람들은 소외되고 무방비 상태요. 하지만! 하지만
지구상에서 가장 야만적인 지역을 말하라고 한다면 여기를 꼽
겠소."

"제대로 보시오." 코플랜드 박사가 말했다. "당신은 지금 바다를 가리키고 있으니."

제이크는 다시 지구본을 돌리고 뭉툭하고 지저분한 엄지로 선택한 지점을 조심스레 눌렀다. "여기. 이 13개 주. 난 내가 하는 말을 알고 있소. 책을 읽고 여기저기 다녔으니까. 이 절망적인 13개 주를 다 가봤소. 거기서 일도 했지요. 내가 이렇게 생각하는 이유는 이렇소. 우리는 세계에서 제일 부자 나라에 살고 있소. 모든 게 풍족해서 남자, 여자, 아이, 아무도 결핍된 자가 없지. 게다가 이 나라는 자유, 평등, 개인의 권리라는 위대하고 진실한 원칙 위에 세워졌소. 그랬어야만 했지. 허! 그런데 이렇게 건국된 나라에 무슨 일들이 일어났소? 수억 달러에 달하는 부패가 있고 수천, 수만의 사람들이 먹을 것도 없이 살고 있소. 그리고 여기 13개의 주에서는 인간 착취가 너무 심해. 눈으로 직접 봐야 하오. 지금까지 난 사람을 미치게 만드는 것들을 봤소. 남부 사람들의 3분의 1은 유럽 파시스트 국가에 사는 가장 비참한 농부보다 더 가난하게 살다 죽어요. 소작농의 평균 임금은 1년에 겨우 73달러지. 보시오. 평균이 그렇소! 소작농의 임금이 한 사람당 35에서 90달러라고요. 1년에 35달러. 그건 하루 종일 일하고 10센트 받는다는 소리요. 펠라그라*와 십이지장충과 빈혈이 사방에 퍼져 있소. 한마디로, 굶주림이지. 하지만!" 제이크는 더러운 주먹으로 입술을 문질렀다. 이마에 땀이 솟았다. "하지만!" 그가 반복했다. "이런 것들은 볼 수 있고 만질 수 있는 악이오. 더 나쁜 것이 있소. 대중이 진실

*니코틴산이 부족해 생기는 병. 피부염, 시력 장애, 경련, 설사 등의 증세를 보인다.

로부터 격리되어 있다는 것. 들리는 말들, 그것으로는 진실을 알 수 없소. 독 묻은 거짓말들이니까. 우리는 진실을 알 수 없도록 차단되어 있는 거요."

"그리고 흑인들." 코플랜드 박사가 말했다. "우리가 당하는 고통을 알려면, 당신은……."

제이크는 가차 없이 그의 말을 막았다. "누가 남부를 소유하고 있소? 북부 주식회사들이 남부 전체의 4분의 3을 소유하고 있소. 그들은 말하오. 늙은 젖소는 사방에서, 남부, 서부, 북부, 동부에서 풀을 뜯는다고. 하지만 우유는 한 곳에서만 짜고 있소. 젖이 가득 차면 한 곳에서만 흔들리지. 소는 사방의 풀을 뜯어먹지만 젖은 뉴욕에서만 짜는 거요. 면화 공장들, 펄프 공장들, 장비 공장들, 매트리스 공장들을 보시오. 북부가 주인이오. 그래서 무슨 일이 일어나고 있소?" 제이크의 수염이 분노로 떨렸다. "예를 들지요. 미국 산업의 위대한 가부장제, 부재자 소유 제도에 따라 남부 현지에 공장마을들이 생겨났소. 마을에는 벽돌로 지은 큰 공장과 사오백 채의 판잣집들이 있소. 거긴 사람 살 곳이 못 되오. 처음부터 빈민가로 지어진 거요. 그 집들은 방 두세 칸과 바깥에 지은 변소가 전부요. 가축 축사보다 더 마구잡이로 지어졌지. 돼지우리보다 못해. 이런 제도 아래서는 돼지가 사람보다 귀하기 때문이오. 공장마을의 비쩍 마른 아이들로는 포크찹이나 소시지를 만들 수 없으니까. 요새 세상에 사람을 팔 수도 없는 노릇이고. 하지만 돼지는……."

"그만하시오!" 코플랜드 박사가 말했다. "옆길로 새고 있잖소. 게다가 당신은 흑인의 특별한 문제에는 전혀 신경을 쓰지 않고 있소. 내가 끼어들 수도 없고. 우리는 이미 이 모든 것을 알고 있소. 하지만 우리 흑인을 포함시키지 않는 한 절대로 전체 상황을 볼 수 없어요."

"다시, 공장마을로 돌아갑시다." 제이크가 말했다. "기회가 오면 젊은 노동자는 주당 8달러 또는 10달러를 받고 공장 일을 시작해요. 결혼을 하고 첫째 아이가 태어나면 아내도 공장에서 일하지. 두 사람이 일한 임금은 합해서 주당 18달러 정도요. 허! 이 돈의 4분의 1은 공장에서 제공하는 판잣집 세를 내야 하오. 또 노동자는 공장이 운영하거나 공장이 물건을 공급하는 가게에서 음식과 옷을 사지. 그 가게는 비싼 값을 받아요. 아이를 서너 명 낳으면 그들은 쇠사슬에 매인 상태로 무너지는 거요. 이게 바로 농노제도의 원칙이오. 하지만 여기 미국에서 우리는 모두 자유롭다고 말하지. 웃기는 일은 소작농들과 공장 노동자와 모든 사람들의 머리에 이 말이 너무 강하게 박혀 있다는 거요. 그들은 진짜로 이 말을 믿어요. 하지만 그건 사람들이 진실을 알지 못하도록 하는 엄청난 거짓말이오."

"탈출구는 하나뿐이지……." 코플랜드 박사가 말했다.

"두 가지. 오직 두 가지 길이 있소. 이 나라가 팽창하던 때가 있었소. 모든 사람이 기회가 있다고 생각했소. 허! 하지만 그 시기는 지나갔지, 영원히. 100개도 안 되는 주식회사들이 몇 개만 남기고 다 삼켜버렸소. 이 회사들은 사람들의 피를 빨고 뼈를 약하게 만들었소. 팽창하던 옛 시절은 갔소. 자본주의 민주주의 제도는 모두 썩고 부패했소. 앞으로 길은 오직 둘뿐이오. 하나는 파시즘이고, 또 하나는 가장 혁신적이고 영구적인 개혁이오."

"그리고 흑인들. 흑인들을 잊지 마시오. 나와 우리 흑인들에게 남부는 현재 파시스트요. 언제나 그래왔어요."

"그렇소."

"나치는 유대인들에게서 법적, 경제적, 문화적 삶을 박탈했소. 이곳에서 흑인들은 언제나 이런 것들을 박탈당하고 있어요. 이곳에서 독일에서처럼 대대적이고 극단적으로 돈과 재산을 강탈하지 않는 건, 처음부터 흑인들이 이런 것을 축적할 수 없었기 때문이오. 절대 허용되지 않았으니까."

"제도 때문이오." 제이크가 말했다.

"유대인과 흑인." 코플랜드 박사가 비통하게 말했다. "우리 종족의 역사는 끝없이 계속되는 유대인의 역사와 비슷할 거요. 더 피투성이고 폭력적이겠지. 특정한 종류의 갈매기들처럼. 그 새 한 마리를 잡아 붉은 실을 다리에 감으면 나머지 종족들이 죽을 때까지 쪼는 거요."

코플랜드 박사는 안경을 벗어 접는 부분의 부러진 곳을 철사로 다시 감고, 안경알을 잠옷에 닦았다. 손이 흥분으로 떨렸다. "싱어 씨는 유대인이오."

"아니, 틀렸소."

"난 확신해요. 싱어라는 이름을 보시오. 처음 봤을 때 유대인인 걸 알아봤소. 그의 눈을 보고 알았어요. 그리고 그가 그렇다고 했소."

"그럴 리가 없는데." 제이크가 주장했다. "그는 순수한 앵글로색슨이오. 아일랜드계 앵글로색슨."

"그렇지만······."

"확신합니다. 절대로."

"좋아요." 코플랜드 박사가 말했다. "이걸로 싸우지 맙시다."

밖은 어두운 공기가 서늘해져 방에 한기가 돌았다. 거의 새벽이었다. 이른 아침 하늘은 깊고 부드러운 푸른색이었다. 달은 은색에서 흰색으로 변했다. 사방이 고요했다. 어둠 속에서 봄 새의 명료하고 외로운 노랫소리만 들렸다. 희미한 미풍이 창으로 들어왔지만 방 안의 공기는 답답하고 탁했다. 긴장과 탈진이 공존했다. 코플랜드 박사는 몸을 앞으로 구부렸다. 눈은 충혈되었고 두 손으로 침대 커버를 움켜쥐고 있었다. 잠옷 깃이 마른 어깨 위로 미끄러졌다. 제이크는 발뒤꿈치를 의자 가로대 위에 얹고, 커다란 두 손을 아이처럼 무릎 사이에 넣은 채 앉아 있었다. 눈 밑이 시커메졌고 머리는 헝클어졌다. 그들은 마주 보며 기다렸다. 침묵이 길어지며 두 사람 사이의 긴장감은 더욱 심해졌다.

드디어 코플랜드 박사가 목청을 가다듬고 말했다. "난 확신하오. 당신이 볼일도 없는데 여기 오지는 않았다고. 우리들이 목적 없이 밤새도록 이런 문제를 토론하지는 않았다고 난 믿어요. 우리는 이제 모든 것을 다 이야기했소. 가장 중요한 주제, 해결책을 빼고는. 무엇을 할 것인지."

그들은 여전히 마주 보며 기다렸다. 두 사람의 얼굴에는 기대감이 있었다. 코플랜드 박사는 베개를 세우고 똑바로 앉았다. 제이크는 손으로 턱을 괴고 몸을 앞으로 구부렸다. 침묵이 계속되었다. 그러다 머뭇거리며 동시에 말하기 시작했다.

"실례했소." 제이크가 말했다. "계속하시오."

"아니, 당신이 먼저 시작하시오."

"계속해요."

"어허!" 코플랜드 박사가 말했다. "계속하라니까."

제이크는 알 수 없는 흐릿한 눈으로 그를 응시했다. "유일한 해결책은 사람들이 알아야 하는 거요. 일단 진실을 알면 그들은 더 이상 억압받지 않을 거요. 절반이라도 알게 되면 싸움은 다 이긴 거지."

"그렇소. 그들이 이 사회의 작동법을 이해한다면. 하지만 어떻게 알려줄 작정이오?"

"들어봐요." 제이크가 말했다. "행운의 편지처럼 연속적으로 편지를 보내는 건 어떻소? 한 사람이 열 명에게 편지를 보내고, 그들이 각각 또 열 사람에게 편지를 보내는 거요, 아시겠소?" 그는 머뭇거렸다. "난 편지를 쓰지는 않지만, 아이디어는 같아요. 돌아다니면서 말을 하니까. 한 마을에서 열 명의 모르는 사람들에게 진실을 보여줄 수 있다면, 보람된 일을 했다고 느낀다오. 알겠소?"

코플랜드 박사는 놀라서 제이크를 봤다. 그런 뒤 코웃음을 쳤다. "어처구니없는 짓이군요. 관둬요. 말만 하면서 다닐 수는 없지. 행운의 편지라니, 기가 막혀서! 아는 사람들과 모르는 사람들이라니!"

제이크의 입술은 분노로 떨렸고 눈썹이 찌푸려졌다. "좋소. 당신 제안은 어떤 거요?"

"나도 이 문제에 대해 당신처럼 생각했다는 것을 먼저 말하지요. 하지만 그런 태도는 잘못이라는 걸 배웠소. 반세기 동안 참는 것이 현명하다고 생각했으니까."

"난 참으며 살자고 한 적 없어요."

"잔혹함 앞에서 나는 신중했소. 불의 앞에서 평화를 지켰지. 전체의 선을 생각하며 손안의 것을 희생했고, 주먹 대신 말을 믿었소. 억압에 대항하기 위한 무기로 인간 영혼에 대한 인내와 믿음을 가르쳤소. 이제 내가 얼마나 틀렸는지 알게 되었소. 난 자신과 우리 인종의 배반자였던 거요. 모든 것은 썩었소. 지금 이야말로 행동할, 신속하게 행동할 때요. 교활함에는 교활함으로, 힘에는 힘으로 맞서야 하오."

"그런데 어떻게 말이오?" 제이크가 물었다. "어떻게?"

"나가서 행동하는 거요. 사람들을 모아 시위하게 만드는 거지."

"허! 사람들을 모아 시위하게 만든다니. 마지막 말에서 허점이 드러나는군. 아무것도 모르는 사람들이 시위를 한들 무슨 소용이 있겠소. 돼지한테 뭐 주는 꼴이지."

"그런 상스러운 표현은 불쾌하오." 코플랜드 박사는 언짢은 듯 점잖게 말했다.

"맙소사! 불쾌하든 말든 난 상관없소."

코플랜드 박사는 손을 올렸다. "너무 흥분하지 맙시다. 서로 냉정해집시다."

"좋소. 나도 당신과 싸우고 싶지 않소."

그들은 조용해졌다. 코플랜드 박사는 천장을 이리저리 올려다보았다. 말하려고 여러 번 입술을 적셨지만 그때마다 말은 중단되었다. 드디어 그가 말했다. "당신에게 이런 조언을 하고 싶소. 혼자 하려고만 마시오."

"하지만……."

"하지만이 아니오." 코플랜드 박사는 가르치듯 말했다. "사람이 저지르는 치명적인 실수는, 혼자 감당하려는 거요."

"무슨 말인지 알겠소."

코플랜드 박사는 잠옷 깃을 앙상한 어깨로 끌어올려 목 주변에 바짝 여겼다. "흑인들이 인권투쟁하는 것을 당신은 믿소?"

부드럽고 목쉰 소리로 묻는 초조한 의사의 질문에 돌연 제이크는 눈시울을 적셨다. 울컥 사랑의 감정이 몰려와 그는 침대 위에 놓인 검고 앙상한 손을 덥석 잡았다. "물론이오." 그가 말했다.

"그 필요의 극단성도?"

"그렇소."

"정의의 부재도? 참혹한 불평등도?"

코플랜드 박사는 기침을 하고 베개 밑에서 네모난 종잇조각을 꺼내 침을 뱉었다. "나에게 계획이 있소. 간단하고 압축된 거요. 난 오직 하나의 목표에 집중해요. 올해 8월, 천 명 이상의 흑인들이 행진하는 것을 계획하고 있소. 워싱턴으로 가는 거지. 모두 함께 단단한 집단이 되는 거요. 저기 서류함을 보면, 내가 이번 주에 써서 직접 전달할 편지 묶음들을 볼 수 있을 거요." 코플랜드 박사는 흥분하여 두 손으로 좁은 침대 양쪽을 위아래로 밀었다. "내가 조금 전에 말한 거 기억하시오? 당신에게 주는 유일한 충고. 혼자 감당하려고 하지 말라는 것."

"알았소." 제이크가 말했다.

"그런데 일단 일을 시작하면, 그 일이 당신의 전부가 되어야 하오. 최우선이 되어야 하고, 영원히 당신의 일이 되어야 해요. 아낌없이, 개인적인 보상이나 휴식 없이."

"남부 흑인들의 권리를 위해."

"남부에서, 바로 이 나라에서, 전부 아니면 전무여야 하오. 찬성 아니면 반대지요."

코플랜드 박사는 베개에 기댔다. 그의 눈만이 살아 있는 듯했다. 두 눈은 붉은 석탄처럼 타올랐다. 열이 나서 광대뼈가 보라색으로 변했다. 제이크는 얼굴을 찡그리며 주먹으로 부드럽고 넓적한 떨리는 입을 눌렀다. 혈색이 다시 얼굴에 돌았다. 밖에서는 새날의 창백한 빛이 비쳤다. 천장에 달린 전구가 새벽 속에서 흥하고 날카롭게 달아올랐다.

제이크는 일어나 침대 발치에 경직된 채 섰다. 그는 단호하게 말했다. "아니오. 그건 절대 옳은 관점이 아니오. 확신하지. 무엇보다 이곳을 빠져나가지 못할 거요. 공중보건을 위협한다면서, 아니면 그 비슷한 날조된 이유를 들어 행진을 해산시킬 거요. 사람들은 체포될 것이고 아무 소득도 없게 될 거요. 기적적으로 워싱턴에 간다 한들, 소용이 없을 것이오. 하, 다 미친 짓거리요."

코플랜드 박사의 목에서 가래 끓는 소리가 났다. 그의 목소리는 거칠었다. "한마디로 비웃고 무시해버린다면 당신 생각은 뭐요?"

"난 비웃지 않았소." 제이크가 말했다. "당신 계획이 미친 거라고 했을 뿐이지. 오늘 밤 난 훨씬 더 좋은 생각을 가지고 왔소. 당신 아들 윌리와 두 소년들을 손수레에 태워 사방으로 다니는 거요. 그 허락을 받고 싶소. 무슨 일을 당했는지 그들이 말하면, 왜 그렇게 당했는지 내가 말하겠소. 다시 말해, 자본주의 논리와 그 위선을 폭로하는 거요. 사람들은 왜 소년들의 다리가 잘렸는지 이해하게 될 거요. 모든 사람들이 '알게' 될 거요."

"어허! 기가 막히는군!" 코플랜드 박사는 격분했다. "당신, 지금 제정신이오? 비웃을 가치도 없군. 그런 어처구니없는 말은 처음 듣소."

그들은 실망과 분노로 비통하게 서로를 노려봤다. 밖에서 덜 거덕거리는 손수레 소리가 들렸다. 제이크는 침을 삼키고 입술을 깨물더니 마침내 말했다. "허! 미친 건 당신이오. 만사를 거꾸로 생각하니까. 자본주의 아래서 흑인 문제를 해결하는 유일한 길은, 이 나라 천오백 만의 흑인 남자들을 거세시키는 것이오."

"정의에 대해 그렇게 호언장담하더니 정작 그 생각을 감추고 있었군."

"그래야 한다고 말한 게 아니오. 당신이 나무 때문에 숲을 못 본다고 말하는 거요." 제이크는 고통스럽고 힘들게, 천천히 말했다. "일을 밑바닥부터 시작해야 하오. 낡은 전통을 파괴하고 새로운 전통을 창조해야 해요. 세계를 위한 완전히 새로운 질서를 만들어야 하오. 처음으로 인간을 사회적인 동물로 만드는 거요. 사람들은 질서 있고 통제된 사회에 살면서, 살아남기 위해 부당한 짓을 하게 되지 않을 것이오. 사회적인 전통이⋯⋯."

코플랜드 박사가 냉소적으로 박수를 쳤다. "아주 좋습니다. 하지만 옷감을 만들기 전에 목화를 따야지요. 당신과 또 당신이 말하는 '아무것도 하지 말자'는 논리는 미친 짓거리요."

"이봐요! 당신과 수천 명의 흑인들이 워싱턴이라는 시궁창으로 몰려간들 누가 상관하겠소? 무슨 차이를 만들겠소? 고작 몇 명이, 흑인과 백인, 착한 사람과 나쁜 사람 이삼천 명이 뭘할 수 있겠소? 우리 사회 전체가 시커먼 거짓 위에 세워졌는데?"

"뭐든지 할 수 있소!" 코플랜드 박사가 숨을 헐떡였다. "모든 것을! 뭐든지!"

"아무것도 못 해요!"

"가장 비열하고 사악한 자들의 영혼도 정의 앞에서는 가치가 있소……."

"이런, 빌어먹을!" 제이크가 말했다. "미친 수작들!"

"모독자!" 코플랜드 박사가 소리를 질렀다. "흉악한 모독자!"

제이크는 침대 난간을 흔들었다. 이마의 핏줄이 터질 듯 부풀었고 얼굴은 분노로 시커멨다. "편협한 고집불통!"

"백인……." 코플랜드 박사는 말을 멈췄다. 몸부림쳤으나 말이 나오지 않았다. 마침내 그는 질식할 듯 낮게 말했다. "악마."

환한 아침 햇살이 창을 비추었다. 코플랜드 박사의 고개가 베개 위로 떨어졌다. 목은 뒤틀린 채 꺾였고 입에는 피 묻은 거품이 묻어 있었다. 제이크는 다시 한 번 그를 본 뒤 격렬하게 흐느끼며 방에서 뛰어나갔다.

14

믹은 이제 내면의 방에 머물 수 없었다. 늘 누군가의 주변을 맴돌아야 했다. 매 순간 무엇이든 해야 했다. 혼자 있을 때는 숫자를 세거나 계산을 했다. 거실 벽지의 장미 무늬를 세고 집 전체에서 정육면체 모양들을 헤아렸다. 뒤뜰에 있는 풀잎들과 덤불 잎사귀들을 세기도 했다. 숫자에 마음을 집중하지 않으면 무서운 불안감이 몰려왔다. 5월의 오후, 학교에서 집으로 오는 길에도 빨리 무엇인가 생각해야 했다. 어떤 좋은 일, 아주 좋은 일을. 때로는 빠른 재즈곡의 한 소절을 생각했다. 집에 가면 냉장고 안에 후식으로 젤리가 들어 있을 거라는 생각, 석탄 창고 뒤에서 담배 피울 생각, 또는 북부로 가서 눈을 보는 생각, 아니면 외국 여행을 할 미래에 대해 생각하기도 했다. 그러나 좋은 일들에 대한 생각은 오래가지 않았다. 젤리는 5분 안에 사라졌고 담배도 피워버렸다. 다음은 또 뭔가? 숫자들이 머릿속에서 뒤엉켰다. 눈과 외국은 아득한 훗날의 일이었다. 그럼 무엇이 있는가?

싱어 씨뿐이었다. 믹은 어디든지 그를 따라다니고 싶었다. 아침에 그가 계단을 내려가 출근하는 것을 보면 반 블록 뒤에서 따라갔다. 매일 오후 학교가 끝나면 그가 일하는 상점 근처에서 어슬렁거렸다. 오후 4시 그는 나와서 코카콜라를 마셨다. 믹은 그가 길 건너 약국에 들어갔다가 다시 나오는 것을 지켜보았다. 퇴근하는 그를 따라갔고 그가 산책할 때도 그랬다. 늘 멀찍이 떨어져 뒤에서 따라갔다. 그는 몰랐다.

믹은 그의 방으로 올라가기도 했다. 먼저 얼굴과 손을 씻고 옷자락에 바닐라 기름을 발랐다. 그가 싫증 낼까 봐 일주일에 두 번만 갔다. 문을 열면 그는 늘 이상하고 예쁘게 생긴 체스판을 들여다보고 있었다. 그러면 그와 함께 시간을 보냈다.

"싱어 씨, 겨울에 눈 오는 곳에서 살아본 적 있어요?"

그는 의자를 밀어 벽에 기댄 뒤 고개를 끄덕였다.

"여기 말고 다른 나라, 외국에서요?"

그는 다시 고개를 끄덕였고 은색 연필로 종이쪽지 위에 썼다. 그는 디트로이트에서 강을 건너 캐나다의 온타리오로 여행 간 적이 있었다. 캐나다는 멀리 북쪽 끝에 있어서 흰 눈이 지붕 위에 쌓여 있었다. 다섯 쌍둥이들*과 세인트로렌스 강이 있는 곳이었다. 사람들은 프랑스어로 말하며 빠르게 거리를 오갔다. 더 북쪽에는 깊은 숲과 에스키모들의 얼음집인 이글루도 있었다. 아름다운 북극광이 반짝이는 북극 지역.

"캐나다에 있을 때, 밖에 나가 깨끗한 눈에 크림과 설탕을 섞어 먹어봤나요? 그렇게 눈을 먹으면 맛있다고 읽은 적이 있

---

*온타리오 근처에서 여자아이 다섯 쌍둥이가 태어나. 후에 관광명소가 되었다.

거든요."

그는 이해할 수 없어 고개를 돌렸다. 믹은 갑자기 자기 질문이 바보처럼 들려 다시 물을 수 없었다. 그냥 그를 보며 기다렸다. 그의 머리가 벽 위에 크고 검은 그림자를 만들었다. 선풍기가 텁텁한 공기를 서늘하게 했다. 모든 것이 조용했다. 마치 한 번도 말한 적이 없는 것을 서로 말하려고 기다리는 듯했다. 믹이 해야 할 말은 끔찍하고 두려운 것이었다. 그러나 그의 말들은 매우 진실해서 모든 것이 괜찮아질 것 같았다. 말이나 글로는 표현될 수 없는 것들이지만. 어쩌면 그는 다른 방식으로 믹을 이해시켜야 할 것이었다. 믹은 그와 함께 그런 감정들을 느꼈다.

"방금 캐나다에 대해 물었는데, 중요하지 않은 것 같아요, 싱어 씨."

아래층 식구들이 사는 곳에는 문제가 많았다. 에타가 여전히 아파서 믹은 세 명이 끼어 자는 침대에서도 잘 수 없었다. 블라인드가 드리워진 어두운 방에서는 역겨운 병 냄새가 났다. 에타의 일자리는 없어졌고 이것은 의사 청구서 외에도 주급 5달러의 수입이 줄었다는 걸 뜻했다. 어느 날 랠프가 부엌에서 뜨거운 스토브에 데었다. 아이는 붕대 감은 손을 가려워했고, 사람들은 아이가 물집을 터뜨리지 않도록 늘 지켜봐야 했다. 조지의 생일에는 작은 빨간 자전거를 사주었다. 손잡이에 종과 바구니가 달려 있었다. 선물을 위해 각자 조금씩 보탰다. 그러나 에타가 일자리를 잃게 되자 돈을 낼 수 없었고 두 번 할부금이 밀리자 점원이 와서 자전거를 가져갔다. 조지는 그 남자가 현관에서 자전거를 끌고 가는 걸 보다가, 그가 지나갈 때 자전거 흙받기를 발로 차고 석탄 창고로 들어가버렸다.

언제나 돈, 돈, 돈이었다. 식료품 가게에도 외상이 있었고 가구 할부금을 내지 못한 것도 있었다. 집도 그들 소유가 아니었으므로 집세도 내야 했다. 방 여섯 개에는 늘 사람이 찼지만 아무도 제때 방세를 내지 못했다.

한동안 아빠는 매일 일자리를 구하러 다녔다. 그는 땅에서 3미터 이상 높아지면 어지러워 목수 일을 할 수 없었다. 많은 일자리에 지원했지만 아무도 그를 원하지 않았다. 마침내 아빠는 이런 생각을 하게 되었다.

"광고를 해야겠다, 믹. 시계 수리 일을 당장 알려야겠어. 나 자신을 팔아야 해. 나가서 사람들에게 알리는 거야. 내가 시계를 싸게, 잘 고칠 수 있다는 것을. 명심하렴. 아빠는 이 일을 잘되게 할 거다. 우리 가족들이 꼭 잘살게 될 거야. 광고를 하면 돼."

아빠는 열두어 개의 철판과 빨간 페인트를 집에 가져왔다. 다음 주 내내 매우 분주했다. 광고를 대단히 좋은 생각으로 여기는 것 같았다. 간판들이 앞방 바닥에 깔렸다. 엎드려서 정성껏 한 글자 한 글자를 썼다. 작업을 하며 휘파람을 불고 고개를 흔들었다. 몇 달 만에 유쾌하고 즐거운 듯했다. 이따금 좋은 양복을 입고 모퉁이로 나가 맥주 한 잔을 마시며 진정해야 했다. 처음 만든 광고는 이랬다.

윌버 켈리
시계 수리
아주 싸고 잘 고침

"믹, 이 광고가 한눈에 확 들어와야 해. 어디서 보더라도 확실하게."

믹은 아빠를 도왔고 아빠는 5센트짜리 세 개를 믹에게 주었다. 간판들은 처음에는 괜찮았다. 그러다가 손을 너무 많이 대는 바람에 망쳐버렸다. 아빠는 점점 더 많은 말을, 구석에 꼭대기에 아래에 덧붙이고 싶어 했다. 완성되기도 전에 간판은 "무척 저렴", "즉시 오세요", "어떤 시계든지 고쳐드립니다" 등으로 채워졌다.

"너무 많은 걸 써서 아무도 못 읽겠어요." 믹이 말했다.

아빠는 철판을 더 가져와서 믹에게 디자인을 맡겼다. 믹은 간단하게 큰 글자를 쓰고 벽시계를 그렸다. 곧 한 묶음의 간판들이 준비되었다. 친구가 아빠를 차에 태워 교외로 데려다주었다. 거기서 나무와 울타리 기둥에 간판들을 못질했다. 집 앞 도로 양쪽 끝에는 집을 가리키는 검은 손이 그려진 간판을 세웠다. 현관 앞에도 간판을 붙였다.

광고 작업이 끝난 날, 아빠는 깨끗한 셔츠를 입고 넥타이를 맨 채 앞방에서 기다렸다. 아무 일도 일어나지 않았다. 일손이 딸릴 때 그에게 반값에 일을 맡기는 시계상에서 벽시계 두어 개를 보내왔을 뿐이었다. 그는 이 상황을 받아들이기 힘들었다. 더 이상 다른 일거리를 찾아 밖에 나가지 않았지만, 집 주변에서는 바쁘게 시간을 보내야 했다. 필요하지 않은데도 문짝들을 떼어 이음새에 기름칠을 했다. 포셔를 위해 마가린을 저었고 2층 마루를 닦았다. 아이스박스의 물이 부엌 창을 통해 빠질 수 있도록 관을 만들었다. 랠프를 위해 아름다운 알파벳 블록을 깎았고, 바늘에 실을 꿰는 도구도 만들었다. 시계 두어 개를 오랫동안 열심히 수리했다.

믹은 여전히 싱어 씨를 따라다녔다. 그러나 그렇게 하고 싶지는 않았다. 그가 모르게 따라다니는 것은 옳지 않은 일 같았다. 믹은 이삼 일 학교에도 가지 않았다. 그가 일하러 갈 때 뒤에서 그를 따라 걸어갔고, 상점 근처 모퉁이에서 종일 서성거렸다. 그가 브래넌 씨의 카페에서 저녁을 먹으면 믹도 안으로 들어가 5센트를 내고 땅콩 한 봉지를 샀다. 그가 밤에 어두운 길을 오랫동안 걸어 다니면 그 뒤를 따라, 그가 걷는 길 맞은편 한 블록 뒤에서 걸었다. 그가 멈추면 믹도 멈추었고 그가 빠르게 걸으면 믹도 보조를 맞추려고 뛰었다. 그를 볼 수 있는 한, 가까이 있는 한 행복했다. 그러나 때로 이상한 감정을 느꼈고 자기가 잘못하고 있다는 걸 알았다. 그래서 믹은 집에서 바쁘게 지내려고 노력했다.

믹과 아빠는 같은 처지였다. 쉬지 않고 소용없는 일이라도 해야 한다는 점에서 그랬다. 믹은 집과 이웃에서 일어나는 일들을 모조리 알고 있었다. 스페어립스의 큰누나는 경품을 주는 야간 영화 극장에서 50달러를 땄다. 베이비 윌슨은 붕대를 풀었지만 머리가 사내아이처럼 짧았고, 올해는 무용 발표회에서 춤을 출 수 없었다. 엄마와 공연을 보러 그 발표회장에 갔을 때는 비명을 지르고 소란을 피웠다. 사람들은 오페라 하우스에서 베이비를 끌어내야 했고, 윌슨 부인은 버릇을 가르치기 위해 길에서 아이를 때려야 했다. 그리고 윌슨 부인도 울었다. 조지는 베이비를 미워했다. 그 애가 집 옆으로 지나가면 코를 쥐고 귀를 막았다. 피트 웰스는 집에서 달아나 3주 동안 나타나지 않더니 맨발로 허기져서 돌아왔다. 그는 뉴올리언스까지 갔었다고 으스댔다.

에타 때문에 믹은 여전히 거실에서 잤다. 짧은 소파가 너무 답답해 학교 자습실에서 잠을 보충해야 했다. 하루걸러 빌이 교대해주어서 조지와 잘 수 있었다. 그리고 좋은 일이 생겼다. 2층 방에 살던 사람이 이사 갔다. 일주일이 지나도 신문광고를 보고 오는 사람이 없자 엄마는 빌에게 그 방을 쓰라고 했다. 빌은 가족과 떨어진 자기만의 방을 갖게 되어 기뻐했다. 믹은 조지의 방으로 옮겼다. 조지는 따뜻한 고양이 새끼처럼 자면서 조용히 숨을 쉬었다.

믹은 다시 밤 시간을 알게 되었다. 그러나 작년 여름 어둠 속을 혼자 걸으면서 음악에 귀 기울이며 계획을 세웠던 것과는 달랐다. 이제는 다른 방식으로 밤을 알았다. 침대에 누워 깨어 있었다. 이상한 두려움이 왔다. 천장이 얼굴을 압박하며 천천히 내려오는 것 같았다. 집이 무너진다면 어떻게 될 것인가? 이곳은 저주받아야 한다고 아빠가 말한 적이 있었다. 어느 날 밤 잠들었을 때 벽에 금이 가고 집이 주저앉는다는 소리였을까? 부서진 파편들과 깨진 유리 조각과 박살 난 가구 아래 파묻힌다는 소리였을까? 움직일 수도 숨 쉴 수도 없다는 소리였을까? 믹은 깨어 누워 있었다. 근육이 뻣뻣해졌다. 밤이면 삐걱거리는 소리가 났다. 누가 걷고 있는가, 믹 외에 다른 누가 깨어 있는가, 싱어 씨인가?

믹은 해리 생각을 절대 하지 않았다. 그를 잊기로 작정했고 잊었다. 그는 버밍엄에 있는 자동차 정비소에 일자리를 구했다고 편지를 보냈다. 믹은 그들의 계획대로 카드에 "괜찮아"라고 써서 답장을 보냈다. 그는 자기 엄마에게 매주 3달러를 보냈다.

그들이 함께 숲에 갔다 온 이후 오랜 시간이 지난 듯했다.

낮 동안에 믹은 외부의 방에서 분주했다. 그러나 밤이면 어둠 속에 혼자 있었다. 숫자를 세는 것으로는 충분하지 않았다. 누군가를 원했다. 조지를 깨어 있게 하려고 애를 썼다. "어둠 속에서 안 자고 얘기하는 건 재미있어. 잠시만 이야기하자."

동생은 졸음에 겨워 대답했다.

"창밖의 별들을 봐. 저 작은 별 하나하나가 지구만 한 행성이라니, 믿기 어려워."

"어떻게 알아?"

"그냥 알아. 계산하는 방법이 있어. 그게 과학이야."

"난 안 믿어."

믹은 동생을 계속 부추겨서 말다툼을 하려고 했다. 그러면 그가 화가 나서 깨어 있을 것이었다. 그러나 그는 믹이 말하게 놔두었고 관심을 갖지 않았다. 그러더니 잠시 후 말했다.

"저거 봐, 누나! 나뭇가지 보이지? 손에 총 들고 누워 있는 청교도 조상들처럼 보이지 않아?"

"정말 그러네. 똑같아 보여. 그리고 옷장 위를 봐. 저 병은 모자 쓴 우스꽝스러운 남자 같지?"

"아니." 조지가 말했다. "그렇게 안 보여."

믹은 바닥에 놓인 잔을 들어 물을 마셨다. "우리 게임하자. 이름 놀이. 원한다면 네가 술래 해. 뭐든지 좋아. 선택할 수 있어."

조지는 작은 주먹을 얼굴에 대고 조용히 고른 숨을 쉬었다. 잠에 빠져들고 있었다.

"잠깐, 조지!" 믹이 말했다. "재미있을 거야. 난 M으로 시작되는 사람이야. 내가 누군지 알아맞혀봐."

조지는 한숨을 쉬었고 지친 소리로 답했다. "하포 막스?"

"아니, 난 영화에는 나오지도 않아."

"모르겠어."

"넌 알아. 내 이름은 M으로 시작되고 이탈리아에 살아. 알아맞혀봐."

조지는 옆으로 돌아눕더니 동그랗게 몸을 오그렸다. 그는 대답하지 않았다.

"내 이름은 M으로 시작돼. 때로 D로 시작되는 이름으로 불려. 이탈리아에서. 짐작할 수 있지?"

방은 조용하고 어두웠고, 조지는 잠들었다. 동생을 꼬집고 귀를 비틀었다. 신음 소리를 냈지만 깨지 않았다. 믹은 조지 가까이 바짝 다가가 뜨겁고 작은 그의 벗은 어깨에 얼굴을 댔다. 믹이 숫자를 생각하는 동안 그는 밤새도록 잘 것이었다.

싱어 씨는 위층 그의 방에 깨어 있을까? 차가운 오렌지 주스를 마시며 탁자 위에 놓인 체스 판을 들여다보면서 소리 없이 서성이고 있을까? 그래서 천장이 삐걱거리는 걸까? 그도 이렇게 끔찍한 두려움을 느낀 적이 있을까? 아니. 그는 잘못을 저지른 적이 없었다. 잘못한 적이 없으므로 그의 마음은 밤에도 평온할 것이다. 그렇다 해도 그는 이해할 것이다.

믹이 그 일을 그에게 말할 수만 있다면 괜찮아질 것이었다. 그에게 어떤 식으로 말할 것인지 생각했다. 싱어 씨, 내 또래의 여자애를 아는데요. 싱어 씨, 이런 일을 이해하실지 모르겠는데요. 싱어 씨. 싱어 씨. 믹은 계속 그의 이름을 불렀다. 그를 누구보다 사랑했다. 어느 식구보다도, 조지나 아빠보다도 더.

그건 다른 종류의 사랑이었다. 전에는 결코 느껴본 적이 없는 감정이었다.

아침이면 믹과 조지는 함께 옷을 입으며 이야기했다. 때로 믹은 조지 옆에 바짝 붙어 있고 싶었다. 그는 더 컸고 창백하게 여위었다. 부드러운 붉은 머리칼이 그의 작은 귀를 덥수룩하게 덮고 있었다. 항상 날카로운 두 눈을 가늘게 뜨고 있어서 얼굴은 긴장된 표정이었다. 영구치가 나오고 있지만 젖니처럼 푸르고 틈이 나 있었다. 턱이 자주 비뚤어졌는데 새로 나오는 아픈 이를 혀로 더듬는 습관 때문이었다.

"조지." 믹이 말했다. "날 사랑하니?"

"그럼. 난 누나를 사랑해."

방학하기 전 마지막 주의 무덥고 환한 아침이었다. 조지는 옷을 입고 바닥에 엎드려 산수 숙제를 하고 있었다. 지저분한 작은 손가락으로 연필을 꽉 쥐고 있어서 연필심이 자꾸 부러졌다. 동생이 숙제를 끝내자 믹은 그의 어깨를 붙들고 얼굴을 열심히 들여다보았다. "많이 사랑하느냐고. 아주 많이."

"이거 봐. 물론 사랑해. 누나잖아."

"알아. 그런데 누나가 아니라고 생각해봐. 그래도 사랑할 거야?"

조지는 뒤로 물러섰다. 위에 입을 옷이 없어 지저분한 풀오버 스웨터를 입고 있었다. 손목은 가늘고 푸른 힘줄이 나와 있었다. 스웨터 소매가 늘어져 헐렁해서 그의 손은 더 작아 보였다.

"누나가 아니면 난 누나를 알 수도 없겠네. 그러면 사랑할 수도 없지."

"아니, 넌 나를 알고 있는데, 내가 누나가 아니라면 말이야."

"어떻게 내가 누나를 아는지 알 수 있어? 그건 증명할 수가 없잖아."

"그냥, 그렇다고 치는 거지."

"난 누나를 좋아할 거야. 하지만 여전히 그걸 증명할……."

"증명! 너 그 단어가 머리에 박혔구나. '증명'이랑 '속임수'. 모든 게 속임수 아니면 증명해야 하는 거야? 못 참겠다, 조지 켈리. 네가 싫어."

"좋아. 그럼 나도 누나가 싫어."

조지는 무언가를 꺼내러 침대 밑으로 기어 들어갔다.

"너 뭐 하는 거야? 내 물건에 손 안 대는 게 좋을걸. 내 비밀 상자를 건드리면 머리통을 박살 낼 거야. 정말이야. 네 머리를 밟아버릴 거라고."

조지는 철자 교본을 들고 침대 밑에서 나왔다. 그러고는 구슬을 감추어두는 매트리스 속의 구멍에 때 묻은 그의 작은 손을 넣었다. 어떤 것도 저 아이를 당황하게 만들 수 없었다. 조지는 갈색 구슬 세 개를 천천히 골랐다. "이런, 세상에, 누나." 아이가 대답했다. 조지는 너무 어렸고 너무 거칠었다. 그 애를 사랑해봤자 소용없었다. 그 애는 믹보다도 뭘 더 몰랐다.

학기는 끝났고 믹은 모든 과목에 합격했다. 어떤 것은 A 플러스를 받았고 어떤 것은 아슬아슬하게 합격했다. 길고 무더운 나날이었다. 드디어 다시 음악에 몰두할 수 있었다. 믹은 바이올린과 피아노를 위한 곡을 쓰기 시작했다. 노래도 작곡했다. 언제나 음악이 마음속에 있었다. 싱어 씨의 라디오에 귀를 기울였고, 들었던 프로그램을 생각하며 집 안을 돌아다녔다.

"믹은 아픈 거야?" 포셔가 물었다. "왜 저리 말이 없어? 사방을 돌아다니면서 한마디도 안 해. 전처럼 먹어대지도 않고. 숙녀로 변하고 있나 봐."

어느 면에서 믹은 기다리고 있는 것 같았다. 그러나 무엇을 기다리는지 몰랐다. 태양은 이글거리며 새하얗게 쏟아졌다. 낮에는 열심히 작곡을 하거나 아이들과 놀았다. 그리고 기다렸다. 때로는 주위를 재빨리 둘러봤고 그러면 공포가 마음속에 나타나곤 했다. 그러다가 늦은 6월, 갑자기 중대한 일이 일어났고 모든 것이 변했다.

그날 밤 그들은 모두 현관 앞 베란다에 나와 있었다. 석양은 희미하고 부드러웠다. 저녁 식사는 거의 준비되었고, 열린 복도로 양배추 냄새가 흘러나왔다. 직장에서 아직 돌아오지 않은 헤이즐과 여전히 아파 누워 있는 에타를 제외하고는 모두 함께 있었다. 아빠는 양말 신은 발을 난간에 올려놓고 의자에 기대 앉아 있었다. 빌은 동생들과 층계에 앉아 있었다. 엄마는 그네 의자에 앉아 신문으로 부채질을 하고 있었다. 길 건너편에서는 새로 이사 온 여자아이가 롤러스케이트를 한 짝만 신고 오르락내리락하며 타고 있었다. 이웃에서 불이 켜지기 시작하고 멀리서 누군가를 부르는 남자 목소리가 들렸다.

헤이즐이 집에 왔다. 하이힐 소리를 딱딱 내며 계단을 올라와 숨을 돌리고서 베란다 난간에 기댔다. 어스름 속에서 땋은 머리를 만지는 그녀의 통통하고 부드러운 손이 하얗게 보였다. "에타가 일할 수 있으면 좋겠는데." 그녀가 말했다. "오늘 일자리를 하나 발견했거든요."

"어떤 일인데?" 아빠가 물었다. "내가 할 수 있는 일이냐? 여자들만 할 수 있니?"

"여자들만 할 수 있어요. 울워스 점원이 다음 주에 결혼한대요."

"그 10센트 상점……." 믹이 말했다.

"관심 있어?"

그 질문에 믹은 놀랐다. 전날 거기서 노루발풀 사탕을 산 생각을 했을 뿐이었다. 믹은 몸이 달아오르며 긴장되는 것을 느꼈다. 이마의 앞머리를 비비며 막 뜨기 시작한 별들을 셌다.

아빠가 담배를 골목으로 휙 던졌다. "안 돼." 그가 말했다. "믹이 저 나이에 큰 책임을 지면 안 돼. 우린 원하지 않아. 좀 더 자란 뒤에……."

"저도 아빠 말씀에 동의해요." 헤이즐이 말했다. "믹이 정식으로 일하는 건 잘못이라고 생각해요. 옳은 게 아녜요."

빌은 무릎에서 랠프를 내려놓고 계단에서 발을 끌며 말했다. "열여섯 살이 될 때까지는 안 돼요. 믹은 그때까지 2년이나 남았고, 직업학교도 졸업해야 해요. 할 수만 있다면요."

"우리가 집을 포기하고 공장마을로 가는 한이 있어도." 엄마가 말했다. "당분간은 믹이 집에 있는 게 좋아."

한순간 믹은 가족들이 일자리를 잡으라고 몰아칠까 봐 겁이 났었다. 그랬다면 달아나겠다고 했을 것이었다. 그러나 이제 가족들의 태도에 감동하고 흥분했다. 가족들은 모두 호의적으로 말하고 있었다. 처음 느꼈던 두려운 감정이 부끄러웠다. 갑자기 가족 모두를 사랑하는 마음에 목이 막혔다.

"돈은 얼마 받는데?" 믹이 물었다.

"10달러."

"일주일에 10달러?"

"물론이지." 헤이즐이 말했다. "한 달에 겨우 10달러라고 생각했니?"

"포셔는 겨우 그 정도도 못 받잖아."

"아, 흑인들은……." 헤이즐이 말했다.

믹은 주먹으로 머리 위를 비볐다. "큰돈이네. 아주 많아."

"우습게 볼 게 아니지." 빌이 말했다. "나도 그만큼 버니까."

믹의 혀가 말랐다. 말을 하려고 입안에서 혀를 굴려 침을 모았다. "주당 10달러면 프라이드치킨 열다섯 마리는 살 수 있어. 아님 구두 다섯 켤레나 원피스 다섯 벌. 아님 라디오 할부금." 믹은 피아노를 생각했지만 말하지 않았다.

"그 돈이면 우리 형편이 좀 나아지겠다." 엄마가 말했다. "그래도 당분간은 믹을 집에 데리고 있고 싶어. 에타가……."

"잠깐만!" 믹은 열이 나면서 무모해지는 걸 느꼈다. "나, 그일자리 갖고 싶어. 잘할 수 있어. 정말이야."

"우리 믹 말 좀 들어보세요." 빌이 말했다.

아빠는 성냥개비로 이를 쑤시며 베란다 난간에서 발을 내려놨다. "서두르지 말자. 믹이 시간을 두고 생각하기 바란다. 믹이 일하지 않고도 어쨌든 꾸려갈 수 있으니까. 시계 수리 일이 60퍼센트 더 생기면……."

"깜박했는데." 헤이즐이 말했다. "해마다 크리스마스 보너스도 있는 것 같아."

믹이 찡그렸다. "그때는 일 안 할 거야. 학교에 갈 거니까. 방학 동안만 일하고 학교에 다시 갈 거야."

"물론이지." 헤이즐이 얼른 말했다.

"내일 언니하고 가서 그 일자리를 얻고 싶어."

큰 걱정과 궁핍함이 가족에게서 사라진 듯했다. 어둠 속에서 그들은 웃고 말하기 시작했다. 아빠는 조지에게 성냥개비와 손수건으로 요술을 보여주었다. 그리고 50센트를 주며 식사 후 가게에 가서 코카콜라를 사 마시라고 했다. 복도에는 양배추 요리 냄새와 포크찹 굽는 냄새가 진동했다. 포셔가 불렀다. 하숙인들은 벌써 식탁에서 기다렸다. 믹은 식당에서 먹었다. 접시 위의 양배추 잎이 노랗고 물컹해서 먹을 수가 없었다. 빵을 집다가 아이스티 주전자를 쳐서 식탁 위로 넘어뜨렸다.

얼마 후 믹은 혼자 베란다에서 싱어 씨가 오기를 기다렸다. 절박하게 그가 보고 싶었다. 조금 전의 흥분은 사라지고 배 속까지 아픈 것 같았다. 10센트 상점에서 일하게 되겠지만 그러고 싶지 않았다. 덫에 걸린 것 같았다. 믹은 여름 동안만이 아니라 계속 오랫동안 일하게 될 것이었다. 들어오는 돈에 익숙해지면 그것 없이 지내는 건 어려울 것이었다. 그렇게 되어 있었다. 믹은 어둠 속에 서서 난간을 꽉 잡았다. 오랜 시간이 지났고 싱어 씨는 여전히 오지 않았다. 11시에 그를 찾으러 밖으로 나갔다. 그러나 갑자기 어둠 속에서 두려워졌고 다시 집으로 뛰어 들어왔다.

아침이 되자 믹은 목욕을 하고 정성 들여 차려입었다. 헤이즐과 에타는 원피스를 빌려주었고 예쁘게 보이게 옷매무새를 다듬어주었다. 헤이즐의 연두색 실크 원피스에 연두색 모자를 쓰고, 실크 스타킹에 굽 높은 구두를 신었다. 얼굴에 연지와 립스틱을 바르고 눈썹을 다듬었다. 치장을 끝내자 적어도 열여섯 살로 보였다.

뒤로 물러서기에는 이제 너무 늦었다. 믹은 정말로 자랐으며 생계비를 벌 준비가 되었다. 그러나 아빠에게 가서 자기 생각을 말한다면 1년을 기다리라고 할 것이었다. 지금이라도, 헤이즐과 에타와 빌과 엄마도 꼭 가야 되는 건 아니라고 말할 것이었다. 그러나 그럴 수가 없었다. 그런 식으로 체면을 잃을 수가 없었다. 싱어 씨를 보러 위로 올라갔다. 말들이 한꺼번에 쏟아졌다.

"있잖아요, 저 일자리를 얻을 것 같아요. 어떻게 생각하세요? 좋다고요? 학교를 그만두고 일하는 게 괜찮아요? 좋다고요?"

처음에 싱어는 믹의 말을 알아듣지 못했다. 회색 눈을 반쯤 감고 주머니에 두 손을 푹 넣은 채 서 있었다. 아무에게도 말한 적이 없는 것들을 서로 말해주기를 기다린다는, 그 오래된 느낌이 들었다. 이제 믹이 할 말은 많지 않았다. 그러나 그가 해주는 말은 옳을 것이었다. 일해도 좋다고 그가 말하면 기분이 나아질 것이었다. 믹은 같은 말을 천천히 다시 한 뒤 기다렸다.

"좋다고 생각하세요?"

싱어 씨는 생각했다. 그러더니 좋다고 고개를 끄덕였다.

믹은 일자리를 얻었다. 지배인은 믹과 헤이즐을 뒤쪽에 있는 작은 사무실로 데려가서 함께 이야기했다. 그다음에는 그가 어떻게 생겼는지, 어떤 말들을 했는지 기억할 수 없었다. 믹은 일자리를 얻었고 나오는 길에 조지에게 줄 10센트어치의 초콜릿과 작은 공작용 찰흙을 샀다. 6월 5일에 일을 시작할 것이었다. 믹은 오랫동안 싱어 씨의 보석상점 진열장 앞에 서 있었다. 그리고 모퉁이를 계속 서성거렸다.

15

싱어가 다시 안토나풀로스를 만나러 갈 때가 되었다. 먼 여행 길이었다. 두 사람 사이의 거리는 200마일도 안 되었지만, 기차는 멀리까지 굽이굽이 돌아갔고 밤에는 어느 역에서 오랫동안 정차했다. 싱어는 오후에 떠나 밤새도록 기차를 타고 다음 날 이른 아침에 도착할 것이었다. 늘 하던 대로 그는 미리 준비했다. 이번에는 일주일을 모두 친구와 보낼 예정이었다. 옷들을 세탁소에 보내고 모자를 손질하고 가방도 쌌다. 선물을 색지로 포장하고 고급 과일 바구니는 셀로판으로 쌌다. 늦게 배달된 딸기 상자도 있었다. 출발하는 날 아침 싱어는 방을 청소했다. 아이스박스에서 먹다 남은 거위 간을 꺼내 골목 고양이에게 주었다. 방문에는 전처럼 일 때문에 며칠간 없을 거라는 쪽지를 붙여놓았다. 여유 있게 이 모든 준비를 하는 동안 그의 두 뺨에는 선명한 홍조가 나타났다. 그의 얼굴은 엄숙했다.

드디어 출발 시간이었다. 그는 여행 가방과 선물들을 무겁게 들고 플랫폼에 서서 기차가 들어오는 것을 주시했다. 일반

열차에 자리를 잡고 선반 위에 짐들을 올려놓았다. 열차는 붐볐는데 엄마와 아이들이 대부분이었다. 초록 벨벳 좌석에서는 퀴퀴한 냄새가 났다. 열차 창문은 더러웠고 최근에 신혼부부에게 뿌려졌던 쌀들이 바닥에 흩어져 있었다. 싱어는 승객들에게 공손하게 미소를 지은 뒤 깊숙이 앉았다. 두 눈을 감았다. 푹 꺼진 뺨 위로 속눈썹이 검은 곡선을 그렸다. 그의 오른손이 주머니 속에서 불안하게 움직였다.

한동안 그는 떠나온 도시를 생각했다. 믹과 코플랜드 박사, 제이크 블런트와 비프 브래넌을 떠올렸다. 그 얼굴들이 어둠 속에서 몰려왔고 그는 질식할 것 같았다. 블런트와 흑인의 싸움을 생각했다. 그에게 이 싸움의 성질은 절망적으로 혼돈스러웠다. 그들은 서로 그 자리에 없는 상대를 격렬하게 비난했다. 싱어는 그들이 그에게서 원하는 것이 무엇인지 몰랐지만 각각의 의견에 동의했다. 믹, 그 소녀의 얼굴은 절박했고 그가 전혀 알아들을 수 없는 말들을 많이 했다. 뉴욕 카페의 비프 브래넌. 검고 단단한 턱과 주의 깊은 눈을 가진 브래넌. 알 수 없는 이유로 길에서 그를 따라와 말을 쏟아내는 사람들. 리넨 가게의 터키인은 두 손을 올리고 생전 들어보지도 못한 말을 혀를 굴려가며 떠들었다. 공장 감독과 늙은 흑인 여자. 중앙로의 사업가와 군인들을 강변 창녀촌으로 유인하는 아이. 싱어는 불안하게 어깨를 움찔거렸다. 기차는 편안하고 부드럽게 흔들렸다. 그는 어깨에 머리를 대고 끄덕이다가 잠깐 잠들었다.

다시 눈을 떴을 때는 멀리 와 있었다. 떠나온 도시는 생각나지 않았다. 지저분한 창밖으로 눈부신 한여름의 시골이 펼쳐졌다. 초록 목화밭 위로 강렬한 황동색 햇빛이 쏟아지고 있었다.

넓은 담배밭에는 괴기한 정글 잡초처럼 보이는 무거운 식물들이 자라고 있었다. 복숭아 과수원의 자라지 못한 나무들에는 과일들이 무겁게 늘어져 있었다. 초원이 이어졌고, 잡초 속에 버려진 황량하고 거친 땅들이 계속되었다. 기차는 깊고 푸른 소나무 숲을 지나갔다. 매끄러운 갈색 솔잎이 쌓여 있고, 나무들은 하늘 높이 깨끗하게 뻗어 있었다. 더 멀리 남쪽으로는 사이프러스 늪이 있었다. 뒤틀린 나무뿌리들이 소금기 있는 물속으로 뻗어 있고, 나뭇가지에는 회색 이끼들이 늘어져 있었다. 물속에는 열대성 꽃들이 어둠과 그늘 속에서 만개해 있었다. 기차는 다시 태양과 쪽빛 하늘 아래 들판으로 나왔다.

싱어는 엄숙하고 얌전하게 앉아 창밖을 응시했다. 광활한 공간과 진한 원색들이 그의 눈을 멀게 했다. 변화무쌍한 풍경들, 풍요로운 생성과 색채들은 그의 친구를 생각나게 했다. 그의 생각들은 안토나풀로스와 함께 있었다. 재회의 축복이 그를 숨 막히게 했다. 코가 찡해지며 가쁜 숨이 조금 벌린 입으로 터져 나왔다.

안토나풀로스는 그를 보고 기뻐할 것이다. 신선한 과일과 선물들을 즐길 것이다. 지금쯤이면 그는 병동에서 나왔을 것이다. 그들은 함께 극장에 갈 수 있을 것이고, 그다음엔 그들이 처음 저녁 식사를 했던 호텔로 갈 수도 있을 것이다. 싱어는 안토나풀로스에게 많은 편지를 썼지만 부치지는 않았다. 그는 오로지 친구 생각에 자신을 맡겼다.

지난번 면회 이후 반년. 그 시간은 길지도 짧지도 않은 듯했다. 깨어 있는 매 순간마다 항상 친구가 있었다. 친구와의 보이지 않는 이 우정은 실제로 그들이 함께 있는 것처럼 변하면서

성장했다. 그는 친구를 때로는 경외감과 자괴감으로, 때로는 자부심으로, 그리고 항상 의지와는 상관없는 맹목적인 사랑으로 생각했다. 밤에 꿈속에서 친구의 얼굴은 육중하고 부드럽게 늘 그의 앞에 있었다. 깨어 있을 때는 그의 생각 속에서 그들은 영원히 하나였다.

여름 저녁이 천천히 내렸다. 해는 멀리 들쭉날쭉한 나무들 뒤로 가라앉았고 하늘은 창백했다. 석양은 나른하고 부드러웠다. 하얀 보름달이 떴고, 나지막한 자주색 구름들이 지평선으로 퍼졌다. 땅과 나무들, 페인트칠하지 않은 시골집들이 천천히 어두워졌다. 이따금 희미한 여름 번개가 공중에서 번득였다. 싱어는 이 모든 것을 밤이 올 때까지 골똘히 응시했다. 그의 얼굴이 유리창에 반사되었다.

아이들은 물이 떨어지는 종이컵을 들고 열차 통로를 비틀거리며 오갔다. 앞에 앉은 작업복 입은 늙은이는 이따금씩 코카콜라 병에 든 위스키를 마셨다. 한 모금 마실 때마다 종이 마개로 조심스럽게 병을 막았다. 오른편의 어린 소녀는 끈적거리는 빨간 막대사탕으로 머리를 빗었다. 두꺼운 종이 받침대가 펼쳐지더니 식당차에서 저녁 식사를 가져왔다. 싱어는 먹지 않았다. 몸을 뒤로 기댄 채 어수선한 주위를 멍하게 봤다. 드디어 열차가 조용해졌다. 아이들은 넓은 좌석에 누워 잠들었고, 남자들과 여자들은 베개를 안고 몸을 구부린 채 한껏 편히 쉬었다.

싱어는 자지 않았다. 그는 얼굴을 유리창에 바짝 대고 긴장한 채 밤을 내다보았다. 어둠은 무겁고 부드러웠다. 이따금 달빛이 비쳤고 길가 집 창에서 등불이 흔들리기도 했다. 달빛으로 보아 기차는 남쪽 진로를 지나 동쪽으로 향하고 있었다. 그

의 열망은 너무 강렬해서 숨을 쉴 수 없었고 두 뺨은 상기되었
다. 밤새도록 긴 여행이 계속되는 동안 그는 차갑고 지저분한
유리창에 얼굴을 대고 앉아 있었다.

기차는 한 시간 이상 늦었고, 도착했을 때는 벌써 상쾌하고
환한 여름 아침이었다. 싱어는 곧바로 호텔로 갔다. 미리 예약
을 해둔 고급 호텔이었다. 여행 가방을 풀고 안토나풀로스에게
가져갈 선물들을 침대 위에 정돈했다. 벨보이가 가져온 메뉴에
서 호사스러운 아침을 골랐다. 생선 구이, 옥수수 죽, 프렌치토
스트, 그리고 뜨거운 블랙커피. 식사 후 속옷만 입은 채 선풍기
앞에서 휴식을 취했다. 정오에 그는 옷을 입기 시작했다. 목욕
을 하고 면도를 하고 새 내의와 고급 리넨 양복을 꺼내놓았다.
병원의 면회 시간은 오후 3시부터였다. 화요일이었고, 7월 18일
이었다.

싱어는 병원에 도착해서 친구가 있던 병동으로 갔다. 그러
나 병실 입구에서 그가 없다는 것을 곧 알았다. 복도를 지나 전
에 갔던 사무실을 찾아갔다. 미리 가지고 다니는 작은 종이에
질문을 적어놓았다. 책상에 앉아 있는 직원은 못 보던 사람이
었다. 어려 보이는 얼굴에 부드러운 더벅머리를 한 소년 같은
젊은이였다. 그에게 종이를 건네고 포장 꾸러미들을 잔뜩 안고
발뒤꿈치에 체중을 실은 채 조용히 서 있었다.

젊은이는 고개를 흔들었다. 책상 위로 몸을 굽히고 종이에
뭐라고 적었다. 싱어는 읽었다. 순식간에 그의 뺨에서 홍조가
사라졌다. 그는 오랫동안 쪽지를 보았다. 곁눈질을 한 채 고개
를 수그렸다. 종이엔 안토나풀로스가 죽었다고 적혀 있었다.

호텔로 돌아오며 싱어는 들고 갔던 과일이 으깨지지 않도록

조심했다. 선물들을 방에 두고 경황없이 다시 로비로 내려왔다. 종려나무 화분 뒤에는 슬롯머신이 있었다. 동전을 넣었다. 레버를 당기려다가 기계가 막힌 것을 발견했다. 이 사소한 일로 그는 한바탕 소동을 벌였다. 직원을 다그치며 분개해서 어떤 일이 일어났는지 보여주었다. 그의 얼굴은 죽은 듯 창백했다. 제정신이 아닌 채 눈물이 콧잔등으로 흘렀다. 두 손을 휘저으며 우아한 구두를 신은, 길고 볼이 좁은 발로 화려한 카펫을 걸어찼다. 그는 동전을 돌려받고도 납득하지 못했고, 당장 호텔에서 나가겠다고 소동을 부렸다. 그가 짐을 챙겨 가방을 닫을 때 굉장히 힘이 들었다. 자기 물건 외에도 타월 세 개, 비누 두 개, 펜과 잉크병, 화장지 한 통, 성경까지 넣었기 때문이었다. 호텔 숙박료를 내고 기차역으로 걸어가 짐을 보관함에 넣었다. 기차는 저녁 9시에 출발이었다. 그의 앞에 텅 빈 오후가 놓여 있었다.

그곳은 그가 살고 있는 곳보다 작았다. 상점가는 십자 모양으로 형성되어 있었다. 시골 가게들이었고 진열장의 절반은 마구들과 곡식 자루들로 채워져 있었다. 싱어는 멍하게 걸었다. 목이 부어올랐고 침을 삼키고 싶었지만 할 수 없었다. 목이 졸리는 느낌 때문에 잡화점에서 음료수를 샀다. 이발소에서 시간을 보냈고 구멍가게에서 몇 가지 자질구레한 것들을 샀다. 그는 누구의 얼굴도 제대로 보지 않은 채 병든 짐승처럼 고개를 한쪽으로 늘어뜨렸다.

오후가 끝날 무렵 이상한 일이 일어났다. 싱어는 천천히 불안하게 보도를 걷고 있었다. 하늘은 흐렸고 후텁지근했다. 그는 고개를 들지 않았다. 그러나 당구장을 지날 때 얼핏 곁눈으로 무엇인가 신경에 걸리는 것을 보았다. 그는 당구장을 지나 길 가운데 멈췄다. 맥없이 왔던 길로 다시 돌아가 열린 문 앞에 섰다. 안에는 벙어리 셋이 수화를 하고 있었다. 세 사람 모두 재킷을 입지 않은 채 중산모를 쓰고 환한 넥타이를 매고 있었다. 각자 왼손에 맥주잔을 들고 있었다. 그들 사이에는 형제와도 같은 닮은 점이 있었다.

싱어는 안으로 들어갔다. 한순간 주머니에서 손을 빼기 힘들었다. 그러다가 서툴게 수화로 인사했다. 그들은 그의 어깨를 두드리며 찬 음료수를 권했다. 그들은 그를 둘러싸고 손가락을 피스톤처럼 쏘아대며 질문을 했다.

싱어는 그들에게 자기 이름과 살고 있는 도시를 말했다. 그러자 더 이상 할 말이 없었다. 스피로스 안토나풀로스를 아느냐고 물었다. 그들은 몰랐다. 싱어는 두 손을 엉성하게 늘어뜨리고 있었다. 머리를 여전히 한쪽으로 기울인 채 앞을 바로 보지 못했다. 그가 너무 지치고 추워 보였으므로 모자 쓴 벙어리 세 사람은 이상하게 쳐다보았다. 잠시 후 그들은 그를 무시하고 대화를 계속했다. 맥주 값을 내고 나가며 함께 가자는 말도 하지 않았다.

반나절이나 길을 헤매고 다녔으면서도, 싱어는 기차를 놓칠 뻔했다. 어떻게 이런 일이 일어났는지, 그때까지 어떻게 시간을 보냈는지 분명하지 않았다. 기차가 떠나기 2분 전에 역에 도착해 겨우 여행 가방을 기차에 싣고 좌석을 찾았다. 기차는 거의 비어 있었다. 자리를 잡고 앉아 딸기 상자를 열고 까다롭게 살펴보았다. 큰 호두만 한 딸기들은 잘 익었다. 빨간 딸기에 초록 잎사귀들이 달린 작은 꽃다발 같았다. 딸기를 입안에 넣었다. 딸기 즙은 싱싱하고 달았지만 벌써 약간은 상한 듯했다. 그는 입천장의 감각이 무뎌질 때까지 딸기를 먹은 뒤 다시 상자를 싸서 선반에 놓았다. 자정에는 창의 블라인드를 내린 뒤 좌석에 누웠다. 둥글게 몸을 오그리고 재킷으로 얼굴과 머리를 덮었다. 이런 자세로 열두어 시간을 반쯤 혼수상태로 누워 있었다. 역에 도착했을 때 승무원이 그를 흔들어 깨워야 했다.

싱어는 짐들을 역 광장 가운데 남겨두고 보석상점으로 걸어갔다. 주인에게 맥없이 고개를 끄덕여 인사했다. 다시 밖으로 나왔을 때 그의 주머니에는 묵직한 것이 들어 있었다. 그는 한동안 고개를 숙인 채 거리를 헤맸다. 쏟아지는 뜨거운 해와 습기 찬 열기가 그를 짓눌렀다. 눈은 부풀어 오르고 머리는 지끈거려 자기 방으로 돌아왔다. 휴식을 취한 뒤 아이스커피 한 잔을 마시고 담배 한 대를 피웠다. 그다음 재떨이와 유리컵을 씻고 주머니에서 권총을 꺼내 가슴에 총을 쏘았다.

3부

1

1939년 8월 21일
아침

"재촉하지 마라." 코플랜드 박사가 말했다. "날 그냥 둬. 잠시만 편히 있게 해다오."

"아버지, 재촉하는 게 아니에요. 그런데 이젠 떠나야 해요. 시간이 됐어요."

코플랜드 박사는 회색 숄을 단단하게 어깨에 두른 채 고집스레 흔들의자에 앉아 있었다. 아침은 상쾌하고 따뜻했지만 스토브에는 작은 장작불이 타고 있었다. 부엌 가구는 그가 앉은 의자뿐이었다. 다른 방들도 비어 있었다. 가구들은 대부분 포셔의 집으로 옮겨졌고, 나머지는 밖에 있는 자동차에 실었다. 그의 마음을 제외하고 모든 것이 준비되었다. 그러나 마음속에 시작도 끝도 없는데, 진실도 목적도 없는데, 어떻게 떠날 수 있단 말인가? 그는 손으로 떨리는 머리를 지탱한 채 삐걱대는 의자에 앉아 계속 천천히 몸을 흔들었다.

닫힌 문 쪽에서 가족들의 말소리가 들렸다.

"할 수 있는 일은 다 했어. 아버지는 떠날 준비가 될 때까지 저렇게 앉아 계시려고 작심을 하셨나 봐."

"버디와 내가 도자기와 접시들을 다 쌌는데……"

"이슬이 마르기 전에 출발해야 하네." 할아버지가 말했다. "안 그러면 길에서 밤을 맞게 되거든."

그들의 목소리가 잠잠해졌다. 빈 복도에서 발소리가 나더니 더 이상 그들의 말소리는 들리지 않았다. 그의 옆, 바닥에는 커피 잔과 잔 받침이 있었다. 그는 스토브 위 주전자에서 커피를 따랐다. 의자에 앉아 몸을 흔들고 커피를 마시며 커피에서 나오는 김에 손가락을 따뜻하게 했다. 진정 이것이 끝일 수는 없었다. 소리 없는 음성들이 가슴속에서 울렸다. 예수와 존 브라운의 음성. 위대한 스피노자와 카를 마르크스의 음성. 투쟁했고 소명을 완수하도록 허락된 모든 사람들이 부르는 음성. 그의 민족의 슬픔에 찬 음성. 죽은 자들의 음성. 이해심 있고 정의로운 백인, 싱어의 음성. 약자와 강자의 음성. 힘과 권력이 증가하는 흑인들의 울리는 음성. 강하고 진실한 목적을 가진 이들의 음성. 그리고 이에 답하는 말들, 단언코 모든 인간 슬픔의 근원이 되는 말들. 그는 입술을 떨며 큰 소리를 냈다. "전능하신 주인이여! 우주의 절대적인 힘이여! 저는 해서는 안 되는 일을 했고, 해야 될 일들을 못 했습니다. 그러니 진정 이것이 끝일 수 없습니다."

그는 사랑했던 그녀와 함께 처음 이 집에 왔었다. 데이지는 웨딩드레스를 입고 흰 레이스 면사포를 쓰고 있었다. 그녀의 피부는 아름다운 진한 꿀색이었고 웃음은 달콤했다. 밤이면 그는 환한 방에서 혼자 공부했다. 성찰하고 공부하기 위해 자신을 단련했다. 그러나 데이지가 옆에 있었고, 공부로는 잠재울 수 없는 강한 욕망이 그의 속에 있었다. 때로 그는 이 욕망에 굴복했고, 그런 뒤에는 다시 입술을 깨물고 밤새도록 책을 읽고 생각했다. 해밀턴과 카를 마르크스와 윌리엄과 포셔가 태어났다. 그는 그들을 모두 잃었다. 아무도 남지 않았다.

그리고 메이디벤과 베니 메가 있었다. 베네딘 메이딘과 메이디 코플랜드도 있었다. 그의 이름을 딴 아이들. 그가 훈계한 사람들. 그러나 그 수천 명 중에서 그가 안심하고 소명을 맡길 사람은 어디 있는가?

평생 동안 그는 확고하게 알고 있었다. 자신이 일하는 이유를 알았고 매일 무슨 일이 있을지 알았으므로 가슴속에서 다짐했다. 진료 가방을 들고 집집마다 다니며, 모든 것을 말하고 참을성 있게 설명했다. 밤이면 목적 있는 하루를 보낸 것에 감사했다. 그랬기 때문에 그는 데이지와 해밀턴과 카를 마르크스와 윌리엄과 포셔가 함께 없었어도 스토브 옆에서 혼자 기쁨을 누릴 수 있었다. 그는 술을 마시며 옥수수빵을 먹곤 했다. 보람 있는 하루였으므로 깊은 충족감이 있었다.

그는 그런 만족감을 수천 번이나 느꼈다. 그러나 그것들의 의미는 무엇이었는가? 그 모든 세월 속에서 그는 지속적인 가치를 가진 일들을 생각할 수 없었다.

잠시 후 복도로 연결된 문이 열리고 포셔가 들어왔다. "제가 아버지 옷을 입혀드려야 되겠네요, 아기처럼." 그녀는 말했다. "여기 구두와 양말이 있어요. 슬리퍼를 벗겨드릴 테니 신으세요. 곧 나가야 해요."

"왜 나한테 이런 짓을 하냐?" 그가 비통하게 말했다.

"뭘 어쨌는데요?"

"떠나고 싶지 않은 거 잘 알잖느냐. 내가 결정 내릴 상태가 아닌데 너는 강요했다. 난 지금까지 살았던 곳에 남고 싶어. 너도 그걸 알잖느냐."

"말씀하시는 것 좀 보세요!" 포셔가 화가 나서 말했다. "아버지 불평에 저는 지쳤어요. 계속 투덜대시니 부끄럽다고요."

"어허! 마음대로 해라. 각다귀처럼 날 귀찮게 하면서. 난 내가 뭘 원하는지 알아. 네가 조른다고 틀린 짓을 하지는 않을 거다."

포셔는 그의 침실용 신발을 벗기고 깨끗한 검정 면양말을 폈다. "아버지, 그만 싸워요. 저는 최선을 다했어요. 아버지가 할아버지, 해밀턴, 버디 오빠와 함께 시골로 가시는 거 정말 잘된 일이에요. 모두 아버지를 돌봐드릴 거고, 아버지는 회복되실 거예요."

"아니, 아니다." 코플랜드 박사가 말했다. "난 여기 있어야 회복될 거다."

"이 집 살림을 누가 감당하고요? 먹고사는 거는요? 여기 계신 아버지를 누가 돌보고요?"

"내가 늘 감당했어. 아직도 할 수 있고."

"아버지는 반대만 하시네요."

"원 참! 끈질기구나. 네 말은 무시하겠다."

"저한테 이러시면 안 되지요. 아버지 구두와 양말을 신겨드리려고 이렇게 애쓰는데."

"미안하다. 용서해라, 애야."

"물론 그러셔야죠." 그녀가 말했다. "저희도 유감이에요. 말싸움할 여유도 없어요. 무엇보다 그 농장에서 안정을 찾으시면 그곳을 좋아하시게 될 거예요. 그곳에는 정말 예쁜 채소밭이 있어요. 생각만 해도 침이 고이네요. 그리고 닭이랑 씨암퇘지 두 마리도 있어요. 복숭아나무가 열여덟 그루나 있고요. 거기 가시면 아버지는 정말 행복하실 거예요. 저도 갈 수 있으면 좋겠어요."

"그랬으면 좋겠구나."

"왜 아버지는 계속 슬퍼하세요?"

"내가 실패했다고 느끼니까." 그가 말했다.

"무슨 말씀이세요?"

"모르겠다. 날 가만둬라. 잠깐만 조용히 앉아 있게 해다오."

"좋아요. 하지만 곧 떠나야 해요."

그는 말을 멈췄다. 생각이 정리될 때까지 흔들의자에 조용히 앉아 있을 것이었다. 머리가 떨리고 척추가 아팠다.

"제가 원하는 건 이거예요." 포셔가 말했다. "제가 죽으면 많은 사람들이 슬퍼해줬으면 좋겠어요. 싱어 씨가 죽었을 때처럼요. 제 장례식에 그렇게 많은 사람들이 슬퍼하면……."

"그만하자!" 코플랜드 박사가 거칠게 말했다. "말이 너무 많구나."

그러나 진정 그 백인의 죽음은 가슴에 어두운 슬픔을 남겼다. 그는 싱어에게 말을 했고 그를 신뢰했다. 어떤 백인에게도 그런 식으로 말한 적이 없었다. 수수께끼 같은 그의 자살에 그는 당혹스러웠다. 후원자를 잃었다. 이 슬픔에는 시작도 끝도 없었다. 이해도 없었다. 그는 건방지거나 멸시하지 않던, 이 정의로운 백인 남자를 언제나 생각할 것이었다. 죽은 사람들이 뒤에 남은 사람들의 영혼 속에 여전히 살아 있다면 죽었다고 할 수 있을까? 그러나 이 모든 것을 생각해서는 안 된다. 그 생각을 이제 털어내야 한다.

코플랜드 박사에게 필요한 것은 자제력이었다. 지난 한 달 동안 그 어둡고 끔찍한 감정들이 되살아나 그의 영혼과 싸웠다. 며칠 동안 증오가 그를 죽음의 영역으로 침몰시켰다. 한밤중의 방문객, 블런트 씨와의 싸움 후에 그의 내면에는 살인적인 어둠이 드리워졌다. 그러나 지금 그 싸움의 원인이 무엇이었는지는 명확하게 기억할 수 없었다. 그리고 윌리의 뭉툭해진 다리를 볼 때 그의 속에 또 다른 분노가 일어났다. 사랑과 증오의 전쟁. 흑인들을 위한 사랑과 그들을 박해하는 자들에 대한 증오. 그것이 그를 탈진시켰고 영혼을 병들게 했다.

"애야." 그가 말했다. "시계와 재킷을 가져와라. 이제 간다."

그는 의자 팔걸이를 잡고 일어났다. 바닥이 아득히 멀어 보였다. 오래 누워 있던 그의 다리는 허약했다. 순간 넘어질 것 같았다. 그는 현기증을 느끼며 휑한 방을 지나 문 옆에 기대어 섰다. 기침을 했고 주머니에서 네모난 종이를 꺼내 입에 댔다.

"여기 재킷 있어요." 포셔가 말했다. "근데 밖은 더워서 필요 없을 거예요."

그는 마지막으로 빈집을 걸었다. 블라인드는 내려졌고, 어두워진 방에서는 먼지 냄새가 났다. 그는 현관 벽에 기대 쉬더니 밖으로 나갔다. 아침은 환하고 따뜻했다. 많은 지인들이 전날 밤과 이른 아침에 와서 작별 인사를 했고 지금은 가족들만 현관에 모여 있었다. 수레와 자동차가 길 위에 서 있었다.

"자, 베네딕트 메이디." 노인이 말했다. "처음 며칠은 집이 그리울 걸세. 그러나 곧 괜찮아질 거야."

"제게는 집이 없습니다. 그러니 왜 집을 그리워하겠습니까?"

포셔가 초조하게 입술을 적시더니 말했다. "건강이 회복되고 준비되시면 언제든 다시 오세요. 버디가 기꺼이 아버지를 차로 모시고 올 거예요. 차 운전하는 거, 좋아하니까요."

자동차에 짐들이 실렸다. 책이 든 상자들은 계기판에 묶여 있었고, 의자 두 개와 서류 상자는 뒷좌석에 실렸다. 그의 진료실 책상은 뒤집혀서 차 위에 매여 있었다. 자동차에는 짐이 잔뜩 있는데 수레는 거의 비어 있었다. 노새는 벽돌에 고삐를 매인 채 참을성 있게 서 있었다.

"카를 마르크스." 코플랜드 박사가 말했다. "집에 가서 남은 게 없는지 확인해라. 바닥에 두고 온 컵과 흔들의자를 가져오너라."

"그만 출발하세요. 저녁 식사 때까지는 도착하고 싶어요." 해밀턴이 말했다.

드디어 준비되었다. 하이보이가 크랭크를 돌리며 자동차 시동을 걸었다. 카를 마르크스는 운전석에, 포셔, 하이보이 그리고 윌리엄은 뒷좌석에 끼어 앉았다.

"아버지, 하이보이 무릎에 앉으시는 게 어때요? 여기 가구랑 저희들 사이에 끼어 앉는 것보다는 더 편하실 거예요."

"아니다, 너무 사람이 많구나. 난 수레를 타는 게 낫겠다."

"하지만 아버지는 수레에 익숙지 않잖아요." 카를 마르크스가 말했다. "덜컹거리고, 하루 종일 걸릴 텐데요."

"괜찮다. 많이 타봤다."

"해밀턴한테 우리랑 같이 가자고 하면 되지. 자동차를 더 타고 싶어 할 테니."

할아버지는 전날 수레를 소도시로 끌고 왔다. 농사지은 복숭아와 양배추와 무를 가득 싣고 왔는데, 해밀턴이 소도시에서 팔려는 것들이었다. 복숭아 한 자루만 남기고 모두 팔렸다.

"베네딕트 메이디, 자네가 나와 함께 타고 가세." 노인이 말했다.

코플랜드 박사는 수레 짐칸으로 올라갔다. 뼈들이 납으로 만들어진 듯 힘이 들었다. 머리가 떨렸고 갑작스러운 구토 때문에 거친 바닥에 누워야 했다.

"자네가 와서 무척 기쁘네." 할아버지가 말했다. "알겠지만, 난 언제나 학자들을 존경해왔네. 아주 존경해. 공부하는 사람에게는 결점이 있어도 다 눈감아주고 잊어버리지. 자네 같은 학자가 집안에 같이 있게 되어 기쁘네."

수레바퀴가 삐걱거렸다. 그들은 출발했다. "저는 곧 돌아올 겁니다." 코플랜드 박사가 말했다. "한두 달 후면 돌아올 거예요."

"해밀턴은 공부를 많이 해. 자네를 닮았나 봐. 날 위해 종이에 계산을 해줘. 신문도 읽어주고. 그리고 휘트먼도 공부를 잘해. 그 애는 나한테 성경을 읽어주지. 셈도 잘한다네. 아직 어리지만 말이야. 난 늘 공부하는 이들을 존경한다네."

수레가 움직이자 그의 등이 흔들거렸다. 그는 머리 위의 나뭇가지들을 올려다보고는, 그늘이 없어지면 눈을 보호하려고 손수건으로 얼굴을 가렸다. 이렇게 끝날 수는 없었다. 그는 언제나 마음속에서 강하고 진실한 목적을 느껴왔다. 40년 동안 그의 소명이 곧 그의 삶이었고, 그의 삶이 곧 소명이었다. 그러나 여전히 그는 모든 일을 해야 했고 끝난 것은 아무것도 없었다.

"그래, 베네딕트 메이디, 자네와 다시 함께하게 되어 기쁘네. 내 오른발이 이상해서 자네에게 물어보려고 했었지. 발이 마비된 것 같아. 그래서 666*을 물약하고 섞어 발에 바르지. 자네가 잘 치료해주게."

"최선을 다하지요."

"고맙네. 자네가 있으니 좋구먼. 식구들은 다 함께 살아야 한다고 난 믿네. 같은 핏줄로 맺어진 식구도, 결혼으로 맺어진 식구도 모두 함께. 같이 고생하고 같이 도우며 사는 걸 나는 믿어. 그러면 언젠가는 하늘나라에서 상을 받게 될 걸세."

"휴우!" 코플랜드 박사가 씁쓸하게 말했다. "전 현재의 정의를 믿습니다."

"무엇을 믿는다고? 자네 목이 쉬어 말을 알아들을 수가 없네."

"우리를 위한 정의. 우리 흑인들을 위한 정의."

"아무렴."

그는 속에서 열이 치솟는 것을 느꼈고 가만히 있을 수 없었다. 일어나 앉아 큰 소리로 말하고 싶었지만 기운이 없었다. 가슴속에서 말들이 커지면서 잠잠해지지 않았다. 그러나 노인은

*감기약 이름.

더 이상 듣지 않았고, 그래서 그의 말을 들을 사람은 아무도 없었다.

"자, 리 잭슨, 착하지. 어서 가자. 장난 그만하고. 갈 길이 멀다."

2

오후

제이크는 뒤뚱거리며 격렬하게 달렸다. 위버스 레인을 지나 옆 골목으로 들어와 울타리를 넘어 계속 뛰었다. 배 속에서 구토가 올라왔고 목에서는 메스꺼운 냄새가 났다. 개가 짖으며 쫓아와, 돌을 집어 들고 서서 위협해야 했다. 두 눈은 공포로 커졌고 벌어진 입을 손으로 꽉 막았다.

젠장! 이렇게 끝장나는구나. 싸움. 폭동. 혼자서 여럿을 상대하는 격투. 깨진 병에 맞아 피투성이가 된 사람들의 머리와 눈. 젠장! 소음 위로 울리던 회전목마의 숨 가쁜 음악. 떨어진 햄버거와 솜사탕과 비명 지르는 아이들. 이 모든 와중에 그가 있었다. 먼지와 태양 속에서 그는 미친 듯이 싸웠다. 날카로운 이빨에 물려 난 주먹의 상처. 그리고 웃음소리. 젠장! 그의 안에서 강렬한 미친 리듬이 터져 나와 멈추지 않는 느낌. 그때 죽은 검은 얼굴이 보였지만 누군지 몰랐다. 자신이 그를 죽였는

지 아닌지도 알 수 없었다. 그러나 잠깐, 세상에! 아무도 그걸
막을 수는 없었다.

제이크는 걸음을 늦추고 고개를 불안하게 휙 돌려 뒤를 보았
다. 골목에는 아무도 없었다. 그는 토했고 셔츠 소매로 이마와
입을 닦았다. 그런 뒤 잠시 쉬었고 기분이 나아졌다. 그는 여덟
블록을 달려왔고 지름길을 포함해서 반 마일 정도 더 가야 했
다. 머릿속 현기증이 사라지자 미친 감정들 속에서 사실들이 생
각났다. 그는 다시 출발했고 이번에는 규칙적으로 뛰었다.

아무도 그 소요를 막을 수 없었을 것이다. 여름 내내 갑자기
일어난 불길을 잡듯 그는 싸움들을 막았었다. 이번을 제외한 다
른 모든 싸움들을. 그리고 이 싸움은 아무도 말릴 수 없었을 것
이다. 대수롭지 않은 일로 싸움은 갑자기 터진 듯했다. 그는 놀
이기구를 손보다가 물을 마시려고 작업을 중단했다. 물을 마시
러 가는데 백인 소년과 흑인이 서로 빙빙 도는 것이 보였다. 둘
다 취해 있었다. 그날 오후 구경꾼의 절반이 취해 있었다. 토요
일이었고, 그 주일 내내 공장들이 가동됐다. 더위와 땡볕은 구
역질 날 정도였고 공기 중에는 악취가 진동했다.

제이크는 두 싸움꾼이 서로에게 다가가는 것을 보았다. 그
러나 이것이 시작은 아니었다. 그는 오래전부터 큰 싸움이 터
질 것을 알고 있었다. 희한한 것은 그가 이 모든 것을 생각할
여유가 있었다는 점이다. 그는 5초 정도, 구경꾼을 밀고 들어가
기 전 응시하며 서 있었다. 잠깐 동안 많은 생각을 했다. 싱어
를 생각했다. 침울한 여름 오후와 어둡고 무더운 밤을 생각했
다. 그가 진압한 싸움들과 잠재운 불화들을 생각했다.

그때 햇빛 속에서 포켓 나이프가 번쩍하는 것을 보았다. 그

414

는 엉켜 있는 무리 속으로 밀치며 들어가 칼을 들고 있는 흑인의 등에 뛰어올랐다. 남자는 그와 함께 바닥에 쓰러졌다. 흑인의 땀 냄새가 폐에서 나오는 담배 냄새와 뒤섞였다. 누군가 그의 다리를 짓밟고 머리를 발로 찼다. 다시 일어났을 때 싸움은 확산되어 있었다. 흑인은 백인과, 백인은 흑인과 싸우고 있었다. 그는 순간순간을 명확하게 보았다. 싸움을 시작한 백인 청년이 우두머리였다. 쇼를 자주 보러 오는 무리의 두목이었다. 그들은 열여섯 살쯤 되고 흰 면바지와 알록달록한 레이온 폴로 셔츠들을 입고 있었다. 흑인들은 죽을힘을 다해 싸웠다. 몇 명은 면도칼을 들고 있었다.

제이크는 크게 소리 지르기 시작했다. 질서를! 도와주시오! 경찰! 그러나 무너지는 댐에 비명을 지르는 격이었다. 그의 귀에서 끔찍한 소리가 났다. 인간의 소리면서도 말소리는 아니었다. 소리가 더욱 커져 귀가 멍했다. 누가 그의 머리를 때렸다. 주위에서 일어나는 일들을 볼 수 없었다. 눈과 입과 주먹만 보였다. 사나운 눈들, 반쯤 감긴 눈들, 벌어진 젖은 입들, 꽉 다문 입들, 검은 주먹들, 흰 주먹들. 그는 어떤 손에서 칼을 빼앗고 위로 쳐든 주먹을 붙들었다. 먼지와 태양이 그를 눈멀게 했다. 이곳을 빠져나가 전화로 도움을 청해야 한다는 생각뿐이었다.

그러나 제이크는 붙들렸다. 언제 그랬는지 모르는 채 싸움에 휘말렸다. 주먹을 휘두를 때 물컹대는 젖은 입들이 으깨지는 것을 느꼈다. 눈을 감고 머리를 낮춘 채 싸웠다. 미친 소리가 목에서 나왔다. 있는 힘을 다해 싸웠고 황소처럼 머리를 휘둘렀다. 의미 없는 말들이 마음속에 생겼고 웃음이 터졌다. 누구를 치는지 누가 치는지 알지 못했다. 그러나 싸움의 진용이 바뀌고 각자 자신을 향해 덤비는 것을 알았다.

그러더니 갑자기 끝났다. 그는 무엇에 걸려 뒤로 넘어졌다. 정신을 잃었고 다시 눈을 떴다. 한순간이, 또는 오랜 시간이 지났는지 알 수 없었다. 술꾼들 두어 명이 여전히 싸우고 있었지만 형사 둘이 빠르게 사태를 수습하고 있었다. 그는 자기가 무엇에 걸려 넘어졌는지 알았다. 자기 몸의 절반은 흑인 청년의 몸 위에 엎드려 있었고, 절반은 옆으로 쓰러져 있었다. 흑인이 죽은 것을 한눈에도 알 수 있었다. 목 옆이 찔려 있었지만 어떻게 그리 빨리 죽었는지 알 수 없었다. 얼굴은 눈에 익었지만 누군지 알 수 없었다. 청년은 입을 벌리고 놀라서 두 눈을 뜨고 있었다. 바닥에는 종이와 깨진 병들, 으깨진 햄버거가 널려 있었다. 회전목마의 머리가 떨어졌고 간이 점포는 부서졌다. 제이크는 일어나 앉았다. 그는 형사들을 보자 공포에 질려 달아나기 시작했다. 지금쯤 그들은 그의 흔적을 놓쳤을 것이다.

네 블록만 더 가면 안전해질 것이었다. 두려움에 숨이 찼고 긴장했다. 두 주먹을 불끈 쥐고 고개를 숙였다. 그러다가 돌연 속도를 늦추고 멈췄다. 그는 중앙로 근처 골목에 혼자 있었다. 한쪽으로 난 건물 벽에 헐떡이며 기댔다. 울룩불룩한 이마의 핏줄이 터질 것 같았다. 혼란 속에 도시를 달려 친구의 하숙방까지 왔다. 그런데 싱어는 죽었다. 그는 울기 시작했다. 큰 소리로 흐느꼈다. 콧물이 흘러 수염을 적셨다.

앞에 놓인 벽과 층계들, 길. 불타는 해는 그를 짓눌렀다. 왔던 길을 되돌아가기 시작했다. 지저분한 소매로 젖은 얼굴을 닦으며 천천히 걸었다. 입술이 떨리는 것을 막을 수 없어 피가 날 때까지 깨물었다.

다음 블록의 모퉁이에서 그는 심스와 부딪쳤다. 그 괴팍한 늙은이는 무릎에 성경책을 놓고 간이 의자에 앉아 있었다. 그 뒤에 있는 높은 나무 울타리 위에 자주색 분필로 이렇게 쓰여 있었다.

그분은 당신을 구원하려고 돌아가셨다
그분의 사랑과 은총의 말씀을 들으라
매일 밤 7시 15분

거리는 비어 있었다. 제이크는 맞은편 길로 건너가려 했지만 심스가 그의 팔을 잡았다.

"오라. 불행하고 마음 병든 자들아. 너희를 구원하기 위해 돌아가신 예수님의 축복받은 발 앞에 너희의 죄와 근심을 내려놓으라. 어디로 가느냐, 블런트 형제?"

"집에 가오. 술 마시러. 난 술을 마셔야 하니까." 제이크가 말했다. "주님께서 뭐 반대하시겠소?"

"죄인아! 주님은 너의 타락을 기억하신다. 주님은 오늘 밤 너를 위한 계시를 가지고 계시다."

"그 주님은 내가 지난주에 당신에게 준 달러도 기억할 테지?"

"예수님께서 오늘 밤 7시 15분에 너를 위한 계시를 준비하셨다. 그분의 말씀을 들으러 여기 정각에 오라."

제이크는 자기 수염을 핥았다. "매일 밤 엄청난 군중이 모이던데. 가까이서 들을 수도 없더군."

"냉소하는 자들을 위한 장소도 있다. 게다가 난 계시를 받았다. 구세주께서는 내가 그분을 위한 성전을 짓기를 바라신다.

18번가와 6번 거리 모퉁이에 있는 그 자리에 500명을 수용할 수 있는 큰 예배당을 지을 거다. 그러면 너희 냉소하는 자들은 알게 될 것이다. 주께서 내 원수들이 보는 앞에서 내 앞에 식탁을 마련하시고, 내 머리에 기름을 부으실 것이다. 나의 잔은 넘치고…….”

“오늘 밤 내가 군중을 몰고 오지.” 제이크가 말했다.

“어떻게?”

“당신의 그 예쁜 색분필을 주시오. 군중을 모아 올 테니.”

“네가 쓴 글들을 읽었다.” 심스가 말했다. “‘노동자들이여! 미국은 세상에서 제일 부자 나라지만 3분의 1이 굶주리고 있다. 우리는 언제 연합하여 우리 몫을 요구하려는가?’ 모두 이 따위 것들이다. 너의 글들은 급진적이다. 내 분필을 너에게 주지 않을 거다.”

“난 글을 쓸 계획은 없소.”

심스는 성경의 갈피들을 만지작거리며 미심쩍게 기다렸다.

“당신에게 군중을 몰아다 준다니까. 블록 양쪽 끝에 예쁜 여자 나체를 그릴 거요. 색깔 있는 분필로. 화살표로 여기 오는 방향도 표시하고. 살찐 예쁜 엉덩이를…….”

“사악한 놈!” 늙은이는 비명을 질렀다. “소돔의 자식! 하느님이 기억하실 거다.”

제이크는 길을 건너 자기 집을 향해 걷기 시작했다. “잘 있으시오, 형제여.”

“죄인아.” 늙은이가 소리쳤다. “정확하게 7시 15분에 다시 와라. 예수님의 메시지를 들어라. 너에게 믿음을 줄 것이니. 구원을 받으라.”

싱어는 죽었다. 처음 그가 자살했다는 소식을 들었을 때 제이크가 느낀 것은 슬픔이 아니었다. 분노였다. 그는 벽 앞에 있었다. 싱어에게 그가 쏟아냈던 가슴속 깊은 생각들이 떠올랐고, 그의 죽음으로 모두 상실된 것 같았다. 왜 싱어는 삶을 끝내고 싶었는가? 미쳐버렸는지 모른다. 어쨌건 그는 죽었다, 죽었다, 죽었다. 더 이상 볼 수도 만질 수도 없고 말을 걸 수도 없었다. 그들이 함께 그 많은 시간을 보냈던 방은 젊은 여자 타자수가 세 들었다. 제이크는 그곳에 갈 수 없었다. 혼자였다. 벽, 계단, 열린 길.

제이크는 자기 방으로 들어와 문을 잠갔다. 배가 고팠는데 먹을 것이 없었다. 목이 말랐고 식탁 옆 물주전자에는 미지근한 물이 조금 있을 뿐이었다. 침대는 헝클어지고 바닥에는 먼지가 일었다. 방 안에는 종이들이 흩어져 있었다. 최근에 그는 짧은 문구가 적힌 유인물들을 만들어 사방에 뿌렸었다. 그는 "노동자 단체는 당신의 가장 좋은 친구"라고 적힌 종이를 우울하게 바라봤다. 어떤 유인물엔 한 문장만 적혀 있었고, 더 긴 문장들이 적힌 것도 있었다. "우리의 민주주의와 파시즘의 유사성"이라는 유인물은 글이 한 장 가득했다.

한 달 동안 제이크는 이 유인물들을 만들었다. 일하는 동안 급히 써서 뉴욕 카페에서 먹지를 대고 타자를 쳤고, 일일이 나누어주었다. 그는 밤낮으로 일했다. 그러나 누가 읽었는가? 무슨 소용이 있는가? 한 사람이 감당하기에 이 도시는 너무 컸다. 그리고 이제 그는 떠나고 있었다.

그러나 이번에는 어디로? 도시 이름들이 떠올랐다. 멤피스, 윌밍턴, 개스토니아, 뉴올리언스. 어딘가로 갈 것이다. 그러나 남부를 벗어나지는 않을 것이다. 오래된 초조한 느낌과 허기가 다시 왔다. 그런데 이번에는 달랐다. 그는 열린 공간과 자유를 갈망하지 않았다. 정반대였다. 흑인, 코플랜드의 말을 기억했다. '혼자 감당하려고 하지 마시오.' 그것이 최선의 방식이던 때도 있었다.

제이크는 한쪽으로 침대를 밀었다. 침대로 가려졌던 바닥에는 가방과 책들, 더러운 옷들이 있었다. 서둘러 짐을 싸기 시작했다. 늙은 흑인의 얼굴과 그들 두 사람이 나눈 말들이 되살아났다. 코플랜드는 미쳤다. 광신자였으며 그를 설득하려는 것은 미친 짓이었다. 그렇다 해도 그날 밤 두 사람이 느꼈던 무서운 분노는 이해하기 어려웠다. 코플랜드는 '알았다'. 그는 진실을 아는 사람이었다. 진실을 아는 사람은 무장한 군대와 마주 선 벌거벗은 병사 몇 명과 같았다. 그날 밤 그들은 무슨 짓을 했나? 서로 겨냥하고 싸웠다. 코플랜드는 틀렸다, 그래, 미쳤다. 그러나 결국 어떤 면에서 그들은 함께 일할 수도 있었다. 너무 많은 말을 하지 않는다면. 가서 그를 만나자. 갑작스러운 충동이 제이크를 재촉했다. 결국 그것이 최상일 것이다. 하나의 신호, 그가 오랫동안 기다린 그 손일 수도 있었다.

더러운 얼굴과 손을 씻을 틈도 없이 제이크는 가방을 꾸려 방을 나섰다. 밖은 무더웠고 길에서는 악취가 났다. 하늘에 구름이 모여들고 있었다. 대기는 완전히 정체되어 근처 공장에서 나오는 연기는 흩어지지 않고 곧바로 위로 올라갔다. 걸어갈 때 짐 가방이 세게 무릎에 부딪쳤고, 그는 자주 머리를 휙 움직이며 뒤돌아보았다. 코플랜드가 사는 곳은 멀리 떨어져 있으니 서둘러야 했다. 구름은 점점 더 두터워졌고 저녁이 오기 전 폭우가 쏟아질 것 같았다.

코플랜드가 사는 집에 도착하자 덧문이 내려져 있었다. 뒤쪽으로 가서 창틈으로 보니 부엌은 텅 비어 있었다. 지독한 낙담으로 손에서 땀이 났고 심장이 마구 뛰었다. 집 왼쪽으로 갔지만 아무도 없었다. 켈리 씨 집에 가서 포셔에게 물어볼 수밖에 없었다.

그 집 근처에 다시 가는 것은 끔찍하게 싫었다. 앞 복도에 있는 모자걸이와 수없이 올라갔던 긴 계단을 견딜 수 없었다. 제이크는 천천히 도시를 통과하여 골목길로 들어섰다. 뒷문으로 들어갔다. 포셔는 부엌에 어린 사내아이와 함께 있었다.

"안 돼요, 블런트 씨." 포셔가 말했다. "선생님은 싱어 씨와 좋은 친구셨고, 또 아버지가 싱어 씨를 어떻게 생각하셨는지도 아는 분이죠. 하지만 저희는 오늘 아침 아버지를 시골로 모시고 갔고, 아버지가 계신 곳은 절대로 말씀드리지 않을 거예요. 양해해주세요. 분명히 말씀드려요."

"돌려 말할 필요 없소." 제이크가 말했다. "그런데 이유가 뭐요?"

"지난번 선생님이 다녀가신 후 아버지는 굉장히 편찮으셨어요. 돌아가시는 줄 알았어요. 다시 일어나실 때까지 오래 걸렸고요. 지금은 많이 좋아지셨어요. 지금 가신 곳에서는 더욱 건강해지실 거예요. 이해하실지 모르지만 아버지는 백인을 혐오하세요. 쉽게 흥분하시고요. 실례지만 아버지에게 무슨 볼일이 있으세요?"

"아무 볼일도 없소." 제이크가 말했다. "당신은 이해 못 할 거요."

"저희 흑인도 다른 사람처럼 감정이 있어요. 진심으로 말씀 드리는데, 블런트 씨, 아버지는 늙고 병든 흑인일 뿐이에요. 이미 너무 고생하셨어요. 저희는 아버지를 돌봐야 해요. 제가 알아요. 아버지는 선생님을 만나고 싶어 하지 않아요."

그는 다시 거리로 나왔다. 구름이 시커멓게 성난 보라색으로 변하고 있었다. 정체된 공기 속에서 폭풍의 냄새가 났다. 초록색 가로수들이 소리 없이 대기에 스며들어 공중에는 이상한 녹색 광채가 돌았다. 사방이 숨죽인 듯 고요해서 제이크는 잠시 공기를 들이마시며 둘러보았다. 그런 뒤 겨드랑이에 가방을 꽉 끼고 차양들이 늘어진 중앙로를 향해 달리기 시작했다. 그러나 늦었다. 금속성 천둥이 터지고 공기는 돌연 차가워졌다. 굵은 은색 빗방울이 소리치며 보도에 떨어졌다. 퍼붓는 빗줄기에 앞이 안 보였다. 뉴욕 카페에 도착했을 때 옷은 젖어 달라붙고 구두는 물이 차 질척거렸다.

브래넌은 신문을 밀어놓고 팔꿈치를 카운터에 기댔다. "이런, 희한하네. 비가 쏟아지자 난 직감했소, 당신이 올 거라고. 당신이 한 발 늦어 비를 만날 걸 확실히 알았지." 그는 코가 하얗게 될 때까지 엄지손가락으로 꾹 눌렀다. "그런데 여행 가방이오?"

"여행 가방처럼 보이지. 그렇게 느껴지고." 제이크가 말했다. "여행 가방이라고 믿는다면, 그렇소. 여행 가방이오."

"이렇게 서 있으면 안 되지. 위층에 가서 옷을 벗어 아래로 던져요. 루이스가 다리미로 말릴 거요."

제이크는 뒤쪽 칸막이 자리의 탁자에 앉아 두 손으로 머리를 감쌌다. "고맙지만 괜찮소. 잠깐 쉬었다가 다시 떠날 거요."

"하지만 입술이 퍼렇잖소. 완전 탈진한 것 같은데."

"괜찮소. 먹을 거나 좀 주시오."

"저녁은 반 시간 후에나 준비될 거요." 브래넌은 참을성 있게 말했다.

"남은 거 뭐든 괜찮으니 그냥 접시에 내 와요. 데울 것도 없어요."

공허감으로 속이 쓰렸다. 앞도 뒤도 보기 싫었다. 그는 짧고 뭉툭한 손가락을 테이블 위에서 움직였다. 처음 여기 앉은 이후 거의 1년이 지나갔다. 그때보다 지금 그는 얼마나 더 발전했는가? 나아진 게 없었다. 친구를 사귀었고 그를 잃었다는 것 외에는 아무 일도 없었다. 싱어에게 모든 것을 주었는데 그는 자살했다. 제이크는 궁지에 몰렸다. 거기서 빠져나와 새로 시작하는 것은 그에게 달려 있었다. 그렇게 생각하자 공포가 일었다. 지쳤다. 그는 벽에 머리를 기대고 발을 옆 의자에 올려놓았다.

"자, 이게 도움이 될 거요." 브래넌이 말했다.

브래넌은 뜨거운 우유 잔과 치킨 파이가 담긴 쟁반을 내려놓았다. 우유는 달고 진했다. 제이크는 뜨거운 김을 들이마시며 눈을 감았다. "뭐가 든 거요?"

"설탕 덩어리에 문지른 레몬 껍질, 럼주를 넣고 끓인 물. 몸에 좋은 거요."

"내 외상이 얼맙니까?"

"지금 당장은 모르겠고 떠나기 전에 알려주겠소."

제이크는 음료를 한 모금 쭉 마시고 입안에서 굴린 뒤 삼켰다. "외상값은 못 받을 거요. 돈이 없소. 있더라도 하여간 안 갚을 거요." 그가 말했다.

"언제 내가 재촉했소? 청구서를 주면서 달라고 합디까?"

"안 그랬지." 제이크가 말했다. "판단을 제대로 한 거요. 내 생각인데, 당신, 상당히 괜찮은 사람이오."

브래넌은 탁자를 사이에 두고 그와 마주 앉았다. 어떤 생각이 떠올랐다. 소금 병을 앞뒤로 밀다가 머리를 계속 매만졌다. 그에게선 향수 냄새가 났다. 소매를 걷고 구식의 파란색 밴드로 고정시킨, 줄무늬 파란색 셔츠는 깨끗했다.

마침내 그가 목소리를 가다듬고 망설이듯 말했다. "당신이 오기 전에 석간을 보고 있었소. 당신이 일하는 곳에서 오늘 큰 사건이 터진 것 같던데."

"그래요. 뭐라고 났습디까?"

"기다리시오. 가져오리다." 브래넌은 카운터에서 신문을 가져와 칸막이 자리에 기댔다. "1면에 기사가 났소. 어디어디에 위치한 어느 딕시 쇼에서 집단 소요가 있었다고. 흑인 두 명이 칼에 찔려 치명상을 입었고, 다른 세 명은 경상을 입고 시립병원에서 치료 중이라고 하오. 사망자는 지미 메이시와 랜시 데이비스. 부상자는 센트럴 밀 시티에 사는 백인 존 햄린과 흑인 베리어스 윌슨, 그리고 몇 명 더 있다는군. 기사를 읽어보겠소. '다수의 사람들이 체포되었다. 체제 전복적인 성격의 유인물들이 현장 주변에서 발견된 것으로 보아 노동자를 선동하기 위한 소요로 추정된다. 다른 용의자들도 곧 체포될 것으로 예상된다.'" 브래넌이 이를 맞부딪쳐 소리를 냈다. "이 신문의 편집은 갈수록 나빠지는군. '체제 전복적인'의 철자도 틀리고 '체포'도 맞춤법이 틀렸어."

"대단들 하시군." 제이크가 조롱하듯 말했다. "'노동자를 선동하기 위한 소요'라니."

"어쨌든, 상황이 심각하오."

제이크는 손으로 입가를 받치고는 빈 쟁반을 내려다보았다.

"이제 어쩔 작정이오?"

"떠날 거요. 오늘 오후 이곳을 빠져나갈 생각이오."

브래넌은 손톱을 손바닥에 문질렀다. "글쎄, 꼭 그럴 필요는 없지만, 그렇게 하는 게 좋을지도 모르겠군. 그런데 왜 이리 급하시오? 이 시간에 떠나다니."

"그냥 그러고 싶소."

"난 당신이 새로운 시작을 해야 한다고는 생각지 않아요. 하지만 이 일에 관해 왜 내 충고를 받아들이지 않소? 나야 보수적인 사람이니까 당신의 견해는 과격하다고 생각해요. 그래도 나는 사물의 다양한 측면을 알고 싶소. 어쨌거나 난 당신 일이 잘되기를 바라오. 그래서 말인데, 왜 당신 같은 사람들을 더 많이 만날 수 있는 곳으로 가지 않소? 정착도 하고?"

제이크가 짜증스럽게 쟁반을 밀쳤다. "내가 어디로 가는지는 나도 모르오. 날 좀 내버려둬요. 피곤하니까."

브래넌은 어깨를 으쓱하며 카운터로 돌아갔다.

제이크는 정말 지쳤다. 뜨거운 럼주와 무거운 빗소리에 졸음이 쏟아졌다. 칸막이 자리 안에 안전하게 앉아 좋은 음식을 먹으니 기분이 좋았다. 원한다면 몸을 기대고 잠깐 낮잠을 잘 수도 있었다. 벌써 머리는 부풀어 오르며 무겁게 느껴졌다. 두 눈을 감자 더 편안해졌다. 그러나 아주 잠깐만 자야 했다. 곧 여기서 나가야 하니까.

"비가 언제까지 올 것 같소?"

브래넌이 나른한 소리로 대답했다. "알 수 없지. 열대성 폭우니까. 갑자기 갤 수도 있고, 약해져서 밤에 계속 올지도 모르고."

제이크는 머리를 두 팔에 묻었다. 빗소리는 바다가 솟구치는 것처럼 들렸다. 시계가 똑딱거리는 소리, 먼 데서 접시가 달그락거리는 소리. 천천히 그의 손의 긴장이 풀렸다: 두 손은 손바닥을 위로 한 채 탁자 위에 놓였다.

얼마 후 브래넌이 그의 어깨를 흔들며 얼굴을 들여다보았다. 제이크는 무서운 꿈을 꾸었다. "일어나시오." 브래넌이 말했다. "당신, 악몽을 꾼 모양이오. 입을 벌리고 신음하면서 발로 바닥을 긁어대더군. 그런 모습은 난생처음 봤소."

꿈이 여전히 그를 짓누르고 있었다. 잠에서 깨면 늘 느끼던 예전의 그 공포였다. 그는 브래넌을 밀치며 일어났다. "내가 악몽을 꿨다고 말해줄 필요 없소. 그 꿈을 기억하니까. 열다섯 번 정도나 꿨다고."

이제 그는 기억했다. 전에는 잠에서 깨고 나면 명확하게 기억나지 않았다. 그는 회전목마가 돌아가는 유원지에서처럼 군중 속을 걷고 있었다. 주위 사람들은 동양적인 분위기를 풍겼다. 햇살은 뜨거웠고 사람들은 옷을 반쯤 벗은 상태였다. 말 없이 천천히 걷고 있는 그들에게서는 허기가 느껴졌다. 아무 소리도 들리지 않았다. 태양뿐이었고, 말 없는 군중뿐이었다. 그 속을 그는 포장된 큰 바구니를 들고 걸었다. 그런데 바구니를 내려놓을 장소를 찾을 수 없었다. 꿈속에서 오래 짐을 들고 다니며 내려놓을 곳을 찾지 못한 채 군중 속을 헤매자 기이한 공포가 몰려왔다.

"무슨 꿈이오?" 브래넌이 물었다. "악마가 쫓아옵디까?"

제이크는 일어나 카운터 뒤에 있는 거울로 갔다. 얼굴은 더럽고 땀에 젖어 있었다. 눈 밑이 거무스름했다. 손수건을 수돗물에 적셔 얼굴을 닦고 주머니에서 빗을 꺼내 수염을 말끔하게 빗었다.

"꿈은 아무것도 아니오. 잠이 들어야 왜 그게 악몽인지 알게 되지."

벽시계가 5시 30분을 가리켰다. 비는 거의 그쳤다. 제이크는 자기 가방을 들고 앞문으로 갔다. "잘 있으시오. 엽서 보내리다."

"잠깐." 브래넌이 말했다. "지금은 못 가요. 아직 비가 좀 오는데."

"그냥 차양에서 떨어지는 물이외다. 어둡기 전에 여기를 벗어나고 싶소."

"기다려봐요. 돈 좀 있소? 일주일 버틸 정도는?"

"필요 없소. 전에도 무일푼이었으니까."

브래넌은 준비해둔 봉투를 그에게 건넸다. 20달러짜리 두 장이 들어 있었다. 제이크는 지폐의 앞뒷면을 보고는 주머니에 넣었다. "당신이 왜 이러는지 알 수가 없군. 다시는 이 돈, 냄새도 못 맡을 거요. 하지만 고맙소. 잊지 않으리다."

"행운을 빌겠소. 그리고 소식 전하시오."

"아디오스."

"잘 가시오."

그의 뒤에서 문이 닫혔다. 그 블록 끝에 와서 돌아보니 브래넌이 길에서 지켜보고 있었다. 그는 철로까지 걸었다. 양쪽에는 허물어져가는 방 두 개짜리 집들이 줄지어 있었다. 좁은 뒤 뜰에는 악취 나는 변소가 있었고, 칙칙하고 해진 옷들이 빨랫줄에 널려 있었다. 2마일을 가도록 편안하고 넓고 깨끗한 곳이라고는 없었다. 땅 자체가 더럽고 버림받은 것 같았다. 채소밭을 만들려고 한 흔적이 있었지만, 시든 케일 두어 포기와 열매 없는 검은 무화과나무 한두 그루뿐이었다. 이 불결한 곳에서 아이들이 바글거렸고, 더 어린 것들은 발가벗고 있었다. 척박한 광경이 너무 잔인하고 절망적이어서 제이크는 신음하며 주먹을 불끈 쥐었다.

도시 끝에 다다르자 고속도로로 들어섰다. 차들이 지나갔다. 그의 어깨는 너무 넓고 팔은 너무 길었다. 힘이 아주 세 보이고 흉해서 아무도 그를 태워주지 않았다. 그러나 곧 트럭이 멈출 수도 있었다. 늦은 태양이 다시 나왔다. 그 열기로 젖은 보도에서 증기가 솟았다. 제이크는 꾸준히 걸었다. 도시를 뒤로하자 새로운 기운이 솟았다. 그러나 이것은 도주인가 돌격인가? 어쨌든, 그는 가고 있었다. 이 모두는 새로운 시작을 위한 것이었다. 앞에 놓인 길은 북쪽을 향하다가 약간 서쪽으로 나 있었다. 그러나 그는 너무 멀리 가지는 않을 것이었다. 남부를 떠나지 않을 것이었다. 그것 하나는 분명했다. 그에게는 희망이 있으며, 곧 여정의 윤곽이 분명해질 것이었다.

저녁

무슨 소용인가? 믹은 알고 싶었다. 도대체 이게 다 무슨 소용
인지. 믹이 세웠던 계획들, 그리고 음악. 이 모든 것이 다 함정
에 빠졌다. 상점, 집, 잠자기, 다시 상점. 싱어 씨가 일했던 가
게 앞 벽시계는 7시를 가리켰다. 믹은 막 퇴근하고 있었다. 잔
업이 있을 때마다 지배인은 믹에게 남으라고 했다. 다른 여자
들보다 덜 지치면서 더 열심히 일할 수 있기 때문이었다.

폭우가 내린 뒤 푸른 하늘은 창백하고 고요했다. 어둠이 오
고 있었다. 벌써 전깃불이 켜졌다. 거리에는 자동차 경적들이
울렸고, 신문 파는 소년들이 머리기사를 외치고 있었다. 믹은
집에 가고 싶지 않았다. 지금 가면 침대에 누워 비명을 지를 것
이었다. 그만큼 피곤했다. 그러나 뉴욕 카페에 가서 아이스크
림선디를 먹으면 기분이 괜찮을 것이다. 그리고 담배를 피우며
잠시 혼자 있을 것이다.

카페 앞쪽은 북적거려 맨 끝에 있는 칸막이 자리로 갔다. 등과 얼굴이 너무 피곤했다. 상점의 좌우명은 "생기 있게 미소 짓자"였다. 상점에서 나오면 다시 자연스러운 표정이 되기 위해 오랫동안 찡그리고 있어야 할 정도였다. 귀도 피곤했다. 달랑거리는 초록 귀고리를 빼고 귓불을 꼬집었다. 귀고리는 일주일 전에 샀다. 은팔찌도. 처음에는 냄비와 프라이팬 코너에서 일했지만 지금은 액세서리 코너로 옮겼다.

"안녕, 믹." 브래넌 씨가 말했다. 그는 냅킨으로 물잔 바닥을 닦은 뒤 탁자에 놓았다.

"초콜릿 선디하고 5센트짜리 생맥주 한 잔 주세요."

"둘 다?" 그는 메뉴를 내려놓고 여성용 금반지를 낀 새끼손가락으로 짚으며 말했다. "여기 봐라. 맛있는 닭 구이나 송아지 스튜가 있는데. 나하고 저녁 안 먹을래?"

"아뇨, 고맙습니다. 그냥 선디랑 맥주 주세요. 둘 다 차갑게요."

믹은 이마 위의 머리를 쓸어 넘겼다. 입을 벌리자 두 뺨이 홀쭉해졌다. 믹에게는 도저히 믿을 수 없는 일이 두 가지 있었다. 싱어 씨가 자살한 것. 자기가 이렇게 자라서 울워스에서 일해야만 하는 것.

싱어를 발견한 것은 믹이었다. 그들은 그 큰 소리가 자동차에서 나는 소리라고 생각했고, 다음 날이 되어서야 사실을 알게 되었다. 믹은 라디오를 들으려고 싱어의 방에 갔다. 그의 목에 피가 흥건했고 아빠가 와서 믹을 밖으로 밀어냈다. 믹은 어둠 속으로 뛰어들며 주먹으로 자기를 때렸다. 다음 날 밤 싱어는 거실의 관 속에 누워 있었다. 장의사가 자연스럽게 보이도록 그의 얼굴에 연지와 립스틱을 발랐다. 그러나 자연스러워 보이지 않았다. 그는 죽은 사람이었다. 꽃 냄새에 섞인 다른 냄새 때문에 방에 머물 수가 없었다. 그 와중에도 믹은 매일 일하러 갔다. 물건을 포장해서 카운터로 넘겨주고, 돈을 금전등록기에 넣었다. 걸어야 할 때는 걸었고 식탁에 앉으면 먹었다. 처음에는 밤에 누워도 잠들 수 없었다. 그러나 이제는 자야 하니까 잤다.

믹은 몸을 옆으로 돌려 다리를 포갰다. 스타킹에 줄이 가 있었다. 출근할 때 올이 나가기 시작해서 침을 발랐는데, 나중에는 더 많이 나가서 작은 껌 조각을 붙였다. 그러나 막을 수 없었다. 집에 가서 꿰매야 할 것이었다. 스타킹을 어찌 감당할지 난감했다. 너무 빨리 망가졌다. 다른 평범한 소녀들처럼 면양말을 신지 않는 한 방법이 없었다.

카페에 오지 말았어야 했다. 구두 밑창도 완전히 낡았고 그걸 새로 갈려면 20센트를 쓰지 말았어야 했다. 구멍 난 구두를 신고 계속 서 있으면 어떻게 될 것인가. 발에 물집이 생기면 불에 달군 바늘로 따야 될 것이다. 상점에 못 나가고 집에 있으면 해고될 것이다. 그러면 어찌 될 것인가?

"여기 있다." 브래넌 씨가 말했다. "이 두 가지를 같이 먹는 건 처음 보네."

그는 탁자에 선디와 맥주를 놓았다. 믹은 손톱을 손질하는 척했다. 알은체하면 그는 말을 걸기 시작할 것이었다. 그가 믹에게 더 이상 유감이 없는 걸 보면 껌 한 통에 대해 잊어버린 게 분명했다. 이제 그는 늘 믹에게 말을 붙이고 싶어 했다. 그러나 믹은 조용히 혼자 있고 싶었다. 초콜릿과 호두와 체리가 덮인 아이스크림은 맛있었다. 맥주는 긴장을 풀어주었다. 아이스크림선디를 먹은 뒤에 마시는 맥주는 기분 좋은 쓴맛을 냈다. 취기가 돌았다. 음악 다음으로 맥주가 최고였다.

그러나 이제 믹의 마음속에 음악은 없었다. 이상했다. 마치 내면의 방에서 쫓겨난 것 같았다. 때로 빠르고 짧은 멜로디가 떠올랐다 사라지곤 했지만, 전처럼 음악과 함께 내면의 방으로 들어가는 일은 없었다. 너무 긴장된 것 같았다. 또는 상점이 모든 에너지와 시간을 빼앗는지도 몰랐다. 울워스는 학교와는 달랐다. 학교에서 집에 올 때는 기분이 좋았고 음악을 시작할 준비가 되어 있었다. 그러나 지금은 언제나 피곤했다. 집에 오면 저녁을 먹고 잤고 아침을 먹고 다시 상점으로 나갔다. 두 달 전에 비밀 공책에 작곡하기 시작한 노래는 아직 끝내지 못했다. 내면의 방에 머물고 싶었지만 방법을 몰랐다. 내면의 방 어딘가 먼 곳에서 믹을 내쫓고 문을 잠가버린 듯했다. 참으로 이해하기 어려웠다.

믹은 부러진 앞니를 엄지손가락으로 밀었다. 하지만 믹은 싱어 씨의 라디오를 갖게 되었다. 할부금이 남았기 때문에 자기가 책임지기로 했다. 싱어에게 속했던 물건을 갖게 된 것은 다행이었다. 머지않아 중고 피아노를 사기 위해 조금씩 저축을 할 수도 있을 것이다. 일주일에 2달러 정도. 아무도 피아노를 못 만지게 할 것이었다. 그러나 조지에게는 짧은 곡을 가르칠 수도 있겠지. 믹은 뒷방에 피아노를 들여놓고 매일 밤 칠 것이다. 일요일에는 하루 종일 치고. 그러나 어느 주에 돈을 못 낸다고 생각해보라. 그럼 그 작은 빨간 자전거처럼 사람들이 가져가버릴까? 못 가져가게 하면? 피아노를 집 아래 감춘다면?

432

또는 가지러 온 사람들과 현관에서 마주친다면? 그리고 싸운 다면? 두 남자를 눈이 멍들고 코가 깨져 복도 바닥에 기절해버릴 때까지 때린다면?

믹은 얼굴을 찡그리며 주먹으로 이마를 세게 문질렀다. 일이 늘 이런 식이었다. 믹은 언제나 화가 난 것 같았다. 그건 어린아이가 화를 냈다가 금방 풀어지는 것과는 달랐다. 화를 낼 대상이 없었다. 상점을 제외하고는. 그러나 상점이 믹에게 일을 해달라고 요청한 것은 아니었으므로 화를 낼 수는 없었다. 속은 것 같았다. 하지만 아무도 믹을 속이지 않았다. 그러니 화풀이할 상대가 없었다. 그래도 믹은 여전히 그렇게 느꼈다. 속았다고.

그러나 피아노에 관해서는 일이 풀릴 수도 있었다. 잘될 것이었다. 곧 기회가 올 수도 있었다. 그렇지 않다면, 음악에 대해 느낀 것들이, 내면의 방에서 세운 계획들이 다 무슨 소용이란 말인가? 좋은 일이 생길 것이다. 그래야 말이 되지 않겠는가. 그래야 했다. 아주, 아주, 아주, 좋은 일이 생길 것이다.

좋았어!

됐어!

좋은 일.

4

밤

모든 것이 고요했다. 비프는 얼굴과 손을 닦았다. 탁자에 놓인 작은 일본 불탑의 유리 펜던트가 바람에 딸랑거렸다. 그는 잠깐 졸다가 방금 깨어 시가를 피웠다. 블런트를 떠올리며 지금쯤 그가 멀리 갔을지 궁금했다. 욕실 선반에 있는 아구아 플로리다 향수병을 집어 관자놀이에 발랐다. 옛 노래를 휘파람으로 불며 좁은 층계를 내려갔다. 멜로디는 뒤에 여운을 남기며 중단됐다.

카운터는 루이스가 지키고 있어야 했다. 그러나 꾀를 피우는지 자리는 비어 있었다. 앞문은 아무도 없는 거리를 향해 열려 있고, 벽시계는 자정이 되기 17분 전을 가리켰다. 켜진 라디오에서는 단치히* 지역을 둘러싸고 히틀러가 조작한 위기에 관

*독일과 폴란드 사이의 영토 분쟁 지역. 히틀러가 단치히 반환을 구실로 폴란드를 침공하여 2차 세계대전의 도화선이 되었다.

한 담화가 나왔다. 비프가 주방에 가보니 루이스는 구두를 벗고 바지 단추를 풀고 머리를 가슴에 떨어뜨린 채 의자에 앉아 자고 있었다. 셔츠에 침 자국이 길게 나 있으니 한참 동안 자고 있는 게 분명했다. 두 팔을 양옆으로 늘어뜨렸는데 얼굴을 박고 넘어지지 않은 게 신기했다. 곤히 자고 있으니 그를 깨울 필요는 없었다. 손님이 뜸한 조용한 밤이 될 것이었다.

비프는 까치발로 주방을 지나 선반으로 갔다. 선반에는 티올리브*가 든 바구니와 백일홍이 가득 담긴 물병 두 개가 있었다. 그는 꽃들을 카페 앞쪽으로 가져갔다. 진열장에서 셀로판으로 싼 마지막 스페셜 메뉴 접시를 치웠다. 음식이 지긋지긋했다. 싱싱한 여름 꽃들로 장식된 진열장, 그게 좋을 것이었다. 그는 눈을 감고 어떤 모양으로 배치할지 상상했다. 바닥에는 시원하고 푸른 티올리브 잎을 깔고, 붉은 화병에는 화려한 백일홍을 가득 담고. 더는 필요 없었다. 그는 진열장을 정성껏 꾸미기 시작했다. 꽃 중에는 돌연변이도 있었다. 담황색 꽃잎 여섯 개와 빨간색 꽃잎 두 개가 달린 백일홍. 이 신기한 꽃을 들여다보다가 버리지 않고 챙겨두었다. 장식을 끝내자 그는 길에 서서 자신의 솜씨를 점검했다. 손질하기 어려운 꽃줄기를 적당하게 구부렸더니 넉넉하고 편해 보였다. 불빛이 효과를 떨어뜨렸지만 해가 솟으면 멋지게 보이리라. 그야말로 예술적으로.

별이 빛나는 어두운 하늘은 땅과 가까워 보였다. 그는 보도를 따라 천천히 걸었다. 멈춰 서서 오렌지 껍질을 도랑으로 밀어 넣기도 했다. 다음 블록 맨 끝, 멀리서 작게 보이는 두 남자

*흰 꽃이 피고 초록 잎이 달린 관목류.

가 팔짱을 끼고 움직이지 않고 서 있었다. 그 외에는 아무것도 보이지 않았다. 그의 카페가 이 거리 전체에서 문을 열고 불을 켜놓은 유일한 장소였다.

그런데 왜? 모든 카페가 문을 닫는데, 왜 그는 밤새도록 열어두는가? 이런 질문을 자주 받았지만 그는 설명할 수 없었다. 돈 때문은 아니었다. 가끔 여러 명이 들어와 맥주와 스크램블드에그를 먹고 5달러나 10달러를 쓰기도 했다. 그러나 그런 일은 드물었다. 대개는 혼자 와서 조금 주문하고 오래 머물렀다. 어떤 밤에는 12시에서 5시까지 손님이 전혀 없었다. 밤에 카페를 열어도 이익은 없었다. 그건 분명했다.

그러나 그는 절대로 밤에 카페를 닫지 않을 것이었다. 장사를 계속하는 한. 밤이야말로 그런 시간이었다. 다른 시간에는 절대로 볼 수 없는 사람들이 이때 왔다. 두어 명은 일주일에 몇 번 정기적으로 왔다. 어떤 이들은 한 번 와서 코카콜라를 마신 뒤 다시는 오지 않았다.

비프는 팔짱을 끼고 좀 더 천천히 걸었다. 가로등의 둥근 불빛 안에서 그의 그림자는 검고 앙상해 보였다. 평화로운 밤의 침묵이 마음속에 자리 잡았다. 휴식과 명상의 시간이었다. 그래서 잠을 자지 않고 아래층에 머무는지도 몰랐다. 마지막으로 그는 텅 빈 거리를 훑어본 뒤 안으로 들어갔다.

라디오에서는 아직도 위기의 소리들이 들렸다. 천장 선풍기가 시원하게 돌아갔다. 주방에서 루이스의 코 고는 소리가 들렸다. 문득 불쌍한 윌리 생각이 났고, 그에게 곧 위스키를 보내자고 마음먹었다. 신문의 낱말 퍼즐 코너를 들여다보았다. 중앙에는 이름을 맞혀야 하는 여자 그림이 있었다. 그는 그 여자를 알아봤고 첫 번째 공간에 '모나리자'라고 이름을 썼다. 1번 아래는 거지를 뜻하는 m으로 시작되는 아홉 자로 된 단어였다. Mendicant. 2번 가로에 들어갈 단어는 저 멀리 사라지는 것을 뜻하는 단어였다. e로 시작되는 여섯 자로 된 단어. Elapse*? 그는 시험 삼아 알파벳을 엮어 소리 내어 읽었다. Eloign**. 그러나 그는 흥미를 잃었다. 이런 종류가 아니어도 수수께끼는 많았다. 신문을 접어 밀어두었다. 나중에 다시 볼 것이었다.

그는 버리지 않고 챙겨둔 백일홍을 자세히 보았다. 손바닥에 놓고 불빛에 들어보니 유난히 특별하지도 않았다. 챙겨둘 것도 없었다. 그는 부드럽고 환한 꽃잎들을 하나씩 떼어냈다. 마지막 꽃잎은 '사랑한다'가 나왔다.*** 그러나 누구를? 이제 누구를 사랑할 것인가? 이제 어떤 한 사람을 사랑하지는 않았다. 거리에서 들어와 한 시간 정도 맥주를 마시는 괜찮은 사람이라면 누구라도. 그러나 한 명을 사랑하지는 않았다. 그는 사랑을 했었고 이제 그런 사랑은 끝났다. 앨리스, 매들린, 지프. 끝났다. 그들로 인해 그는 더 좋아졌거나 더 나빠졌겠지. 어느 쪽인가? 그건 어떻게 보느냐에 달려 있을 것이다.

그리고 믹. 지난 몇 달 동안 이상하게 그의 가슴속에 살아 있던 아이. 그 사랑 또한 끝났는가? 그렇다. 그것 또한 끝났다. 믹은 이른 저녁 가게에 들어와 찬 음료나 아이스크림선디를 원했다. 그 애는 더 나이 들었다. 거칠고 아이 같은 태도는 거의 사라졌다. 그 대신 표현하기 어려운 숙녀다운 미묘한 어떤 것

*'시간이 경과하다'라는 뜻.
**'멀리 옮겨지다'라는 뜻.
***꽃잎을 하나씩 떼어내면서 '사랑한다', '사랑하지 않는다'를 점친 것.

이 있었다. 귀고리, 달랑거리는 팔찌, 다리를 포개고 스커트 자락을 무릎 아래로 끌어내리는 새로 생긴 습관. 그는 믹을 주시했고 부드러운 감정만을 느꼈다. 마음속에서 옛 감정은 사라졌다. 1년 동안 이 사랑은 이상하게 만개했었다. 그는 이에 대해 백 번씩 물었으나 대답을 찾지 못했다. 이제 여름 꽃이 가을에 흩어지듯 그 사랑은 끝났다. 아무도 없었다.

비프는 검지로 코를 두드렸다. 이제 라디오에서는 외국인의 목소리가 들렸다. 독일 사람, 프랑스 사람, 스페인 사람, 어느 나라 사람인지 알 수 없었다. 그러나 그것은 재앙처럼 들렸다. 귀를 기울이자 초조해졌다. 라디오를 끄자 침묵은 깊고 완벽했다. 바깥의 밤이 느껴졌다. 외로움이 몰려와 호흡이 가빠졌다. 루실에게 전화하고 베이비와 얘기하기에는 너무 늦었다. 이 시간에 손님을 기대할 수도 없었다. 그는 입구로 가서 거리를 위아래로 바라보았다. 사방이 텅 비었고 어두웠다.

"루이스!" 그가 소리쳤다. "깼냐, 루이스?"

대답이 없었다. 그는 팔꿈치를 카운터에 괴고 두 손으로 머리를 잡았다. 수염이 검게 난 턱을 이리저리 움직이다가 천천히 찡그린 이마를 숙였다.

수수께끼. 그의 내부에 뿌리내려 그를 쉬지 못하게 하는 것. 싱어와 나머지 사람들에 관한 수수께끼. 그것이 시작된 지 1년이 넘었다. 이곳에서 만취한 블런트가 얼쩡거리다가 처음 벙어리를 만난 지도, 믹이 싱어를 따라다니기 시작한 지도 1년이 더 지났다. 이제 싱어가 죽어 묻힌 지 한 달이었다. 수수께끼는 여전히 마음속에 남아 있어 그는 평온해질 수 없었다. 이 모든 일은 어딘가 자연스럽지 못했다. 어떤 고약한 농담 같은 것. 그 생각에 불안해졌고 알 수 없는 이유로 두려웠다.

그는 어렵게 장례식을 치렀다. 모든 일을 그가 맡았다. 싱어의 상황은 엉망이었다. 그가 소유한 모든 것은 할부금을 내야했고, 생명보험금 수혜자는 죽고 없었다. 겨우 매장할 정도의 돈이 있었다. 장례식은 정오에 있었다. 땅을 판 젖은 무덤 주위에 서 있는 사람들 위로 타는 듯한 빛이 쏟아졌다. 꽃들은 시들어 갈색으로 변했다. 믹은 너무 울어 목이 메었고 아빠가 믹의 등을 두드려야 했다. 블런트는 주먹으로 입을 막고 찌푸린 채 아래를 보았다. 불쌍한 윌리의 가족인 듯한 흑인 의사는 사람들 끝에 서서 슬퍼했다. 전에는 본 적도 없고 들은 적도 없는 낯선 사람들도 왔다. 그들이 어디서 왜 왔는지 아무도 몰랐다.

카페 안의 정적은 밤처럼 깊었다. 비프는 생각에 빠져 꼼짝 않고 서 있었다. 갑자기 맥박이 빨라지는 것을 느꼈다. 심장이 두근거려 몸을 가누려고 카운터에 등을 기댔다. 한순간 깨달음의 빛 속에서 그는 얼핏 인간의 투쟁과 용기를 보았다. 영원한 시간 속을 지나가는 끝없는 인류의 흐름을 보았다. 노동하고, 그리고 그 한마디, 사랑하는 사람들을 보았다. 그의 영혼은 확장되었다. 그러나 한순간이었다. 마음속에서 경고를, 번개 같은 공포를 느꼈다. 그는 두 세계 사이에서 방황했다. 앞에 있는 거울 속에서 자기 얼굴을 마주 보았다. 땀이 관자놀이에서 반짝였고 얼굴은 일그러졌다. 한 눈을 다른 눈보다 크게 뜨고 있었다. 오른쪽 눈을 크게 뜨고 암흑과 오류와 멸망의 미래를 응시하고, 가늘게 뜬 왼쪽 눈으로 과거를 보았다. 그는 암흑과 광명 사이에 매달려 있었다. 비통한 냉소와 신념 사이에 걸려 있었다. 그는 휙 돌아섰다.

"루이스!" 그는 큰 소리로 불렀다. "루이스! 루이스!"

여전히 대답이 없었다. 그러나 맙소사, 그 자신은 분별력이 있는가 없는가? 무엇이 공포를 초래하는지도 모르면서 어떻게 공포가 목을 조일 수 있단 말인가? 그는 초조한 바보처럼 여기 서 있을 것인가, 아니면 자신을 추스르고 이성적이 될 것인가? 결국 그는 분별 있는 사람이었을까 아니었을까? 비프는 손수건을 적셔 긴장되고 일그러진 얼굴을 가볍게 닦았다. 문득 밖의 차양을 걷지 않은 것이 생각났다. 문으로 가는 그의 걸음은 침착했다. 다시 안으로 들어왔을 때 그는 차분하게 자신을 가다듬고 아침 해를 기다렸다.

꿈과 이상을 향한 외롭고 치열한 여정

서숙(이화여대 영문과 명예교수)

1

《마음은 외로운 사냥꾼》은 카슨 매컬러스의 첫 장편소설이다. 작가가 23세에 쓴 이 소설은 발표되자마자 비평가들과 독자들의 찬사를 받으며 당대 최고의 작품으로 자리매김한다.

매컬러스는 1917년 미국 조지아 주 콜럼버스에서 출생했으며 아버지는 시계수리공이자 보석세공인이었고 어머니는 남부군 영웅이었던 플랜테이션 지주의 딸이었다. 매컬러스는 10세 때부터 피아노를 배우기 시작했고 15세 때에는 아버지로부터 타이프라이터를 선물받고 이야기들을 쓰기 시작했다. 고등학교를 졸업한 뒤 17세에 증기선을 타고 줄리아드 음악학교에서 피아노를 배우기 위해 뉴욕으로 오지만 등록금을 잃어버린 뒤 이 계획은 무산된다. 매컬러스는 계획을 바꾸어 여러 가지 임시 일자리를 가지면서 컬럼비아대학 및 뉴욕대학에서 문예창작을 공부한다. 19세 때인 1936년 음악에 대한 좌절과 청소년기의 불안감을 다룬 첫 단편 〈신동〉을 잡지 《스토리》에 발표하면서 본격적인 작품 생활을 시작한다.

매컬러스는 평생 병마에 시달리며 역시 작가 지망생이던 남편 리브스 매컬러스와의 이혼과 재결합, 남편의 자살 등 삶의 격랑 속에서도 장편과 단편, 희곡, 수필, 시, 어린이들을 위한 책 등을 썼다. 유럽과 미국을 오가면서 고어 비달, 오든, 트루먼 커포티 등 당대의 유명 작가들과 교류했고 테네시 윌리엄스와 함께 희곡을 무대에 올리기도 했다. 매컬러스의 여러 소설들은 영화와 연극, 오페라로 만들어져 상업적인 성공을 거두었다.

1967년 뉴욕에서 사망했고 죽기 전에 구술했던 자서전 《조명과 밤의 빛》이 1999년 출간되었다. 유도라 웰티, 플래너리 오코너, 캐서린 앤 포터 등과 함께 대표적인 남부 출신 작가로 꼽힌다. 다른 대표작들 《금빛 눈에 비친 모습》(1941) 《결혼식의 멤버》(1946) 《슬픈 카페의 노래》(1951) 등을 통해 매컬러스는 미국 남부 오지의 작은 도시들을 배경으로 사회의 낙오자, 주변인들, 그로테스크한 인물들을 그리면서 개인의 소외와 고독, 이루지 못한 사랑 등의 주제를 집요하게 파고든다.

많은 비평가들의 지적처럼 《마음은 외로운 사냥꾼》은 현대 사회의 정신적 황량함, 개인들의 소외와 고독을 다루고 있다. 동시에 이 소설은 1930년대 공황시대를 배경으로 강력한 정치 사회적 메시지를 담고 있다. 자본주의의 모순과 인종차별에서 비롯되는 분노와 폭력으로 가득 차 있고 암담한 현실 속에서 꿈과 이상, 자신의 소명에 충실한 인물들이 내뿜는 에너지로 뜨겁다.

상상력과 모험심, 음악에 대한 열정으로 가득 찬 사춘기 소녀 믹의 꿈은 가난 때문에 이루어질 수 없다. 노동 운동가 제이크와 흑인 의사 코플랜드 박사는 세상을 변혁시키려는 목적에 자신들의 삶을 걸지만 그들의 치열한 열망은 이해받지 못한다. 그들은 유일하게 자신들을 이해하는 (이해해준다고 믿는) 벙어리 싱어를 찾지만 그가 권총 자살하자 다시 좌절한다. 그들이 각각 외로운 사냥꾼이 되는 이유다.

2

이 소설의 배경이 되는 공황시대의 남부 상황을 보자.

　우리가 잘 알고 있는 대로, 전통적으로 미국의 남부는 산업 중심의 북부와 달리 노예제도에 근거한 가부장적 목화 문화였다. 백인과 흑인의 인간성을 함께 파괴하며 사회 전체를 병들게 하는 노예제도는 남북전쟁으로 막을 내리지만 그러나 전후 재건시대의 남부는 극심한 혼돈과 붕괴에 직면한다. 남부인의 정체성을 지탱해주던 농본주의 가치는 북부에서 온 뜨내기 사기꾼들과 산업주의자들에 의해 무참하게 파괴된다. 폐허의 남부에 우후죽순으로 들어선 북부인들이 세운 공장들과, 토지를 몰수당하고 저임금에 착취당하는 노동자들로 전락한 이들의 비참한 삶, 여전히 뿌리 깊은 흑백 차별 정책. 이런 상황에서 남부인들의 상실감과 패배 의식은 그들 정체성의 혼돈과 전통 가치의 몰락으로 이어진다. 그리고 이런 남부의 혹독한 시련은 공황시대에 정점을 이룬다.

　남부인들에게 가족이나 종교는 더 이상 길 안내의 역할을 하지 못한다. 가정은 해체되거나 위태로워지고 사이비 종교들이 창궐하면서 사람들에게 더 이상 위로와 평안을 주지 못한다. 그렇다고 하여 새로운 가치나 이념이 구심점을 제공하는 것도 아니다. 자본주의 붕괴 앞에서 한때 북부인들에게 공산주의는 바람직한 대안으로 비쳐지기도 했지만 이곳 남부에서는 가능한 일이 아니었다. 농본사회 출신의 가난한 노동자들의 결집과 의식화 운동은 어려웠기 때문이다. 또 인종차별의 뿌리는 깊었고 노예제도로 인한 자기방어적 태도는 외지인들에 대한 불신을 키웠다.

남부에 만연한 경제적 낙후와 사회적 붕괴는 이 소설 속에서 인간관계의 단절과 왜곡 그리고 폭력의 양상으로 나타난다. 주인공 싱어와 그의 친구가 말하지 못하는 장애인으로 그려진 것은 이러한 관계의 단절과 소외를 극적으로 표현한 것이기도 하다. 또한 소설 곳곳에서 신체적 장애와 불구에 대한 언급이 발견된다. 아이들의 그림 속에 나타나는 불구자들, 대 화재, 어른들의 꿈속에 나타나는 공공장소의 붕괴, 이런 것들은 전통적인 규범과 질서가 무너지는 것을 나타내는 징후들이다.

또한 소설 전반에 걸쳐 크고 작은 폭력들이 만연한다. 백인들이 흑인들에게 가하는 갖가지 심리적 물리적 폭력들, 저임금에 시달리는 공장 노동자들의 치고받는 싸움들, 군중 속에서 번득이는 칼날, 살인, 폭동. 이는 아이들의 세계에서도 예외가 아니다. 믹의 남동생은 실수로 어린 여자아이의 머리에 총상을 입힌다. 이 소설을 읽으며 독자들은 소외와 단절, 가난과 절망이란 바로 잠재된 폭력의 형태임을 거듭 확인하게 된다. 이런 단절과 폭력은 싱어의 권총 자살에 의해 극점에 이른다.

좀 더 자세히 보자.

남부의 작은 소도시. 낙후된 공장마을, 과일 가게와 보석상점, 몇 개의 잡화상, 뉴욕 카페 등이 자리 잡은 이곳을 배경으로 말 못하는 장애인 두 명이 등장한다. 이들 중 한 사람은 도입부에서 다른 지역에 있는 정신병원에 입원하고 그의 친구 싱어는 혼자 남게 된다.

음악가가 되고 싶은 사춘기 소녀 믹. 흑인 인권 운동에 자신의 삶을 바치는 흑인 의사 코플랜드 박사. 노동자들의 삶을 개선하기 위해 고군분투하는 블런트. 그리고 24시간 문을 여는 뉴욕 카페 주인 브래넌. 브래넌을 제외한 세 인물들은 한 사람씩 싱어에게 와서 자기 마음속의 비밀을 털어놓는다. 그가 유일하게 자신들을 이해한다고 믿기 때문이다.

이들이 싱어에게 하는 이야기를 통해 독자들은 그들이 처한 현실을 알게 된다. 믹을 통해서는 실직한 아버지를 가장으로 둔 가난한 서민의 삶을, 블런트를 통해서는 공장 노동자들의 비참한 삶과 자본주의의 모순을, 그리고 코플랜드 박사를 통해서는 뿌리 깊은 인종차별의 현실을 알게 된다.

따라서 이 소설은 관점에 따라 믹의 성장 소설로, 남부 사회의 노동 현실을 다룬 소설로, 그리고 흑인 인권에 투신한 인물에 관한 소설로도 읽을 수 있다. 그러나 일견 분리된 것처럼 보이는 세 사람의 이야기는 싱어를 중심으로 연결되면서 남부 공동체를 형상화시키는 하나의 큰 그림이 된다.

믹 켈리, 이 사춘기 소녀의 꿈은 피아노를 갖는 것이고 작곡을 배우는 것이고 음악가가 되는 것이다. 그 애의 내면의 방에는 항상 모차르트와 베토벤이 있고 아름다운 먼 나라가 있고 세계적인 지휘자가 된 미래의 자신의 모습이 있다. 그러나 가난은 그 애에게 학교를 중퇴하고 잡화점 점원이 되어 하루 종일 카운터에서 물건을 팔게 만든다. 마음속에서 들끓은 온갖 생각들, 비밀들, 삶에 배반당했다는 느낌들, 믹은 이 모든 것을 자기 집에 하숙하고 있는 싱어만이 이해한다고 생각하고 그에게 말한다.

백인 노동 운동가 블런트와 흑인 의사 코플랜드 박사는 이 소도시의 낙후된 상황을 개선하기 위해 고군분투하는 인물들로 등장한다. 그들은 당시 남부가 직면하고 있는 가난과 무기력, 그리고 치유 불가능으로 보이는 인종차별, 이 두 개의 만성 질환을 치유하려는 절박한 시도를 보여준다.

제이크 블런트, 거칠고 땅딸막한 외모를 가진 그는 이곳 공장마을에 집중되어 있는 가난과 불평등을 없애기 위해, 노동자들을 일깨우기 위해 온몸을 던져 싸운다. 그는 말하고 말하고 또 말해도 조롱당하고 폭행당한다. 그는 벽에 머리를 찧고 폭음한다. 싸운다. 그의 모습은 마치 터지기 직전의 화약고를 연상시킨다. 그가 쏟아내는 격렬한 말들은 공황시대 자본주의의 모순, 잔인함을 폭로한다. 그의 말들은 미국 민주주의 고발서로도, 공장 노동자들의 절망적인 삶에 대한 고발서로도 손색이 없다. 그런 그가 유일하게 위로와 평안을 얻는 것은 싱어에게 말할 때뿐이다.

제이크를 통해 절망적인 빈민들의 상태를 알게 되었다면, 흑인 의사 코플랜드 박사를 통해서는 인종차별의 참혹한 현실을 알게 된다. 그는 교육을 통해 흑인들의 의식을 일깨우고자 한다. 사회 속에서 그들의 위치를 향상시키는 것을 자신의 소명으로 삼고 평생을 투신한다. 북부에서 고학으로 의학을 공부한 뒤 남부로 돌아와 빈민가를 돌면서 병을 치료하고 아이들을 받아내고 산아제한을 해야 하는 이유를 역설한다. 그는 말하고 말하고 또 말하지만, 흑인들의 몰이해와 백인들의 핍박에 고통받는다. 분노가 속으로 쌓인다. 이런 그도 싱어만이 자신을 이해한다고 믿고 그에게서 위로와 평안을 찾는다.

그렇다면 이들 세 사람이 각각 자기 가슴속에 쌓인 말들을 쏟아내고 위로받는 사람, 싱어는 누구인가. 그의 역할은 무엇인가. 그는 대단히 복잡한 인물로 그려진다. 그는 친구를 위해 맹목적으로 헌신하고 새벽까지 혼자 작업실에서 은세공에 몰두하는 예술가이기도 하다. 아이, 어른, 백인, 흑인 차별하지 않고 공손하게 대하며 남을 돕는 데 인색하지 않다. 사람들은 모두 그가 자신들을 이해한다고 믿는다. 그러나 그는 그들을 전혀 이해하지 못하며 단지 외롭기 때문에 그들의 말을 들어준다. 그러나 중요한 것은, 사람들은 자신이 원하는 것을 그에게 투사함으로써 소외와 고독에서 벗어나고자 한다는 점이다. 그가 권총 자살하는 것은 사람들이 만들어낸 허구의 실상을 보여주는 것이다.

3

이 소설 공간을 채우고 있는 이들은 마음속에 하나의 이상과 소명을 품고 이를 실현하기 위해 자신들의 삶을 건다. 그러나 그들은 각각 고립되어 있다. 그들을 서로 이어주는 연대감이 소설 속에서는 보이지 않는다. 코플랜드 박사와 블런트는 세상의 변화를 위한 구체적인 길을 찾기 위해 비통하고 격렬한 대화를 시도하지만 합의점을 찾지 못한다.

그런 의미에서 이 소설은 등장인물들에 관한 이야기만이 아니다. 그것은 남북전쟁에서 패하고 북부 자본가들에게 착취당하며 인종차별이 만연한, 대공황의 직격탄을 맞은 남부, 그 황량한 땅의 이야기이기도 하다. 우리가 주목할 것은 이들 꿈과 소명을 가진 인물들에게 연결고리를 제공하지 못하는 공동체의 붕괴와 파편화이다.

그렇다 해도 작가는 이 소설 공간에 이성적 질서는 존재한다고 말한다. 인물들에 대한 가능성도 여전히 남겨두고 있다. 믹은 피아노를 사기 위해 저축할 것이고 제이크는 남부를 버리지 않을 것이다. 코플랜드 박사는 아들들이 있는 농촌으로 가서 건강을 회복할 것이다.

작가는 카페 주인 브래넌을 통해 가장 설득력 있는 가능성을 제시한다. 브래넌을 어떤 인물로 묘사했는지 주목하자. 그는 합리적이고 현실적이며 사물의 다양한 면을 보려고 한다. 그가 수십 년 동안의 신문을 주제별로 정리하여 모아두는 행위는, 그가 인간과 역사에 대해, 과거와 현재와 미래를 향해 폭넓게 열려 있다는 것을 보여준다.

그는 카페를 밤새도록 열어놓는다. 그 시간에만 만날 수 있는 삶의 이면을 보기 위해서다. 그는 길에 떨어진 동전 하나도 챙기지만 카페에 오는 장애인들에게는 무료로 맥주와 위스키를 대접한다. 제이크의 외상값을 받지 않고 소요에 휘말려 쫓기는 그에게 미리 준비해둔 돈 봉투를 챙겨주기도 한다.

무엇보다 브래넌은 인물들 중에서 싱어에게 속을 터놓지 않은 유일한 사람이다. 그는 싱어를 이상화하지 않는다. 그는 싱어와 교류하지만, 그에 대해 계속 의문을 갖는다. 객관적으로 사태를 직시한다. 왜 사람들은 싱어에게 오는가, 왜 그에게만 자신들의 생각을 쏟아내는가. 싱어는 과연 그들을 이해하는가. 싱어의 자살 이후 사람들이 흩어진 뒤에도 그는 늘 같은 자리에 머물고 그의 관찰과 성찰은 계속된다.

그는 극도로 폐쇄적인 인종차별 가부장 사회에서 인종과 성, 장애와 비장애, 중심과 변방 등 인간이 만들어놓은 경계를 개의치 않는 인물로 그려진다. 그런 그에게서 자유로운, 때로는 종교적인 분위기까지 느껴진다.

소설을 다 읽고 난 뒤, 브래넌을 통해 제시하는 인간과 사회에 대한 성찰이 이 책에서 작가가 전달하고자 하는 비전이 아닌가, 하는 생각을 하게 된다.

카슨 매컬러스
연보

2월 19일 미국 조지아 주 콜럼버스에서 보석상점을 운영하는 라마 스미스와 마거릿 워터스 스미스의 1남 2녀 중 첫째로 태어남. 본명은 룰라 카슨 스미스.	1917
피아노에 대한 재능을 알아본 어머니가 정식 레슨을 받게 해줌.	1927
이름에서 '룰라'를 빼고 카슨 스미스로 불림.	1931
류머티스성 열병을 앓음. 훗날 이것이 치명적인 뇌졸중을 초래한 원인 중 하나로 추정됨. 병에서 회복되는 동안 독서와 글쓰기에 탐독.	1932
아버지가 글쓰기를 독려하며 타이프라이터를 선물해줌. 희곡과 첫 단편 〈잘 속는 사람〉 집필.	1933
콜럼버스 고등학교를 졸업하고 줄리아드 음악학교에 진학하기 위해 뉴욕으로 가지만	1934

등록금을 잃어버림. 이후 글쓰기에 대한 열망으로 진로를 바꾸어 컬럼비아대학 및 뉴욕대학 문예창작 과정에 등록.

친구를 통해 작가 지망생이자 군인인 리브스 매컬러스를 만남. 뉴욕대학 등에서 글쓰기를 공부함.   1935

호흡기 감염에 걸려 요양 차 콜럼버스로 돌아옴. 병석에서 장편 《마음은 외로운 사냥꾼》의 토대가 되는 〈벙어리들〉 집필 시작. 잡지 《스토리》 10월호에 처음으로 단편 〈신동〉 발표.   1936

9월 20일 리브스 매컬러스와 결혼해 노스캐롤라이나로 이주. 그러나 알코올 중독과 두 사람의 양성애적 성향, 매컬러스의 재능에 대한 리브스의 질투 등으로 결혼생활은 순탄치 못함.   1937

뉴욕으로 이주함. 장편 《마음은 외로운 사냥꾼》 출간.   1940   《마음은 외로운 사냥꾼》

처음으로 뇌졸중을 겪고, 흉막염과 패혈성 질환을 앓음. 리브스와 이혼. 매컬러스와 리브스가 작곡가 데이비드 다이아몬드와 사랑에 빠짐. 이 기이한 관계는 단편 〈슬픈 카페의 노래〉와 장편 《결혼식의 멤버》에 반영됨. 장편 《금빛 눈에 비친 모습》 출간.   1941   《금빛 눈에 비친 모습》
,

단편 〈나무 한 그루, 바위 한 개, 구름 한 조각〉 발표, 《오 헨리 기념상 단편선집》에 실림.   1942

단편 〈슬픈 카페의 노래〉 발표. 미국문예아카데미에서 1천 달러를 받음.   1943

심각한 신경증세 발병. 8월에 아버지가 심   1944

장마비로 사망. 어머니, 동생 리타와 함께
뉴욕 나약으로 이주.

리브스와 화해하고 3월 19일 뉴욕 뉴시티에   1945
서 재혼.

장편 《결혼식의 멤버》 출간. 리브스가 신체   1946   《결혼식의 멤버》
장애를 이유로 군에서 제대함. 파리에 거주
할 계획을 세우고 가을에 남편과 함께 유럽
으로 떠남.

두 차례의 심각한 뇌졸중 발작으로 몸 왼쪽   1947
이 마비되어 남편과 함께 집으로 돌아옴.

3월에 자살을 시도하고 맨해튼의 병원에 입   1948
원.

《결혼식의 멤버》가 연극으로 각색되어 브로   1950
드웨이에서 상연. 500회가 넘는 공연으로
성공을 거둠. 뉴욕 드라마 비평가상 최우수
연극상 수상.

단편집 《슬픈 카페의 노래》 출간. 미국문예   1951   《슬픈 카페의 노
아카데미 회원이 됨. 리브스와 함께 파리 외   래》
곽에 집을 구입.

리브스와 다시 불화를 겪음. 리브스가 동반   1953
자살을 종용하자 혼자 미국으로 돌아옴. 11
월 리브스는 파리의 한 호텔에서 자살.

세 편의 원고 각색 작업을 위해 4월에 테네시   1955
윌리엄스와 함께 키웨스트로 여행을 떠남.

희곡 〈경이로움의 제곱근〉이 브로드웨이 무   1957
대에 올랐으나 마흔다섯 번 공연으로 막을
내림.

연극의 실패로 극심한 우울증에 시달림.   1958

유방암 수술 등으로 대부분의 시간을 휠체어를 타고 보냄.	1959	
마지막 장편《시곗바늘 없는 시계》출간.	1961	《시곗바늘 없는 시계》
초기 미발표 단편인 〈잘 속는 사람〉 발표. 에드워드 앨비의 각색으로 연극 〈슬픈 카페의 노래〉가 브로드웨이에서 상연됨.	1963	
아이들을 위한 시 모음집《피클처럼 달콤하고 돼지처럼 깨끗한》출간.	1964	《피클처럼 달콤하고 돼지처럼 깨끗한》
자서전 집필 시작.	1966	
마지막 뇌졸중으로 46일 동안 혼수상태에 빠졌다가 9월 29일 뉴욕 나약 병원에서 사망.	1967	
〈슬픈 카페의 노래〉가 영화화되어 개봉됨.	1968	
카슨의 여동생 마거릿 G. 스미스가 매컬러스의 단편과 시, 에세이를 모은 《저당잡힌 마음》출간.	1971	《저당잡힌 마음》
미완성 자서전 《조명과 밤의 빛》이 칼로스 L. 듀스의 편집으로 출간.	1999	《조명과 밤의 빛》

옮긴이 서숙

이화여자대학교 영어영문학과를 졸업하고 미국 하와이 주립대학에서 문학박사 학위를 취득했다. 이화여자대학교 영어영문학과 교수로 30여 년간 재직했으며 현재 동대학 명예교수로 있다. 너대니얼 호손, 마크 트웨인, 어니스트 헤밍웨이 등 미국 작가들에 관한 다수의 논문이 있고, 저서로 '서숙 교수의 영미소설 특강' 시리즈(전 5권)가 있다. 역서로는 《미국소설론》《런던 스케치》《와인즈버그, 오하이오》《패싱》 등이 있고, 《돌아오는 길》《아, 순간들》《따뜻한 뿌리》 등의 산문집이 있다. 제1회 유영번역상을 수상했다.

세계문학의 숲 040

마음은 외로운 사냥꾼

초판 1쇄 발행일 2014년 1월 27일
초판 3쇄 발행일 2022년 1월 17일

지은이 카슨 매컬러스
옮긴이 서숙

발행인 박헌용, 윤호권
발행처 ㈜시공사 **주소** 서울시 성동구 상원1길 22, 6-8층(우편번호 04779)
대표전화 02-3486-6877 **팩스(주문)** 02-585-1755
홈페이지 www.sigongsa.com / www.sigongjunior.com

이 책의 출판권은 (주)시공사에 있습니다. 저작권법에 의해
한국 내에서 보호받는 저작물이므로 무단 전재와 무단 복제를 금합니다.

ISBN 978-89-527-7086-8 04840
ISBN 978-89-527-5961-0 (세트)

*시공사는 시공간을 넘는 무한한 콘텐츠 세상을 만듭니다.
*시공사는 더 나은 내일을 함께 만들 여러분의 소중한 의견을 기다립니다.
*잘못 만들어진 책은 구입하신 곳에서 바꾸어 드립니다.